GW01337276

LA VIDA QUE NOS SEPARA

CHUFO LLORÉNS
LA VIDA QUE NOS SEPARA

Grijalbo

Papel certificado por el Forest Stewardship Council®

MIXTO
Papel procedente de fuentes responsables
FSC® C117695
www.fsc.org

Penguin
Random House
Grupo Editorial

Primera edición: marzo de 2023

© 2023, Chufo Lloréns Cervera
© 2023, Penguin Random House Grupo Editorial, S. A. U.
Travessera de Gràcia, 47-49. 08021 Barcelona

Penguin Random House Grupo Editorial apoya la protección del *copyright*.
El *copyright* estimula la creatividad, defiende la diversidad en el ámbito de las ideas y el conocimiento, promueve la libre expresión y favorece una cultura viva. Gracias por comprar una edición autorizada de este libro y por respetar las leyes del *copyright* al no reproducir, escanear ni distribuir ninguna parte de esta obra por ningún medio sin permiso. Al hacerlo está respaldando a los autores y permitiendo que PRHGE continúe publicando libros para todos los lectores. Diríjase a CEDRO (Centro Español de Derechos Reprográficos, http://www.cedro.org) si necesita fotocopiar o escanear algún fragmento de esta obra.

Printed in Spain – Impreso en España

ISBN: 978-84-253-6409-9
Depósito legal: B-909-2023

Compuesto en La Nueva Edimac, S. L.

Impreso en Rotoprint by Domingo, S. L.
Castellar del Vallès (Barcelona)

GR 64099

A mis queridos hermanos,
†Marioles Barbat, †Eduardo Dualde, Andrés Barbat,
Laura Barbat, †Jaime Iturriaga, Jorge Barbat,
Maria Soler, Patricia Barbat y Luis Gilabert.

A Cristina,
que ha llevado el timón del barco de mi vida,
hasta las aguas mansas de mis 91 años.

A Ana Liarás,
que ha sido mi editora durante
mi trayectoria como escritor.

PRIMERA PARTE

1

La mala noticia

1977

Una mujer joven deshecha en llanto, que intentaba contener las lágrimas con un pañuelo húmedo, salía de una portería de la calle de Muntaner, en un barrio señorial cercano a la Diagonal. La mañana era luminosa, pero no para ella. Los tranvías bajaban ruidosos por la empinada vía, el vecino del colmado la saludó como de costumbre, al igual que la portera de la finca de al lado, pero ella ni los vio ni los oyó. Decidió ir caminando hasta su piso en la calle del Obispo Sivilla porque necesitaba que el aire le diese en la cara y recuperar el aliento. Pese a la distancia y a la pronunciada pendiente, metida en sus pensamientos el tiempo se le pasó sin sentir, y cuando empujó la cancela del portal se dio cuenta de que su mente había entrado en bucle, que giraba y giraba en torno al mismo tema como una única nota discordante puesta en el pentagrama de su vida. Mariana Casanova evitó a la portera, entró en el ascensor y subió hasta la segunda planta. Buscó afanosa la llave en su bolso y, al no encontrarla, llamó al timbre. Al cabo de unos instantes Petra le abrió la puerta. La chica, que atendía al matrimonio Lozano desde hacía ya siete años y conocía bien a su señora, la vio desazonada, pese a que Mariana se había esforzado por borrar de su rostro las huellas del llanto.

—¿Qué le ocurre, señora?

—Nada, Petra... Se me habrá metido una mota de polvo en el ojo. Además, me duele la cabeza.

A la vez que cerraba la puerta, Petra se ofreció:

—¿Quiere que se lo mire?

—Déjalo. Voy a echarme un rato, no comeré. Supongo que el señor, como de costumbre, tampoco vendrá... Si me duermo, ve a buscar a Rebeca al parvulario.

—Sí, señora. Y cuando los otros dos lleguen les daré la merienda, no se preocupe y descanse.

—¿Diego ya ha comido?

—Se ha tomado el biberón como un santo.

—Si me llaman por teléfono, di que no estoy.

—¿Para nadie?

—Mis padres no llamarán. Si es mi hermana Alicia, dile que estoy descansando y que la llamaré más tarde.

—¿Y si es su otra hermana?

—¿Marta? No creo que llame. Se ha ido de vacaciones ya con sus hijas.

Antes de refugiarse en su dormitorio, Mariana entró un momento en la habitación donde dormía Diego. El niño descansaba como un bendito, y la visión de su sueño plácido la tranquilizó un poco. Al salir del cuarto se cruzó con Toy. El pequeño yorkshire que había regalado a sus hijos se acercó a ella mansamente, sin ladrar, como si intuyera que su dueña no estaba para fiestas. Mariana lo acarició un instante. Luego, ya en la habitación conyugal, cerró la puerta, pasó el pestillo, se quitó la chaqueta, ajustó los postigos y, en la penumbra, se acostó en la cama.

La cabeza estaba a punto de estallarle. No podía creer lo que su padre le había dicho delante de su madre, quien, por una vez en la vida, se había quedado muda mientras hablaba su marido. El hombre, prudente y cariñoso con su hija, como siempre, había restado importancia al asunto. Sin embargo, el resultado era demoledor.

Mariana sentía que su pensamiento funcionaba como una noria, y volvía una y otra vez al diálogo sostenido con su padre. Tenía el pálpito de que algo iba mal.

—Verás, hija, esta mañana me he encontrado a Pascual Campins, ya sabes, el abogado del Colegio de Médicos —le había contado su padre—. Se ha acercado a mí con mucho interés, ya que estaba hablando con dos personas en la barra del Sandor y se ha despedido de ellas precipitadamente para venir a mi encuentro. Yo volvía por la plaza de Calvo Sotelo, de comprar unos zapatos, nos hemos saludado y, tras preguntarme por mamá y por vosotras, ha entrado en materia. «Bueno, Pedro», me ha dicho, «por fin hemos cobrado... He de confesarte que había empezado a pensar mal, pero siendo tu yerno me costaba mucho creerlo».

Mariana había comenzado a palidecer y una nube de sospecha ensombrecía sus ojos, que en aquel instante eran dos interrogantes.

—«¿Qué es lo que hemos cobrado, Pascual?», le he preguntado. «¡Qué va a ser! Las acciones de la sociedad de los terrenos de Sant Feliu, las que compré a instancias tuyas», me ha dicho Campins. «No ha sido un gran negocio. Finalmente, el viernes pasado Sergio, tu yerno, me trajo el dinero al despacho... No he ganado nada, pero ¡me conformo con no haber perdido! Me ha costado un poco perseguirlo... Imagino que tú ya has cobrado». «Sí, claro... Hace tiempo», le he contestado. Mariana, he de decirte algo, y te ruego que te lo tomes con calma porque sin duda se trata de un malentendido.

Mariana Casanova conocía bien a su padre. Era un hombre que iba al grano, así que era mala señal cuando comenzaba su exposición con circunloquios.

—La verdad, Mariana, me he quedado de piedra... Imagino que todo tendrá una explicación. Pero yo le entregué mis dos millones de pesetas mucho antes que Campins... Cuando Sergio me preguntó si podía visitar a algún amigo mío para venderle acciones se lo recomendé a Pascual, y hoy me entero de que, aunque por lo visto le ha costado, ya ha cobrado, y a mí no me ha dicho nada.

Mariana estaba pálida como la cera.

—¡Papá, no me digas eso!

Su madre le apretó la mano en tanto que su padre proseguía:

—No tiene importancia, hija, aunque no es que me sobre el dinero, que para mí dos millones son mucho. Pero todo se aclarará. Lo que me preocupa es vuestro tren de vida... Cuando tu madre y yo nos casamos, tuvimos que cambiar de grupo en los veraneos de Camprodón porque el nivel de los amigos de nuestra partida de bridge del Rigat no estaba a nuestro alcance. Nosotros no podíamos salir a cenar todos los sábados... y vosotros habéis cambiado de coche tres veces en dos años.

Mariana había intentado defender lo indefendible.

—Es que Sergio quería uno grande en el que cupiéramos todos, pero para la ciudad le resultaba muy incómodo, y por eso se compró el Sunbeam de dos plazas y a mí me compró el Volkswagen Escarabajo para ir a recoger a los niños al colegio.

—¿No se había comprado el BMW para ir por Barcelona?

—Papá, tiene reuniones importantes, y ya sabes que le gusta ir impecable —había argumentado Mariana, si bien débilmente.

—Eso está muy bien cuando se tiene, pero no cuando no se tiene. Además, hija, antes de hablar contigo he recabado algún que otro informe, discúlpame, y he de decirte que no es del todo bueno.

Estaban de pie en la salita contigua al comedor del domicilio de sus padres. Mariana se había derrumbado. De no haber estado el sofá detrás de ella se habría caído al suelo. Su madre se sentó rápidamente a su lado.

—Voy a darte un poco de Agua del Carmen y te acuestas un rato, luego comes algo antes de irte a tu casa.

—Mamá, si no me voy a casa ahora ya no iré.

Su padre había intervenido de nuevo.

—Te digo esto para que tengas cuidado. Una mujer enamorada es fácil de engañar... Mi dinero no importa, hija. Lo malo es que Sergio pueda haber liado a otras personas.

En la penumbra de su dormitorio, Mariana meditaba y ataba cabos... Recordaba cuando su marido, hacía apenas cuatro días, hablaba por teléfono con el banco y le oía decir: «Mañana te lo cubro, no tengas cuidado... Sobre todo no me toques el descuento». Ella le había preguntado: «¿Qué ocurre, Sergio?». Sin el menor apuro, luego de ordenarle que le sirviera un whisky, había respondido: «Nada, Mariana, los bancos, que son un atajo de incompetentes... Me han pagado un talón por mi amistad con Claramunt, el director, porque estaba en números rojos... De todas maneras, lo cubriré mañana... Pero fondos hay». Recordaba asimismo la vergüenza que pasó tras el parto de Rebeca cuando, a punto de marcharse de la clínica, le comunicaron que el talón con el que su marido pretendía pagar la cuenta no tenía fondos. Sus padres, que la habían acompañado, pagaron la factura, y su padre, que siempre quitaba hierro a las cosas, le dijo: «Esas cosas pasan, hija. Sergio tiene mucho trabajo y se habrá descuidado... No te preocupes. Como comprenderás, los pendientes de zafiros que te ha regalado valen mucho más que la factura de la clínica». Y sin embargo ahora aquello...

Mariana Casanova había cumplido treinta y dos años, llevaba once casada con Sergio y tenían cuatro hijos. Primero nació Valentina, a los catorce meses llegó Álvaro, cuatro años después nació Rebeca y finalmente, en un momento muy malo de su vida, había venido al mundo Diego... Su ginecólogo y amigo el doctor Ernesto Garriga le dijo que procurara descansar mucho durante el último embarazo, y Mariana recordaba que pasó un embarazo sumida en la zozobra, inmersa ya en unas sospechas sobre los negocios de Sergio que ahora, tras la conversación mantenida con su padre, parecían confirmarse. En los últimos dos años, mientras el país avanzaba hacia la normalidad democrática, la relación con Sergio se tambaleaba. Pero el tiempo de verlo todo a través de los ojos de su marido había terminado, se dijo Mariana. Era consciente de muchas cosas que ya no podía pasar por alto ni un solo minuto más.

2

El verano en Sitges

1961

Mariana era feliz. Había aprobado con buenas notas el curso en el Sagrado Corazón de Sarriá, su colegio, y su padre, don Pedro Casanova, oftalmólogo de prestigio, atendiendo a los ruegos de su hija, que contaba con el apoyo de su madre, Pilar Artola, había alquilado para ese verano en la población de Sitges una planta baja con un pequeño jardín en una casa de dos pisos ubicada en el barrio El Vinyet. El motivo que doña Pilar alegó para cambiar de lugar de veraneo fue que Camprodón, el anterior destino, estaba muy alejado de Barcelona y que su marido no podía ir y venir durante la semana. Además, un día que lo hizo a última hora de la tarde cuando la luz ya decrecía, tomó una curva muy cerrada llegando a Camprodón con tan mala fortuna que fue a parar a un terraplén y el coche quedó en muy malas condiciones. Por suerte, un amigo, asimismo veraneante, recogió a don Pedro y lo llevó a Camprodón. El accidente no tuvo consecuencias graves para él, pero desde aquel día los veraneantes bautizaron, bromeando, el lugar como «la curva de Casanova», cosa que a doña Pilar no le hizo ninguna gracia.

Descartado Camprodón, optaron por Sitges porque los padres de Gloria Orellana, la amiga íntima de Mariana, tenían en el paseo de los Ingleses de esa localidad un precioso chalet con un cuidado jardín y, a un costado entre la casa y el bosquecillo, una piscina con trampolín y tumbonas alrededor que constituía el centro de reunión de todos los jóvenes de la colonia los días que, ya fuera por mal tiempo o por mala mar, no querían ir a la playa.

Aquel verano quedó marcado a fuego en el recuerdo de Mariana, quien, a sus dieciséis años, supo lo que representaba el primer amor. Enrique, el hermano mayor de Gloria, que pronto cumpliría dieciocho años y era uno de los componentes principales del grupo de los mayores, se había fijado en Mariana. Le gastaba bromas, se metía con ella y, todavía más, algunas tardes, con la excusa de que debía acompañar a Gloria, salía con la pandilla de los menores sin hacer caso de las burlas que le prodigaban sus amigos.

Mariana recordaba... Una tarde, ella y su pandilla fueron de excursión a una masía que se hallaba a tres kilómetros por encima de San Pedro de Ribas, donde se bañarían en una balsa para después merendar unos bocadillos inmensos de pan de payés con tomate y embutidos por un tercio del precio que costaba hacerlo en un bar del pueblo. Tomaron el autobús de línea que salía de la estación de Sitges y subía hasta San Pedro de Ribas, y habían previsto regresar a pie por la carretera, teniendo sumo cuidado con los coches. Uno de los motivos por los que las familias permitieron a los chicos hacer esa excursión fue que Enrique iría con ellos.

Todo transcurrió según lo planeado. Llegaron a Can Cuyàs a las cinco de la tarde y, de los nueve que constituían el grupo, tres chicos y una chica se bañaron en la balsa. Después, la merienda fue copiosa. Mariana intentó beber sangría en el porrón y, ante la risa de todos, se puso la blusa perdida. Pero estaba feliz. En el autobús, Enrique se había sentado a su lado, luego jugaron a correr, a plantados y a cortar el hilo, y cuando en el primer juego él la salvó tocándole la mano se le aceleró el pulso. Finalmente, tras pagar la merienda, partieron hacia San Pedro de Ribas calculando que llegarían a Sitges en torno a las nueve de la noche.

La pequeña del grupo era Lily, tenía once años y era hija de un matrimonio que vivía en Madrid, aunque su madre era oriunda de Sitges, razón por la que veraneaban en la bella población costera. El grupo avanzaba hacia San Pedro de Ribas cantando alegremente y haciendo bromas cuando pasaron cerca de una viña; estaba cercada por una alambrada que iba de poste a poste y al fondo se veía una casa de payés. Uno de los chicos se acercó para coger un racimo de uvas que se asomaba al camino y al instante, alertado por los ladridos de un gran perro sin raza sujeto a una larga cadena, el payés se fue hacia ellos gritando. El grupo salió corriendo, y a la vuelta del camino, Lily, de la que tiraba otro de los muchachos, se cayó al suelo con tan mala fortuna que lo hizo sobre unas bostas de caballo. La niña se levantó del suelo asustada y con un respetable tajo en la rodilla derecha que sangraba en abundancia. Enrique tomó el mando; le limpió la herida con el agua de una cantimplora y después se la vendó como mejor pudo con un pañuelo. Lily intentó caminar, pero al hacerlo sintió un dolor agudo.

—En San Pedro iremos a la farmacia —anunció a todos—. Lily se ha caído encima de mierda de caballo y eso es peligroso. —Luego se dirigió a la niña—: ¿Te ves con ánimo de seguir?

La pequeña dio dos o tres pasos.

—Me duele mucho.

—Está bien, te llevaré a caballito. —Y volviéndose hacia Gabriel, uno de los chicos, le indicó—: Súbela a mi espalda.

De esa guisa llegaron a San Pedro de Ribas cuando la farmacia estaba a punto de cerrar. El farmacéutico, tras observarla atentamente, le limpió la herida con un poderoso antiséptico y le palpó la rodilla.

—Tendrás que ir a un traumatólogo —le dijo. Luego le preguntó—: ¿Te han puesto la vacuna del tétanos?

—Hace cuatro años, en San Sebastián.

El hombre se dirigió hacia un armarito de cristal.

—Te pondré un recordatorio... Nunca está de más.

Después le fijó un apósito y procedió a vendarle la rodilla. Enrique pagó el servicio, y Lily se puso en pie.

—Me duele mucho.

—Es posible que se haya dañado el menisco —pronosticó el farmacéutico—. Si es así, no podrá caminar.

Volvieron a hacer la misma operación: Enrique cargó a su espalda a la niña. Y se dirigieron hacia la parada de los taxis... Pero no había ningún coche.

—Se hace tarde. Adelantaos todos y bajad por el lado izquierdo de la carretera, así veréis los faros de los coches que suban. Cuando lleguéis a Sitges, avisad a los padres de Lily. Y si no están, buscad a algún adulto. —Luego se volvió hacia Mariana—. Tú y yo bajaremos más despacio.

Mariana, por unos instantes, se sintió mayorcísima.

—Gabriel, como tengo que llevarla durante cuatro kilómetros, es mejor que me la coloques sobre los hombros.

Poco después el grupo comenzó a caminar y pronto dejó atrás al trío. Se había hecho de noche, y Mariana sintió que el corazón se le subía a la garganta cuando notó la mano de Enrique, que buscaba la suya.

Deseó ardientemente que el tiempo se detuviera y que el trayecto durara mucho más. Sin embargo, cuando ya embocaban la recta final que los conducía al pueblo vieron venir un coche que, al distinguirlos, disminuyó la velocidad hasta detenerse al llegar a su lado. Eran los padres de Lily, con Gabriel, que los acompañaba. Los rostros del matrimonio eran de profunda preocupación cuando descendieron del coche. El padre de Lily la bajó con mucho cuidado de los hombros de Enrique, y las preguntas y las respuestas se sucedieron sin interrupción.

Una vez explicado lo ocurrido y tras agradecer a Enrique su determinación, se acomodaron todos en el Citroën Stromberg del padre de Lily y se fueron derechos a ver al médico del pueblo. Allí el grupo se disolvió; Gabriel se fue a su casa, y Mariana y Enrique se dirigieron a pie hacia El Vinyet por la calle paralela al paseo de los Ingleses. Las luces y las sombras se sucedían y, entre farola y farola, las ramas de los árboles del paseo atravesadas por la claridad de la luna silueteaban un camino de ensueño. Mariana caminaba al lado de Enrique en absoluto silencio pues temía romper el encanto del momento. Antes de cruzar la siguiente calle, el muchacho se detuvo y se puso frente a Mariana, quien intuyó que algo importante iba a ocurrir. Enrique le rodeó la cintura y la atrajo hacia sí. Mariana no se atrevía a respirar. Después, lentamente, él le tomó los brazos y se los apoyó sobre sus hombros. Luego, cuando posó sus labios en los de ella, Mariana pensó que el cielo debía de ser algo parecido.

—Mariana, ¿quieres ser mi novia?

A partir de aquel día, Mariana iba a nadar a diario a la piscina de los Orellana o a la playa que había frente al chalet de éstos. Acudía a pie, con el traje de baño ya puesto y unos *shorts*; y Enrique la llevaba en el cuadro de su bicicleta de vuelta a su casa.

Un miércoles aconteció algo que marcaría a Mariana para toda la vida: con la excusa de escucharla tocar el piano, tras dejar la bicicleta de Enrique en el jardín entraron los dos en la casa. Estaba en penumbra; las chicas del servicio parloteaban en la cocina, y en el piso de arriba se oían los pasos de su madre. Mariana condujo a Enrique a la salita del piano, que se hallaba a la derecha según se entraba. A nadie le iba a sorprender que se pusiera a tocar, pues lo hacía a menudo cuando regresaba de su baño. Enrique se sentó en un sillón de mimbre y ella, subiendo un poco el tornillo del taburete, se colocó frente al teclado y tanteó los pedales con los pies.

—Voy a tocar un *minuetto* de Boccherini, ¿te parece bien?

—Me parece estupendo. Un día tocaremos juntos.

Enrique estaba ya en tercer curso de violín, y Mariana sabía, a través de su amiga Gloria, que la ilusión del chico era dedicarse a la música, algo que al señor Orellana no le hacía ninguna gracia. Incluso el tutor de Enrique en el bachillerato, el padre Mendizábal, había intercedido en su favor, pero su progenitor no daba el brazo a torcer. Para el padre de Enrique y Gloria, la música podía ser una afición, un divertimento, pero no una ocupación seria. Además, el hombre tenía sus propias ilusiones, que no incluían enviar a su único hijo varón a París a estudiar violín; prefería tenerlo en Barcelona estudiando ingeniería, para que luego trabajara en la fábrica de la familia.

Mariana lo había oído tocar en la Promulgación de Dignidades del colegio, en Sarriá, y tenerlo ahora al lado la puso un poco nerviosa. Sin embargo, tras crujirse los nudillos y hacer un largo arpegio, colocó las manos sobre el teclado.

Iría ya por la mitad de la partitura cuando se percató de que Enrique se levantaba, se acercaba lentamente a su espalda y, con suavidad, le apoyaba los antebrazos en los hombros. Acto seguido notó los labios de él sobre su húmeda melena, y experimentó una sensación que no había sentido jamás. La mano derecha de Enrique se introdujo en el escote de su traje de baño y le acarició los pechos. El tiempo se detuvo, y Mariana dejó de tocar. Entonces la voz de doña Pilar se oyó por el hueco de la escalera, interrumpiendo el mágico momento.

—¡Mariana, sube a ducharte y a recoger tus cosas!

Por primera vez en su vida maldijo a su madre.

Enrique se hizo a un lado, Mariana se puso en pie y se besaron apasionadamente. Después, con mucho cuidado, el muchacho abrió la puerta de la calle y salió.

Esa misma tarde Mariana fue a confesarse. Como todos los domingos, debía acudir a comulgar con su madre, aunque esa vez sabía que, irremediablemente, aquello que había sucedido podría ocurrir de nuevo.

3
La memoria

1977

Mariana Casanova, tras un duermevela agitado que hizo que se levantara de la siesta más cansada que cuando se había acostado, decidió coger el toro por los cuernos. Se puso en pie y fue al cuarto de baño a lavarse la cara. El rostro que reflejaba el espejo era el de una desconocida, y las palabras de su padre resonaban en su cabeza con el machaqueo de un martillo pilón. Inmediatamente, llamó al despacho de su marido y, en tanto sonaba el teléfono cinco veces, consultó su pequeño reloj de pulsera: eran las cuatro de la tarde.

—Urbanizaciones Samper. ¿Dígame? —La voz de la recepcionista resonó en sus oídos.

—Toña, soy Mariana. ¿Está mi marido?

—Acaba de llegar de comer.

—Dile que se ponga.

—Un momento, ahora le aviso.

Ruido de botones del intercomunicador, la voz de Toña hablando con Sergio y al cabo de un instante:

—Mariana, está reunido en su despacho. Me indica que ahora te llama.

—Dile que es urgente.

La recepcionista, una mujer que llevaba en la empresa de

Samper más de veinte años y que tenía gran confianza con Mariana, se mostró inquieta.

—¿Algún problema con los niños?

—No, Toña, los niños están bien. Es otro tipo de urgencia.

Tras despedirse, Mariana colgó, se sentó en el curvo silloncito de cuero que estaba junto al teléfono y aguardó.

Al cabo de diez minutos, que a Mariana se le antojaron eternos, sonó el aparato. Descolgó el auricular al primer timbrazo.

—¿Sergio?

—¿Qué ocurre con tanta urgencia? Ya sabes que no me gusta que me llames al trabajo.

—Deja lo que estés haciendo y ven a casa.

Una breve pausa de silencio. Aquél no era el tono ni la manera con los que su mujer solía dirigirse a él, lo que hizo que Sergio se pusiera a la defensiva mientras se decía que, desde hacía un tiempo, las mujeres en general ya no se comportaban como antes. ¿Dónde estaban quedando las ideas de obediencia y respeto al marido que habían estado vigentes durante más de cuarenta años?

—Fíjate, ahora mismo no tengo otra cosa que hacer, con dos visitas concertadas y una reunión a las siete y media...

—Pues déjalo todo y ven.

—¿Qué pasa? ¿Se está quemando el piso?

Mariana demoró un instante su respuesta.

—He hablado con mi padre... Ya sabes de qué.

Sergio olfateó el peligro y cambió el tono.

—Mariana, si te parece, después de cenar vamos a tomar una copa y me cuentas todo lo que quieras.

La voz de la mujer sonó cortante.

—¡Te espero dentro de una hora en el Escocés!

Mariana colgó el aparato y se mantuvo pensativa durante unos instantes. Luego, tras poner en orden sus ideas, se dispuso a arreglarse para ir al encuentro de su marido. Su marido..., que a pesar de los once años transcurridos desde la boda seguía siendo para ella un ilustre desconocido. Su mente divagaba entre un marasmo de recuerdos en tanto, mecánicamente, iba arreglándose en el cuarto de baño. Seguía sin reconocer el rostro que reflejaba el espejo. Mariana siempre albergó el temor de haberse equivocado, como tantas otras mujeres que se habían casado sin tener experiencia alguna con los hombres. Se acordó de que su abuela Candelaria, la madre de su madre, que iba a pasar temporadas en Barcelona pues vivía en Madrid, decía siempre: «Jesuitas con el Sagrado Corazón, y Jesús-María con Hermanos de La Salle... Y a veces no funciona».

Su mente iba desbocada de un lado a otro mezclando el presente con el pasado y pensando cuán diferente podía haber sido su vida si en aquella encrucijada hubiera tomado otro derrotero. Pero las cosas eran como eran, y el tren del destino nunca iba marcha atrás.

Cuando iba a salir, el teléfono volvió a sonar, y Mariana dejó que fuera Petra quien atendiese la llamada. Era el señor Biosca, una vez más. Mariana no tuvo fuerzas para hablar con él. Debía hablar con Sergio antes que nada para averiguar la magnitud del desastre que intuía.

4

Padre e hijo

Septiembre de 1961

Cuando las vacaciones finalizaron ese verano, en la casa de los Orellana de la calle del Bruc, en Barcelona, padre e hijo iban a mantener una conversación de tal importancia que, cosa inusual, don Julián había rogado a su esposa, doña Rita, que los dejara solos, instalados en los silloncitos del mirador que daba a la fachada principal.

—Enrique también es hijo mío, Julián, y creo que tengo derecho a estar presente en esta conversación que, según me explicaste anoche en el dormitorio, ha de definir el futuro de mi hijo —doña Rita subrayó claramente el «mi».

—También te dije que no tomaría decisión alguna sin escuchar las razones de Enrique, pero que mi obligación como padre era abrirle los ojos al respecto del futuro que le espera en la vida según escoja un camino u otro, que las certezas son certezas y que las aventuras son aventuras.

Doña Rita pareció titubear unos instantes, tras los cuales, aunque no de buen grado, se dirigió hacia la puerta.

Enrique, que sabía que ese momento tenía que llegar, se dispuso a escuchar a su padre. Después de hablar con el prefecto había llegado a una conclusión: su vida era su vida y quería vivirla a su manera. No obstante, era la primera vez que iba a disentir de la opinión de su padre, de manera que un cosquilleo bailoteaba en su estómago y cierta comezón le atenazaba la garganta.

Sentados frente a frente, padre e hijo midieron el silencio. Hasta que don Julián inició la conversación.

—Enrique, pronto vas a cumplir dieciocho años, y se abre ante ti el camino de una vida esplendorosa. Tú y tu hermana sois dos seres privilegiados... Muy pocas personas pueden gozar de vuestras ventajas. Nadie tiene mérito alguno por nacer donde nace ni por ser hijo de quien es... Tu bisabuelo Matías, tu abuelo Julián y yo hemos hecho que aquello que empezó siendo un pequeño taller mecánico con un torno y una fresadora se haya convertido en lo que es ahora Orellana y Santaella, S. L., Componentes de Automóviles. Eso, Enrique, es el esfuerzo de tres generaciones que se te brinda en bandeja. Quiero que estudies Ingeniería Industrial, cosa para la que sin duda estás capacitado, y que te prepares para, en su día, ocupar mi lugar como director de la fábrica. Sé que constituiría para ti un gran porvenir. Pero me consta, tras la conversación con el padre Mendizábal, que tienes otros proyectos.

Todo esto lo dijo don Julián sin un ápice de acritud, calmado y sereno, como si propusiera a Enrique ir ese domingo al campo de fútbol del Barcelona.

El ruido de los coches que circulaban por la calle de Aragón era el único sonido, aparte del tictac del carillón, que se percibía en ese momento en la amplia estancia.

Enrique carraspeó levemente. Después, en un tono más bajo de lo habitual, se dispuso a defender su postura.

—Padre, cuando cumplí seis años los Reyes me trajeron un violín, además de un balón de fútbol, un tren eléctrico, un soldado que caminaba solo tocando el tambor y... más cosas. Recuerdo que aquel violín fue para mí como un imán. Dejé de lado los otros juguetes y anduve todo el día intentando sacarle una nota. Al poco tiempo, viendo mi afición, mamá me puso un profesor, el señor Serrano, quien le dijo que con aquel juguete no podría aprender. Una semana después, mamá me regalo mi primer violín de verdad, con el que me costaba tocar de tan grande como era para mí... Y ahí empezó todo. Luego, en el colegio, continué las clases con el maestro Arancibia, y enseguida me di cuenta de que adelantaba a alumnos mayores que yo, chicos que habían empezado los estudios antes, y tuve claro que para mí aquellas clases eran mucho mejor que el recreo. Al cabo de un tiempo vino el señor Costa, el primer violín del Liceo, y opinó que sin duda ése era mi futuro, y un futuro prometedor. Y no pretendo presumir, pero recuerde que me oyó tocar el día de la Promulgación de Dignidades... Ése es, padre, el porvenir que deseo para mí, y le juro por lo que más quiero en el mundo, que son usted y mamá, que no pienso ser un fracasado... En el mundo hay grandes concertistas de muchos instrumentos. Todos son famosos y se ganan muy bien la vida.

Enrique hizo una pausa y sostuvo la mirada severa de su padre.

—Ésos, Enrique, son la minoría; la mayoría es otra: músicos que se arrastran de fiesta mayor en fiesta mayor, entreteniendo al personal para que baile bajo el entoldado de rayas blancas y azules que se monta en la plaza principal del pueblo, malcomen en una fonda y no todos los días caliente, para partir al día siguiente formando parte de un mundo de cómicos ambulantes y fracasados.

Tras estas palabras, don Julián suspiró profundamente.

—La verdad, Enrique, ése no es el ideal que tenía planificado para ti ni es, desde luego, tu futuro. Y no lo es porque has nacido donde has nacido y porque tu familia estará siempre detrás de ti. No todos los que persiguen un sueño tienen tras de sí una red de seguridad... Te he oído tocar el violín y me consta que lo haces muy bien, y si personas como tu maestro el señor Arancibia o el violinista señor Costa dicen que puedes llegar muy alto lo creo a pies juntillas. Aun así, eso no me basta. En primer lugar, puedes ser muy bueno pero tal vez no consigas llegar a la altura que han marcado esos entendidos. A lo largo de una carrera hay muchas circunstancias que influyen en ella, desde sufrir un accidente en una mano hasta tener un representante artístico que guíe indebidamente tus pasos. Es lo mismo que sucede con los pintores: uno es buenísimo y no vende y otro que no lo es pero tiene un marchante que sabe moverse a nivel internacional sí triunfa. Ésa es una de mis preocupaciones. La otra es egoísta, lo confieso, pero no he trabajado tan duramente durante tantos años para que el fruto de mi esfuerzo se vaya por el sumidero. Tú conoces la fábrica, sabes cuántas familias viven de ella. Desde el comienzo, la dirección de Orellana y Santaella ha estado en nuestras manos, y mi sueño, tras tu consiguiente preparación, era pasarte el testigo... Y de repente me encuentro con que mi único hijo ignora mis deseos y quiere dedicarse a algo que, como afición, me parece maravilloso. Ya sabes que a mí me gusta la caza, pero ¿qué habría dicho mi padre si le hubiera planteado que no quería ser ingeniero y que deseaba dedicarme a matar perdices? ¿Imaginas cuál es mi disgusto al pensar que tengo que contratar a alguien, ajeno a la familia, para que me sustituya cuando me retire?

Enrique dejó en el aire unos instantes el interrogante de su padre. Después habló en un tono conciliador, intentando resolver los problemas que su progenitor le planteaba sin renunciar por ello a su gran sueño.

—Padre, las cosas no tienen por qué ser así. Podemos conciliar su deseo con mis sueños.

En los ojos de don Julián amaneció una luz.

—¿Quiere eso decir que seguirás con tu violín como afición pero que, con el tiempo, llegarás a dirigir la fábrica?

—Quiero decir que seguiré con el violín y que el apellido Orellana figurará al frente de la fábrica.

—La fábrica no puede dirigirse en ratos perdidos. Un complejo tan importante requiere toda la dedicación de la persona que esté al frente.

—Y esa persona, tras la consiguiente preparación, como usted dice, podría ser mi hermana Gloria, que es tan Orellana como yo y desde luego mucho más lista.

En las pupilas de don Julián brilló una chispa de decepción y de cólera.

—¿Me estás hablando en serio?

—Completamente en serio, padre.

Una larga pausa, amarga y espesa, se estableció entre ambos.

—Hay varios inconvenientes, Enrique. En primer lugar, y eso es obvio, tu hermana es mujer, y una mujer gobernando a cinco mil hombres no entra en mi cabeza. ¿Conoces a alguien en estas condiciones? Yo no y tú tampoco. Y en segundo lugar, no estoy dispuesto a hacer el ridículo y que mis amigos del Círculo Ecuestre y del Círculo del Liceo digan: «Julián Orellana se ha vuelto loco, ¡ha puesto al frente de la fábrica a su hija Gloria!». ¿Te imaginas los comentarios?

—En Francia y en Inglaterra las hay —argumentó Enrique.

—Confundes los términos. Las sufragistas inglesas reivindicaron los derechos de las obreras en el siglo pasado, pero de eso a dirigir un gran complejo industrial hay un abismo... Y, además, esto es España y aquí las cosas son distintas. No hace falta que te lo diga.

—¿Y cómo son, padre?

—Tú, si tienes cabeza, podrás ser ingeniero, y según mi criterio, si no la tienes, violinista; tu hermana es mujer y no tiene elección. Su obligación en la vida es otra: casarse y tener hijos. Y si soy afortunado me dará un nieto que estudie lo que tú no quieres estudiar para que cuando yo tenga ochenta años, si llego, y ande encorvado y con bastón, me sustituya al frente de la fábrica y ocupe el lugar que tú te niegas a ocupar, y que siempre ocupará un Orellana.

Enrique se dirigió a su padre en un tono respetuoso pero firme.

—Soy capaz de hacer cualquier cosa que me pida... menos renunciar a mi sueño.

—¿Es eso verdad?

—Póngame a prueba.

—Está bien, vamos a poner a prueba tu vocación... No me opondré a que intentes ser un violinista de fama mundial, pero hay algo que, lo quieras o no, tienes que cumplir, y es tu deber con la patria. Debes hacer el servicio militar. Y espero que, cuando termines, tus veleidades de muchacho soñador hayan desaparecido...

—¿Y si no es así?

Don Julián suspiró resignado.

—No puedo obligarte a hacer lo que no deseas. Tú no serías feliz y, en el fondo, tampoco yo lo sería. Si cuando termines el servicio militar sigues empeñado en proseguir con tus estudios de música, irás a París con mi bendición... y con mi dinero, ese que sale de la fábrica que ahora menosprecias, por cierto.

Tras la conversación con su padre y luego de meditar el compromiso adquirido, Enrique sintió la necesidad de hablar con el padre Mendizábal, por lo que al siguiente jueves, que era cuando el religioso recibía visitas, se dirigió a los Jesuitas de Sarriá.

Pese a haber terminado sus estudios, su popularidad en el colegio continuaba igual que siempre, de manera que, nada más verlo, el hermano portero salió de la cabina acristalada y, tras interesarse por sus planes futuros, atendió su petición de entrevistarse con el prefecto. Así, después de los timbrazos de rigor y la consabida consulta telefónica, anunció a Enrique que el padre Mendizábal lo esperaba en su cuarto.

Enrique había acudido allí en otras ocasiones. El sacerdote, además de prefecto de la congregación, había sido su padre espiritual y, al fin y a la postre, la persona a quien debía el inmenso favor de haber enfocado su vocación musical. Los aposentos de los padres estaban en la tercera planta y, llegado a la puerta correspondiente, golpeó con los nudillos.

—¡Pasa, Enrique!

Abrió la puerta y se introdujo en aquel espacio conocido. Arrumbado a un lado, estaba el sobrio catre; a un costado había un reclinatorio con un crucifijo enfrente y al otro tres anaqueles atestados de libros, delante de los cuales se hallaba la sobria mesa de despacho del sacerdote, con su sillón giratorio y dos sillas frente a ella. El padre Mendizábal lo aguardaba de pie, y nada más verlo y siguiendo su inveterada costumbre le alborotó cariñosamente el cabello.

—Bienvenido, Enrique, te esperaba antes. —Después el jesuita tomó distancia para observarlo mejor—. Dime, ¿te has entrevistado con tu padre? Ven, siéntate y cuéntame.

El sacerdote ocupó su lugar y Enrique se sentó frente a él.

—Sí, padre. No ha sido fácil, pero ha sido posible. Creo que la charla que tuvo usted con él me allanó el camino.

El jesuita alzó sus pobladas cejas en actitud interrogante.

—Esperaba que resultara más difícil. Y, en el fondo, mi padre tiene razón: antes de marcharme a París, es mejor que me quite la mili de encima. Creo que está convencido de que la vida castrense me abrirá los ojos y me quitará de la cabeza las ganas de ser músico.

El cura meditó unos instantes.

—Bueno, aguardar un tiempo antes de tomar una decisión definitiva no me parece mala cosa. Y es verdad que tu camino quedará más despejado si cumples primero con tus obligaciones como español.

Ahora el que meditó unos segundos fue Enrique.

—Tengo un problema de conciencia, padre. Por eso he venido... Se trata de algo que no tiene mucho que ver con el servicio militar.

—Cuéntame, e intentaremos resolverlo... Ése es mi cometido.

—Estoy enamorado, padre, desde este verano.

—Bien, eso acostumbra a suceder a tu edad todos los días. ¿Y qué problema tienes?

—No veo lugar para esa chica en mis planes... Primero la mili, luego mi carrera en París. No puedo detener la vida de una persona durante tantos años, los mejores de la vida de una mujer. No sé qué hacer...

El padre Mendizábal asintió con la cabeza.

—Tú no creerás que yo nací cura, ¿verdad? Cuando Dios me llamó y tuve que entrar en el seminario de Veruela, estuve fumando un paquete de cigarrillos tras otro mientras daba puntapiés a mi maleta, preguntando a Dios por qué me llamaba... Yo también estaba enamorado de una muchacha de Bilbao, y lo de los curas es más grave, pues para nosotros la renuncia es definitiva. —El sacerdote se puso serio—. Lo que voy a decirte no te gustará: el violín, como todos los instrumentos de cuerda, requiere una dedicación constante. Supongo que durante la mili te resultará difícil practicar, y deberás encontrar tiempo para ello. Y luego, si te marchas a París como tienes previsto... Sí, a esa joven le aguardan años de espera, las cosas como son.

—¿Entonces, padre...?

—Sería egoísta por tu parte encerrarla en casa durante tantos años, y la mujer honrada no tiene otro camino. Sigue el tuyo y te darás cuenta de que los designios de Dios son inescrutables. Reconozco que lo tienes muy difícil, Enrique. Pero no pierdas la fe... Sigue tu camino, como te he dicho, y que ella siga el suyo. Si está de Dios que ambos tengan que cruzarse, no dudes que así será. —Al ver el rostro demudado del muchacho, el cura añadió—: Mi obligación es dar, en conciencia, el consejo adecuado, lo que ocurre es que en muchas ocasiones no es el que le gustaría oír a la persona que viene a buscarlo. No obstante, ten por seguro que cuando hacemos lo correcto, el espíritu descansa y nos permite dormir en paz.

Enrique salió de la celda del jesuita con lágrimas en los ojos, pero decidido a seguir sus consejos. Con el tiempo, quizá Mariana se convirtiera únicamente en un bello recuerdo.

5

El bar Escocés

1977

Eran las cinco en punto cuando Mariana empujaba la puerta del Escocés. En la barra, sentados en taburetes altos, tres hombres charlaban con uno de los camareros propietarios, y éste, al verla, dejó la conversación y se dirigió al ángulo de la caja registradora, donde ella se había detenido. La conocía de otras veces, pues estando su casa tan próxima, llegado el buen tiempo Mariana se sentaba de vez en cuando en la terraza del bar para leer el periódico que había comprado en el quiosco de la esquina. Se dirigió a ella.

—Buenas tardes, señora Lozano. ¿En qué puedo servirla?
—Ponme un café con leche muy caliente, por favor.
—¿Lo tomara aquí, en la barra?
—No, llévamelo a la mesa del fondo. Estoy esperando a mi marido.
—Ahora mismo, señora.

La conversación que tenía que sostener con Sergio no era precisamente para oídos extraños, por lo que fue a ocupar aquella mesa alejada de la barra y provista de unos sillones curvos de cuero que eran muy cómodos, si bien costaba levantarse de ellos. En la mesa había un ejemplar de *La Vanguardia*, y Mariana lo hojeó distraídamente mientras esperaba a que le sirvieran la consumición. Era el primer verano tras las elecciones democráticas que se habían celebrado el 15 de junio, en las que Adolfo Suárez había sido elegido presidente. Era un hombre apuesto, sin duda, pensó Mariana mientras pasaba las páginas del periódico sin poder concentrarse en ninguna de las noticias.

Pocos minutos después llegó su café con leche, y justo cuando le ponía el terrón de azúcar sonó la campanilla de la puerta anunciando la llegada de un nuevo parroquiano. La voz del camarero llegó clara hasta ella.

—Don Sergio, su esposa le espera en la mesa del fondo.

Sergio miró hacia donde el hombre le indicaba para cerciorarse y pidió:

—Ponme un Cutty Sark de dieciocho años con hielo y una botella de agua mineral.

Sergio se encaminó hacia ella, perfecto como de costumbre con una americana de color tabaco y unos pantalones beiges con la raya impecable. Se agachó para darle un beso, y Mariana, en un acto reflejo, apartó el rostro.

Sergio se sentó a su lado.

—Algo muy grave tiene que ocurrir para que me llames a esta hora y me retires la cara. A ver si te explicas.

Mariana lo observó como si fuera la primera vez que lo viera.

—Quien creo que debe explicarse eres tú.

Enseguida llegó la consumición, y con ese instinto que tienen las personas acostumbradas a tratar con el público, el camarero dejó rápidamente el pedido en la mesa y, tras retirar el tapón corona de la botella de agua, se retiró.

Sergio intuyó el temporal. Se puso dos cubitos de hielo en el whisky y dio un sorbo.

—¿Qué es lo que debo explicar? —indagó.

—¿Estás diciendo que no te lo imaginas?

—A estas horas y haciéndome salir del despacho con semejante urgencia, la verdad es que no caigo.

—Pues te lo cuento. De entrada, ¿por qué, tras muchos esfuerzos, has pagado las acciones a Pascual Campins y a mi padre, que te las compró mucho antes, ni le has hablado del asunto?

Sergio dio otro trago largo a su consumición.

—¿Y eso quién te lo ha dicho?

—¡Si te parece, el portero de casa! ¿Quién iba a decírmelo?

Sergio meditó unos instantes.

—Pensaba que tu padre era un hombre más discreto, pero por lo visto me he equivocado.

Había pinchado en hueso. Si algo no toleraba Mariana era que alguien se metiera con su padre.

—Pero ¿qué te has creído? Mi padre te deja dos millones de pesetas, que ahorrar esa cantidad le ha supuesto operar muchas cataratas… Tienes su dinero casi dos años, pagas a un amigo que él te aportó, y a él ni le comentas nada.

Sergio pensó que la mejor defensa era un ataque.

—Esas cosas se arreglan entre hombres… Siempre supe que tu padre deseaba para ti a alguien en mejor situación económica que la mía y me parece que, en el fondo, me tiene celos, porque te adora y siempre ha tratado de separarnos.

Mariana observó a su marido con unos ojos que Sergio no recordaba haberle visto nunca. Un brillo iridiscente encendía sus pupilas con el fulgor de los de una gata a punto de saltar.

—¡Mira, Sergio, a mi padre ni tocarlo! Te lo digo una única vez y muy clarito. De lo contrario, ¡acabaremos mal!

Sergio recogió velas. En aquella situación no le convenía envenenar las cosas.

—Perdona, pero me habría gustado arreglar esto hablando con él sin que te enteraras. Las mujeres no entendéis de negocios, y me ha sentado mal que se adelantara.

Mariana, que idolatraba a su padre, se había sentido muy lastimada. Ante la respuesta de su marido, adoptó un tono más explicativo, aunque a todas luces reivindicativo.

—Sabes que antes de conocerte tuve varios pretendientes, y mis padres no sólo no me empujaron hacia ellos sino que, en algún caso, se opusieron. Ya te expliqué por qué me enviaron a Roma... Mi padre vio en ti a un joven con aspiraciones que iba a hacerse a sí mismo, como él hizo, que se sacó la carrera ayudado por su hermano y estudiando de noche porque trabajaba por las tardes. —Hubo una pausa—. No sé por qué te cuento todo esto... Explícame tú por qué no le has devuelto a mi padre sus dos millones antes de pagar a Campins.

Sergio adoptó una postura condescendiente, como la de quien quiere explicar algo a alguien que no está preparado para entenderlo.

—Mariana, guapa, en los negocios dos y dos no siempre son cuatro... Hay situaciones en las que conviene tomar decisiones que a ojos de cualquier persona ajena al asunto parecen otra cosa.

Mariana miró a su marido como se mira a un extraño.

—Sergio, mi padre es la persona más legal que puede haber en este mundo, y si se ha extrañado de que ni siquiera le hayas comentado nada y haya tenido que enterarse por terceros de que estás pagando dividendos... o deudas a personas que entraron en el negocio después de él, es que algo estás haciendo mal.

—Tu padre, Mariana, es médico. Él no conoce el mundo de las finanzas.

—¡Ni el de los chanchullos! Explícame, y lo entenderé porque no soy tontita, con qué criterio pagas a unos antes que a otros que invirtieron en primer lugar.

Sergio se engalló de nuevo y alzó la voz.

—¡Porque ya te he dicho que en los negocios dos y dos no siempre son cuatro! ¡A ver si te enteras!

Hubo una pausa tensa.

—Ya me he enterado. —Mariana hablaba en un tono que Sergio desconocía—. Mañana por la mañana te acompañaré al banco, sacarás los dos millones de mi padre e iremos juntos a devolvérselos.

—¡Mañana no iremos a ningún lado!

—¡Pues iré yo sola a hablar con Carlos!

Mariana conocía de sus tiempos de soltera a Carlos Claramunt, director de la sucursal del banco Santander de la calle de Mandri, y eran buenos amigos.

—Mariana, por favor, no me pongas en evidencia.

—Entonces, explícame dónde está el dinero de mi padre.

Sergio recogió velas de nuevo; aquella tesitura no le convenía nada. Intentó tomar la mano de Mariana y ésta la apartó.

—A ver si lo entiendes… En ese negocio hay que jugar con el dinero y con el descuento de los bancos.

—Con el dinero de los demás, querrás decir.

Sergio hizo como si no hubiera oído el comentario de su mujer.

—No, Mariana, lo que ocurre es que a veces hay que atender primeramente un asunto en detrimento de otro, y contando con que tu padre es mi suegro entendí que podía aplazar el pago de sus acciones para ocuparme de otras necesidades más urgentes.

A Mariana le vino a la memoria lo del «informe no del todo bueno» al que se había referido su padre.

—¿Como comprarte el BMW? Ésas son tus necesidades más urgentes.

Sergio se excusó débilmente.

—Tenía que cobrar la comisión de la venta de las hectáreas de Arturo Planas pero luego eso se vino abajo.

—¿Y…?

—Ya había comprado el coche y vencía el plazo del pago de las acciones de un socio que es un plasta… Ya lo conoces, Rubén Biosca. Es abogado y tiene muy mala gaita.

—Y te compraste el BMW con su dinero.

—Y te regalé los pendientes de zafiros —se defendió Sergio.

—¡No me sirve, Sergio, no me sirve! No quiero que me regales nada, y menos aún con un dinero que no es tuyo... Por el amor de Dios, ¿es que no entiendes que lo único que me importa es que los colegios de los niños se paguen puntualmente y poder vivir tranquila, sin que el teléfono suene a cada nada preguntando por ti y diciendo que es urgente que devuelvas la llamada en cuanto llegues? Por cierto, Rubén Biosca ha telefoneado tres veces.

Sergio se alarmó.

—Ordené a Petra que, si llamaba, le dijera que estoy de viaje.

—Lo he cogido yo. A mí no me dijiste nada... Y no me gusta mentir. ¿Por qué te busca con tanto desespero? Insiste en que si no le llamas vendrá casa a verte.

Sergio se vino abajo.

Mariana hizo una señal al camarero, que acudió presto.

—Por favor, tráigame un papel y présteme un bolígrafo.

El hombre sacó del bolsillo superior de la chaqueta el bloc de comandas, rasgó una hoja y se la entregó a Mariana.

—¿Dónde estamos, Sergio? —preguntó ella.

Fueron tres largas horas de explicaciones. Mariana se horrorizó... Su marido había cobrado las primeras letras de las cuatro últimas casas de la urbanización y debía el importe íntegro a Jesús Samper, su patrono. Había usado el dinero de accionistas de la compañía, que iba pagando con las cantidades que otros compradores adelantaban a cuenta, de manera que la pelota se había transformado en un globo terráqueo. Aquello era una bomba de relojería que podía explotar en cualquier momento.

El horror de Mariana iba en aumento. Con la punta del boli, siguiendo las columnas de los números, hizo unos cálculos.

—Debes, así por encima, noventa y seis millones de pesetas. ¿Cómo piensas pagarlos?

Sergio se irguió y se apoyó en el respaldo del sillón. Respiró profundamente y se llevó la mano derecha el pecho.

Mariana se asustó.

—¿Qué te pasa?

Al ver que su marido no respondía le puso la mano en la frente, perlada de pequeñas gotas de un sudor frío.

—¿Te encuentras mal?

—Se me ha disparado el corazón.

Mariana le tomó el pulso.

—Lo tienes muy irregular… Diré al camarero que pare un taxi. Nos vamos a casa. Y en cuanto lleguemos, llamaré a Fidel Torres.

Mariana no aguardó más. Con un gesto rápido, pidió que le llevaran la cuenta. El camarero acudió presto.

—Llame a un taxi, por favor —le dijo en tanto pagaba—. Mi marido no se encuentra bien.

—¡Ahora mismo, señora!

Partió el hombre, y al cabo de unos minutos regresó acelerado anunciando que el coche estaba delante de la puerta. Sergio se puso en pie y, apoyado en su mujer y en el camarero, salió muy despacio en busca del taxi.

El conductor se extrañó de que lo llamaran para cubrir una distancia tan corta.

—Es que el señor está indispuesto —le aclaró Mariana una vez acomodados en el vehículo.

El taxista aceleró.

—Aquí estamos para lo que haga falta.

Al cabo de diez minutos Sergio se hallaba en su cama reclinado sobre dos almohadones, en tanto que su mujer hablaba con el médico por teléfono.

—Fidel, perdona que te llame a estas horas, pero tienes que venir a casa porque Sergio se encuentra mal y creo que tiene arritmia.

Fidel Torres, si bien estaba ya jubilado, era un médico de gran experiencia y amigo de los padres de Mariana. Durante muchos años había atendido a la familia Casanova Artola.

—¿Tiene dolor en el costado izquierdo?

Mariana se explicó:

—Estábamos tomando una copa en el Escocés, y de repente ha empezado a sudar, la cara se le ha puesto blanca como el papel y se ha llevado la mano al pecho.

Un silencio, augurio de nada bueno, se oyó por el auricular.

—¡Voy ahora mismo! Procura que tosa fuerte y que respire hondo... No quiero asustarte, pero puede ser un infarto. Salgo de inmediato.

Mariana colgó el aparato y a punto estuvo de llamar a su padre, pero se contuvo por no preocuparlo. Mientras aguardaban la llegada de Fidel, urgió a Sergio para que tosiera y respirara hondo.

No había transcurrido un cuarto de hora cuando sonó el timbre de la puerta. En el instante en que Mariana salía al pasillo, Petra ya iba a su encuentro en compañía del médico. Un rápido beso en la mejilla del anciano, y ambos se dirigieron al dormitorio.

Fidel Torres se puso en acción. Tomó el pulso a Sergio y, acto seguido, sacó de su maletín un estetoscopio con el que le auscultó el latido del corazón, primero en la espalda y luego en el pecho. Tras una prolongada inspección se dirigió a Mariana.

—Tiene una fuerte arritmia, pero creo que es nerviosa. —Después, en tanto se limpiaba las gafas sin montura con un pañuelo blanco, se volvió hacia Sergio—. Me parece que deberíais planteáros la vida de otra manera. Los jóvenes queréis comeros el mundo y trabajáis demasiado... Mañana iréis a ver al doctor Framis, un cardiólogo amigo mío cuya opinión es, sin duda, mucho más valiosa que la mía. Yo lo llamaré. Pero antes, Sergio, te tomarás esta noche unas gotas de Coramina e intentarás dormir. Ya verás como mañana te encuentras mucho mejor. —Luego se dirigió a Mariana—: Ahora te hago la receta para que envíes a tu chica a la farmacia.

—Fidel, ¿se lo cuento a mis padres?

El anciano médico le puso la mano derecha sobre el hombro.

—No hay necesidad de alarmar a nadie… Procura que Sergio descanse. Y descansa tú también, que tienes muy mala cara.

Tras estas palabras y después de hacer la receta, el doctor Torres, acompañado por Mariana, se dirigió al recibidor, donde cogió su sombrero, su bastón y su maletín. Mariana le abrió la puerta.

—Fidel, no sé cómo agradecerte…

—Déjalo, Mariana, aún recuerdo cuando te escondías en el cuarto de la leña porque no querías que te vacunara… Cuida a tu marido y cuídate tú también. Los jóvenes andáis siempre acelerados, y no hace falta correr. La vida corre sola.

Partió el médico, y tras una breve pausa Mariana cerró la puerta, se dio la vuelta y apoyó la espalda en la pared. Esa tarde el mundo se le había venido encima.

6

Viudas y huérfanos

Marzo de 1962

Mariana Casanova tenía diecisiete años, era espigada y estaba a punto de romper en mujer importante. Sonó el teléfono, y se precipitó hacia el aparato del pasillo. Esperaba una llamada de su íntima amiga del colegio, Gloria Orellana, pues habían quedado para ir a merendar con dos amigas a la Granja La Catalana de la avenida Diagonal. Descolgó el auricular y, a la vez que en la radio de la cocina sonaba Antonio Machín cantando «Angelitos negros», oyó la voz de Teresa, la camarera, que ya se había puesto al teléfono. Mariana escuchó cinco segundos la conversación. Era una mujer que preguntaba por su madre. Mariana colgó el auricular negro.

—¿De parte de quién le digo? —preguntó Teresa—. Un momento, por favor.

La chica, luego de colgar el aparato, se dirigió al salón.

—Señora, tiene una llamada.

—¿Quién es?

—Doña Concepción Moragas, presidenta de la Cruz Roja.

Doña Pilar descolgó el teléfono que estaba sobre la mesita auxiliar, junto con un retrato de sus tres hijas y un pequeño listín.

Doña Concepción Moragas era la dama que movía a la sociedad barcelonesa en cuantos eventos o festivales de caridad se organizaban en la ciudad.

—¿Concepción?

—Hola, Pilar... ¿Te importuno?

—¡Tú no importunas nunca! Dime.

Después de los consabidos saludos de rigor, doña Concepción se explicó:

—He de pedirte un favor.

—Si está en mi mano, dalo por hecho.

—¡Te tomo la palabra! Verás, el domingo en la Monumental va a celebrarse una corrida de beneficencia para las viudas y los huérfanos del ejército. Participarán el rejoneador Rafael Cañamero y los diestros Joaquín Bernadó y Chamaco. Estoy buscando un ramillete de muchachas de la alta sociedad que darán la vuelta al ruedo en una calesa descubierta. Pilar, te pido que me prestes a tu hija Mariana, que es preciosa, para que sea una de esas seis muchachas.

Doña Pilar vaciló unos instantes.

—Pero si es una criatura... Acaba de cumplir diecisiete años.

—¡Qué me dices! Parece ya una mujer... En cualquier caso, da igual; es meramente un paseo, y luego tendrá que sentarse bajo el palco presidencial, en la barrera, para presenciar la corrida. Será un recuerdo imborrable para ella.

—¿Qué otras chicas van?

—Las dos hijas de los Montobio; Nora, la mayor del banquero Arturo Grases; Nurita Portabella, y María Emilia, la pequeña de los Pombo.

Doña Pilar se sintió comprometida y se defendió débilmente.

—Concepción, todas son más mayores que Mariana.

—Un año o dos más... Pero no tiene importancia. —Ante el tono de duda de doña Pilar y para inclinar la balanza, apostilló—: Presidirá la corrida el capitán general don Pedro Martí

Alonso, que estará acompañado de su esposa, la marquesa de Villatorcas.

Hubo una pausa.

—Como comprenderás, he de hablarlo con mi marido. Llámame después de comer.

—Por supuesto. Pero Pedro dirá que sí. Todo lo que tenga que ver con su querida Cruz Roja va a parecerle bien. ¿Te llamo a las cuatro y media?

—De acuerdo. Lo consultaré con él mientras comemos y te daré una respuesta.

—Me lo has prometido... Si quieres, hablo yo con él.

—No es necesario. Llámame después.

Concepción Moragas, que conocía la profunda religiosidad de Pilar Casanova, argumentó:

—Recuerda que, al fin y a la postre, es para una obra de caridad, y nuestras viudas y nuestros huérfanos se merecen esto y mucho más.

Las dos mujeres se despidieron.

Pilar colgó el aparato y se quedó pensativa unos instantes. Pedro la complacía en todo cuanto ella le planteaba, de modo que sabía de antemano cuál sería su respuesta. ¡Mariana iba a enloquecer de alegría! Pero pensó que era mejor no decírselo hasta hablar con su marido, no fuera que la chica se hiciera ilusiones y luego un imprevisto frustrara el plan. Mariana llevaba unos meses tristona, sin que ni ella, que era su madre, hubiera podido adivinar el porqué, y no quería darle esperanzas que luego se malograran. Después, su orgullo maternal la llevó a considerar que su hija era mucho más hermosa que las demás muchachas y que en aquella calesa descubierta luciría como una rosa entre margaritas.

A las dos y media, como de costumbre si no lo retrasaba alguna intervención quirúrgica, el reputado oftalmólogo don Pedro Casanova llegaba a su casa. Abrió la puerta con su llave y entró sin hacer ruido. Oyó a sus hijas Mariana y Alicia hablando en el dormitorio de la primera, y vio al fondo, en el salón contiguo al comedor, a su mujer. Estaba sentada en el sofá que había debajo de la ventana haciendo, como tantas otras veces, el crucigrama de *La Vanguardia*. Tras cerrar la puerta con cuidado, dejó el sombrero y el abrigo en el perchero de la entrada y fue al encuentro de Pilar mientras se alisaba con la mano derecha el frondoso, rizado y algo canoso cabello.

A pesar de los años transcurridos desde su boda, encontraba a su mujer estupenda; le había dado tres hijas preciosas y mantenía todavía la misma figura que cuando la conoció en San Sebastián durante la guerra.

Pilar dejó a un lado el crucigrama y alzó el rostro para que su marido la besara.

—¿A que no sabes quién me ha llamado esta mañana?

Pedro se sentó a su lado.

—Marta desde Lisboa.

La primogénita de los Casanova residía ahora en Lisboa con su marido, un buen abogado que se había instalado en la capital lusa y trabajaba allí para un prestigioso bufete. Hacía poco que habían tenido su primera hija, Susana, que era la alegría de la familia.

—No.

—No me vengas con adivinanzas, que traigo un apetito de hombre de las cavernas.

—Está bien. Ha llamado tu antigua presidenta.

Pedro la miró extrañado.

—¿Concepción?

—La misma.

—¿Qué quería? Pese a que ya no estoy en la Cruz Roja, y que conste que es una buenísima persona, la temo.

Pilar, brevemente, puso al corriente a su marido de cuanto había hablado con Concepción Moragas.

Pedro se puso en pie y comenzó a pasearse frente a ella. De pronto se detuvo.

—Es tremenda, si te descuidas puede meterte en cualquier berenjenal. ¿Se lo has contado a Mariana?

—No quería que se hiciera ilusiones antes de hablar contigo.

—De lo cual infiero que tú lo apruebas.

—Opino que es algo muy especial. Y esas cosas marcan. Mariana no lo olvidará en toda su vida.

—Está bien, pero al acabar la corrida iré en persona a buscarla a la plaza. Y ahora vamos a comer.

Pilar hizo sonar la campanilla y al instante compareció la camarera.

—Teresa, avise a las niñas y ya puede servir la comida.

Se sentaron en la mesa alargada, Pedro en la cabecera y Pilar a su derecha. El jolgorio que procedía del pasillo anunció la llegada de sus hijas.

—¿Sería posible que no hicierais carreras cuando se os llama a comer?

Las muchachas detuvieron su precipitada competición, y Mariana se dirigió a su padre.

—¡Papá, no sabía que habías llegado! No he oído el timbre.

Pedro amaba por igual a sus tres hijas, pero, aunque sin confesarlo, sentía una predilección especial por Mariana, tal vez porque era la más parecida a él.

—He entrado con mi llave. Y no he querido interrumpir vuestra conversación.

—¿Cómo sabes que estábamos hablando?

—Muy fácil: es lo que hacéis siempre.

La madre intervino.

—¿Os habéis lavado las manos?

—Yo sí.

—¿Y tú, Alicia?

Silencio acusador.

—Anda, ve.

—Las tengo limpias, mamá. —La niña le tendió las manos.

—No te lo digo dos veces.

—¡Papá...!

—Obedece a tu madre —zanjó Pedro, que delegaba todas las cuestiones relativas a la educación de las niñas en su mujer.

Teresa apareció con la sopera humeante, entrante que el padre de familia no perdonaba.

—Teresa, ¿qué hay después? —preguntó Alicia.

—¡Chipi chapas y canutillos! ¡Ve a lavarte las manos!

La niña partió, conocía el punto de ebullición exacto de su madre.

El padre intervino, conciliador, en tanto que Mariana se sentaba.

—Eres muy estricta con Alicia —comentó a su mujer.

Pilar lo miró.

—Y menos mal que uno de los dos lo es. Si no, esta niña se nos subiría a las barbas.

Una vez bendecida la mesa y servida la sopa, se incorporó Alicia. El ágape, como de costumbre, transcurrió alegre mientras charlaban de cuestiones intrascendentes. Pilar comentó la última carta de Marta llegada desde Lisboa. Echaba de menos a su hija mayor, a pesar de que sabía que era muy feliz con su hijita y su marido, Manolo Martín, que además de ser abogado era deportista; de hecho, había participado como jinete en las Olimpiadas de Melbourne, en 1956, a las que España no acudió en protesta por la invasión de Hungría por parte de Rusia, y se había traído un diploma desde Estocolmo, ciudad que ese año fue sede de las pruebas de equitación. Luego de la sopa de verduras, llegó el plato de carne mechada con puré de patatas.

—¡Yo no quiero!

—¡Tú, Alicia, comerás como todos! En Barcelona hay niños que no comen.

—¡Esta carne se me hace bola!

—¡Pues te la tragas!

Don Pedro intervino conciliador:

—Deja que le hagan una tortilla a la francesa, Pilar...

—No, Pedro. ¡Cada día con la lucha de la carne! —Y volviéndose hacia su hija, le ordenó—: Trae el plato.

—Papá ha dicho que...

—¡Papá no ha dicho nada! Y esto se acabó. O te comes la carne o te vas a tu cuarto.

Alicia se levantó furiosa arrastrando la silla.

—¡Pues me voy a mi cuarto! —respondió airada.

—¡Pues te la comerás para merendar! —Y dirigiéndose a su marido añadió—: Esta niña es terrible. —Luego apostilló—: Y tú, Pedro, tienes parte de culpa.

Se hizo un silencio entre los tres, que duró prácticamente hasta que se sirvió el postre.

—Mariana, tu madre tiene una sorpresa para ti que creo que te gustará —dijo Pedro para aligerar la pequeña tensión.

A Pilar ya se le había pasado el calentón.

—¿Qué es, mamá?

—Está bien, te lo cuento... Esta mañana me ha llamado Concepción Moragas.

Muy despacio y punto por punto, Pilar fue explicando a su hija todo lo relativo a la conversación mantenida con la presidenta de la Cruz Roja.

Mariana enloqueció de alegría. La verdad era que la dejaban hacer pocas cosas, tales como ir con sus amigas del Sagrado Corazón a la heladería Lezo los jueves por la tarde, que no tenía clases en el colegio, o bien al cine de los Jesuitas de Sarriá.

—Pero que conste que yo iré a buscarte.

—Sí, papá. ¡Qué ilusión me hace...!

Mariana se levantó y, lanzando la servilleta sobre la mesa, se precipitó a besar a sus padres.

—¿Me dejáis ir a telefonear a Gloria?

—Ve, Mariana, ve.

Pilar miró a su marido.

—Puedes estar seguro de que tu hija guardará en el cajón de sus recuerdos ese día como uno de los más bonitos de su vida.

Alicia, que había escuchado a su hermana hablar por teléfono, regresó al comedor y se plantó en jarras.

—¡Y yo qué! ¡¿Yo no voy a ir?!

—Tú tienes diez años... Y si no comes carne no crecerás.

—Siempre igual... ¡Estoy harta de ser pequeña!

Finalmente llegó el tan ansiado día. El cartel era de lujo: Joaquín Bernadó y Chamaco, con toros de la ganadería Conde de la Corte, y Rafael Cañamero, conocido como el Centauro de Ayamonte, que rejoneaba un toro de Murube. Fue para Mariana un acontecimiento. Doña Concepción pasó a buscarla en una berlina espléndida, en la que estaban ya instaladas dos muchachas de la alta sociedad barcelonesa: Nora, la hija mayor del banquero Grases, y Nurita Portabella.

La tarde era luminosa y la Monumental estaba abarrotada. A su alrededor se movían los pícaros de la reventa, que se acercaban a los grupos de aficionados ofreciendo su mercancía. Estos últimos aguantarían el tipo hasta que sonara el clarín que anunciaba el primer toro, sabiendo que de esta manera comprarían más barato pues los reventas no querrían quedarse con todo el papel. Las muchachas se encontraron en la puerta número seis con otro coche de similar categoría del que descendieron las otras tres chicas. Las esperaba un empleado de la plaza que las condujo al patio de cuadrillas, donde subieron en la calesa en la que habrían de dar la vuelta al ruedo. Sonó la música y, al compás del pasodoble «España cañí», salió el carruaje descubierto arrastrado por un hermoso tronco de cuatro caballos. El paseo fue triunfal, y los espectadores se partieron las manos aplaudiendo. Mariana pensó que el cielo debía de ser algo parecido a aquello. El mismo empleado las acompañó luego hasta la barrera que estaba ubicada justo debajo del palco del presidente. Allí las instalaron con el consabido revuelo de los espectadores cercanos al ver aquel ramillete de bellezas.

Las muchachas estaban excitadas. No se habían encontrado en otra igual en su vida; todo el mundo las miraba porque eran jóvenes y estaban preciosas. Pero sin duda la más guapa era Mariana Casanova, que llevaba la oscura melena recogida en un moño lateral sujeto con una gran rosa roja.

Se oyeron los clarines, comenzó la música y, al sonido de un brioso pasodoble, salieron las cuadrillas, al frente de las cuales iban dos alguaciles para pedir las llaves a la presidencia. Detrás de sus caballos iba Rafael Cañamero con su jaca Briosa y los seguían los matadores con sus respectivas cuadrillas.

Cañamero hizo una brillante faena, cambiando de montura tres veces, que encogió el corazón de la concurrencia, y cuando ya con el rejón de muerte en la mano obligó a Hacendosa a arrodillarse delante del toro, la plaza se vino abajo. Finalmente, luego de desjarretar al morlaco, dio la vuelta al ruedo con una oreja en cada mano y haciendo caracolear a la yegua con la presión de sus rodillas, lo que se granjeó los aplausos del respetable. Mariana Casanova era la más entusiasta de todas las muchachas, y cuando Rafael Cañamero pasaba frente a ella arrancó del ramo que le habían entregado en la entrada una bella rosa roja y dos claveles para lanzárselos. Falló con los claveles, pero, aunque casi se cayó del asiento, consiguió que la rosa llegara al ruedo justo delante del rejoneador. Cañamero frenó la jaca y, poniendo pie en tierra, recogió la rosa, le dio un beso y, tras lanzarla a su vez a Mariana, continuó el triunfal paseíllo.

Las jóvenes estaban entusiasmadas, y cuando todo finalizó las llevaron al palco de la presidencia donde las autoridades civiles y las militares aguardaban la llegada de los matadores. En cuanto acudieron, se sirvió un vino español y se hicieron grupos pequeños. Mariana estaba a un lado con dos de sus compañeras cuando se le acercó por detrás Rafael Cañamero, quien, al reconocer a la muchacha de la rosa, le tocó suavemente el hombro. Mariana se volvió sin pensar.

—Hola, mi alma… En la cena nos ponemos juntos, que tú y yo hemos de conversar de muchas cosas.

Mariana casi se trabó al hablar.

—Yo no voy a ir… Mi padre viene a buscarme ahora.

—Pero ¿cuántos años tienes, criatura?

—Diecisiete.

—¡Válgame la Soledad! Dímelos de uno en uno… ¡San Pedro se ha dejado abierta la puerta del cielo y se le ha escapado un angelito!

7

El banco

1977

Aquel verano, inusualmente fresco, fue de vértigo. Sergio, en vez de marido, era un niño incapaz de enfrentarse a la circunstancia que él mismo había creado. Por recomendación médica, y luego de hablar con los padres de Mariana, se fueron a veranear con los niños al Castell, otro afán de grandeza de Sergio, a quien le encantaba figurar. Al menos en ese caso había conseguido que un amigo les prestase la casa, así que no les costaba nada, aunque a Mariana le había sentado mal dejar la casita de la cala, que había sido de un pescador al que todos llamaban el Gota porque exprimía las botellas «hasta la última gota». El hombre guardaba allí las redes y los aparejos de pesca, y Mariana y sus hijos habían disfrutado en la vivienda, y también con el pequeño chinchorro que tenía un saquito de piedras por ancla, ya que después de perder tres enrocándolas, había optado por aquel sistema mucho más barato e igualmente útil. Valentina y Álvaro fueron felices buscando mejillones en las rocas y, sobre todo, erizos, escogiendo los que llevaban piedrecita porque eran hembras y mucho más sabrosos. Sergio, siempre ansioso por codearse con gentes de nivel —él decía que le convenía para futuros contratos—, había insistido en veranear en aquel caserón con ínfulas de castillo, con dos hectáreas de terreno, huerto y jardín incluidos, y una piscina de dimensiones casi olímpicas que Mariana odió desde el primer día ya que Rebeca aún no sabía nadar, ni tampoco, desde luego, el pequeño Diego; y para más inri, Petra, la chica, que era de un pueblecito de Toledo y sólo conoció el mar cuando llegó a Barcelona, tenía terror al agua.

Mariana se habría quedado en la ciudad, pero los cuatro niños la obligaban, de modo que pensó que mejor era instalarlos en el Castell con Sergio y Petra mientras ella iba a Barcelona para hacer gestiones en un intento de remediar parte de aquel desastre total.

Tras enterarse de las deudas y de los acreedores, tanto bancos como particulares, se proponía iniciar las gestiones con los amigos que ella conocía. Su intención era salvar algo del naufragio y esquivar o retardar las graves consecuencias que podían derivarse de lo que, a pesar de resistirse a calificarlo de aquella manera, la gente común catalogaba como una estafa.

Lo primero que hizo fue hablar con sus padres. Su intención era tranquilizarlos, pero fueron ellos, en especial su padre, quienes le transmitieron un poco de esperanza y de sosiego.

—Por mí no te preocupes, hija. Lo importante es que salgáis de este mal paso antes de que corra la voz por Barcelona, que la gente es cruel y disfruta haciendo daño… Procura arreglar las cosas antes de que arrastren el nombre de Sergio por el barro. Y ya sabes que si puedo hacer algo, sólo tienes que decírmelo.

Mariana respondió con los ojos empañados.

—No, papá, ya te hemos hecho bastante daño.

—¡Por Dios, Mariana! Tú no me has hecho nada. Y no te puedes imaginar cuánto siento haber desencadenado esta situación.

Su madre intervino.

—Tu obligación, Mariana, es ayudar a Sergio. En momentos como éste es cuando la esposa debe estar junto a su marido, más que nunca. Ya sabes: «En la salud y en la enfermedad, en la riqueza y en la...».

—Déjala, Pilar, no es momento para vanos consejos ni recomendaciones. Mariana conoce perfectamente su obligación.

—Gracias, papá.

—¿Qué piensas hacer ahora?

—Llevarme a Sergio y a los niños al Castell y regresar a Barcelona, a ver si consigo salvar algo del desastre.

Su madre intervino de nuevo intentando remediar su última intervención.

—Puedes venir aquí, si quieres... Alicia duerme en tu habitación desde hace tiempo porque es más grande, pero puede volver a la suya.

—Gracias, mamá, pero prefiero dormir en mi casa.

Mariana se fue a Don Pancho. Necesitaba hacer varias llamadas telefónicas y no quería realizarlas desde la casa de sus padres ni tampoco tenía ánimos para enfrentarse a la soledad de su propio hogar. Tomó un café en la barra mientras trataba de poner orden en sus pensamientos. Luego pidió fichas de teléfono y se dirigió al aparato, extrajo su agenda del bolso y, tras consultarla, descolgó el auricular y colocó la ficha. Cuando ésta se deslizó por la ranura transparente marcó el número directo del despacho del director de la sucursal del banco Santander de la calle Mandri y aguardó nerviosa.

Tras cinco timbrazos, Carlos Claramunt respondió.

—Banco Santander. Dígame.

Mariana respiró hondo y notó que el pulso se le aceleraba.

—Carlos, soy Mariana Casanova.

Percibió en él otro tono.

—No hace falta que me lo aclares, reconocería tu voz entre mil.

Mariana, consciente del poder de seducción de una mujer guapa, había observado, desde siempre, que su belleza le abría muchas puertas y no era ajena a que Carlos Claramunt se deshacía en atenciones en cada ocasión que acudía al banco.

—Necesito verte.

—Soy un hombre afortunado, esa frase querrían oírla muchos.

—Cuando sepas el motivo no estarás tan contento.

Carlos Claramunt se puso mentalmente la chaqueta de director de banco, y habló en un tono más serio.

—¿Sergio sabe que quieres hablar conmigo?

—Desde luego.

Hubo una pausa, y la voz de Claramunt sonó algo diferente.

—Ven cuando quieras... Si estoy ocupado, haz que me avisen y despacharé el asunto enseguida.

—Pues voy para allá. Llego en un cuarto de hora.

—Aquí te espero.

Mariana colgó el auricular, respiró hondo de nuevo, se dirigió a la barra y, tras pagar su consumición y las fichas, salió a la Travesera de Gracia con la mano alzada para detener un taxi.

El trayecto fue breve, y a Mariana, metida en sus pensamientos, todavía se lo pareció más. Abonó el importe de la carrera y atravesando la acera se introdujo en la sucursal del banco Santander. En el interior, el ritmo era el de siempre: una pequeña cola en la ventanilla de pagos, dos de las mesas con clientes y otras tres únicamente con empleados tras ellas. La puerta que correspondía al despacho de Carlos Claramunt estaba cerrada. José María, el apoderado, acudió a su encuentro.

—Buenos días, señora Lozano. ¿Puedo hacer algo por usted?

—He venido a ver a don Carlos... Veo que está ocupado. —Mariana señaló la puerta cerrada—. Me ha dicho que se le dé recado a mi llegada.

—Ahora mismo le aviso.

Ya se iba pero se detuvo con el gesto de quien duda entre decir algo o no hacerlo.

—Doña Mariana, ¿sabe si su marido pasará hoy por aquí?

Mariana lo miró como la mujer que ignora cualquier finanza que gestione su esposo.

—No tengo ni idea, José María. Las cuestiones de bancos y cajas las lleva él, yo me ocupo tan sólo de la economía doméstica... ¿Por qué? ¿Es que pasa algo?

El hombre se salió por la tangente.

—Cosas de negocios. Don Carlos desea hablar con él.

—Entonces, si es tan amable de anunciarme...

En ese momento se abría la puerta del despacho del director y éste despedía al visitante, un elegante anciano que cojeaba ligeramente y se apoyaba en un bastón con empuñadura de plata. Carlos lo acompañó hasta la salida. Cumplida la tarea, se dirigió hacia donde ella y el apoderado lo aguardaban.

—¿Cómo estás, Mariana? —dijo dándole un beso en la mejilla.

—Podría estar mejor.

El hombre la observó con talante preocupado.

—Pero ¿estás bien?

—He tenido días mejores.

—Si no me necesitan, me retiro —sugirió el apoderado.

—De acuerdo, José María. Si le necesito le llamaré.

A una indicación de Carlos, Mariana lo siguió a su despacho.

Era una estancia de tamaño regular equipada sobriamente con dos silloncitos para las visitas, una mesa metálica con sobre de cristal y patas de acero, y un sillón giratorio tras ella. Sobre la mesa había una carpeta de cuero, una elaborada escribanía de bronce con plumas y bolígrafos, y la foto de la esposa de Carlos con sus dos hijos, a un lado. Las paredes estaban decoradas con litografías de varios pintores.

Mariana se sentó en uno de los silloncitos en tanto que Carlos se acomodaba tras la mesa.

—¿Quieres tomar algo? —dijo señalando la pequeña nevera que había al fondo.

—Gracias, Carlos, pero acabo de tomarme un café mientras te llamaba por teléfono.

—Entonces te escucho.

Mariana dudó al empezar su exposición.

—Carlos, quiero pensar que, por encima de tu cargo, somos amigos.

El hombre la observó con ojos interesados, mirada que Mariana conocía bien de otras veces.

—No lo dudes.

—Así pues, ¿puedo pedirte un favor?

—Lo que quieras.

Mariana tomó aire.

—¿Me explicas las finanzas de mi marido?

El rostro de Claramunt cambió de expresión y un silencio denso se instaló entre los dos. Tomó entre sus manos un bolígrafo y comenzó a jugar con él.

—Lo que me pides es muy delicado... El secreto de los clientes es sagrado y...

—¡Pero es mi marido!

—Y tú eres su mujer, y en este país la mujer necesita la firma de su marido hasta para abrir una cuenta corriente... Darte datos de las cuentas de Sergio me pone en un compromiso.

—Pensé que eras mi amigo... Voy a explicarte algo.

Mariana, en quince minutos, puso al corriente a Carlos Claramunt de todo lo ocurrido el día de la conversación con Sergio en el Escocés.

Carlos Claramunt se conmovió, pero su rostro no expresó sorpresa alguna.

—Voy a serte muy claro: Sergio se ha metido en un lío... Aquí le hemos pagado talones sin fondos, aunque bien es verdad que hasta ahora los ha cubierto siempre. Sin embargo, desde principios del mes pasado me he visto obligado a suspenderle operaciones. Las cosas no pintan bien.

—¿Qué insinúas?

—Que ya no está en mis manos. Ha pasado al comité de impagados del banco... Lo que voy a decirte ahora sí que lo hago como amigo, Mariana: di a tu marido que tenga cuidado con Jesús Samper, su jefe, a quien mis superiores han tenido que informar. Hace una semana que lo sabe todo, es decir, lo que yo sé. Y que tenga cuidado también con Arturo Planas, que ha dado una pequeña fortuna en pago y señal por unas acciones de la empresa y no ha recibido el certificado de la operación. Pero sobre todo que se cuide de Rubén Biosca... Hace un año avaló a Sergio un crédito de seis millones de pesetas que ha vencido hace seis meses. No puedo aguantar por más tiempo esa demora y vamos a tener que ejecutar al avalista, al que Sergio le debe ya mucho dinero, y Biosca es un abogado con muy mala leche, disculpa la expresión... Tu marido se ha metido en un pantano de muchos millones, y a ti también.

Al ver el rostro demudado de Mariana, Carlos Claramunt se asustó.

—¿Te encuentras bien, Mariana? ¿Quieres tomar algo? —volvió a ofrecerle.

—Ahora sí... ¿Zumo de tomate?

8

El rejoneador

1962

Era el 15 de septiembre, y el día había amanecido nublado como el espíritu de Mariana. Hacía ya varios días que habían regresado del veraneo en Llafranc porque su madre, que era la que mandaba en aquellos menesteres, quiso volver a Barcelona, como cada año, para disponer el ingreso en el colegio de su hermana Alicia y comenzar a planificar los preparativos de su puesta de largo. La situación agobiaba a Mariana; faltaban meses para esa fiesta, y su madre la ponía un poco nerviosa con tanta anticipación. Gloria, su íntima, y el resto de sus amigas todavía no habían regresado del veraneo, y ella se paseaba como un alma en pena por el piso de la calle de Muntaner, con los muebles cubiertos todavía con sábanas blancas para protegerlos del polvo que se generaba durante la canícula a pesar de que la casa estaba cerrada.

El teléfono sonó en el pasillo y casualmente lo cogió ella.
—¿Dígame?
—¿Mariana?
—Soy yo. ¿Quién llama?
—¡Jesús! Qué difícil es encontrar a alguien en Barcelona... Esto no es Sevilla.

Mariana por poco se cae de la sorpresa. Aunque habían

hablado poco rato, reconoció al instante la voz varonil y alegre de Rafael Cañamero.

Casi sin pensar, se encontró preguntando:

—¿Eres Rafael?

—En persona, y lo primero que he hecho al llegar a Barcelona ha sido llamarte.

La voz le temblaba, de modo que Mariana hizo pantalla con la mano sobre el micrófono del teléfono y habló en voz baja.

—¿Quién te ha dado mi número?

—Mi alma, ¡uno, que tiene sus contactos...! Te lo explico cuando nos veamos. ¿Cuándo será eso?

Mariana se quedó desconcertada.

—Mañana sábado iré a misa de diez a San Antonio —respondió de un tirón, sin reflexionar, tras unos instantes de vacilación.

—Hace tiempo que no voy a misa, así que me vendrá bien... ¿Dónde está esa iglesia?

Aquella noche Mariana no pudo dormir, dio vueltas en la cama hasta que el sueño la venció pasadas las tres de la madrugada. Durante el duermevela pensó en muchas cosas. En el fondo la halagaba que aquel hombre famoso al que aplaudían cada domingo diez mil o quince mil personas todavía se acordara de ella, que se hubiera molestado en buscar su número de teléfono, cuando seguro que en cada ciudad lo aguardaban un montón de mujeres. Su rostro se le desdibujaba, dado el tiempo transcurrido, pero no su estampa sobre el caballo, sus zajones de cuero y su semblante cuando tomó la rosa que le había lanzado y, tras besarla, dio la vuelta al ruedo. De alguna manera, eso le había devuelto la ilusión tras el desengaño que le supuso su última conversación con Enrique. Éste le había contado sus planes y, muy serio, le había explicado que su futuro estaba, de momento, en el ejército, cumpliendo con su obligación, y luego en Francia, estudiando violín para ser músico concertista. Mariana había comprendido lo que Enrique pretendía decirle y, pese a su juventud, había sentido la tristeza que causan los amores que se desvanecen. Aunque era casi una niña, aquellos primeros besos de Enrique la habían conmocionado y, con el tiempo, se habían convertido en un bonito recuerdo. Pero ahora otros momentos recordados venían a desplazarlos y durante todo el verano tan sólo pensó en Rafael, al punto de que las charlas, las excursiones y las reuniones en la playa con los chicos de su edad le parecían insulsas y carentes de sentido.

Mariana se arregló cuidadosamente y se dirigió hacia la cocina, donde se encontró con su madre. Pilar estaba dando órdenes a Teresa para la hora de comer.

—Voy a buscar los libros y el uniforme de Alicia. ¿Vienes con nosotras, Mariana? Te veo muy compuesta. —Y después, suponiendo que su hija había ido a la cocina para desayunar, aclaró—: No hay Cola Cao. Teresa aún tiene que ir a la plaza.

—No voy a desayunar, mamá. Iré a misa y tengo que comulgar. —El argumento era irrebatible.

—¿A la Paz?

Mariana se oyó mentir.

—Sí, mamá.

—Me gusta que vayas a misa. Los jóvenes os diluís mucho durante el verano, y un poco de oración y recogimiento te vendrá bien. Si no fuera por lo de Alicia, iría contigo.

Mariana se puso a temblar. Si por casualidad su madre acababa yendo a la iglesia de la Virgen de la Paz y no la encontraba, le resultaría difícil darle una explicación.

Se despidió de su madre, y cogió la mantilla y el misal de tapas de cuero repujado que había comprado con sus ahorros. Por Travesera de Gracia se dirigió a Santaló hasta la iglesia de los capuchinos y empujando la cancela entró en el templo. Un viejo olor, mezcla de madera e incienso, asaltó su pituitaria. Apenas habría una docena de feligreses aguardando la salida del sacerdote. Mariana consultó su reloj: faltaban ocho minutos para las diez. Avanzó por el pasillo central y, tras hacer una genuflexión, se dirigió hacia el banco de siempre y se arrodilló en el reclinatorio. Quiso rezar, pero su cabeza no estaba para oraciones en ese momento. Se preguntó qué estaba haciendo allí, y a punto estuvo de levantarse e irse. Sin embargo, su curiosidad venció el nerviosismo que sentía. Oyó varias veces el chirriar de la puerta, pero no se atrevió a mirar hacia atrás, arrodillada como estaba. Súbitamente, se percató de que alguien accedía a su banco y se sentaba a su lado, y de repente oyó junto a su oído el susurro de la voz que tan bien recordaba.

—Talmente como la Esperanza de Triana... Igualita.

Mariana se volvió y vio el perfil de un desconocido con el pelo castaño y un poco rizado, la frente amplia, la mirada inteligente y divertida, y una nariz aguileña, algo grande, que la observaba divertido al advertir su confusión.

A la salida de misa fueron a la cafetería Tívoli, ubicada en la esquina de Vía Augusta con Muntaner. De ser otro día no habría acudido a ese local, pues era, junto con Don Pancho, uno de los preferidos por doña Pilar para desayunar. Pero imaginó que su madre debía de estar con Alicia en El Corte Inglés, y eso quedaba lejos. Rafael se negaba a dejarla ir sin más, argumentando que le había costado demasiado encontrarla para conformarse únicamente con acompañarla durante la misa.

La cafetería Tívoli, cuyo principal negocio era la charcutería, tenía al fondo una zona junto a la barra en forma de L habilitada con mesitas y sillas, así como con un gran banco arrimado a la pared. Vicente, un camarero entrado en años que la conocía de toda la vida y muy aficionado a «la fiesta», se quedó asombrado al verla con el rejoneador que por entonces era el número uno, a tal punto que la trató de usted, confuso y atolondrado como si se le hubiera aparecido un marciano. Luego de pedir ella un café con leche y un bollo y Rafael un bocadillo de jamón y un café, comenzaron a hablar. Mariana se sintió envarada y nerviosa en un primer momento, pero, ante la naturalidad con la que Rafael afrontaba la situación, fue tranquilizándose, y al cabo de quince minutos hasta sintió cierto orgullo al ver que Vicente indicaba a un parroquiano al que atendía que al fondo estaba desayunando Rafael Cañamero.

Finalmente se aclaró el misterio de cómo había averiguado su teléfono: el cirujano de la Monumental, que había estado en el palco de autoridades el día de la corrida de la Cruz Roja, resultó ser compañero de promoción de su padre, y cuando este último fue a recogerla ambos estuvieron hablando, cosa que no pasó desapercibida al rejoneador, quien, en cuanto regresó a Barcelona tras su triunfal temporada en las Américas, la llamó por teléfono.

El tiempo le pasó en un suspiro y, sin darse cuenta, eran ya las doce y media. Mariana se dijo que tendría que inventar una historia plausible que contarle a su madre ya que dos horas y media era demasiado tiempo para una misa. No obstante, a la vez pensó que había valido la pena, que el rato que había pasado en compañía de aquel hombre era el suceso más apasionante que le había ocurrido nunca. Por un momento se acordó de Enrique Orellana y del verano del año anterior, y sonrió al recordarlo. Era claramente un muchacho, pensó, mientras que Rafael era un hombre hecho y derecho que la hacía sentir mayor. Enrique debía de estar a punto de terminar la mili, y luego se iría a Francia. Rafael, sin embargo, estaba en España y manifestaba sus deseos de verla.

Pensó en lo que Gloria diría cuando se lo explicara, y súbitamente se sintió a años luz de sus jóvenes compañeros de veraneo.

Su cabeza era un torbellino. Rafael Cañamero le dijo que quería volver a verla cuando toreara en Barcelona, y que la llamaría desde las plazas donde estuviera porque había llegado a la conclusión de que le daba suerte. También le pidió, por favor, que le diera una foto de carnet. Mariana no tenía ninguna, pero de pronto recordó algo.

—Foto no tengo, aunque sí algo que a lo mejor te sirve.

Abrió el misal y buscó una estampa. Era una foto suya en la que se la veía vestida y posando como la *Inmaculada* de Murillo. Se la había hecho para una función que había representado en el colegio el año anterior. Cuando se la dio, Rafael la tomó delicadamente entre sus manos y la observó impresionado.

—Ésta irá conmigo por todas las plazas del mundo, junto con la Esperanza de Triana, el Cautivo y la Macarena que me dio mi madre.

9

El Castell

Julio de 1977

Mariana salió destrozada de la entrevista con Carlos Claramunt. Se dirigió caminando lentamente hacia Obispo Sivilla, calle también ubicada en la parte alta de Barcelona, no muy lejos de la casa de sus padres, dispuesta a descansar un par de horas. Aprovecharía para comer algo y poner en orden sus ideas. Luego, a las cuatro, iría a buscar su Volkswagen Escarabajo al taller del señor Jiménez e iría a la Costa Brava. Sergio, siguiendo los consejos del doctor Framis, se había instalado con los niños y con Petra en Palafrugell, donde se reponía del susto que le había dado su corazón mientras tomaba puntualmente sus medicinas. Desde el día del Escocés, Sergio estaba anulado; la falsa seguridad de la que siempre había hecho gala se había fundido como por ensalmo, y Mariana ni pensar quería en cómo reaccionaría su esposo cuando supiera de su entrevista con Claramunt. Fue consciente de que, a partir de aquel momento, era ella quien debía tomar el timón y asumir las decisiones, fueran las que fuesen, sin consultar a nadie.

Entró en Airó, una de sus pastelerías preferidas, y se hizo envolver una bandejita con cuatro bocadillos pequeños, después cruzó la calle y se dirigió a su casa.

En el piso todo estaba en penumbra. Pese a lo precipitado de la partida, trabajando codo con codo con Petra y con la ayuda de su hermana Alicia, que les echó una mano, todo se había recogido. Mariana fue a la cocina, cogió una Coca-Cola de la nevera, abrió la bandejita de los bocadillos y se sentó a la mesa dispuesta a reponer fuerzas. Después, tras dejar todo impecable, se echó en su cama para madurar los siguientes movimientos.

Al cabo de una hora se despertó alarmada. Agotada por los acontecimientos, se había quedado dormida. Se puso en pie, fue al cuarto de baño a adecentarse y, tomada la decisión, se dirigió al taller del señor Jiménez a buscar su coche para ir a Palafrugell, donde vería a los niños y hablaría con Sergio. Al día siguiente regresaría a Barcelona para lidiar los toros que le habían tocado en suerte.

Llegó al Castell a las seis y media de la tarde. Sergio salió a recibirla, y en su mirada Mariana percibió un algo de niño perdido que, pese al disgusto del desastre que había desencadenado, llegó incluso a darle pena. A su lado, Toy brincaba dándole su alegre bienvenida.

—¿Cómo ha ido todo?

—Hablaremos esta noche. Ahora quiero estar con los niños.

Mariana, que añoraba los ratos que solía dedicar a sus hijos durante las vacaciones, jugó con los tres mayores, que la habían echado mucho de menos, y dio la papilla a Diego. En ese rato, inmersa en los juegos infantiles, se olvidó de casi todas sus preocupaciones. Mientras fingía merendar con Valentina y Rebeca, o aconsejaba a Álvaro cómo colocar a los vaqueros para que defendieran el fuerte, los problemas de Sergio parecían desvanecerse. Sin embargo, regresaron en cuanto los niños, rendidos, se fueron a la cama y ella se dirigió a hablar con su marido.

Sergio se había instalado bajo el pequeño porche desde el que, debido a la elevación del montículo, se divisaba el mar y, en lontananza, las titilantes luces de las barcas que habían salido a la pesca del calamar.

Mariana ocupó una de las butacas de mimbre frente a su marido.

—¿Cómo está Barcelona? —preguntó Sergio, entre temeroso y anhelante.

—Medio vacía, como cada julio.

—Normal... Yo me encuentro mejor, hoy no he tenido arritmia.

A Mariana le dio pena aquel pobre hombre que hasta la semana anterior había tenido por un gran experto en negocios.

—Lo que no es tan normal es el estado de tus cuentas en el banco Santander.

Sergio se irguió un poco.

—¿Qué pasa?

—Que he ido a ver a Carlos Claramunt y me ha contado todo.

Sergio adoptó la antigua postura que tanto odiaba Mariana.

—Ya no hay banqueros... Antes el secreto bancario era una religión.

Mariana se sulfuró.

—¡¿Eso es todo lo que se te ocurre decir?! ¿Qué secreto va a guardarte cuando se ha jugado el puesto por ti y está que la camisa no le llega al cuerpo?

Sergio intentó mantener el tipo.

—¡Con el dinero que les he hecho ganar...! Parece mentira que no me aguanten el descubierto durante unas semanas.

Mariana no pudo contenerse.

—¡No sé si eres imbécil o si estás loco! ¿Y qué hay del crédito que ha vencido hace seis meses y que te avaló Rubén Biosca? ¿Sabes en qué lío te has metido? Imagino que Samper te echará a la calle y, como te aprecia, a lo mejor se acaba ahí la cosa. Pero Arturo Planas y, sobre todo, Rubén Biosca van a ir a por ti.

Sergio se vino abajo y se llevó la mano al corazón, mirándola angustiado.

Mariana conocía perfectamente a su marido y la argucia no la impresionó.

—¡Cuando se te pase la arritmia, hablamos!

La muralla defensiva de él se derrumbó y en un tono lastimero, como el de un niño perdido, pidió ayuda.

—¿Y ahora qué hacemos?

—Tú quedarte aquí quieto y sin agravar más las cosas. Yo regresaré mañana a Barcelona y hablaré con tu hermano. Los supermercados Loman funcionan muy bien. Me humillaré para pedirle que te ayude, y no puedes imaginarte lo que me cuesta.

Sergio profetizó:

—No lo hará, Margarita no se lo permitirá. Esteban siempre ha sido un calzonazos y ella me tiene manía desde que me casé contigo, dijo que yo quería vivir como un señor y que no lo era, y todo porque no quise entrar en el supermercado como encargado.

—Parte de razón tenía.

Sergio se había venido definitivamente abajo, y Mariana se apiadó.

—Iré a ver a Planas y a Samper, e intentaré localizar a Rubén Biosca.

—¿Y qué les dirás?

—Todavía no lo sé. Lo que sí sé es que he de parar este terremoto como sea.

Sergio dudó unos instantes.

—¿Quieres que vaya a Barcelona contigo?

—Prefiero ir sola. Así tal vez tenga una oportunidad de salvar los muebles. Si te ven se les revolverán las tripas y será peor.

—Entonces ¿qué hago?

—Lleva a los niños a Llafranc a bañarse en la piscina de Gloria y cuida de Rebeca, que no sabe nadar... Y a Gloria le dices que he tenido que ir a Barcelona y que mañana la llamaré.

Sergio, acercándose, intentó darle un beso, pero Mariana lo apartó con la mano.

—Déjame, Sergio. No estoy para bobadas.

Mariana se puso en pie.

—Duerme en el cuarto de invitados. Necesito descansar... Mañana debo tener la cabeza muy clara.

10

La abuela Candelaria

1963

Cada vez que sonaba el teléfono el sábado a mediodía, Mariana temblaba. Su madre tenía el don de enterarse de cuanto tuviera que ver con sus hijas, y engañarla no era tarea fácil. Además, Mariana no era propensa a mentir; entre otras cosas porque se le notaba enseguida. Siempre prefirió ir con la verdad por delante. «La mentira tiene las patas cortas», afirmaba a menudo su madre, y respecto a ella el dicho se cumplía a la perfección. Si en alguna ocasión intentó colarle una mentirijilla, sobre una salida con las chicas o cualquier fútil circunstancia, doña Pilar, ya fuera porque Mariana se ponía nerviosa, ya porque el arrebol cubría sus mejillas, el caso era que la mujer la pillaba. Aún recordaba la vez que, habiendo ido al cine a ver *Lolita* de Kubrick con sus amigas, dijo en su casa que iba a ver *El profesor chiflado* y su madre la descubrió, por lo que coligió que, por duro que fuera, era preferible no mentir nunca.

El teléfono sonó a las tres en punto, y Mariana salió de su habitación disparada hacia el pasillo. Pero cuando llegó, Alicia se le había adelantado.

En el instante en que la niña preguntaba «¿De parte de quién?» y con la mano indicaba a Mariana que aguardara y le decía «El de cada sábado», su madre se asomaba a la puerta de la salita contigua al comedor intuyendo algo. Ese año doña Pilar no se apartaba del televisor, ya fuera por ver por la noche a José Guardiola cantando «Algo prodigioso» en el Festival de Eurovisión, o por ver por la tarde cómo, tras la muerte del papa Juan XXIII, era aupado al pontificado el cardenal Montini, que subió al trono de Pedro con el nombre de Pablo VI.

Mariana tomó en sus manos el auricular que Alicia le tendía.

—¿Quién es?

—El de siempre, mi alma, el que sueña contigo todas las noches.

Mariana reconoció al punto la voz de Rafael.

—¿Desde dónde me llamas?

—Desde San Sebastián. Mañana rejoneo en el Chofre y va a venir Franco, conque imagínate si necesito tener suerte.

Mariana estaba ofuscada con aquel hombre. Su aspecto físico no la atraía, pero sí su prestancia y la certeza de que, entre tantas mujeres, la llamaba a ella el día antes de cada corrida, y prácticamente era todos los domingos.

Hablaron durante un cuarto de hora, y luego de decirle que el jueves de la siguiente semana estaría en Barcelona, que quería verla y que, como siempre, estaría en misa de diez en la iglesia de San Antonio, Mariana colgó el aparato.

Su madre, sentada en el sofá de la salita, la aguardaba.

—Es ese hombre. —No era una pregunta, sino una afirmación.

Mariana por una vez se atrevió.

—Ese hombre se llama Rafael.

—¿Y por qué te llama?

—Porque dice que le doy suerte.

Doña Pilar Artola meditó unos instantes antes de responder a su hija. Le costaba reconocerlo, pero entendía que era ya una mujer y que debía cuidar el trato con ella para evitar enfrentamientos.

—Mariana, todo esto es un sinsentido. Desde el día que Vicente me contó que estuviste desayunando con él en Tívoli, después de engañarme, vengo diciéndotelo: ¿te das cuenta de que podría ser tu padre?

—Mamá, no exageres. Me lleva solamente dieciocho años.

—Y tiene un hijo casi de tu edad.

—Ya lo sé, me lo dijo el primer día.

Eso no era exactamente así, pensó Mariana, si bien era verdad que Rafael le había contado su vida a lo largo de sus encuentros y durante las llamadas telefónicas. Le explicó que lo habían casado muy joven por un asunto de tierras, un acuerdo entre los padres de él y los de su mujer que acabó siendo un desastre. Estaba separado y tenía un hijo, Manuel, de diecisiete años. Todo ello confundía a Mariana, pero las dudas se disipaban cuando lo tenía delante y le oía confesarle que la amaba más que a su vida, con aquel acento del sur tan encantador.

—A pesar de todo, ¿no crees que es motivo suficiente para que dejes de verlo? No obligues a tu padre a tomar medidas. Todavía eres menor de edad, y ni tu padre ni yo estamos dispuestos a alimentar un escándalo de este calibre. En Barcelona las noticias corren como la pólvora y, aunque no lo creas, la gente es muy mala y lo que más le gusta es destruir la reputación de una mujer.

—Mamá, ¡ni que fueras Nuria Espert! Haces un drama de una simple llamada telefónica.

Doña Pilar se puso en pie y se alisó la falda.

—Esta historia se ha terminado... Lo que necesitas es distraerte. En cuanto puedas, te irás a Madrid a casa de tu abuela Candelaria. Ya hablaré con ella para que te controle.

El Caravelle de Iberia de las once y media aterrizó puntual en Barajas. Mariana retiró su equipaje de mano del compartimento que había sobre su asiento y se dirigió a la salida siguiendo la lenta cola de pasajeros que avanzaba delante de ella mientras comentaban las maravillas de aquel avión reactor que hacía relativamente poco había sustituido a los de hélice. La mente de Mariana andaba revuelta. Hacía ya días que le costaba conciliar el sueño, pues, una y otra vez, en un bucle eterno, volvían a su mente las dudas que la embargaban en los últimos tiempos, aunque sabía que era inútil darle vueltas a todo aquello ya que las decisiones de su madre al respecto de la educación de sus hijas, secundada invariablemente por su padre, eran inamovibles. Al principio se rebeló, pero luego pensó que le iría bien para aclarar sus dudas pasar unos días en la casa del número 10 de la calle del Monte Esquinza, donde vivía su abuela Candelaria, la madre de su madre, que la adoraba y mimaba.

Sentada en el pequeño autobús de Iberia que la conducía a la terminal, analizaba sus pensamientos. Eso de que le daba suerte a Rafael Cañamero, como había explicado a su madre, y que era la excusa que él ponía para llamarla todas las semanas, tuviera o no corrida, la tenía conmocionada. Más aún, el revuelo que la noticia había causado entre sus amigas Gloria Orellana y las gemelas Castrillo, Sonia y Pepa, la llenaba de orgullo y hacía que se sintiera importante. Además, si quería ser honesta consigo misma, debía reconocer que todos los sábados esperaba con ansia la llamada de Rafael. La voz envolvente de aquel hombre que no se correspondía con su edad la turbaba y a la vez la complacía. Después las llamadas fueron más frecuentes, y Rafael, siempre que podía, se desplazaba a Barcelona y en muchas ocasiones acudía a misa de diez en la iglesia de San Antonio sin avisarla, aun a riesgo de no encontrarla. Mariana se confesó a sí misma que le gustaba ir a desayunar luego con aquel hombre cuya conversación la hipnotizaba, a pesar de que se veía obligada a buscar excusas, de cara a su madre, que justificaran su tardanza durante una hora o dos.

Las maletas iban saliendo arrastradas por la cinta transportadora, y Mariana observaba atenta hasta que por la embocadura de tiras colgantes apareció la suya. Era fácilmente distinguible por el color rojo que tanto le gustaba, así como por las etiquetas de líneas aéreas que coleccionaba y que había pegado a ambos lados. Con un rápido movimiento, la retiró de la cinta al verla pasar frente a ella y la puso junto a su bolso en el carrito del que se había apoderado en cuanto lo abandonó un pasajero que se disponía a volar.

Se dirigió a la salida dudando si coger un taxi o el autobús de Iberia que la dejaría en la plaza de Colón, pero la duda se le despejó en cuanto divisó entre la gente que esperaba a los pasajeros la figura inconfundible de doña Candelaria, viuda de Artola. Mariana sonrió. Su abuela era única, siempre envuelta en una de sus capas, de un tono violeta claro en esa ocasión. También lucía uno de sus indescriptibles sombreros, esa vez uno que parecía un casco de fieltro con un pajarito de plumaje rojo oscuro sujeto a él.

En cuanto la divisó, la anciana comenzó a bracear ostensiblemente, y Mariana adivinó en su rostro, pese a la distancia que aún las separaba, esa sonrisa que hacía que todo el mundo encontrara encantadora a su abuela. En cuanto rebasó el límite de la barandilla y se encontró frente ella, doña Candelaria, con un airoso gesto de soldado de la Guardia Valona, se echó a un lado el borde de la capa, la abrazó y le llenó la cara de besos como si llegara desde Australia y no la hubiera visto en cinco años. Era excesiva, y por demás le importaba un pito quién hubiera alrededor y qué pudiera decir la gente. Luego se apartó y la miró con atención.

—¡Pero si ya eres una mujer! Válgame Dios... Y si no me equivoco con diecisiete años.

—Ya tengo dieciocho, abuela.

Doña Candelaria hizo un gesto a un hombre uniformado que estaba detrás de ella.

—Matías, coja la maleta de la señorita y llévela al coche —le ordenó.

Mariana recordaba desde siempre al chófer de su abuela. Su primer recuerdo se remontaba a un lejano día, tendría ella tres o cuatro años, que estaban en la finca que sus abuelos tenían en Alpedrete. Su abuelo, don Nicolás, aún vivía. Habían ido de excursión para comer en el campo sentados en una manta bajo un árbol y les cayó el diluvio universal. Mariana recordaba vagamente que llegó a la casa cubierta con un capote de hule sobre los hombros de Matías, que entonces tendría ya más de cincuenta años. También se acordaba de la fiebre que tuvo al día siguiente.

Matías, con la gorra debajo del brazo, la saludó efusivamente y, cuando iba a darle la mano, ella se adelantó y le dio un beso.

—¿Cómo está usted, señorita Mariana?

—De maravilla, Matías, y muy contenta de poder pasar unos días con la abuela. ¿Cómo están Paloma y tus hijos?

—Muy bien, señorita. La parienta, quejándose todo el día porque no tiene a sus retoños. El chico se fue a Alemania y entró de tornero en la Mercedes. Los muchachos de hoy ya no aguantan lo que nosotros y buscan horizontes más libres... En cuanto a Palomita, va a hacerme abuelo.

—¡Cuánto me alegro, Matías!

Partieron Mariana y su abuela cogidas del brazo.

—Has de contarme muchas cosas... Y quiero saberlas de tu boca.

Mariana se detuvo y la miró.

—Has hablado con mamá —afirmó.

—Eso desde luego, pero deseo conocer tu versión, de primera mano. Tú y yo sabemos que tu madre es una antigua, no entiende los tiempos modernos. Creo que nació ya vieja... Yo sí estoy al día, y me muero de ganas por que me cuentes esta historia apasionante.

Doña Candelaria siempre había sido tremenda. No quería

ir a Barcelona demasiado a menudo porque decía que su hija la controlaba, y a ella le gustaba callejear y descubrir cafés nuevos. Si en la década anterior era aficionada a oír los programas de la radio, como *Cabalgata fin de semana*, con Bobby Deglané y luego con José Luis Pécker, y *El hotel la Sola Cama* de Pepe Iglesias «el Zorro», en cuanto llegó la televisión a España se instaló en casa un televisor Telefunken, que tenía mártir a Pepe, el criado, porque a cada momento se le desajustaba la antena de cuernos que captaba la señal. Con todo, seguía siendo adicta al *Consultorio de Elena Francis*, aunque terminaba poniéndose nerviosa ante el eterno consejo que aquella señora daba a todas las mujeres, que solía basarse siempre en la paciencia y la resignación.

Una vez acomodadas dentro del coche, la abuela indagó:

—A ver, cuéntame esa historia de que Rafael Cañamero te llama cada semana.

La abuela Candelaria, desde su juventud allá en Segovia, era aficionada a los toros y, dado que su madre no quería ir a las corridas, se había constituido en la acompañante habitual de su padre, que tenía abono en la Feria de San Isidro, de manera que los personajes que habitaban aquel mundo la apasionaban.

Matías, tras colocar los bultos en el maletero del vehículo, y acomodadas ya abuela y nieta, se puso al volante.

—¿Vamos a casa, señora?

—Sí, déjanos allí y vete a lavar el coche, que esta noche queremos ir al teatro.

A Mariana le encantaba el piso del número 10 de la calle del Monte Esquinza; observaba con deleite fotos de la infancia de su madre y de su tía Clara y no se hartaba de preguntar a su abuela de cuándo eran y dónde se las habían hecho.

Llevaba una semana en Madrid y ya habían asistido dos

veces al teatro, ya que a la abuela le gustaba mucho más que el cine. Habían ido al Infanta Isabel a ver *Las mujeres los prefieren pachuchos*, con Isabel Garcés y Mercedes Muñoz Sampedro a la cabeza del reparto, y al Lara a ver *La extraña noche de bodas* con Irene Daina en el papel de Isabel, y Pastor Serrador, Manuel Salguero y Pilar Laguna.

El interrogatorio comenzó el primer día, en el comedor de la galería, donde ambas estaban instaladas. La abuela había ordenado a Dolores, la cocinera, que preparara el menú preferido de Mariana, de manera que Belén sirvió de entrante sopa de puntas de espárrago con picatostes; de segundo, menudillos de gallina con arroz blanco, receta que le encantaba a Mariana, y de postre pudin con mucha canela. Apenas habían terminado la sopa empezó el examen.

—Bueno, ¿qué es esa historia que tu madre, que es una exagerada, me ha contado por teléfono?

Mariana se cubrió repreguntando:

—¿Qué te ha dicho?

—Que te tuviera dos semanas conmigo porque parece ser que te llama muy a menudo Rafael Cañamero. ¿Es eso verdad?

—Pues sí, abuela... Lo conocí el día de la corrida de beneficencia para las viudas y los huérfanos del ejército en la Monumental.

—Eso me lo ha contado ya tu madre. Yo quiero saber lo de los desayunos.

—Lo he visto en misa unas cuantas veces.

La abuela Candelaria la miró con un interés especial.

—¿Te ha explicado el motivo de las llamadas? Aunque me lo imagino.

—Me llama cada semana antes de torear porque dice que le doy suerte.

—¿Y luego de misa?

—Luego de misa vamos a desayunar a Tívoli. Ya sabes dónde es.

—¿Y de qué habláis? Porque imagino que no lo hace porque le gustan los cruasanes o el café con leche de Tívoli.

—Dice que me parezco mucho a su madre, a la que adoraba.

—¿Y qué más?

—Quiere hablar con papá y pedirle permiso para salir conmigo sin tener que verme en misa.

Los ojos de la abuela hacían chiribitas.

—¿Y tú qué piensas? Que es lo importante.

—No sé... Me lo paso bien y me gusta estar con él.

—¿Crees que te has enamorado?

Mariana titubeó antes de responder.

—Rafael es muy diferente de los chicos que he conocido hasta ahora.

—Es que no es un chico, Mariana, es un hombre hecho y derecho, y por demás famoso.

—Mamá dice que podría ser mi padre.

—Tu madre es una exagerada. Tu abuelo Nicolás me llevaba doce años y fuimos muy felices.

Mariana volvió a dudar.

—Está separado y tiene un hijo de diecisiete años.

La que ahora dudó fue doña Candelaria.

—He de reconocer que eso no ayuda. Pero si te gusta, no es óbice... Además, las cosas van a cambiar, nada dura para siempre. ¡Ni Franco ni Di Stéfano! —sentenció la abuela, que era socia del Real Madrid y acudía con frecuencia al Bernabéu.

Hubo una pausa, que Mariana aprovechó para acabarse el pudin.

—El generalísimo tuvo su papel durante la guerra —prosiguió doña Candelaria—, pero las cosas no pueden permanecer igual eternamente. —Miró a su nieta y añadió—: Bueno..., dime, niña, ¿tú estás enamorada o no?

—Yo qué sé, abuela.

Doña Candelaria se puso seria.

—Mariana, eres joven pero no eres tonta. A ver, contéstame: ¿cuando te despiertas por las mañanas piensas en él?
—Muchos días sí.
—¿Y cuando te acuestas por la noche?
—A veces.
Doña Candelaria negó con la cabeza.
—Date tiempo. El tiempo todo lo aclara.

11

Visitas incómodas

1977

Mariana amaneció a las siete de la mañana. Una luz tenue y polvorienta se filtraba por las rendijas de las tablillas de la persiana. La noche había sido un tormento. Recordaba haber oído dar las dos en el reloj de cuco del comedor, luego cayó en un duermevela espeso y atormentado donde se mezclaba el sueño con la realidad. Cuando sonó el despertador hacía apenas una hora que dormía profundamente, y el timbrazo agudo e insistente se le clavó en la cabeza como un estilete. Haciendo un esfuerzo titánico, se sentó en la cama y buscó a tientas con el pie el relieve de sus zapatillas, después logró levantarse y dirigirse al cuarto de baño a la vez que por el camino iba quitándose el camisón. El día iba ganando terreno y por la ventana entraba un atisbo de sol. Mariana acabó de desnudarse, y al cabo de un momento se halló bajo la reconfortante sensación del chorro de agua de la ducha, que se deslizaba entre sus pechos. Finalizada su *toilette* se recogió la melena con una cinta y volvió al dormitorio. Sacó del armario sus tejanos preferidos, una blusa ibicenca blanca con escote en pico con tres ojales, cerrado por un cordelito, y una rebeca azul. Se calzó sus bambas rojas de moda y se miró en el espejo del armario. Teniendo en cuenta la noche que había pasado, tenía un pase, se dijo. Cogió su gran bolso de rafia, donde llevaba siempre aquellas cosas que podía necesitar, y abriendo sigilosamente la puerta del dormitorio salió y descendió por la escalera hasta la planta baja, intentando hacer el menor ruido posible para no despertar a los niños. Cuando llegó a la cocina, Petra ya estaba preparando el desayuno para todos.

—¿Hoy tampoco se queda, señora?

—Tengo muchas cosas que hacer en Barcelona. Cuida de los niños. Y vigila que el señor no deje de tomar las pastillas.

—Vaya tranquila... ¿Volverá esta noche?

—Procuraré. Pero si no regreso, llamaré por teléfono.

En tanto hablaban, Petra había colocado sobre la mesa un jarrito con leche caliente, el tarro de Nescafé, la miel y la mantequilla, y justo cuando Mariana se sentaba a la mesa el panecillo de Viena saltaba alegremente en el tostador. La radio estaba puesta, y las noticias se hacían eco de unas temperaturas impropias del verano, mucho más frescas de las habituales. De repente, Mariana oyó unas pisadas infantiles que se acercaban a la cocina.

—Mamá, ¿hoy también te marchas? —preguntó Valentina en tono quejumbroso.

—Sí, cielo. Pero ven a desayunar conmigo, ¿vale? —dijo Mariana—. Oye, como tengo que ir a Barcelona, ¿ayudarás a Petra y a papá con tus hermanos? Sobre todo con Diego, que es muy pequeño. ¿Serás una niña mayor para que mamá esté más tranquila y pueda hacer todo lo que debe hacer en Barcelona? Y no te olvides de dar la comida a Toy, ¿eh?

La niña, orgullosa del encargo, asintió y se sentó a la mesa con su madre mientras el perrito, al oír su nombre, se acercó a ver si le caía alguna migaja del desayuno.

Cuando terminaba de tomarse el café, Mariana oyó las pisadas de Sergio bajando la escalera. Su marido entró en la cocina. Al verlo vestido con unos *shorts* y una camisa abierta, Mariana tuvo que reconocer que, pese a las ojeras, era un hombre muy guapo. Sergio se inclinó sobre ella y, titubeando, todavía con el recuerdo de la noche anterior, le dio un beso en la frente.

—¿Ya te vas?

—La entrada en Barcelona a estas horas está fatal, y si quiero que el día me cunda he de ponerme ya en marcha —argumentó Mariana.

Sergio pareció dudar.

—Cuando sepas algo, llámame.

Petra, luego de colocar en la mesa la tortilla francesa recién hecha y el pan con tomate, que era el desayuno habitual de Sergio, se había retirado discretamente.

—Si he de quedarme a dormir en Barcelona te llamaré. Si no, ya hablaremos cuando vuelva... Me temo que las visitas que tengo que hacer y los temas que he de tratar no se resuelven en un día.

—Piensa que hasta que no hable contigo no voy a vivir.

Mariana no pudo reprimirse. Se puso en pie.

—Lo que has hecho es lo que no tenía que dejarte vivir —le espetó con un dejo de amargura, tras mirar de reojo a Valentina y asegurarse de que la niña seguía enfrascada en su desayuno—. Ahora todos los miembros de esta familia bajamos un puerto de montaña sin frenos, y quiera Dios que pueda arreglar un poco las cosas... Cuida de los niños y toma tu medicación. Procura que pueda hacer en Barcelona todo lo que tengo que hacer sin preocuparme por vosotros.

Tras estas palabras Mariana dudó. Lo vio tan desvalido que ahora fue ella la que se inclinó sobre él y le dio un beso en la coronilla.

Sergio se volvió, extrañado.

—Que te vaya bien, Mariana.

—Que nos vaya bien a todos.

Y tras despedirse de Valentina con otro beso y un gran abrazo, salió de la casa.

La entrada a Barcelona estaba fatal, como de costumbre, pero Mariana decidió tomárselo con calma. Encendió el aparato de radio del Volkswagen y, al instante, sonó la voz de Julio Iglesias entonando «Un canto a Galicia», circunstancia que la retrotrajo al verano de 1972 cuando, habiendo organizado una salida con sus amigas para verlo actuar en el Cap Sa Sal, se presentaron los maridos, encabezados por Sergio y por Joaquín, el marido de Gloria, para apuntarse a la fiesta.

Recordaba Mariana... Era un 10 de agosto. La noche había salido esplendorosa, y una luna llena plateada y burlona colgaba como un globo del firmamento. El grupo había cenado en Madame Zozó, y algún que otro marido iba ya achispado. Dejaron los dos coches en el aparcamiento del hotel Cap Sa Sal, que estaba repleto, y Mariana, embarazada de su tercer hijo, se adelantó con Gloria para ir a los aseos. Mientras caminaban junto al contrafuerte de la gran terraza divisaron el mar, calmo como una balsa de aceite a aquella hora. Abajo, en la playa, en las mesas adyacentes al iluminado puesto de sardinas, se veía gran animación. Aquel complejo, obra de la familia Andreu, había supuesto una revolución para la Costa Brava. Cuando las dos amigas llegaron a la *boîte* el grupo estaba ya instalado. Gracias a una buena propina, se había obrado el milagro de que la mesa de las cinco amigas se hubiera ampliado para dar cabida también a sus maridos, y no habían perdido su ubicación en primera fila de pista.

Bailaron y rieron hasta que a la una de la madrugada se anunció la actuación del cantante. Las luces se apagaron, se retiró el telón de fondo y apareció el grupo de seis músicos que acompañaba al artista, que comenzó atacando la melodía que lo había hecho famoso al ganar el Festival de Benidorm de 1968, «La vida sigue igual».

Cuando, seguido por el haz lechoso del foco, apareció por

la derecha Julio Iglesias, impecable con su traje azul marino, las mujeres de la sala se revolucionaron y los gritos de «¡Guapo!», «¡Tipazo!» y «¡Figurín!» estallaron como un trueno ante la mirada despreciativa de algún que otro espectador bajo, feo y gordo que no entendía lo que tenía aquel tipo que no tuviera él. El show fue desgranándose lentamente. El artista conocía el oficio a la perfección, y el repertorio, escogido con esmero, iba de menos a más. Después de cantar «Gwendolyne», Julio se detuvo en medio de la pista y reparó en Mariana, preciosa en su sexto mes de embarazo, y entonces explicó que las mujeres en estado lo emocionaban pues recordaba verlas entrar y salir, de niño, de la consulta de su padre, que era ginecólogo. Luego se acercó a la mesa y preguntó a Mariana cuál de sus canciones le gustaría oír. Ella estaba emocionada, pero antes de que pudiera contestar, la voz pastosa de Sergio, que llevaba una copa de más, se oyó desde el fondo de la mesa:

—¡Canta «Mi carro»!

La mirada de Mariana era un poema; habría fundido a su marido.

Julio obvió el comentario y, volviéndose hacia el patoso, respondió:

—Esa canción es de mi amigo Manolo Escobar, yo no la tengo en mi repertorio. —Y luego, dirigiéndose de nuevo a Mariana, le preguntó—: ¿Te gusta «Abrázame»?

—Me encanta.

Ésa era la canción que sonaba en aquel momento en la radio del Volkswagen que, metido en un mar de coches, entraba en Barcelona por la calle de Aragón cuando el reloj de a bordo marcaba las once de la mañana.

12

Los toros

1963

Señorita, la llaman por teléfono.
—¿Quién es, Belén?
—Ha dicho que es su amigo de los sábados…, que usted ya sabe quién.

Mariana dejó al instante la revista que estaba leyendo y, tras ordenar a la camarera que colgara el aparato del pasillo, se precipitó hacia el de la sala de estar, colocado en la mesita junto al sillón de la abuela. Se acomodó y descolgó el auricular a toda prisa.

—¿Sí?
—Hola, niña. ¿Qué haces tú por los Madriles?
Mariana, en vez de responder, preguntó:
—¿Cómo me has encontrado?
—Uno, que tiene sus habilidades.
—No, en serio.
—Muy fácil, chiquilla. Teresa, tu camarera, que me tiene mucha simpatía y me conoce la voz de cada sábado, me ha dicho que estabas en Madrid y me ha dado el teléfono… Me lo ha dicho por lo bajini, por lo que he supuesto que en tu casa están asustados. Pero eso será solamente hasta que me conozcan, porque voy a ser para ti el mejor marido del mundo.

—No digas tonterías, Rafael, que me pones nerviosa... Estoy pasando unos días en casa de mi abuela.

—Mira tú qué bien. Y yo estoy aquí, en el Wellington. ¡Podré verte sin tener que ir a misa!

Mariana dudó.

—No sé yo si mi abuela...

—Déjame que hable con ella, criatura.

—No, Rafael, no compliquemos más las cosas.

Mariana comenzó a temblar al oír que se hacía el silencio en el aparato, pensando que tal vez él desistiera.

Pero la voz de Rafael sonó de nuevo.

—Niña, ¿a tu abuela le gustan los toros?

—Le encantan. Su padre siempre la llevaba.

—¡Entonces no hay problema! —dijo Rafael, triunfante—. Tengo cuatro barreras en Las Ventas para mañana por la tarde, que torean nada menos que Paco Camino, Diego Puerta y Santiago Martín «El Viti». Los tres son amigos míos, y al terminar la corrida se los presentaré a tu abuela. Os recogeré a las cuatro en punto. Y luego iremos a merendar.

La cabeza de Mariana giraba como un tiovivo.

—Llámame después de comer... Deja que la prepare.

—¿Está en casa?

—Sí.

—Mariana, permite que hable con ella... Dile que se ponga al teléfono.

Casi nunca la llamaba Mariana, siempre le decía «chiquilla» o «niña», y aquello le sonó solemne y la animó a dar el paso.

—Aguarda un momento. A lo mejor tardo un poco. He de prepararla, insisto.

—¿Cómo se llama tu abuela?

—Candelaria.

Mariana dejó el auricular sobre la mesa y fue en busca de su abuela. Doña Candelaria estaba en la galería trasera con la costurera, que había acudido a repasar botones y los uniformes del servicio, cosa que hacía todos los meses.

—Abuela, ¿puedes venir un momento?

Doña Candelaria la observó por encima de sus pequeños lentes de presbicia y entendió que el mensaje era únicamente para ella. Soltó la labor y tras ponerse en pie se dirigió al pasillo.

—¿Qué ocurre, Mariana?

—Abuela, está al teléfono Rafael Cañamero y quiere hablar contigo.

A la buena mujer casi se le caen los lentes, que llevaba sujetos al cuello con una trencilla de cuero.

—¿Conmigo? —La voz de doña Candelaria sonó entre curiosa y divertida.

—Sí, abuela. Quiere invitarnos a los toros.

La anciana respondió caminando ya hacia el teléfono:

—¡Alabado sea Dios! ¡Lo que hace el amor...! Invitar a los toros a una vieja como yo para poder pasar la tarde con una muchacha como tú.

A la hora de la cena doña Candelaria estaba exultante. La corrida había sido fantástica, y la cumbre llegó cuando, al finalizar, Diego Puerta las invitó a la recepción del Wellington, donde se servía una copa. Allí la abuela conoció a Paco Camino y a El Viti, y Cañamero las convidó a comer al día siguiente en el Puerta de Hierro.

—¿Sabes lo que te digo?

Mariana, sorbiendo la sopa, la observó con expresión interrogante.

—Es un hombre adorable. Y está loco por ti, lo cual es muy fácil. Porque, y no es pasión de abuela, eres una muchacha preciosa, además de encantadora.

—¿De verdad te gusta, abuela?

—Creo que ese hombre debe de tener enamoradas a las mujeres de media España. ¡Ay, si yo tuviera veinte años...!

—La verdad, me lo paso fenomenal con él, me cuenta cosas de su vida, de sus viajes y de países maravillosos que un día me gustaría conocer. Y, sobre todo, me hace reír y logra que me sienta como una reina.

Doña Candelaria miró a su nieta con un punto de envidia.

—Mientras seas una chica decente, vive tu vida. Las mujeres de mi generación no pudimos hacerlo, la guerra fue terrible. Franco nos salvó de muchas cosas, pero acabó con las libertades de la República.

—Pero mi madre...

—¡No hagas caso a tu madre, que es más antigua que el moño de La Chelito! Ha salido a su padre, mi pobre Nicolás, que Dios tenga en su gloria... ¡Yo estoy mucho más al día que ella! Mañana comeremos en el Puerta de Hierro con Rafael y tendrás ocasión de conocerlo mejor. En misa no se conoce a un hombre... aunque luego desayunes con él. Estos días en Madrid podrás tratarlo a fondo y descubrir si estás enamorada o no.

El Real Club de la Puerta de Hierro era el más importante de Madrid; la lista de admisión de socios estaba cerrada desde hacía tiempo y sólo se podía entrar acompañado de un miembro.

Pepe, el chófer de Rafael Cañamero, había ido a recogerlas en un inmenso Cadillac americano de color verde oliva repleto de cromados y tapizado en cuero beige. Mariana y su abuela iban instaladas en la parte de atrás.

—Aquí se puede dormir mejor que en el sofá del salón de casa —comentó doña Candelaria.

Pepe intervino:

—*Er* señorito lo *hase mucha vese.*

El chófer seseaba y su acento delataba su lugar de origen.

—En *er* verano, cuando *tenemo do corrías seguías* —hablaba empleando el plural como si él fuera un componente de la cuadrilla—, prefiere *viajá* de noche por *la caló,* y *mucha vese se quea dormío.* —Después añadió—: La *cuadriya* viene en un *autobú* pequeño, *detrá der* camión de *lo cabayos.*

—¿Hemos de recogerlo en el hotel? —preguntó Mariana.

—Don *Rafaé* ya está en el Puerta de Hierro... Ha dicho que lo esperen en la *terrasa.* Él, primeramente, quería ir a la cuadra. ¿Quieren *hasé* antes *argún recao?*

—No, gracias, Pepe. Vayamos directos al club. —Después Mariana preguntó—: ¿Don Rafael es socio?

El hombre respondió como si la pregunta hubiera sido una ofensa.

—Al amo no le *hase farta* ningún *carné pa entrá* en un sitio donde haya *cabayo.*

A todo esto, el Cadillac ya enfilaba la avenida de los Rosales. Al fondo se divisaba el inmenso portalón de hierro que daba nombre al club. El pesado automóvil atravesó la reja y, rodando sobre los guijarros, recorrió lentamente el camino que conducía a la casa club. Rafael Cañamero aguardaba bajo el porche.

—¡Mira, abuela, ahí está!

La mujer lo observó con curiosidad.

Lucía una camisa verde de manga corta, unos pantalones beiges de montar con botas hasta las rodillas y, atado al cuello por las mangas, al descuido, un jersey granate.

Doña Candelaria miró a su nieta y le dirigió un significativo gesto aprobatorio.

—¡Ahí está *er* jefe!

Pepe detuvo el Cadillac junto a los escalones de la entrada, y antes de que tuviera tiempo de descender del vehículo para abrir la puerta trasera, ya lo había hecho Cañamero, quien aguardaba tendiendo la mano a la abuela.

—¡Tenga cuidado, doña Candelaria!

Descendió la anciana y luego lo hizo Mariana, que no sabía muy bien cómo comportarse en la nueva situación.

—¡Tiene usted una nieta preciosa!

—Y lo es más por dentro.

Mariana se puso roja como un tomate.

—¡Abuela, no digas tonterías!

—¡Si se lo digo yo! Se parece a mi madre. —Luego se volvió hacia doña Candelaria—. ¿Ha descansado usted bien?

—Como los ángeles, hijo.

Cañamero se dirigió a su chófer.

—Pepe, aparca por ahí y vete al comedor de atrás, que me han dicho que allí se sirve a los chóferes. Toma café luego, y a partir de las cinco te esperas en el coche. —Y dirigiéndose a las dos, añadió—: Nosotros comeremos después en la terraza, pero antes, con su permiso, doña Candelaria, Mariana y yo iremos a montar un poco. He hecho preparar una yegua mansa que hace tres meses tuvo un potrillo, y vamos a ver qué tal jinete es su nieta.

—¡Pero yo no he venido prevenida!

Rafael se volvió hacia la abuela mientras contestaba a Mariana.

—Ya tienes preparado en el vestuario de señoras todo el equipo. Ve a cambiarte en tanto dejo a tu abuela acomodada en la terraza que da al campo de polo para que pueda verte montar.

Mariana miró a su abuela, dudando.

—Anda, hija, ve, que Manolo me dijo que montas muy bien.

—¿Quién es Manolo? —preguntó Cañamero, curioso.

—Manolo Martín —respondió Mariana—. Es el marido de mi hermana Marta y muy buen jinete. Fue olímpico en salto en Estocolmo, en 1956.

—¡Jesús, chiquilla...! ¡Si yo lo conozco! Estuve con él en una entrega de premios en Barcelona.

—Mi hermana y él viven en Lisboa —aclaró Mariana.

—¡Mira tú qué bien! Ahora ya tiene usted un embajador en la familia.

—¡Abuela!

Rafael sonreía al ver el apuro de la muchacha.

—Anda, déjate de bobadas y ve a cambiarte. El vestuario de señoras está al fondo del pasillo a la derecha. Di tu nombre a la mujer que hay allí y ella te atenderá —apuntó Rafael. Luego añadió—: Te espero en las cuadras dentro de quince minutos.

Partió Mariana hacia el vestuario para cambiarse, en tanto Rafael tomaba del brazo a la abuela, quien, por cierto, estaba encantada.

La pieza era grande y luminosa, y estaba muy bien equipada. Nada más entrar, Mariana vio a una mujer de mediana edad tras un pequeño mostrador que estaba doblando unas toallas.

Siguió a la mujer a lo largo de tres pasillos poblados de pequeños armarios bajo los cuales había un banco corrido. La mujer se detuvo en el número 27, seleccionó un llavín de la arandela que le colgaba del cinturón y abriendo la puerta del armarito extrajo de él una caja plana.

—Ahí tiene usted todo el equipo. Si le hago falta, llámeme.

La mujer se retiró dejando a Mariana ante aquel paquete, curiosa, que no asombrada, porque ya nada que partiera de Rafael Cañamero la sorprendía.

Mariana procedió a abrir la caja. En ella y envuelto en un papel fino de color marrón, en el que destacaba en letras doradas la firma El Caballo, había un traje completo de jinete: el polo con el escudo del club, un chaleco de piel suave y unos pantalones de montar de los que no necesitaban botas. Mariana sacó el equipo de la caja y, antes de vestirse, se probó las prendas frente al gran espejo de cuerpo entero. Luego, despacio, se lo puso. Observó el resultado mirándose de nuevo en el espejo y comprobó que Rafael Cañamero había adivinado exactamente su talla. Después de recogerse la melena con una cinta guardó su bolso en el pequeño armario y se dirigió hacia el mostrador para preguntar a la mujer por dónde se iba a las cuadras.

—Don Rafael me ha dicho que en la puerta de atrás la espera un propio con un carrito de golf. Él la acompañará.

Mariana partió hacia la aventura.

La cuadra estaba a unos quinientos metros del edificio del club, y el cochecito se detuvo en la puerta, donde ya la aguardaba Rafael. Mariana se puso en pie y él le tendió la mano para ayudarla.

—¡Válgame la Soledad! —exclamó él—. Eres la amazona más bonita que he visto en toda mi vida.

Mariana saltó a tierra.

—Lo que tú eres es un exagerado.

Rafael, tirándola de la mano, la obligó a dar un paso al frente y a dar una vuelta sobre sus talones.

—No me negarás que tengo buen ojo. ¡Ni hecho a medida podían caerte mejor estas prendas!

Mariana sonrió complacida.

—Mucho ojo tienes tú para las mujeres.

—Mejor dirás para las criaturas. Pero vamos adentro, que ya tengo ensillados los caballos.

Mariana había acompañado en muchas ocasiones a su cuñado cuando éste iba a montar al Real Club de Polo de Barcelona, y el olor a cuadras, a paja, cuero y alfalfa, siempre la había embriagado. Cañamero la condujo por un pasillo central que transcurría entre los boxes. En el último los aguardaba uno de sus mozos, que estaba lustrando a dos caballos; el de Mariana era una yegua torda de raza cartujana, madre primeriza de un potro de tres meses; el de Cañamero era un hispano-árabe de gran altura.

—Te advierto que he montado muy pocas veces y, además, hace mucho que no lo hago.

—Eso no se olvida nunca, es como ir en bicicleta. Y esa

yegua es de peluche… —Luego se volvió hacia el mozo—. Ventura, sujeta las riendas para que monte la señorita. Venga, Mariana, dobla la rodilla, que yo te ayudo.

Al poco salieron los dos. El día era precioso, y tomaron el camino de tierra que circunvalaba el campo de polo. Al fondo se divisaba la tribuna y el chalet del club.

—Vamos a dar despacito la primera vuelta. Después, para que tu abuela vea la estampa que su nieta tiene a caballo, iremos al trote y luego al galope.

Mariana iba un poco tensa sobre la yegua.

—No la lleves tirándole tanto de la boca —le aconsejó Rafael—, que es un animal muy sensible.

En menos de diez minutos estaban frente a doña Candelaria, que aguardaba la llegada de Mariana sentada a una de las mesas que daba a la pista, y detuvieron las monturas.

—¿Qué le parece su nieta, doña Candelaria?

La mujer se puso en pie y miró a Mariana.

—¡Estás preciosa! —exclamó.

—Su niña ha nacido sobre un caballo, doña Candelaria.

—Andad, hijos. No perdáis el tiempo con esta vieja.

—De eso nada, usted no será vieja nunca.

Doña Candelaria se hinchó como un pavo real.

—Ahora pasaremos al trote y luego al galope.

—¡Me da mucho miedo, abuela!

—¡No digas tonterías! ¡Ay, si yo pudiera…!

La pareja arrancó de nuevo, y Rafael, dando una palmada en la grupa de la yegua y un tirón de riendas a su caballo, obligó a ambos a ponerse al trote.

Mariana estaba entusiasmada. El viento le daba en la cara y la emoción del momento había teñido de arrebol sus mejillas. En verdad estaba preciosa.

—Dale suave con los tacones en el vientre y un par de tirones de la brida —ordenó Rafael cuando habían dado ya dos vueltas a la pista.

Mariana obedeció. En un primer momento, el nervio de la yegua la sorprendió, pero al cabo de un minuto estaba encantada. Rafael galopaba a su lado conteniendo al hispano-árabe, cuya longitud de zancada era mucho mayor.

Venciendo al viento, oyó su voz.

—¿Te das cuenta, chiquilla, de lo fácil que es esto?

De esa guisa dieron tres vueltas a la pista de pruebas, y cada vez que pasaban frente a doña Candelaria, ésta se ponía en pie y aplaudía alborozada.

A la cuarta vuelta enfilaron el camino de regreso a las cuadras, dando en esta ocasión un pequeño rodeo. Ambos jinetes pusieron sus caballos al trote.

—¡Lo he pasado de maravilla! —Mariana estaba exultante.

—Voy a hacer de ti una rejoneadora puntera. ¡Vas a comerte el mundo!

—No digas tonterías, Rafael.

En ese instante se oyó un relincho agudo procedente de un cercado habilitado detrás de las cuadras, donde estaban los potrillos. De inmediato, Mariana percibió bajo sus piernas que la yegua se ponía tensa y se fijó en que las orejas le iban hacia delante y hacia atrás. Había oído la llamada de su potrillo.

Súbitamente, y sin mediar pausa alguna, el animal se arrancó al galope. Mariana casi perdió la sujeción de los estribos, pero se agarró al cuello del animal, que se dirigía como un rayo hacia el cercado de detrás de las cuadras. Rafael reaccionó al instante. Puso al galope tendido a su poderoso caballo, lo colocó al lado de la yegua y, cuando ésta doblaba ya la esquina para dirigirse al cercado, logró tomar las riendas del animal y obligarlo a detenerse clavando su caballo. Mariana salió despedida, dándose en la frente con el ángulo de la cuadra.

Ventura salía al encuentro de los animales cuando Rafael ya había puesto el pie en el suelo y se dirigía hacia Mariana, que estaba medio inconsciente.

—¡Sujeta a los caballos! —ordenó Rafael al mozo.

Se agachó junto a Mariana y, retirándole un mechón que le cubría la frente, observó que tenía un corte junto al nacimiento del pelo del que brotaba bastante sangre. Rápidamente la tomó en brazos y, casi corriendo, fue hacia la pequeña enfermería habilitada en el primer piso. Los gritos de los mozos que había en esos momentos en las cuadras habían anunciado el accidente, de modo que el enfermero aguardaba con la puerta abierta.

Mariana ya había reaccionado y se percató de que la recostaban en una especie de camilla mientras oía la voz de Rafael, que hablaba con alguien.

—Se ha dado con el canto de las cuadras, pero creo que no es nada... El suelo estaba blando y me parece que no se ha roto ningún hueso.

—Vamos a ver.

—No me he roto nada —confirmó Mariana, despejada ya por completo—. Creo que únicamente me he golpeado en la frente.

El enfermero, que había encendido una luz y se había enfundado unos guantes de goma, la examinaba con atención.

—Mueva las piernas y los brazos.

Mariana obedeció y reiteró:

—No me he roto nada.

—Menudo golpe te has dado, mi alma... Quien casi se muere del susto soy yo.

El enfermero había procedido a desinfectar la herida y a cubrirla con un apósito.

—¿Está usted vacunada del tétanos?

—Sí que me la pusieron, pero yo era muy pequeña.

—¿Hace más de diez años?

—Sí, tendría siete u ocho.

El enfermero miró a Cañamero.

—Habría que ponerle un recuerdo.

—Ya has oído, Mariana.

—En estas circunstancias siempre lo hacemos —aclaró el hombre.

—Pues póngamela.

—Arremánguese, por favor —dijo el enfermero mientras se dirigía a un pequeño armario acristalado que estaba en el rincón y sacaba de él una jeringuilla y una caja de inyecciones. Acto seguido procedió a prepararlo todo, y entonces argumentó—: Será mejor que esta tarde se quede en casa. A veces da reacción.

—Iré a hacerte compañía.

Al cabo de media hora estaban junto a doña Candelaria, quien al ver el apósito en la frente de su nieta se asustó.

—¡¿Qué ha ocurrido?!

—No ha sido nada, abuela. La yegua ha oído el relincho de su potrillo y...

Cuando Mariana había terminado de explicar su aventura, Rafael intervino.

—Vas a tener que casarte conmigo o tendré que ponerte un estanco... Conque tú me dirás.

13

Samper

1977

Mariana llegó a Obispo Sivilla rezando una jaculatoria que nunca le fallaba cuando buscaba aparcamiento. La jornada comenzaba bien: justo delante de su portería una camioneta de reparto dejaba libre una plaza. Aparcó el coche, tomó su bolso de rafia y, luego de cerrar la puerta con llave, entró en la portería como si la persiguiera el diablo.

Cuando iba a entrar en el ascensor, Orosia, la portera, le salió al paso para entregarle varias cartas que habían llegado esa mañana, en su ausencia. La mujer se interesó por los niños, pero Mariana se limitó a contestarle que estaban muy bien y se excusó diciéndole que tenía mucha prisa a la vez que cerraba las puertas de la cabina. Una vez en el piso, se dirigió a su dormitorio, donde sacó del armario de los zapatos unos mocasines de ciudad. Después de cambiarse de calzado, pasó al cuarto de baño para arreglarse un poco la melena y ponerse unas gotas de Chanel Nº 5, su perfume predilecto. Se miró en el espejo y, a pesar de la noche pasada, se encontró aceptable. Acto seguido cogió sus cosas y, tras cerrar la puerta del piso con llave, bajó la escalera a toda prisa porque el ascensor estaba ocupado y no quería perder tiempo.

En tanto subía al coche, repasó mentalmente su agenda. En

primer lugar visitaría a Jesús Samper, cuyo despacho estaba ubicado en el número 3 de la calle Ali Bey, en el corazón del barrio textil de Barcelona. El negocio del empresario ocupaba toda la planta principal, donde un balcón de hierro forjado unía ambos pisos. Al salir de allí, se dijo Mariana, llamaría desde una cabina a Arturo Planas para pedirle una cita. Por último, haría lo mismo con el abogado Rubén Biosca, que de los tres acreedores era sin duda con quien más difícil le resultaría lidiar.

Mariana había dado ya dos vueltas a la manzana donde estaba el edificio de Jesús Samper y no encontraba aparcamiento. Empezaba a desesperarse. Aun así, confiaba todavía en su ángel de la guarda, que no le fallaba nunca. De repente, vio el destello del intermitente de una camioneta DKV que acababa de descargar su mercancía y anunciaba su partida justo delante del almacén sobre cuya entrada figuraba el gran cartel en blanco y negro de SAMPER HERMANOS, escrito en grandes letras de palo. Hizo una maniobra rápida, que provocó un bocinazo impertinente por parte del conductor que la seguía, y, haciendo caso omiso, colocó su Escarabajo en el hueco libre. Subió el cristal de la ventanilla, descendió del coche, cerró la puerta con llave y comprobó, tirando de la manija, que había quedado a cubierto de los amigos de lo ajeno.

Alzó la vista para asegurarse de que esa portería correspondía al número 3 de la calle Ali Bey y, con paso firme, atravesó el portal. En la pared de la derecha se veían alineadas un montón de placas de diversas calidades y tamaños que anunciaban los pisos y las puertas de los despachos correspondientes. Mariana cayó en la cuenta de que nunca había estado en el despacho de su marido y, en ese preciso instante, fue consciente de que él lo había evitado. La placa de URBANIZACIONES SAMPER era de latón brillante y en ella se especificaba que el negocio ocupaba toda una planta; a un lado estaba Dirección y en el otro Contabilidad. Tal vez era una placa un poco más historiada que las demás, se dijo Mariana, a gusto de su propietario, siempre preocupado por sobresalir: el coche más lujoso, el barco más grande y una de las mejores casas de la Costa Brava, justo al borde del mar.

Mariana respiró hondo. Con un gesto reflejo, se alisó la melena y se dirigió al ascensor con paso decidido. En tanto que la ornamentada cabina de cristal y madera, que tendría un siglo de antigüedad, ascendía lentamente, su corazón iba al galope. El ascensor se detuvo en el principal, y Mariana salió. Mientras cerraba las puertas dirigió la mirada a uno y otro lado intentando adivinar cuál de las dos entradas correspondía al despacho de Jesús Samper. Nada marcaba diferencia alguna entre ambas, por lo que Mariana se encaminó hacia la de la derecha a probar suerte. Pulsó el timbre y, por instinto, se llevó la mano izquierda el pecho, como si con ello pudiera contener el ritmo de los latidos de su corazón. No habían transcurrido veinte segundos cuando a través de la gruesa madera oyó los pasos de alguien; una mujer, dedujo por el taconeo. La puerta se abrió y en los ojos de la recepcionista apareció una sonrisa cariñosa a la vez que preocupada. Toña, a la que había visto un par de veces en las fiestas que Samper organizaba por Navidad y que desde muy joven trabajaba para la empresa, la saludó sorprendida.

—¿Cómo usted por aquí, Mariana? Le hacía en la Costa Brava. —Y tras una pausa añadió—: ¿Cómo está Sergio?

Mariana había telefoneado al despacho anunciando que su marido estaba enfermo.

—Me dio un susto —respondió a la vez que entraba—, tuvo una arritmia muy fuerte. Pero ya está mejor... Le han dado la baja médica y le han ordenado que haga reposo. —Después añadió—: ¿Está el señor Samper?

Toña cerró la puerta cuidadosamente y se dirigió a Mariana en un tono especial.

—Me alegro de la mejoría de su esposo. En cuanto al jefe,

sí está... Aunque hoy es uno de esos días en los que es preferible no verlo.

—¿Por qué dices eso?

—Lo conozco desde hace muchos años y hoy tiene esa cara de «es mejor que os alejéis de mí».

Mariana meditó un instante.

—He bajado de Palafrugell ex profeso...

La otra porfió.

—Ya le he dicho que Sergio estaba enfermo... Si es por eso, no se preocupe.

—No es únicamente por eso, Toña. Si no está ocupado, dile, por favor, que he venido a verlo.

—Como quiera. Pase a la salita y espere un momento.

Mariana siguió a Toña por el pasillo que conducía a los despachos del fondo. El de la derecha era el de Jesús Samper y el de la izquierda el de su apoderado general, Luis Cota. Ambas estancias se comunicaban, según recordaba Mariana que Sergio le había explicado.

Toña, en tanto golpeaba la puerta levemente con los nudillos, le indicó con un gesto que aguardara.

Una voz desabrida sonó desde el interior.

—¡Pasa!

La mujer abatió el picaporte y empujó la puerta, dejándola entreabierta.

Mariana escuchó.

—Don Jesús, doña Mariana Casanova quiere verle. —Después aclaró—: Ha venido desde la Costa Brava ex profeso. Ya sabe usted que el señor Lozano está de baja después del pequeño susto que le ha dado el corazón.

Mariana oyó horrorizada la respuesta de Samper.

—El que le espera es mucho más gordo... Di a esa pobre mujer que pase.

Toña salió del despacho dejando la puerta abierta y, con un gesto, indicó a Mariana que pasara.

Jesús Samper, que siempre había sido muy amable con ella, ni se levantó, y se limitó a señalarle uno de los sillones que había frente a él para que se sentara.

—Hola, Jesús —dijo Mariana, pues, desde siempre, había tratado con mucha confianza al jefe de su marido.

—Hola.

El gesto del hombre era adusto. Mariana tuvo necesidad de explicarse.

—Sergio no ha podido venir porque…

Samper la interrumpió con una voz que era un silbo.

—No puedes ni imaginarte lo poco que me importa si a tu marido le ha dado un síncope o lo ha atropellado un camión. Imagino que has venido hasta aquí porque estás al tanto de lo ocurrido.

Mariana intentó argumentar.

—Sé que ha habido problemas contables y…

Jesús Samper se puso en pie.

—¡Problemas contables, dices! Ese sinvergüenza ha defraudado mi confianza… Se ha quedado la paga y señal de tres parcelas edificadas, ha cobrado los alquileres de dos de las casas pareadas y, por lo que Luis Cota me ha explicado, no para de llamarnos gente que reclama otras cantidades. Pero ¿adivinas lo que más me jode de todo esto…, y perdona la expresión? ¡Que ha abusado de mi confianza! Tú, mejor que nadie, sabes cómo os he tratado. Conocí a Sergio en el RACC, me lo presentó Nacho Ramírez. Tu marido era el simple director de un camping… Me cayó bien, si he de decir la verdad; de hecho, me caísteis bien los dos, formabais una bonita pareja. Os cedí la casa de la playa, os invité a mis fiestas, mi mujer se hizo tu amiga, el patrón de mi barco iba a recogeros, a ti y a tus hijos, para navegar por la Costa Brava y, pese a que Luis Cota me aconsejaba que tuviera cuidado, me confié hasta que los hechos le han dado la razón. En este despacho hay un desfalco que asciende a treinta y seis millones de pesetas, por ahora, ya que no hemos terminado de contar.

Mariana estaba desarbolada.

—Sergio está hundido y quiere devolverte todo el dinero que se ha atrevido a usar para hacer negocios para tu empresa.

Samper la interrumpió.

—¡Mariana, puedo ser confiado, pero no soy estúpido, y lo que más me molesta es que me tomes por tal! ¿De dónde va a sacar ese desgraciado treinta y seis millones? Y si quieres un consejo, no te constituyas en su valedora. Sé que la mujer ha de seguir al marido hasta el final, pero no lo avales con tu nombre porque la gente a ti te quiere, y no tienes por qué responder de las andanzas de ese zángano.

Sergio ya había hablado a Mariana de ese agujero de treinta y seis millones, al que se unían otros que hacían ascender su deuda hasta los fatídicos y abrumadores noventa millones.

—¿Y qué vas a hacer, Jesús? —preguntó.

El hombre pareció dudar.

—Da gracias a mi mujer, que ha sido tu defensora y amiga. De momento voy a demandarlo por lo civil, luego ya veremos. Ahora bien, puedo asegurarte que hay gente que va a por él. Y te adelantaré que ni Arturo Planas ni Rubén Biosca son de mi cuerda... Si tu marido tiene un dedo de frente, que se largue de España hasta que amaine el temporal.

Mariana tardó unos segundos en responder.

—Jesús, no sé cómo agradecerte tu gesto y tu paciencia... Te juro que haré lo posible por amortizar la deuda —afirmó, aunque en el fondo de su corazón sabía que esos esfuerzos serían vanos.

Jesús Samper respiró hondo.

—Vete, Mariana, vete antes de que cambie de opinión.

14

Opiniones

1963

Qué quieres que te diga? A mí me ha parecido una excelente persona.

—De entrada, mamá, no te enviamos a Mariana a Madrid para que fomentaras esa relación disparatada.

Todos los planes hechos en la capital habían salido a la luz en cuanto Mariana volvió a su casa. El desencadenante fue el chichón que tenía en la frente, sumado a la circunstancia de que la joven no sabía mentir.

—Creo yo que mi opinión, dada mi experiencia, debería tenerse en cuenta, Pilar.

—Te agradezco tu buena fe, pero comprenderás que un hombre casado y separado, con un hijo de otra mujer y casi de la edad de Mariana, por muy bien que te caiga, no es un proyecto de vida para mi hija.

—Pues te advierto que a tu hermana Clara no le ha parecido mal. Se lo he contado todo por teléfono estos días —se defendió doña Candelaria.

—Mamá, con todo el respeto y el cariño que te tengo, las consideraciones de Clara no son, precisamente, la mejor referencia.

Clara Artola, hermana menor de Pilar, se había ido a Londres hacía años a tener a su hijo, embarazada de un hombre casado, director de un periódico, que se había desentendido de ella y de la criatura, y vivía allí desde entonces.

—Es muy feo que juzgues a tu hermana, no a todo el mundo le ha ido tan bien en la vida como a ti. A veces hay que tomar decisiones terribles, y otra en su lugar habría ido a abortar. Además, no quiero hablar de ese tema.

—Eres tú, mamá, quien lo ha traído a colación.

Un silencio incómodo se instaló entre madre e hija.

—Está bien, ya te he dicho lo que pienso: ese hombre puede haberse equivocado, como todo el mundo, pero es una buena persona y está enamoradísimo de Mariana. Y creo que ella lo está de él.

—Mamá, Mariana está enamorada de su popularidad. Es muy fácil deslumbrar a una cría de dieciocho años.

—Mira, Pilar, aunque sea vieja, si de algo entiendo es de mujeres. Lo que ocurre es que todos los padres creéis que las hijas son niñas siempre. Pero las niñas crecen, y hay momentos y circunstancias en los que aún no toman decisiones y son los padres quienes deben tomarlas por ellas, y la responsabilidad que se adquiere es mucha ya que de ti depende el futuro de tus hijas, que luego pueden pedirte cuentas.

Pilar recogió velas.

—Yo no entro ni salgo en lo relativo a las buenas intenciones que tenga ese hombre, mamá, y no niego que el aspecto físico de mi hija sea el de una mujer hecha y derecha y que, por eso, cualquier hombre puede enamorarse de ella. Pero Rafael Cañamero ha de entender que Mariana es muy joven aún. Si tanto la quiere y a ella le dura ese enamoramiento que intuyo es pasajero, que la busque dentro de tres o cuatro años, el tiempo justo para que ella salga a la vida y conozca a otras personas. Si en esas circunstancias Mariana tomara una decisión al respecto, nosotros no tendríamos otro remedio que aceptarlo, pero, hoy por hoy, no consentimos fines de semana fuera de casa en compañía de amigos, ni cenas ni obsequios, que ya me ha parecido excesivo el equipo de montar que le ha regalado en Madrid.

Un hondo suspiro rellenó la larga pausa que medió entre madre e hija. Después doña Candelaria habló de nuevo.

—Entonces ¿qué pensáis hacer con el caballo?

—¡¿De qué caballo me estás hablando?! —exclamó doña Pilar con un timbre agudo de alarma y desconcierto.

Doña Candelaria intuyó que había metido la pata.

—¿Mariana no os ha contado nada?

—¿Qué tenía que contarnos?

—Dice Rafael, que de eso entiende mucho, que es una pena que Mariana no practique equitación y que para compensarla del golpe que se dio en el Puerta de Hierro, por su culpa, va a enviarle a Barcelona un potro cartujano que es una gloria.

Esta vez el silencio fue más largo.

—¿Estás ahí, Pilar?

—He tenido que sentarme… ¿Cómo has podido mantener esa fantasía? ¿Cómo no has dicho que no enseguida? En esta casa nos estamos volviendo todos un poco locos, y este asunto va a acabarse inmediatamente.

La voz de la abuela sonaba angustiada.

—No le digas a Mariana que te lo he contado, podría pensar que la he traicionado.

—Eso ahora nada importa, madre. —Cuando en vez de «mamá», Pilar Artola llamaba «madre» a doña Candelaria significaba que las cosas pintaban bastos—. Como comprenderás, es lo de menos. Lo que importa es que esta historia ha llegado a su fin.

—Llámame mañana, por fa…

Un clic inapelable, que sonó en los oídos de doña Candelaria como una condena, cortó la comunicación.

15

Los cuñados

1977

Tras despedirse de Toña, Mariana salió del despacho de Jesús Samper profundamente acongojada. Estaba claro que Sergio se había metido en un berenjenal peligroso y podía arrastrar al abismo a toda la familia. Salió a la calle, se dirigió hacia su coche y, una vez en su interior, meditó los pasos que tenía que dar. En primer lugar llamaría a Arturo Planas. Era cliente de Sergio, y un par de veces había acudido a su casa a cenar junto con su mujer, Carmen Boter. Concertaría una cita con él e intentaría salvar los muebles de aquel naufragio. Después llamaría a su cuñado para ver si conseguía recabar alguna ayuda, ya fuera económica o de trabajo. Por último atacaría al nudo gordiano de aquel asunto: el abogado Rubén Biosca, famoso por sus turbios manejos y muy peligroso, tal que un buitre cuando huele cadáveres.

Puso el Volkswagen en marcha y por la ronda de San Pedro salió en dirección a la plaza de Urquinaona. Estaba tan ensimismada en sus pensamientos que cuando se detuvo delante de su edificio se dio cuenta de que no recordaba qué trayecto había recorrido.

Orosia oyó el ruido de la puerta exterior del ascensor y salió a su encuentro con una carta en la mano.

—Señora, han traído esto con acuse de recibo. He supuesto que era algo importante y lo he firmado.

Mariana soltó el pomo de latón cromado y cogió la carta. Una mirada rápida al membrete le indicó que procedía de un afamado despacho de abogados. Compuso la mejor de sus sonrisas.

—Gracias, Orosia. Ha hecho muy bien.

—Para eso estamos, señora, para ayudar.

Mariana entró en el ascensor y al cabo de un instante se encontró en su rellano. Buscó en el fondo de su bolso el manojo de llaves y, tomando la correspondiente, procedió a abrir su puerta.

Lanzó el bolso al desgaire sobre uno de los sillones del recibidor e inmediatamente se dirigió a la salita contigua al comedor. Sentada en el sofá, tomó de la mesita adyacente su libreta de teléfonos y, resiguiendo el abecedario con el índice de la mano derecha, buscó la «L» de Lozano. Había dos números de su cuñado: el de su domicilio y el de su despacho. Consultó su pequeño Cartier de pulsera. Esteban era un trabajador infatigable, se dijo Mariana, y debía reconocer que, empezando casi de la nada, había creado un pequeño imperio, de manera que supuso que a esa hora estaría sin duda en el supermercado de la calle Borrell. Descolgó el auricular y tras marcar el número en el disco aguardó. El timbre sonó cuatro o cinco veces, y finalmente la voz de Esteban, acostumbrada a mandar, sonó dura e incisiva.

—¡Sí! ¿Quién es?

—Esteban, soy Mariana. Me gustaría verte para...

Su cuñado la interrumpió.

—Ya he hablado con mi hermano y me ha puesto al corriente del asunto.

Mariana esperó un momento antes de proseguir.

—¿Puedes hacer algo?

Esteban, en vez de contestar, comentó:

—Esto se veía venir. Ya me lo dijo Margarita... Tanto BMW, tanta casa en la Costa Brava, tanta piscina y tanto querer salir con gente que no le corresponde lo ha llevado a este desastre. Y ahora ¿qué quieres que haga yo? Porque ayudarlo con dinero no voy a hacerlo, ésa fue la gran equivocación de mi madre, taparle todas sus trampas, y aquella mala crianza ha acabado aquí... Quien siembra vientos recoge tempestades.

Mariana se incomodó.

—Esteban, no te he llamado para que me sermonees, acudo a ti porque eres su único hermano y sé que las cosas te van muy bien.

—Trabajando catorce horas diarias y sin hacer fiesta ni los sábados. Además ¿de qué cifra estamos hablando? Porque él me ha dicho que no lo sabía.

Mariana dudó.

—Tal vez de unos noventa millones de pesetas.

Por el auricular del teléfono le llegó un bufido.

—Estamos todos locos... ¿Qué importa que yo pueda darle unos cientos de miles de pesetas? Con eso no tiene ni para tabaco. ¿Qué quieres, que venda uno de los supermercados porque mi hermanito está en un apuro? Pues va a ser que no.

Hubo otra pausa, y luego la voz de Esteban sonó de nuevo a través del teléfono.

—Por el momento lo que tiene que hacer, si quiere seguir por una vez mi consejo, es largarse a un país donde no haya extradición, antes de que lo metan en la cárcel, que es lo que yo exigiría para alguien que me hubiera estafado esta cantidad.

Mariana, sin darse cuenta, siguió el hilo de aquella propuesta.

—¿Y adónde crees tú que debería ir?

Casi sin querer, Esteban se involucró. Había protegido a su hermano pequeño desde que nació, y pese a las diferencias con que su madre los trataba jamás le tuvo celos. A él le había costado un esfuerzo inmenso conseguir todo cuanto tenía. Era consciente de que no suscitaba demasiadas simpatías, al contrario que Sergio, quien con su sonrisa perenne y su cara de niño bueno se había ganado desde siempre a todo el mundo, inclusive recordaba que cuando al volver del colegio se colaba en el metro sin pagar, su madre decía a las vecinas: «Mirad lo listo que es mi niño».

—Si se fuera a México, tal vez podría echarle una mano. Tengo algunos contactos... Pero que esto no llegue a oídos de Margarita, que no tengo ganas de dormir en el sofá del salón.

—Gracias, Esteban. Ya te diré algo.

Los dos colgaron a la vez el teléfono.

En ese momento, sin venir a cuento y sin saber por qué, Mariana pensó que siempre le había gustado la música mexicana. En el coche tenía boleros de Los Panchos, corridos del Trío Calaveras, canciones de Cuco Sánchez y de Miguel Aceves Mejía. Se dijo que debía de estar volviéndose loca. Tenía sobre la cabeza un drama a punto de desencadenarse, cuatro hijos pequeños que no tenían ninguna culpa de lo que estaba pasando y un marido con un problema de corazón que había cometido un desfalco... Y ella pensando en la música mexicana.

16

Madre e hija

1963

Las palabras de doña Candelaria habían hecho mella en su hija. Obviamente seguía pensando lo mismo: ¡aquello era un auténtico disparate! Sin embargo, doña Pilar veía a Mariana ilusionada y contenta, alegre como un gorrión, y temía equivocarse. Pero ¿y si no era así? ¿Y si resultaba que aquel hombre mayor y famoso era capaz de hacer dichosa a Mariana? Él le sacaba dieciocho años; eran muchos, pero afinando su memoria se acordó de que conocía a más de una pareja cuya diferencia de edad era notoria; más aún, un médico amigo de su marido estaba casado con una mujer que le llevaba doce años, ¡y eran felices!

Pilar, por el momento, se guardó de contar a su esposo la conversación que había mantenido con su madre. No obstante, sí quiso aclarar algunas cosas con su hija.

—Mariana, he hablado con la abuela, y quiero que tú y yo mantengamos una charla, no como madre e hija, sino como dos amigas.

Por el tono que había empleado su madre, Mariana intuyó que esa conversación sería importante.

—Mira, hija, quiero hacerte unas reflexiones... Soy tu madre y sé cómo eres. Créeme si te digo que comprendo perfectamente por lo que estás pasando. Has conocido a un hombre mayor con experiencia y por demás famoso, y te ha deslumbrado con una vida de fantasía que no te corresponde y a la que no te acostumbrarías.

—Mamá, soy yo la que debo decidir sobre esto... Tengo ya dieciocho años.

Doña Pilar se contuvo, no quería emplear un tono indebido, deseaba hablar con su hija haciéndola reflexionar.

—Desde luego que puedes decidir... Nosotros debemos seguir aconsejándote, pero quien tomará la última decisión serás tú.

Las dos se observaron con detenimiento. En los ojos de Mariana había un brillo de rebeldía; en los de su madre, era de ternura.

—De jóvenes creemos siempre que sabemos todo sobre la vida, pero ésta se encarga después de demostrar que a esa edad no se sabe casi nada. Supongamos que te casas con ese hombre, ¿crees que luego lo acompañarás por el mundo de ciudad en ciudad escuchando aplausos y recibiendo homenajes? Yo te diré cuál será la vida de la mujer que se case con él: permanecerá criando hijos, eso sí, posiblemente en una jaula de oro, en una dehesa, tal vez cerca de Sevilla o de Granada, y saliendo poco porque los hombres del sur tienen fama de celosos. Ya conoces el refrán: «Mujer casada, la pata rota y a la mesa atada». Entonces te acordarás de lo que estoy diciéndote.

Mariana respiró hondo.

—Mira, mamá, puedo asegurarte que Rafael no es así. Todo el mundo lo quiere. La gente lo admira, y los que trabajan para él lo adoran... Lo casaron muy joven por esas cuestiones de tierras y fincas que ocurren en el sur, pero no estaba enamorado. Ahora sí lo está.

—¿Y tú lo estás de él?

—No lo sé, mamá. Lo que sé es que estoy muy bien con él, que me siento la reina del mundo y que a su lado se me pasa el tiempo sin pensar... Me dices que me dejará sola en la finca con los hijos. ¿Y qué te ha ocurrido a ti? Papá todo el día trabajando, operando ojos, y tú yéndote muchos días al cine sola, ésa ha sido tu vida. ¿Te digo algo?

Doña Pilar miró inquisitivamente a su hija.

—A pesar de todos los pesares, mamá, considero que la vida de tía Clara ha sido mucho más variada y aventurera que la tuya. Ya no soy una niña para saber que esas cosas pasan incluso en las mejores familias.

—¿Te ha contado eso la abuela Candelaria?

—No, mamá, escuché una conversación tuya con papá... Tía Clara quería venir a Barcelona con su hijo a vivir con nosotros, y papá le puso como condición que dijera que era viuda de un periodista inglés porque no quería que nos diera un mal ejemplo, y tía Clara, que tiene mucha personalidad, no transigió. Prefirió escoger su vida.

Pilar estaba desconcertada.

—Mariana, como comprenderás, debo hablar con tu padre. Él tomará la decisión que corresponda.

Mariana se dispuso a pactar.

—Mamá, Rafael ha organizado una capea en la finca de los Folch, y nos ha invitado a Gloria Orellana y a mí. Déjame ir sin informar a papá y te prometo que pensaré lo que me has dicho.

Doña Pilar recapacitó brevemente.

—¿Cuándo va a ser?

—El domingo... Pasaremos todo el día allí. Por la mañana habrá tiro al plato y los que quieran podrán bañarse en la piscina, y por la tarde soltarán un par de vaquillas en la plaza que han montado.

—¿Y tú qué harás?

—Gloria y yo preferimos bañarnos. Por cierto, me gustaría comprarme un biquini.

—¡Ni lo sueñes! ¡Mi hija no se baña en sostén y bragas!

—Pues a Gloria la dejan.

—Eso cuando te cases y si tu marido te lo permite.

—Las extranjeras que vienen a Llafranc lo llevan todas.

—¡Allá cada cual! El Santo Padre ha dicho que España es la reserva espiritual de Europa, y en algo hemos de diferenciarnos.

—Hemos de diferenciarnos haciendo el ridículo, como cuando en Camprodón Marta y yo, siendo dos crías, fuimos en tejanos a la iglesia para enterarnos de la hora de la misa del domingo, y el párroco nos llamó brujas y nos echó.

Tras este diálogo hubo una pausa.

—De acuerdo, Mariana, te dejaré ir. Pero quiero que termines con esto y que no vuelvas a verlo hasta que cumplas veinte años.

17

Arturo Planas

1977

El timbre del teléfono la sacó de su ensoñación.

Mariana descolgó el auricular.

—¿Dígame?

Una voz desconocida que, sin embargo, le recordaba a alguien la interpeló.

—¿Está Sergio?

—No está. ¿Quién es?

—Mariana, soy Arturo Planas... Necesito urgentemente hablar con tu marido.

La mente de la mujer era un caballo desbocado.

—Sergio no está... Tuvo un amago de infarto y de momento está en la Costa Brava haciendo reposo. Lo veré esta noche... o mañana. ¿Qué quieres que le diga?

Se hizo un silencio hosco al otro lado del auricular. Tras una pausa, la voz sonó de nuevo.

—Lo mío no es para hablarlo por teléfono... Estoy aquí al lado, en Mandri. ¿Puedo subir a verte?

Una señal de alarma sonó en su cabeza. Estaba sola en casa y no procedía dejar entrar a un hombre. Algún vecino o la portera podían verlo. Sin embargo, el asunto era demasiado importante para perder la oportunidad de arreglar algo. Mariana tenía buenos reflejos.

—Dame un cuarto de hora y sube.

—De acuerdo, estaré ahí a las dos y media.

Apenas colgó el aparato, Mariana se precipitó hacia el telefonillo de la cocina. Pulsó el timbre, y la voz gangosa de Orosia llegó hasta su oído.

—Dígame, señora Lozano.

—Orosia, necesito pedirle un favor.

—Lo que usted mande, señora.

—He de recibir a un caballero para un tema urgente de mi marido... —Mariana conocía muy bien a su portera— y no quiero estar sola. ¿Usted podría venir y quedarse conmigo media hora?

Orosia se supo importante. Aquel favor era de mujer a mujer, no de señora a portera.

—No faltaba más. Me cambio la bata y subo al instante.

—¿Seguro, Orosia, que no la incomodo? Es la hora de comer y tal vez su marido la necesite.

Orosia se sintió como el aya de doña Inés, y la solidaridad femenina pudo en ella.

—Por un día, ¡que se arregle solo! Ya mismo voy, señora.

Apenas transcurridos tres minutos, la portera llamaba a la puerta. Mariana la recibió, agradecida. En circunstancias normales, no habría temido encontrarse a solas con Arturo Planas, pero la posibilidad de que llegara hecho una furia la intranquilizaba. Sabía, además, que Orosia no era de esas porteras que escuchan detrás de las puertas; podía confiar en ella.

—Me ha dado tiempo a poner los garbanzos a mi hombre... Aquí estoy, para lo que usted mande.

Mariana le explicó que subía un buen cliente de su marido con un contrato urgente que ella debía llevarle a Palafrugell para que lo firmara.

—No se preocupe, señora, que yo le abro la puerta y aguardó en la cocina hasta que se vaya.

A las dos y media en punto sonaba el timbre. Mariana, retrepada en el sofá, oyó que la portera abría la puerta y el siguiente murmullo de voces en el recibidor.

Orosia asomó la cabeza.

—Señora, el señor Planas.

—Dile que pase.

Al cabo de un instante y precedido por la mujer, Arturo Planas ocupaba el quicio de la puerta. Cuarenta y cinco años muy bien llevados, porte atlético, facciones correctas si bien excesivamente cuidadas, mirada inquisitiva, pelo ondulado y canoso. Vestía un terno veraniego, con americana azul marino sobre un polo rosa, unos pantalones de rayadillo y calzado náutico.

Mariana se puso en pie al tiempo que le tendía la mano. Por la mirada de Arturo, dedujo que esa ocasión era muy diferente de las otras en las que aquel hombre había ido a cenar allí en compañía de su mujer.

Arturo le apretó apenas la mano. Ambos quedaron frente a frente.

—Mejor que nos sentemos, ¿no, Arturo?

Planas se sentó en uno de los sillones que había delante del sofá que ocupaba Mariana.

—Imagino que sabes por qué estoy aquí.

—Lo sé, y siento infinitamente lo que está pasando.

Planas hizo una pausa y respiró hondo.

—¿Me permites fumar?

—Desde luego —dijo acercándole el cenicero.

Arturo Planas extrajo del bolsillo de su chaqueta un paquete de Pall Mall y un mechero Ronson, y ofreció un cigarrillo a Mariana.

—No, gracias, lo he dejado.

—Yo bien quisiera —comentó Planas a la vez que encendía el suyo—, pero no soy capaz... y menos en las circunstancias actuales.

—¿A qué te refieres?

El hombre expulsó el humo por la nariz, y sin mediar explicación le soltó:

—¿Sabes que estás casada con un sinvergüenza?

Mariana estuvo a punto de contestar una impertinencia. No obstante, se contuvo.

—Conozco lo ocurrido. A pesar de todo, te ruego que no perdamos las formas.

—¡Qué suerte tienen algunos! No sé si conoces en profundidad todo lo ocurrido, pero sí te digo que no envidio la suerte de ese mangante.

Mariana, en tanto observaba las volutas de humo que flotaban en el aire, meditó su respuesta.

—Arturo, te he dejado venir a mi casa por ver si este desastre tiene algún remedio… En tal caso, dímelo. De lo contrario, abreviemos esto.

Planas sonrió con amargura.

—¡Claro que puede arreglarse! ¿Tienes diecinueve millones de pesetas?

—¡Por supuesto que no!

—Entonces lo tienes mal, y he de reconocer que lo siento porque a mí tu marido me divertía mucho, pero no estoy en disposición de pagar sus chistes a ese precio.

Mariana se tragó el orgullo.

—Sergio ha tenido un pequeño infarto, dale una oportunidad, Arturo.

Él la miró fijamente.

—¿Tú sabes lo que cuesta ganar diecinueve millones vendiendo cruasanes?

Arturo Planas tenía las tres pastelerías-charcuterías más importantes de la ciudad y sus cocinas servían las bodas de más prestigio de Barcelona.

—Soy consciente de ello, pero dame un tiempo.

—Dame tú una paga y señal de buena fe.

Planas aplastó la colilla de su cigarrillo en el cenicero.

—Muy bien, tú dirás —aceptó Mariana.

—Conste que lo hago por ti... Tráeme el BMW de tu marido, los colmillos de elefante de tu chimenea, que deben de valer un pico, y los dos cuadros de Cusachs que tienes en el comedor, que creo que compró Sergio en una subasta..., por cierto, con mi dinero. Haré valorar todo en Las Meninas y te descontaré su precio del total. Entregaré a mi abogado todos los documentos y le ordenaré que no ponga en marcha la demanda hasta que yo se lo indique. De esta manera, te daré un tiempo, antes de que Rubén Biosca se te lleve hasta la nevera.

Mariana miró a su alrededor, desolada. No porque le importasen esos objetos, sino porque de repente fue consciente de que las deudas de Sergio iban a materializarse en pérdidas concretas. No quedaba tan lejos aquella época en que una mujer no podía disponer de las propiedades conyugales. Las cosas cambiaban, pero ella nunca se había imaginado entregando bienes concretos a acreedores exigentes. Igualmente, debía pedir autorización a Sergio, al menos para el BMW, ya que le pertenecía a él.

—De acuerdo —dijo—. Deja que hable con mi marido.

18

La capea

1963

El teléfono del pasillo seguía sonando todos los sábados a la misma hora, pero la cara de Mariana luego de conversar un rato era otra.

—Sí, sí me dejan. He hablado con mamá y me ha dado permiso.

—Eso es magnífico, chiquilla. Entonces ¿a qué hora te recojo en tu casa?

—No, recógeme en casa de Gloria, en la calle del Bruc, donde el otro día.

—Mejor te recojo a ti primero y luego vamos a por ella.

—No, Rafael. —Mariana dudó unos instantes—. Mi padre no sabe nada.

—Entiendo… ¿Quieres que te recoja Pepe?

—¡Sí, hombre! Y ese barco que tienes por coche estará en la puerta de mi casa para que todo el barrio chismorree mañana… Ni hablar. Quedamos en casa de Gloria a las diez y media.

La finca de los Folch estaba ubicada en Sant Celoni, a una hora en coche de Barcelona. Pepe, el chófer de Rafael Cañamero, recogió al trío, pues Joaquín Fontana, que empezaba a salir con Gloria, acompañaba a las dos chicas. Éste se asombró al ver el vehículo.

—¡Madre de Dios, qué aparato! Esto parece un coche de bomberos.

—¡Calla y sube! —le urgió Gloria.

Salieron hacia Sant Celoni cuando daban las once menos cuarto en el reloj de la iglesia de la Concepción. Joaquín iba delante, preguntando mil cosas a Pepe al respecto de los caballos del motor y qué velocidad podía alcanzar, y atendiendo a lo que decían detrás las dos amigas, que conversaban de sus cosas en voz muy baja. Pepe se dio cuenta, y al instante subió el cristal separador de la parte de atrás.

—Entonces tu padre no sabe nada.

—He hecho un trato con mamá. Me ha dejado venir a condición de que no tome ninguna decisión hasta que cumpla veinte años.

Gloria pareció dudar.

—Pero ¿lo tienes claro?

—No, por eso he aceptado. Ya me va bien como estoy ahora.

La otra bajó la voz aún más.

—Pero ¿lo quieres?

—Me lo paso muy bien con él... Me habla de ciudades maravillosas y de su dehesa en Ayamonte. Y en Madrid, con la abuela, ha sido el no va más.

—¿Te ha besado?

—Lo intentó en Madrid.

—¿Y...?

—Le di una torta.

Gloria parecía muy interesada.

—Pero ¿te gustó?

—No me dejé.

—Entonces es que no lo quieres —afirmó Gloria con rotundidad.

—Me gusta, me divierte... He ido a la plaza dos veces, a escondidas, claro está, y me encanta cuando le aplauden y él mira hacia donde estoy yo.

—Eso lo entiendo. Si cuando iba a ver a mi hermano a jugar al fútbol y Joaquín metía un gol y me lo brindaba me sentía como una reina, no puedo imaginarme lo que debe de ser que toda una plaza de toros te mire.

Pepe, que consultaba de vez en cuando un plano pequeño que llevaba sujeto con un clip en el salpicadero del coche, habiendo pasado Llinars del Vallés anunció:

—Señorita Mariana, el próximo desvío es el de San Celoni. Estaremos allí dentro de diez minutos.

Pepe los dejó frente a la puerta del caserón y se fue a aparcar el coche. Los tres jóvenes se dirigieron hacia el interior, donde los invitados se cruzaban saludándose unos a otros. Los verdes y los marrones eran los colores dominantes en las prendas de vestir, pues el campo requería ese tipo de tonalidades, y había quienes llevaban sombreros con plumas en las cintas. Todos comentaban la espectacularidad de la finca, así como los pormenores del programa del día. Por la mañana, tiro al plato; después, aperitivo y comida; por la tarde, una capea con tres vaquillas para los que se atrevieran a bajar a torear al improvisado ruedo de madera, y finalmente se procedería al reparto de premios y trofeos, perfume para todas las damas, y para los caballeros una funda de oro para un mechero Bic, unos zajones de cuero de Ubrique, por cortesía de Rafael Cañamero, y dos bolsas de palos de golf.

La mañana pasó sin sentir para Mariana y Gloria mientras compartían todas las novedades con el entusiasmo de sus años. El aperitivo se sirvió en el porche y la comida en una carpa inmensa. Por la tarde llegó el plato fuerte de la fiesta: la capea.

La plaza era la copia fidedigna de un ruedo, con su presidencia y los bancos correspondientes. A partir de aquel momento tomó el mando Rafael, que había acudido a la fiesta con Montoya y El Tato, dos de sus hombres de confianza.

La gente estaba entusiasmada, y la bancada, llena a reventar. Rafael había colocado a las dos amigas, junto a otras dos personas, en un pequeño burladero que había en el callejón.

El Tato abrió la puerta del corral y apareció una vaquilla corredora que a Mariana, desde donde estaba, le pareció tan grande como uno de los toros que había visto en las plazas. Montoya y Rafael, con traje campero, la fijaron con varios pases y después Rafael se dirigió al público pidiendo voluntarios. Varios muchachos jóvenes, entre ellos Joaquín Fontana, saltaron al ruedo. Gloria se asustó.

—¡Es un imbécil! ¿Qué sabrá él de toros?

Algunas volteretas y algunos revolcones entre el jolgorio del público, y Montoya enseñando los rudimentos del arte de Cúchares a los más osados.

Rafael se dirigió al burladero donde estaban las dos muchachas.

—Ven, Mariana... Vamos a torear al alimón.

—¿Qué dices? ¡Ni loca!

—Chiquilla, si no es nada... Tú coges una punta del capote y yo la otra, y la vaca pasa por el medio.

Los invitados, que se dieron cuenta de inmediato de lo que ocurriría, comenzaron a jalear.

—¡No se atreve! ¡No se atreve!

Gloria la animó:

—¿No irás a achantarte ahora?

—¡No me conoces, Gloria! —dijo saliendo ya del burladero. Luego se dirigió a Rafael—: Vamos.

—Así me gustan las mujeres... Si ya digo yo que tú vales para esto.

Mariana se encontró en el centro del ruedo sujetando el extremo de la capa y oyendo los consejos de Rafael.

—Tú tranquila, que la vaca va al capote.

Pero vio horrorizada que el inmenso animal se arrancaba hacia ella.

—*Tate* quieta, que si corres, irá al bulto.

—¡Al tuyo! —gritó Mariana a la vez que salía disparada como alma que llevara el diablo y, entre las risas del público, puso el pie en el estribo, saltó como pudo las tablas de la barrera y fue a dar con sus huesos en el callejón.

19

Rubén Biosca

1977

Mariana decidió que lo mejor era acabar con aquel desastre en un solo día. Bajó a la calle, cruzó Mandri y se dirigió a Airó, la pastelería que hacía esquina con la calle de Ricardo Calvo, donde tomó dos bocadillos, uno de jamón y queso y otro de pollo con ensalada, además de una Coca-Cola. Luego, sentada en un taburete alto en la barra, pidió un cortado. A las cuatro y media en punto dejaba el coche en el paseo de Gracia, en el aparcamiento que había delante del cine Comedia. De allí, cruzando la Gran Vía, se dirigió al edificio de Galería Condal, en cuyo interior y junto al cine estaba la portería del despacho de Rubén Biosca. Mariana, que había acompañado en un par de ocasiones a Sergio, recordaba que el piso del abogado se encontraba en la puerta primera de la planta segunda. Prefirió subir a pie, dándose tiempo para pensar cómo debía afrontar aquel asunto.

En la puerta, en una placa de ónix negro con letras plateadas en relieve, se leía el nombre del abogado y, en letras más pequeñas, los de los letrados asociados a la firma. Mariana cogió aire y llamó a la puerta. Se oyó un dispositivo mecánico al que acompañó un zumbido, y la cerradura se abrió, de modo que tan sólo tuvo que empujar la hoja para encontrarse en un recibidor con un mostrador, tras el cual aguardaba una sonriente muchacha. Mariana le pidió ver al señor Biosca, a pesar de no tener cita con él. Después de una breve conversación telefónica, en la que pudo oír el tono brusco de Biosca, la joven le comunicó que el abogado, al saber que se trataba de la esposa de Sergio Lozano, accedía a recibirla.

Precedida por la chica, Mariana avanzó por el pasillo alfombrado en el que se abrían tres puertas hasta llegar al fondo, donde una de doble hoja indicaba que aquél era el despacho más importante de la firma.

Unos discretos golpes en la puerta y una voz.

—¡Adelante!

La muchacha abrió cediendo el paso a Mariana y ésta, tras dar un paso adelante, se percató de que la hoja se cerraba a su espalda. En tanto, Rubén Biosca, con una actitud seria y, sin embargo, inesperadamente amable, salió de detrás de su mesa de despacho y se adelantó a darle la mano.

Era un hombre de unos sesenta años recio y de escasa altura con un bigotillo debajo de le bulbosa nariz, unas cejas interrogantes que enmarcaban unos ojos saltones e inquisidores, una barba cerrada y una boca de labios finos que denotaban un rictus de crueldad.

—Bienvenida a esta casa, Mariana. Por favor...

Tras estas palabras le señaló uno de los sillones frente a su gran mesa atestada de papeles y él ocupó el suyo al otro lado.

—¿Y a qué debo el honor de tu visita?

—Imagino que lo sabes perfectamente.

Rubén Biosca curvó sus labios en una sonrisa lobuna.

—Voy a preguntarte algo.

—Tú dirás.

—¿Vienes a verme en calidad de Mariana Casanova o como la señora Lozano?

Mariana entendió el juego. En otras circunstancias, se habría levantado de inmediato y se habría ido. Sin embargo, debía jugar sus cartas con astucia.

—Mi nombre, como bien sabes, es Mariana Casanova, y sabes también que soy la mujer de Sergio Lozano.

—Tienes esa desgracia, sí.

—Pero ¿puedes decirme cuál es la diferencia?

Rubén Biosca jugueteó con un abrecartas que tenía sobre la mesa.

—Digamos que con Mariana Casanova podría entenderme, pero con la señora de Sergio Lozano no tengo nada que hablar.

Mariana se hizo la tonta.

—No te entiendo.

—Es muy fácil... Con Mariana Casanova hablaría de hombre a mujer de un modo libre y adulto. Eso sí, las relaciones largas con mujeres casadas no me interesan... El adulterio, en este país, acostumbra a traer complicaciones.

La expresión de Mariana era de absoluto desprecio.

—Soy consciente de que mi marido te debe dinero, pero si pretendes que yo pague la deuda acostándome contigo es que no me conoces.

La actitud de Rubén Biosca cambió de golpe y, con una voz preñada de odio, la amenazó.

—Eres tú quien no me conoce... De alguna manera, estaba dándote una oportunidad, por cierto, muy cara, aunque soy consciente de que eres una mujer de bandera y comprendo que los caprichos hay que pagarlos, los dos somos mayorcitos y sabemos que nada en la vida es gratis. Claro que si prefieres que tu marido se pase varios años a la sombra y verte en el brete de tener que ir una vez al mes a cumplir con la preceptiva visita íntima... ése es tu problema. Yo te ofrecía una tarde al mes en el Pedralbes o en La Casita Blanca a cambio de que ese zángano pueda pasear por la calle. Pero si tú no quieres, es tu elección.

Mariana se puso en pie.

—Es en una fábula de los hermanos Grimm donde una princesa se acuesta con un sapo. Antes de proponer algo así a una mujer, mírate en el espejo.

Y dando media vuelta salió del despacho con un portazo. Pero cuando embocaba ya el pasillo, oyó que la puerta se abría de nuevo.

—¡Te juro que antes de un mes irás a la Modelo a visitarlo!

Era la voz de Rubén Biosca, a su espalda, gritando como un energúmeno.

20

La petición

1963

¿Doña Pilar?
—Sí, Teresa.
—El señorito Manolo pregunta por usted o por el señor, y como don Pedro aún no ha salido del dormitorio...
—Dile que ahora me pongo.
Partió la camarera a dar el recado en tanto que doña Pilar Artola consultaba su reloj. Eran las nueve menos cuarto. Le resultó extraño que su yerno, que ya había regresado de Lisboa con Marta y la niña, llamara a aquellas horas. Con paso ligeramente apresurado se dirigió a la salita y, tras sentarse en su sillón de siempre, que era el de al lado de la chimenea, descolgó el auricular.
—Buenos días, Manolo. ¿Estáis todos bien?
—No ocurre nada malo, Pilar. Pero creo que debo hablar contigo o con Pedro.
—Tú me dirás.
—Verás, te llamo desde el Club de Polo. Me he levantado pronto para venir a montar un rato antes de ir al despacho. Ya sabes que cuando puedo aprovecho para ejercitarme y, de paso, ver a mis antiguos compañeros de hípica.
Llegado a este punto, Manolo Martín hizo una pausa.

—Pero ése no es el motivo de tu llamada, imagino.

—Desde luego. He ido directo a las cuadras, y en cuanto me ha visto ha venido a mi encuentro Manuel Surís, el veterinario, que estaba allí porque han recibido un caballo nuevo y, como es norma, siempre que eso ocurre lo llaman para que certifique que llega sano y que no hay peligro alguno de contagio.

—Manolo, no te sigo.

—Deja que te explique, Pilar. Surís me saluda muy amable y me dice: «Precioso potro el que os han enviado desde Sevilla». «No sé de qué me hablas, Manuel», le he contestado. «Ése es el motivo por el que estoy aquí». «Si no te explicas un poco mejor...», le he respondido. «Os han enviado un cartujano de dos años, magnífico, un caballo de concurso». Como comprenderás, Pilar, no entendía nada. Al ver mi sorpresa, me ha dicho: «Acompáñame. Está en el último box, donde ha de permanecer las cuarenta y ocho horas que pauta el reglamento». Lo he seguido y, efectivamente, allí estaba. Un potro precioso, te lo aseguro. Manuel Surís me ha contado que es un animal de precio elevado, que su nombre es Bonachón y que lo envía desde Ayamonte el rejoneador Rafael Cañamero. Me he ido enseguida a secretaría, y allí me han aclarado las cosas... El potro es para Mariana, y me ha extrañado, la verdad.

Pilar se quedó de una pieza. Aquello pasaba de castaño oscuro. Marta y Manolo estaban al corriente del asunto, lo que nadie en la familia imaginaba es que aquel despropósito hubiera tomado semejante vuelo.

Dudó unos instantes.

—Gracias, Manolo... No comentes nada de esto, por favor. Ya hablaremos.

La voz de su yerno sonó inquieta.

—He hecho bien en avisarte, ¿no?

—Por supuesto, y te lo agradezco mucho, pero por el momento no cuentes nada, a ver si consigo arreglar este desaguisado.

—Pilar, me han dicho en el Club de Polo que si el potro se queda hay que alquilar un box.

—Pero ¿no está en revisión cuarenta y ocho horas?

—Eso me ha dicho Surís.

—Pues antes de este plazo ya habrán ido a recoger el caballo. Y se irá por donde ha venido.

El espíritu de jinete de Manolo Martín salió a flote.

—Es una pena. Ese cartujano es precioso.

—Lo que es una pena es que tu cuñada se haya metido en este disparate.

—Eso no es cosa mía. Ahora bien, en honor a la verdad, he de decir que, aunque lo conozco únicamente de un par de veces, Rafael Cañamero es un tipo estupendo.

—Pero viejo para Mariana, separado de su mujer y con un hijo... Como comprenderás, si Pedro se entera de esto último, podemos tener un lío gordo. Deja que hable con Mariana e intente arreglarlo a mi manera.

Luego de dar de nuevo las gracias a su yerno, doña Pilar se despidió de él y colgó el aparato.

—En esta santa casa el último que se entera de todo soy yo.

Don Pedro Casanova medía a grandes zancadas la salita contigua al comedor, con las manos a la espalda y hablando al aire. Doña Pilar y Mariana, sentadas en el sofá bajo la ventana, procuraban capear el temporal.

Don Pedro se plantó frente a su mujer.

—¿Y tú crees que esta niña tenía que ir a una capea a la finca de los Folch, donde se encontraba media Barcelona y hoy estará en boca de todo el mundo?

Mariana se sintió obligada a romper una lanza por su madre.

—Fue culpa mía, papá... Me puse muy pesada y le prometí que no decidiría nada hasta cumplir veinte años.

Don Pedro extrajo un pañuelo del bolsillo con el que se

limpió las gafas con parsimonia mientras miraba a su hija con fijeza.

—Creo que tu madre y tú estáis mal de la cabeza... O quizá el loco soy yo. Pase que tu abuela Candelaria te acompañe a los toros y al Puerta de Hierro en vez de entender el motivo por el que te enviamos a Madrid. Nunca me fie de su criterio... ¡Así le fue a tu tía Clara! —Ahora se dirigió a su mujer—: Pero que tú, Pilar, me ocultes ciertas cosas y autorices a nuestra hija a acudir a esa capea me decepciona y me incomoda. Y ahora, ¡lo que faltaba!, el asunto del caballo, que, por mucho que intentemos silenciar la noticia, correrá por el Club de Polo como un reguero de pólvora. Inútil es decir que ese potro se irá por donde ha venido. Y voy a deciros algo más: esta historia se ha terminado para siempre.

La voz de Mariana sonó suave pero firme.

—No, papá, no ha terminado... Rafael quiere hablar contigo.

—Y tú, Mariana, esperas en tu cuarto hasta que tu padre te llame. Las cosas han ido ya demasiado lejos para que las compliquemos más.

—Pero tengo dieciocho años y derecho a saber...

—¡Tú no tienes ningún derecho! Mariana, tienes el deber de ser buena hija y no crear más problemas a tu padre, que está agobiado por esta situación que lo desborda.

Rafael Cañamero había llamado por teléfono a la consulta de don Pedro Casanova, pidiéndole, por favor, que lo recibiera porque quería hablar con él. Don Pedro, luego de acordarlo con su mujer, accedió a recibirlo en su casa el sábado por la tarde, que era el día que no tenía visitas en la clínica.

La decisión no fue fácil, y se pidió opinión a Marta y a su marido, quien se había ocupado ya de mandar de vuelta a Ayamonte a Bonachón, por escuchar el parecer de gente más cercana en edad a Mariana y, tal vez, sin el prejuicio de unos padres que temían no haberse dado cuenta de que ésta era ya una mujer. La conclusión final fue unánime: no era que Mariana fuese demasiado joven, sino que, lo miraran por donde lo mirasen, la situación vital de Rafael Cañamero no era la más idónea para iniciar una relación con visos de que tuviera una posibilidad de llegar a buen fin. La diferencia de edad entre los dos, dieciocho años, el hecho de que él estuviera separado de su esposa sin estar divorciado y que tuviera un hijo casi de la misma edad que Mariana, fruto de su relación con otra mujer, no eran precisamente condiciones favorables para tomar una decisión positiva, por lo que al menos debían imponer a ambos un tiempo de reflexión.

—¿Quieres que me quede o prefieres verlo tú solo?

La pregunta se la hacía doña Pilar a su marido.

—Como preferir, me gustaría que estuvieras presente, pero no lo creo conveniente. En todo caso, si la circunstancia lo requiere te haré llamar.

—Entonces, si te parece, cuando haya que servir el café lo haré yo, saludaré a Cañamero y luego me retiraré.

—Creo que no es lo más oportuno. Mejor que lo sirva Teresa.

A la vez que el carillón del comedor daba las cuatro de la tarde se oía el timbre de la puerta. Pilar se arregló el pelo, nerviosa.

—¡Ya está aquí! Otra cosa no, pero puntual lo es.

Tras unos instantes, los pasos de Teresa resonaban en el pasillo. La muchacha se dirigió a don Pedro.

—El señor Cañamero.

—Hazlo pasar. Y tú, Pilar, sal por la puerta del comedor.

La camarera se retiró por la puerta del pasillo y doña Pilar lo hizo por la que daba a la cocina.

Pedro Casanova se puso en pie alisándose la americana. Aquella situación era nueva para él y, sin embargo, se había preparado muy bien el guion, que iba desde cómo debía recibir a aquel hombre mundialmente conocido hasta lo que debía responderle sin faltar en modo alguno a la educación y a las buenas maneras.

Rafael Cañamero entró impecable con un polo, unos pantalones de color azul marino y un pañuelo de seda al cuello bajo la americana de botones plateados.

Don Pedro le tendió la mano, presentándose.

—Pedro Casanova...

Rafael, a la vez que se la estrechaba, aclaró:

—Nos conocimos en la corrida de beneficencia para las viudas y los huérfanos del ejército, en la Monumental.

—Cierto, pero había tanta gente en aquel palco que no esperaba que se acordara de mi nombre.

—¡Cómo no voy a acordarme, si todos los días Mariana habla de usted!

—Hasta cierta edad —comentó don Pedro al tiempo que se sentaba—, los padres somos los ídolos de las hijas. Después pasamos a segundo término.

En ese momento Teresa entraba con el café. En tanto lo servía, don Pedro tomó la botella de coñac Napoleón.

—¿Le apetece una copa?

—Un dedo. La tarde que no tengo corrida, me permito esa licencia.

La camarera se retiró y ambos hombres quedaron frente a frente.

—¿Un puro?

—No, muchas gracias, no fumo.

—Pues si no le molesta el humo...

—Por favor.

Don Pedro, lentamente, encendió su Montecristo.

El rejoneador dio un breve sorbo a su copa de coñac.

—¿Me creerá si le digo que tengo ahora más nervios que cuando voy a torear?

Don Pedro asumió su papel de padre de familia.

—Comprendo que es ésta una situación embarazosa... para ambos. Le escucho.

Rafael Cañamero se revolvió en su asiento, inquieto.

—Pues verá, don Pedro, el caso es que me he enamorado de Mariana y quiero casarme con ella... ¡Ea, ya lo he dicho!

Don Pedro dio una larga calada al Montecristo.

—Veo que es un hombre directo.

—Cierto, me gustan las cosas claras.

—Pero si no estoy mal informado, usted es un hombre casado.

—Es una larga historia.

—Cuéntemela, que para eso nos hemos reunido.

Dos horas largas duró la conversación. Como Mariana había relatado a sus padres, Rafael Cañamero le explicó que lo habían casado con diecinueve años por una cuestión de unificar tierras, no le ocultó tampoco que vivía separado y que había tenido un hijo con una conocida cantante, y añadió que entendía que la diferencia de edad era demasiada, pero que se había enamorado de Mariana. Finalmente le pidió que le concediese la ocasión de demostrar cuánto la quería.

Don Pedro expuso sus argumentos, además de los ya nombrados por el rejoneador: que Mariana todavía era muy joven; que aún no había hecho la puesta de largo y que, por lo tanto, no había tenido ocasión de conocer a muchos chicos de su edad; que su popularidad quizá la había deslumbrado y que todavía no era el momento para que ella pudiera decidir con criterio cualquier cosa al respecto de su futuro.

Rafael insistió, pidiendo una oportunidad para que don Pedro y doña Pilar lo conocieran. Añadió que los invitaba a su dehesa de Ayamonte para que vieran cómo vivía y apreciaran si aquella vida le iba a gustar a Mariana.

Don Pedro insistió en que no era el momento. Por lo pronto, le dijo, seguía siendo un hombre casado y lo primero que tenía que hacer era anular ese matrimonio. Le aconsejó que volviera cuando fuera libre, que entonces, si tenía que ser sería. Pero agregó que debía darle su palabra de honor de que esperaría hasta que Mariana tuviera el conocimiento y la edad suficientes para discernir. Si cuando tuviera veinte años Mariana decidía casarse con él, don Pedro no se opondría. Mientras tanto, lo mejor sería que no mantuviera ningún contacto con ella.

21

Planes de fuga

1977

Los acontecimientos se precipitaban. Cuando Mariana regresó a Barcelona unos días más tarde para entregar el BMW de Sergio a Arturo Planas, al llegar a su casa de Obispo Sivilla salió a su encuentro Orosia, la portera, con varias cartas en la mano. La mujer hizo un aparte con una de ellas para darle más solemnidad.

—Doña Mariana, he firmado yo y he dado mi número de carnet porque he creído que era algo importante.

Ella rasgó rápidamente el sobre. Era una citación del Juzgado de lo Penal número 5 de Barcelona para el 30 de septiembre. El color huyó de su rostro.

—¿He hecho bien, señora? —indagó la portera.

—Muy bien.

—Está usted pálida, ¿se encuentra mal?

—Gracias, Orosia, no es nada... El calor tal vez.

Tras ese intercambio de palabras, Mariana tomó el ascensor y, por un momento, creyó que iba a desmayarse. La cabina se detuvo en el segundo piso y haciendo de tripas corazón decidió que todo aquello no podría con ella. Su mente se puso en marcha enseguida para ordenar sus planes y trazar nuevas directrices. Lo primero que haría sería llamar a Arturo Planas para entregarle el BMW con los documentos firmados por su marido e intentaría hacer averiguaciones al respecto de la querella que a Sergio se le venía encima. Después, según y cómo, llamaría a Manolo Martín, el marido de su hermana Marta, para que, sin explicar nada a su padre ya que no quería asustarlo, tomara el timón de aquel asunto; siendo abogado y cuñado suyo, era el más indicado para ocuparse de tan delicado tema. Acto seguido hablaría con Esteban, el hermano de Sergio, y le preguntaría cómo tenía lo de México, y finalmente contactaría con Joaquín Fontana, el marido de Gloria, para regresar con él a la Costa Brava y poner en marcha el plan que bullía en su cabeza.

El olor a cerrado atacó su olfato cuando abrió la puerta de su piso. Se dirigió a la salita sin perder tiempo y se instaló junto a la mesita donde estaba la agenda para buscar el teléfono del despacho de Arturo Planas. Cuando marcó, el corazón le latía atropelladamente.

El timbre sonó tres veces, y Mariana oyó la voz de una mujer.

—Pastelería Planas. ¿Dígame?

—¿Está don Arturo?

—¿De parte de quién?

—De Mariana Casanova. —Tras una ligera pausa, añadió—: Dígale que soy la mujer de Sergio Lozano.

—Aguarde un instante.

Mariana se dispuso a esperar. Al poco la voz de Arturo llegó hasta ella.

—Sí...

—Soy yo, Arturo. ¿Te pillo en un buen momento?

—Me pillas con las manos en la masa, nunca mejor dicho ya que estoy haciendo el pastel de boda de la hija de los Pujol.

—¿Te llamo más tarde?

—¡No, por favor! Para oír buenas noticias estoy siempre a punto... Porque imagino que me darás buenas noticias, ¿no?

Mariana se ciñó al tema.

—Tengo el BMW con los documentos firmados para el cambio de nombre. Y he dado ya orden a mi portera para que deje entrar a las personas que envíes a recoger los cuadros de Cusachs y los colmillos.

Hubo una pausa.

—La historia no acaba aquí, Mariana. Eso que te quede claro.

—Lo tengo muy claro, Arturo. La semana que viene iré a verte para intentar arreglar algo... Me acompañará mi cuñado, que es abogado.

La voz de Planas sonó tensa.

—Por mí como si vienes con el papa de Roma. Ya te dije que para amortizar lo que Sergio me debe he de vender muchos cruasanes, díselo a tu cuñado. Y ahora perdona, pero he de colgar, no quiero que se me queme el pastel. Adiós, Mariana.

Y sin aguardar que ella se despidiera sonó el clic del auricular.

Mariana tomó aire.

La llamada a Manolo Martín fue breve. Mariana conocía bien a su cuñado y sabía que el asunto no era para hablarlo por teléfono. Manolo la invitó a comer.

—Te esperaré en el Finisterre a las dos y media.

Mariana agradeció en silencio que Manolo y Marta volvieran a vivir en Barcelona después de residir durante unos años en Lisboa. Habían regresado a España a finales de 1975, apenas dos años antes, poco después de la muerte de Franco.

—Allí estaré —le dijo.

A continuación, Mariana marcó el número de Esteban en el supermercado. La mecánica fue la de costumbre: tras una corta espera, la voz del hermano de Sergio sonó por el auricular.

—Sí, Mariana.

—Esteban, ¿has hecho alguna gestión al respecto de lo de México?

—Mujer, eso requiere su tiempo... Ya he escrito y espero respuesta.

—Es urgente, Esteban. Han citado a tu hermano en el Juzgado de lo Penal número cinco... Tengo que sacarlo de España antes de que le retiren el pasaporte.

—¿Qué me estás diciendo?

—Pues que se ha metido en un lío muy gordo y que va a arrastrarnos a todos con él.

Esteban guardó silencio.

—Pásate por aquí —dijo al cabo de unos segundos— y te daré una carta para el dueño de Cartonajes Estrella, es un buen amigo mío. Cuando el imbécil de tu marido llegue a México, que se ponga en contacto con él. Yo lo habré llamado ya.

—Dentro de una hora estoy ahí.

Colgaron.

La última llamada fue para Joaquín Fontana. El marido de Gloria la saludó festivo y alegre como siempre.

—¿Qué necesita mi princesa mora?

—Joaquín, ¿puedes llevarme esta noche a la Costa Brava?

—¡Contigo iría hasta el fin del mundo! Qué pena que no me pidas que te lleve a París.

—Joaquín, no estoy para bromas... ¿Puedes o no puedes?

El otro cambió de tercio.

—Claro que sí. ¿Ocurre algo?

—Sí, ocurre. Te lo contaré durante el trayecto. ¿A qué hora quieres que esté en tu despacho?

—Te recogeré en tu casa, Mariana. Si te parece, a las ocho y media.

—Estaré en el portal.

A las dos y media en punto Mariana se encontraba en el Finisterre, sin duda el mejor restaurante de Barcelona. Apenas había probado su zumo de tomate cuando ya su cuñado Manolo entraba por la puerta. Mariana dio orden de que llevaran su copa a la mesa y, luego de sentarse y pedir, se pusieron a hablar.

Mariana explicó de punta a cabo todo lo ocurrido y entregó la citación a su cuñado.

—Te aseguro que voy a tomarme esto, como puedes comprender, con el máximo interés. No hagas nada sin que yo te lo diga. Y al respecto de sacar a tu marido de España, hazlo en cuanto puedas. Por el momento únicamente está citado y nadie sabe si se presentará o no, así que no es un prófugo aún. Si es condenado, y eso tiene un largo plazo, tendrán que averiguar dónde está y solicitar la extradición, y es un proceso lento. Otra cosa son sus deudas: éstas no desaparecerán y los acreedores harán lo posible por cobrarlas.

—¿Podrían quitarnos el piso donde vivimos con los niños?

—En realidad, el piso os pertenece a los dos, ¿no? Tendrían que embargar sólo la mitad de Sergio, ¿y eso de qué les serviría? Supongo que no hay nada a nombre de tu marido...

—¡Deudas! —repuso Mariana con amargura—. Es lo único que tiene.

Ya en el postre, Manolo apostilló:

—No muevas un dedo sin decírmelo, insisto. Y por el momento te sugiero que no cuentes nada de esto a tus padres.

—No pensaba hacerlo. Mi padre, en especial, no está para disgustos. Además, se sentiría culpable, y eso es lo último que quiero.

Tomaron café y después su cuñado la dejó en casa. Mariana, llegando al piso, se dio cuenta de que un latido impertinente y continuo acosaba sus sienes. Lo conocía bien: era el augurio de esa jaqueca que la visitaba últimamente con asiduidad. Tomó dos grajeas de Optalidón, puso su dormitorio en penumbra, ajustó el despertador y se echó en la cama. Cerró los ojos, dispuesta a descansar un rato. Eran las cinco menos cuarto, y hasta las ocho y media Joaquín Fontana no iría a buscarla. Tenía tiempo.

El ring del despertador la asustó. Miró de refilón los números fosforescentes de la esfera blanca y constató que había dormido tres horas. Por un momento pensó que todas las desagradables circunstancias por las que estaba pasando habían sido tan sólo una pesadilla. Pero no. Para su mal, todos los hechos eran reales. Se puso en pie y se dirigió al cuarto de baño, donde, tras lavarse las manos, se las pasó por la cara para deshacerse de las telarañas del sueño. Luego se maquilló discretamente y, después de estirar un poco la cama y coger sus cosas, bajó al portal a esperar a Joaquín.

Apenas pasados cinco minutos el morro del Audi asomaba por la entrada de Obispo Sivilla y se detenía junto a ella. Mariana abrió la puerta, lanzó su bolso al desgaire en el asiento trasero y se sentó junto a Joaquín. Éste, intuyendo que algo grave ocurriría, renunció a su inveterada costumbre de bromear con Mariana.

—¿Qué pasa, Mariana? —le preguntó mientras arrancaba el coche, después de que ella se ajustara el cinturón de seguridad.

Sin saber por qué, esa frase quebró la coraza que Mariana llevaba puesta desde esa mañana y, sin poder remediarlo, comenzó a llorar en silencio.

Joaquín frenó bruscamente, se detuvo junto al bordillo y le entregó el pañuelo cuyo pico asomaba del bolsillo superior de su chaqueta.

—Pero ¿qué ocurre, Mariana? ¿Tus hijos están bien? ¿Ha pasado algo grave?

—Arranca, Joaquín. Te lo contaré durante el camino.

Joaquín puso el coche en marcha de nuevo y con un rápido acelerón se adentró en el torrente circulatorio, dirigiéndose a la salida de Barcelona por la calle de Aragón.

Cuando Mariana acabó el resumen de sus desgracias, Joaquín quedó en silencio unos instantes.

—Sospechabas algo —afirmó Mariana.

—Algo sí habíamos comentado Gloria y yo, pero desde luego nada parecido.

—¿Entonces...?

—Tu marido lleva un tren de vida impresionante. A Gloria y a mí las cosas no nos van mal, ya lo sabes. No vamos holgados, pues la vida es muy cara y cuanto mayores se hacen los hijos más caros salen, pero no nos falta de nada. Aun así, habrás notado que en algunas ocasiones nos hemos excusado de asistir a cenas de verano e ir a conciertos, alegando que no podíamos dejar solos a los niños. Vosotros, en cambio, no os priváis de nada. Luego está lo del barco, lo del viaje a Disneylandia... Todo eso cuesta un buen dinero, Mariana. Gloria y yo suponíamos que quizá tu padre os ayudaba.

—¿Mi padre? Mi padre es un oftalmólogo de prestigio, pero siempre ha vivido de su profesión. A estas alturas del partido, no puedo ni implicarle en todo esto.

Hubo una larga pausa en tanto Joaquín adelantaba a un camión de ocho ruedas, con remolque, que ocupaba el carril de la derecha.

—¿Qué pensáis hacer? —preguntó, concluida la maniobra.

—Manolo, el marido de mi hermana, me ha aconsejado que lo saque cuanto antes de España. Por el momento no es un prófugo, aunque quizá esté vigilado.

—¿Y adónde irá? ¿Lo habéis hablado?

—Sergio aún no lo sabe, pero irá a México donde, por motivos políticos, no hay convenio de extradición. Su hermano me ha dado una carta de recomendación... Es un país de habla hispana y puede abrirse camino allí.

—¿Y tú qué harás?

Joaquín había tomado ya el desvío hacia Llafranc.

—¡Y yo qué sé, Joaquín, yo qué sé! Si ni siquiera sé qué voy a comer mañana...

En la radio del coche varios tertulianos de un programa

analizaban una vez más el atentado cometido por ETA en Barcelona a finales del mes de junio pasado. Mariana cerró los ojos al pensar en la muerte de aquel agente, víctima de varios disparos, uno más en una larga y sangrienta lista que no parecía tener fin. ¿Cuál sería el futuro de un país sometido a esa lacra constante? ¿Cuál sería el futuro de la propia Mariana? ¿Qué sería de ella cuando Sergio se fuera a México, dejándola con los niños, las deudas y esa congoja que luchaba por contener a todas horas?

Llegaron a Llafranc al filo de las diez de la noche. Joaquín detuvo el coche frente al chalet y, al instante, Mariana descendió. Gloria, que los aguardaba en el porche sentada en una tumbona, se adelantó. A pesar de que la luz de los dos faroles de la entrada no era demasiado intensa, adivinó, conociendo tan bien como conocía a su amiga, que algo no iba bien. Joaquín se acercó a ambas y dio un beso a su mujer, que ésta le devolvió sin dejar de mirar a Mariana.

—¿Qué ha ocurrido? Y no me digas que nada.

Mariana, que había temido aquel momento, guardó silencio un instante.

—Chata —intervino Joaquín—, no es para explicarlo aquí y ahora, de pie.

Gloria se dirigió a su marido.

—¿Es algo grave?

Joaquín interrogó con la mirada a Mariana.

—Sí, Gloria, muy grave —respondió por ella.

Gloria rodeó a su amiga por la cintura y echaron a andar hacia el porche.

—¿Tiene que ver con los niños?

—Se trata de Sergio —dijo Joaquín, que iba detrás de ellas—. Pero espera que me cambie de ropa y dé un beso a mis hijos. Bajo dentro de cinco minutos y hablamos los tres.

Tras estas palabras se retiró. Las dos amigas quedaron frente a frente.

—¿Quieres quedarte a cenar? Es muy tarde.

—No, Gloria, gracias. No voy a cenar ni aquí ni en mi casa, creo que no me entraría nada.

—¡Me asustas! Algo muy grave debe ocurrir para que pierdas el apetito.

—Es muy grave, sí, lo que ha ocurrido.

Joaquín ya bajaba por la escalera.

—Vamos a sentarnos los tres, y Mariana te contará con calma.

Se acomodaron en los sillones de enea alrededor de la mesa redonda del desayuno, en un extremo del porche, debajo de un farol de hierro forjado junto al que, como cada noche, montaba guardia una salamanquesa de considerable tamaño que, paciente e inmóvil en su coto de caza particular, aguardaba la llegada de los pequeños insectos que acudían atraídos por la luz.

Amparo, la camarera de los Fontana, se asomó por la puerta.

—¿Quieren que les sirva algo?

Joaquín miró a su mujer y a Mariana, pero ambas negaron con la cabeza.

—Trae un martini y unas aceitunas para mí, Amparo. Las señoras no quieren tomar nada.

Gloria no pudo aguantar más y, alargando la mano sobre la mesa, tomó la de su amiga.

—Haz el favor de explicarte.

La charla se prolongó a lo largo de una hora, interrumpida únicamente por Amparo, que acudió dos veces a requerimiento de Joaquín. Al finalizar, Gloria clavó la mirada en Mariana.

—Me dejas de piedra.

—Pues imagínate cómo me he quedado yo.

—¿Y esos tres caballeros no pueden darte un tiempo para que busques capital entre tus amigos?

—Caballeros no son, dado el trato que me han dado, desde luego. Sin embargo, están cargados de razón. Mi marido ha cometido un desfalco en el despacho y ha abusado de la confianza de su jefe, tú conoces a Samper… Y ha estafado a los otros dos. Todos quieren su dinero, y tengo un margen de maniobra muy corto para sacarlo de España.

—¿Y cuándo piensas hacerlo?

Quien respondió ahora fue Joaquín.

—Quiere sacar a Sergio mañana.

—¿Y adónde lo llevarás?

—A México.

—Para ir a México hay que coger el avión en París.

—Puede hacerlo desde Lyon… Lo llevaré hasta Perpiñán y desde allí irá en tren a Lyon.

—¿Y tú qué harás?

—Cerrar el Castell y volver a Barcelona.

—Se te ha acabado el verano, Mariana —observó Gloria.

—Se me ha acabado la vida.

—Lo decía por los niños… Si quieres, puedes dejármelos aquí. Luisón y Adelita estarán encantados.

Mariana se puso en pie. Y el matrimonio hizo lo propio.

—Regresarán a Barcelona conmigo.

—Si te parece, mañana iré a buscarlos para que pasen con nosotros el día aquí.

—Me haces un gran favor, Gloria. Pero tengo un miedo cerval a la piscina. Petra no sabe nadar… Mis dos mayores, sí, pero Rebeca se empeña en imitarlos y aún no se aguanta ni con flotador.

—Ve tranquila, que a las diez estaré en tu casa para recogerlos y despedirte.

—Aún no he decidido si irme por la mañana a las seis o si aguardar a la noche… He de hablar con Sergio.

—Hagas lo que hagas, no te inquietes por los niños, que yo me ocuparé de ellos.

Mariana se adelantó a dar un beso a su amiga justo cuando el lagarto del farol daba buena cuenta de una intrépida mariposa que se había acercado demasiado a la luz. Ante lo que se le venía encima, Mariana se sintió como aquel insecto: a punto de ser devorada por la vida.

22

Don Ricardo Casanova

1963

Don Pedro Casanova aparcó su Seat en la calle Anglí y, tras cerrar la puerta con llave, se dirigió a la casa de su hermano, situada en el número 21. El chalet era una hermosa construcción de los años treinta con tejado a dos aguas que culminaba en un torreón cubierto con tejas vitrificadas, y con un porche en su parte anterior que se asomaba a un jardín importante de árboles y arbustos con jardineras de flores en todo su perímetro. Era una de las pocas casas que no se había derribado todavía para levantar edificios de pisos y que eran como islotes verdes que osaban romper el paisaje urbano. Se llegó hasta la cancela y después de pulsar el timbre, que sonó en la lejanía, aguardó a que el jardinero o el criado le abrieran.

En el ínterin, un montón de recuerdos se agolparon en su mente, y se dijo que todo aquello y mucho más era la compensación que la vida había pagado a su hermano, y que si algo era de justicia era aquello. Su familia era oriunda de Valls. Su madre, maestra, quedó viuda muy joven, pero quiso que sus hijos tuvieran estudios. A instancias de ella, Ricardo, el mayor, marchó a Barcelona para estudiar una carrera. Luego lo hizo él. Cuando a Ricardo le faltaba un año para acabar Ingeniería, se lo llevó a Barcelona, donde Pedro empezó Medicina. Ricardo trabajaba de noche para pagar la pensión de los dos, y Pedro era consciente de que si había llegado hasta donde estaba en la actualidad se lo debía a él. Su hermano, extremadamente listo y emprendedor, había triunfado. Fue escalando en su profesión y ocupando cargos cada vez más importantes, después emprendió negocios con visión de futuro, decisión y audacia, y todo ello tras una guerra que proporcionó a los más osados un sinfín de oportunidades. Ricardo se hizo inmensamente rico, y entonces se llevó a Barcelona a su madre y a sus dos hermanas, reuniendo así a toda la familia. Enviudó de manera prematura, y cuando su madre falleció y su hermana mayor se casó, su hermana pequeña, Juana, se quedó con él e hizo de madre de sus dos hijos, Pablo y Carmen.

Por esos pagos divagaba su pensamiento cuando la reja de la cancela se abrió.

—Buenas tardes, don Pedro.

—Hola, Magín. ¿Está mi hermano?

—No, don Pedro. —El criado miró su reloj de pulsera—. Estará a punto de llegar. Ha salido con los señoritos, creo que a la notaría. La que se encuentra en casa es doña Juana. Pero entre, por favor.

Pedro se adelantó y, subiendo los escalones de la entrada, accedió al recibidor.

—¿Puedes decir a mi hermana que estoy aquí?

El criado colgó el abrigo y el sombrero de Pedro, y lo hizo pasar a la salita.

—Ahora mismo la llamo.

Pedro, en tanto aguardaba, se paseó por la estancia. Su hermano Ricardo era un apasionado de la pintura, y al instante se dio cuenta de que había colgado dos cuadros nuevos de uno de los pintores que más le gustaban, Hermenegildo Anglada Camarasa. El primero era *La gata rosa*, uno de los retratos de mujer más famosos del pintor, y el otro era un paisaje con un caudaloso río al fondo y la figura de una muchacha con la enagua remangada bañándose en él.

El ruido breve de unos tacones descendiendo por la escalera de madera anunció a Pedro la llegada de su hermana. Juana, que siempre fue su preferida, había dedicado sus años al cuidado de sus sobrinos, y sin remarcarlo ni pedir por ello compensación alguna, se había constituido en bastión fundamental de la vida de su hermano Ricardo, quien le había confiado el papel de ama de aquella casa. Sin su colaboración, le habría resultado imposible dedicarse plenamente a sus negocios, los cuales, por otra parte, eran su válvula de escape desde la muerte de su esposa.

La figura menuda de Juana se recortó en el marco de la puerta y avanzó hacia él con los brazos extendidos para darle un par de besos.

—¿Cómo estás, Pedrito? —Su hermana siempre lo llamaba como cuando eran pequeños.

—Bien, Juana. ¿Y tú?

Se sentaron en el tresillo de la galería acristalada que se proyectaba hacia el jardín. Juana, luego de preguntarle si quería tomar algo y tras informarse una y otro de las novedades familiares, le dijo:

—¿Qué te ocurre, Pedro? Y no me respondas que nada porque te conozco bien.

Pedro Casanova dudó unos instantes. Había ido a consultar a su hermano, pero no quería que el asunto de Mariana fuera un comentario recurrente. Pese a que adoraba a Juana, prefirió eludir la cuestión y derivó la conversación hacia otra que, si bien era cierta, no le causaba problema alguno.

—Quiero hablar con Ricardo por un tema de negocios. Me han ofrecido una oportunidad que creo interesante, pero como médico que soy no entiendo demasiado y busco su consejo.

—¿De qué se trata?

—Se vende un chalet que da a Muntaner y Travesera de

Gracia con un jardín grande, apto, después de realizar las consiguientes obras, para transformarlo en una clínica importante. Pero me espanta meterme en gastos de ese calibre, tratar con los bancos y calcular el lucro cesante del tiempo que tardaría en ponerla en marcha, contando con que he de traspasar el despacho del piso de nuestra madre, donde tengo ahora la consulta... Hay que hacer muchos números, y yo no entiendo de eso.

—Vas a hacer feliz a Ricardo. Lo que a ti te asusta es lo que más puede gustarle a él... Ha salido con los chicos, no creo que tarde mucho.

A la vez que Juana pronunciaba esas últimas palabras las voces de Pablo y Carmen se oían ya en el pasillo. El primero tenía diecinueve años, y Carmen, uno menos que Mariana.

Los dos entraron precediendo a su padre. Pablo se adelantó y dio la mano a su tío, y Pedro constató que era ya un hombre. Carmen le dio dos besos y se apresuró a preguntar por su prima Mariana.

—Pues pensando ya en su puesta de largo... A ti no te falta mucho.

—Yo no quiero una fiesta, tío. He hecho un trato con papá, y prefiero un viaje.

Tras ellos entro Ricardo. Pedro se reafirmó en su teoría de siempre: la imagen ayudaba mucho en la vida. No podía decirse que su hermano tuviera un físico de galán de cine, pero era indiscutible que emanaba autoridad, y cuando entraba en algún lugar jamás pasaba desapercibido.

—Hola, Pedro. Esta mañana al afeitarme he pensado que hacía muchos días que no nos veíamos, y fíjate que te presentas ahora sin avisar. —Ricardo tendió la mano a su hermano—. De haberlo sabido, te habría esperado.

Ricardo se sentó en su orejero invitando a Pedro a que se acomodara.

—Dejadnos solos —pidió a su hermana y a sus hijos en un

tono que, sin ser autoritario, no admitía réplica—. Hemos de hablar de cosas de familia.

Juana, dándose importancia, a la vez que salía de la habitación empujando a sus sobrinos, anunció:

—Yo ya estoy al corriente... Pero os dejo para converséis a solas.

Los dos quedaron frente a frente. Ricardo miró fijamente a su hermano.

—Te conozco bien... He visto esa cara que traes en otras ocasiones. ¿Qué ocurre, Pedro?

La charla fue larga y prolija, y Juana los interrumpió un par de veces con la excusa de ofrecerles algo. Luego, poco a poco, la tarde fue cayendo hasta que la luz de los faroles de gas de la calle anunció la noche.

Tras una larga reflexión, el tono de voz del hermano mayor midió el calibre del problema.

—Tengo la suerte de que Carmen camina por otros derroteros, date cuenta de que tiene casi la edad de Mariana... Y sin embargo, mi hija está camelándome para que, en vez de puesta de largo, le pague un viaje... No sé si eso es bueno o malo, pero, por ahora, lo prefiero.

Hubo una larga pausa en la que Ricardo aprovechó para encender una pipa. Durante el ceremonial, Pedro no lo interrumpió; sabía que su hermano aprovechaba aquellas pausas para pensar. Las volutas de humo azul intenso invadieron el ambiente mientras Ricardo observaba con detenimiento el rojo anillo de la ceniza.

—Mándala un año fuera de España a estudiar idiomas o algo así —sentenció al cabo—. Si la dejas aquí, acabarán viéndose, y eso puede terminar en un desastre. Conozco el mundillo de la prensa, y ten por seguro que si los periodistas se enteran de esa relación, Mariana quedará marcada de por vida.

23

La huida

1977

Joaquín dejó a Mariana en su casa cerca de la medianoche. En cuanto Sergio oyó el ruido del motor, dejó el whisky sobre la mesa y se puso en pie esperando que su mujer apareciera por la escalera que ascendía desde la calle de la urbanización hasta el jardín donde se encontraba la piscina. Cuando Mariana coronaba los escalones recibida por el alegre ladrido de Toy, dos golpes de claxon anunciaron la partida de Joaquín. El rostro de Sergio era un poema: tenía la mirada huidiza y profundas ojeras circundaban sus ojos. Él, siempre tan atildado, vestía unos viejos pantalones de dril, un niqui que Mariana había retirado el año anterior, y ya fuera porque estaba deformado, ya porque tal vez en el transcurso de una semana Sergio había perdido peso, el caso era que daba la sensación de que había pertenecido a otra persona mucho más gruesa.

Su voz delató la congoja que lo embargaba cuando, tras darle un beso en la mejilla, habló a su mujer.

—¿Cómo te ha ido?

—Mal, muy mal... Sin embargo, podría haber ido peor. Nos hundimos, pero aún flotamos.

—Cuéntame.

—En otras circunstancias te diría que en otro momento,

porque estoy reventada, pero, como no tenemos tiempo, deja que me dé una ducha para despejarme y bajo enseguida para explicártelo todo.

A la vez que Mariana enfilaba la escalera del primer piso, la voz de Sergio sonó a su espalda.

—Pero... ¡adelántame algo!

Mariana se detuvo en el descansillo.

—¿Quieres que te adelante algo? De acuerdo: mañana te vas a México.

Sergio tuvo que sentarse.

Al cabo de un cuarto de hora y tras entrar en el dormitorio de los niños para darles un beso, descendió y salió al porche. Allí vio a un hombre, casi un desconocido para ella, mal afeitado y con un vaso de tubo en las manos. Dedujo, por el color de la bebida, que se componía de tres partes de whisky y una de agua con dos cubitos de hielo; remataba el panorama la botella de JB sobre la mesa.

Se sentó frente a él.

—¿No te das cuenta de que así no arreglas nada?

Sergio la observó con los ojos un tanto turbios, como si regresara de un lugar muy lejano. Se excusó moviendo ligeramente la copa y haciendo sonar los cubitos en su interior.

—Es bueno para el corazón. Y de no ser por esto, sin duda me quedaría todo el día en la cama.

Mariana no pudo impedir la acritud de su voz y la ironía de su comentario.

—Mejor nos habría ido, así no habrías montado la que has montado... Además, hace ya mucho que vengo diciéndote que el whisky reblandece el cerebro.

Sergio la interrumpió, incorporándose.

—Cuéntame todo, por favor, porque si no me dará algo.

La explicación duró casi una hora. Al finalizar, Sergio se había venido abajo. Mariana tuvo la sensación de que, en vez de un marido, tenía delante a un niño de ocho años que se había comido un pastel sin permiso o que había roto un jarrón valioso en casa de su abuela.

—Entonces... ¿crees que no hay solución?

Hubo una larga pausa, acompañada por un profundo suspiro de Mariana.

—A veces creo que o bien no me explico, o bien que esto —señaló el whisky— te ha secado las neuronas.

Sergio insistió con la terquedad que da el alcohol.

—¡Pero algo podrá hacerse! Vamos, digo yo.

—Se puede, sí. A ver qué te parece: repartimos el piso, que está a nombre de los dos, entre Samper y Arturo Planas para parar el golpe, y yo me meto en la cama con Rubén Biosca... ¿Te parece buena solución?

Tras este ácido comentario, Sergio volvió a la realidad; sin embargo, no dijo nada. Mariana tomó la dirección de las operaciones.

—Mañana es final de mes y muchos franceses regresan a su país, es fácil, pues, que la vigilancia en la frontera sea más laxa. Te llevaré en mi coche hasta Perpiñán y al día siguiente tomarás el tren para Lyon, y de allí volarás hasta México. Tu hermano habrá hablado con su amigo y te facilitaré por escrito la dirección a la que debes dirigirte en cuanto llegues para que te den un trabajo.

—¿Qué tipo de trabajo?

—¡El que sea, coño! Sergio, no estás en posición de exigir nada, y no me hagas decir tacos. Acepta el trabajo que te ofrezca y da las gracias. A mi regreso, recogeré a los niños y a Petra, que estarán con Gloria, y volveré a Barcelona para intentar salvar algo del naufragio.

Sergio pareció dudar.

—¿Y si me quedo y doy la cara?

—Te la partirán. Además, presumo que antes o después te meterán en la cárcel.

—Pero... en México estaré solo.

—Y en la cárcel, acompañado por asesinos, violadores y otra chusma. O sea, que tú mismo, ¿qué prefieres?

Sergio, sin responder, preguntó:

—Pero ¿vendrás?

En aquel momento, Mariana vio a un hombre derrotado, y se enterneció. No era amor lo que se alojaba en su pecho, era lástima. Aun así, era su marido, al fin y al cabo.

—Tú lucha y trabaja, y cuando estés en condiciones de poder ofrecernos algo a tus hijos y a mí... entonces hablaremos.

Al día siguiente, sobre las siete de la tarde, salieron hacia Francia en el Volkswagen de Mariana. Cruzaron la frontera hacia las diez de la noche sin novedad, pues tanto los guardias civiles como los gendarmes estaban muy ocupados, y a la una menos cuarto de la madrugada llegaban a Perpiñán, donde se alojaron en el hotel de La Gare. Tomaron algo en el bar del hotel y luego subieron a la habitación. Sergio se acostó enseguida. Estaba hundido, derrotado: haber fracasado y tener que partir solo hacia lo desconocido lo abrumaba. Mariana se compadeció de él y, en cuanto regresó del cuarto de baño, se acostó a su lado. Conocía a su marido y sabía cuál era su obligación en aquel momento. En su cabeza resonaba lo que le habían enseñado, y lo que le leyeron el día de su boda martilleaba sus sienes: «En la salud y en la enfermedad, en la riqueza y en la pobreza...». Mariana se incorporó y se despojó del camisón quitándoselo por la cabeza. Sergio, sorprendido, se inclinó hacia el interruptor de la lamparilla.

Al cabo de una hora Sergio dormía. Un rayo vacilante de luz proveniente de una farola de la calle se filtraba entre el postigo y la ventana, y un millón de cosas desvelaba a Mariana impidiéndole conciliar el sueño. Sin que pudiera explicarse por qué, su pensamiento voló, como una torcaza mensajera, a otro lugar y a otro momento muy lejano de su vida, al verano en el que, siendo casi una niña, paseaba de la mano por Sitges con Enrique Orellana.

Por la mañana, y tras consultar con el servicio de ferrocarriles de Francia, decidieron que Sergio tomaría el tren de las seis de la tarde, dormiría en Lyon y al día siguiente tomaría un vuelo de Aeroméxico que salía a las ocho de la mañana y llegaría a su destino trece horas después.

Adquirieron los billetes a través de una agencia de viajes de Perpiñán y fueron a comer a un restaurante cercano a Le Castellet. Hablaron poco. Sergio estaba agobiado por el rumbo que tomaba su vida, y Mariana, abrumada por todo lo que se le venía encima.

Después de comer volvieron al hotel para recoger las maletas de Sergio y, cargándolo todo en el Volkswagen, partieron hacia La Gare. Allí Sergio compró varios periódicos. Faltaba más de una hora para la salida del tren, y Mariana, alegando que no le gustaba conducir de noche, se despidió de su marido.

—Bueno, Mariana, parto hacia la aventura... Deséame suerte.

—Desde luego, Sergio. No es tiempo de reproches. Te deseo toda la suerte del mundo, aunque creo que yo la necesitaré más que tú.

—¿Puedo esperar que vengas?

Mariana dudó unos instantes.

—De ti depende... Si echas en falta a tu familia y quieres recuperarme, ya sabes lo que tienes que hacer. Me conoces bien, y me embarcaría contigo si estuviera sola, pero tenemos cuatro hijos que merecen una vida tranquila, sin sobresaltos... Trabaja, ábrete camino y ya hablaremos.

Sergio la abrazó, y Mariana, con los brazos laxos, lo dejó hacer. Después, lentamente, lo apartó.

—Cuídate mucho y llámame en cuanto llegues... Adiós, Sergio. Espero de todo corazón «que te vaya bonito», como dicen en México.

Mariana dio media vuelta y salió llorando de la estación, se subió en su coche y partió hacia Palafrugell sintiendo en su interior que ese día había acabado algo y que ese algo no iba a reconstruirse nunca más.

Se tomó el regreso con mucha calma, y a lo largo del camino y sin pretenderlo su mente galopó como un corcel desbocado a lejanos parajes, al recuerdo de cómo empezó todo con aquel hombre que acababa de dejar en la estación y que oficialmente era su marido. La escena se le apareció diáfana como si hubiera ocurrido el día anterior. Todo había empezado al poco de regresar de Roma, en el verano de 1964, e incluso ahora, que acababa de separarse de él, Mariana no conseguía olvidar la impresión que le causó cuando lo vio por primera vez en casa de Gloria Orellana. Debía reconocer que sus padres dieron una calurosa bienvenida al nuevo pretendiente, quien, a diferencia del rejoneador, era joven, soltero, educado y... ambicioso.

Desde el inicio, Sergio la deslumbró, y ahora, a solas en el coche, una parte de ella se reprochaba no haber sido capaz de leer entre líneas. ¡Qué tonta había sido! ¡Qué poco enseñaban a las jovencitas de los años sesenta sobre las trampas del amor!

Cuando el Volkswagen comenzaba a ascender la cuesta del Castell, Mariana hizo sonar el claxon. Le extrañó que las cabecitas de sus hijos no asomaran por encima del muro, cosa que hacían siempre. Fue Petra quien salió a su encuentro, sonriente como de costumbre, cuando coronó la subida.

—¿Qué tal, señora? ¿Ha ido todo bien?

—Muy bien, Petra. El señor volará mañana hacia México... ¿Dónde están los niños?

—En la cama. La señora Gloria ha venido hoy también a buscarlos por la mañana, y cuando los ha traído me han dicho que se han pasado el día en la piscina. Estaban tan agotados que les he dado la cena y los he acostado. ¿He hecho bien?

Cuando Mariana iba a dar a Petra su aprobación, Valentina y Alvarito se asomaron por el portalón que daba al porche.

—¡Mamá, ha venido mamá!

Sus hijos mayores acudieron a su encuentro con los brazos extendidos, ambos intentando ser el primero en saludarla. Mariana se agachó y los abrazó de un modo más intenso de lo habitual. Luego las preguntas de los críos se sucedieron atropelladamente.

—¿Y papá?

—Papá ha salido de viaje.

—¿Y adónde ha ido? —insistió Valentina, que adoraba a Sergio.

Mariana no quiso mentirle. Le acarició la cabecita y se dirigió hacia el porche de la mano de sus hijos, que avanzaban a su lado mientras Toy brincaba ante ellos, feliz también de ver a su dueña.

24

Roma

1963

Las palabras de su tío Ricardo pesaron mucho en el ánimo de su padre al respecto de que lo más conveniente en aquel momento era apartarla de Rafael Cañamero, quien esos meses toreaba en México y en Venezuela. Así pues, el 2 de noviembre de 1963 Mariana Casanova, acompañada por su madre, tomaba un avión de Alitalia en el aeropuerto de El Prat, en Barcelona, a las once de la mañana que aterrizaría en Fiumicino en torno a una hora y tres cuartos después. La despedida en su casa fue tensa. Alicia, su hermana pequeña, se quedó bañada en llanto; en primer lugar, porque Mariana se marchaba, y en segundo, porque no la dejaban ir al aeropuerto a despedirla. Cuando su madre llamó por teléfono a la abuela Candelaria, Mariana dedujo por el tono de su voz que habían mantenido una agria discusión, y cuando le pasó el auricular para que se despidiera de su abuela, nada más ponerse al teléfono, la anciana le habló. Mariana recordaba perfectamente el contenido de la conversación.

—Adiós, mi niña, sé feliz y aprovecha el tiempo. Y por si a tu regreso tu abuela ya no está, no olvides esto: ve a donde tu corazón te lleve y no hagas caso de los consejos de nadie, tu vida es tuya.

—Pero ¿cómo no vas a estar, abuela, si únicamente estaré fuera siete meses?

—A mi edad cada día es una semana. Y si te digo la verdad, ya no tengo ganas de vivir. La última vez que me lo pasé bien fue cuando viniste a verme... Y tu madre cree que cometí un pecado mortal. Sé muy dichosa en Roma y acuérdate siempre de esta vieja que te quiere tanto.

—Abuela, te escribiré cada semana, y ya verás qué pronto pasa el tiempo.

—Eso sí me dará vida, Mariana. Y no se lo digas a nadie, pero tengo un plan: cuando vuelvas, te invito a pasar unos días en Sevilla.

—¡Cómo te quiero, abuela!

La voz metálica de la azafata que salía por el altavoz ordenando a los pasajeros que se pusieran los cinturones la sacó de su ensimismamiento. Mariana miró por la ventanilla y vio a sus pies la Ciudad Eterna, esa que en su día fundaron Rómulo y Remo, la que, con el devenir de los siglos, presenció la muerte de Julio César y por cuyas calles había paseado san Pedro, la que vio cómo ardía el barrio de la Suburra a los pies de la colina del Quirinal en tanto Nerón tocaba el arpa, así como las matanzas de cristianos ordenadas por Cómodo y Calígula... Esa ciudad iba a ser la suya durante los siguientes siete largos meses.

Descendieron del avión sin novedad y, tras recoger los equipajes, madre e hija partieron en un taxi hacia el barrio del Trastévere, donde se hallaba el colegio que dirigían las monjas del Sagrado Corazón.

El trayecto duró casi una hora. Mientras su madre pagaba el taxi Mariana se apeó del vehículo. En el preciso instante en que vio el edificio frente a ella, tomó conciencia de que se bajaba el telón del primer acto de su vida y que a partir de aquel momento ya nada sería igual.

El colegio del Sagrado Corazón de Villa Lante se hallaba en

la calle de San Francesco di Sales, en la falda del Janículo, y desde allí se divisaba perfectamente la cárcel de Regina Coeli.

El taxista las ayudó a bajar las maletas y, a la vez que el coche se alejaba, Mariana tiraba de la cadena que hacía que una campanilla sonara en la lejanía. Al cabo de un tiempo, oyeron unos pasos breves y acolchados como el vuelo de una mariposa, y poco después unos ojos claros las observaron a través de la mirilla de la puerta.

La gruesa cancela de madera se abrió y una joven monja de mirada limpia las observó sonriente.

—Bienvenidas a esta casa. —La monja se fijó en Mariana—. Sin duda es la alumna que esperamos de Barcelona.

—Exacto, hermana, y yo soy su madre, Pilar Artola de Casanova. Ella es mi hija Mariana.

La monja se presentó.

—Soy la hermana Belén, tornera del convento. Pasen, por favor, las acompañaré a la sala de visitas e iré a avisar a la madre Genoveva, la superiora del colegio… Dejen las maletas aquí, que luego se las subirán al dormitorio.

Partió la hermana, y madre e hija fueron tras ella. Doña Pilar avanzaba con paso decidido, pero Mariana se entretuvo un poco observando las paredes repletas de cuadros de santos, las góticas puertas de nobles maderas y el alto techo artesonado.

La monja las dejó instaladas en uno de los tresillos de la sala de visitas y fue a buscar a la superiora. Doña Pilar y Mariana quedaron frente a frente.

La mujer miró largamente a su hija y, como si retomara un diálogo mental que ya hubieran mantenido con anterioridad, le habló.

—Mariana, aunque ahora no lo entiendas, ten presente que tu padre y yo hacemos esto por tu bien. Aprovecha estos siete meses, que nos cuestan mucho esfuerzo. Marta no tuvo esta oportunidad y Alicia seguramente tampoco la tendrá… Tu padre se gana muy bien la vida, pero no están los tiempos para muchas alegrías. Nuestra moneda es muy pobre, y cuando quieres comprar divisas y cambiar pesetas por dinero extranjero siempre sales perdiendo.

Mariana se revolvió, molesta.

—Yo no he pedido venir aquí.

—Lo sabemos, hija. Pero la obligación de los padres, cuando sus hijos son jóvenes y ven que van a estrellarse, es tomar decisiones graves que afectarán a su futuro, ya que, de no hacerlo, el día de mañana podrían echárselo en cara. Cuando seas madre lo entenderás.

—No me habéis dado la oportunidad de explicarme. Tengo dieciocho años, hay en mi vida alguien que me divierte y que es muy distinto de todos los chicos que me rodean, y en vez de dejarme conocerlo mejor, papá habla con el tío Ricardo, de quien tú siempre has dicho que es un cenizo, y parece que el mundo se tambalea.

—Mariana, no lo entiendes... o no quieres entenderlo. Cuando tengas cuarenta años ese hombre casi será un sexagenario, tiene un hijo prácticamente de tu edad, y tú te has dejado deslumbrar por su popularidad y su fama. Pero, hija, date cuenta, si fuera un fontanero, ¿creerías estar enamorada de él?

Mariana respondió airada.

—Y si papá, en vez de un reputado oftalmólogo, fuera deshollinador, ¿te habrías enamorado tú de él?

La entrada de la superiora interrumpió la conversación.

Madre e hija se pusieron en pie. La imagen de la madre Genoveva era impactante. Era una mujer alta, muy delgada, de andar calmo y talante mayestático. La encañonada toca circunvalaba un rostro sereno de frente alta, y tenía una mirada penetrante, la nariz recta y la boca bien dibujada. Con todo, lo que más llamó la atención de Mariana fue el perfil autoritario de su barbilla, que se parecía a la de un monarca español, no recordaba cuál, que vio en un cuadro del Museo del Prado una mañana que lo visitó con su abuela.

La superiora se llegó hasta ellas y, luego de saludarlas cariñosamente, las invitó a sentarse.

—Como les ha informado ya la hermana Belén, soy la madre Genoveva, superiora de la comunidad. —Ahora se dirigió a Pilar—: Hemos hecho una excepción con su hija ya que el curso ha comenzado hace más de un mes. No es habitual que recibamos a una alumna con este retraso, en primer lugar porque no acostumbra a haber plaza. En esta ocasión la hay porque una muchacha suiza no ha podido incorporarse por motivos familiares. Y en segundo lugar, no solemos hacerlo porque para quien se incorpora tarde, como su hija ahora, amoldarse a su curso supone una dificultad, y también para sus compañeras lo es aceptar una nueva condiscípula cuando tanto las clases como los grupos de estudio están ya constituidos. No obstante, dada la situación y los informes que hemos recabado del colegio del Sagrado Corazón de Barcelona, el claustro decidió aceptar a su hija Mariana como nueva alumna.

—No puede imaginarse, madre, lo agradecidos que estamos mi marido y yo… Creemos que para mi hija la estancia en este colegio será muy positiva.

—Doña Pilar, estoy segura de ello. —Ahora se dirigió a Mariana—: Va a ser usted muy feliz entre nosotras. Hará nuevas amigas de otros países, conocerá la ciudad de Roma, que es un monumento toda ella, y el italiano es el idioma de Dante, de Petrarca, de Alejandro Manzoni, y siendo de raíz latina como el suyo, lo cogerá rápidamente. Ya verá usted, Mariana, como este colegio será su segundo hogar. Espero de su parte todo lo que pondremos nosotras. —Luego se volvió de nuevo hacia Pilar—: Si le parece, la hermana Belén acompañará a Mariana al dormitorio para que deje sus cosas, y luego se incorporará a su clase.

—Me parece perfecto, madre.

Siguiendo lo que hacía la superiora, ambas se pusieron en

pie. La monja tocó una campanilla que estaba sobre la mesa y al punto apareció sor Belén.

—Hermana, vaya con la señorita Casanova a su dormitorio y enséñele los servicios. Y acompáñela después a su clase, que la hermana Benigna está esperándola.

La joven monja hizo una breve reverencia y aguardó a que Mariana se despidiera de su madre. Doña Pilar abrazó fuertemente a su hija, que la dejó hacer con los brazos caídos.

—Sé muy feliz, Mariana, y aprovecha el tiempo. Ocasión como ésta la querrían muchas chicas de Barcelona. Cuando pasen los años entenderás muchas cosas.

Las dos mujeres se separaron.

—Espero que así sea... porque, hoy por hoy, no entiendo nada.

Mariana dio media vuelta y, siguiendo a sor Belén, salió de la estancia.

Doña Pilar miró a la superiora.

—No haga usted caso. Si viera las despedidas que yo he presenciado y las alegrías del reencuentro, no daría importancia a este momento.

—Que Dios la oiga, madre, que Dios la oiga.

25

El desahucio

1977

Cada vez que sonaba el timbre de la puerta, a Mariana le brincaba el corazón en el pecho. Hacía ya dos meses que Sergio se había ido a México. Valentina y Álvaro estaban en el colegio, y Rebeca acudía a La Casita de Papel, el parvulario que estaba más cerca de su casa. A Diego, muchos días iba a recogerlo su hermana Alicia, a la que le chiflaban los críos, y lo sacaba de paseo a los jardines de la Tamarita, un parque próximo.

Petra era una joya y adoraba a los niños, y cuando Mariana le dijo que durante un par de meses no podría pagarle el sueldo, la muchacha respondió:

—No importa, señora, ya me pagará. No tengo gastos y he ahorrado un poco de dinero.

Mariana llegó a la conclusión de que en general la gente sencilla era mucho más generosa y desprendida que los ricos.

Estaba en la salita de su casa, tomando un café y descansando las piernas sobre una banqueta ya que el trabajo que había encontrado, gracias a Gloria, en una tienda de moda para niños la obligaba a estar de pie durante toda la jornada. Mariana no había tenido más remedio que recurrir a su padre. Odiaba haberlo hecho, en especial después de que Sergio le hubiera timado esa cantidad de dinero que nadie sabía cómo iban a devolverle. Pese a que su padre se ofreció generosamente a hacerse cargo de todo, ella se negó; su orgullo no le permitía pedir más de lo imprescindible para comprar los libros del colegio y la ropa de invierno de sus hijos, así como lo necesario para mantenerse hasta que ella encontrara trabajo, lo que sucedió al mes de su regreso a Barcelona.

Hablaba con Sergio de vez en cuando porque las conferencias con Latinoamérica eran carísimas, y éste había ido poniéndola al día de sus progresos en México. A los dos días de su partida le notificó que había llegado bien y que había contactado ya con el amigo de su hermano, y al cabo de otra semana le comunicó que había dejado el hotel donde se alojó los primeros días y que, por recomendación de su jefe, había encontrado un lugar estupendo para vivir. Por lo visto, una viuda que había sido riquísima llamada Clara Liechtenstein, de unos setenta años, tenía una mansión en la calle Montes Urales donde vivía con su hija, su yerno y su nietecito, y alquilaba una casita independiente que estaba al fondo de su jardín que en su día había sido la residencia de los guardeses. La anciana buscaba una persona seria y recomendada por alguien de su confianza ya que no quería entregar la llave de la verja de su finca a un desconocido. Sergio explicó a Mariana que había iniciado una relación de amistad con ella, a tal punto que lo había invitado a comer en la casa grande en varias ocasiones, y añadió que una de esas veces conoció allí a un médico judío llamado Simón, amigo de doña Clara, que era una persona interesantísima. Todas las llamadas finalizaban de igual manera, esto es, pidiéndole perdón, y asegurándole que había cambiado y que vivía en la esperanza de que ella y los niños fueran a vivir con él a México, que, por cierto, era un país maravilloso, afirmaba, y añadía que cuando estuviera allí la llevaría a escuchar música mexicana al Patio de Reyes, que era la *boîte* del hotel María Isabel. La respuesta de Mariana era siempre la misma: «Trabaja y ábrete camino. He de volver a fiarme de ti, y eso va a costarme mucho... Lo que has hecho, Sergio, es muy gordo. Tengo aquí un montón de cosas por resolver, y soy consciente de que puedo asumir el riesgo, pero lo que no haré jamás será embarcar a nuestros hijos en una aventura sin tener la certeza de que no será otro fracaso». Y con esta fórmula solían finalizar sus conversaciones.

Mariana sentía dentro de ella la obligación que había adquirido el día de su boda y consideraba que sus hijos tenían el derecho a tener un padre. Sin embargo, antes de plantearse seriamente seguir a Sergio, prefería ir sola para ver con sus propios ojos si era verdad lo que le decía cada vez que hablaban por teléfono.

El timbre de la puerta sonó a lo lejos y, al cabo de un par de minutos, Petra entró en la salita.

—Señora, hay un oficial de una notaría que trae una citación para usted. Tendrá que salir para firmar el acuse de recibo.

Mariana se puso en pie temblando. Se compuso el peinado, buscó a tientas los zapatos en la alfombra y, tras ponérselos, se dirigió a la puerta seguida por Petra.

Un individuo de aspecto enfermizo la aguardaba con una cartera debajo del brazo y una especie de bloc de recibos en la mano.

—Usted dirá.
—¿Doña Mariana Artola de Casanova?
—Soy yo.

El hombre rebuscó en la cartera y extrajo de ella un documento. Mariana, que ya había pasado por aquel trance un par de veces o tres, palideció en cuanto vio el membrete. Era de una notaría muy importante.

Mariana tomó la notificación con dedos trémulos.

—Ha de firmar aquí —dijo el hombre al tiempo que le tendía el bloc abierto.

Mariana tomó el bolígrafo que le ofrecía y firmó.

—Tiene que darme usted su DNI.

Mariana recitó sus datos de memoria. El hombre tomó nota, después guardó todo en su cartera y se despidió.

Con un viejo y conocido temblor en las piernas, Mariana regresó a la salita y, sentada en el sofá, abrió la carta.

Su vista recorrió las letras lentamente y un estremecimiento nervioso la recorrió de la cabeza a los pies.

Tenía en las manos la copia al ciclostil de un documento firmado por ella, en fecha ya vencida, en el que, como garantía de pago de una cantidad elevada, avalaba con el piso que todavía estaba pagando a plazos a la caja de ahorros. El original estaba depositado en la notaría, y el acreedor ejercía su derecho sobre el avalista ya que, por lo visto, la cantidad prestada no se había devuelto.

—Vamos a ver, Mariana, empieza otra vez por el principio, no sacamos nada en claro si te pones nerviosa.

Mariana, con los papeles en la mano todavía, había llamado a Manolo Martín, su cuñado y un abogado experto.

—Quieren echarme de casa, Manolo. He recibido una notificación de la notaría de don Leandro Bosch urgiéndome a pagar una deuda en la que consta que doy mi piso como garantía de pago.

—¿Quién quiere echarte de casa? Si no recuerdo mal, el piso está a nombre de los dos, pero estáis pagándolo aún.

—La demanda está firmada por Rubén Biosca. El documento tiene seis páginas, y además incluye fotocopias de otros documentos en los que figura una firma que no es la mía.

—¿Estás segura de que no has firmado nada?

—¡Manolo...! ¿Crees que estoy loca? ¿Cómo voy a poner mi piso como aval si aún no es mío del todo?

—¿Estás segura de que Sergio nunca te ha puesto delante unos papeles y los has firmado sin leerlos?

—Desde el día que nació Rebeca y dio un talón sin fondos para pagar la clínica, lo he mirado todo.

A través del auricular le llegó el hondo suspiro de su cuñado.

—Está bien... Tengo una comida de negocios fuera del despacho, pero en cuanto termine iré a tu casa.

—Ven lo antes que puedas.

—Descuida. Y no menciones esto a tus padres. Se preocuparían, y ellos no pueden hacer nada.

—Quédate tranquilo... Hace ya mucho que me trago solita estas amargas medicinas.

—Hasta luego, Mariana.

—No me falles, por favor, Manolo.

—No lo haré. Ahora que empieza a hablarse de aprobar la ley del divorcio, no pienso arriesgarme a que tu hermana se enfade conmigo y me deje —bromeó él.

Colgaron.

Mariana quedó devastada. Al poco entró Petra.

—Señora, ¿le sirvo ya la comida?

—No voy a comer, Petra, no tengo apetito.

—Pero... Se pondrá enferma, y entonces...

Mariana, cosa inusual en ella, respondió a la chica desabridamente.

—¡Te he dicho que no voy a comer! ¡No seas pesada! ¡Come tú si quieres! Y a las cuatro ve al parvulario a buscar a Rebeca.

Petra se retiró extrañada por el tono y la manera con que la había tratado.

Apenas salió la muchacha, sonó el teléfono. Era Marta.

—Mariana, soy yo... Acabo de hablar con Manolo. ¿Quieres explicarme qué es lo que ocurre?

La tensión estalló dentro de Mariana y, sin poder impedirlo, se le escapó un sollozo.

La voz de Marta sonó alarmada.

—Pero ¿qué sucede, hermana? ¡Voy hacia ahí ahora mismo!

Mariana se recompuso.

—No vengas... Estoy bien, Marta. Me echaré un rato hasta que llegue Manolo.

—Le he dicho que yo también voy y que nos encontraremos en tu casa... —dijo Marta en un tono angustioso que no admitía réplica—. Pero, por favor, adelántame algo.

—Es muy sencillo: por lo visto Sergio ha avalado un préstamo con mi piso y ahora me exigen el pago con un documento que yo no he firmado.

—Pero ¿qué tontería es ésa?

—Como lo oyes: Sergio falsificó mi firma y Rubén Biosca ha incoado un expediente de desahucio.

Hubo un silencio largo y contenido al otro lado de la línea.

—¿No habrás firmado algo sin darte cuenta?

—Desde que comencé a sospechar de Sergio, no he firmado ni en el documento nacional de identidad.

—Pero falsificar una firma es un delito —argumentó Marta.

—¿Y qué hago? ¿Pongo una denuncia y pido la extradición de mi marido, a quien yo misma he ayudado a escapar?

Mariana volvió a sollozar.

Marta, a pesar de que su hermana afirmaba lo contrario, creía que, sin darse cuenta, quizá había firmado aquel documento.

—¿Y esto no puede pararse de alguna manera?

—No me crees, ¿verdad? Puedo pararlo metiéndome en la cama con ese cerdo.

—¡Mariana, por Dios! Voy hacia ahí. No quiero que estés sola hasta que llegue Manolo.

Al cabo de tres horas estaban reunidos en el comedor de la casa de Mariana. Las dos hermanas hablaban en voz baja en tanto Manolo Martín leía y releía la documentación que habían traído de la notaría.

—Perdona que te lo pregunte otra vez: ¿estás segura de que ésta no es tu firma?

—Manolo, ni es mi firma ni he visto jamás ese documento.

—Vamos a ver, trae un papel y un bolígrafo.

Mariana se llegó hasta la mesita del teléfono, abrió el cajón, extrajo un bloc de notas y un bolígrafo, y regresó al comedor.

—Ponte cómoda, siéntate bien y haz cuatro o cinco firmas, una debajo de la otra.

Mariana obedeció como una niña aplicada y cuando terminó entregó el bloc a su cuñado.

Manolo examinó lentamente el resultado y comparó las firmas con las que figuraban en el documento mientras las dos hermanas aguardaban expectantes.

—No dudo de ti, Mariana, pero… si no es tu firma, te la han copiado muy bien.

—¡Que te digo que no es mi firma, Manolo, que no lo es!

—Lo malo, cuñada, es que eso lo decidirá un juez, no tú.

Marta preguntó a su marido:

—Entonces, Manolo, ¿qué se puede hacer?

—Desde luego, comparecer en la notaría y exigir la autentificación de las firmas.

—¿Y eso quién lo hace?

—El Servicio de Grafología de la Guardia Civil, por orden de un juez. Lo malo es que tienen tanto trabajo que hasta que certifican un resultado pueden pasar meses.

—¿Y hasta entonces? —preguntó Mariana.

—Si te ponen una demanda por lo penal, entonces el juez puede retirarte el pasaporte y ordenar que te presentes en el juzgado cada determinado tiempo. Pero no te preocupes, que si no es tu firma, y, como bien dices, no lo es, la verdad acabará saliendo a la luz.

26

Confidencias

1963

A la semana de estar en Roma, Mariana entendió varias cosas. En primer lugar, que esa estadía en la hermosa capital italiana iba a venirle bien para poner orden en sus pensamientos; en segundo, que le convenía también para tomar distancia del asunto sin tener noticias de Rafael y sin vivir pegada al teléfono los sábados por si la llamaba desde cualquier ciudad de España donde fuera a rejonear. Sin embargo, que opinara que ese tiempo de reflexión le resultaría positivo no implicaba que la decisión de sus padres, por influencia de su tío Ricardo, no la incomodara; de hecho, la consideraba una agresión a la intimidad de sus sentimientos. Aun así, con lo que no había contado fue con el maravilloso recibimiento que le dispensaron en el colegio, y no se refería a la acogida de las monjas, que daba por sentada ya que su vocación era educar a muchachas que ellas mismas habían escogido, sino a la acogida de las alumnas de su curso. ¡Qué bien la habían aceptado! A las pocas semanas de estar allí, se sentía ya feliz, y había hecho algunas amigas: dos chicas de Madrid, Pilo Aguima y Paloma Mirando; una venezolana, Magdalena Toro, y una romana, Claretta Dubinio.

Como era normal entre muchachas de su edad, todas explicaron el motivo de su estancia en Villa Lante. Los padres de las dos primeras, condiscípulas del Sagrado Corazón de Madrid y cuyas familias eran amigas, habían decidido enviarlas juntas, como final de estudios y como primera salida al extranjero, al colegio del Sagrado Corazón de Roma. El caso de Magdalena Toro era diferente. Su padre, divorciado y antiguo embajador de Venezuela ante Italia, había querido que su hija acabara los estudios en Roma ya que él debía partir a entrevistarse con el presidente de su país para hacerse cargo de su nuevo destino. Finalmente, Claretta Dubinio se encontraba allí porque su madre había sido alumna de aquel colegio y deseaba que su hija culminara su formación académica donde ella lo había hecho. A las pocas semanas, las cinco eran inseparables; ya fuera en el estudio, en la clase, en el comedor o en el recreo, el caso era que, siempre que podían, estaban juntas.

Su compañera de dormitorio era la venezolana, las madrileñas estaban juntas y a Claretta la habían acomodado con una muchacha de Turín.

Pese a que todas se habían sincerado, Mariana, siendo su caso tan singular, ocultó al principio el auténtico motivo de su estancia en Villa Lante, alegando, al igual que las otras dos españolas, que sus padres habían decidido enviarla allí para finalizar sus estudios y realizar su primera salida de España.

Los sábados por la noche, luego de la cena y antes de los rezos, las muchachas tenían una hora más de asueto, contando con que los domingos se levantaban más tarde. En el amplio salón de estudios se formaban grupos, unas jugaban al pingpong en la mesa que había al fondo, otras entablaban disputadas partidas de ajedrez y unas terceras se reunían alrededor de cualquiera de los pupitres y mantenían largas conversaciones. Mariana y sus amigas eran de estas últimas.

En aquel momento, Magdalena Toro era la que llevaba la voz cantante y, con aquel acento que tanto divertía a Mariana, explicaba, según su criterio, el auténtico motivo de que ella estuviera interna en el colegio.

—Los mayores piensan que somos unas pavas y que nos tragamos sus mentiras, pero sé muy bien por qué mi padre me ha encerrado aquí.

—¿Por qué, Magdalena? —indagó Pilo Aguima.

—Te lo digo... Mi padre cuadró una fiesta en la embajada, y yo me quedé junto a la baranda del primer piso, desde donde veía el salón de baile, y me di cuenta enseguida de que junto al bar, birra en mano, le hacía ojitos una catira con un traje blanco y un escote de vértigo que se había anotado a la fiesta sin boleta y que buscaba su chance con el chivo grande. La tipa estuvo echándole los perros toda la velada, pero aquella noche no pudo coronar. Mi padre, que sabía que yo estaba mirando desde arriba, se rebotó al principio. Pero luego la tipa le metió mucha labia, y sé de cierto, porque descolgué el teléfono un par de veces aquella semana y mi padre tragó. Durante un par de meses, mi papá salió casi cada noche vestido como un pavo de veinticinco años... No creo que le dure mucho, eso ya ha ocurrido otras veces, pero el embajador de Venezuela, viudo y rico, interesa a esa tipa, y quiere agarrarlo aunque sea fallo. El caso es que mi padre se ha ido de viaje a dar la vuelta al mundo con esa jeva... y yo sobraba.

Mariana miró sonriente a su amiga.

—Magdalena, cuando te disparas y empiezas a hablar venezolano tan deprisa, no me entero de la mitad.

Paloma Mirando, que ya había aprendido aquel vocabulario, se brindó a traducir.

—Es muy fácil, Mariana... Te traduzco: una rubia despampanante se coló en la fiesta de la embajada sin invitación y le tiró los tejos al padre de Magdalena toda la noche, sin conseguir ligárselo, por el momento. Pero ella insistió y consiguió enredarlo. Entonces el padre de Magdalena cambió de look y salió con ella un par de meses vestido como un chaval, haciéndose el joven. La cosa ya había ocurrido otras veces con otras mujeres, pero Magdalena cree que aunque esa mujer no consiga sacarle todo lo que pretende, ya le vale. —Paloma se volvió hacia la venezolana—: ¿Lo he traducido bien?

—Lo hiciste chévere.

La campanilla de la monja sonó tres veces, indicando que el recreo posterior a la cena había terminado. Cada muchacha regresó a su pupitre y las conversaciones cesaron de inmediato. Las luces del techo se apagaron y únicamente quedó encendida la lamparita que iluminaba el Sagrado Corazón. La madre Leocadia condujo los rezos, y finalizados éstos, en dos filas silenciosas y tras pasar por el ropero para tomar la muda del día siguiente, que era domingo, se dirigieron a los dormitorios. Las muchachas se colocaron de dos en dos, frente a las puertas de sus respectivos aposentos, y siguiendo la indicación de la palmada que dio la monja entraron en ellos.

Ya en la cama, Magdalena preguntó:

—¿Y tú por qué estás aquí? Porque me vacila que te admitan un mes después de estar cerrada la inscripción.

Mariana, aunque dudó unos instantes, sintió la necesidad de sincerarse, apremiada por la voz de su amiga.

—¡Venga, dispara!

—¿Sabes quién es Rafael Cañamero?

—Y quién no... Lo vi torear en Maracaibo. Es todo un espectáculo.

—Pues estoy aquí porque está enamorado de mí y mis padres opinan que es muy mayor.

Magdalena se incorporó en la cama con los ojos como platos.

—¡Pero qué me estás contando, chiquilla! Eso es lo más chévere que he oído en mi vida. Paloma, Pilo y Claretta se van a morir. Lo tuyo es de culebrón... ¡Serás la princesa del colegio!

Los nudillos de sor Leocadia sonaron en la puerta.

—¡Silencio, señoritas! ¡No quiero oír ni una voz!

Las luces del dormitorio se apagaron y, agotadas por los sucesos y las emociones del día, las jóvenes se dispusieron a dormir.

A lo lejos, amortiguadas por los cristales de las ventanas, se oían las voces de los presos de Regina Coeli, que intercambiaban mensajes con sus mujeres desde el Janículo.

27

Cartonajes Estrella

1977

Sentado en su nuevo hogar en México, satisfecho porque las cosas estaban saliéndole mucho mejor de lo que había imaginado, Sergio recordaba los dos meses que ya llevaba en aquella ciudad inmensa a la que había llegado perseguido por las deudas y algo parecido al remordimiento. Miró a su alrededor. Era una casita pequeña pero confortable, y estaba seguro de que Mariana la aprobaría. Los echaba de menos, a ella y a los niños, y presentía que no estaba lejos de recuperarlos. Atrás quedarían esos meses de soledad en los que, siendo sincero, tampoco lo había pasado tan mal. Ser español en México era una baza ganadora, lo había notado desde que se instaló en el Ciudad de México, un hotel situado a unos centenares de metros de la plaza del Zócalo. Lo cierto era que toda circunstancia tenía su parte buena: en los últimos tiempos, Barcelona se le caía encima. Sergio tenía la certeza de que era un triunfador y que estaba destinado a grandes cosas, pero sus proyectos siempre habían fracasado, pensaba, debido a la mediocridad de la gente, a la incomprensión de los bancos, en aquel país de cabreros, hacia quienes deseaban abrirse paso sin contar con respaldo económico o con un apellido ilustre, y al carácter cerrado de los catalanes. Tal vez había tomado dinero contando con futuros ingresos, pero estaba seguro de poder devolverlo y, por otra parte, entendía que él soñaba en grande y que Samper y compañía tenían una mentalidad de pequeños burgueses, por lo que ninguno estaba al nivel de sus sueños. Además, para vender fincas en la Costa Brava tenía que ir al caladero donde se congregaban las grandes familias barcelonesas, por lo que necesitaba dinero para codearse con ellas y no desempeñar el papel del advenedizo. Conducir un gran coche, veranear en un pueblo de la Costa Brava, ofrecer fiestas para corresponder a las invitaciones que recibía..., todo eso era una inversión de futuro, a juicio de Sergio, y quien se hubiera subido a su carro, opinaba, habría ganado un ciento por uno. Sin embargo, aquella panda de dinosaurios anquilosados no entendía el negocio. Era consciente de que había cometido algunas irregularidades, pero no comprendía aquel ataque a su persona sin darle ocasión de explicarse... Costara lo que costase, regresaría triunfador a Barcelona y dejaría con un palmo de narices a todos aquellos que habían hecho que tuviera que salir de España con nocturnidad y alevosía.

Se puso en pie y se dirigió al cuarto de baño. El espejo del lavamanos le devolvió la imagen de un hombre en lo mejor de su vida, treinta y dos años, con un físico que siempre le había abierto puertas, más aún en aquel país donde, por lo general, los hombres eran más bajos que él y en el que, ciertamente, tener un apellido español era un rasgo de distinción, aunque no quisieran reconocerlo.

Había llegado con la carta de recomendación de su hermano en un bolsillo y, en el otro, el fajo de billetes que le había adelantado hasta que empezara a ganar dinero. Tal vez debía haber empezado por alojarse en un hotel de menor rango, pero era consciente de que allí la gente, como en todas partes, miraba esas cosas, y decir dónde se alojaba era un timbre de categoría. A su llegada había ido a ver a Emilio Guzmán, el propietario de Cartonajes Estrella. El aval de presentación de su hermano había sido importante y, junto con su imagen, bastó para que en el acto le diera trabajo. México, que había acogido a buena parte de los republicanos huidos del franquismo en la posguerra, seguía recibiendo con los brazos abiertos a muchos españoles también ahora que, acabada la dictadura, los exilios por motivos políticos no existían ya.

Sergio no quería reconocerlo, pero en el fondo se daba cuenta de que casi había alcanzado la felicidad. Recordó el primer día que visitó esa casita situada en el número 460 de la calle Montes Urales, en las Lomas de Chapultepec. Guzmán le había dicho que llamaría a una viuda amiga suya que alquilaba una hermosa vivienda ubicada en su jardín y que buscaba una persona de confianza como inquilina. Añadió que el barrio era excelente y estaba bien comunicado, y que, conociendo a la dueña, no dudaba que la casa en «las Lomas» sería de categoría.

Sergio quería causar buena impresión a la viuda y se compuso: pantalones beiges, camisa blanca, jersey azul Lacoste, blazer de botones plateados, corbata gris con pequeños escudos y gafas Ray Ban. Se miró en el espejo de la habitación del hotel y se gustó. Después, y previendo lo inseguro del tiempo, se puso su gabardina inglesa y partió con decisión a la aventura.

El taxi se detuvo delante del número 460 de Montes Urales, y Sergio descendió del coche tras pagar el importe de la carrera. En tanto el vehículo partía, se volvió y, antes de acercarse a la verja, observó la propiedad. En el centro de una extensión de más de una hectárea se veían dos edificios. El principal era una gran casa de estilo europeo que bien podría ocupar un lugar sin desdoro alguno en el paseo de los Ingleses de Niza. Se trataba de una construcción de planta cuadrada con un templete soportado por cuatro columnas jónicas en la entrada, en el primer piso sendos balcones en los planos de pared que él divisaba y, a sus flancos, ventanales con las persianas ajustadas; contaba con un tercer piso en el que había ventanas más pequeñas, y coronando el edificio y en cada ángulo había un gran jarrón de terracota con flores que se derramaban de ellos, desbordándolos. Al fondo del jardín se veía la otra construcción, totalmente distinta. Era una casa mucho más pequeña de color ocre y estilo puramente español, con tejado a dos aguas, de dos plantas y un pequeño porche en la entrada.

Sergio se acercó a la reja de la puerta y pulsó con decisión el timbre, que estaba protegido por un tejadillo justo al lado del buzón de las cartas. Tras unos instantes, vio acercarse, por uno de los ángulos de la casa, a un hombre de pelo canoso y andar tranquilo. Vestía un uniforme de chófer. El hombre se llegó hasta él y a través de la reja le habló.

—Buenos días. Usted dirá...
—Tengo cita con doña Clara.
—De parte de quién le digo —indagó el hombre a la vez que maniobraba el cerrojo de la puerta.
—Mi nombre es Sergio Lozano, y me envía don Emilio Guzmán, que habló con la señora Liechtenstein por teléfono.
—La seño está esperándole. Si es tan amable de seguirme...
—Y diciendo estas palabras, el hombre le abrió la cancela y avanzó por el caminito que conducía al templete de la entrada, no sin antes volver a cerrarla.

Sergio ascendió los tres escalones y se encontró con una puerta acristalada protegida asimismo por una reja historiada. El hombre extrajo de su bolsillo un manojo de llaves, escogió una de ellas, la introdujo en la cerradura y abrió haciéndose a un lado.

—Si el señor es tan amable...

Sergio se adelantó, y el hombre entró a continuación y cerró a su espalda.

—Aguarde aquí un instante, que ahora mismo le acompañarán.

Tras pronunciar estas palabras, desapareció por una puerta lateral.

En tanto aguardaba, Sergio se dedicó a inspeccionar la estancia. Un mueble perchero y paragüero de una sola pieza ocupaba una de las paredes; al otro lado había un cuadro inglés, y Sergio se acercó a mirar la firma pues su instinto le decía que era un original de precio; en efecto lo era: una obra de Reynolds, según leyó en el ángulo inferior derecho del lienzo. Debajo del cuadro había un sofá de cuatro plazas y, sobre la puerta que daba al pasillo, a cuyo fondo se oían ya los pasos de alguien, vio un curioso reloj de agua. La figura de una camarera impecablemente vestida, una mujer de unos cuarenta y cinco años, acudía a su encuentro.

—Señor Lozano, doña Clara le espera. Si hace el favor de seguirme...

Diciendo estas palabras la mujer, tras colgar la gabardina del visitante en el perchero, abrió camino por el largo pasillo. Después de pasar tres o cuatro puertas, llegaron a una de cuadrículas de cristal a través de la cual se veía, al fondo y bajo el ventanal, a una anciana de cabellos níveos. Se cubría las piernas con una manta ligera, y sobre los hombros lucía una toquilla ornada con motivos mexicanos. Frente a ella había un hombre de edad avanzada cuyas facciones le recordaron el perfil de una estampa de un libro de su infancia en la que Cervantes sostenía entre sus manos la empuñadura de plata de un bastón de ébano.

La camarera abrió la puerta y desde el quicio anunció:

—Doña Clara, el señor Lozano.

—Hágalo pasar, Encarnación.

La mujer indicó a Sergio que se adelantara.

Él se acercó a la anciana y con una soltura impecable, fruto de la costumbre, besó la mano que ella le tendía.

—Sergio Lozano, señora.

La mujer, con un gesto de complacencia y aprobación, señaló a su acompañante.

—Mire, Sergio, le presento a don Simón Plasencia, un amigo inmejorable.

El anciano adelantó la mano que sujetaba el bastón.

—Ya irá conociéndola —le advirtió con una voz sonora y agradable—. Clara siempre ha sido y es excesiva en sus apreciaciones.

La anciana lo interrumpió.

—Tiempo habrá para ello. Pero, por favor, Sergio, siéntese.

Sergio así lo hizo, en uno de los sillones frente a la pareja, y en tanto se alisaba la raya de los pantalones presentó sus credenciales.

—Creo que don Emilio Guzmán le ha hablado de mí. Soy español y expatriado. No sé cuánto tiempo estaré en México, aunque creo que va para largo, y es mi intención traerme a mi familia, cosa que no haría si previera que mi estancia aquí será breve.

—No tengo la intención de preguntarle por los motivos que le han llevado a abandonar España. Intuyo que es usted un hombre aventurero, que busca abrirse camino en nuevos horizontes.

Simón añadió:

—Y México debe agradecer a España la aportación de hombres ilustres y de ciencia que nos ha legado fruto de aquella guerra fratricida que tanta sangre costó.

—Si no entendí mal —prosiguió doña Clara—, desea usted alquilar mi casa del jardín. Claro está, en caso de convenirle por tamaño y distribución... Por calidad no lo dudo, ya que, si bien en un principio era para los guardeses, se arregló para que la ocupara mi hija, pero finalmente ella decidió quedarse aquí, en la casa grande, con su marido y mi nieto.

—Estoy seguro de que me convendrá, señora, y si quiere usted saber más al respecto de mi persona, aquí estoy para aclarar cualquier punto.

—Viniendo usted de quien viene, nada más tengo que averiguar. Las condiciones y las fechas las ajustará usted después con don Simón, que es quien se ocupa de estos asuntos, y si me hace el favor de quedarse a comer con nosotros, aprovecharemos la coyuntura para conocernos mejor

—Su amabilidad me abruma, doña Clara.

Ahora, mes y medio después de aquella entrevista, Sergio se sentía casi eufórico. La anciana y encantadora viuda vivía con su hija, con el marido de ésta, un tipo que le pareció de ínfima categoría, y con el hijo de ambos en una gran casa ubicada en una parcela en un barrio de los mejores de la ciudad, y lo había aceptado finalmente como inquilino de la casita del jardín. La joven no había querido habitarla con su esposo y su hijo, y eso, sumado a la recomendación de Emilio Guzmán y, por qué no decirlo, gracias también a la buena presencia de Sergio, inclinaron a la viuda a alquilarle la propiedad enseguida. Se trasladó al lunes siguiente y dedicó unas semanas a terminar de amueblarla a su gusto, pensando también en lo que a Mariana le agradaría. Ahora había llegado el momento. Llamaría a su esposa, le explicaría el éxito de sus gestiones y después marcharía al Patio de Reyes, la *boîte* del hotel María Isabel, a escuchar a Cuco Sánchez y a tomarse un whisky, que bien se lo había merecido. La vida le sonreía de nuevo.

Sergio entró en su habitación, se tendió en la cama y descolgó el auricular del teléfono. Quería saber cómo iban las cosas en Barcelona y comunicar a Mariana las buenas nuevas. El teléfono sonó varias veces y, al cabo, la voz inconfundible de su mujer llegó hasta él algo adormecida.

—¿Diga?

—Hola, princesa. Soy yo.

Un silencio, augurio de tempestad, ocupó la línea y a su oído llegó un tono preñado de rencor.

—Sergio, ¿acaso no se te ocurre mirar la hora antes de llamar? ¡Son las dos de la madrugada aquí!

Se maldijo por no haberlo comprobado antes, y empezaba a disculparse cuando las palabras de ella lo interrumpieron de nuevo.

—Sergio, son las dos de la mañana. Pero ya que llamas, te diré algo: siempre supe que eras un fantasma ambicioso, aunque jamás creí que fueras una mala persona... Has jugado con el pan de tus hijos y vas a conseguir que vivamos debajo de un puente. No me llames nunca más.

Sergio palideció, su mujer nunca lo había tratado así. Se incorporó en la cama y apenas pudo balbucear:

—Pero ¿qué te pasa?

—¿Que qué me pasa? ¡Has falsificado mi firma y has hipotecado mi piso! ¡Mi piso! Porque es aquí donde vivo y donde viven tus hijos. Y no tuviste ni la decencia de contármelo antes de irte... ¡No quiero volver a verte! Que te vaya bien, Sergio. ¡Búscate a otra imbécil, que ésta se ha hartado!

Sergio se sentó en la cama. Por su cabeza pasaron mil circunstancias, y recordó el momento en que, tras muchas dudas, falsificó la firma de Mariana para anular un pago inminente de Rubén Biosca, quien le había jurado que aquello era únicamente una garantía y que en cuanto liquidara la deuda el trato quedaría cancelado. En su precipitada salida de España, no atinó a explicárselo a su mujer. Y aquel cabrón había ejecutado el aval.

—¡Mariana, te juro que es un malentendido! Y cuando...

El clic dejó claro que la comunicación se había cortado.

El whisky, Cuco Sánchez y la noche se habían arruinado. Se levantó de la cama, se dirigió al escritorio, y tomando papel y un bolígrafo se dispuso a escribir una larga carta. Conocía a Mariana y sabía que hasta que no aclarara aquel mal paso no se pondría al teléfono, y desde luego no podía permitir que esa circunstancia torciera sus planes.

28

El paseo por Roma

1964

Estaban en clase de manualidades y Mariana era feliz. De igual manera que las asignaturas de ciencias se le atragantaban, todo lo que fuera dibujo, escultura, pintura o música le encantaba. Impartía la clase la hermana Godoy, natural de Segovia, que además de gran artista cuidaba mucho a Mariana, quizá por compartir con ella la patria común.

La puerta del aula se abrió y el tocado rostro de sor Belén apareció en el vano.

—Hermana, llaman al teléfono a Mariana, y la madre Genoveva ha dado su aprobación a la conferencia porque se trata de su abuela Candelaria, que telefonea desde Madrid.

Doña Candelaria la llamaba una vez al mes, y era una de las personas a quienes Pilar había autorizado para hablar con Mariana. La joven se puso en pie rápidamente, contando con que la hermana Godoy estaba a punto de darle permiso. Sin embargo, no dejó de extrañarle el día y la hora, ya que su abuela acostumbraba a llamarla siempre en festivo y después de comer.

—¿Puedo, hermana?

—Vaya, Mariana, y no tenga prisa.

Partió Mariana tras sor Belén seguida por las miradas envidiosas de sus compañeras, que veían cómo iba a saltarse la última media hora de clase.

—Vaya a la cabina del recibidor, Mariana. Yo le pasaré la comunicación desde mi mesa.

Mariana se encerró en el pequeño cubículo y aguardó a que sonara el timbre. En cuanto lo oyó, descolgó el auricular al tiempo que se aseguraba de que sor Belén colgaba el suyo.

—¿Abuela?
—Soy yo, querida. ¿Cómo estás?
—Bien, abuela. ¿Pasa algo? ¿Estás bien?
—Muy bien, y pasar, pasar..., sí pasa. Pero se trata de algo que te alegrará.
—No te entiendo, abuela.
—Tengo aquí a alguien que quiere hablar contigo.
—¿Conmigo? Y desde Madrid... No se me ocurre.
—Para mí también ha sido una sorpresa. Te paso.

Mariana, en un segundo, repasó todas las personas conocidas en Madrid, y por un momento se le ocurrió que tal vez su tía Clara había acudido desde Londres a ver a su madre y, antes de regresar, quería hablar con ella.

Cuando, tras un crepitar de parásitos en la línea, oyó la voz que le llegaba por el auricular, tuvo que sentarse en la banqueta de la pequeña cabina.

—¿Cómo estás, mi niña? Si me descuido, te pierdo.

Mariana no se lo podía creer. Sin pretenderlo, cubrió la boquilla con la mano izquierda, bajó la voz y miró de reojo a sor Belén.

—¡Rafael! ¿Cómo me has encontrado?
—Tu abuela Candelaria, que es un ángel de Dios.
—Pero... Estás loco.
—En eso tienes razón, estoy loco por ti. A mi vuelta de América te llamé varias veces, y tu camarera me dijo que no estabas en Barcelona. También añadió que tenía prohibido dar noti-

cias tuyas. Fue entonces que me llegué a Madrid para hablar con tu abuela.

Mariana dudó unos instantes.

—Me han enviado a Roma, y aquí estaré hasta el mes de junio. Ya sabes por qué.

La voz de Rafael sonó seria y solemne.

—Mira, Mariana, no hay conventos, ni castillos ni muros que puedan apartarme de ti. La única persona que puede zanjar esto eres tú. Si me dices que no te vea más, no te veré. De no ser así, aguardaré lo que sea necesario y te esperaré. Medita la respuesta porque de ella depende mi vida, que sin ti me da igual que me mate un toro. Lo que quiero que sepas es que, si eso ocurre, mi último pensamiento será para ti... Te pregunto: ¿tú me quieres, Mariana?

Mariana estaba hecha un mar de dudas. Un escalofrío le recorrió la espalda.

—No lo sé, Rafael —se oyó responder con una vocecilla casi imperceptible—. Lo que sí puedo decirte es que todos los días, en un momento u otro, me acuerdo de ti.

—Acabas de darme la vida, chiquilla.

Se produjo una larga pausa, tras la cual la voz de Rafael Cañamero sonó de nuevo.

—Mira, Mariana, estaré en Roma el próximo fin de semana, desde el viernes hasta el domingo. Y desde las diez de la mañana hasta las ocho de la noche me instalaré en el Caffè Greco, en el número ochenta y seis de la vía Condotti, que va desde la plaza de España hasta la vía del Corso. Si puedes salir del colegio con alguna excusa, te veré. Y si no, el lunes regresaré a Madrid y el viernes siguiente partiré para Venezuela... Te suplico que hagas lo imposible.

—Haré... haré lo que pueda, Rafael.

Una pausa y una voz al fondo.

—Tu abuela quiere despedirse.

La voz de doña Candelaria sonó inusualmente seria.

—Mariana, si quieres que haga alguna gestión, dímelo.

—No, abuela, ya me las arreglaré.

—Mariana, mi niña… —Otra pausa, ésta más larga—. Te repito lo que te dije la última vez que hablamos antes de que te fueras a Roma: ya eres una mujer, haz lo que tu corazón te dicte, y si estás enamorada no permitas que nadie tuerza tu destino. Como afirma tu tía Clara: «Es mejor arrepentirse que no haberlo intentado». Te llamaré pasado el fin de semana.

—Gracias, abuela… Tú eres la única que me entiende.

Colgaron.

La conversación había durado casi veinte minutos. La clase de manualidades había concluido y sus amigas se encontraban charlando en su banco predilecto del jardín, durante el recreo que precedía a la hora de comer.

La mente de Mariana comenzó a funcionar como una turbina. Cuando sus amigas la vieron llegar con el rostro demudado se precipitaron hacia ella, intuyendo que algo extraordinario había ocurrido.

—¿Qué ha pasado?

—Y no digas que nada, porque la cara que traes te delata.

—¿Quién te ha llamado? Por tu abuela no vendrías así.

Hicieron sentar a Mariana en el centro del banco y, rodeándola, juntaron las cabezas como conspiradoras.

—Cuéntalo todo —la azuzó Magdalena Toro—. Y empieza por el principio.

Mariana comenzó la explicación. Al cabo de veinte minutos todas se sentían protagonistas de aquella historia apasionante y todas querían colaborar para que Mariana pudiera verse con el rejoneador.

—¡Ya lo tengo! —Paloma Mirando pretendía haber solucionado el problema—. Es muy fácil. Claretta, como vives en Roma, eres la única que va a su casa… Habla con tu madre y dile que quieres invitar a una amiga de España a pasar el fin de semana contigo.

El rostro de Claretta Dubinio se iluminó.

—¡No se me ocurre nada mejor! Mi familia ha vivido siempre en la plaza Navona. En tiempos de mis abuelos, el palacete era nuestro, ahora en cada piso vive la familia de cada uno de sus hijos. Nosotros estamos en la última planta. La casa es muy grande, y además mis hermanos están en un internado en Suiza. Pero será mejor que vengáis las cuatro. Llamaré a mi madre para que telefonee a la superiora, y seguro que os dejará venir…, imagino que después de pedir autorización a vuestros padres o tutores.

El plan salió redondo. La señora Dubinio habló con la madre Genoveva para comunicarle que deseaba invitar a las cuatro amigas de su hija a pasar el fin de semana, y la superiora habló con las familias y con el tutor de Magdalena Toro, y todos dieron el permiso correspondiente.

El sábado por la mañana llovía en Roma, y a las diez en punto Mariana Casanova, refugiada bajo el curvo toldo del Caffè Greco, tras cerrar su paraguas, empujaba la puerta del antiguo establecimiento. Al fondo, en un velador situado a la izquierda, vio el perfil anguloso de Rafael Cañamero inclinado sobre un periódico.

Mariana se estremeció. A esa hora el local no estaba excesivamente lleno, la gente del desayuno ya se había ido y la del aperitivo aún no había llegado. Fue avanzando entre las mesas al tiempo que reparaba en los cuadros, dibujos al carboncillo y caricaturas que llenaban sus paredes. Eran retratos u obras de personas destacadas que habían sido clientes, unos muy antiguos como Stendhal, Keats, Byron, Liszt y Richard Wagner, y otros mucho más cercanos como Mariano Fortuny, Eduardo Rosales, María Zambrano y Orson Welles. El café seguía conservando su aura de cobijo de escritores y artistas. Cuando llegaba a la altura de Rafael, éste alzó los ojos de la lectura y su expresión adquirió tintes de incredulidad.

Inmediatamente se puso en pie y dio un paso hacia Mariana tomándole las dos manos y dándole un beso en la mejilla. Luego retrocedió y, tirando de ella, la obligó a sentarse en el banco de raído terciopelo que estaba junto a la pared.

—¡Válgame la Soledad! Si no es porque lo están viendo estos ojos, no podría creerlo... ¡Qué guapa te veo y qué mujer!

Mariana no sabía qué decir, pero al darse cuenta de que todavía le tenía cogidas las manos, las retiró discretamente.

Cañamero seguía asombrado.

—¡Lo has conseguido! Estaba convencido de que tendría que regresar sin poder verte.

Mariana casi se extrañó al oír su propia voz.

—He tenido que decir muchas mentiras.

El camarero, impecable en su uniforme negro y mandil blanco, interrumpió el momento, demandando a la *signorina* qué quería tomar.

—*Un caffè e latte molto caldo, prego.*

Partió el hombre a buscar la consumición y quedaron ambos frente a frente.

Las preguntas y las respuestas se sucedían ininterrumpidamente, cada uno quería saber cosas del otro, desde «¿Cómo has conseguido que te dejaran salir?» hasta «¿Cuándo te vas a torear a América?». Les urgía ponerse al día de todo, pues eran conscientes de que esa situación no iba a repetirse. El camarero trajo el café y se retiró con discreción.

Mariana, con el instinto femenino que le advertía que se avecinaba un momento importante, se preparó.

Rafael se puso serio.

—Mira, chiquilla, yo no tengo una profesión común, digamos... como la de médico o abogado. Cada semana o un par de veces al mes, me juego la vida, y no soy un jovencito de veinte años... He conocido a muchas mujeres, nunca te lo he ocultado, y precisamente por eso sé muy bien lo que siento por ti —confesó Rafael a Mariana—. Cuando fui a ver a tu padre me dijo lo que yo habría dicho en su lugar: que te doblo en edad, que no has salido del cascarón todavía y que vuelva cuando pasen un par de años. Pero yo no puedo vivir en esta angustia. Si me das esperanzas volveré a buscarte, y si no, desapareceré de tu vida y no te molestaré nunca más. Mariana, yo te pregunto: ¿puedo esperar que me quieras algún día?

Mariana nadaba en un mar de dudas; por una parte, se sentía la heroína de la novela y debía reconocer que la compañía de Rafael la llenaba, pero por otra parte... ¿era aquello amor? Tan sólo podía compararlo con las sensaciones vividas con Enrique Orellana durante aquel verano, y aun así se daba cuenta de que lo que sentía por Rafael Cañamero era otra cosa. Además, cuando pasaran veinte años y ella tuviera treinta y ocho, él no estaría lejos de cumplir sesenta. ¿Se veía sufriendo cada domingo mientras esperaba que la corrida finalizara? Como cada vez que se encontraba al lado de Cañamero, se sentía hecha un lío.

—Rafael, me haces preguntas que no puedo contestarte. Ya te lo dije en Barcelona: a tu lado me encuentro fenomenal. Cuando no estás, me acuerdo mucho de ti, aunque no sé si eso es amor. Dame tiempo... Este año en Roma me vendrá muy bien. Vete a América, y cuando vuelvas y yo esté ya en casa, llámame. Te prometo que pensaré seriamente en lo que me has dicho y te contestaré, pero, por favor, no me busques más durante este tiempo.

Rafael le cogió de nuevo la mano y Mariana no la retiró.

—Voy a esperar tu respuesta. Y te llamaré una sola vez, para despedirme. Luego me dedicaré a pensar en ti.

Las agujas del gran reloj del Caffè Greco marcaron la una, y Mariana entendió que el tiempo se le acababa si no quería llegar tarde a la cita con sus amigas.

—Bueno, Rafael, tengo que dejarte. Gracias por la visita y gracias por hacer que me sienta una mujer... No sé aún cuál será mi respuesta, pero sí sé que lo único que nunca querré es hacerte daño.

Rafael le pasó el brazo por los hombros e intentó besarla en los labios. Mariana se retiró y le ofreció la mejilla, y Cañamero entendió.

—¡Qué buena eres y qué decente!

29

La carta

1977

Diez días más tarde, cuando Orosia le entregó el correo, Mariana separó el sobre. Contando con que a mediodía estaba sola porque los niños se encontraban en el colegio y Diego dormía, se acomodó en el sofá de la salita y, tras rasgar la solapa, se dispuso a leer.

Queridísima Mariana:

No sé cómo empezar ni tampoco cómo pedirte perdón. Me siento el hombre más ruin de este mundo. Te he fallado como marido y como padre, y, visto desde aquí, no entiendo cómo llegué a hacer algunas cosas de las que hice; mejor dicho, sí lo entiendo, pues mi afán por ser digno de ti, por darte la vida que mereces y semejante a la que vivían nuestros amigos, por conseguir tu admiración, todo eso era mi más profundo anhelo. Sin embargo, ahora, desde la distancia, me doy cuenta de que ése no era el camino. Hice muchas cosas mal, y por eso estoy aquí solo, sin ti y sin los niños, pero lo peor que pude hacer fue avalar una deuda con nuestro piso, que era de los dos, para lo que cometí el tremendo disparate de falsificar tu firma pensando que conseguiría recuperar el documento saldando la deuda. Sé que me dirás que la saldaría engañando a más personas, pero te juro que ha sido una concatenación de desgracias, porque comencé a endeudarme cuando el Colegio de Médicos me retiró la exclusiva de la venta de los terrenos de la urbanización y puso dos vendedores más, con lo cual se redujo mi campo de acción y las mejores parcelas quedaron fuera de mi dominio. No quiero que esto sirva de excusa, pero es que conté con unos ingresos que luego no llegaron, y ahí empezó a hacerse la bola. Te juro que si hubiera seguido el ritmo de ventas que llevaba hará dos años, habría logrado pagar todo sin hacer los disparates que he hecho. No sé si podrás perdonarme; aun así, espero ganarme tu clemencia con mis actos en México, y ten presente que mi máxima aspiración es que algún día podamos vivir aquí tú y yo con nuestros hijos.

Quizá no quieras leer esta carta, pero, por si finalmente la tienes delante de ti, te comunico que estoy trabajando en Cartonajes Estrella. Emilio Guzmán, el amigo de mi hermano, me ha dado un trabajo, muy bueno, por cierto, y que a mí me va mucho ya que no me obliga a estar encerrado en un despacho, sino en la calle. Todos los días visito gente para hacer nuevos contactos, veo caras nuevas, y mi lugar de negocios es tanto la oficina del futuro cliente como un bar, al que voy con éste en plan de amigos para zanjar el trato. Y hablando de amigos, voy teniendo ya algunos. Aquí ser español es un timbre de gloria que abre puertas. Pese a toda la leyenda negra de la que hemos gozado siempre, los republicanos que vinieron de España después de la Guerra Civil nos hicieron un gran favor. A las personas de aquí les gusta llamarnos «gachupines», pero Lo cierto es que aquí el que, no tenga un apellido español, sea industrial o sea taxista, tiene poco porvenir.

Pido a Dios que tengas confianza en mí, que me perdones y que vengas con nuestros hijos a vivir a este país, que, por otra parte, te va a encantar. Su paisaje, su clima, su música y, sobre todo, la amabilidad de sus gentes son su mejor capital. Ponme a prueba, Mariana: por favor, ven un mes, observa cómo funciono y, si paso la prueba, te juro que haré lo posible durante toda mi vida para que seas feliz. Ésa es mi finalidad, y espero, con mi esfuerzo, ganarme tu perdón.

Te quiero, Mariana. Sé que no te merezco, pero aunque sea únicamente como padre de nuestros hijos, te pido una oportunidad.

Millones de besos para los niños, un recuerdo para todos, y todo mi amor para ti,

SERGIO

P. D.: Di a mi hermano que le estoy muy agradecido y que su carta de presentación me ha abierto las puertas del país.

Tuyo otra vez,

SERGIO

30

La puesta de largo

1964

Tres meses habían transcurrido desde que, finalizado el curso y tras despedirse de sus amigas, Mariana regresó a Barcelona, a finales de junio de 1964. El recibimiento fue muy alegre. Sus padres estaban eufóricos, sobre todo doña Pilar, pues su «niña» había traído unas notas excelentes y, además, la carta que la madre Genoveva le envió al respecto del comportamiento de Mariana la había llenado de satisfacción. Los preparativos de la fiesta de puesta de largo de la joven, prevista para noviembre de ese año, ya estaban muy avanzados.

Los padres de Mariana hablaban de ello en el salón.

—Concretemos, Pedro. A mí la opción de Concepción Moragas me parece estupenda, pero hemos de contestar ya. Precisamente esta mañana me ha urgido, dado que las muchachas que se pondrán de largo ese día son treinta, y debemos darle una respuesta esta semana, si no perderemos la plaza.

Don Pedro, que dejaba la intendencia y la logística del hogar familiar en manos de su mujer, pidió aclaraciones.

—Ya sabes que soy muy despistado, Pilar. Por favor, dame más datos.

Doña Pilar, que sabía que el mundo de su marido se circunscribía a su clínica, a sus operaciones de cataratas, a sus máculas, a sus desprendimientos de retina, y a la lectura de cuantas revistas informaban de los adelantos de la oftalmología y de las fechas de los congresos, se dispuso a explicarle por enésima vez los detalles del acontecimiento.

—Concepción quiere hacer en Barcelona una especie de Baile de las Debutantes como en París. Un número limitado de muchachas de la buena sociedad vestirán sus primeras galas de mujer, y tendrá lugar en el Palacio Nacional de Montjuic. Como de costumbre, se recaudará dinero para obras de caridad. Cada joven elegirá a su acompañante, quien también debe ser aprobado por la organización. Concepción, que no sé cómo se ha enterado de que Mariana ha regresado de Roma y le tiene un cariño especial desde aquella corrida de beneficencia que nos ha complicado tanto la vida, me llamó hace un mes y me dijo que quería contar con Mariana.

Pedro se quedó abstraído unos instantes.

—¿En qué piensas? Porque esa cara la conozco bien.

—¿Qué sabes del rejoneador?

—Directamente de él, nada. Pero debo decirte algo que considero relevante.

—Te escucho.

—Creo que a nuestra hija se le ha pasado el capricho.

—¿En qué te fundamentas?

—La he sorprendido dos veces llegando a casa acompañada de un muchacho de muy buen ver, y lo que es más importante, de su edad.

—¿Sabes quién es?

—Me he enterado de cosas. No es que lo pretendiera, ha sido por casualidad. —Pilar hizo una pausa—. Estaba ayer desayunando en Don Pancho mientras hojeaba *La Vanguardia* cuando entró él a comprar tabaco. Lo había visto una vez, de noche y de refilón, acompañando a Mariana en una Vespa y no tuve tiempo de fijarme demasiado. Pero ayer lo observé a fondo pues estaba de espaldas y el espejo me devolvía su cara.

—¿Por qué no me lo contaste ayer?

—Porque a mediodía no comiste en casa, lo hiciste en el Club de Polo, y por la noche, como tenías la cena de los oftalmólogos, llegaste tarde y yo estaba ya acostada.

—Está bien, cuéntame.

—Lo primero es que el muchacho tiene una planta magnífica. Cuando salió, pedí la cuenta, y se acercó a saludarme la hija del dueño, que siempre habla unos minutos conmigo. Ella le había vendido el tabaco, y yo la había visto intercambiar unas palabras con ese joven, así que pensé que, a lo mejor, podría informarme sobre él y le pregunté directamente. Resulta que lo conoce bastante bien, y le saqué mucha información.

—No conoce a la familia, pero sabe quién es y dónde trabaja... Se llama Sergio Lozano, trabaja en el Real Automóvil Club, organiza las ferias y los congresos porque, además del español y el catalán, habla dos idiomas: inglés y francés. No me negarás que en los tiempos que corren es todo un récord. Desde luego, es soltero. Y te repito: si logra apartar del pensamiento de Mariana esa locura del rejoneador, le estaré eternamente agradecida.

Pedro meditó unos instantes.

—Querida, has hecho un buen trabajo. Pienso lo mismo que tú... Y te diré más, voy a hacer lo posible para que Mariana se olvide de ese hombre. Seré más flexible con el horario y le daré de margen hasta las nueve y media de la noche para que llegue a casa. Como tú, busco la felicidad de nuestra hija. Ya veremos si esto avanza, pero si ese muchacho consigue que Mariana se olvide del otro, bendito sea.

—Ya te digo que tiene muy buena facha. De todos modos, da igual. Lo importante es que la ayude a quitarse al rejoneador de la cabeza. Además, si la cosa fuera adelante, ya me enteraría.

Don Pedro, en un gesto reflexivo muy suyo que empleaba

siempre antes de contestar, se quitó las gafas y se masajeó suavemente el puente de la nariz.

—Me has dado una gran alegría... Pero volviendo al tema de la fiesta, concreta con Concepción los detalles: ¿cuánta gente puede invitar a la cena cada debutante?, porque imagino que será cena. ¿Quién crees que puede ser el acompañante de nuestra hija? Y, sobre todo, ¿cuánto va a costarme la broma?

—Puedo adelantarte algunos detalles. Cada niña puede invitar a veinte personas, y cuento con que mi madre vendrá desde Madrid y, tal vez, mi hermana Clara desde Londres; por descontado, irán Marta y Manolo. También hay que contar a tu hermano Ricardo y tus sobrinos, Pablo y Carmen. En cuanto a tu hermana Juana, dudo que quiera, ya sabes cómo es. El acompañante de la niña puede ser ese chico del que te he hablado, al que invitaremos a subir a casa para conocerlo antes.

—Acaba de asustarme... ¿A quién más invitará la niña?

—Además de a Gloria, Mariana querrá invitar a las gemelas Castrillo, así como a sus dos compañeras madrileñas en el colegio de Roma, Paloma Mirando y Pilo Aguima, y cuenta que cada una de esas niñas asistirá con su pareja. Ah, y nuestro médico, Fidel Torres, y su mujer no pueden faltar... Calculemos unos veinte, más o menos. Cuando llegue el momento ya afinaremos. Seguro que falla alguien.

Don Pedro, que conocía muy bien a su mujer, se adelantó.

—Dime todo de una vez, Pilar, que siempre quieres darme la sopa a cucharadas.

—Bueno, Mariana me ha dicho que le gustaría invitar también a otras dos chicas, la venezolana Magdalena Toro y la romana Claretta Dubinio, amigas suyas del colegio de Roma. —Después, para justificarse, añadió—: Es una fiesta que tu hija —subrayó el «tu»— recordará toda la vida.

Don Pedro esbozó una sonrisa.

—La presentación correrá a cargo de José Luis Barcelona, actuará o bien Sacha Distel, o bien Sylvie Vartan, y amenizarán la velada dos grandes orquestas. Como comprenderás, todo eso, más la cena, tiene un precio.

—¡Por Dios, Pilar! No quieras venderme el borrico… ¿A cuánto saldrá el cubierto?

—Quinientas pesetas por persona.

Don Pedro se quedó un instante pensativo.

—¡Eso es una fortuna! ¿Y qué tal si lo celebramos en el Liceo, como hicimos con Marta?

—No puede ser, Pedro, Marta ya era novia de Manolo y no quiso fiesta… Te salió baratísimo, ya que, además de nosotros, sólo asistieron los padres de tu yerno y su hermana. Ahora la cosa es muy diferente. Y, además, eso ayudará a que la niña se ilusione por algo y deje de pensar en quien tú sabes.

Don Pedro admitió el argumento.

—Está bien, habla con Concepción Moragas y adelante con los faroles… Ya puedo ponerme a operar cataratas.

Doña Pilar no andaba muy equivocada. Era cierto que Mariana había conocido a alguien y que ese nuevo amigo estaba desplazando su interés por el rejoneador.

Poco después de su regreso de Roma, en julio, Mariana había ido a ver a su amiga Gloria, a la que habían operado de apendicitis y estaba convaleciente en su casa. Mariana se encontraba en su habitación con dos amigas comunes, las gemelas Castrillo, cuando oyeron que sonaba el timbre de la puerta. Al poco apareció Joaquín Fontana, el novio de Gloria, acompañado de un chico que ella no conocía. Siempre que iba a casa de Gloria pensaba en Enrique, a quien apenas había vuelto a ver. Primero se fue a la mili, y luego su padre había cumplido su promesa y el joven estaba haciendo realidad el sueño que albergó desde niño: se encontraba en París estudiando violín. Pasados ya tres años desde aquel verano de enamoramiento juvenil, Mariana guardaba de él un dulce recuerdo que siempre la ponía de buen humor.

Gloria estaba un poco molesta porque Joaquín había traído con él a un amigo.

—¿Os conocéis? —preguntó Joaquín al entrar—. Sergio Lozano, te presento a Mariana Casanova, que acaba de volver de estudiar en Roma. A las hermanas Castrillo creo que ya las conoces, pero, por si no es así, ellas son Sonia y Pepa.

El chico saludó a las gemelas, pero se adelantó a estrechar la mano a Mariana con una hermosa sonrisa que delataba una dentadura perfecta.

—Ella a mí no me conoce, pero yo a ella sí —anunció—. Iba todos los sábados a Don Pancho para verla.

De repente, Mariana recordó... Ese muchacho estaba siempre en la barra de aquel local cuando ella iba a desayunar con su madre.

Joaquín, que tenía las manos a la espalda, súbitamente mostró un paquete plano y cuadrado.

—¡No me digáis, chicas, que no soy buen novio! Te he traído «Ton meilleur ami» de Françoise Hardy... ¿Y ahora qué, Gloria? ¿Ponemos música?

A Gloria le entusiasmaba la cantante francesa. Le gustaba su estilo de vestir, su larga melena, y su voz cálida y melodiosa. Alargó las manos, entusiasmada, para hacer las paces. Su enfado se había desvanecido.

—¡De acuerdo! Trae el tocadiscos y lo escuchamos... Aunque no estoy para guateques.

Al cabo de dos horas, Mariana y Sergio salieron juntos de la portería de Gloria, y el chico le mostró una Vespa verde.

—Si quieres, te llevo.

Sabía que si su padre o su madre la sorprendían llegando a casa con él en moto le echarían una bronca. Pero estaba decidida.

—Estupendo —se oyó decir—. Aunque quizá no te viene de paso. Vivo en...

—Ya sé dónde vives, en Muntaner con Diagonal... ¡Pues no me he pasado yo pocos ratos en la puerta del cine Aristos esperando que salieras sola!

Desde ese día, Mariana y Sergio habían seguido viéndose. Y ahora, tres meses después, ella debía admitir que ese chico le gustaba... Le gustaba mucho.

Y llegó la gran velada. Una hilera de coches interminable ascendía por la avenida de la Reina María Cristina desde la entrada de la montaña de Montjuic mientras las luces y los juegos de agua de la Fuente Mágica de Carles Buïgas iluminaban la noche. Todos los asistentes a la fiesta por parte de Mariana iban en sus respectivos vehículos, cada cual con su cartón de aparcamiento, y conocían el número de su mesa y el lugar donde estaba ubicada.

La fiesta iba a celebrarse en el Salón Oval, una estancia de unos dos mil quinientos metros cuadrados cubierta por una gran bóveda sostenida por robustas columnas pareadas con el fuste adornado con elementos de estilo renacentista; entre ellas y rodeando la bóveda, había cincuenta y seis pequeños escudos entre los arcos que representaban las cincuenta provincias en las que España se dividía en el año 1929, fecha de la inauguración del Palacio Nacional, mientras que los seis restantes representaban instrumentos musicales ya que estaban cerca del órgano.

Al fondo se había instalado un escenario enorme. La caja estaba cerrada mediante una gran cortina granate, y de las entrecajas laterales, forradas las patas de negro, partían sendas escaleras para poder acceder a él desde el salón. Las mesas de la cena estaban distribuidas por toda la sala, dejando en la parte central un amplio espacio destinado al baile.

En la entrada había cuatro caballetes de buen tamaño con

las listas de las mesas, distinguida cada una de ellas por la pintura de una flor distinta bajo la cual figuraban los nombres de los comensales. Las mesas eran para diez personas, y las tres que correspondían a los Casanova se ubicaban cerca de la orquesta; los jóvenes estarían en el lado más ruidoso y las personas de más edad en el otro sector.

Mariana estaba preciosa luciendo sus primeras galas de mujer. El traje era blanco de seda salvaje, y sobre el escote destacaba el bonito collar de perlas regalo de su abuela Canelaria. La acompañaba en la mesa su *chevalier servant*, Sergio Lozano. También habían acudido sus amigas Claretta Dubinio y Pilo Aguima, y sus primos, Carmen y Pablo.

La primera sorpresa de esa inolvidable velada la tuvo cuando vio a su amiga Gloria. No sólo la acompañaba Joaquín, su novio, sino también Enrique, su hermano, que estaba pasando unos días en la casa familiar de Barcelona.

—Espero que podamos hacerle un hueco —le dijo Gloria en voz baja, refiriéndose a su hermano—. Se moría de ganas de venir.

Mariana respondió enseguida que Enrique cabía en la mesa ya que, al final, Paloma Mirando no había podido acudir. No veía al chico desde hacía tres años, y lo encontró exactamente igual, como si el tiempo no hubiera pasado. Él la saludó tímidamente, con dos besos en las mejillas, y ella pensó que siempre ocuparía un lugar especial en su corazón. A su lado, Sergio observaba la escena y se apresuró a coger a Mariana de la mano para acompañarla a su asiento.

El barullo y la algarabía de tanta gente joven, reunida en un día tan festivo, llenaba el ambiente del inmenso Salón Oval mientras iban sentándose a las mesas. Súbitamente, cuando todos estuvieron acomodados, un redoble de tambor de la orquesta indicó que algo iba a ocurrir. El silencio fue ganando terreno mientras dos focos se encendían y buscaban, en los costados del escenario, a alguien que haría su entrada por las entrecajas. Por la de la derecha apareció José Luis Barcelona, famoso locutor de radio y presentador de televisión, y por la izquierda doña Concepción Moragas.

Tras una presentación de José Luis Barcelona en la que detalló todas las partes de la fiesta y el orden de cada una, éste cedió la palabra a doña Concepción Moragas, que, como de costumbre, quiso lucirse explicando en un lenguaje relamido y algo cursi el significado del acto, el hecho de que a partir de ese día aquellas niñas eran ya el ramillete de damitas destinadas a ocupar sin duda lugares de honor en la sociedad barcelonesa. Acto seguido explicó en qué consistía la velada, y rogó generosidad en la compra de boletos para el sorteo de un Seat Seiscientos cuyos números venderían las debutantes entre los asistentes.

Después comenzó la cena. Al compás de la música, los camareros salieron en fila desde el fondo del salón con las bandejas en alto y cada cual ocupó su lugar junto a las mesas. A una señal del jefe de sala, empezaron a servir las viandas. Mariana estaba exultante, y entre sus acompañantes el jaleo era notable. Aquel grupo de jóvenes estaba en el punto exacto para comerse la vida a bocados. Todos hablaban a la vez, y entablar conversación con alguien, aunque estuviera enfrente, resultaba complicado. La alegría, la risa y las bromas eran la moneda común que empleaban todos.

La cena fue transcurriendo sin novedad, fruto del riguroso ensayo llevado a cabo por el servicio. Tras un caldo de ave, se sirvió de primero un volován de marisco, luego un filete Stroganoff y, antes del pastel de nata y fresas, un sorbete de limón, que Enrique explicó que en Francia se conocía como *le trou normand*, «el agujero normando», cuya misión era ayudar a la digestión, y finalmente licores y café.

En un momento dado, justo cuando habían terminado de cenar, Mariana se dirigió a los aseos, y al salir se topó con Enrique, que claramente estaba esperándola.

—Gloria me ha dicho que sales con Sergio Lozano.

Mariana lo miró a los ojos. Intentaba dilucidar si en el tono del chico había un atisbo de acusación. Finalmente decidió ignorarlo.

—Bueno, la verdad es que sí —contestó con una sonrisa—. ¿Y tú, en París? ¿No te espera nadie allí después de las clases de violín?

La mirada triste de Enrique le indicó que tal vez no había chica alguna en su vida.

—Las clases me tienen muy ocupado. Durante toda la mili no pude practicar demasiado, y he tenido que esforzarme mucho para ponerme al nivel de mis compañeros. No tengo tiempo para nada más.

Mariana comprendió.

—¿Sabes lo que pasa, Enrique? Tu principal amor es el violín y el resto es aleatorio... Ya me lo dijiste en su día cuando te despediste de mí antes de irte a la mili. Cualquier mujer de tu vida tendrá que rivalizar con un trozo de madera con unas cuerdas de tripa.

Por fin, él sonrió.

—Quizá sí, Mariana. Pero a veces me acuerdo de aquel verano en Sitges y de lo que pasó entre...

Ella lo acalló con un gesto afectuoso.

—No sigas, es mejor dejarlo ahí. No quiero que, en un día como éste, se me escape una lágrima y me estropee el maquillaje.

En ese momento José Luis Barcelona anunció el sorteo del Seat Seiscientos, cuyos números iban a ofrecer las debutantes entre los asistentes, en beneficio de Cáritas, otra de las obras de caridad de doña Concepción Moragas. Finalmente, y como cierre y antes del baile, informó de que actuaría el cantante francés Sacha Distel, famoso, además de por su calidad artística, por haber sido el novio de Brigitte Bardot, la guapa actriz francesa que había enloquecido a Europa entera. Luego de la venta de los boletos que cada muchacha ofreció preferentemente en la mesa de sus invitados de más edad, se procedió al sorteo del Seiscientos mediante un bombo de lotería que se sacó al escenario. La afortunada no fue Mariana, sino otra de las debutantes, a la que hubo que dar unas gotas de Agua del Carmen diluidas en un vaso de agua debido al sofoco que el regalo le produjo.

Antes de la actuación de Sacha Distel se anunció una pausa de media hora, que los asistentes aprovecharon para ir a otras mesas y comentar la noche, así como para acudir a los aseos. Mariana, acompañada de Gloria, salió del Salón Oval y se dirigió al amplio jardín para tomar un poco el aire. Cuando llegaban ya a la escalera oyó que alguien la llamaba desde detrás de una de las columnas dobles y se detuvo a mirar. Al principio no distinguió quién era debido a la semioscuridad. Gloria le susurró: «Te espero en la mesa», pero apenas la oyó. El corazón le dio un brinco cuando, tras mirar a un lado y a otro, se acercó a las columnas y descubrió a Rafael Cañamero, quien, vistiendo traje oscuro y corbata, había acudido como un invitado más.

—¿Qué haces aquí? —le espetó.

—Intentar despedirme de ti... Vuelvo a América.

—¿Cómo has entrado?

—Por la puerta.

—Eso ya me lo imagino. Por favor, no bromees.

Mariana respiró hondo. El corazón le latía aceleradamente. Le parecía una eternidad el tiempo transcurrido desde su estancia en Roma, y la verdad era que desde que había conocido a Sergio Lozano ya no esperaba que sonara el teléfono. Su pensamiento andaba por otros vericuetos y el encuentro del Caffè Greco se le antojaba lejano, incluso irreal.

—He conocido a alguien —se oyó decir.

—¿Lo conozco yo?

—No lo creo, no le gustan los toros y no es de tu generación... Es mucho más joven.

El rostro del rejoneador reflejó el impacto. Tras una breve pausa, le habló en un tono que ella no le conocía.

—Eso ha sido un golpe bajo, Mariana. Sé perfectamente la edad que tengo y la que tienes tú.

Mariana empezó a sofocarse. Había dicho aquello sin pensar, en referencia a que no era fácil que él y Sergio se hubieran conocido antes ya que frecuentaban ambientes distintos debido a su edad.

—¡No, Rafael! He querido decir que...

—Has querido decir lo que has dicho: me consideras viejo para ti.

—¡No me refería a eso! He pasado ratos estupendos contigo y he descubierto un mundo que me ha hecho madurar... Y te tengo mucho cariño.

El tono de Rafael sonó distante y dolido.

—No es ese cariño el que yo buscaba de ti... Evidentemente, me he equivocado. Creí que eras una mujer, pero ahora comprendo que, a pesar de que hoy te pones de largo, todavía eres muy niña.

Cañamero, ofendido, le devolvía el dardo.

Un ahogo se apoderó del pecho de Mariana y el llanto acudió a sus ojos.

Él se desmoronó, y sacando el pañuelo del bolsillo superior de su americana le restañó una lágrima furtiva que intentaba escaparse de la cárcel de sus pestañas.

—¡No quiero verte llorar, chiquilla! Me voy a América... Sé muy feliz. Y si te sirve de algo, ten claro que si me llamas, en cualquier circunstancia, acudiré a tu lado.

Tras esas palabras se acercó a ella y, tras besarla en la mejilla, dio media vuelta y se fue.

Mariana entendió que esa noche se cerraba un capítulo importante de su vida, y no precisamente porque se hubiera puesto de largo.

Vio partir a Rafael y regresó a la mesa. Allí la esperaba

Sergio, quien la seguía con la mirada como si temiese perderla de vista en cualquier momento. Mariana respiró hondo. Lamentaba haber hablado así a Rafael, aunque no fue su intención ofenderlo. Pero en la vida había que tomar decisiones, pensó, y Rafael... y también Enrique pertenecían al pasado. El futuro, su futuro, se llamaba Sergio Lozano.

31

La carta de Mariana

En Barcelona, a 10 de marzo de 1979

Hola, Sergio:

Espero que estés bien y que las cosas te marchen viento en popa, tal como has ido explicándome en tus cartas.

Sabes que hace más de un año te dije por teléfono que no quería volver a verte, y sabes también que no me faltaba razón. Todo lo que hiciste fue muy grave, Sergio, y no puedes imaginar los meses de angustia que pasé hasta que los grafólogos dictaminaron que la firma que aparecía en el documento era una falsificación y el juez me dio la razón. ¿Te imaginas qué habría sucedido si no hubiera sido así? ¡Tus hijos y yo habríamos terminado en la calle o viviendo por caridad en casa de mis padres! Aún no he logrado entender cómo fuiste capaz de hacer algo así.

Me ha costado mucho perdonarte, Sergio, y no puedo decir que lo haya conseguido del todo. Aun así, creo que es mi obligación como esposa y mi deber como madre intentar rehacer nuestra vida. Y, puesto que no quiero hacerlo por encima de la de los niños, he de ver con mis propios ojos las cosas que has ido contándome a lo largo de este tiempo, aunque tienen pinta, en esta ocasión, de ser ciertas pues tu jefe ha escrito a tu hermano y confirma las bondades que tú me anuncias. De todos modos, comprenderás que antes de embarcarme en esa aventura he de cerciorarme de que todo es verdad. Luego está el cómo hemos de vivir, a qué colegios irán los niños, y conocer de primera mano las costumbres y los inconvenientes del que posiblemente sea el lugar donde nuestros hijos crecerán. Cuando aclare todo esto y tenga la certeza de que no me equivoco, volveré a España a cerrar la casa y, a la vez, una etapa de mi vida. Me despediré de mis padres, lo que para ellos será un trago amargo, y partiré hacia México. He convencido a Petra para que se venga conmigo, y sé que lo hará por los niños, principalmente por Diego, al que adora. El tema de los colegios me preocupaba mucho, y he recabado la ayuda de la madre superiora del Jesús-María, que me ha dado excelentes informes al respecto de los chicos. Los Legionarios de Cristo tienen en México D. F. un centro de gran prestigio, el Cumbres, al que acude lo mejor de la sociedad, y considero que es fundamental, sobre todo para unos recién llegados, encontrarse con gente de su nivel ya que las amistades que se hacen en la infancia son para siempre. Además, tras arrancarlos de España por tu mala cabeza, creo que merecen tener una oportunidad en el país donde van a vivir.

Me dices en tus cartas que Clara Liechtenstein es una excelente persona, y estoy segura de que así será, pero deseo conocerla y ver la casa donde vivirán nuestros hijos, que, si no te he malinterpretado, es como un pequeño chalet dentro del jardín de esa distinguida anciana, ubicado en un barrio muy bueno, algo así como Sarriá aquí, en Barcelona. No lo hago por mí, y lo sabes, pero ya que embarco a los niños en esta aventura, los arranco de sus amistades, de sus deportes, de su familia y de sus costumbres, deseo darles lo mejor que pueda en esa tierra que no dudo que es maravillosa, pero no es la suya, aunque pretendo que, con el tiempo, la adopten como tal, pues temo que nos resulte difícil volver a Barcelona.

Manolo me dijo que Jesús Samper se ha asociado con Arturo Planas para buscarte las vueltas y que es posible que durante mucho tiempo no puedas regresar a España. Te cuento esto último para que aprecies el esfuerzo que representa seguirte dejando todo atrás. Espero que lo valores y que no vuelvas a decepcionarme, pues eso ya no te lo perdonaría.

Finalmente, he conseguido atar todos los cabos sueltos, y ten por seguro que no ha sido fácil, para poder volar el 7 de abril de 1979 hacia ahí. Aprovechando la Semana Santa, me quedaré varios días; además, la dueña de la tienda donde trabajo, que es muy buena persona, me ha dado varios festivos más de los preceptivos.

Así pues, saldré de Madrid el sábado 7 de abril a las doce del mediodía. Creo que el vuelo dura entre once y doce horas, y, como desconozco qué hora será en México, no te preocupes si no puedes ir a buscarme. Cogeré un taxi, ya daré la dirección al conductor. Con cariño,

MARIANA

32

El noviazgo

1965

Mariana estaba contenta. Sergio Lozano era un chico encantador. Pero lo que más la atraía de él no era eso, sino lo guapísimo que era: alto, no muy delgado, con el pelo moreno y lacio, y, sobre todo, con unos ojos rasgados que llamaban la atención de todas las mujeres que se cruzaban en su camino y unos dientes blanquísimos en una boca de labios carnosos que siempre sonreía. Además, tenían una cualidad que a Mariana le encantaba: la hacía reír continuamente. Recordaba una tarde en la Granja La Catalana de la avenida Diagonal cuando llegó con un amigo que iba de punta en blanco y éste, para impresionarla, se apostó con Sergio que haría allí mismo la burrada más grande. Sergio aceptó el envite, y Mauro, que así se llamaba el muchacho, ni corto ni perezoso se subió a uno de los taburetes de la barra y se mantuvo a la pata coja mientras saludaba al personal como si fuera el trapecista de un circo ambulante.

—¡A ver si lo igualas! —retó a Sergio.

Sergio aceptó, y tomando el extremo de su corbata lo mojó en la taza de chocolate de Mariana y a continuación se lo pasó por el rostro a Mauro.

—No solamente te lo igualo, sino que te lo mejoro. ¡Ahora eres un trapecista negro!

La carcajada de los más próximos fue estentórea. El aspecto de Mauro pringado de chocolate y con una expresión que reflejaba el asombro por lo que Sergio acababa de hacerle era para llorar de risa.

Mariana se dio cuenta de que los límites de su horario de llegada a casa habían cambiado. Por las mañanas acudía al local de Falange Española en la calle del Maestro Nicolau, donde estaba asignada a la sección de confección de ropa de niño para el Hogar Infantil Camitas Blancas. Siempre había sido muy mañosa con la aguja y el hilo, y allí cumplía el seudoservicio militar asignado a las mujeres. A la salida, puntual como un reloj, la aguardaba Sergio con la Vespa para llevarla a casa. Los sábados por la tarde iban al cine, y Mariana recordaba una anécdota que la marcó. Habían acudido al Astoria, un cine de la calle París, a ver en la sesión de las cuatro la película *Bonnie y Clyde*. En aquella ocasión, Sergio la había recogido en el Lancia Aprilia de su hermano Esteban, cosa que sorprendió gratamente a Mariana pues estaba a punto de llover, y mientras Sergio compraba las entradas ella se paseó echando un vistazo a las vitrinas que mostraban carteles de diversos anunciantes. El último de la izquierda era de un fotógrafo que publicitaba con diversas fotografías su establecimiento, y cuál no fue el asombro de Mariana cuando vio a un Sergio jovencito anunciando la marca de pijamas Meyba. Sergio llegó hasta su lado con las entradas y la tomó del brazo para entrar en la sala, pero Mariana tiró de él e hizo que mirara la vitrina.

—No me habías dicho que anunciabas pijamas.

Sergio torció el gesto, pero reaccionó enseguida. Y a Mariana le llamó la atención que negara la evidencia aun antes de ver el cartel.

—¡No soy yo! Sé que hay muchos estudiantes que lo hacen, y no me parece mal, pero ése no soy yo. Anda, vamos que nos perderemos el NO-DO.

El filme resultó trepidante. Las aventuras de Warren Beatty

y Faye Dunaway atracando bancos y huyendo a continuación de la policía que, finalmente, les dio caza les entusiasmaron.

A la salida, el cielo seguía encapotado y amenazaba lluvia.

—Qué amable tu hermano, ¿no? —comentó Mariana cuando se introdujo en el Lancia.

—Ni siquiera sé por qué tiene coche —dijo Sergio en tanto lo ponía en marcha—. Si no hace más que trabajar y trabajar para su mujer y para sus hijas...

—Es lo que todo buen padre de familia hace.

—Él se pasa de la raya. Creo que hay tiempo para todo.

Hubo una pausa mientras Sergio enfilaba la calle Aribau en sentido ascendente.

—¿Adónde me llevas? —le preguntó Mariana.

—¿Te apetece ir al Las Vegas?

—No he ido nunca... Pero sé dónde está.

—Yo habré ido un par de veces. Hay muy buena música, y el cantante, Patrick Jaque, que es belga, canta igual que Aznavour.

Mariana se dijo que un par de meses o tres antes no se habría atrevido ni a pensarlo. Sin embargo, desde que salía con Sergio parecía que su padre había aflojado la mano.

Llegaron a la *boîte*, y un portero con gorra de plato salió a recibirlos provisto de un paraguas pues había comenzado a chispear. Abrió en primer lugar la puerta a Mariana y luego vio a Sergio.

—Buenas tardes, don Sergio. Aunque lo de «buenas tardes» es un decir porque sospecho que va a caer una tromba.

El hombre los acompañó bajo el gran paraguas hasta la puerta. Mariana estaba entusiasmada. Aquello era un punto de inflexión en su vida, jamás había entrado en un lugar como aquél. Bajaron tres escalones, a la derecha estaba el ropero y a la izquierda el corto pasillo que conducía a la sala, cubierta la entrada con una gruesa cortina de terciopelo. La luz era tamizada, y a Mariana le costó acostumbrarse. Unas cuarenta o cincuenta personas ocupaban el local frente a donde ellos estaban, y al fondo se veía una barra con taburetes altos, en dos de los cuales un par de personas charlaban animadamente. Mariana se fijó en la tarima, iluminada con una cálida luz rosada, donde actuaba el conjunto compuesto por cuatro músicos, piano, saxo, bajo y batería, además del vocalista. De pie, tras el micrófono, Patrick Jaque cantaba «Capri c'est fini», y al divisar a Sergio lo saludó efusivamente con la mano.

El *maître* se llegó hasta ellos.

—No lo hacía a usted por aquí por las tardes, don Sergio.

Sergio se atropelló un poco.

—Ya sabes que si vengo alguna noche, es para acompañar a turistas.

El hombre, veterano de mil batallas, se dio por enterado.

—Les daré una mesa un poco alejada de la orquesta donde podrán hablar tranquilamente.

—Mira, Dionisio, voy a presentarte... Mariana Casanova. Y éste es Dionisio, Mariana, uno de los mejores profesionales que conozco.

La joven se disponía a estrecharle la mano cuando el hombre, correctísimo, se limitó a inclinar la cabeza.

—Síganme, por favor.

La pareja fue tras el *maître*, que los condujo a una mesita apartada donde la música llegaba atenuada.

—¿Qué quieren que les sirva?

Mariana dudó. Cuando iba a un bar solía pedir un café con leche o una Coca-Cola, pero en aquel ambiente ambas bebidas se le antojaron poco elegantes. Sergio salió en su ayuda.

—Trae un San Francisco a la señorita, ella no bebe alcohol.

—A usted no le pregunto. Como siempre, un JB.

—¿Qué me has pedido? —preguntó Mariana en cuanto el *maître* se retiró.

—Te va a gustar... Es zumo de naranja con grosella.

Al cabo de un instante, un camarero dejó las consumiciones en la mesa. Mariana probó su cóctel y le gustó: era dulce y estaba frío. En ese momento la orquesta tocaba «Strangers in the night», y tras ellos se oyó un ruido, como si alguien moviera una mesa. Mariana interrogó con la mirada a Sergio.

—Sucede con frecuencia… cuando una pareja se pasa de rosca. —Ante la expresión inquisitoria de Mariana, añadió—: Los besitos están permitidos, pero si descubren que se meten mano les dan un discreto aviso… ¿Quieres bailar?

Mariana se encontró ceñida fuertemente por los brazos de Sergio mientras bailaban un lento, luego notó su mejilla pegada a la suya. Sergio olía a loción para después del afeitado y a colonia 4711, y pensó que si se le declaraba esa tarde ella diría que sí.

33

El consejo

1979

Mariana y Gloria se habían reunido en Sacha, un salón de té y pastelería situado cerca de la casa de sus padres. Mariana sentía una predilección especial por aquel lugar pues era uno de los preferidos de su madre, y de pequeña le permitía acompañarla a veces a la salida del colegio cuando doña Pilar se reunía con sus amigas.

Frente a sendos tés con pastas, las dos hablaban en aquel ambiente amable y silencioso del salón tapizado de damasco que aquella tarde estaba casi vacío.

—Se me hace tan raro tener que esperar al lunes para poder verte...

La que así hablaba era Gloria, que no se resignaba a ver a su amiga cuando tenía el día libre en la tienda de ropa de niño en la que había encontrado trabajo.

—¿Qué quieres, Gloria? El dinero no cae del cielo, y me niego a que mi padre me ayude más de lo justo. Si puedo arreglarme no le pido, y si lo necesito, ya que el pobre se empeña en echarme una mano, le acepto el sueldo de Petra y alguna que otra vez lo imprescindible para pagar el colegio de los niños, que es muy poco porque hablé con las monjas y me hacen un precio superespecial.

—Ya te dije que si te hacía falta…

—Lo sé, no insistas. Si un día lo necesito, te lo pediré. Pero por ahora me arreglo sola.

—Joaquín también opina que las amigas estamos para eso.

—Las amigas están para aguantar los rollos que te suelto, que han sido muchos durante este último año.

Gloria tomó la pequeña cucharilla de plata y removió el azúcar del fondo de su taza.

—¿Has decidido irte? —le preguntó al final.

—He hablado con el padre Rodrigo y me ha dicho que mi obligación es dar una oportunidad a nuestro matrimonio. Creo que tiene razón… No lo hago por mí, sino por mis hijos, que tienen derecho a tener un padre.

—Pero, Mariana, un padre como Dios manda… Imagina que tienes un problema allí, como has tenido aquí, a tantos kilómetros de distancia y sin conocer a nadie.

—Es por eso por lo que quiero ir primero yo sola a ver cómo está todo.

—Me contaste que ya habías arreglado lo del piso.

—Sí, doy gracias por tener una familia como la mía. Mi hermana Alicia, que se moría de ganas de independizarse, como dicen las chicas ahora, se ha ofrecido a vivir en mi piso y a hacerse cargo de la hipoteca mientras yo esté fuera. Mi madre estaba horrorizada, ya la conoces… «Una chica como tu hermana viviendo sola, ¿qué dirá la gente?». Pero entre Marta y yo la hemos convencido de que los tiempos cambian. ¡Y a mí Alicia me ha hecho el favor de mi vida, las cosas como son! Y luego mi cuñado, Manolo, que se ha portado de diez… Como en este país la mujer aún no es nadie, necesitaré un permiso notarial de Sergio para poder sacar a los niños de España. ¿Te lo imaginas?

Hubo una pausa en el diálogo de las dos amigas. La cortina que cubría la puerta se abrió y entró un matrimonio, que saludó a Gloria.

—¿Quiénes son?

—Los Ferrer, ella es riquísima y una santa; él, un mangante y... tiene una querida, lo sabe toda Barcelona menos ella.

—Quizá... Tal vez prefiera no enterarse. A veces pienso que habría preferido que Sergio tuviera una amiga, que igual la tiene y no me he enterado, en lugar de meterme en los follones en que me ha metido.

Gloria la observó dudosa. Extrajo del bolso lentamente su pitillera de plata y, tras ofrecer un Pall Mall a Mariana, que ésta con un gesto rechazó, encendió el suyo con su Dupont de oro y expelió el humo hacia el techo. Continuaron con sus divagaciones y de un tema fueron pasando a otro, y comentaron cómo las circunstancias y la casualidad determinan el destino de las personas. Acabaron hablando de cuando Mariana conoció a Sergio.

—El otro día me dio por pensar... —dijo Gloria—. ¿No has sabido nada más del torero?

Mariana miró a su amiga, extrañada.

—Lo que dice la prensa.

—¿Nunca intentó ponerse en contacto contigo?

—No he sabido de él desde la noche de mi puesta de largo. A estas alturas, ya me habrá olvidado.

—No estoy segura, Mariana. Aquel hombre estaba enamorado de ti.

—De todas formas, es agua pasada. Si nos pusiéramos a pensar lo que pudo ser y no fue de cada instante de nuestra vida nos volveríamos locas. Y si te digo la verdad, yo era una cría, ignoraba lo que esperaba del futuro.

—¿Sabes una cosa? Siempre he admirado a mi hermano Enrique precisamente por eso. Desde muy joven tuvo claro lo que deseaba hacer, qué vida quería llevar. Y aunque eso le costó un escándalo familiar, siguió adelante con sus planes y con sus sueños.

Mariana sonrió al recordar a Enrique, y aquel beso torpe pero dulce en la casa de Sitges.

—Le va bien, ¿verdad?

—Oh, es un violinista magnífico. Toca con los mejores intérpretes y no para de dar conciertos por toda Europa. Aunque todo tiene su precio —añadió Gloria, pensativa—, y esa devoción por la música lo ha llevado a una existencia bastante solitaria.

—¿No me digas que no ha habido una pianista o una cantante que le haya hecho tilín en todos estos años? —preguntó Mariana, sorprendida.

—Pues alguna hubo, sí, pero en verdad nada serio. Es como si la música lo llenara por completo. Se lo advierto a menudo, que algún día se arrepentirá de no haber dedicado más tiempo al amor. Por cierto, hablando de amor...

Gloria pareció reflexionar sobre lo que estaba a punto de decir. Mariana la conocía bien.

—Venga, suelta eso que te ronda por la cabeza.

Gloria, con un lento giro de los dedos y expeliendo una bocanada de humo por la nariz, apagó la colilla de su cigarrillo en el cenicero.

—Me cuesta decirte lo que voy a decirte, pero creo que es mi obligación de amiga.

Mariana la miró con expresión interrogante.

—Vas a irte a México. Hace un año y pico que no ves a tu marido... ¿No te has planteado tomar precauciones? Tienes cuatro hijos y puedes volver con cinco. Yo que tú me lo pensaría.

Hubo una pausa.

—Ya lo he pensado —contestó Mariana—. No he olvidado que la Iglesia dice que los anticonceptivos son pecado, pero... he llegado a la conclusión de que muchos supuestos pecados sólo sirven para complicarnos la vida a nosotras, las mujeres, y a facilitar la de nuestros maridos.

La mirada de Gloria había cambiado. La frase que pronunció a continuación rezumaba comprensión.

—Me alegro de oírte decir eso. Y, francamente, opino lo mismo. El aborto sigue pareciéndome un pecado terrible, pero ¿qué tiene de malo controlar el número de hijos que queremos tener? «¡Los que te mande Dios!», nos decían. Como si Dios no tuviera mejores cosas que hacer en el mundo… En fin, cambiemos de tema: sales el día siete, ¿verdad? Iré a despedirte al aeropuerto, y esperaré tus noticias como agua de mayo.

34

La boda

1966

Mariana, esta mañana he ido a los Carmelitas. El padre Llimona dará unas conferencias prematrimoniales para parejas que van a casarse, y os he apuntado a ti y a Sergio. El matrimonio es algo muy serio, y es importante que los futuros cónyuges vayan conociendo las obligaciones que contraen. Los días señalados son martes y jueves a las siete de la tarde.

—Mamá, ¡deberías haberme consultado! No lo digo por mí, sino por Sergio... Tiene trabajo y a lo mejor no puede.

—¡Pues ha de poder! Casarse no es ir a tomar una copa a una *boîte*, es algo trascendental y para toda la vida, y conocer las obligaciones que cada uno contraerá con la boda, así como el comportamiento a seguir en cada situación, es fundamental para que el matrimonio funcione. De manera que informa a tu novio de los días y el horario, y si ha de cambiar una cita, que la cambie.

Mariana claudicó. Conocía perfectamente de qué iba el paño, y sabía que cuando a doña Pilar Artola se le metía algo en la cabeza era muy difícil llevarle la contraria. De hecho, su frase favorita era: «Lo dijo Blas, punto redondo», y con ese latiguillo frustraba cualquier intento de discusión.

—Está bien, mamá, ya hablaré con Sergio.

Había transcurrido un año desde que Sergio se le declaró en el Samoa, una de las cafeterías emblemáticas del paseo de Gracia. Recordaba el día con absoluta claridad... Habían quedado aquel jueves a las cinco de la tarde. A Mariana le gustaba mucho Sergio. Era guapo, alto, moreno, con los ojos un poco rasgados y un no sé qué que le hacía parecer extranjero de algún lugar remoto. La figura de Cañamero fue diluyéndose en su recuerdo y Sergio había ido ocupando poco a poco sus pensamientos. Sus padres estaban encantados y, para satisfacción de Mariana, habían aprobado su elección, tanto porque el chico les parecía adecuado, como porque desplazaba de la vida de su hija a aquel hombre famoso que tantos problemas les había causado.

El Samoa era uno de los lugares de reunión más importantes de Barcelona. Estaba situado en aquella arteria principal de la ciudad, tal vez la más concurrida, y el servicio era esmerado. Además, cosa extraordinaria, la sonoridad estaba muy cuidada en su interior: no había eco y, por tanto, la gente no se veía obligada a alzar la voz. Mariana se situó en el lugar de siempre, junto a la cristalera y, después de tomar del mostrador un ejemplar de *¡Hola!* y pedir un café con hielo, se puso a hojear la revista. Entre las virtudes de Sergio no estaba precisamente la puntualidad, que excusaba a menudo alegando problemas de trabajo.

Recordó que de tanto en tanto dirigía la mirada hacia la puerta y que cuando las agujas del reloj que había en el panel del fondo del local marcaban ya las cinco y cuarto, Sergio apareció empujando la puerta giratoria.

Tuvo tiempo de observarlo con tranquilidad. ¡Dios, qué guapo era! La evidencia era tal que incluso vio que una mujer situada un par de mesas más allá daba un codazo a su amiga, llamándole la atención sobre el ejemplar de hombre que entraba en ese momento.

Sergio la divisó al instante, y con aquella sonrisa con la que se ganaba a todo el mundo se acercó a su mesa pidiendo excusas, como de costumbre.

—Perdona, Pato... —A veces la llamaba así—. He tenido un papeleo terrible. Algunos días se diría que la gente se pone de acuerdo para crear problemas.

Mariana reparó en que no se sentaba.

—No irás a quedarte de pie, ¿verdad?

Recordaba que Sergio miró a uno y otro lado.

—Mejor nos vamos al rincón del fondo.

Mariana lo observó extrañada.

—Pero ¡si este sitio te encantaba...! Decías que te gustaba mirar a la gente que pasaba por la calle y que eras capaz de adivinar sus problemas nada más ver su cara.

—Tienes razón. Lo que sucede es que hoy quiero que estemos el uno para el otro. —Luego, tras echar un vistazo a la sala, indicó—: Allí estaremos bien. —Era una mesa del fondo con poca luz.

—Como prefieras.

Mariana se puso en pie y cogió su bolso, y cuando iba a hacer lo mismo con su consumición, Sergio se precipitó.

—¡Por favor, permíteme!

Mariana se fijó en que las dos mujeres de la mesa de al lado ahora miraban con descaro a Sergio.

—Este sitio es ideal.

Mariana no salía de su asombro.

—¿Acaso este día es diferente de los demás? ¿Qué pasa, Sergio?

—Pasa que cada día te quiero más. Y... haz el favor de cerrar los ojos.

Mariana obedeció. Notó que Sergio tomaba su mano y le ponía algo en la muñeca.

—Ya puedes abrirlos.

Instintivamente, se miró la mano izquierda. En ella brillaba un pequeño reloj Longines de oro de un gusto exquisito.

—¡Te has vuelto loco!

—No me he vuelto loco, ¡lo estoy desde que te conocí! ¿Por qué no cierras los ojos otra vez?

—¿Otra sorpresa?

Sergio le pasó un brazo por los hombros, y notó que sus labios se apretaban sobre los suyos. Tras un largo instante, se apartó.

—¿Comprendes, Pato, por qué quería esta mesa?

Mariana no pudo evitar recordar el primer beso de Enrique a sus dieciséis años, y entendió que nada sería igual. Quiso atribuirlo a que aquél había sido el primero, y todo lo primero era siempre único en la vida.

Regresó al presente; volvía a estar en el Samoa, donde había quedado con Sergio a última hora de la tarde, cuando terminara el trabajo, con la expresa misión de explicarle la intención de su madre.

—Por cierto, tu futura suegra nos ha apuntado a unas conferencias prematrimoniales que da los martes y los jueves el padre Llimona en los Carmelitas, y si no quieres experimentar cómo se las gasta mi madre cuando algo se le mete la cabeza, mejor será que te busques un hueco. Y no te molestes en dar excusas.

Sergio la miró sonriente.

—Si tu madre dice que para darme tu mano he de ir nadando a Mallorca, me voy al puerto y me lanzo al agua.

A las siete de la tarde del siguiente martes Mariana y Sergio entraban en la iglesia de los Carmelitas de la avenida de la Diagonal. Los cristales policromados de los elevados ventanales matizaban la luz y, sin embargo, era evidente que allí no había ninguna pareja, sino únicamente siete u ocho mujeres en bancos separados, algunas de ellas arrodilladas, pero casi todas con un rosario en la mano.

La pareja avanzó por la nave central, y cuando Sergio iba

ya a inclinarse para preguntar a una anciana si sabía dónde tenían lugar las conferencias prematrimoniales, vieron que de una puerta lateral, en la cabecera, salía un carmelita que, después de hacer una genuflexión frente al altar, se dirigía hacia ellos.

—Disculpe, padre, ¿puede indicarnos dónde se dan las conferencias pre...?

El cura no lo dejó terminar.

—En la capilla lateral de la derecha, detrás de aquella puerta —dijo, y señaló con la mano.

Los jóvenes le dieron las gracias y siguieron la dirección indicada. Llegados al lugar, tras empujar el batiente dieron con el sitio. Ocho parejas ocupaban ya los bancos, instaladas frente a una mesita, con su correspondiente sillón, que había a la derecha del altar, un par de escalones por encima de donde estaba la gente. Los goznes de la puerta chirriaron de nuevo, y otras dos parejas de jóvenes se hicieron presentes.

En total eran veintidós personas las que asistirían a las conferencias.

Al cabo de cinco minutos un carmelita que ya habría sobrepasado la sesentena apareció por una disimulada puertecilla de la derecha y, tras inclinarse frente al altar, ocupó el sillón. Vestía el ropaje pardo de la orden, con el escapulario blanco, el cinturón de cuero y la esclavina con capucha a la espalda. Era de mediana estatura, tenía una mirada amable, las facciones correctas, la coronilla tonsurada y alrededor una corona de blancos cabellos. Lo que llamaba más la atención de él eran sus manos, cuidadas y de largos dedos, que salían de las amplias mangas de su hábito.

—Buenas tardes, queridos hijos, y gracias por vuestra asistencia. Lo primero que vamos a hacer es rezar a nuestra santa Madre para que nos ilumine y ayude.

El carmelita se puso en pie, como todas las parejas, y tras

persignarse rezó un padrenuestro, tres avemarías y un gloria, y luego indicó con un gesto a los presentes que se sentaran.

—Queridos hijos, hoy os daré la primera de las seis conferencias prematrimoniales, las cuales impartiré con la finalidad de adoctrinaros para que cubráis exitosamente ese hermoso camino que habéis elegido, el del sacramento del matrimonio, sin duda el paso más importante que daréis en vuestra vida, y que junto con el sacramento del orden sacerdotal, que es el que los religiosos elegimos, constituyen el fundamento de nuestra religión. Mirad si es importante que es el único sacramento cuyos ministros son los contrayentes, el religioso que lo preside es sólo el testigo del acto.

»Muchos os preguntaréis con qué autoridad puede hablar un religioso de algo de lo que carece de experiencia, quizá penséis que un profesor casado, un laico, conocería sin duda más a fondo el tema que nos ocupa. Pero os diré algo... —El carmelita señaló con la mano uno de los confesionarios ubicado en los laterales—. Ese maravilloso salvamento que es la confesión es la cátedra más importante donde pueden conocerse todas las flaquezas, los problemas y las situaciones que se presentan en la vida de todo cristiano. Ésa es la mejor escuela y el mejor libro donde aprender, ya que ahí llegan los sinsabores y las tragedias no de una sola pareja, sino de todas las parejas que vienen a confesar y a consultar sus cuitas. Es por ello que los religiosos consagrados a Dios podemos decir que somos los expertos más avezados en todas las debilidades humanas y, por ende, expertos en todos los problemas que puedan surgir entre el hombre y la mujer.

»Vamos, pues, a comenzar por el principio. Hablaremos de la institución y de las obligaciones que contraen los novios en el momento de darse el sí.

El carmelita hizo una pausa.

—La conferencia de hoy irá dedicada a la esposa, la segunda será para el esposo. Nos cuenta la Biblia: «Dios vio que el hombre estaba solo y aprovechando su sueño sacó una costilla del costado de Adán y con ella hizo a Eva». El Señor no da puntada sin hilo... ¿Qué quiere decirnos ese pasaje? Que al principio Dios hizo al hombre y, viéndolo necesitado, hizo después a la mujer, lo que nos indica una dependencia y un orden de prioridades dentro de la igualdad. En el hogar, el primero es el paterfamilias, que es quien aporta el sustento para su mujer y para toda la prole que Dios le envíe, y luego está la mujer en igualdad de rango pero un poquito más abajo, porque su cometido en la vida, aun siendo importantísimo, está referido al hogar, a la educación de los hijos que Dios le dé y a hacer que aquel reducto sea un nido de paz y de descanso del hombre. En esta ocasión, como he dicho, voy a empezar por vosotras, hijas mías. ¿Cuál es, pues, vuestro cometido? Vosotras sois el palo del pajar que sustenta toda la estructura de la familia. Vuestra responsabilidad es inmensa. Comienza con la administración del dinero que os dará vuestro marido, quien con tanto esfuerzo y trabajo trae de la calle para el sustento de la familia. ¿Qué se requiere entonces de vosotras? Yo os lo diré: un orden absoluto de las cuentas para poder explicar fácilmente cuáles son los gastos de la familia, eso lo primero. También debéis conseguir la paz en casa para el descanso del hombre cuando éste llega fatigado de las batallas que tiene que librar todos los días. No carguéis sobre sus espaldas el peso de vuestras flaquezas al no haber reprendido con presteza, por ejemplo, cualquier trastada de vuestros hijos con una frase que he oído mil veces: «Fíjate lo que ha hecho hoy Pepito, haz el favor de reprenderlo». Y el marido, que regresa agotado, tiene entonces que comenzar a disciplinar a los niños. Pero la tarea es vuestra, no la descuidéis. Voy a daros uno de los secretos de la felicidad: cuando vuestro esposo llegue a casa, ofrecedle paz y silencio, un sillón cómodo, la copa de su bebida preferida sobre la mesa, el periódico, si no lo ha leído, los niños acostados, si es de noche, y vosotras aseadas, cariñosas y dispuestas. El hombre no quiere que lo llamen tonto, pero no le importa que lo llamen «tontín». —Aquí sonaron unas contenidas risas

»El hogar debe ser un reducto de paz y de orden, en otras palabras, "el reposo del guerrero". Si tenéis la suerte de que vuestro marido os ha puesto una ayuda, o dos o más, eso no quiere decir que podáis delegar. Recordad siempre la parábola de la esposa que aguarda con el candil encendido, es decir, vigilante. Vuestra misión, en ese caso, será vigilar que cada uno cumpla con su obligación. Todo ese esfuerzo hay que pagarlo y todo sale del mismo sitio. Muchos de los problemas que oigo en confesión son que el marido ha buscado consuelo en otro lugar... Y os diré algo: eso es grave, y sin duda está muy mal y ofende a Dios, pero en muchas ocasiones el marido ha buscado fuera lo que no tiene en casa.

»Vamos ahora a tratar un tema delicado que me llega un día sí y otro también al confesionario: el tálamo nupcial. Dios hizo la maravilla del sexo para la procreación de los hijos y la satisfacción de la mutua concupiscencia. Es éste un tema controvertido y al que la mayoría de las parejas llegan sin tener un concepto claro. Sobre todo vosotras, hijas mías, fijaos en el orden de prioridades: primero, la procreación de los hijos. El Señor permite los escarceos de la pareja encaminados siempre a procrear, tenedlo presente, y todo lo que vuestro marido os pida está justificado. Cada hombre sabe lo que necesita de su pareja para llegar a ese momento, y obligación vuestra es dárselo. Pero hacer el acto con medidas de protección para no procrear es pecado y únicamente los días infértiles de la mujer están hechos para el mutuo placer. Fuera de esos días, la finalidad del matrimonio es tener hijos. Algunas veces he oído a feligresas en confesión que no gozan en el acto. Si es así, ofrecédselo al Señor con paciencia. Vuestro gozo debe radicar en el que vuestro esposo sienta. Si ha sido feliz, y eso es evidente, habréis cumplido con vuestro deber de esposa amante, y en el cielo tomarán nota de vuestro esfuerzo. Y ahora vamos a rezar a María, que fue la esposa perfecta sin necesidad de conocer varón.

Mariana estaba muy nerviosa. Faltaban dos meses y medio escasos para que se convirtiera en la esposa de Sergio Lozano, y todas las noches daba incontables vueltas en la cama pensando en el cambio que daría su vida. Habían sido novios durante un año y medio, y el tiempo se le había pasado sin sentir. Las preguntas por parte de su hermana Marta cuando Mariana, enviada por sus padres por ver si aclaraba sus ideas, fue a visitarla a Lisboa fueron muchas. Recordaba las interminables conversaciones con Marta en el jardín del pequeño chalet que Manolo y ella habían alquilado en Estoril para veranear con su hijita Susana. Aquel verano, Marta estaba embarazada de la que sería su segunda hija, Mafalda.

—Pero a estas alturas del partido no me digas que no sabes si estás enamorada o no.

La que así hablaba era Marta. Las dos hermanas se encontraban debajo de la parra del jardín charlando como dos amigas, que es lo que eran pese a los siete años que se llevaban. Alicia, que había viajado con Mariana, jugaba cerca con su sobrina.

—Creo que lo quiero.

—¿Cómo que crees que lo quieres? ¡Vas a casarte con él!

Mariana no respondió, y Marta quedó pensativa unos instantes.

—Eres muy rara, niña.

—¿Qué pensabas tú antes de casarte?

—Todas las mañanas en Manolo, en el beso que me dio la noche antes de dejarme en casa o cuando fuimos a bailar al Las Vegas... Por cierto, ¿supongo que Sergio no fue el primer hombre que te besó?

—No.

—Entonces ¿quién fue?

—No te lo vas a creer. Fue Enrique Orellana, cuando tenía dieciséis años.

Marta se inclinó hacia Mariana en una postura de máxima atención.

—A ver, hermanita, cuéntame esa historia.

Mariana dudó.

—¿Me juras que nunca saldrá de tu boca?

—Déjate de tonterías, que ya somos mayorcitas... Pero si te quedas más tranquila, te juro lo que quieras.

—Está bien, ¿recuerdas aquel verano que los papás alquilaron una casa en Sitges?

—Como si fuera hoy mismo. Recuerdo que los Orellana tenían un chalet casi al final del paseo, y que tú insististe mucho para que papá alquilara el del doctor Capo, ese amigo suyo que, habiendo enviudado el invierno anterior, no quería ir porque le recordaba a su mujer.

—Exacto. Pues... ése fue el mejor verano de mi vida. —Mariana hizo una pausa—. Mamá solía bañarse en la pequeña playa de delante de la casa con Alicia, que tenía nueve años, y yo iba a la de los Orellana, junto al club, o bien a su piscina los fines de semana porque había más gente. Sobre las dos, Enrique me llevaba de regreso a casa en el cuadro de su bicicleta, y un día me dijo que quería oírme interpretar algo al piano, él tocaba ya el violín y añadió que podríamos tocar juntos en alguna ocasión. —Tras otra pausa, prosiguió—. Mamá solía llegar de la playa con Alicia poco después que yo, y mientras tanto yo tocaba, a veces más rato y la oía por el piso de arriba. Ese día mamá había regresado ya. Yo tocaba abajo un *minuetto* de Boccherini y Enrique se puso a mi espalda, de pie, siguiendo la partitura. Noté que me besaba en la cabeza, y después su mano se deslizó por mi escote y me acarició los pechos. Fue la sensación más fuerte que he tenido en mi vida. Sucedió más veces aquel verano... Mi problema eran los domingos, pues ya sabes que a mamá le gustaba que fuéramos a comulgar con ella y yo tenía que buscar un momento los sábados para ir a confesarme.

Marta la miraba con curiosidad.

—¿Por qué nunca me lo habías contado?

Mariana se encogió de hombros.

—No pasó nada más. Éramos dos críos... Y Enrique tenía claro cuál sería su camino. Luego conocí a Rafael, que he de confesarte que me deslumbró. Más tarde conocí a Sergio en casa de Gloria Orellana y... ya sabes el resto de la historia.

—¿Y qué sentiste cuando Sergio te besó por primera vez?

—No sé..., que era muy agradable. Pero fue muy diferente.

—¿Te ha tocado?

Mariana se alegró de que la bombilla del farol de la piscina estuviera fundida porque así su hermana no veía lo roja que se había puesto.

—¡No seas burra, que soy tu hermana casada! ¿Te ha metido mano o no?

—Una vez, en el coche... En Pearson. Al día siguiente fui a confesarme, y el padre Rodrigo me dijo que debía guardarme hasta el día de la boda.

—Pero, Mariana, ¿todavía andas con esas bobadas del colegio?

—Qué quieres que te diga, si desde los siete años oigo lo mismo... También me recordó que soy hija de María.

—Lo que eres es muy rara. Tienes que diferenciar las cosas... Deja el colegio en el colegio si quieres salir a la vida.

Mariana observó detenidamente a su hermana y sintió envidia. Siempre estuvo enamorada de Manolo y jamás la asaltaron las dudas.

La voz de Marta sonó interrogante de nuevo.

—Y del rejoneador, ¿te acuerdas?

—A veces... Cuando leo algún periódico o cuando hay toros en la tele.

—Eras muy joven y he de reconocer que lo que te pasó se sale de lo común. Manolo dice que era un gran tipo y que fue una pena que te llevara tantos años. Y luego estaba su circunstancia personal, que no era precisamente tranquilizadora para los papás. —Tras una pausa Marta preguntó—: ¿Te besó alguna vez? Quizá cuando estuviste en Madrid o... ¡qué sé yo!

—En la mejilla.

Marta insistió.

—¿En la boca no?

—En una ocasión, pero le di una bofetada y no volvió a intentarlo.

—¿Y qué sentiste?

—Pensé en ello.

—¿Qué estáis cuchicheando? —Era Alicia la que así hablaba.

—Cosas de mayores, niña —respondió Marta.

La boda se celebró en la capilla románica de Montjuic. Toda la familia de Madrid y de Barcelona de la novia asistió al enlace, además de casi todos los amigos de sus padres.

Cuando Mariana salió del brazo de su padre de su edificio en Muntaner, la práctica totalidad del vecindario estaba presente. De los pisos habían bajado todas las mujeres, madres e hijas, y en una circunstancia tan señalada se toleraba que las chicas del servicio estuvieran también en la portería.

A la vez que Mariana traspasaba el pórtico de la capilla románica sonaba en el órgano la *Marcha nupcial* de Mendelssohn, y cuando vio en el altar al sacerdote del colegio del Sagrado Corazón, el padre Rodrigo Azcoitia, y a Sergio aguardándola, tuvo una mezcla de raras sensaciones. De un lado, habría querido salir corriendo; del otro, pensó en la conversación que había mantenido hacía una semana con el padre Rodrigo, que era además su padre espiritual, cuando le recordó las virtudes de la esposa cristiana, tales como la obediencia, el cuidado de los hijos y estar siempre dispuesta para todo lo que su marido le pidiera. En aquel momento Mariana no terminó de entender, pero no se atrevió a preguntar a qué se refería.

Más tarde durante el convite, las mesas de los jóvenes a quienes sus padres la habían dejado invitar estaban compuestas, la primera, por sus primos Pablo y Carmen; Gloria Orellana y su novio, Joaquín Fontana; las gemelas Castrillo, y Manolo y Guillermo Cortina, amigos de Sergio, todos de Barcelona; y la segunda, por sus amigas de Roma, Paloma Mirando, Pilo Aguima, Magdalena Toro y Claretta Dubinio, y los acompañantes correspondientes, todos hijos de amigos de sus padres. Recordaba Mariana que el «sí quiero» le salió flojísimo, luego se procedió al intercambio de los anillos, que portó Manolo, el marido de su hermana Marta; después tuvo lugar la misa, la homilía versó sobre «Las bodas de Caná» y «La mujer fuerte de la Biblia», y al finalizar se procedió a la firma por parte de los testigos. Poco después, a la salida de la iglesia con los acordes del *Aleluya* de Haendel y del brazo de Sergio, recibieron una lluvia de arroz, y tras ellos abandonaron la capilla su padre con la madre viuda de su ya esposo, doña Pilar con el único hermano de Sergio y luego todos los demás. En tanto los invitados se dirigían al restaurante Tres Molinos, el lugar escogido para el banquete, Sergio y ella se encaminaron al Sagrado Corazón de Sarriá para ofrecer su ramo de novia a la Virgen y depositarlo a sus pies, y la madre Rosell, que era la superiora, dijo a Sergio la frase que solía pronunciar cada vez que una antigua alumna se casaba: «Se lleva usted la perla del colegio».

Mariana pasó el día como entre brumas: el banquete; la tarta nupcial; el recorrido de ella y Sergio entre las mesas preguntando a todos si se lo pasaban bien y entregando los muñequitos de la pareja de novios a Gloria Orellana y a Joaquín Fontana, que se casaban el verano siguiente; la música y el baile, un vals de Strauss que Mariana inició con su padre y finalizó con Sergio, y por último aquel momento de apuro cuando, disimuladamente y procurando que nadie se diera cuenta, salieron los dos como si se escaparan tras haber cometido una fechoría.

Matías, el chófer de la abuela Candelaria, que la había traído desde Madrid porque la anciana se negaba a coger el avión y no le gustaba el tren, conducía el coche de los recién casados con el rostro contrariado como si lo obligaran a hacer una tarea desagradable. Mariana, acomodada en el asiento trasero con Sergio, no pudo impedir que, en una rara digresión, su pensamiento volara al día que Enrique la besó y la acarició mientras tocaba el piano. También recordó el día que asistió con su abuela a la corrida de toros en Las Ventas, y pensó cuán diferente se habría planteado su vida si el hombre que estaba a su lado en ese momento en el coche no fuera Sergio sino Rafael.

Al llegar a su nueva casa en la calle del Obispo Sivilla, Sergio, achispado y eufórico, abrió la puerta y le dijo: «Vamos a hacerlo como en las películas», y tomándola en brazos y tras cerrar la puerta con el pie, la condujo al dormitorio y la echó delicadamente sobre la gran cama.

Al cabo de dos horas, mientras oía correr el agua de un grifo en el cuarto de baño, Mariana, desnuda en la cama y tapada con la colcha, se preguntó: «¿Y esto era eso tan importante de lo que hablan todas mis amigas?».

35

México en pruebas

1979

Sergio Lozano aguardaba nervioso y expectante en la terminal internacional del aeropuerto Benito Juárez de México D. F. la llegada del avión que había salido de Madrid a las doce del mediodía y que tenía anunciado el aterrizaje a las tres de la tarde, hora mexicana, teniendo en cuenta el adelanto de siete horas respecto de España. Paseaba de un lado a otro lanzando frecuentes miradas a los paneles luminosos que anunciaban las llegadas y las demoras de los vuelos de las distintas compañías. El de Iberia, en el que Mariana viajaba, tenía un retraso previsto de veinte minutos.

Se dirigió a la cafetería, se acodó en la barra sentado en un taburete y, tras pedir un JB, se dispuso a leer una vez más aquella carta de Mariana que, de tan manoseada, se rompía por los pliegues. Ésas eran las últimas noticias que tenía de su mujer. La releyó al menos tres veces mientras bebía a sorbos su whisky, y cuando se la guardaba de nuevo en un bolsillo vio, al alzar la vista hacia el panel luminoso, que el avión de Mariana había tomado tierra ya, de modo que pagó su consumición y se dirigió a su encuentro. Poco a poco se abrió paso hasta la primera fila de cuantos aguardaban el desembarque de los pasajeros, desde donde veía, a través de un cristal, la cinta transportadora de las «valijas», como leyó en el cartel. Esperó. Transcurrieron veinte minutos hasta que los primeros pasajeros accedieron a la sala de equipajes. La vio enseguida. Mariana estaba impresionante, más atractiva que como la recordaba. Tuvo tiempo de observarla con detenimiento mientras las maletas salían por la cinta. Indiscutiblemente, era la más alta y la más guapa... Y era su mujer. En ese momento hizo examen de conciencia y, al comprender que había sido un imbécil, se propuso no desaprovechar la nueva oportunidad que le deparaba la vida.

Mariana recogió su maleta y un bolso de mano, y se dirigió hacia la salida. El corazón de Sergio batía como un molinillo y, en cuanto ella cruzó la puerta corredera, alzó el brazo para llamar su atención. Mariana avanzó hacia él sonriente, y Sergio se precipitó hacia ella en cuanto atravesó el cordón. Sin permitirle que dejara en el suelo los bultos, fue a besarla. Sin embargo, ella hurtó los labios y le ofreció la mejilla. Un sabor amargo subió a la boca de Mariana. Aquel hombre era su marido. «En la salud y en la enfermedad, en la riqueza y en la pobreza...». Por eso estaba allí, pero en su interior sintió que algo se había roto para siempre. Tras muchas dudas, había tomado la decisión de ir a México, pero sólo para constatar cuánto de verdad había en lo que Sergio le explicaba y, si todo era cierto, hacer lo imposible para que sus hijos, que eran lo más importante para ella, pasaran esa etapa de la mejor manera. Para ello era importantísimo, consideraba Mariana, ver dónde iban a vivir y, asimismo, acudir a los colegios en los que estudiarían. Si todo cuadraba, continuaría su vida en aquel país, pero si algo no acababa de convencerla, regresaría a España y desde allí comunicaría a Sergio que no pensaba volver.

Uno de los factores que avalaron su decisión fue conocer a Clara Liechtenstein, la mujer que había alquilado a Sergio la casita del jardín en Montes Urales. Era una septuagenaria encantadora de níveos cabellos y un cutis precioso, si bien lo que más llamaba la atención en ella era el azul turquesa de sus ojos. Desde el primer momento le cayó maravillosamente bien, y Mariana supo que ella a su vez había causado una favorabilísima impresión a su anfitriona, quien, a lo largo de los días fue contándole su historia. Así fue como Mariana se enteró de que la familia de doña Clara era de Luxemburgo, aunque por su apellido podría relacionársela con otro pequeño país europeo. Por lo que la anciana le contó, no se casó con la persona apropiada y sus padres, tras dotarla de una cantidad de dinero que en México suponía una fortuna, la desheredó. Vivía con su hija y con el marido de ésta, cuya condición distaba mucho de la de ella, y con su nieto, que tendría más o menos la edad de Rebeca.

Aquella semana Sergio se desvivió por su esposa. Mariana quiso conocer el lugar donde trabajaba, y se enteró de que el dueño de Cartonajes Estrella tenía de él un gran concepto y le auguraba un buen futuro si continuaba trabajando como lo estaba haciendo. Aquello le agradó, y también constatar que doña Clara le profesaba un sincero afecto y lamentaba que hubiera tenido que salir de España por cuestiones políticas, que era lo que habían acordado que dirían a todo el mundo.

Sergio la llevó al teatro Manolo Fábregas a ver a Nati Mistral en el papel de Aldonza en el musical *El hombre de La Mancha*, y a la salida fueron al María Isabel a escuchar al cantante Cuco Sánchez. Otra noche de las varias que salieron la llevó a la plaza Garibaldi a ver a los mariachis, la atracción obligada para todos los turistas. Durante el día, Mariana aprovechaba para visitar los colegios donde quería que sus hijos estudiaran. Era consciente de que en esa cuestión no podía equivocarse; fuera mucho o poco el tiempo que debieran permanecer en México, la educación de los niños era primordial, y no quería fracasar de nuevo teniendo que llevárselos a medio curso y obligándolos, además, a dejar a sus amigos, sus deportes y sus compañeros, causándoles un nuevo trauma. Traía de Barcelona cartas de recomendación de la superiora del Jesús-María para el colegio que esas monjas tenían en México y otra de su padre espiritual del Sagrado Corazón para el rector de los Legionarios de Cristo, colegios a los que acudían en ese momento los hijos de las mejores familias de México D. F. Su decisión no pudo ser más afortunada. La directora del Jesús-María era una monja española de Valladolid, y Mariana supo, en cuanto la vio, que iban a ser amigas. Con todo, la gran sorpresa se la llevó en el colegio de su hijo Álvaro, el Cumbres, ubicado en un edificio espectacular. Pero lo que llamó poderosamente la atención de Mariana no fue eso, sino que los jóvenes religiosos que habitaban allí tenían una apariencia y un empaque como jamás había visto en sacerdotes de su edad cuando había visitado a jesuitas, escolapios o hermanos de La Salle, entre otros.

Como Mariana suponía, la primera noche, nada más llegar, Sergio quiso hacer el amor, así que ella se decidió a poner las reglas. Aunque no podía negar que lo echaba de menos y que seguía atrayéndola, no estaba dispuesta a entregarse a él sin más y regresar a Barcelona con un quinto niño.

—Tendrá que ser mañana. Estoy cansadísima, Sergio, entiéndelo.

—Hay mucho trabajo aquí dentro, pero si considera que debe salir, hágalo.

El que así hablaba era don Emilio Guzmán, el propietario de Cartonajes Estrella, negocio que consistía en el envasado de productos lácteos en tetrabrik cuyo cartón impermeabilizado compraba a un fabricante radicado en Querétaro.

—Verá, don Emilio, creo que se vende mucho mejor, a según qué clientes, en el ambiente relajado de un bar o de una cafetería, frente a dos tequilas, y no en la seriedad de un despacho.

—Como le convenga, Sergio. No puedo negar que sus sistemas de venta son muy buenos, a los hechos me remito, pues desde que trabaja con nosotros los beneficios del negocio han subido al menos un cinco por ciento…, y hago mal en decirlo, porque igual me pide más plata.

—No se preocupe, yo también estoy muy contento aquí. Y me siento agradecido de cómo me ha acogido México, además.

—En este país nos gusta acoger a gente con ganas de trabajar. Vaya, y por la tarde me cuenta cómo le ha ido la partida.

Salió Sergio, y al pasar delante del mostrador de la recepcionista le indicó:

—Mariel, a lo mejor me retraso un poco esta tarde.

—Tomo nota, don Sergio.

Hacía cinco días que Mariana había regresado a Barcelona. Su estancia en México fue apretada, con jornadas llenas de tareas, pues, además de conocer la casita donde vivirían y a su dueña, así como el barrio de Montes Urales, resolvió el asunto de los colegios. Por las noches salió con Sergio, e hicieron el amor dos veces. Él la encontró lejana y abstraída, y se dijo que iba a costarle recuperarla; Mariana estaba muy herida, y el esfuerzo tendría que ser ímprobo.

Cuando Sergio salió de Cartonajes Estrella, el sol lucía esplendoroso en la calle. Reinaba el habitual barullo de los bocinazos de los vehículos que transitaban por el Paseo de la Reforma, y fue en busca de su coche, aparcado en el callejón de detrás de la empresa. Al ver su nuevo Chevrolet descapotable se sintió orgulloso. Ese país le encantaba. Había dejado atrás una España que, desde allí, veía mediocre, gris y atrasada, y estaba en una gran ciudad que bullía de actividad, donde las personas con iniciativa y con ganas de abrirse paso eran libres, y que, además, lo había acogido con los brazos abiertos. Los Samper, Biosca y Planas se difuminaban en la distancia y le parecían gentes de otra vida que no habían entendido la calidad ni la visión de los negocios de alguien como él, un triunfador.

Abrió la puerta de su descapotable, y en cuanto se sentó en el interior aquel olor a cuero y madera, mezclado con un leve tufo a gasolina, tan característico de los coches nuevos asaltó su olfato. Antes de arrancar, sacó de la guantera una cajita, se quitó del dedo anular de la mano izquierda su alianza de casado y, después de ponerla en ella, volvió a guardarla en el compartimento.

Se planteó salir para retirar la capota, pero descartó la idea. No era prudente, pensó; le convenía más la intimidad del habitáculo. Metió la llave en el contacto y puso en marcha el motor. El ruido armónico de los seis cilindros le sonó a música celestial, y con él de fondo abandonó la plaza del aparcamiento, que enseguida se apresuró a ocupar otro conductor. Se dirigió por Reforma hasta el monumento del Ángel, como se lo conocía popularmente, realizado bajo el mandato de Porfirio Díaz para conmemorar los cien años de la independencia de México. Allí torció por la calle Florencia para ir a la cafetería El Rebenque, situada al comienzo de la calle Río Tíber, y, luego de dar dos vueltas a la cuadra, encontró un hueco para dejar el coche; como de costumbre, la suerte estaba de su lado.

Tras retirar la llave del contacto, se miró en el espejo retrovisor, salió y cerró el vehículo. Con paso ligero, se dirigió al local. Traspasada la puerta giratoria, la repentina penumbra le impidió ver el establecimiento hasta el fondo, si bien reconoció, a lo lejos, una mano alzada que lo saludaba desde una mesa ubicada en un rincón. La muchacha era una divinidad. La había conocido en la peluquería a la que solía ir, donde ella se ocupaba de la manicura. Recordó que cuando la vio por primera vez inició el acercamiento con mucho tacto, y asimismo que aquel día se había olvidado el anillo de casado en el cenicero de su dormitorio, ¡maravillosa coyuntura! La chica, en tanto el barbero cumplía con su cometido con Sergio, comenzó a hacerle la manicura. Después vino el «¿cómo te llamas?», seguido por parte de ella de una afirmación: «Usted no es de aquí». «No, soy español», contestó él. La muchacha, que en ese momento le había tomado la mano izquierda, reparó en que no llevaba alianza.

—Enseguida he visto que usted no es «gringo».

La chica estaba estupenda. Bajo la apretada bata se le marcaban dos senos de concurso.

—¿Y cómo lo has sabido?

—Usted es gachupín.

El barbero detuvo el corte, alarmado.

—¡Lupe, el señor no es amigo tuyo! Te has vuelto muy descarada.

—Déjala, me encantan las chicas atrevidas. Y tú, ¿de dónde eres?

—De Puebla.

El barbero intervino de nuevo.

—Si un día quiere comer bien, ver la única catedral octogonal del mundo y casas de estilo español con preciosos azulejos, vaya a Puebla.

—Y si quiere ver a las chamacas más lindas de México, vaya a Puebla.

—¡Lupe...! Eres incorregible.

Ese día comenzó la aventura. Sergio se autojustificó. Mariana, tras arreglar el asunto de los colegios de sus hijos, conocer a doña Clara y ver la casa donde vivirían, había regresado a Barcelona para cerrar su domicilio, despedirse de sus padres y de su trabajo, y acabar de poner en orden sus cosas. Tardaría en regresar a México, esa vez con los niños, al menos cuatro meses, y en ese tiempo la soledad lo agobiaba. Además, su edad le exigía los desahogos que precisa todo hombre. Por si eso no fuera suficiente, había notado que algo en Mariana había cambiado, también en la cama: ya no se entregaba a él como antes.

Con esos pensamientos en mente, se dirigió a la mesa donde estaba la muchacha, que llevaba unos tejanos ajustados, una blusa abierta hasta el canalillo y unos zapatos de medio tacón. Se inclinó hacia ella y le dio un beso, sentándose a continuación a su lado.

—¿Qué te pasó?
—Lo de siempre: un tráfico imposible.
—Por la tarde, ¿tendrás prisa?
—Para ti siempre tengo tiempo.
—¿Me llevarás al Camino Real de Polanco?
—Hoy no, otro día.

En el rostro de Lupe amaneció un mohín de disgusto.

—¡Me lo prometiste! A según qué sitios no quieres llevarme... Parece que te avergüences de mí.
—No digas tonterías, es que perderíamos tiempo yendo y viniendo, y lo que más deseo es estar contigo.
—Pero siempre con prisas.
—Ya te dije que mi horario de trabajo es especial, que todos los clientes que vienen de América pasan el fin de semana aquí y tengo que atenderlos.

En ese instante llegó el camarero para tomarles nota de la comanda, y Sergio aprovechó para distraer la atención de la muchacha. En cuanto el hombre se fue, se echó mano al bolsillo y extrajo un paquetito, que dejó sobre la mesa.

—¿Y esto qué es?
—¡Ábrelo!

La muchacha deshizo el lazo del cordelito y rasgó el papel. Un estuche alargado y estrecho apareció en sus manos. Miró a Sergio y luego, apretando el botón, abrió el cierre. Sobre una cama de terciopelo negro lucía una gargantilla de plata de la que pendía una moneda mexicana antigua.

—¡Qué relindo! Sergio, qué bueno eres conmigo...

—Dame un poco de tiempo y verás qué apartamento voy a ponerte. Estoy harto de que siempre tengamos que vernos en hoteles.

Lupe echó los brazos al cuello de Sergio y lo besó.

Una vez acomodada en el avión, Mariana fue consciente del frenético ritmo de su apoteósica partida. Sentada en el asiento que daba al pasillo central, mientras observaba su pie escayolado y al perrito de sus hijos Toy, al lado de éste durmiendo como un bendito en su jaulita acolchada, comenzó a repasar el aluvión de sucesos de aquellos últimos días.

Cerró la casa de Obispo Sivilla, los plazos de cuya hipoteca pagaría Alicia, con ayuda de su padre porque éste se empeñó, hasta que ella decidiera qué hacer con el piso, y la última semana fue a Cadaqués, a visitar a Marta y a despedirse. Su pie escayolado le recordaba la sardana que quiso bailar la noche de ese sábado y el esguince inoportuno que tanto le complicaba la vida. Petra, por fortuna, había decidido ir con ellos a México, sobre todo por no separarse del pequeño Diego, que para ella era su vida. La partida del aeropuerto había sido de traca; ella en una silla de ruedas, con dieciocho maletas y cuatro críos... Además de Toy, pues se sentía en deuda con sus hijos por arrancarlos de Barcelona hacia una aventura desconocida, dejando atrás amigos y familia, y cuando ellos insistieron consideró que era lo menos que podía hacer.

La imagen de su padre cuando se despidió de él la obsesionaba. Había envejecido cinco años de golpe. No había forma de sacarle de la cabeza que el culpable de todo aquello había sido él por haber desencadenado con su charla aquel cataclismo. Era imposible convencerlo de lo contrario por más que

Mariana y su madre le dijeran que el único causante era Sergio por haber procedido de aquella inexcusable manera y que él no había hecho otra cosa que intentar proteger a su hija. Por si fuera poco, don Pedro había decidido que hasta que su hija no regresara a Barcelona se dejaría barba, y esas canas hacían que pareciera un hombre mucho mayor. El cuadro de fondo que vieron sus ojos al decir adiós a sus seres queridos fue la estampa de sus padres, sus hermanas Alicia y Marta, su cuñado Manolo, Gloria Orellana y Joaquín Fontana, y la abuela Candelaria, quien pasaba unos días en Barcelona, adonde había acudido ex profeso para despedirla. Mariana recordaba que tuvo que contener el llanto para que sus hijos no se dieran cuenta de su desazón. Los tres mayores iban en los asientos del medio del avión, junto con Petra, y a su lado, con una sujeción especial, estaba el pequeño Diego, que pronto dormiría como un leño. Mariana se alegraba de ello pues quería meditar, y de haber tenido a su lado a uno de sus hijos mayores tal intento habría sido imposible.

Tenía tiempo de sobra. El vuelo, como había constatado en su último viaje, duraba entre once y doce horas, según tuvieran o no viento de cola. Le costaba encontrar una postura cómoda pues su pie escayolado era un incordio. Se puso un pequeño almohadón detrás de la cabeza y, cerrando los ojos, se dispuso a pensar. De nuevo las dudas la asaltaron. ¿Había tomado la decisión acertada o estaba a punto de cometer una equivocación irreparable? De estar sola, no habría dudado un momento ya que el error únicamente la habría afectado a ella, pero la idea de arrastrar a cuatro niños hasta un país extraño donde no tenían vínculo alguno, la atormentaba.

La llegada fue apoteósica. Los niños estaban arrebatados, frescos como rosas después de dormir durante casi todo el viaje, y emocionados por la aventura que estaban viviendo y por ver de nuevo a su padre. Mariana tenía que reconocer que como marido Sergio había sido un desastre, pero que, por el contrario, cuando estaba en casa era un padre amante y tierno, pendiente de sus hijos e interesado por sus cosas.

Después de los saludos, besos y abrazos, y tras recoger las maletas, se dirigieron al aparcamiento, donde los aguardaba la camioneta que Sergio, contando con que el equipaje sería de campeonato, había alquilado. Dos mozos, a quienes también había contratado, cargaron todo en el vehículo, que partió de inmediato con Sergio al volante. Tenía preparado el recibimiento, y lo primero que hizo fue darles una vuelta por la ciudad. Los chicos estaban entusiasmados, al igual que Petra, que miraba todo aquello con ojos de asombro. Lo último que les mostró fue el monumento del Ángel, y luego se dirigieron a la que iba a ser su casa durante no sabían cuánto tiempo.

Encarnación, Engracia y Eladio estaban esperándolos en la puerta del jardín, pues doña Clara, que era la discreción personificada, había enviado a su servicio a atender a los nuevos inquilinos. Ella no se asomó, esperando que, una vez instalados, Sergio y Mariana acudieran a presentarle a sus hijos.

Todo se desarrolló tal como se había planeado. Después de inspeccionar su nueva casa, el jardín y acompañados por Sergio ir a ver a la anciana, los niños estaban rendidos de sueño, de modo que se acostaron en cuanto cenaron. Al cabo de una hora, eran Sergio y Mariana los que se retiraban a descansar.

—Quiero que tengas algo claro, Sergio —le dijo ella—. No voy a tener un quinto hijo contigo.

A él no le importó demasiado. Cuatro hijos eran más que suficientes, pero entendió que con esas palabras su mujer quería imponer algunas reglas en sus relaciones, y eso no terminó de gustarle.

—Ven aquí —le dijo desde la cama en tono seductor.

Pero la Mariana que acudió a su llamada ya no era la joven enamorada y temblorosa de antaño, sino una mujer que parecía ceder a su marido como parte de sus obligaciones conyugales. Y eso a Sergio sí que le importaba.

SEGUNDA PARTE

36

Malena

«Si algo debo agradecer a México es haber conocido a Malena Uribe», pensó Mariana mientras hablaba con su nueva amiga por teléfono. Era una mujer encantadora, de su edad, de buena posición, casada pero sin hijos y, por ende, con mucho tiempo libre.

—¡No me seas vaciada, mi niña! Paso a recogerte en mi carro ahoritita y nos vamos a garbear a la Zona Rosa a ver las vidrieras. Luego nos sentamos en la terraza del Samburg y nos damos un taquito de ojos.

A Mariana le encantaba su compañía y le fascinaba su manera de hablar. Lo del «taquito de ojos», que la entusiasmaba, no era otra cosa que sentarse en la terraza de un bar y ver pasar chicos guapos, a los que Malena llamaba «cueros».

Mariana consultó su reloj de pulsera. Al principio se había negado a la invitación de Malena ya que esa mañana había decidido quedarse en casa para poner orden en los armarios de los niños. No obstante, ante la insistencia de su amiga, aceptó.

—Malena, dame una hora. Pasa a buscarme a las doce.

—¡Íhole! Pararé el Vocho frente a tu verja y tocaré el claxon.

—Pero a las doce, que ya te conozco.

—No te me amontones, que ya sé que contigo he de llegar a la hora.

Colgaron el teléfono.

Mariana se dirigió a su dormitorio para quitarse el chándal, ponerse una blusa y una falda que le resultaba muy cómoda y sus zapatos planos para callejear. Acto seguido, mientras se pintaba un poco los labios delante del espejo del cuarto de baño, se paró a pensar en el tremendo cambio que había experimentado su vida en esos seis primeros meses que llevaba en México, y al momento fue consciente de que poco habían cambiado las cosas desde Barcelona. Sergio seguía con sus costumbres y casi nunca comía en casa. Mariana entendía que la empresa donde trabajaba quedaba lejos y que atravesar la ciudad a mediodía era una aventura, por lo que justificaba sus ausencias. Pero la devoción con la que la trataba a su llegada había pasado a la historia. No le importó demasiado que la comunicación entre ambos fuera escasa. Aun así, a la hora de la cena, cuando compartían mesa con sus dos hijos mayores, forzaba la situación y procuraba que el diálogo fuera fluido, que los niños explicaran su día de colegio y que Sergio hablara con ellos. Después, él acostumbraba a leer la prensa, siempre con la eterna copa de JB al alcance de la mano, y Mariana encendía el televisor para ver *24 Horas*, el noticiario de Jacobo Zabludovsky, quien, de tanto verlo, era ya para ella como de la familia. A la hora de irse a dormir, con la excusa de que Sergio se levantaba temprano, al poco se apagaba la luz, cosa que Mariana agradecía ya que había llegado a la conclusión de que al hacer el amor acudían a su mente muchas cosas que la reafirmaban en la idea de que, de no ser por sus hijos, tal vez ella no estaría allí.

Tenía la sensación de que llevaba viviendo en aquel país desde hacía años; siempre había sentido una especial predilección por México, pero jamás pensó que le jalara tanto. Se echó a reír. «Jalara...». Desde el principio, había tenido que acostumbrarse a aquel castellano diferente, lleno de modismos, que de entrada tanto le costó interpretar. Allí el tajo redondo de la carne era el «cohete», por ejemplo, y a las mujeres las llamaban «seño» o «doña», según si estaban o no casadas. Los nombres de los peinados en la peluquería nada tenían que ver con los de España, cosa que pudo comprobar la primera ocasión que acudió a un establecimiento de lujo y la encargada le preguntó cómo quería que le dejara la melena, si prefería «chino, chongo o tripas», que equivalía a «rizado, moño o rulos».

A su entrada sumamente favorable en el país influyó sin duda doña Clara, Clarita para los íntimos, a la que había conocido de manera superficial durante su estancia de pruebas y ahora ya apreciaba por ser una mujer verdaderamente excepcional. Clarita y su entorno, excepto su yerno, la acogieron desde el primer día con un cariño y una atención especiales, y a los pocos días había asumido ante sus hijos el papel de la abuelita que tantas horas llenaría en el futuro y a la que, con el tiempo, tanto iban a querer. La señora Liechtenstein ocupaba la casa principal junto con su nietecito, su hija Elenita, una mujer de pocas luces, y el marido de ésta, Arnaldo Rodríguez, al que todo el mundo llamaba el Panzón, un mexicano de poco nivel y mirada desconfiada que procuraba estar presente siempre durante las conversaciones que Mariana mantenía con la anciana. Atendían a la familia un chófer, Eladio, y dos mujeres, Encarnación, la camarera, y Engracia, la cocinera, amén de un jardinero. Un personaje que iba adquiriendo un relieve notable era Simón, el médico judío eterno enamorado de Clarita. Mariana intuyó rápidamente que, debido a que profesaban religiones diferentes, ya que ella era muy católica, así como por la presión social, no habían dado el paso y ante la gente eran sólo buenos amigos. Simón era un hombre muy culto e inteligente, y cuando acudía a tomar café a Mariana se le pasaba el tiempo sin sentir.

Igual que ahora, absorta en esas reflexiones, apenas se había dado cuenta de que pasaba el tiempo cuando sonó el claxon en la lejanía. Se asomó a la ventana: en ese momento se abría la reja y entraba Simón, quien, con su pelo blanco, su paso cansino y aquella chaqueta que le colgaba por detrás, avanzaba por el caminito que conducía a la casa grande. Malena, sentada al volante del Vocho, volvió a tocar el claxon, y Toy acompañó el sonido con un coro de ladridos desde la ventana.

Mariana bajó la escalera precipitadamente.

—Petra, salgo al centro. El señor no vendrá a comer. Si a las tres no he vuelto, es que yo tampoco vendré. Da la comida a Diego y acuéstalo a hacer la siesta.

La muchacha se asomó por la puerta de la cocina.

—Señora, traiga papilla para Dieguito, Nestum o Gerber, ya sabe, que sólo me queda para dos días.

—Descuida, pero otro día avísame antes, que me gusta tener una de repuesto siempre en casa.

Tras estas palabras Mariana tomó al desgaire una chaqueta ligera que estaba en el colgador del recibidor y salió al jardín.

Malena la aguardaba con la puerta abierta de su Vocho frente a la reja, y por la ventanilla bajada de su lado respondía airada al conductor de un enorme coche americano que, al parecer, la increpaba porque obstaculizaba un poco el paso.

Mariana subió al vehículo.

—¿Qué pasa, Malena?

—Nada, que a esos les gusta pasear hierro... Creen que la calle es suya. —En tanto Mariana se abrochaba el cinturón, Malena le preguntó—: ¿Quién es el viejo de pelo blanco que entraba en el jardín?

—Simón, un médico judío amigo de Clarita, un tipo padrísimo. —A Mariana se le habían pegado muchos modismos mexicanos y por lo mismo entendía otros.

—Si te cuadra, en vez de ir al Samburg, podemos lonchear

en el Dos Puertas. He quedado en ese restaurante con una amiga que va a encantarte, y además allí también veremos gente guapa.

—Me viene perfecto porque tengo que ir a los almacenes Liverpool a comprar papilla para Diego. —Luego, tras una pausa, curioseó—: ¿Quién es ella?

Mariana siempre estaba dispuesta a conocer gente nueva con la que ampliar su círculo de amistades y, mejor aún, la de sus hijos.

—Ana Isabel López Portillo, que es sobrina del presidente... Y lo chévere es que no presume de ello.

—Me encantan las personas así. Anda, vamos.

Malena embragó el coche y después de poner el intermitente se introdujo en el torrente de vehículos que iban hacia Reforma.

Los almacenes Liverpool estaban como siempre abarrotados, tanto que perdieron en el tráfico de las escaleras mecánicas hacia la parafarmacia casi media hora. Tras efectuar las compras, decidieron dejar el coche en el aparcamiento del inmenso centro para ir a pie hasta el Dos Puertas. Malena pasó revista rápidamente al personal que ya estaba comiendo sentado a las mesas, y vio que su amiga todavía no había llegado. El *maître* se acercó a ellas solícito.

—¿Qué desean las señoras?

—Una mesa para tres. Si puede ser, al lado de una ventana.

—¿Tienen reserva?

—Pues no... ¿Es imprescindible?

—Más allá de dificultoso, señora. Estamos hasta arriba.

Malena se volvió hacia Mariana, que ya estaba a punto de decir algo.

—Qué lástima, ¿no? Nos ha citado aquí doña Ana Isabel López Portillo. Tal vez haya encargado mesa... Me dijo que le latía mucho comer aquí hoy.

Los apellidos fueron las palabras mágicas para que el *maî-*

tre se colocara la carpeta de reservas debajo del brazo y, dando una breve palmada, llamara a un mozo.

—¡Mesero! Conduzca a las damas junto a la ventana y quite la tarjeta de RESERVADO. —Se volvió hacia Malena—. Sin duda la señora López Portillo habrá reservado mesa, pero, de no ser así, la cuestión está ya solventada. Si hacen el favor de seguirme...

Al poco las dos amigas estaban instaladas en la mejor mesa del restaurante, frente a sendas bebidas, unas patatas fritas y unas almendras tostadas, obsequio de la casa, junto al ángulo más alejado entre las dos ventanas que daban al jardín interior y a la redonda plaza donde estaba ubicada la puerta del establecimiento.

—¿Te diste cuenta de lo fácil que es en este país conseguir algo?

—Me doy cuenta de la cara que tienes.

—¿Por qué dices eso, mija?

—Porque no habías reservado mesa y te has valido del apellido de tu amiga para conseguirla.

—¡A eso se lo llama «conocer México»! Yo sé cómo andan por aquí las cosas. ¡Y además no he mentido! ¿Esperamos o no esperamos aquí a Ana Isabel?

Hubo una breve pausa cuando por la puerta aparecieron dos hombres de muy buen aspecto.

—Te dije que veríamos tipos que nos alegrarían. Conozco a uno de esos dos. Si quieres, podemos vacilar un poco.

Mariana alzó la mirada hacia la puerta, y constató que la afirmación de su amiga era acertada.

—No estoy para vaciles, créeme. Paso de los hombres, y más de los guapos.

Malena, que estaba al corriente de los problemas domésticos que comenzaban a acuciar a Mariana, indagó.

—¿Cómo va todo? ¿Ese hombre tuyo se da cuenta de lo que tiene en casa?

—No sé si se da cuenta, o si le importo o no le importo. Creo que ha conseguido lo que quería, que era que su familia estuviera aquí, pero ahora funciona como lo hacía en Barcelona... Casi nunca come en casa y sigue con el JB.

—Pues, mija, que se ande con cuidado, que aquí el más tonto hace lápices y tú eres una mujer de bandera, te lo digo yo, y con mover un dedo los tendrías así. —Malena hizo un gesto juntando los dedos en ramillete para acompañar la última frase.

—No voy a mover ningún dedo. Paso de los hombres, insisto. Todos son iguales... Conozco a pocas parejas felices, te diré más, a casi ninguna.

Malena había sacado un pitillo de la cajetilla y, luego de ofrecer otro a Mariana, golpeó el suyo en el borde del platito de las almendras tostadas, se lo puso entre los labios y, arrimando la llama del mechero, lo encendió y dio una larga calada.

—¿Nunca has tenido una aventura?

—Nunca, ni pienso tenerla —respondió Mariana a la vez que negaba con la cabeza.

—Eres una mojigata. Casi todas mis amigas tienen a alguien, y yo, cuando el marido lo merece, lo justifico.

Mariana se rio.

—No entiendo cómo la gente se complica la vida. Si ya tienes un problema en casa, ¿para qué quieres otro?

—¿Sergio fue tu primer novio?

—Novio, novio..., sí.

—No te entiendo.

—Tuve un pretendiente que no gustó a mis padres, era mucho mayor que yo y, además, estaba separado de su mujer y tenía un hijo. Pero lo más importante es que es muy popular.

—¿Qué me estás diciendo? ¿Es famoso también aquí, en México?

—Casi tanto como en España.

—¡De aquí no te vas sin revelarme quién es ese pavo!

—Es una larga historia y si empiezo no acabo. Llegará tu amiga, y como comprenderás no me apetecerá continuar delante de alguien a quien acabo de conocer.

—¡Me da igual! Tú empieza, y si Ana Isabel llega, paras. Pero no me dejes así, a media telenovela.

Mariana hizo una pausa, dudando, y Malena encendió precipitadamente otro cigarrillo.

—¡Muchacha, comienza! Me tienes sobre ascuas.

—¿Tú sabes quién es Rafael Cañamero?

A Malena le cayó sobre la blusa ceniza del pitillo, que se sacudió con un golpe de la mano.

—¡Pero claro, mija, quién no! ¿No irás a decirme que se trata del rejoneador, que, por cierto, hace más de tres años que no torea aquí?

—Pues ése es... o, mejor dicho, fue.

A Malena le cayó ahora la ceniza del cigarrillo sobre la falda.

—¿Y cómo acabó el romance?

—Yo era muy joven... Él llegó a hablar con mi padre, quien le impuso la condición de obtener la nulidad de su mujer y esperar a que yo cumpliera veinte años. Ante aquel panorama me enviaron interna a Roma a estudiar un curso y a mi regreso conocí a Sergio... La última vez que vi a Rafael Cañamero fue en mi puesta de largo, y creo que fui injusta con él. La verdad es que me deslumbraba su profesión y me halagaba que fuera tan popular, pero nunca llegué a saber si estaba enamorada de él. Y bueno... ¡aquí estoy! La vida es así.

—¿Y cómo lo conociste?

—Ése es otro capítulo. En una de las corridas de toros más importantes de Barcelona, a un grupo de chicas nos invitaron a dar la vuelta a la plaza en calesa y a hacer bonito, y cuando él dio la vuelta al ruedo, tras matar al toro, le lancé una rosa, y él se bajó del caballo, me miró y la besó.

—Si eso me pasa a mí, mija, me desmayo... Sigue, sigue.

—Ya basta, te contaré el resto otro día —dijo Mariana riéndose—. ¿Qué te creías, que no había ningún otro hombre en mi pasado? Incluso hubo uno más, cuando era muy joven... —Mariana pensó por primera vez en meses en Enrique Orellana, quizá porque había recibido hacía poco una carta de su amiga Gloria en la que ésta le comentaba los éxitos de su hermano en el mundo de la música.

—Eres una caja de sorpresas —coincidió Malena—. Pero sí, mejor me lo cuentas todo otro día, que Ana Isabel debe de estar a puntito de llegar. Quiero hablarle del negocio que tú y yo pensamos emprender ahorita, a ver qué le parece. Siempre es bueno recabar consejos de gente con experiencia. Mírala, acá viene.

Y era cierto: una mujer muy elegante y un poco mayor que ellas se acercaba con paso firme a la mesa.

37

El músico solitario

Cuando la voz del comandante sonó por los altavoces anunciando el inminente aterrizaje, Enrique Orellana observó, a través de la ovalada y original ventanilla de aquel aparato que permitía ver tierra sin tener que esforzarse, las pistas del aeropuerto Le Bourget y tuvo la sensación, cada vez más frecuente, de que al regresar a París llegaba a su hogar. Por mucho que al principio echase de menos Barcelona y a su familia, ahora, tras más de quince años residiendo en la capital francesa, las calles de París eran las que sentía como suyas, y se alegraba de volver a pisarlas después de una gira o un concierto. Como en esa ocasión, en otoño de 1980, cuando regresaba de una gira por toda Europa que él había prolongado unos días más, a modo de vacaciones, para conocer a fondo Viena, una capital que lo fascinaba.

El aparato tomó tierra suavemente con el aplauso de los pasajeros, y en el acto dio inicio el precipitado ceremonial que acompañaba siempre la llegada de cualquier avión. El clipclap de los compartimentos superiores comenzó a sonar conforme la gente cogía sus bultos de mano para, a continuación, ocupar el pasillo central. Enrique hizo lo propio sin soltar ni un momento el estuche del maravilloso regalo que su padre le había hecho años atrás, sellando así su compromiso: un violín cremonese de Edgar Russ que siempre viajaba sobre sus rodillas. La cola fue avanzando, y al cabo de unos minutos descendía por la escalerilla del avión con el estuche en la mano. Tras el tráfico habitual de documentos y pasaportes, esperó a que saliera su maleta y poco después se encontró en la ordenada fila de pasajeros que aguardaban turno para coger un taxi. Al principio pensó que era un casual roce propio de una apretada cola, pero cuando por segunda vez notó que alguien le tocaba el hombro, se volvió. Enrique no pudo disimular el impacto que le causó la visión de un rostro femenino perfecto. Pertenecía a una mujer de unos veinte años, metro setenta, ojos verdes como esmeraldas, nariz recta, cabello rubio y boca de labios perfilados que, a menos de un metro de distancia, le sonreía como pidiendo excusas por haberlo molestado. Aquella belleza se dirigió a él en un castellano correcto, si bien, a tenor de su acento peculiar, debía de haberlo aprendido en el extranjero.

—Perdona que te moleste... Te he oído hablar en español en el control de pasaportes.

—Estás perdonada. Es un buen augurio volver a París y conocer a una chica como tú.

La muchacha señaló el estuche del violín.

—Yo también soy artista. —Luego sonrió—. A los artistas no nos sobra el dinero, y el taxi desde aquí hasta París es muy caro. Si te parece bien, podríamos compartir uno y pagarlo entre los dos.

Enrique sonrió a su vez, divertido ante el atrevimiento de aquella chica. Él había llegado a París más o menos con su edad, y jamás se habría atrevido a hacer nada semejante.

—Me parece estupendo. Sin embargo, como bien has supuesto, soy español, y en mi país, cuando un hombre conoce a una mujer, la invita a lo que sea: taxi, aperitivo, comida... Así que acepto, pero pago yo.

—Sé muy bien, por mi madre, cómo es el hombre español.

Aun así, no me gusta depender de nadie, de manera que, si no pagamos a medias, cogeré el autobús.

La cola iba avanzando, y Enrique, por el momento, cambió de tema.

—¿Dices que tu madre conoce al hombre español?

—Es española. —Y añadió—: De Onteniente.

—Eso está en Valencia.

—Exactamente, y yo nací allí.

—Entonces, con más motivo has de permitirme pagar el taxi. No voy de caballero español, sino de alguien que ha encontrado a una compatriota fuera de su país.

La muchacha pareció dudar, pero enseguida sonrió y tomó su maleta.

—Vale, por esta vez —aceptó.

Enrique tomó la suya, que estaba en el suelo.

—Me ha gustado mucho esa respuesta, porque implica que habrá más veces.

—Eso depende —añadió ella mostrando otra sonrisa irresistible.

Apenas colocados los bultos en el maletero, se instalaron en el interior, Enrique sin soltar el violín.

—Tú dirás a dónde vamos.

La muchacha se dirigió al chófer.

—Vaya hacia el boulevard Raspail. Allí le indicaré. —Acto seguido se volvió hacia Enrique—. Creo que ahora que somos amigos debemos presentarnos. Me llamo Irina.

—Tienes razón, Irina. Mi nombre es Enrique Orellana, soy de Barcelona y llevo ya más de quince años viviendo en París. Vine a estudiar con el maestro Henryk Szeryng el curso de perfeccionamiento para violín y desde entonces sigo aquí. De hecho, resido en el mismo estudio de la rue Mazarine —añadió al tiempo que pensaba que un hombre de su edad, más cercana a los cuarenta que a los treinta, debería haber encontrado otro lugar donde vivir.

—Voy a empezar a creer en las casualidades, ya que siendo tan grande París estamos bastante cerca.

Hubo una breve pausa entre los dos, que Enrique rompió.

—Bueno, me has contado que eres artista y que eres medio española... ¿Qué más?

—Mi nombre completo es Irina Polski Moreno. Lo de mi madre ya te lo he contado. Mi padre es polaco de Varsovia, muy católico, y antes de que llegaran los comunistas se dedicaba a arreglar los grandes relojes con muñecos mecánicos y las campanas que están en todas las torres de las iglesias de la ciudad vieja. Huyó a tiempo, con una carta de recomendación de la prelatura de la ciudad. Cuando los rusos comenzaron a perseguir a los católicos, se fue a España, lo llamó el obispo de Valencia para arreglar la sonería de la torre del Miguelete, y allí conoció a mi madre, que estaba pasando unos días en casa de una prima suya. ¡Y aquí estoy yo!

—Me has dicho que eres artista...

—Soy bailarina de ballet clásico. Era componente del Ballet Nacional Polaco, con sede en el Gran Teatro de Varsovia, y ahora estoy trabajando duro para la convocatoria del día veintiocho para entrar en el Ballet de la Ópera de París. Hay seis plazas, para cuatro chicas y dos chicos, y los candidatos somos más de treinta. Como en todas partes, habrá muchas recomendaciones, pero el tribunal de la Ópera de París tiene fama de ser muy estricto. Además, en el ballet no se engaña a nadie, únicamente baila el que baila.

—¿Y dónde te preparas?

—En la Escuela Superior de Bellas Artes, en el número catorce de la rue Bonaparte, con Noëlla Pontois, una de las mejores profesoras de París.

El taxi había llegado a su destino, y el conductor detuvo el vehículo cuando Irina se lo indicó, justo en la confluencia del boulevard Raspail con Saint-Germaine-des-Prés. Ambos descendieron del coche.

—No baje el banderín, que seguimos —dijo Enrique al chófer en tanto éste abría el maletero y sacaba el equipaje de la muchacha—. ¿Te acompaño a tu casa?

Irina respondió con un «¡no!» sorpresivamente impulsivo. Después, como intentando justificarse, aclaró:

—Mi casa está doblando la primera esquina a la derecha, a apenas veinte metros.

—Pero llevas dos maletas…

—Ya te he dicho que no me gustan las galanterías machistas.

A Enrique le molestó el tono.

—Tan sólo trataba de ser amable. Si hubieras sido un amigo, te habría dicho lo mismo.

—Me has malinterpretado. No te enfades.

—Perdona, Irina, pero no hay nada que interpretar; te he entendido claramente.

Irina cayó en la cuenta de que tal vez se había excedido, y para romper el hielo que se había instalado entre los dos, usó la mejor de sus sonrisas. Y una disculpa.

—Excúsame, mi viaje ha sido bastante agotador. ¿Qué te parece si descanso un poco y luego nos vernos, sobre las siete de esta tarde?

Enrique dio por zanjado el episodio, y en buena parte se debió a la mirada de aquel par de ojos verdes que lo observaban complacientes.

—¿Dónde?

—Si te parece bien, en el Café de Flore, ha sido y es el punto de reunión de todos los que nos sentimos artistas en París.

—Me parece perfecto.

Enrique tendió la mano para despedirse de la muchacha, y ella, de nuevo sonriente, se acercó a él y le dio sendos besos en las mejillas.

—Estamos en París, monsieur Orellana.

Y tras estas palabras, Irina Polski tomó sus dos maletas y echó a andar boulevard Raspail arriba.

El taxista, chapurreando un castellano ruinoso, opinó en tono filosófico:

—*Cherchez la femme!* Las mujeres son siempre un misterio, señor, y las de París, mucho más. Se lo digo yo, que me he casado tres veces.

Enrique asintió por no llevarle la contraria. No es que su experiencia con las mujeres hubiera sido muy extensa. Durante los últimos años había mantenido una relación, estable pero sin demasiado compromiso, con una conocida pianista francesa, Nathalie Perrin. Fue una historia bonita, donde la pasión por la música de uno y de otra se mezclaba con admiración mutua, pero los viajes de ambos y la falta de exigencias que se tenían terminaron con el romance. Se habían despedido con tristeza, aunque sin dolor, cuando comprendieron que, para los dos, el amor era algo secundario.

Pero cuando llegó al estudio de la rue Mazarine, y tal vez por primera vez en mucho tiempo, Enrique se sintió extraño. Tenía treinta y siete años. Había logrado cumplir sus sueños. Pero estaba solo... Y, por alguna razón, tenía muchas ganas de volver a ver a aquella joven un tanto arisca que acababa de conocer.

38

Una buena venta

Mariana había quedado con Malena a las once en la puerta de los grandes almacenes El Palacio de Hierro y, conociendo a su amiga, se lo tomó con calma pues estaba convencida de que, como siempre, la haría esperar. Cogió un taxi, y durante el trayecto fue pensando en el negocio que habían montado las dos, que por cierto empezaba a funcionar. Mariana, que no podía trabajar en México hasta que le otorgaran el FM2, el documento mediante el cual se autorizaba la residencia temporal para los extranjeros, se había asociado con Malena en un boyante negocio. Mariana encargaba objetos originales de España que no fueran comunes en México, y habían encontrado a un artesano, exiliado español desde hacía décadas, que los reproducía. Las dos amigas iban con las muestras a las tiendas de lujo y a los grandes almacenes para ofrecer los artículos y, cuando tenían el pedido en firme, los hacían copiar, de tal manera que no corrían riesgos. Dado que, además, Malena tenía excelentes contactos y prácticamente conocía a todo el mundo, a los pocos meses de haber puesto en marcha la empresa, ésta empezaba ya a darles beneficios. Mariana pagó la carrera y, tomando el bolso y la alforja donde llevaba las últimas novedades compradas en Barcelona, bajó del coche y se dispuso a esperar.

Con media hora de retraso, como de costumbre, el morro chato del Vocho de Malena doblaba la esquina. Mariana, que la aguardaba al borde de la acera, le hizo un gesto con la mano, y la mexicana aparcó en el hueco que había entre una camioneta y un Cadillac y, saliendo ligera del coche, cerró la puerta con llave y fue a su encuentro.

Las dos amigas se besaron.

—No te pregunto qué te ha ocurrido para que llegues tarde porque da igual.

—Te juro, mija, que no es mi culpa —dijo a la vez que señalaba el guardabarros trasero del pequeño Volkswagen, donde se veía una abolladura importante—. Humberto dice que las columnas de mi cochera me tienen manía —apuntó, en referencia a su marido—. No vendrá de una, ¿no? Me saldría más caro arreglarlo todo que comprar otro nuevo. Cuando ya no ande lo cambio por otro igual.

—Tienes suerte. Si me pasara algo así con mi carro, tendría una bronca con Sergio que duraría tres días.

Malena sonrió.

—¿Sabes qué tienes que hacer?

Mariana alzó las cejas, interrogante.

—En vez de ser tan competente y llegar a todo, es mejor hacerse la tontita y que tu esposo crea que es maravilloso y que, sin él, no sabes hacer nada.

—Gracias por el consejo, pero no soy capaz.

—Bueno, vamos adentro.

Mariana recogió la alforja que había dejado en el suelo y, pasándose la cinta por el hombro, se dispuso a seguir a su amiga.

—¡Mija...! ¿Qué has traído esta vez? —preguntó Malena al ver el bulto.

—Te lo expliqué el otro día, pero como no me escuchas...

—Trae, que te ayudo —se ofreció Malena intentando tomar una de las asas de la alforja.

—Deja, ya está. Puedo sola. Anda, camina.

Entraron en los grandes almacenes, donde el tráfico era el de siempre: gentes arriba y abajo cargadas de paquetes que se detenían frente a los mil departamentos de aquel gigante del comercio.

—¿Cómo me dijiste que se llamaba el jefe de compras?

Malena, que iba delante, volvió la cabeza.

—Lorenzo Zamora.

Mariana apretó el paso y se puso a su lado.

—¿De qué lo conoces?

—¡Uy, de toda la vida! De chicos veraneábamos juntos en Puerto Vallarta, nuestras familias eran amigas. Durante un tiempo fue detrás de mí, pero yo no le di boleta. ¡Era muy feo! Aunque luego se arregló... Lo llamábamos Zoza el Griego.

—¿Y eso por qué?

—Cosas de la tribu... Uníamos la última sílaba de su nombre y la primera de su apellido, y quedaba Zoza. Luego añadimos lo otro por *Zorba, el griego* de Anthony Quinn. ¡Y nos gustó tanto que aquel verano los de la pandilla bailábamos sirtaki a la luz de la luna en la playa!

En todo ello andaban cuando, llegadas a la cuarta planta, se dirigieron a la puerta del despacho del jefe de compras, según les habían indicado. Las recibió la figura de un ujier que dormitaba en una silla, si bien al instante se puso en pie. Malena se dirigió a él decidida.

—¿Don Lorenzo Zamora?

—¿De parte de quién le digo?

Malena miró a Mariana con una chispa divertida en sus ojos garzos.

—Dígale que hay alguien que pregunta por Zoza.

El hombre contempló extrañado a las dos mujeres.

—¿Cómo dice que le diga, seño?

—Zoza —repitió paciente Malena. Y al ver la cara de incredulidad del ujier, añadió—: No se preocupe, cuando le diga que alguien pregunta por él y lo llama Zoza, verá como sale corriendo.

—Como mande, seño —dijo el hombrecillo, y desapareció tras una puerta de cristales biselados.

Al cabo de medio minuto se abrió con violencia y apareció en el quicio un hombre alto, bien trajeado, con el pelo cortado a cepillo y exuberante en su forma de actuar que se acercó a Malena y le dio un abrazo ante el asombro del ujier, que había regresado con él, y el de Mariana, que miraba a su amiga sonriendo.

Finalmente el oso soltó a Malena y tomó distancia para verla mejor.

—¡Pero ¿cómo es posible que haya descendido de su trono la reina de Puerto Vallarta para venir a verme?! Si quieres, me arrodillo.

—Zoza, ¡no cambiarás nunca! —dijo Malena a la vez que se recomponía el peinado.

—Es que no todos los días pregunta por mí una reina.

Malena se puso seria.

—Déjate de tonterías. Mira, ésta es mi amiga Mariana Casanova, y hemos venido a verte por negocios.

Lorenzo saludó correctamente a Mariana en tanto decía:

—Acepto el trato... Con la condición de que el negocio se plantee comiendo conmigo.

Malena miró a Mariana y ésta asintió con la cabeza.

—Hecho.

Lorenzo Zamora se dirigió al ujier.

—Acompaña a las señoras al comedor pequeño, que subo en un cuarto de hora.

Las dos amigas se encontraron sentadas a una mesa estupendamente servida en el comedor de la empresa.

—La verdad, es una persona encantadora —comentó Mariana.

—Ya te lo dije. Cuando conoces a alguien de niña, la amistad no necesita ser cultivada. Es como si lo hubiera visto ayer mismo. ¡Nos va a comprar lo que quieras!

Al cabo de quince minutos Lorenzo estaba sentado con ellas, y al cabo de otra media hora habían comido como príncipes y le habían explicado en detalle en qué consistía el negocio. Estaban con los cafés.

—Vamos a ver qué es eso que va a salvarme el balance de este mes.

Malena se dirigió su amiga.

—Enséñale, Mariana.

Mariana, nerviosa y un tanto apurada, echó mano a la alforja y extrajo de ella lo primero que encontró. Era una banda de cuero con sendos pesos de plomo en ambos extremos, terminados en flecos, y en su centro había un cenicero redondo de brillante latón. El objeto era curioso: se colocaba en el brazo de un sillón, los contrapesos lo fijaban a ambos lados del brazo y el cenicero quedaba centrado. Había varios modelos en diferentes tonos de cuero, unos repujados y otros lisos.

Lorenzo Zamora lo tomó entre sus manos y lo miró detenidamente.

—¿Puede hacerse en plata?

—Si quieres —respondió Malena, impertérrita.

—Es una fruslería, pero de gran gusto. Va a apantallar a mucha gente... Me lo quedo.

Mariana estaba exultante. El primer objeto que sacaba era ya un éxito. Sacó su libreta, retiró el capuchón de su estilográfica y se dispuso a tomar nota.

—¿Cuántos quieres?

—Trescientos repujados, doscientos lisos y cien en plata. Creo que por el momento será suficiente.

A Mariana casi se le cae la libreta. Miró por encima de la mesa a Malena pensando en lo imposible de cumplir aquel cometido, y también en el tugurio donde se ubicaba el taller del viejo guarnicionero capaz de copiar cualquier objeto de cuero que le presentaran. Sin embargo, oyó la voz de su amiga como si no pasara nada.

—Me parece muy bien, Zoza, tardaremos un poco, pero cuenta con ello.

39

Querétaro

Sergio empezaba a pensar que se había embarcado en una peligrosa aventura que no sabía cómo detener. Lo que había comenzado como un juego con Lupe estaba complicándose. Desde luego, no era la primera vez que tenía un lío en México. Éstos habían comenzado antes de la llegada de Mariana, durante el año largo que estuvo solo, pero él se justificaba con la excusa de su soledad. Sin embargo, esas mujeres habían sido de quita y pon. Con Lupe era diferente. Al principio, se había conformado, como todas, con que se vieran en un hotel, nunca en día de fiesta, durante los ratos libres que él tuviera y con recibir algún que otro regalito. Lo primero que Lupe exigió, con la excusa de que le hacía ilusión, fue verse en hoteles de categoría, para ella desconocidos hasta aquel momento, cosa que entrañaba un peligro latente ya que Sergio temía siempre encontrarse con gente importante; luego las exigencias de la muchacha se hicieron más apremiantes, entendiendo que con su insistencia conseguiría todo lo que se propusiera, y lo siguiente fue querer un «nidito de amor», como ella lo llamaba, para sus fugaces encuentros, eso sí, a su nombre.

Y ahora le había prometido complacer uno de los caprichos que más obsesionaba a Lupe: pasar con él un fin de semana completo. Así pues, un fin de semana que Mariana, acompañada de Petra, iba a llevar a los niños a Acapulco, a un apartamento que Humberto Uribe había regalado a su mujer, Malena, él aprovechó para decir a la suya que don Emilio Guzmán lo enviaba a Santiago de Querétaro, a la nueva fábrica de cartón para entablar relaciones comerciales. De paso, se llevaría con él a Lupe.

Finalmente, tras dar muchas vueltas, Sergio había encontrado un estudio en el número 30 de la avenida Ámsterdam, en la zona del Hipódromo. Su propietario era un famoso arquitecto, amigo de un amigo, que se lo alquiló a un precio que le pareció conveniente la noche de copas que cerraron el trato, cuando el JB hizo que lo viera todo fácil y asequible. Cuando comunicó a Lupe la noticia, ésta enloqueció de alegría. El apartamento, le explicó, tenía un pequeño vestíbulo, un dormitorio, un cuarto de baño, una cocina y un saloncito-comedor, y la ventana trasera daba al hipódromo. Sin embargo, Sergio aportó una mentira, como tenía por costumbre: dijo a la muchacha que había firmado un contrato provisional de compra que, más adelante, cuando fuera definitivo, suscribiría ella, pero que había un problema, y era que el propietario estaba separándose de su mujer y todavía no se sabía en cuánto se valoraba el pisito. Lupe se tragó el anzuelo, y comunicó a sus amigas que había «pescado» a un español muy rico que le había prometido regalarle pronto un pisito y que dejaba la peluquería.

La relación de Sergio en su hogar andaba muy deteriorada. Mariana, a quien por encima de todo preocupaba el bienestar de sus hijos, puso como condición a las salidas y entradas de Sergio que eso no afectara a los niños. Dos cosas enervaban a Mariana. La primera era que su marido los conminara a mentir cuando alguien llamaba por teléfono y no quería ponerse, los «no está», «está de viaje» o «acaba de salir» la sacaban de sus casillas, y lo mismo ocurría cuando, todas las noches, ordenaba a Álvaro, que ya tenía doce años, que le sirviera el JB con hielo. Por lo demás, las relaciones matrimoniales prácticamente se habían terminado, y en cuanto a lo económico, por si acaso, Mariana había abierto una cuenta corriente en Comermex y guardaba el talonario en el interior de un bolso de noche que había ocultado en lo alto de su armario. Justo el día anterior, había sacado dinero para pasar el fin de semana en Acapulco con los niños.

Sergio, para satisfacer el capricho de Lupe, se alojó en el Doña Urraca de Querétaro, uno de los hoteles de más abolengo de la ciudad. Por la noche salieron a cenar a La Bocha y se acostaron pronto, y al día siguiente llamó por teléfono al jefe de ventas de Envases y Derivados. Quedaron para verse esa mañana en su despacho y luego ir a comer al Portal de Doña Tere, que gozaba de un gran predicamento entre la aristocracia de la ciudad. Sergio dio dinero a Lupe para que se fuera de tiendas y le dijo que a las doce estuviera en el restaurante. La muchacha, que había decidido que aquélla fuera una fecha inolvidable, se dirigió a los grandes almacenes Liverpool del número 99 de la avenida 5 de Febrero, y en la sección de ropa interior se compró un conjunto de lencería francesa precioso.

La entrevista con Luis Fita, el jefe de ventas de la fábrica Envases y Derivados, fue un éxito. Sergio era imbatible en las distancias cortas, y consiguió un precio estupendo para Emilio Guzmán, así como una jugosa comisión aparte para él si compraba más de diez mil láminas al mes de aquel cartón especial forrado de papel de aluminio impermeabilizado con el que hacían los tetrabriks. Cuando sonaban las doce en el campanario del convento de Santa Clara y ambos hombres estaban sentados ya a una de las mesas del Portal de Doña Tere, Lupe, cargada de paquetes, entró atropelladamente por la puerta giratoria y se dirigió hacia ellos. Ambos se pusieron en pie.

—Lupe, éste es Luis Fita, el jefe de ventas de Envases y Derivados. Ella es Lupe, mi mujer —dijo para satisfacción de la chica, aunque al instante se arrepintió.

—Mucho gusto, señora. Estaba seguro de que las mujeres más lindas de México estaban en Santiago, pero conocerla a usted me hacer dudar. —E inclinándose, le buscó la mano para besársela.

Lupe creyó morir de puro contento.

A Sergio le sorprendió que esa noche Lupe no quisiera salir, por lo que fueron a acostarse temprano. Ya en pijama, extrajo de su cartera de mano un borrador del contrato que había entregado a Luis Fita y se dispuso a leerlo con calma mientras oía el murmullo del agua de la ducha. Cuando éste cesó, supuso que Lupe entraría en la alcoba de inmediato envuelta en un albornoz. Pero tardaba. Hasta que súbitamente oyó su voz.

—Cielito, apaga la luz del techo y deja sólo la de la mesilla de noche.

Sergio se disponía a obedecer cuando la silueta de Lupe se recortó apoyada en el marco de la puerta del cuarto de baño. Apareció vestida únicamente con un conjunto de braguitas y sujetador negros, con una pequeña rosa roja entre las dos cazoletas, y unas medias de malla del mismo color sujetas a su cintura por un liguero. La imagen era realmente excitante, y Sergio no tuvo más remedio que incorporarse en la cama dejando en la mesilla de noche sus gafas de leer.

La muchacha tenía un cuerpo extraordinario y aquellas sugerentes prendas resaltaban todos sus encantos. Lupe comenzó a tararear una lenta música sicalíptica a la vez que, sinuosa, se acercaba a la cama.

—Vamos a jugar a un juego… Quiero que me desnudes poco a poco, pero no más con la boca. Cuando me hayas quitado la última prenda tendrás el premio.

Aquella noche, Sergio creyó enloquecer.

40

Irina de noche

Lo habían tomado por costumbre. Desde el primer día, el Café de Flore fue su lugar de reunión más frecuente. Aquella tarde se habían citado a las siete y, conociendo la acostumbrada forma de actuar de Irina, antes de sentarse, Enrique se dirigió hasta la mesa del fondo para proveerse de un periódico con el que entretener el tiempo hasta que ella llegara, que por lo común era de treinta a cuarenta y cinco minutos después de la hora acordada. En cuanto el camarero le sirvió la comanda, un Pernod Ricard con vodka y limón, cogió el periódico y, sin quererlo, sus ojos tropezaron al pie de la última página con un anuncio encuadrado de la marca Repetto, de zapatillas de baile, calentadores, maillots y todos los adminículos referidos al ballet clásico y la danza en general. La tienda estaba en la rue de la Paix, cerca de la Ópera.

Sin darse cuenta, dejó el periódico sobre la mesa y su mente se dedicó a divagar sobre su aventura parisina. Irina era un punto y aparte. No lograba clasificarla y, desde luego, no había conocido en su vida a nadie como ella. Tenía un físico que saltaba a la vista; era imposible entrar con ella en lugar alguno sin que tanto los hombres como las mujeres se fijaran en ella. En cuanto a su carácter, era completamente imprevisible, si bien Enrique había aprendido a adivinar, nada más verla, qué luna tenía ese día: unas veces podía llegar eufórica y encantadora porque su jornada había sido positiva, y otros, por el contrario, llegar crispada y ponerse a la contra fuera cual fuese el tema de conversación, incluso soltaba respuestas cortantes que no venían a cuento. En la única ocasión en que, invariablemente, manifestaba su buen humor era si ambos hablaban de ella, de sus proyectos y de cualquier cosa que tuviera que ver con su vida; entonces todo eran amabilidades. En esa tesitura estaba el día que, al final y a petición de ella, Enrique le enseñó su apartamento. Con el tiempo, había reformado aquel estudio, que Irina observó con ojo crítico, y cuando al cabo se sentaron en el sofá del salón-comedor hizo dos comentarios. El primero fue: «Está claro que los violinistas os ganáis muy bien la vida», y el segundo, en un tono inusualmente amable: «Creo que siendo tu única amiga en París, según me has dicho, deberías darme la llave de tu casa. Si una noche te encuentras mal y me telefoneas, he de poder entrar para asistirte, traer un médico o lo que te haga falta».

En ésas estaba la mente de Enrique cuando la vio entrar por la puerta. Irina paseó la mirada por el local y, tras divisarlo, se dirigió hacia la mesa, que no era la de costumbre ya que la habitual estaba ocupaba a la llegada de Enrique, y lo hizo seguida, cómo no, por las miradas de todos los presentes, hombres y mujeres, que habían observado su entrada. Por el tono de su saludo él intuyó que su luna era menguante en esa ocasión. Irina se sentó a su lado y no le dio los dos besos de costumbre.

—¿Por qué no te has sentado a nuestra mesa?
—Evidentemente, porque estaba ocupada.
Irina la señaló con la mano.
—Ya no lo está.
—Bueno, Irina, pero lo estaba... Además, no es importante. Estamos bien aquí.

—¿Qué estás tomando?

—Un Pernod Ricard con vodka y limón.

—Siempre tomas lo mismo, y es muy malo. Conozco gente que ha acabado con una cirrosis de caballo.

—Nadie se muere la víspera, Irina.

—Es mejor no tentar la suerte. Yo tomaré un zumo de limón recién exprimido sin azúcar.

Enrique hizo una señal al camarero, que acudió presto y apuntó el pedido de la muchacha.

Por cambiar de tema, Enrique le mostró el anuncio de la última página del periódico.

—He pensado regalarte unas zapatillas de ballet —le dijo, tratando de mostrarse amable.

Irina le observó como si hubiera blasfemado.

—¿Pero tú te crees que puedes regalarme unas zapatillas de punta como se regala un florero? ¿Acaso consideras que todos los pies son iguales? ¿Qué opinarías tú si yo te dijera que voy a comprarte un violín?

La respuesta molestó a Enrique, que se quedó callado un instante.

—En primer lugar, como soy una persona educada, te daría las gracias. En segundo lugar, te diría que cualquiera puede entender que un violín y unas zapatillas de ballet no son comparables.

En el preciso momento en que acababa la frase, se dio cuenta de que se había equivocado. Irina saltó como una pantera.

—¡Te entiendo perfectamente, has querido decir, en primer lugar, que soy una maleducada y, en segundo lugar, que tu disciplina artística es mucho más importante que la mía!

Enrique recogió velas. Lo hacía a menudo, pensando que su madurez a veces resultaba excesiva para aquella muchacha.

—No he querido decir nada de eso, Irina. Lo único que pretendía remarcar es que un buen violín es un instrumento carísimo y que cometes un grave error si te equivocas al comprarlo, lo que no ocurre si te equivocas al adquirir unas zapatillas de ballet. Eso es lo único que he querido decir. Y de tomar el rábano por las hojas insinuando que me he referido a tu educación..., de eso nada de nada.

La llegada del camarero coincidió con la puesta en pie de Irina. La bandeja se fue por los aires.

—¡Eres un estúpido vanidoso!

Irina dio media vuelta y salió del local.

En otras circunstancias, Enrique se habría levantado y la habría seguido, pero en esa ocasión consideró que ya había aguantado bastante. Pidió excusas al camarero, pagó las dos consumiciones y después, con paso lento, se dirigió a su casa.

Tras el incidente del Café de Flore, Enrique no supo nada de Irina durante tres semanas, y esa vez no pensaba dar ningún paso para aproximarse a ella. Estaba harto de sus desplantes, de sus cambios de humor injustificados y de aquel rasgo de su carácter que la hacía erigirse en el centro del universo siempre. Estaba dispuesto a no ceder y a mantenerse firme en su sitio; de lo contrario, sería como admitir una culpa en la que no había incurrido. La juventud de Irina podía ser una excusa para algunas conductas, pero no para esos ataques de ira excesivos.

Enrique se dedicó con furia a sus ensayos. Estaba preparándose para la *tournée* que haría ese verano por los teatros de Ancienne Belgique, sociedad cultural que reunía muchas pequeñas salas de concierto cerca de Bruselas y que, al ofrecer varios recitales, bajaba el precio de la contratación, para finalizar la gira en el Casino de Ostende, el cual, junto con el de Knokke, acogía lo más destacado de los grandes acontecimientos musicales en Bélgica.

Llegó a su casa al filo de las ocho y media de la tarde; había trabajado casi ocho horas y realmente estaba cansado. Se fijó en que el farol que estaba enfrente del número 62 de la rue Mazarine estaba apagado, por lo que le costó acertar con la llave en la cerradura. Una vez logrado, empujó la puerta y entró en el portal. El ascensor lo subió hasta el ático, donde se encontraba su apartamento. Nada más entrar, depositó el llavero en la bandeja de plata del mueble del recibidor, como de costumbre, y a continuación se fue a la cocina para prepararse un zumo de naranja, con el que se dirigió hasta el comedor. Le encantaba contemplar desde la ventana los inclinados tejados de pizarra de los edificios antiguos de su barrio, más bajos que el suyo y que conservaban el encanto de tiempos pasados.

Cuando el reloj de la iglesia de Saint Germain emitió nueve campanadas, dudó si cenar algo o irse a la cama. Optó por lo segundo, convencido de que dormiría mejor. Dejó el vaso en el fregadero de la cocina y fue a su dormitorio, donde se desnudó y se puso los pantalones del pijama. Siempre dormía así. Tras pasar por el cuarto de baño para llevar a cabo su higiene nocturna, se sentó en la cama, colocando el cuadrante sobre la almohada y ajustando la luz de la lamparita de la mesilla de noche para continuar leyendo unas páginas de una antigua edición de *Rojo y negro* de Sthendal que había comprado días atrás en una librería de viejo de la Rive Gauche. Las aventuras de Julien Sorel y su esfuerzo por ascender en la escala social de París le parecían de una actualidad asombrosa, a pesar del ambiente de la novela, y pensó que, al fin y a la postre, todos los que llegaban a la capital del mundo pretendían lo mismo, en uno u otro sentido.

Súbitamente creyó oír un ruido en la puerta de la entrada y afinó el oído. Sí, alguien andaba hurgando en su cerradura. Supuso que sería uno de los tres estudiantes que compartían piso en el quinto derecha, que se había equivocado. Iba a levantarse para confirmar sus sospechas cuando percibió el sonido característico del pasador de la cerradura al ser manipulado con una llave. La evidencia se hizo diáfana: la única copia que existía era la que había entregado a Irina cuando ella le dijo que se la diera por si en alguna ocasión se encontraba mal. El ruido, aunque cauteloso, denunciaba la visita. Los pasos se aproximaban, el paño de su puerta se abatió y en el marco apareció recortada la impactante figura de Irina. Estaba bellísima. En las tres semanas que no la veía se había cambiado el peinado; ahora llevaba el pelo suelto, en vez del clásico moñito de bailarina que lucía habitualmente. La muchacha dejó un pequeño maletín en el suelo y, sin despojarse del abrigo, se sentó a los pies de su cama. Un tenso silencio transitó entre los dos. Los ojos verdes de Irina eran un taladro.

—Si quieres, me voy.

Enrique se oyó decir:

—Primero quiero saber por qué has venido.

La chica pareció dudar.

—A pedirte perdón... a mi manera. La última vez que nos vimos, en el Café de Flore, no estuve afortunada. Tenía un mal día y lo pagué contigo.

—No entiendo lo que pretendes afirmar con eso de «a mi manera».

Irina no respondió. Se puso en pie junto a la cama y, despacio, se despojó del abrigo, quedándose completamente desnuda. Su cuerpo era un monumento: el pecho alto, la cintura de avispa, las caderas proporcionadas y las piernas interminables.

Enrique, sin decir palabra, apartó el cobertor de la cama y se hizo a un lado. Irina avanzó y se acostó junto a él.

—¿Eres virgen? —le preguntó él sin poder evitarlo.

La chica clavó sus ojos de esmeralda en los de Enrique.

—¿Acaso eso importa? Perdí la virginidad a los quince años. —Tomó la mano de Enrique y la llevó a su entrepierna—. Pero si todos los españoles sois así, lo tenéis muy mal para ir por el mundo.

Enrique dudó unos instantes. De repente, él parecía el joven inexperto y ella la mujer madura.

—Irina…, no tengo ningún preservativo.

—No te preocupes. Hace ya mucho que tomé precauciones.

41

El guateque

Valentina cumplía catorce años, y la fiesta iba a celebrarse en el jardín de la casa de Clarita. Los preparativos ocuparon toda la semana, y las discusiones sobre el número de amigas a las que la homenajeada podía convidar llenaban los diálogos de todos los días.

—Pero... ¡mami! Yo no puedo invitar a unas niñas sí y a otras no... Además, las hijas de vuestros amigos no son amigas mías.

—Valentina, como comprenderás, no puedes traer a todas tus compañeras de clase. Has de invitar sólo a las amiguitas de tu grupo, a las mamás de las cuales conozco bien. Por otro lado, ya sabes que tu padre tiene compromisos con amigos, que tienen hijas e hijos de tu edad, a cuyas casas nos han invitado, y tú has ido.

—Pero... ¡mami! Yo he ido con vosotros de visita, no a fiestas.

—Mira, Valentina, de tu colegio puedes invitar hasta diez niñas y niños, y tu padre y yo invitaremos a quien creamos conveniente. Los papás de tus amiguitos también pueden venir. Si te gusta así, estupendo, y si no, no habrá fiesta... ¡Y eso es criterio cerrado!

Mariana lamentó tener que ponerse seria con su hija, pero no había otra manera de que parara de dar la lata.

—Está bien, pero invitaré sólo a niñas.

Álvaro participaba en una de las ideas que había tenido Simón, que era disfrazarse, lo que, junto con la piñata, el teatrillo de payasos y la actuación de un mago, formaba parte de la fiesta. Mariana llamaría a todas las mamás de los niños que asistirían y les rogaría que, sin explicarles nada, les maquillaran la cara según el disfraz que tendrían que vestir, de los que iba a encargarse Mariana: bailarina, payaso, cowboy, demonio, cochero, princesa, Cenicienta o lobo feroz, entre otros muchos. De esa manera, las fotos que hiciera el fotógrafo que habían contratado serían mucho más divertidas. Para los adultos pensaba apalabrar a un trío de cantantes de rancheras que actuaría en el salón de la casa de los Lozano, que podía alojar a bastantes personas ya que se abría al comedor.

Todas las ideas que iban teniendo, Mariana se las explicaba a Sergio a la hora de cenar, pues casi siempre estaba sola a mediodía dado que los niños se encontraban en el colegio y su marido desaparecía, y como por la noche cenaban con ellos Valentina y Álvaro, ella procuraba dar sensación de normalidad y hablar de asuntos que pudieran interesar a sus hijos.

—Papá, ¿te parece buena idea lo de los disfraces? —indagó Valentina.

—Muy buena idea, hija, pero opino que tú has de escoger el disfraz de princesa, pues eres la princesa de esta casa.

—¡Y Álvaro el de demonio, que es lo que Petra dice que es! Mariana intervino.

—¿Traerás a alguien del despacho?

—No sé, ya te lo diré.

—Pues dímelo pronto porque he de tener claro cuántos seremos. No puedo improvisar en el último momento.

Los días fueron pasando y las cosas fueron concretándose.

Finalmente, el número de niños ascendía a dieciocho. Alguna niña del colegio había fallado, y asimismo dos hijos de un matrimonio amigo de la pareja estaban con gripe en la cama. En resumen, contando con que después algunos de los padres sólo acudirían a llevar y recoger a sus hijos y no se quedarían, el número final fue de treinta y dos.

Sergio alegó que de ninguna manera podía faltar aquel día al despacho, si bien llegaría antes de romper la piñata. Añadió que se ocuparía de traer el gran pastel, que compraría en una confitería cercana a Cartonajes Estrella donde elaboraban una tarta de nata y chocolate que era la favorita de Valentina.

—Cuenta, Sergio, con que los mayores no acostumbran a tomar dulce. Así que encárgala para veinte personas.

Sergio se volvió hacia su hija.

—Te traeré la tarta más bonita del mundo, con catorce velas y tu nombre, ¿te gusta?

—Me encanta, papá. ¡Mis amigas van a chuparse los dedos!

—Y yo también —apuntó Álvaro.

Durante toda la semana Mariana se ocupó de ir telefoneando a las madres respectivas, pidiendo la talla de sus hijos y comunicándoles cuál sería su disfraz, para que el maquillaje coincidiera. En dos días pusieron la casa y el jardín patas arriba. Simón dirigió las operaciones del exterior y, con la colaboración inestimable del jardinero de Clarita, colocó al fondo un pequeño escenario para la actuación de los artistas. También instaló, entre dos frondosos árboles, la piñata, una de las cosas que más divertía a los niños. Del interior de la casa se ocupó la propia Mariana, aunque contó con la colaboración de Malena, quien acudió a echarle una mano por la mañana. Unieron la salita con el comedor, de tal manera que al fondo pudieran actuar Roberto Cantoral y Los Tres Caballeros, que era la sorpresa para los adultos, y dispusieron asientos para que los invitados pudieran estar cómodos.

Mariana fue a ver a Clarita después para darle las gracias y convidarla a la celebración pues sabía, además, que a la anciana le encantaba la música mexicana. Doña Clara se excusó diciendo que se veía obligada a pasar casi todas las tardes tendida en el sofá con la esterilla eléctrica por culpa de un dolor agudo y lacerante que le atenazaba el vientre, aunque añadió que, si estaba de humor, pasaría a ver la fiesta de los niños con Simón. La anciana le dijo que dispusiera de Encarnación, su camarera, que la socorrería en lo que fuera menester. Mariana se lo agradeció pues le vendría muy bien, explicó, contar con alguien más que ayudara con la merienda de los críos a Petra y al empleado que les enviaría la empresa donde había encargado los canapés de los adultos.

A Valentina la última semana se le hizo interminable. Había vivido ya su fiesta con antelación de tanto hablar de ella con sus amigas. Por fin llegó el gran día, y amaneció esplendoroso, cosa fundamental ya que de lo contrario la fiesta del jardín se habría ido al garete. La locura empezó por la mañana arreglando la casa y recibiendo a los dos botones de la tienda El Payaso Tonto con los disfraces de los chicos, que se colocaron, luego de repasarlos y comprobar que no faltaba ningún accesorio, sobre las camas del cuarto de los invitados. Petra no paró de ir y venir a la puerta, ya que varias familias enviaron sus regalos para Valentina por mensajero.

Cuando en el carillón del comedor sonaban las cuatro y media de la tarde, los invitados comenzaron a llegar. Varios niños llegaron solos con sus chóferes, y alguna que otra mamá asistió con sus hijos. Todas adujeron que, por motivos de trabajo, sus respectivos maridos acudirían más tarde. Todo estaba previsto. Las chicas se vestirían en el cuarto de Valentina y los chicos en el de Álvaro. El fotógrafo fue puntual, y, antes de empezar la fiesta, todos pasaron por el escenario del jardín para hacer las fotos de rigor con los niños disfrazados.

Hechas las fotos, comenzaron los juegos. El jardín era muy amplio y los chiquillos podían correr y desahogarse. Indios, cowboys, demonios, princesas, bailarinas..., todos pululaban entre los parterres llenando el espacio de risas y gritos. Luego tuvo lugar la actuación de los payasos y del mago, y finalmente procedieron a romper la piñata. Cuando iba a empezar la merienda, Mariana comenzó a ponerse nerviosa. La práctica totalidad de los asistentes estaba allí, y el pastel no había llegado todavía.

Mariana llamó al despacho de Sergio, donde Mariel le comunicó que había salido haría una media hora. Valentina lanzaba angustiosas miradas a su madre cuando Simón se acercó sigiloso.

—¿Qué ocurre, Mariana?

—Pues que Sergio es el encargado de traer el pastel y, aunque ha salido del despacho hará una media hora, no llega... Y la merienda de los niños está finalizando.

—No te preocupes, ya sabes cómo está la circulación, a lo mejor ha tenido un percance.

Pasó otra media hora. Los niños habían acabado de merendar y la angustia de Mariana llegaba al límite. Súbitamente se apagó la luz, se abrió la puerta del *office* y compareció Simón, con dos grandes bandejas en las que había sendos pasteles idénticos; cada uno con siete velas. Los ojos de Valentina expresaron una sensación de alivio entreverada de tristeza. Se soplaron las velas, se cantó «Las mañanitas» y después «Porque es una chica excelente», y la fiesta continuó transcurriendo sin más novedad.

Mariana se vio obligada a justificar ante varias de las mamás aquel extraño invento de los dos pasteles. La madre de una de las niñas del colegio de Valentina a la que había conocido con Sergio en una de las reuniones de padres argumentó:

—Los hombres son muy despistados y el trabajo los absorbe.

Mariana dudó un instante.

—Sí lo son —se oyó decir poco después.

Finalmente, sobre las ocho y media, en plena actuación de Roberto Cantoral y Los Tres Caballeros, llegó Sergio. Entró por la cocina y dejó allí el pastel antes de pasar al comedor. Mariana, sentada, lo vio llegar. Sergio se dio cuenta enseguida de que la tormenta iba a ser de órdago. Acabada la música y retirados los artistas, los adultos, luego de saludar a Sergio, quien se excusó diciendo que había tenido un trabajo horroroso en el despacho, fueron recogiendo a sus hijos y, tras cambiarlos de ropa, se marcharon.

La casa había quedado manga por hombro, y Mariana ordenó a Petra y a Encarnación, la camarera de Clarita, que comenzaran a poner orden en tanto ella recogía los disfraces y colgaba en el perchero los abrigos de sus hijos y el de Sergio, que estaba en el brazo de un sillón. Mariana, mientras, oía a su marido hablando con su hija.

—Valentina, tesoro, he tenido la visita de un americano que ha venido a verme ex profeso. Sé que te he decepcionado, pero te he traído el pastel.

—¿Qué quieres, papá, que me lo coma yo sola?

La niña dio media vuelta y partió llorosa. Cuando ya se alejaba hacia la escalera Sergio levantó la voz.

—¡Te prometo, Valentina, que te compensaré!

Ya por la noche, nada más entrar en el dormitorio, trató de justificarse ante su esposa.

—Te juro, Mariana, que me ha sido imposi...

Mariana lo interrumpió.

—¡Déjame en paz! —le espetó, y se dio la vuelta, airada.

Tras estas palabras entró en el cuarto de baño.

—¿Adónde vas?

—Aunque creo que no te importa demasiado, a desmaquillarme y a dormir en el cuarto de invitados. La niña se ha quedado hecha polvo, Sergio. —La puerta del cuarto de baño se cerró.

Sergio reaccionó con rapidez.

—Te estás equivocando… Creo que tengo derecho a darte una explicación.

Su cabeza iba pasada de revoluciones mientras intentaba una excusa plausible. Lo que pensó que sería entretenerse un momento tomando una copa en El Parador del Charro con Lupe, tras recoger el pastel de Valentina, se había convertido en tres o cuatro whiskies y un buen rato.

El agua del grifo de la ducha hizo que no entendiera lo que Mariana le decía. Al cabo de un rato, salió con el albornoz puesto y una toalla en la cabeza.

Sergio, desconcertado, saltó de la cama e intentó cogerla por la cintura.

—¡Déjame en paz, Sergio!

Mariana siguió abriendo cajones, buscando un camisón y una rebeca.

Por primera vez en su vida, Sergio se había quedado sin palabras. Luego reaccionó, y con ese tono lastimero de niño arrepentido que siempre le había dado resultado intentó horadar la coraza de Mariana.

—Voy a contarte la verdad, aunque lo que oigas te resulte increíble. Cuando iba a buscar el pastel de Valentina me he encontrado con un guarura que estaba poniéndome una multa. He discutido con él hasta que finalmente me ha tocado pagar la mordida. —La mente de Sergio trabajaba a toda velocidad—. Cuando he llegado a la pastelería, habían bajado ya la persiana metálica y he tenido que dar la vuelta para entrar por la portería de al lado, ya sabes por dónde… —En una ocasión Mariana y él habían tenido que ir a buscar una caja de bombones de urgencia para una visita en casa de unos amigos y, al estar cerrada la pastelería, habían entrado por allí—. Luego, por más desgracia, había un tapón impresionante en Reforma. Un camión había perdido la carga y estaban desviando el tráfico…

Mariana lo interrumpió.

—Y por esa retahíla de sucesos has llegado tarde el día del cumpleaños de tu hija, oliendo a JB como siempre, porque ya no controlas. El whisky te controla a ti.

Al verse descubierto, Sergio cambió el guion e intentó engallarse.

—Pues sí... Trabajo como un perro, en mi casa el clima no es precisamente agradable y antes de salir del despacho he tomado un whisky. Y es cierto que estoy un poco harto.

Ella se sentó en la cama, y Sergio percibió en su mirada una expresión que no había visto jamás.

Mariana habló despacio.

—Pues mira qué bien, ¡ya somos dos los que estamos hartos! Sí, estoy harta de que llamen de los bancos y pongas a Petra al teléfono y la obligues a mentir... Estoy harta también, y debes comprenderlo, del JB. ¡Estoy casada con una destilería y no con un hombre!

Sergio se desconcertó.

—Ahora me iré a dormir al cuarto de invitados —añadió Mariana—, y si alguien te pregunta mañana, dirás que me he ido porque roncas mucho.

Y dando media vuelta partió Mariana, dejando a Sergio de una pieza y sin alcanzar a entender cómo esa mujer que lo había seguido desde España hasta el destierro era capaz ahora de tratarlo así.

42

El embarazo

A las cuarenta y ocho horas de su encuentro nocturno, Irina se fue a vivir con Enrique. Lo hizo poco a poco. Lo primero fue dejarse una muda y todo lo referente al aseo, por si algún día se iba directamente a trabajar desde allí, alegó; después se llevó una maleta con diversas prendas para estar cómoda en la casa. Al paso de los días fue confiándose y, de manera intermitente, desgranó retazos de su pasado, que no había sido demasiado feliz. Sus historias conmovían profundamente a Enrique, que intentaba compensarla con besos y abrazos, escuchándola siempre con atención y satisfaciendo, en la medida de lo posible, todos sus caprichos. Pese a todo, Irina nunca parecía estar contenta. A él le rondaba la cabeza desde hacía un tiempo pedirle que se marchara: la intensidad de esa chica lo descentraba, le impedía concentrarse en sus ensayos y, a pesar de que mantenían relaciones apasionadas, su malhumor general era contagioso. Ignoraba si estaba o no enamorado de ella, pero sabía que la relación no le aportaba sosiego ni paz.

Enrique había aprendido a percibir al instante el estado de ánimo que traía Irina al regresar a casa, porque, según le hubiera ido el día, si observaba que su rostro auguraba tormenta, él debía andarse con cuidado. Cuando eso ocurría, daba igual la postura que Enrique adoptara: ella estaba a la contra, y en la discusión su verbo era acre y falto de respeto, llegando muchas veces al insulto. Si a la hora de acostarse Irina se metía en la cama con el pijama puesto, pintaban bastos, y entonces él ni intentaba acercarse; si, por el contrario, regresaba desnuda del cuarto de baño, es que venía dispuesta a tener un encuentro amoroso.

Al cabo de cuatro meses la chica llegó a casa de un talante especial. Enrique supuso que el ensayo no le habría ido bien. Aun así, le preguntó el motivo.

—He tenido la segunda falta, y yo soy puntualísima. He ido a la farmacia a hacerme la prueba… Estoy embarazada.

Enrique se quedó helado.

—Pero ¿cómo puede ser? —dijo sin pensar.

Irina se encabritó.

—¡Pues como son estas cosas! ¿O es que los de tu país aún creéis que a los niños los trae la cigüeña?

A Enrique no le sentó bien la respuesta.

—Yo particularmente creo que la gente no miente, y tú me dijiste que habías tomado precauciones.

—¡Llevaba puesto un DIU, pero a veces las cosas fallan!

Un silencio ácido se estableció entre ambos.

—¿Y qué vas a hacer ahora?

—¡Qué vamos a hacer, querrás decir! ¿O acaso crees que esto es únicamente asunto mío? Vamos a casarnos y yo voy a tener a nuestro hijo, que llevará tus apellidos. Jamás segaría una vida humana, porque soy católica y tú también lo eres, ¿no?, y el aborto es un pecado que no quiero cometer.

Enrique meditó su respuesta.

—El mes que viene salgo de gira, y, como comprenderás, una decisión así no se toma en cinco minutos.

Irina levantó la voz.

—¡La decisión ya está tomada!

A Enrique le molestó el tono.

—Estará tomada por tu parte, no por la mía. Algo como esto es cuestión de dos.

—¡Pero la que está preñada soy yo! Estúpido… ¡Tú has puesto tu grano de arena! Y, por cierto, no es que sea nada del otro mundo, si lo comparo con otros.

Enrique entró al trapo y también alzó la voz.

—¡Otro motivo que me da que pensar! A lo mejor es uno de esos el que te ha hecho el hijo… ¡Cuando te acostaste conmigo, eras ya una experta y habías tomado precauciones, o eso me dijiste!

Irina estaba encendida.

—¡Cerdo español!

Se dirigió hacia el armario en busca de su maleta y comenzó a llenarla de ropa desordenadamente. Cuando terminó se volvió airada, echando chispas por sus hermosos ojos verdes.

—¡Te juro que te acordarás de mí!

43

Consecuencias

Los niños se habían ido ya al colegio, y Petra estaba recogiendo las habitaciones y haciendo las camas en el piso superior. Mariana, en bata y zapatillas, desayunaba sentada a la mesa de la cocina dando vueltas y vueltas a lo sucedido la tarde anterior. Las cosas habían llegado a un punto insostenible. Las veleidades de Sergio ya no le importaban, lo que sí le dolía era el hecho de haber dejado sin pastel a la niña el día de su cumpleaños. Las cosas entre ellos dos iban mal hacía tiempo, y Mariana era consciente de que si seguía junto a él era por no originar a sus hijos otro trauma. Duro había sido obligarlos a dejar España, sus colegios, sus amigos y sus deportes, y no quería correr la aventura de nuevo a la inversa… y, por qué no decirlo, regresar habiendo fracasado otra vez y sin saber qué hacer con su vida. Lo que sí tenía claro era que si debía seguir en México las cosas serían de otro modo, y el escarmiento que pensaba dar a su marido iba a ir más allá de una mera bronca conyugal.

Mariana regresó de sus laberintos mentales al oír los pasos de Sergio, que descendía la escalera. Su marido intentó darle un beso en la mejilla, pero le retiró la cara. Entonces rodeó la mesa y se sentó frente a ella.

—Perdóname.

Mariana se apartó la taza de los labios.

—Lo de ayer no tiene perdón. Conste que no es por mí, que ya me da igual todo lo que hagas, sino por Valentina. La angustia y la decepción que le causaste no te las perdono.

Sergio, en un tono contrito y humilde, intentó pactar.

—Un fallo puede tenerlo cualquiera, y me parece que...

Mariana dejó la taza sobre la mesa y esa vez se dirigió a su marido en un tono de sorna que jamás había empleado con él.

—Mira, Sergio, buena madre y esposa probada sí lo soy, pero imbécil no... ¿O te crees que no veo las cosas? Está bien buscada la excusa del JB porque sabes que me consta tú debilidad, pero no te considero tan estúpido como para quedarte en un bar tomando copas el día del cumpleaños de tu hija. Las cosas van por otro lado... ¿O crees que no me doy cuenta? Cuando te levantas a coger el teléfono del pasillo, apenas empiezas la conversación dices: «Espere, que no le oigo bien, don Emilio». Otras veces cuando el teléfono suena y lo cojo yo, cuelgan... Esto ya dura mucho, y empezó al poco de llegar yo aquí. Después de haber pasado por lo que hemos pasado, me apena que estemos así..., pero he tomado una decisión. Tú y tus líos me traéis ya sin cuidado, pero te comunico que a partir de ahora las cosas van a cambiar.

—¿Qué quieres decir?

—De entrada, me niego a que acudas a mí para que te acompañe en eventos sociales. Me siento utilizada, y estoy segura de que tienes una amiga, las mujeres contamos con un instinto especial para detectar eso.

Sergio se defendió levemente.

—Yo no tengo ninguna amiga. Lo que sucedió ayer es que tomé una copa de más en un momento inoportuno.

—Y, si te parece, yo soy tonta.

Sergio aceptó su derrota y comenzó a pactar partiendo de aquel punto.

—Mi jefe nos ha invitado a cenar este viernes.
—Pues tendrás que acudir tú solo.
—¿Te has detenido a pensar que puede perjudicarme en el trabajo?
—¿Y tú te has parado a pensar alguna vez en tu familia? Hagamos el cuento corto, Sergio: y la comedia sigue con mi guion.

Un rato después de esa discusión, Mariana se preparaba para salir.
—Petra, si a las dos no he regresado es que no vengo a comer.
—Está bien, señora.
Cuando ya se retiraba, la chica se detuvo en el arco de la cocina y se volvió.
—Señora, me olvidaba… Han traído un paquete de correos para usted con una carta.
—Debe de ser algo de España. Alguien se ha acordado de mí… Tráemelo —le dijo mientras acariciaba a Toy, que siempre acudía a la puerta a despedirla.
—Ahora mismo, señora.
Petra desapareció y al punto regresó con un paquete pequeño, bien envuelto y atado con un cordel dorado. Había un sobre unido a él.
Mariana lo tomó en sus manos y lo observó con curiosidad.
Abrió el sobre y extrajo de él un tarjetón de color crema con el sello de un hotel y una nota escrita a máquina, que leyó con curiosidad.

Estimada señora Lozano:

En su último viaje en el que honró nuestro hotel con su presencia, se dejó sin duda olvidado el conjunto de prendas que le remito a la dirección de la tarjeta de su esposo.
Siempre a sus pies,

CONRADO PACHECO
Director

Mariana quitó el envoltorio exterior del paquete, y el tacto suave de un retazo de papel de seda rozó sus dedos. Lo rasgó, y ante sus ojos apareció un conjunto negro de braguitas, liguero y sujetador, con una pequeña rosa roja entre las dos cazoletas. Tuvo que apoyarse en la columna del comedor.

A las cuarenta y ocho horas, Sergio abandonaba la casa con dos maletas.

44

Sonia Castrillo

El teléfono sonaba con insistencia. Enrique había terminado los ensayos con los otros componentes del terceto que partiría hacia Bélgica para iniciar la gira al cabo de un mes y acababa de regresar a su casa, dispuesto a prepararse algo para comer solo.

—¿Enrique?

La voz le resultaba vagamente conocida.

—Soy yo. ¿Quién lo pregunta?

—¿No me reconoces? Soy Sonia Castrillo. Tu hermana Gloria me ha dado tu número de teléfono.

Enrique la recordó al instante. Pepa y Sonia Castrillo eran dos gemelas de Barcelona íntimas amigas de su hermana Gloria.

—¡Qué alegría oírte! ¿Qué haces en París?

—Estoy aquí de viaje de aniversario de bodas. El martes nos iremos a Roma, luego creo que a Berlín y después de vuelta a casa.

—¿Conozco a tu marido?

—No, pero estabas presente el día en que yo lo conocí.

—¡No me digas!

—Fue en la puesta de largo de Mariana Casanova, él era

uno de los invitados de una de las chicas que se ponía de largo aquella noche. Y ya ves, ¡celebramos los trece años de casados!

La mente de Enrique voló hasta aquel día y su memoria reprodujo la escena que lo había empujado a romper su relación con Mariana, además de la distancia y el tiempo que suponía su estancia en París para seguir sus estudios de violín. Recordaba a Mariana hablando en un rincón junto a una columna con Rafael Cañamero, el rejoneador, y a Sergio Lozano esperándola en la mesa con aires de novio protector.

—Lo que son las cosas... ¡Boda y mortaja del cielo bajan! Imagino que podré verte en París, ¿no?

—Para eso precisamente te llamo. Me gustaría quedar y que saliéramos por ahí, ya que supongo que eres un experto en la noche parisina. Y te presentaré a Germán, mi marido. Te va a gustar, es de nuestra cuerda.

—Estaré encantado. ¡Os invito a cenar! París es el centro gastronómico del mundo.

—Me parece estupendo, pero te invitamos nosotros.

—¡Eso ni lo sueñes! Por el momento, concretemos el lugar y la hora. ¿Qué tal si quedamos, de entrada, en el Café de Flore? Todos lo conocen. ¿A las siete y media? Te parecerá muy pronto, Sonia, pero el horario de París es muy diferente del de España.

—Estupendo, allí estaremos.

—¡Bienvenidos a Europa! En una sola noche, Sonia, apreciarás el encanto de esta ciudad.

—Gracias, Enrique. Nos llevaremos un bonito recuerdo, seguro.

—Adiós, Sonia.

—Adiós, Enrique. Mejor dicho, ¡hasta luego!

Colgaron.

Enrique partió con media hora de anticipación, y cuando llegó al Café de Flore se instaló en la barra, justo en el rincón que daba a la calle para ver llegar a sus amigos, que fueron sumamente puntuales. Tras los saludos y las presentaciones, se dispusieron a decidir en qué restaurante cenarían.

—Tú mandas, Enrique, tú eres el experto —dijo Germán, a quien Enrique ya consideraba un tipo estupendo.

—De acuerdo. Voy a llevaros al Lasserre, que está en el diecisiete de la avenida Franklin Delano Roosevelt. La comida allí es de escándalo y, además, el techo se abre y se ven las estrellas, lo cual es una delicia, sobre todo en una noche como ésta.

Al cabo de media hora estaban los tres sentados a una de las mejores mesas del restaurante. El ambiente y el servicio eran soberbios, y la cena, perfecta. Sonia tomó blinis de langosta a la trufa negra, Germán caracoles a la borgoñona y Enrique pularda al vino, regado todo ello con un Château de Saint Cosme de Côtes-du-Rhône. Tras los postres y el café, y luego de que Enrique se levantara discretamente y pagara la cuenta, el *maître* ordenó a un camarero que abriera el techo para mostrar a los comensales el cielo parisino. Sonia estaba entusiasmada, y a la salida pidió a Enrique que los llevara a una de las *boîtes* de París que no fuera para turistas. Enrique quiso complacerla y los condujo al Saint Hilaire, un lugar selectísimo al que no tenía acceso la gente corriente, ya que sólo se permitía la entrada a personas famosas o a artistas consagrados, que inclusive actuaban allí, en ocasiones, para el resto de los amigos tocando el piano, cantando o recitando.

—Cuando regresemos a Barcelona y cuente todo esto a mis amigos, ¡no me creerán!

Aquella noche estaban presentes Juliette Gréco, Johnny Hallyday y Sylvie Vartan, y esta última, acompañada por el pianista de la casa, cantó temas de su último disco. Sin darse cuenta, les dio la una.

—Perdonadme —dijo Enrique—, pero para mí es ya tarde. Mañana tengo que estar a las nueve en el estudio. Podéis quedaros, si queréis.

—No, Enrique —contestó Sonia—, nos vamos todos, que

mañana tenemos previsto ir al Louvre. ¡Y nos queda mucho que ver en París!

Enrique iba a pagar, pero esa vez Germán se le adelantó. Salieron a la calle y se dirigieron hacia el BMW de Enrique, que había aparcado nada más doblar la esquina, bajo una farola. Cuando el vehículo ya era visible, a Enrique se le aceleró el pulso. Y en cuanto llegaron junto a él, se le disparó. Los espejos de los retrovisores estaban rotos; los limpiaparabrisas, torcidos; el escudo blanco y azul de la marca, marcado con un punzón, y sobre el capó, una sola palabra: COCHON.

Al lado de su coche figuraban aparcados vehículos de mucha más categoría, como un Bentley con matrícula inglesa, un Maserati y un Mercedes Benz, sin que ninguno hubiera sufrido desperfectos, por lo que supuso que la causante de aquel desastre había sido sin duda Irina, con la que había ido en alguna ocasión al Saint Hilaire y conocía su afición de acudir con regularidad a aquel exclusivo local.

45

La Monumental

Hacía un mes y medio que Sergio había salido de la casa cuando el teléfono sonó tres veces. Mariana iba a descolgar, pero, suponiendo que sería él quien llamaba, le dio pereza volver a oír sus lamentos y sus ruegos, de modo que al final alzó la voz para que acudiera Petra.

La muchacha asomó la cabeza desde la puerta de la cocina.

—Coge el teléfono, y si es el señor dile que he salido.

—¿Y si me pregunta cuándo regresará?

—Le dices que como con Malena Uribe y que no regresaré hasta que los niños vuelvan del colegio.

El teléfono seguía sonando, y Petra se dirigió al pasillo donde estaba el aparato al tiempo que se secaba las manos en el delantal. Mariana, sentada en el sillón en el que mejor se podía leer ya que entraba la luz por la ventana que daba al jardín, escuchó la conversación de Petra.

—Aquí la casa de los señores Lozano. ¿Quién es? —Una pausa—. ¿De parte de quién le digo? —Otra pausa, ésta más larga—. Voy a ver si está.

La chica apareció en el arco de la entrada, Mariana dejó el periódico que estaba leyendo en su regazo y la miró con expresión interrogante.

—Señora, un caballero pregunta por usted.
—Tal vez el señor habrá hecho llamar a alguien del despacho.
—No lo creo, señora. La voz no era de alguien de aquí.
Mariana la miró extrañada.
—¿Y pregunta por mí...? ¿No por el señor? ¿Tenía acento americano?
—No, señora, su acento no es americano. Y pregunta por usted.
—Cuelga el teléfono del pasillo.
Petra partió, y Mariana aguardó unos instantes para darle tiempo a colgar el aparato. Después tomó el auricular.
—¿Quién es?
—¿Mariana?
—Soy yo, sí. ¿Con quién hablo?
—¡Qué desilusión! A mí tu voz no se me ha olvidado.
Mariana se sentó en el borde del sillón sintiendo que se le hacía un nudo en la garganta.
—¿Eres Rafael? —se oyó decir.
—Sí, soy el mismo Rafael de hace diecisiete años.
Mariana tomó su abanico, que estaba sobre la mesa. El impacto había sido tremendo y el corazón le latía precipitadamente. La sangre huyó de su rostro, y mil preguntas le vinieron a la boca.
—¿Cómo me has encontrado? —dijo al fin.
—Te he añorado todo este tiempo, pero no me decidía a hablarte porque creía que eras feliz... hasta que tu abuela me ha animado a llamarte.
Hubo una larga pausa, que Mariana aprovechó para rehacerse de la impresión.
—Todo eso es secundario, Rafael. Soy una mujer casada.
—Por lo que he sabido, mal casada. Yo, en cambio, sigo soltero. Y continúo pensando en ti. También sé que tienes cuatro hijos y que te fuiste a México porque tu marido hizo una estafa muy sonada en Barcelona.

Mariana decidió cambiar de tercio.

—¿Qué haces en México, Rafael?

—En primer lugar, intentar verte y, en segundo, reaparecer en la Monumental tras cinco años de ausencia... No quería que supieras de mí a través de la prensa. Luego tenemos que viajar por todo el país.

Mariana se oyó decir:

—Siempre que he podido he seguido tus triunfos.

—Eso me alegra. Pero creo que deberíamos vernos, como amigos, porque ambos tenemos muchas cosas que contarnos.

Mariana dudó un instante.

—Nos haremos daño, Rafael, y mi vida es ya muy complicada.

La voz de Rafael sonó seria.

—He de verte, Mariana... No quiero que pase ni un día más sin hablar contigo.

Mariana se defendió, si bien débilmente.

—Prefiero no estropear aquel maravilloso recuerdo que fue lo más bonito de mi juventud.

—¡Ahora menos que nunca! —exclamó el rejoneador—. Tu abuela me dio a entender que no eres feliz.

—Nadie lo es... La convivencia mata los sueños y lo estropea todo.

—Yo no creo eso. Dame una oportunidad, Mariana. Después de tantos años de fidelidad, considero que merezco el premio de estar contigo un par de horas. —Luego añadió—: Si no puedo verte dejaré que el domingo me coja un toro de Piedras Negras.

Mariana, que lo conocía bien, se asustó.

—¡No digas barbaridades, eso no quiero oírlo ni en broma!

—No es broma, te lo digo muy en serio.

Mariana ya no fue capaz de resistirse.

—Está bien, ¿cuándo puedes?

—Esta tarde, esta noche, mañana por la mañana... No tengo otra cosa que hacer. Y si quieres verme a la hora de la corrida del domingo, también es posible. Me detendrán por alteración de orden público y me meterán en la cárcel, pero te habré visto.

A Mariana se le escapó una sonrisa y, sin poder evitarlo, cayó en la tentación. ¡Hacía tanto tiempo que no sonreía...!

—No cambiarás nunca.

—En eso tienes razón, porque te quiero desde el día que me lanzaste la rosa roja en la corrida de beneficencia.

Mariana se emocionó y no pudo contener un sollozo.

Rafael se dio cuenta.

—Mujer, no me llores, que me matas y así no arreglamos nada... Y no dudes que siempre se está a tiempo de tomar el timón del destino de cada uno. Si no eres feliz debes tratar de arreglarlo, que sólo se vive una vez.

—Tengo cuatro hijos y un matrimonio fracasado —dijo Mariana entre hipidos—, y cargo con la vergüenza de tener que volver a España después de naufragar de nuevo.

—Todo eso no es para hablarlo por teléfono. Dime dónde y cuándo nos vemos.

—Está bien, sé que voy a complicarme la vida, pero ya da igual. ¿Te parece bien en la Hacienda de los Morales mañana a la una y media? ¿Conoces el sitio?

—¡Quién no lo conoce...! Allí estaré a la una en punto, no quiero perderme ni un minuto de estar contigo.

Mariana pensó rápidamente. No podía negar que ver al hombre que seguía pensando en ella tras tantos años le producía una gran alegría, que iba a llenar un espacio de tiempo en su mediocre existencia y que ella merecía aquel premio. Rafael había representado un vendaval en su juventud, y eso una mujer no lo olvidaba nunca, y si las cosas se hubieran desarrollado de otra manera y ella hubiera tenido un par de años más, era consciente de que su vida habría sido muy diferente, mucho mejor, a buen seguro, aunque realmente poco hacía falta para que fuera así.

Un silencio tenso ocupó la línea, y al cabo la voz de Rafael sonó emocionada.

—No puedes imaginar lo que eso representa para mí... Por lo que veo, sigues igual que en Barcelona. Además, quiero que sepas que cuando estoy vistiéndome para salir al ruedo siempre tengo junto al espejo dos estampas: la imagen de la Macarena que mi madre me dio y la foto que tú me regalaste, esa en la que apareces como la *Inmaculada* de Murillo, de aquella función que hiciste en el colegio. Y eso no lo he improvisado, Mariana. Ten por cierto que te quiero y que seguiré queriéndote, acabe como acabe nuestro encuentro.

—Adiós, Rafael, hasta mañana.

Apenas colgó el aparato, Mariana tuvo que pellizcarse. Le costó convencerse de que aquella conversación había tenido lugar, que no había sido una digresión de su pensamiento.

46

Clara Liechtenstein

Mariana cruzó el jardín, donde una lluvia blanda, muy propia de la primavera mexicana, caía lentamente. Solía visitar a Clarita casi todos los días en las horas que los niños se encontraban en el colegio o estaban ya en pijama a punto de cenar. Aquella mujer se había ganado su corazón. Era cariñosa con sus hijos, espléndida en sus obsequios de cumpleaños y santos, tenía una conversación deliciosa y explicaba cosas increíbles al respecto de su ida a México y de las vicisitudes de su vida.

En esa ocasión, acudía a la llamada de Clarita. Había estado un par de días con Malena en Acapulco para mostrar en las muchas tiendas para turistas que había allí los objetos de inspiración española que, copiados por el hábil artesano que habían contratado, ella y su amiga ofrecían en México. A su regreso, Petra le dijo que la señora Liechtenstein había preguntado por ella cada día.

Mariana empujó la puerta de la entrada de la casa grande, que siempre estaba abierta, colgó el paraguas en el perchero y caminó hacia el salón. Desde el fondo se oía el televisor, donde, como siempre a esa hora, Clarita seguía con pasión uno de los famosos culebrones mexicanos de Televisa, *Al rojo vivo*, protagonizado por Alma Muriel y Frank Moro. Encarnación le salió al paso. Era una mujer discreta, mexicana de raza, de ojos rasgados y profundos que reflejaban la melancolía de los nativos de aquella tierra, con una larga trenza negra como el azabache que le llegaba a la cintura y un hablar pausado lleno de matices.

—¿Cómo está la señora?

—Un poco pachucha. Don Simón viene mucho a verla, pero ya sabe que es muy suya, no quiere tomar medicinas y anda todo el día con la esterilla eléctrica. Dice que le duele mucho el vientre. Ha preguntado por usted estos días, a pesar de que le expliqué que usted estaba fuera.

—Pues vamos a verla. Las personas mayores lo que quieren es que las mimen, se vuelven como niños.

La sirvienta se colocó la mano junto a la oreja para oír mejor lo que pasaba en el salón.

—Pase, seño, porque la señora ha apagado el televisor, y eso que estaba viendo su novela favorita. Seguro que nos ha oído.

La voz inconfundible de doña Clara sonó a lo lejos.

—¿Eres tú, Mariana? No te entretengas con esa charlatana, que se muere por dar carrete.

—¡Ya voy, Clarita! Ha sido culpa mía.

Mariana abrió la puerta del salón y, pese a estar prevenida y a que tan sólo hacía dos días que no veía a su amiga, se impresionó. A doña Clara Liechtenstein le había cambiado la cara. Su rostro, terso y rosado, había adquirido un tono macilento, sus ojos se habían hundido, y a Mariana le pareció que la nariz se le había afilado. Disimuló el impacto e hizo como si la encontrará igual que siempre. Señaló la esterilla eléctrica que tenía sobre vientre y, con los brazos en jarras, la amonestó.

—¡Es que no puedo dejarte sola ni un momento! En cuanto tengo que irme y tardo un poco en verte, te me pones malita.

Clara le hizo un gesto para que se acercara a besarla.

—Vete, Encarnación. Si te necesito ya te llamaré —ordenó Clara, en una tesitura que no encajaba con el tono jocoso que Mariana había pretendido dar al momento.

Partió la mujer a la vez que Mariana daba un beso a Clarita en la frente. La anciana le indicó que se sentara frente a ella, y Mariana lo hizo al borde del sofá.

—¿Qué te ocurre, Clarita? ¿Es que no puedo irme sin que me des un susto?

Doña Clara la miró con ternura.

—Por lo visto, no.

—¿Qué es lo que tienes?

—Un dolor muy fuerte aquí bajo que me impide ir al servicio. Simón quiere que vaya al médico, porque dice que él ya no ejerce... Pero a donde yo quiero ir es al notario. He de hacer testamento. Lo he retrasado cuanto he podido, pero...

—¡¿Qué ocurrencia es ésa?! A donde tienes que ir es al médico, Simón tiene toda la razón del mundo.

Doña Clara, como si no hubiera oído la respuesta de Mariana, prosiguió.

—No va a pasarme nada, pero quiero estar preparada... He decidido nombrar albacea de todos mis bienes a Sergio, que es un hombre prudente y cabal y me inspira confianza. Ya conoces el problema que tengo con mi hija, y debo evitar que Arnaldo deje a mi nieto sin nada. Bendita sea la persecución política en España, que me ha traído a tu marido en el momento oportuno...

El color huyó del rostro de Mariana y un breve silencio se estableció entre ambas mujeres.

—¿Te parece mal? —se extrañó doña Clara.

Mariana se oyó responder:

—No me parece oportuno, sobre todo teniendo a Simón.

Una pausa, y de nuevo la voz de la anciana.

—Mariana, Simón tiene ya una edad avanzada y, por lógica, no durará hasta que Marito cumpla dieciocho años. Además, aunque él no hable de ello, tiene una dolencia cardiaca que puede darle un susto en cualquier momento.

—Me dejas de una pieza. Simón y yo hemos conversado en infinidad de ocasiones y nunca me ha dicho nada.

—No le gusta dar lástima… Se empeña en cuidarme y se niega a estar enfermo.

Mariana, a pesar de la noticia referida a la enfermedad de Simón, se defendió como gato panza arriba. Le aterrorizaba que Sergio pudiera meter mano en la herencia de Clarita.

—Pero, tras tantos años, alguien tendrás en México de tu confianza, ¿no? Sergio no es la persona indicada, un día u otro regresará a España y quien vele por los intereses del niño ha de estar en México… Y, además, ¿a qué tanta prisa?

—Como comprenderás, he de dejar mis cosas arregladas por si me pasa algo. Necesito a alguien joven y de confianza, y ya te he dicho que la edad y el corazón de Simón lo descartan para lo que pretendo porque, repito, no durará hasta la mayoría de edad de Marito.

La cabeza de Mariana era una turbina. La noticia la había abatido. Clarita ignoraba que Sergio ya no vivía en casa y desde luego desconocía la clase de persona que era al respecto del dinero. Estaba segura de que si aquella propiedad quedaba bajo la competencia de su marido, el nieto de Clarita no heredaría nada. Mariana se sentía responsable indirecta de todo aquel lío que había que deshacer. No obstante, no debía perjudicar a Sergio, decidió; ése no era su estilo.

—Sergio tiene muchos problemas… Tarde o temprano querrá regresar a España, y ésa es la complicación. No sabemos lo que se encontrará allí. Has de buscarte a otra persona de tu absoluta confianza que pueda desempeñar el papel de albacea y que sea de aquí.

Doña Clara la observó con extrañeza de nuevo.

—O que no tenga problemas para vivir en uno u otro lado del charco… —apuntó la anciana.

—Bueno, si cuentas con una persona así, también vale.
—La tengo.
—Pues ya está. ¿La conozco? ¿Viene por aquí?
—La conoces muy bien y viene frecuentemente.
—Clarita, no se me ocurre quién.
—Tú.

La respuesta de la anciana la dejó sin palabras. Tras la visita había previsto ir a hacer unos recados, pero antes tuvo que regresar a casa para recomponerse. Al intentar salvar el daño que habría supuesto para doña Clara nombrar albacea a Sergio, se había granjeado para sí otro dolor de cabeza. Como hacía en otras ocasiones, decidió postergar el problema; ya pensaría en cómo arreglarlo después. Entre la llamada de Rafael y luego la conversación con Clarita, su cabeza no daba para más.

47

El encuentro

Aquella noche Mariana no pegó ojo. Volvía una y otra vez sobre el tema, y no acababa de creerse que al día siguiente se encontraría con Rafael Cañamero. Una mezcla de sensaciones embargaba su espíritu. Aquella ilusión de juventud que, sin querer, había guardado en su corazón y que había alimentado sus sueños en los momentos más amargos de su existencia iba a hacerse realidad durante un par de horas o tres. El carillón del comedor daba las cinco de la madrugada cuando por fin se durmió, no sin antes volver a pensar en cuán diferente habría sido su vida de haberse casado con aquel hombre que, pese a tener una existencia sin duda apasionante, había seguido fiel a ella y a su recuerdo durante tantos años.

A las ocho la despertó el jaleo de los niños mientras se arreglaban para ir al colegio. Miró la esfera luminosa del despertador y cayó en un duermevela hasta las once, cuando oyó los pasos precipitados de Petra hacia el teléfono del primer piso. Mariana se obligó a levantarse. Debía adecentarse si no quería que Rafael, al verla, pensara que habían pasado treinta años. Fue al cuarto de baño y tras quitarse el pijama se metió en la ducha. Dejó que el agua caliente descendiera por su cuerpo reconfortando su piel y permitiendo que sus poros se abrieran. Luego tomó el albornoz del perchero, pero antes de ponérselo limpió el vaho del espejo de cuerpo entero con una toalla y se miró en él con una curiosidad que no había sentido en mucho tiempo. Gracias a su herencia genética y a su afición de toda la vida a caminar y hacer deporte, debía reconocer que gozaba a su edad de un físico que era la envidia de todas sus amigas. Después de secarse la melena, cepillársela a fondo y maquillarse ligeramente, se encontró bastante decente, a pesar del insomnio de la noche anterior. De vuelta en el dormitorio, buscó en el armario sus tejanos favoritos y una blusa mexicana blanca con adornos rojos y azules cuyo escote se ajustaba mediante un cordoncillo que pasaba por unos pequeños ojales. Tras vestirse, se calzó unas cómodas zapatillas de deporte y volvió a mirarse en el espejo. Desde luego, no tenía dieciocho años, pero podía suplantar bastante bien a la muchacha que conoció Rafael.

Al bajar la escalera oyó voces en la cocina. Petra estaba hablando con alguien. Reconoció la voz de Encarnación, la camarera de Clarita. Al parecer, estaba allí para recoger unos cacharros que olvidó retirar la tarde del cumpleaños de Valentina. Cuando Mariana entró, Encarnación se puso en pie en tanto que Petra le daba el parte.

—Señora, la ha llamado doña Malena. Le he explicado que estaba usted descansando porque había dormido muy mal y me ha dicho que le comunicara que desea comer con usted.

Mariana sonrió, convencida de que a su amiga le encantaría comer con ella... y con Rafael, precisamente ese día. Pero no pensaba incluirla en sus planes. Esa vez no.

—¿Y cómo sabes que he dormido mal? —preguntó para desviar la atención.

—Cuando no se levanta para despedir a los niños es que no ha descansado lo necesario.

—Como puede ver, señora, Petra la conoce bien —apostilló Encarnación.

—¿Le sirvo el desayuno?

—Únicamente un té y una tostada con mantequilla y mermelada, que si no no me entrará nada al mediodía, y tengo una comida a la una y media.

—¿En el comedor o en el porche?

—En la salita mejor, Petra. Telefonearé desde allí a la señora Uribe.

Tras desayunar, cuando ya iba a salir, la voz de Encarnación la entretuvo.

—Señora, doña Clara me ha pedido que le diga que, cuando pueda, pase a verla. —Y añadió por su cuenta—: Esta mañana a primera hora ha venido el doctor Farriol.

Mariana se detuvo en seco.

—¿Y qué ha dicho?

—No sé nada, señora... Lo único que puedo contarle es que don Simón estaba con ella y que luego ha acompañado al doctor Farriol hasta su coche.

Mariana sintió en su interior que algo grave estaba ocurriendo y, en tanto cogía su bolso, se dirigió a Petra.

—Si sucede algo de importancia relativo a los niños o a doña Clara, me llamas inmediatamente a este teléfono. —Garabateó un número en un papelito de la cocina y se lo entregó—. Es el teléfono de la Hacienda de los Morales. ¿Me has entendido?

La muchacha tomó la nota.

—Está claro, señora.

Mariana se encaminó hacia la puerta de entrada, pero antes de salir se dirigió a Encarnación.

—Di a doña Clara que después pasaré a verla...

Partió con un comezón en las entrañas. En su interior, sentía que debería ir a ver a Clarita, pero aquél era un día muy singular para ella. Salió de su casa con tres cuartos de hora de antelación pues, conociendo como conocía el tráfico de la ciudad, sabía que cualquier contingencia podía obligarla a cambiar sus planes. Subió por la avenida Paseo de Las Palmas, atravesó el Anillo Periférico a la altura de la Fuente de Petróleos y a la media hora había aparcado su utilitario en la plazoleta que había junto a la Hacienda de los Morales. Cuando abría la puerta del coche, lo vio. Paseaba la acera, arriba y abajo, delante de la puerta. Rafael ignoraba por dónde y en qué medio de locomoción llegaría ella, de modo que Mariana tuvo tiempo de observarlo con detenimiento. Estaba tal cual lo recordaba: alto y delgado, con el paso elástico fruto tanto del continuo ejercicio físico que representaba la monta como de la necesidad de mantenerse en forma ya que cada domingo se jugaba la vida. Vestía unos pantalones beiges con un cinturón de gruesa hebilla metálica que imitaba una herradura de caballo, un polo Lacoste y unas botas. Mariana, que recordaba a un hombre de campo refinado, con mucha personalidad pero no precisamente guapo, reconoció para sí que los años lo habían mejorado. Lo contempló despacio. Algunas canas más adornaban sus sienes, pero en conjunto era el clásico hombre que Malena Uribe habría mirado con disimulo.

Rafael la vio cuando descendía del coche. Paró su caminar y de inmediato atravesó como un rayo la calzada que lo separaba de ella. Mariana no tuvo tiempo de ver más. Notó que la apresaba entre sus poderosos brazos al tiempo que su fragancia de siempre la envolvía, y se sintió protegida y feliz como hacía mucho no se sentía. Luego, él la apartó de sí, aunque sólo lo justo para que sus ojos grises se recrearan en ella.

—¡Por el Cristo de los Gitanos! Te he recordado preciosa porque siempre lo fuiste, pero has madurado para mejorar y te has transformado en una mujer de bandera.

Mariana sonreía.

—No cambiarás nunca, Rafael… A tu lado cualquier mujer tiene que creerse maravillosa.

—Es que tú lo fuiste desde niña, y debes de estar tan acostumbrada a que te digan estas cosas que ya no te las crees. Pero no perdamos tiempo, que hay mucho que hablar. ¡Tengo tanto que decirte y es tan corta la vida…!

La tomó del brazo y cruzaron la calzada obligando a dar un frenazo al conductor del vehículo que pasaba en ese momento a la vez que hacía sonar el claxon del coche insistentemente.

Rafael se volvió raudo hacia el hombre.

—Es tu día de suerte —le espetó—. Hoy no puedo perder el tiempo. —Miró a Mariana, dichoso como un niño, y le dijo—: ¿Te imaginas los titulares de la prensa de mañana? «Rafael Cañamero cogido por un coche al cruzar una calle distraído por la belleza de una dama que iba de su brazo».

Mariana era feliz. Deseaba que aquel día no acabara. Todos sus problemas habían pasado a segundo término, y quería gozar de aquel momento y, aunque no otra cosa, almacenarlo en el cofre de sus recuerdos.

Entraron en la Hacienda de los Morales, en cuyo jardín exterior cinco minutos después ocupaban una mesa ubicada en una elevación y un tanto apartada. Luego de pedir la comida y servido el primer plato, mientras conversaban sobre cuestiones superficiales, Mariana supo por el tono de Rafael que lo que se disponía a escuchar a continuación era muy serio.

—Mariana, vamos a decirnos la verdad. Tu abuela Candelaria me ha contado que no eres feliz.

Ella se defendió a duras penas.

—No hagas caso de mi abuela, Rafael, es una fantasiosa. Vive en Madrid y se monta películas.

—No niegues la evidencia. Sé que no eres feliz y todo el mundo está al tanto de lo ocurrido en Barcelona. A la gente le gusta hacer sangre, y lo de tu marido fue un escándalo.

Mariana llegó a la conclusión de que lo mejor era hablar claro.

—Pues sí, Rafael, mi marido cometió una estafa y está buscado por la justicia. No estoy en México pasando una temporada, sino que lo seguí hasta aquí porque era mi obligación. Nadie cierra por gusto una vida y abre otra arrastrando a sus hijos a la aventura.

—Mariana, ya te lo dije: únicamente se vive una vez. Así que deja lo de la obligación para los curas, que han hecho sus votos.

—Yo también hice los míos, juré seguirlo en la riqueza y en la pobreza, en la salud y en la enfermedad.

Rafael jugueteaba con una miga de pan.

—¿Estás enamorada de él?

—Eso no importa.

—Eso es lo único que importa en la vida. ¿O crees que estoy aquí, después de tantos años sin verte, porque me gusta el clima de México? Sabes que te quiero desde el primer día... y si me das una oportunidad te demostraré cuánto.

El pensamiento de Mariana iba muy rápido.

—Yo te quiero mucho, Rafael... No sé si esto es amor, pero, aunque lo fuera, por delante están mis hijos y mi obligación.

Rafael, a través de la mesa, le tomó la mano. Mariana no la retiró.

—Cuando estoy a tu lado me siento segura como jamás lo he estado. Aun así, la última actriz del reparto de esta comedia soy yo, compréndelo. Si no tuviera a mis hijos, no te digo que no hiciera un disparate, pero estando ellos... Son lo primero para mí. Sergio ha sido un mal marido pero no un mal padre, así que no tengo derecho a arrebatarle a los niños ni a éstos apartarlos de él... Por favor, no me tientes, Rafael.

Hubo una gran pausa, luego habló él.

—Las próximas semanas rejoneo en Guadalajara y en otras

ciudades de México. Después iré a Venezuela, pero antes de regresar a España volveré a pasar por aquí... Piénsatelo bien, Mariana, y te prometo que si decides que tú y yo estemos juntos cuidaré de tus hijos y podrán estar con su padre cuando quieran. Y yo te daré otra vida.

48

Dinero

Sergio vivía una situación complicada que se desarrollaba en dos escenarios comprometidos: el primero atañía a su trabajo y el segundo a su deteriorada situación familiar. El caso era que don Emilio Guzmán, el dueño de Cartonajes Estrella, lo había citado para pedirle explicaciones al respecto de la cantidad excesiva de cartón impermeabilizado, el que empleaban para hacer tetrabriks, que había ido amontonándose poco a poco en su almacén. La cuestión era que se había decidido en un principio envasar vino y zumo de naranja, pero al final la operación se retrasó por tiempo indefinido ya que don Emilio y la bodega que les suministraba ambos productos no llegaron a un acuerdo, y Sergio, imprudente, incentivado por la comisión que obtenía con la compra de aquel cartón, se había excedido en los encargos a Luis Fita, el jefe de ventas de la fábrica de Querétaro, y lo había hecho por cuenta propia y sin consultar a nadie. Con ello había ganado un buen dinero, pero ahora había dos secciones del almacén llenas de cartón impermeabilizado al que no se podía dar salida. Él se había llevado un pellizco de casi cinco mil dólares, que debería reponer si quería salvar la situación. Sin embargo, se lo había gastado alegremente en decorar de un modo caro y excesivo el apartamento de la zona del Hipódromo, adonde se había ido a vivir. Pensó que, de no ser por ese problema económico, estaba satisfecho ya que se sentía de nuevo libre. Había sido un mal esposo, lo reconocía, pero no un mal padre. Añoraba a sus hijos, y había decidido desempeñar todos los fines de semana el papel de progenitor incomprendido al que impedían ver a sus vástagos.

Cuando ya iba a salir, la voz de la recepcionista interrumpió su discurso mental.

—Don Sergio, me ha encargado don Emilio que le diga que la reunión será pasado mañana a las cinco y que sea puntual porque están citados también el director comercial y el jefe de almacén. Y ha añadido que no se comprometa con nadie ya que la sesión será larga.

—Gracias, lo tendré en cuenta.

Sergio salió del despacho totalmente descolocado. Desde luego, podía justificar la compra del cartón y alegar que si ahora se acumulaba en el almacén era porque el negocio del vino y la naranjada se había frustrado. Sin embargo, lo que no podía justificar era no haber consultado esa compra excesiva que le había reportado la suculenta comisión. Ahora necesitaba esos casi cinco mil dólares, y no los tenía. Con esa cantidad, se dijo, podría parar por el momento el golpe ante Luis Fita y los directivos de la empresa. Ya pensaría qué excusa darles para no haber liquidado a tiempo ese dinero. Su suerte era que la reunión no sería inmediata y disponía de cierto margen para intentar resolver el problema.

Su mente trabajaba a presión en tanto iba hacia su coche. Esa mañana, antes de que le comunicaran la angustiosa nueva, había decidido ir a ver a los niños. Mientras arrancaba el coche pensaba en cómo hacerse con ese dinero, y súbitamente se le encendió la bombilla. Su mente pergeñó un plan atrevido que debería llevar a cabo con urgencia si pretendía salir sin grandes daños de aquel mal paso. A esa hora Mariana sin duda estaba en su trabajo y los niños no habrían regresado aún del colegio.

Llegó a Montes Urales y aparcó junto a la reja de hierro. Tras bajar del vehículo, se plantó delante de la puerta en dos zancadas. Al fondo del jardín vio a Eladio, el chófer de doña Clara, enseñando a Marito el manejo de una escopeta de aire comprimido que, según supuso, le habría comprado su padre. Empujó la verja, que cedió gruñendo al rozar con la arenisca que invariablemente se colaba bajo la guía de hierro, y avanzó por el camino hacia la que había sido su casa. Eladio, que en ese momento sujetaba la escopeta al lado del niño, lo saludó. Sabía, por Encarnación, la nueva situación por la que atravesaban los inquilinos.

—¿Cómo va todo, Eladio? —le preguntó Sergio, que se había detenido a su altura un instante.

—Pues ya ve, señor...

Sergio, aunque sospechaba que todos estarían al tanto ya de que no residía allí, se limitó a dar a su arribada un tono de naturalidad tal que si llegara de un viaje.

—¿Doña Clara está bien? ¿Y su hija y su yerno? A su nieto ya lo veo, ¡feliz con su escopeta!

—Todo en orden, don Sergio. Su esposa..., bueno..., doña Mariana no está en casa. Sólo están Petra y el pequeño.

—No importa. Esperaré.

Y sin más, Sergio terminó de atravesar el jardín regocijándose por su suerte. Miró su reloj: tenía casi una hora para llevar a cabo su plan. La puerta estaba abierta, como siempre, así que la empujó. Al fondo, en el *office*, se oía trajinar a Petra.

—¡Señora! —gritó la chica. Al poco, en tanto se asomaba por el arco de la cocina, exclamó—: ¡Ah, es usted! La señora no vendrá a comer y los niños están en el colegio.

Sergio pensó que en verdad la suerte se le ponía de cara.

—En realidad es culpa mía, me olvidé de avisarla... Pero no importa, aguardaré en la salita la llegada de los niños y luego de darles un beso me marcharé. Esta tarde tengo mucho trabajo.

—Diego está durmiendo arriba. ¿Quiere que vaya a despertarlo?

—No, Petra. Los niños se despiertan de mal humor si se les interrumpe el sueño, y no quiero que Diego asocie a su padre con algo que le disgusta.

—¿Le sirvo algo?

—No, gracias. Sigue con tus cosas.

—Pues entonces le dejo solo. Si me necesita me llama, que estaré en el tendedero de atrás recogiendo la ropa.

—Ve, Petra, ve a tus quehaceres.

Al desaparecer la muchacha, Sergio tuvo la certeza de que su suerte era inmejorable.

Al poco de llegar de España, Mariana había montado con su amiga Malena Uribe un negocio de venta de objetos de inspiración española que reproducía para ellas un hábil artesano, y aprovechando los contactos de Malena, su verborrea y sus excelentes relaciones con la sociedad mexicana, lo que empezó siendo una distracción había cogido cuerpo y reportaba beneficios. Sergio la había oído hablar por teléfono infinidad de veces, y en ocasiones que a él se le había olvidado traer dinero a casa, ella lo había adelantado. Él sabía que Mariana tenía una cuenta en Comermex y suponía, porque de tonto no tenía un pelo, que debía de guardar el talonario en uno de los bolsos que había en la parte alta de su armario. Disponía de tres cuartos de hora para encontrarlo y cortar un talón de los últimos. La firma no supondría un problema. Por lo demás, las cosas no podían estar peor de como estaban, y cuando ocurriera lo inevitable, ya se ocuparía de encontrar una excusa.

Se puso en pie, aguardó un instante hasta oír que la puerta

del tendedero se abría y se cerraba, y cuando tuvo la certeza de que Petra había salido se dirigió hacia la escalera que conducía al primer piso. Subió muy despacio, no fuera a ser que Diego se despertara y comenzara a llorar, e instintivamente tuvo cuidado al pisar el escalón del pequeño rellano porque recordaba que crujía de un modo singular ya que una de las tablillas estaba desencolada, e ignoraba si Mariana la habría hecho arreglar. En cuanto estuvo en la primera planta fue al que había sido su dormitorio.

El armario estaba del lado de la cama donde dormía su mujer, se llegó hasta él, hizo girar la llave, que estaba puesta, y abrió las hojas. Contempló el interior: un estante a la altura de un metro, más o menos, donde Mariana colocaba sus jerséis y sus blusas en perfecto orden; debajo, cuatro cajones; encima, el estante superior; debajo de éste, la barra de la que pendían los colgadores para las prendas largas, y sobre él, varios bolsos de su mujer. Se fijó en que delante estaban los que utilizaba todos los días y detrás los de menos uso. Se fue hacia el tocador con espejo redondo en busca del taburete en el que Mariana se sentaba para maquillarse y arreglarse la melena, y de paso observó por la ventana que Petra charlaba con Encarnación, la camarera de doña Clara, mientras iba descolgando del tendedero prendas de ropa que luego ponía en un gran cesto de mimbre que había entre ambas. La circunstancia le favorecía pues sabía que, en tales ocasiones, Petra acostumbraba a demorarse. Colocó el taburete a los pies del armario y en un instante se halló encaramado examinando con detenimiento los bolsos de la primera fila. Tal como suponía, no halló nada en ellos, así que rebuscó en los del fondo.

De repente tuvo un pálpito y miró en un pequeño bolso que su mujer reservaba para las ocasiones especiales, por ejemplo si salían de noche con amigos para acudir a algún acontecimiento importante que requiriera traje largo para ella. Su pensamiento aleteó como un pájaro y se plantó en una lejana velada donde acudieron al Palacio de Bellas Artes a ver a María Dolores Pradera con Los Gemelos, y recordó que ella se emocionó al extremo de que casi se le estropeó el maquillaje cuando, antes de salir hacia allí, se inclinó sobre la camita de Diego para darle un beso y el niño, al verla peinada con la melena recogida en un moño muy tirante y dos largos pendientes de Swarovski, que refulgían en sus orejas y embellecían su rostro, alzó su carita y dijo: «Mami, te confundirán con la noche». En ese momento, Sergio sintió un latigazo en la conciencia, y pensó que era un imbécil y que no merecía la mujer que tenía, y se propuso que, tras esa última vez que, obligado por las circunstancias, iba a cometer otra mala acción, intentaría por todos los medios buscar su perdón y regresar a casa. Ahora, sin embargo, no tenía más remedio que hacer lo que había ido a hacer.

Ya con el bolsito en la mano, bajó del taburete, se sentó en la cama y abrió con dos dedos el pequeño cierre. Dentro había un pintalabios, una polvera y, dobladas, las entradas para aquel espectáculo. Al otro lado vio una cremallera cerrada. Antes de abrirla, supo ya que allí estaba lo que andaba buscando. Rápidamente extrajo el talonario y examinó la matriz... ¡Su mujer había ahorrado nueve mil dólares! Un sudor frío perló su frente. En cuanto se rehízo obró con rapidez: cortó el último talón, lo dobló y se lo metió en el bolsillo superior de la americana. Volvió a guardarlo todo en el bolso, se subió al taburete y lo colocó donde lo había encontrado. Acto seguido se aseguró de que todo quedaba en orden, como a su llegada. Bajó la escalera, atravesó la salita, pasó a la cocina y se asomó al tendedero.

—Petra, me voy. No digas a la señora que he estado aquí pues, si puedo, volveré esta tarde para ver a los niños y hablar con ella.

La muchacha, que le tenía un afecto sincero y lamentaba aquella situación, respondió:

—Descuide, señor, estoy segura de que la señora finalmente se pondrá muy contenta.

49
Opiniones encontradas

A mí me propone algo así un hombre que me ha demostrado su amor durante tantísimos años, a pesar de que no me ha visto en todo ese tiempo, y te juro, Mariana, que he de estar muy enamorada de mi marido para no hacer las valijas y largarme.

Las dos amigas estaban desayunando en el Samburg. Hablaban de Rafael Cañamero, que había partido de la ciudad el día anterior y no regresaría hasta pasadas varias semanas.

Mariana, a instancias de Malena, le había explicado su historia con pelos y señales, desde el principio hasta el final, que había tenido lugar apenas dos días antes.

—Desde luego no sé lo que sientes en tu corazón. He de guiarme por lo que me has contado y por los signos externos. Y te soy muy sincera: yo que tú me lo plantearía seriamente.

—Tú no tienes hijos.

—Cuando quise tenerlos, Humberto se negó alegando que nuestra economía no lo permitía aún, y cuando él quiso, yo me había acostumbrado a otra vida y se me hizo cuesta arriba empezar con pañales y biberones... Viajábamos mucho y yo tenía ya treinta años.

Mariana intentó excusarse.

—Te comprendo. Y no te juzgo, porque es evidente que cada uno se monta la vida como desea o puede... Si me apuras, yo he tenido cuatro sin darme cuenta.

Hubo una larga pausa entre las dos.

—Soy tu amiga, y lo sabes —argumentó Malena en tanto aplastaba la colilla de su Pall Mall en el cenicero—. No he de negarte que la vida de Rafael Cañamero debe de ser un torbellino apasionante... Viajar, conocer mundo y sentirse envidiada por todas las mujeres tiene un atractivo bárbaro. Pero no te lo digo por eso, sino que me remito a lo que tú me has contado de tu matrimonio. En este momento no, pero suponiendo que todo fuera bien y que perdonaras a Sergio, tu vida consistiría en esperar todos los días la llegada de un marido cansado, que te ha decepcionado y que, según me cuentas, está casado con el JB.

—Pero es el padre de mis hijos y no tengo derecho a dejarlos huérfanos.

—¡Eres más antigua que el guacamole! No te darás cuenta y tus hijos habrán volado, y tú habrás tirado tu vida por la borda. No quiero tener arte ni parte en tu decisión, pero yo que tú me lo pensaría muy mucho. Sólo se vive una vez, y si prefieres quemar los años que te queden sola y haciendo calceta será cosa tuya.

Mariana dio un largo sorbo a su café con leche.

—Malena, me lo he preguntado cientos de veces y no hallo respuesta. Todavía no sé lo que siento por Rafael, no sé si es un recuerdo de juventud o una imagen que he forjado en mi mente a través de los tiempos más felices de mi vida.

—Perdona que sea tan directa, pero lo importante no es que tú estés enamorada de él, es que él está loco por ti. A estas alturas del partido de tu vida te mereces que te quieran, y, además, ya me has dicho que por ti se llevaría a tus hijos y, si me apuras, creo que hasta a tus padres, a tu abuela y al servicio doméstico.

Mariana no pudo sino sonreír.

—Eres, junto con Gloria Orellana, mi mejor amiga e indiscutiblemente la más bruta... Por cierto, va a venir a verme aquí, a México, después que lo hagan mis padres para la comunión de Rebeca. En cuanto la conozcas te darás cuenta de que me he quedado corta cuando te he hablado de ella. Te encantará.

—Seguro que sí. Si es amiga tuya, lo será mía. —Malena siguió a lo suyo retomando el tema de Rafael—. ¿Cómo habéis quedado?

—Ahora está rejoneando en varias ciudades de México, luego irá a la plaza Nuevo Circo de Caracas, y después volverá aquí para verme y que le dé una respuesta.

—En serio, Mariana, piénsatelo muy despacio.

—No te preocupes, que de tomar cualquier decisión tú serías la primera en saberlo.

Malena la atrajo hacia ella por los hombros y le dio un cariñoso beso en la mejilla.

Finalizado el encuentro, Mariana acompañó a su amiga hasta su coche. Malena se instaló en su interior, cerró la puerta, puso el motor en marcha y bajó la ventanilla.

—No olvides que el viernes tenemos el pago de los ceniceros de plata. Si te parece bien, nos reunimos aquí mismo y vamos juntas al orfebre.

—Recuérdame cuál es el importe.

—Veinte mil pesos cada una.

—¿A qué hora?

—¿Qué tal a las once?

—Perfecto. Aquí estaré.

—¿Seguro que no quieres que te acompañe?

—Prefiero ir andando... Tengo mucho que pensar.

Con una suave aceleración y con un gesto de la mano de Malena, partió el coche y Mariana inició el regreso a pie hasta Montes Urales.

Durante el camino, dio vueltas y vueltas al asunto, pero, por más que se esforzó, no consiguió ordenar sus pensamientos. Empujó la verja y atravesó el jardín, y Petra le salió al paso antes de que llegara a la casa.

—Señora, Dieguito ya ha comido y está haciendo su siesta.

—¿Algo en particular? ¿Algún recado de doña Clara?

—Nada, señora, todo en orden. ¿Usted va a comer?

Mariana miró su reloj.

—Más tarde. ¿Qué me vas a dar?

—Le he traído un lenguado precioso.

—Estupendo, Petra. Hazme también un poquito de ensalada, y ya está.

La muchacha miró a Mariana de un modo especial.

—¿Me permite decirle algo?

—Claro, Petra.

—Está usted muy delgada, señora. Trabaja demasiado y eso no es bueno.

—Te aseguro que el trabajo no es lo que me adelgaza.

50

El cheque

Sergio se dirigió a pie al banco Comermex situado en el Paseo de la Reforma. Pese a estar seguro de que todo se encontraba en orden, sintió una ligera desazón y el cosquilleo semejante a tener un moscardón zumbando en el estómago. No era la primera vez que falsificaba la firma de Mariana; sin embargo, estaba decidido a que fuera la última. En aquella situación se había excusado a sí mismo diciéndose que no tenía otro remedio, que si perdía el trabajo, todo lo conseguido en México con tanto esfuerzo podía derrumbarse como un castillo de naipes, y detrás iba su prestigio, el pago del colegio de los niños y, caso de que hubiera alguna denuncia, la imposibilidad de conseguir el FM2, documento que acreditaba como residentes en aquel país a él y su familia. La reunión con Emilio Guzmán, el director comercial y el jefe de almacén tendría lugar a las cinco de la tarde, y si pretendía que su intento de justificación colara debía avalar su palabra poniendo sobre la mesa la cantidad que había defraudado comprando cantidades ingentes de cartón impermeabilizado. Alegaría que si ahora era excesivo era porque la operación de vino y naranjada se había frustrado, y, acto seguido, daría a su jefe la agradable sorpresa de haber ganado para Cartonajes Estrella un plus que merecería su aplauso.

Sergio se detuvo un instante en la puerta del banco y se palpó el bolsillo interior de la americana, comprobando que, entre las hojas de su agenda, se alojaba el talón del que dependía su futuro.

A esa hora el banco estaba en plena actividad. Sergio atravesó la puerta y paseó la mirada a uno y otro lado por ver si había algún conocido. No es que le importara en demasía, pero prefería no encontrarse a nadie. En ese momento todas las ventanillas estaban ocupadas, así que escogió la que mejor le convino y se puso en el turno que le correspondía, detrás de tres personas.

La noche anterior, instalado cómodamente en el pequeño comedor de su apartamento y tras ensayarla varias veces en una hoja en blanco, Sergio se dispuso a rellenar el talón con la firma de Mariana. Su trabajo debía ser impecable ya que cualquier imperfección invalidaría el cheque, y si fallaba no tenía ocasión de repetir. Siempre había sido un hábil dibujante y el intento le salió impecable. Comparó la firma realizada con otras que tenía de cartas de su mujer y llegó a la conclusión de que de ser él quien tuviera que avalar la autenticidad de la firma, lo haría sin la menor duda. El trabajo le había quedado perfecto.

Su turno había avanzado, y tras el cliente que estaba en ventanilla le tocaba ya, pero el tipo, que debía de ser amigo del cajero, se demoraba opinando sobre el encuentro de fútbol del domingo entre los Pumas de la UNAM y el Cruz Azul; por lo visto, cada uno era socio de un equipo. Por fin, el hombre cogió el documento que el cajero le ofrecía y, después de meter la mano por el hueco del cristal para estrechar la suya, partió dejando el sitio libre.

Sergio dio un paso al frente y se instaló delante de la ventanilla. Lentamente, extrajo del bolsillo de la americana su agenda, tomó el cheque y, tras desdoblarlo, lo arrastró hasta dejarlo frente al cajero. Éste observó el talón con atención, y luego alzó los ojos bajo la visera verde y escudriñó a Sergio. Después tecleó una consigna y, tomando el auricular de un telefonillo interior, consultó con alguien. Acto seguido se dirigió a Sergio.

—Cuando se quiere retirar una cantidad de este importe, es preciso avisar el día anterior. Además, debe autorizarlo uno de los apoderados. Escapa a mi competencia pagar una cifra como ésta en ventanilla.

Un sudor frío comenzó a perlar la frente de Sergio, y se maldijo por no haber caído en la cuenta de tal circunstancia.

—¿Puede avisar al apoderado? —se oyó decir con una voz que no le pareció la suya.

El cajero no le respondió, sino que tomó el telefonillo de nuevo y consultó.

—Un conserje le acompañará enseguida al despacho de don Tomás —informó después a Sergio—. Él es el único que puede autorizar un pago de una cantidad semejante.

Sergio se quedó en blanco. La voz del cajero lo devolvió al mundo.

—Ahora, si es tan amable, hágase a un lado... Comprenda que he de seguir trabajando.

—Sí, claro. Perdone, estoy interrumpiendo su quehacer.

Apenas se hizo a un lado cuando ya por el pasillo se acercaba hacia él un hombrecillo vestido con un uniforme gris con la palabra «conserje» bordada en el bolsillo superior de la chaqueta. Después de intercambiar unas frases con el cajero, se dirigió a Sergio.

—Señor Lozano, si es tan amable de acompañarme...

Sergio asintió con la cabeza, y el hombrecillo arrancó conduciéndolo por un pasillo con varias puertas a cada lado. Tras doblar la esquina se detuvo ante una que ostentaba un rótulo metálico: TOMÁS MONTENEGRO, APODERADO.

El conserje llamó a la puerta con los nudillos y aguardó, hasta que una voz notablemente profunda salió del interior.

—Adelante, pase.

El hombrecillo abatió el picaporte y empujó la puerta, y Sergio oyó que lo anunciaba.

—Don Tomás, está aquí el señor Sergio Lozano.

—Hágalo pasar.

A la vez que oía de nuevo la voz del apoderado, a Sergio le pareció percibir también un ruido, como si alguien arrastrara con suavidad un sillón.

El conserje se hizo a un lado y terminó de abrir la puerta. Sergio se introdujo en el despacho. La estancia lucía sobriamente decorada con muebles oscuros: a la derecha, un tresillo Chester; a la izquierda, una librería baja; al fondo, la mesa de despacho del apoderado con un sillón acolchado giratorio detrás y dos de cortesía delante, y, en la pared, un retrato pintado del fundador del banco. En pie junto a la mesa, sonriente y afable, se hallaba don Tomás Montenegro. Sergio avanzó hacia él y, en tanto éste le ofrecía la mano derecha, reparó en que su cheque estaba sobre la carpeta de la mesa.

—Encantado de conocerle, señor Lozano. Siéntese, por favor.

Obedeciendo su indicación, Sergio se sentó en uno de los sillones al tiempo que el apoderado hacía lo propio en el giratorio. A la vez que señalaba el cheque, don Tomás comenzó a hablar, entrando rápidamente en materia.

—Señor Lozano, nuestra sucursal es pequeña y para cobrar una cantidad así en ventanilla debe avisarnos con anticipación.

Sergio notaba que el sudor se deslizaba entre el cuello de su camisa y su espalda mientras su mente giraba como una dinamo.

—Le pido excusas. Ayer despaché con mi mujer varios asuntos y no caímos en ese detalle. ¿Qué podemos hacer? —El sudor le caía por la espalda—. Don Tomás, algo podrá hacerse, ¿no? Precisamos este pago con urgencia para esta tarde, para un asunto que no admite espera.

El apoderado se acarició la barba con parsimonia, intuyendo algo extraño en la actitud de aquel hombre. Sin embargo, consciente de que debía mantenerse al margen de un asunto conyugal que a él ni le iba ni le venía, concluyó que su obligación como apoderado era resolver en lo posible los problemas de sus clientes.

El hombre consultó su reloj.

—Si se da usted una vuelta y regresa antes de la una, haré una gestión con la central para que me envíen pesos con los que abonarle el cheque.

Sergio vio el cielo abierto y se llamó cien veces estúpido por no haber previsto aquella eventualidad.

—Me hace usted un inmenso favor, que tendré en cuenta en el futuro.

Tomás Montenegro se felicitó. Había resuelto el asunto de cara al cliente y sabía que su diligencia agradaría en grado sumo a sus jefes de la central.

51

La firma

Mariana amaneció el viernes con un intenso dolor de cabeza. Había dormido poco y mal, soñando otra vez con el paquete procedente de Querétaro, y eso la había llevado a reafirmarse en su decisión de intentar obtener la nulidad de su matrimonio con Sergio en cuanto regresara a España. Había sospechado muchas cosas en multitud de ocasiones con relación a su marido, pero aquella evidencia sobrepasaba su capacidad de perdón y de cumplir los mandamientos de la Santa Madre Iglesia al respecto de soportar cualquier debilidad del esposo, sugeridos sutilmente en las conferencias de preparación del matrimonio.

Malena iba a tener razón en que era una tonta. Ella dudando ante la ocasión que Rafael le presentaba, sin querer siquiera plantearse una separación definitiva por no dejar sin padre a sus hijos, y Sergio engañándola vilmente. Nadie podía obligarla a aguantar eso.

Se sentó en la cama mientras un latido continuo y pertinaz martilleaba sus sienes. Abrió el cajón de su mesilla de noche en busca de la caja de Optalidón y extrajo de la lámina dos grageas que, de inmediato, se puso en la boca y tragó con un sorbo de agua del vaso que tenía sobre la mesilla. Acto seguido, se dio la licencia de echarse cinco minutos más, esperando que el medicamento le hiciera efecto.

Consultó la esfera del despertador. Pasaban diez minutos de las ocho y había quedado con Malena a las once para ir a pagar al orfebre al que habían encargado los ceniceros, y antes tenía que ir a Comermex para retirar el importe de la mitad que a ella le correspondía.

Al cabo de un par de horas, Mariana estaba ya en el banco. Paseó la mirada por todo el espacio y comprobó que la primera ventanilla de pagos estaba vacía. La gente iba y venía aceleradamente, todo el mundo parecía tener prisa, y a Mariana se le antojaron hormigas ciegas haciendo y deshaciendo inútiles caminos. Tras esta reflexión, se dirigió a la ventanilla, al otro lado de la cual el cajero leía un periódico deportivo que tenía doblado sobre sus rodillas. Al verla, el hombre lo apartó y lo puso en el estante de la izquierda al tiempo que Mariana, acercando sus labios a los agujeritos del cristal hechos para tal menester, se dirigía ya a él.

—Buenos días. Vengo a cobrar un cheque —dijo al tiempo que buscaba el talonario en un compartimento lateral de su bolso.

—Buenos días, señora. ¿De esta misma entidad?

Mariana ya tenía el talonario en las manos.

—Es un cheque de mi cuenta corriente.

—Eso siempre facilita las cosas.

Mariana abrió el librillo, y en la matriz del último talón librado comprobó el saldo que tenía en esa cuenta.

El cajero inclinó la cabeza y la observó con curiosidad por encima de sus lentes de concha.

—Prepáreme veinte mil pesos —dijo Mariana.

—A partir de cinco mil se precisa la firma del apoderado y, además, tendrá que esperarse un rato, porque esa cantidad de pesos no está en caja ahora. No obstante, podemos resolver el asunto llamando a la central.

—Me imagino que no habrá problema. He de estar en el otro extremo de la ciudad antes de... —consultó su reloj de pulsera—... una hora y media, más o menos.

—Seguro que llega a tiempo. Pero adelantemos trabajo, si le parece; déjeme su chequera, que rellenaré el talón en la máquina y solamente tendrá que firmar.

Mariana, obediente, entregó su talonario al cajero a través de la abertura del cristal, éste lo tomó y, tras arrancar un talón, se dispuso a cumplimentarlo. Mientras procedía, casi por rutina el hombre examinó la matriz del último pago.

—No tiene al día el talonario —comentó, no sin antes asegurarse.

—¿Qué quiere decir?

—Que no ha anotado el último pago y que, por cierto, el talón que hizo no es correlativo. —El hombre consultó una lista—. Sin darse cuenta, debió de pagar con el último cheque.

Mariana sintió que la acometía un temblor que conocía ya de otras ocasiones y tuvo que sentarse, ante la mirada preocupada del cajero.

—¿Se encuentra bien, señora?

—Estoy bien, gracias. A veces me ocurre.

El cajero había salido de su cubículo.

—A mi mujer le sucede en cada embarazo.

52

La *tournée*

Antes de irse de *tournée*, Enrique puso en orden sus cosas. La historia de Irina se había terminado, y lo ocurrido la noche del Saint Hilaire le martilleaba aún la cabeza. Esa mujer no le convenía, pero su escrupulosa conciencia lo acosaba: ¿y si resultaba que el hijo era suyo? ¿Cuál era entonces la actitud que debía adoptar? A su vuelta, y tras meditarlo muy bien, tomaría una decisión.

Lo primero que hizo fue llevar el coche a la BMW para arreglar los desperfectos y anunciar que el vehículo se quedaría allí hasta su regreso. Después llamó a un cerrajero para que le cambiara la cerradura de la puerta de su apartamento, no quería que Irina entrara en su ausencia. Finalmente, cuando ya bajaba con la maleta y el violín para reunirse con sus compañeros, se detuvo un instante para hablar con Armand, el portero de su edificio. Le entregó una copia de las nuevas llaves y le pidió que le dejara toda la correspondencia que le llegara durante su ausencia en la bandeja de plata que había sobre la mesa de su pequeño recibidor; luego añadió que, bajo ningún concepto, permitiera a nadie subir a su piso, ni siquiera acompañado por él mismo.

Tras estas disposiciones se marchó en un taxi al encuentro

de sus compañeros, que lo aguardaban en Le Berkeley, un gran restaurante situado en la plaza que se abría frente al palacio del Elíseo.

—Deténgase allí, junto al caballero del estuche del violonchelo.

De pie, al lado de sus respectivas maletas, estaban Laforet, que sujetaba la funda de su enorme instrumento, y Laval, con una pequeña carpeta que contenía las partituras. Lo saludaron alborozados. Aquella *tournée* era muy importante para los tres.

El taxista detuvo el coche y descendió para cargar los equipajes. Puso las maletas en el maletero y, sobre la baca, sujetó con correas el chelo. Entretanto, los tres amigos se saludaron con afecto.

El que habló primero fue Laforet.

—¡Debería haber estudiado flauta! Estoy hasta las narices de cargar con este monstruo. —Señaló su instrumento. Luego a Laval—. En cambio, este tío va tan tranquilo con una carterita…

Tras indicar al chófer que los llevara a la Gare du Nord, partieron felices e ilusionados ante la oportunidad que representaba para ellos esa gira que iba a enfrentarlos al gran público por vez primera.

El tráfico, como siempre en París, era notable.

—¿Cuánto dura el trayecto? —indagó Laval.

—Más o menos, una hora y media —respondió Enrique, que se había informado.

—Y según y cómo, tardaré yo más en llevarlos a la estación que ustedes en ir desde allí hasta Bruselas —apuntó el taxista.

—Enrique, ¿tienes las reservas del hotel?

—Lo tengo todo, Henri. Estamos en un hotel de la Grand Place cercano al Ayuntamiento. Allí nos espera Alfonso Fresneda, el colaborador del maestro Szeryng en Bélgica, un español que será nuestro mánager. Nos indicará la ruta de los conciertos e irá con nosotros a todas partes —explicó Enrique. Luego añadió—: Dormiremos en el hotel, pero antes recorreremos la ciudad y comeremos en algún sitio de moda.

—¿Y qué comeremos? —indagó Laval, que era muy glotón.

—Desde luego mejillones… con patatas, o a la marinera con arroz o con vino. Es el plato típico de los belgas.

—¿Es que esos tíos no comen carne?

—No sufras, Emmanuel, la cocina belga, aunque no es desde luego como la francesa, es buena. Además, pagando se come bien en todas partes.

—Pero cada uno se costea lo suyo, que ya te conozco —apuntó Henri.

Desde el principio, todo fue sobre ruedas. Alfonso Fresneda resultó ser un tipo encantador y muy competente. Había organizado la ruta de un modo muy racional, procurando que los trayectos fueran cortos y ordenados, en teatros de medio y pequeño aforo, y, nada más llegar a cada uno de ellos, los tres descubrieron que quienes los regentaban eran gente preparada y muy amante de la música clásica.

Actuaron en Lovaina, Bastoña, Charleroi, Mons, Tournai, Namur, Lieja, Gante y, para finalizar la gira, en el Casino de Ostende. Precisamente allí les ocurrió algo que podrían contar a sus nietos. Antes de que el terceto saliera al escenario, acudió al camerino Alfonso Fresneda, acompañado por el chambelán de la corte belga, para comunicarles que la reina Fabiola había anunciado su asistencia y que era costumbre que al terminar la actuación bajara a saludar a los artistas, cosa que hacía sobre todo si había entre ellos algún español. A partir de ese día, el prestigio de Enrique entre sus compañeros subió de un modo superlativo, de forma que lo consideraron la auténtica *vedette* del terceto.

Tras ese último éxito regresaron a Bruselas y de allí a París. Enrique se despidió de Laval y Laforet, quedando para verse al día siguiente a fin de comentar todo lo sucedido y para comprar todos los periódicos belgas que habían salido durante su estancia en el país.

Enrique llegó a su casa a las diez de la noche. La portería estaba cerrada, así que dejó la maleta en el suelo y, tras abrir la puerta, entró en el edificio. No habían pasado ni cinco minutos cuando se encontró en su apartamento. Todo estaba en orden. En la bandeja de plata de la mesa del recibidor había unas cuantas cartas, entre ellas una de su padre, así como una postal de Sonia Castrillo y su marido, desde Berlín, en la que le daban las gracias por sus atenciones durante su estancia en París. También había un sobre de mayor tamaño y grosor a nombre de Irina Polski. En el anverso, Enrique vio el sello de una clínica ginecológica y le picó la curiosidad. Cogió el abrecartas que siempre estaba junto a la bandeja y rasgó la solapa. Dentro del sobre, una carta en francés anunciaba el envío del resultado de una completísima exploración ginecológica realizada a la señora Irina Polski. Enrique desplegó el grupo de pliegos sujetos por un clip. Al principio no entendió nada, tan sólo veía una larga sucesión de nombres médicos y, a su lado, números y letras. Sin embargo, enseguida llamó poderosamente su atención el párrafo que aparecía al final de la carta, que era el meollo de la consulta:

> La paciente IRINA POLSKI MORENO padece una disfunción ginecológica conocida como matriz infantil y una obstrucción quística de las trompas de Falopio, lo cual impide la fecundación.

Enrique se quedó en pie asimilando lo que acababa de leer... Irina había simulado un embarazo con la finalidad de casarse con él.

Se guardó la carta en un bolsillo y, con la maleta y el violín, se dirigió a su habitación. Estaba agotado. Antes de acostarse, se aseó en el cuarto de baño y se puso los pantalones del pijama. Ya en la cama, encendió la luz de la mesilla y se dispuso a leer de nuevo la carta.

53

En el Samburg

Mariana aguardó diez minutos a que el cajero le facilitara el efectivo que quería retirar y salió del banco destrozada. Su mente rebobinaba buscando alguna señal que le revelara el motivo de aquel robo, alguna conversación telefónica que la hiciera sospechar de la necesidad urgente de dinero por parte de Sergio. Todas las veces que había acudido a ver a los niños ella había estado presente; de no ser así, Petra la habría puesto al corriente y, desde luego, conociendo a Sergio, estaba segura de que antes de la separación no se habría atrevido a hacer una cosa semejante, no era su estilo provocar una circunstancia que justificara la bronca que habrían tenido de haber descubierto ella el hurto viviendo él todavía en casa. Cuando regresara, después de ver a Malena y resolver el tema de los ceniceros, preguntaría a Petra si en alguna ocasión Sergio había ido cuando ella no se encontraba en casa, y en el supuesto improbable de que hubiera acudido sin que la chica estuviera, preguntaría a Eladio, el chófer de Clarita, si había visto a su marido sin estar ella.

Pese a que no ignoraba lo inconveniente y peligroso de parar un pesero por la calle, más aún llevando encima tanto dinero, Mariana ignoró el riesgo y alzando la mano se acercó a un coche del que en ese momento descendía el pasajero, circunstancia que le dio confianza.

—¿Queda libre? —preguntó al conductor bajando la cabeza a la altura de la ventanilla.

—Sí, señora, el carro es para usted.

Subió Mariana y, tras acomodarse y cerrar la puerta, escudriñó el rostro del chófer por el espejo retrovisor. Tenía cara de buena persona.

—¿Adónde vamos, seño?

Mariana le dio la dirección, y el taxista arrancó metiendo el vehículo en el torrente circulatorio mientras ella se arrellanaba y, con la espalda apoyada en el respaldo, dejaba que su pensamiento entrara otra vez en locas especulaciones.

Al cabo de veinte minutos llegaba al Samburg. Esa vez, y sin que sirviera de precedente, como le diría la propia Malena, su amiga la aguardaba en la puerta con el habitual cigarrillo entre los labios.

Mariana pagó la carrera, descendió del pesero y se dirigió hacia donde la aguardaba Malena. Por su mirada adivinó que ella a su vez había notado algo raro en su rostro.

—Excúsame, la única ocasión en la que llego tarde tú llegas puntual. —Tras una pausa Mariana añadió—: Pero no perdamos tiempo, si nos aviamos el retraso será mínimo. Además, para cobrar la gente no pone pegas.

—La que pone pegas soy yo. Con esa cara no se puede ir ni a cobrar lotería... Tomaremos un café o lo que quieras, llamaré al orfebre para que no se ponga nervioso y me explicarás lo que te ha pasado.

—Ya te puedes imaginar... Cosas de Sergio, problemas domésticos.

—Problemas domésticos siempre los hay, son el pan nuestro de cada día, pero cada día no traes esa cara... O sea que vamos adentro y me vas contando.

Mariana ni ganas tuvo de negarse, pues conocía bien a Malena y sabía que intentar ocultarle algo era empeño inútil, de modo que la siguió mansamente tratando de acompasarse a su paso acelerado.

El local estaba abarrotado, como de costumbre. Los camareros acudían solícitos a las mesas y llegando a la barra cantaban en voz alta sus comandas: «¡Tres cafés con leche, dos con espuma y uno descafeinado!», «¡Dos tortitas y un taco con lomo!», «¡Dos botellas de Topo Chico!»… Una voz desde dentro del *office* respondía: «¡Marchando!».

Al fondo, junto a una cristalera, Malena divisó una mesa libre y, consciente de que aquel barullo impedía que su voz llegara a Mariana, se volvió hacia ella y con un gesto le indicó que la siguiera. Abría el paso con pulso firme, cubriendo su cuerpo con un enorme bolso que siempre iba con ella cuando salía por la mañana a callejear y que resultaba ser la cueva de Alí Babá, ya que cualquier cosa impensable podía surgir de allí dentro. Llegando a una columna, dos hombres que iban en sentido contrario toparon con ella sin cederle el paso.

—¡Por lo visto, los caballeros permanecen en casa por las mañanas!

Ambos hombres quedaron un instante desconcertados. Luego el más alto, un tipo con el rostro picado de viruela y aspecto amargado, se rehízo.

—¡Creí que las meseras estaban tras la barra!

Malena, que había conseguido pasar, se volvió sonriente.

—Lo ignoro. Pero mira a ver si está tu madre y si no búscala en la cocina.

Dejó a los dos hombres perplejos mientras Mariana, a la que horrorizaban esos desplantes de su amiga, pasaba junto a ellos sin mirarlos. Ambas se sentaron por fin a la mesa, y Malena puso su inmenso bolso en la silla de al lado.

—Un día te vas a llevar un disgusto —comentó Mariana.

—¿Quieres que me calle cuando no ceden el paso a una

señora y, por si fuera poco, ese tipejo me llama mesera? Si se ha levantado con mal pie que vaya a atacar a su madre.

—Yo únicamente te digo que un día tendrás un disgusto.

El mozo se llegó a la mesa y, tras tomar la comanda, se retiró.

—Vamos a lo nuestro, Mariana, que tipos como ésos no valen ni un minuto. Cuéntame lo que te ha pasado.

Mariana dudó unos instantes.

—Venga, suéltalo, mujer.

—Fíjate, es tan ruin el asunto que, aun sabiendo que estás al corriente de todo, hasta me da vergüenza... Se trata de Sergio. Y esta vez se ha pasado.

El camarero llegó con los desayunos y ambas hicieron una pausa hasta que volvió a retirarse.

Malena interrogó a su amiga alzando las cejas.

—No sé cómo lo ha hecho, pero ha cortado un talón de mi chequera, ha vuelto a falsificar mi firma, igual que hizo en Barcelona, y me ha robado dinero.

—¿Mucho?

—Aproximadamente la mitad de lo que tenía..., unos cuatro mil seiscientos dólares. No entiendo cómo ha podido hacerlo ni cuándo. Lo que sí te diré es que esta vez ha tocado fondo.

—No hay mal que por bien no venga. Imagino que los escrúpulos de tu rígida conciencia cristiana se habrán desvanecido y que ahora considerarás la oferta que te hizo el rejoneador.

—Ya hemos hablado de ese asunto, Malena, mi conciencia son mis hijos y eso no ha variado... Para lo que me ha servido es para cortar amarras. Con lo que me ha hecho, ha rebasado mi capacidad de perdón, y si había una posibilidad de permitirle regresar, aunque remota, ya no hay ninguna.

—Por lo que me dices, deduzco que vas a dedicar tu vida a tus hijos y a tus obras de caridad.

—Puedes tomártelo como quieras, pero evidentemente mis hijos llenarán mi vida. Y siendo sincera, los hombres no me interesan. Son todos una panda de impresentables.

—O sea que mi amiga Mariana Casanova, una de las mujeres más bellas de México, ha decidido renunciar al sexo. Tan joven…

—Nunca me pareció algo irrenunciable, la verdad.

—Mija, no te entiendo… Siempre te he tenido por una mujer distante y, si me apuras, un poquitín fría, pero no hasta este punto. ¿Sabes lo que dice Humberto?

—Tú me dirás.

—Las mujeres frías no existen, lo que abunda son los hombres incompetentes.

—A lo mejor mi marido no es feliz conmigo en la cama y, en cambio, puede hacer feliz a otras… Por lo menos, eso parece.

Malena suspiró. Sabía por Mariana lo del paquete recibido del hotel de Querétaro.

—Pero ¿sabes qué es lo más grave? Pues que me da igual. Lo que pretendo decir es que entre esto y lo del robo del talón, colorín colorado, este cuento se ha acabado.

Un silencio se instaló entre las dos amigas en tanto Malena apagaba la colilla de su cigarrillo en un cenicero metálico en cuyo fondo estaba estampado el rótulo del establecimiento.

—¿Cuándo me dijiste que llegaba de Barcelona tu amiga Gloria Orellana?

—El miércoles después de la comunión de Rebeca. ¡No te imaginas las ganas que tengo de verla!

—Ni tú las que tengo yo de conocerla.

—Te encantará. Somos amigas desde que teníamos seis años, me pasé la infancia en su casa. Además, en verano, ya de casadas, vivíamos una al lado de la otra.

—¿No me contaste que fue en su casa donde viste a Sergio por primera vez?

—No fue culpa de Gloria. Ella estaba en cama, y lo llevó

allí su marido, Joaquín, que entonces era su novio. Y nos presentaron. ¡En mala hora...!

Malena la miró sonriente.

—No voy a acabar de conocerte nunca, eres una caja de sorpresas. —Hizo una pausa—. ¿Querrás que te acompañe al aeropuerto a recoger a tu amiga?

—Perdona, Malena, pero prefiero ir sola. No me veo capaz de lidiar con vosotras dos juntas.

—Lo entiendo. Pero... hablando de lidia, ¿no venía tu torero esta semana?

Mariana desvió la mirada. Pensar en Rafael la ponía al borde de una decisión que no quería tomar.

—Ha tenido un problema con los caballos. Parece ser que en Venezuela ha habido una plaga de algo, y tiene a dos animales enfermos.

—¿Has hablado con él?

—Me llamó para explicarme eso... y para recordarme que sigue echándome de menos. ¡Ay, Malena, no sé qué hacer, de veras! Por un lado, siento que mi vida con él sería un camino de rosas y, por otro, no me decido a dar ese paso. Algo en mí me lo impide.

Malena no dijo nada. Ya había expresado su opinión y de manera vehemente varias veces sobre esa cuestión. Ella no habría dudado ni un momento, pero, claro, no tenía hijos ni había recibido la misma educación que su amiga.

Tras un momento de silencio, Mariana miró su reloj de pulsera.

—Ya es la hora. Vayamos a pagar al orfebre, que luego tengo que ir al Jesús-María.

—¿Problemas con los niños?

—La madre Aurora, que quiere hablar conmigo de la comunión de Rebeca.

Malena meditó unos instantes.

—Si te parece bien, me das el dinero ya pago yo al orfebre. De esa manera, puedes ir directa al colegio cuando salgamos de aquí, y así tenemos un poco más de tiempo para charlar.

Mariana sacó de su bolso el sobre con el dinero y se lo entregó a Malena.

—Me parece genial. Después de comer te llamaré para que me cuentes cómo ha ido todo.

A la media hora Mariana estaba en casa. Petra salió a recibirla.

—¿Los niños bien?

—Todo en orden, señora, no hay novedad. Lo único es que ha llegado el correo.

—Me lo das por la noche.

Petra pareció dudar.

—¿Qué te ocurre?

—Es que creo que ha recibido una carta del señor.

A Mariana le cambió la expresión de la cara, y dejó el bolso sobre la mesa.

—Trae… Dame esa carta.

Petra se secó las manos en el delantal y cogió una de las cartas que había en la alacena. Se la entregó a Mariana, y ésta, a la vez que tomaba asiento, rasgó el sobre con el cuchillo de la mantequilla, extrajo de él un papel doblado y se dispuso a leer:

Querida Mariana:

Una situación comprometida y muy importante me ha obligado a tomar prestado un dinero de tu cuenta corriente en Comermex. Lo he hecho porque de ello depende mi porvenir en México y, evidentemente, el de nuestros hijos. Te suplico por última vez que tengas fe en mí y que no me juzgues antes de hablar conmigo. Como comprenderás, si otra fuera mi intención no te enviaría esta carta. Te quiero. Sé que no merezco la mujer que tengo, pero te pido por nuestros hijos que no tomes ninguna decisión precipitada y que me des la oportunidad de explicarme.

Tuyo siempre,

SERGIO

Mariana se echó el pelo hacia atrás con un gesto habitual en ella que significaba que algo malo ocurría. Petra, que la conocía bien, indagó:

—¿Qué sucede, señora?

—Últimamente las noticias que el señor me envía no acostumbran a facilitarme la vida.

54

La reunión

Treinta minutos antes de la hora fijada para la reunión, Sergio empujaba la puerta de Cartonajes Estrella y se dirigía, nervioso y apresurado, al pequeño mostrador de recepción. Antes de llegar se palpó el bolsillo de la chaqueta, y el tacto del abultado sobre con el dinero le proporcionó cierta tranquilidad.

—Buenas tardes, Mariel —saludó a la recepcionista—. Avíseme en cuanto llegue don Emilio. Estaré en mi despacho.

La muchacha cogió el auricular del intercomunicador y se colocó la boquilla frente a los labios.

—Don Emilio y los demás están ya reunidos en la sala de archivos. ¿Anuncio su llegada?

Sergio se sorprendió y miró su reloj de pulsera.

—Falta casi media hora para la cita —replicó extrañado.

—Don Emilio indicó que lo avisara a usted en cuanto lo viera aparecer.

Sergio sonrió estúpidamente.

—Donde hay patrón no manda marinero... Proceda.

La muchacha apretó dos botones del intercomunicador para que Sergio pudiera oír la conversación.

La voz del jefe sonó a través del aparato.

—Diga.
—Don Emilio, el señor Lozano está aquí.
—Que pase.

Sergio percibió un ligero cambio de tono en esa respuesta.

En tanto se quitaba los cascos, la recepcionista dirigió a Sergio una mirada que quería decir: «Ya ha oído usted».

Sergio avanzó por el pasillo que conducía a la sala de archivos y una angustia latente le atenazó la garganta. Iba a enfrentarse a uno de los asuntos más espinosos de su vida en México, y sabía que los nervios, en ocasiones como aquélla, eran una carga negativa. Detuvo sus pasos, respiró hondo y se dispuso a representar una de las actuaciones más difíciles de cuantas había tenido que realizar hasta ese momento. De nuevo el tacto de su bolsillo lo tranquilizó. Reanudó su caminar y se plantó en dos zancadas frente a la puerta. Dos golpes secos y aguardó.

La voz de don Emilio sonó en el interior.

—¡Pase!

El tono era desabrido, y Sergio fue consciente de que en ese envite se jugaba su futuro en Cartonajes Estrella. Llenó sus pulmones de aire otra vez, abatió el picaporte con una seguridad impostada y empujó la puerta.

Los tres hombres ocupaban el extremo de la larga mesa, don Emilio en la cabecera, el director comercial a la derecha y el jefe de almacén al otro lado.

—¡Siéntese, señor Lozano!

Sergio se dio perfecta cuenta de que el jefe lo llamaba por su apellido, y con un respetuoso «buenas tardes» se adelantó a ocupar el sillón contiguo al de Fidel Alarcón.

Un silencio ominoso se instaló en la estancia. Sergio habría preferido una palabra altisonante y hasta un golpe en la mesa, pero la voz de don Emilio sonó tensa, presagiando tormenta.

—Imagino, señor Lozano, que sospecha el motivo de esta reunión. No entendería que no fuera así... De todas maneras, estos caballeros le aclararán cualquier duda que tenga usted al respecto.

El cerebro de Sergio procesaba todas las respuestas que había preparado según el sesgo que tomara la reunión, y afinando su capacidad de engaño, tantas veces probada en situaciones semejantes, llegó a la conclusión de que lo conveniente en esos momentos era ofrecer su mejor sonrisa y elegir bien la respuesta.

—Entiendo perfectamente lo que yo pensaría si estuviera en su lugar, pero aunque lo sospecho, me gustará saber a qué conclusiones han llegado.

La actitud de don Emilio y el gesto que hizo al lanzar sobre la mesa violentamente el lápiz rojo y azul que tenía entre las manos pusieron a Sergio en estado de alerta máxima.

—¡Fidel! —dijo dirigiéndose al director comercial—. Ponga usted al señor Lozano al corriente de las conclusiones a las que hemos llegado.

El director comercial, jefe de contabilidad también, se ajustó las gafas, carraspeó para aclararse la garganta y ordenó unos papeles que tenía en la mesa frente a él.

—Vamos a ver… En nueve meses ha comprado usted para esta empresa una cantidad de cartón impermeabilizado que no consumiremos en dos años. El importe de todo ello asciende a cuarenta y seis mil dólares… La compra es absurda y totalmente incomprensible.

La voz de don Emilio sonó de nuevo cuando se dirigió al jefe de almacén.

—Cosme, explique al señor Lozano los problemas que le ha acarreado dicho pedido.

El aludido, esta vez sin papeles a consultar, habló con voz neutra, propia del buen empleado a quien se le pide una información. Su tono, sin embargo, era más amable.

—Lo mío es muy simple y puede comprobarse a simple vista: el cartón ocupa todo el almacén del patio y el de la vieja prensa que hace dos años inutilizamos. Además, hay un problema añadido, y es que si no procedemos al plegado que requiere la fabricación de tetrabriks, todo el cargamento perderá la impermeabilidad y cuando procedamos a la fabricación será inservible.

El único sonido era el zumbido del ventilador del techo que aliviaba el calor de la estancia.

—Señor Lozano, aguardo su explicación con ansiedad —ordenó, más que pidió, don Emilio.

Sergio sintió que su momento había llegado.

—Como ya se me ha informado de los cargos, procedo a explicarme: evidentemente, yo encargué ese cartón, al igual que fui yo quien ajustó el precio. ¿Por qué ordené esa cantidad? Muy sencillo: porque en ese entonces estábamos a punto de envasar vino y naranjada, y nada se me dijo hasta un tiempo después sin que el tema estuviera descartado por completo.

Sergio extrajo del bolsillo de su chaqueta el sobre con el dinero. Abrió la solapa para que se viera el interior y lo dejó sobre la mesa. Los tres hombres lo observaron con curiosidad.

—¿Y eso qué es? —indagó don Emilio.

—Es la comisión que le saqué a don Luis Fita en Querétaro para nuestro beneficio... Intenté que fuera descontada del precio total, pero, cosas y costumbres de cada uno, me dijeron que no era posible: «Eso es para el comisionista que trae el negocio. Si usted quiere dárselo a su patrón, no hay problema, pero nosotros no podemos hacerlo directamente ya que hemos de tratar por igual a todos nuestros clientes». Yo no soy un comisionista, que quede claro, pero pensé que si no tomaba ese dinero para la fábrica se perdería. Ése, y no otro, fue el motivo que me llevó a aceptarlo.

Don Emilio lo interrumpió.

—¿Y por qué no lo entregó en contabilidad cuando lo recibió?

—Porque me lo abonaron fraccionado, con cada pedido, y tenía un plan para darle a usted una sorpresa.

—¿Qué plan era ése?

—Le parecerá poco plausible, pero me hacía ilusión sorprenderlo en la cena de Navidad de los empleados entregándole el total y decirle: «Don Emilio, gracias, en nombre de todos, por los regalos que hoy nos ha hecho, pero tengo el gusto de entregarle esta cantidad para que, por esta vez, no le costemos dinero».

Don Emilio volvió a tomar el lápiz y jugueteó con él unos instantes. Luego, su hablar fue lento y contenido.

—Todo lo que me cuenta, Lozano, me suena muy extraño. Desde que fue usted a Querétaro han pasado varios meses y los pedidos de cartón han sido sucesivos. Es un buen vendedor, pero no es quién para tomar decisiones de este calibre… Voy a darle otra oportunidad, en atención a mi vieja amistad con su hermano. Sin embargo, a partir de este instante sólo se ocupará de vender nuestro producto terminado, ¿ha quedado suficientemente claro?

Sergio, tras un profundo suspiro, respondió:

—Sí, don Emilio, descuide usted. Esto ha ocurrido por mi incondicional afecto por la casa y por mi deseo de sorprenderlo.

Don Emilio dio un golpecito en la mesa con la punta del lápiz.

—Señores, doy por concluida la reunión —anunció—. Pueden retirarse.

Partieron los tres hombres, y cuando ya el jefe de almacén alcanzaba la puerta, la voz de don Emilio sonó de nuevo.

—Un momento. —Los tres se volvieron hacia él como un solo hombre—. Fidel, despeje la mesa donde coloca los archivos… A partir de hoy, el señor Lozano dejará su despacho y compartirá el de usted.

55

El violín

Tras su regreso triunfal y luego de recibir los parabienes de sus compañeros y amigos de la academia, Enrique se reintegró a la vida parisina. Lo primero que hizo fue recoger su coche de la BMW y pagar el coste de la reparación, que no fue precisamente barata; después habló con Armand, el portero, a quien no había visto todavía, y éste le notificó que «la señorita Irina» había acudido un par de veces durante su ausencia. Enrique le preguntó por qué no le había entregado la carta a ella dirigida, y Armand le respondió que ésta llegó después de la última visita de la joven y que, siguiendo las órdenes de él, había dejado todo el correo en la bandeja de plata de la entrada.

Una vez retomada su rutina, Enrique, animado por el triunfo, se dedicó con ahínco a sus más duros ejercicios de perfección del instrumento: la obra que debía ensayar era cada vez más compleja que la anterior. Esa tarde había colocado el atril en medio de la salita-comedor, se había puesto cómodo con unos viejos pantalones amplios y una camisa de punto fino que le facilitaba los movimientos, y se dispuso a ensayar el *Concierto para violín* de Schoenberg, la *Tocata y fuga* de Bach y, para terminar, el *Capricho número 24* de Paganini.

Iba ya por la segunda obra cuando sonó el timbre de la puerta. Dejó el violín sobre la mesa, junto al estuche y, sospechando quién era su visitante, respiró hondo y se dirigió al pequeño recibidor. Su intuición no le había fallado. Retiró el pasador, abrió la puerta e, iluminada por la luz del rellano, apareció la inconfundible figura de Irina.

—¿Puedo pasar?

Enrique, sin decir palabra, se hizo a un lado.

La muchacha se quitó el turbante que llevaba en la cabeza, se atusó el pelo y se dirigió hacia el comedor.

—Te he interrumpido —afirmó, en lugar de preguntar.

—Da lo mismo. Este momento tenía que llegar.

Irina evitó el tema.

—He seguido por la prensa vuestras actuaciones. Por lo visto, os ha ido muy bien.

—Teniendo en cuenta el humor que tenía al partir, he de reconocer que sí, nos ha ido muy bien.

Hubo un silencio. Irina, tras dejar el abrigo, se sentó en el sofá. Enrique lo hizo frente a ella, en la silla del atril.

—Sé que en mi ausencia has venido un par de veces, y me gustaría saber para qué ya que el día que te fuiste te llevaste todas tus cosas en la maleta.

—Quería hablar contigo.

—Imagino que para pedirme excusas.

—¿Excusas de qué?

—Por una vez dejémonos de historias, Irina.

—¿Qué quieres decir?

—¿Por qué te cargaste mi coche en la puerta del Saint Hilaire?

—No sé a qué te refieres.

—Irina, no añadas cinismo a tus mentiras. Me refiero a que rompiste los retrovisores, los limpiaparabrisas y el escudo de mi coche.

—No sé de qué me estás hablando... París está lleno de

gamberros y de *pieds-noirs*. Y, además, ¿cómo iba a saber yo que estabas en el Saint Hilaire?

—Porque sabes que muchos sábados acudo allí y varias veces hemos ido juntos. Por otro lado, descarto que fuera un gamberro ya que ninguno se habría entretenido en escribir la palabra «cochon» en mi capó. Coches mucho más lujosos junto al mío estaban impecables.

Irina aplicó un tono acre a sus palabras.

—Imagino que tu orgullo te habrá proporcionado en París más de un enemigo, compañeros de tu maravilloso estudio, gente que has humillado y otras personas a las que has tratado mal, como a mí.

—Da igual lo que me cuentes... Yo sé lo que digo.

Hubo una pausa tensa, que Irina utilizó para pasearse por el comedor, arriba y abajo.

—Está bien, dejemos a un lado este tema. Explícame entonces el motivo de esta visita.

Irina se plantó en medio de la estancia.

—Sé que lo único que te importa es tu carrera, pero por si te remuerde la conciencia, tengo que decirte que, bailando en la academia, tuve un aborto y perdí a tu hijo.

Enrique, a pesar de que conocía bien a la joven, se asombró al ver hasta dónde llegaba su cinismo y su malignidad. Lentamente se levantó y, pasando por su lado, se dirigió al dormitorio, donde abrió el cajón de la mesilla de noche y cogió el sobre del ginecólogo. Regresó al comedor y se lo entregó a Irina.

—¿Qué es esto?

—Lee.

Ella, sin dejar de mirarlo, se situó bajo el haz de luz del atril y, despacio, extrajo del sobre el pliego de papeles.

—Ahórrate la literatura, que no vas a entender... Lee el final.

Irina buscó la última cuartilla. Al terminar la lectura, alzó el rostro poco a poco. Sus ojos despedían fuego.

—¡Me has destrozado la vida! ¡Y yo, en vez del coche, debí haberte destrozado la cabeza…, españolito de mierda!

Tras estas palabras, Irina se abalanzó sobre la mesa. Cogió el violín por el mástil y, con una violencia desmedida, estampó la caja acústica contra la pared dejando ambas partes únicamente unidas por el cordaje.

Después, pasando junto a Enrique, recuperó su abrigo y se dirigió al recibidor. El tremendo portazo resonó largo rato en los oídos de Enrique, que entendió en ese momento que aquella maldición había salido por fin de su vida.

56

La llegada de los padres

La situación encorajinaba a Mariana. Nunca en su vida pensó que viviría separada de su marido, y no sabía bien cómo manejarse. Sergio llevaba un par de meses fuera de casa y los niños no paraban de hacer comentarios como «¿Papá tiene que salir de viaje todas las semanas?» o «El padre de una niña de mi cole es viajante y, sin embargo, vive en su casa». El anuncio de la llegada de sus padres para asistir a la comunión de Rebeca la obligó a cambiar por un tiempo las cosas, y todo lo referente a ella pasó a un segundo lugar. Por la felicidad de sus padres, estaba dispuesta a tragarse todos los sapos del mundo, de modo que cogió el teléfono y llamó a Sergio.

—Evidentemente, la decisión que tomé sigue en pie. Voy a pedirte algo, pero lo hago sólo por el bien de nuestros hijos y por la tranquilidad de mis padres, que quede claro.

Sergio vio una posibilidad de pactar con su mujer, y con su habilidad característica aprovechó la ocasión que se le ofrecía para tratar de acercar posiciones de cara a futuros pactos.

—Lo que tú digas, Mariana. Ignoro lo que quieres que haga, pero estoy dispuesto a cualquier cosa que me propongas, sobre todo si se trata de nuestros hijos… Lo que no entiendo es lo de tus padres.

—Hablamos de ello hace tiempo, Sergio, pero imagino que con tus problemas lo habrás olvidado: tu hija Rebeca hace la primera comunión el nueve de mayo, y se lo comuniqué a mis padres por carta. Ahora viene lo que voy a pedirte.

—Tú dirás, Mariana.

—Como comprenderás, me niego a que nuestros problemas repercutan en mis padres. Y como ni quiero amargarles su estancia aquí, lo que te pido es que esta semana vuelvas a casa.

La voz de Sergio sonó untuosa y complaciente.

—No fui yo el que se marchó, fuiste tú la que me echó.

—No vamos a discutir eso ahora otra vez. Desde luego, dormiremos separados. Les diremos que tus ronquidos me impedían descansar. Y te pido que durante esos días hagas la misma comedia que haré yo, que vengas a comer todos los días y que los trates como ellos te han tratado siempre, y que, si es posible, dejes el JB aparcado.

La voz de Sergio tardó unos segundos más de lo normal en llegar hasta ella.

—¿Y cuando se vayan?

—Cuando se vayan también te irás tú… Para comprobar si has cambiado, si has dejado tus líos de mujeres y económicos o si sigues igual, hace falta mucho más tiempo. ¿Quieres hacer esto por tus hijos y por mis padres o no? Si no lo tienes claro, dímelo, porque entonces agarraré el toro por los cuernos y les explicaré cuál es nuestra situación en cuanto aterricen.

Sergio, que conocía el carácter de Mariana, para bien o para mal, respondió enseguida.

—Cuenta con ello, por supuesto. Pero que quede claro que no hago esto por tus padres, y si me apuras tampoco por nuestros hijos, sino que lo hago por ti, mejor dicho, por nosotros.

Y ése fue el motivo del jolgorio de los cuatro niños: papá había regresado de un largo viaje e iba a estar con ellos cuando llegaran los abuelos.

Don Pedro Casanova y su mujer, doña Pilar Artola, llegarían el 3 de mayo con la intención de quedarse hasta el día 15 en el país, si bien permanecerían en México D. F. con ellos sólo hasta el día 10, ya que los cinco días restantes visitarían algunos lugares históricos de su interés.

Mariana estaba emocionada. Llevaba casi un par de años sin ver a sus padres, e iba a recibirlos allí, en ese país que tan bien la había acogido, presentarles a Clara Liechtenstein, pasearlos por esa maravillosa ciudad, y sus hijos verían a sus abuelos y ella desayunaría con su padre cada mañana, como hacía en Barcelona cuando era una niña. Por todo ello, estaba dispuesta a hacer la comedia que fuera necesaria al respecto de su marido, para que sus padres nada sospecharan y regresaran a Barcelona creyendo que su hija era feliz y que los negocios de Sergio en México iban viento en popa.

A las diez de la mañana del 3 de mayo, el vuelo 106 de Aeroméxico tomaba tierra en la capital. Mariana, pegada a la barra metálica que marcaba el límite para los visitantes en la zona de llegadas, se esforzaba por divisar la figura de sus padres cada vez que la puerta automática se abría. Eladio, el chófer de Clarita, la había acompañado en el gran Mercedes de su patrona. La anciana se había empeñado en ello, aduciendo que los señores Casanova llegarían cansados del viaje, con maletas y regalos, y no merecían meterse en el pequeño utilitario de Mariana. Ésta aceptó el ofrecimiento, agradecida, entre otras razones porque conocía el carácter de su amiga y sabía que, en cuestiones como aquélla, era difícil oponerse a sus deseos.

Finalmente los vio. Iban acompañados de un mozo que empujaba el carrito de sus maletas. A medida que se acercaban pudo observarlos con atención. El tiempo no parecía haber pasado para su madre. Estaba igual que la última vez que la vio, o quizá un poco más llenita. Sin embargo, el aspecto de su padre la llenó de inquietud. Había adelgazado tanto que la americana del traje de entretiempo le venía holgada, como si la hubieran confeccionado para una persona más gruesa, y eso, teniendo en cuenta que don Pedro Casanova fue siempre muy presumido, la sorprendió. Aun así, lo que más la impactó fue el aspecto de su rostro. Su barba, poblada antaño, era ahora una perilla blanca que le afilaba la cara. La mente de Mariana transitó hasta su infancia, a aquellas tardes cuando, al volver del colegio, miraba con él las láminas de un viejo ejemplar de *Don Quijote de la Mancha*, y pensó que su padre le recordaba al ingenioso hidalgo.

Cuando, tras pasar el control de pasaportes, se encontraron, Mariana sintió que se cobraba algo que la vida le debía desde hacía mucho tiempo. Se fundieron los tres en un largo abrazo mientras su madre, por no perder la costumbre, también la besaba y le iba hablando, y su padre la apretaba fuertemente en silencio. Luego, poco a poco, fueron llegando las preguntas y las explicaciones: «¿Qué tal el viaje?», «¿Cómo están los niños?», «Sergio no ha podido venir porque tiene mucho trabajo...». De esta manera, con los tres respondiendo y preguntando, siguieron a Eladio y al mozo hasta el aparcamiento, donde el gran Mercedes negro y acharolado brillaba bajo el intenso sol mexicano.

Don Pedro, al que encantaban los automóviles, se maravilló.

—¡No me dirás que Sergio se ha comprado este coche!

—No, papá. Las cosas nos van muy bien, pero no hasta ese punto. Sergio conduce un coche americano grandote y llamativo, ya sabes que siempre le gustó presumir, y yo un utilitario para llevar a los niños al colegio. Éste es el auto de Clarita. Hoy la conoceréis, por cierto. Es una de las mujeres más buenas del mundo, y para mí está siendo como mi familia. No sé qué haría sin ella aquí.

Cargado el equipaje y acomodados los tres en su interior, Eladio puso en marcha el soberbio Mercedes y, tras observar el paso de vehículos, con un acelerón súbito colocó la poderosa máquina en el torrente circulatorio del Periférico.

—Eladio, salga por la Sur Veintiuno y vaya a casa atravesando la ciudad por el Paseo de la Reforma —indicó Mariana al chófer—. Pase por la glorieta del Ángel de la Independencia. De esa manera, iré mostrando a mis padres las plazas y los monumentos que vayamos viendo.

—Como mande, doña Mariana.

—Ahora dejaremos las maletas —dijo Mariana a sus padres— y Petra se ocupará de colocar todo en los armarios. Veréis a Dieguito, que está en casa. Los otros tres están en el colegio. Hoy comeremos en la Hacienda de los Morales con Sergio, que se reunirá allí con nosotros. Después, sobre las cinco de la tarde, os presentaré a Clarita. Os va a encantar.

Tras casi una hora de viaje, el Mercedes se detuvo frente a la reja del jardín de la casa de Clara Liechtenstein.

A medida que avanzaban por el camino, la admiración se reflejaba en el rostro de sus padres.

—Hija, ¡todo esto es maravilloso! Y qué lujo... —comentó doña Pilar.

—Mamá, no te engañes, la propiedad y la casa grande son magníficas, pero yo vivo allá al fondo. Doña Clara hizo aquella casita para su hija cuando ésta se casó, pero el matrimonio prefirió vivir en la mansión y ella buscaba a un inquilino de confianza porque no quería compartir el jardín con extraños. La casualidad hizo que el jefe de Sergio, muy amigo de ella, lo recomendara... ¡Y ésa es la historia!

Eladio aparcó el Mercedes frente al porche de la casa pequeña. La enredadera había crecido y se encaramaba por la pared blanca hasta la terraza del primer piso, dejando libres, eso sí, las ventanas verdes. La edificación era de estilo español y de un gusto exquisito, y Mariana la tenía muy cuidada.

—Hija, esto es un paraíso para los niños —comentó don Pedro en cuanto los tres bajaron del coche—. No te imaginas cuánto me alegro de que hayáis logrado este nivel... Eso quiere decir que las cosas le van muy bien a Sergio.

—A Sergio y a mí, papá, porque yo también trabajo, ya os lo conté.

Petra apareció en la puerta con Dieguito de la mano. El niño se soltó y fue hacia Mariana.

—¡Madre mía, cómo ha crecido esta criatura! —comentó doña Pilar.

Mariana empujó al pequeño hacia sus padres.

—Diego, da un beso a los abuelos.

Petra, que adoraba a «su» niño, sonreía.

—No me lo animen demasiado —comentó—. Ya verán lo que es este torbellino en cuanto tome confianza.

Doña Pilar avanzaba ya hacia la muchacha y lo mismo hizo don Pedro.

—No sabes, Petra, cuántas veces te hemos nombrado. Para nosotros eres alguien muy especial. Dejar Barcelona y venirte a la aventura con nuestra hija y nuestros nietos es algo que te agradeceremos de por vida. —Doña Pilar le dio un beso y don Pedro le estrechó la mano.

—Para mí, señora, son como mis hijos, y además le diré otra cosa que recordarán el día que se vayan: este país tiene algo especial que te jala y no te suelta, y la gente es cariñosa y quiere mucho a los españoles, aunque a veces les moleste reconocerlo. Sean bienvenidos, señores.

Dieguito se dirigía ya hacia la casa de la mano de su abuela, detrás iban don Pedro y Mariana, y Petra ayudaba a Eladio a llevar las maletas.

—¿Preparo algo, señora?

—No, Petra, gracias, iremos a comer a la Hacienda de los Morales.

A la hora y media partían para el restaurante tras haber hablado de Marta y Manolo, de Susana y Mafalda, y, sobre todo, de Alicia, que residía en el piso de Obispo Sivilla desde que Mariana se había establecido en México.

—Tu hermana está encantada de la vida —comentó doña

Pilar—. Está acostumbrándose tanto a vivir sola que no habrá manera de casarla.

Don Pedro aclaró, dirigiéndose a su mujer:

—¡Han cambiado tanto las cosas…! Los tiempos son otros. La gente joven reclama su libertad, y las consecuencias de la Guerra Civil quedan ya muy lejanas para los de la generación de Alicia. La mujer no quiere ser ama de casa.

—Calla, calla, que no vivimos para sustos entre unos y otros. Acuérdate del veintitrés de febrero… ¡No pegaste ojo hasta que se supo que el golpe había fracasado!

Fueron caminando hasta la Hacienda de los Morales, donde Mariana había reservado una mesa para cuatro en la zona del jardín cubierto ya que, como siempre, el comedor estaba lleno. El *maître* fue hacia ellos.

—Buenos días, señores. ¿Tienen reserva?

—Una mesa a nombre de los señores Lozano.

—Les he guardado la primera junto al jardín exterior —dijo el *maître*. Y añadió—: ¿Es usted doña Mariana?

—Soy la señora Lozano, sí.

—Ha telefoneado su marido. Desea que haga el favor de llamarlo al despacho.

Mariana palideció por dentro.

—Acompañe a mis padres. —Se volvió hacia ellos y les dijo—: Voy ahora mismo.

Mientras el *maître* acomodaba al matrimonio, Mariana se dirigió al teléfono. Al cabo de cinco minutos, con una sonrisa forzada en los labios, llegó a la mesa.

—Sintiéndolo en el alma, a Sergio le ha surgido un imprevisto de trabajo y ha de comer con un americano. Os verá esta noche en casa.

—Esas cosas ocurren —apuntó doña Pilar—. ¡Cuántas veces tu padre tuvo que dejar la comida por una urgencia oftalmológica…!

Mariana ocupó su lugar a la mesa.

—¡Qué bueno, hija, que tenga tanto trabajo! —apostilló don Pedro.

Mariana, con la mirada gacha, comenzó a consultar la carta del menú.

Pese a conocer todos los recovecos del carácter de Sergio, Mariana no podía dejar de admirar su capacidad de simulación. Tras su fallo en la comida del primer día, se deshizo en amabilidades para con sus suegros, y las explicaciones sobre su trabajo y sus viajes parecían tranquilizar a don Pedro al respecto de cómo les iban las cosas, mucho más que a doña Pilar, quien miraba alternativamente a su yerno y a su hija mientras él hablaba.

—Como es lógico, en tan pocos días y en un viaje de placer, no podréis daros cuenta de la inmensa diferencia que media en el enfoque de los negocios de México y el de España. Éste es un país con visión de futuro. Su vecindad con Estados Unidos hace que la mentalidad empresarial sea mucho más moderna y que se cotice aquí mucho más la iniciativa. En este país entienden que un emprendedor puede equivocarse porque saben que a la larga su carácter reportará beneficios a la empresa. Es más, os diré que se cotiza mejor un currículum en el que haya algún fracaso que otro en el que todo sean triunfos. En cambio en España no se quiere correr ningún riesgo, de ahí el retraso de siglos en materia empresarial. —Entonces se dirigió directamente a su suegro—: Lo que me ocurrió contigo fue que me propuse que tu dinero tuviera un gran rendimiento, por eso lo de reinvertir y de ahí que liquidara primero a Campins, que, por cierto, era un plomo. A él le di lo suyo, y me pareció suficiente. Pero esperaba sacarle a tu aportación mucho más beneficio.

Mariana intervino.

—Deja esto ahora, Sergio, que mi padre no ha venido aquí a hablar de negocios.

—Tienes razón, Mariana. —Se volvió hacia los niños, que estaban sentados a la mesa del comedor jugando una partida de parchís con su abuela, y ordenó a Álvaro—: Hijo, ponme un JB en un vaso largo con un cubito de hielo y a tu abuelo ponle un vermut Cinzano con limón, sifón y hielo, si no recuerdo mal... —Miró a don Pedro—: ¿O tal vez prefieres probar una Coronita? Es una cerveza local con muy poco alcohol, para mi gusto excesivamente suave.

—Probaremos esa Coronita.

El niño miró su madre, como pidiendo permiso, ya que sabía que a ésta no le gustaba que sirviera whisky a su padre. Mariana autorizó con un movimiento de la cabeza, gesto que no pasó desapercibido a doña Pilar.

Los hombres tomaron sus bebidas sin prisa, y al cabo de media hora Sergio anunció en un tono pomposo:

—Con vuestro permiso, me retiro. Mañana tengo un día muy duro y he de estar despejado desde primera hora.

—¿No te despertará Mariana cuando vaya a acostarse? —preguntó doña Pilar.

—Mamá, dormimos separados. Sergio ronca mucho, y si me despierto a medianoche ya no cojo el sueño otra vez.

Con la inocencia de los pocos años y en tanto meneaba el cubilete de los dados, Rebeca aclaró:

—Eso cuando papá está en casa... Siempre está viajando, y a veces sólo lo vemos el fin de semana.

Mariana reprendió con la mirada a su hija.

—Rebeca, el sábado vas a hacer la primera comunión y sabes muy bien que los niños no deben entrar en la conversación de los mayores... Y ahora dad un beso a los abuelitos y a dormir.

Al cabo de una hora todos ocupaban sus respectivos dormitorios. La ventana de la habitación de sus padres estaba pegada al cuarto de baño de Mariana y, sin querer, oyó la conversación que mantenían.

—Pedro, ¿has oído a la niña? Te digo que o bien nuestra hija es tonta, o bien lo hace ver. No entiendo cómo no se da cuenta de que ese hombre está engañándola. Deberías hablar con ella y abrirle los ojos.

—Eso es precisamente lo que no quiero. Nosotros nos iremos de aquí dentro de unos días y ella se quedará. Mejor es que crea todo lo que dice Sergio. Si ocurre lo peor, estaremos detrás de ella.

—Quizá lo peor es lo mejor que pueda ocurrir... Pedro, creo que nos equivocamos al empujarla hacia este matrimonio.

—Pilar, las circunstancias eran las que eran. Se llevaba demasiados años con aquel torero, y lo más probable es que su unión hubiera salido mal. Creo que hicimos lo que debíamos. Además, lamentarse ahora no conduce a nada... Déjala que crea las fantasías de su marido y que de alguna manera sea feliz.

La luz de la ventana se apagó, señal de que sus padres se acostaban.

—Tengo mala conciencia, Pedro... Esta criatura, que es fantástica, merecía mejor suerte. Un chico de su edad y de su nivel, ése era mi sueño.

—Y el sueño de todas las madres, pero las cosas son como son y ahora es tarde para arrepentirse... Que descanses.

Fue lo último que Mariana oyó. Humedecidos sus ojos, apagó la luz del cuarto de baño y se echó en la cama sin poder dormir.

57

La ceremonia

La iglesia del colegio Regina de Jesús-María lucía como un ascua de oro. Frente al altar, presidido por una bella imagen de la Virgen con el Niño y adornado con miles de flores, casi todas blancas, había multitud de velas y hachones que proporcionaban una hermosa y tamizada luz. Tras la barandilla del comulgatorio había dos largas hileras de cómodos bancos con el consiguiente reclinatorio, los diez primeros estaban reservados para las niñas que iban a recibir a Jesús por primera vez, y en la cabecera de los siguientes, del lado del pasillo, se veía un grueso tarjetón con el nombre de la familia que lo habría de ocupar. A ambos lados del altar se hallaban los sitiales que ocupaban las monjas; al fondo y en lo alto, se ubicaba el amplio coro del colegio y, delante de él, se encontraba la madre Estefanía, que ejercía el oficio de chantre; a su espalda estaba el maestro Emilio Jarque, que tocaba el magnífico órgano de tubos verticales, impecablemente brillantes, y entre ambos se levantaba una tarima de medio metro de altura con barandilla.

De pronto, el maravilloso instrumento comenzó a sonar a la vez que dos hileras de niñas, vestidas con blancos hábitos monacales con la capucha en la cabeza ahora y que después se plegaría sobre la espalda, avanzaban por el pasillo central en dos filas. Entre ambas, la madre Aurora y la hermana Carmela cuidaban de que la distancia fuera la misma y que el paso de las niñas fuera lento y acompasado.

Las familias, de medio lado porque no querían dar la espalda al altar, observaban orgullosas y felices el avance de sus hijas que, emocionadas, progresaban despacio por el pasillo para cumplir el primer acto consciente de su vida.

El banco de los Lozano Casanova lo ocupaban los abuelos, Pedro y Pilar; Mariana y Sergio con Valentina y Álvaro; y el matrimonio Uribe, Humberto y Malena. A Mariana le habría gustado que Clara estuviera presente, pero su salud se lo había impedido. La que, desde un sitio discreto no se lo perdió fue Petra, quien dijo a Mariana que de ninguna manera faltaría a la ceremonia de la primera comunión de su pequeña Rebeca, por lo que acudiría aunque fuera con Eladio, el chófer de doña Clara, que, como en todas las ocasiones importantes, conducía el potente Mercedes de la anciana.

Mariana estaba admirada, pues aunque conocía el poder de simulación de Sergio, se asombraba de que estuviera allí impecablemente vestido, guapo y bien plantado representando el papel de padre feliz que habían pactado, saludando a diestro y siniestro a conocidos y amigos sin el menor apuro, como si nada hubiera ocurrido entre ellos.

Mientras las niñas iban ocupando su lugar en los bancos Mariana sintió un ramalazo de orgullo. Sin duda Rebeca era la más bonita y la más alta.

La ceremonia comenzó y fue desarrollándose puntualmente tal como se había diseñado. Llegado el momento, el padre Peñalver avanzó hasta una tarima lateral y, después de ajustar el micrófono a la altura de su boca, dedicó a las niñas una homilía preciosa y adaptada a su edad, cual si fuera un cuento, sobre alguien muy cercano a ellas que durante toda su vida sería su mejor amigo y que no era otro que el pequeño Jesús, al que dentro de unos instantes recibirían en las casitas que habían construido dentro de su corazón. Tras la homilía llegó el momento cumbre. Las niñas fueron avanzando de nuevo en dos filas hasta la barandilla del comulgatorio, y allí, de rodillas y muy concienciadas, recibieron la sagrada forma para, acto seguido, ir a ocupar cada una su lugar. Luego lo hicieron las monjas, y finalmente todos los familiares que habían acudido para acompañar a las niñas en un día tan importante. Y entonces la cúpula se llenó de sonido, y la voz maravillosa de Pedro Vargas, cuya nieta también hacía la comunión ese día, inundó el espacio mientras cantaba el «Ave María» de Schubert. Concluida la magnífica interpretación, lo que ocurrió fue espontáneo e imparable: alguien comenzó a aplaudir y, como un torrente que se desbordara, todo el mundo hizo lo mismo, hasta el padre Peñalver, mexicano de pro, no sin antes dejar en el altar el libro que tenía en las manos.

Después todas las familias fueron saliendo junto con sus hijas al tiempo que comentaban lo maravillosa que había sido la ceremonia. Al poco se formó un pequeño tumulto, y es que se encontraba en la calle Pedro Vargas, con su nieta y sus hijos. La gente, que se había enterado de su presencia en la iglesia, se arremolinó alrededor de él.

Mariana se volvió hacia su madre y hacia Petra, que no soltaba a Rebeca de la mano.

—Vayamos ligeras, que hemos de preparar la merienda de los niños y antes tenemos que comer. —Luego se dirigió a Sergio—: Di a Eladio que traiga el coche.

Mariana se extrañó al ver que Sergio palidecía mientras dirigía la mirada hacia la acera del otro lado y ella miró a su vez. Distinguió a una mujer llamativamente vestida que observaba a su marido con descaro. Era Lupe Alcázar.

—¿La conoces? —preguntó Mariana a Sergio, en un susurro y sin señalar.

—Creo que de vista.

—Tal vez de vista en Querétaro… Me parece que la confundieron conmigo cuando estuviste allí y me enviaron su conjunto de ropa interior. Supongo que habrá venido a reclamártelo.

—¡Por favor, Mariana, te das cuenta de que no es el momento más oportuno!

—Para responder de tus dislates nunca encuentras el momento oportuno. Cuando se vayan mis padres hablaremos. Hoy es el día de Rebeca, por supuesto.

Pedro y Pilar todavía estuvieron otra semana en México, y antes de irse acudieron a comer a la mansión de Clarita, aceptando encantados su invitación.

—¡Qué envidia me dan…! Tienen una hija maravillosa que ha sido mi consuelo durante estos últimos dos años. Puedo asegurarles que, de no estar atada a mi casa por mi circunstancia, vendería todas mis cosas y me instalaría en España cuando ella regrese.

—Estamos orgullosos de ella —dijo doña Pilar—. Mariana es una buena hija, usted lo ha dicho, y nosotros la echamos mucho de menos en Barcelona.

—También deben de echar de menos a su yerno, un hombre de negocios honrado y competente que ha colaborado para que la riqueza del país haya crecido de un modo notable. Lamento infinitamente que hoy no haya podido acudir.

Tras estas palabras se estableció un tenso silencio, que rompió doña Pilar.

—Sí, es una lástima que hoy no haya podido venir a comer, ¿verdad? ¡Trabaja tanto…!

—Y los americanos tienen la costumbre de hacer negocios mientras comen —apuntó don Pedro.

Mariana pensó: «Ni hoy come con nosotros, ni lo ha hecho seis de los siete días que lleváis aquí».

Los padres de Mariana emplearon sus cinco últimos días en visitar los lugares típicos de México y luego regresaron para despedirse antes de partir de nuevo hacia España. En esa ocasión, Sergio los acompañó con Mariana al aeropuerto.

58

Gloria Orellana

El miércoles de madrugada Mariana se despertó por tercera vez esa noche. Las agujas luminosas de su despertador marcaban las cuatro y tuvo claro que durante las próximas tres horas daría vueltas en la cama sin poder conciliar el sueño. Cambió de postura, se abrazó a la almohada y se dedicó a pensar. La llegada de Gloria ocupaba todos los recovecos de su intelecto, su mente pajareaba sin rumbo fijo y, por enésima vez, volvió a escarbar en el pozo de su memoria, recordando los momentos vividos con su amiga… ¡Eran tantos los recuerdos! Hacía casi dos años que no se veían.

El avión de Iberia aterrizaría en el aeropuerto Benito Juárez a las doce del mediodía, hora de México D. F. Mariana había dicho a Malena que prefería acudir sola a recibirla, y esta última, aunque reticente, lo entendió, eso sí, con la condición inexcusable de que, luego de descansar y deshacer las maletas, saldrían las tres juntas a recorrer la noche mexicana; de esta manera, por fin tendría ocasión de conocer a su rival en la disputa del primer lugar en el corazón de Mariana como amiga.

Ante esa circunstancia tan singular y apetecible, todos los problemas referidos a Sergio, sus infidelidades, la falsificación del talón y la certeza de que había otra mujer, se habían diluido como un azucarillo en un vaso de agua para Mariana, quien llegó a la conclusión de que, excepto lo que atañera a sus hijos, todo, absolutamente todo, pasaba a segundo término.

Mariana salía de la ducha a las ocho y media, y mientras se secaba con una gran toalla de rizo se vio reflejada en el espejo. Su aspecto le sorprendió. Hacía muchos días que no se levantaba de tan buen talante, y eso se reflejaba en su rostro. Todas sus preocupaciones, sus apuros y sus disgustos quedaban aparcados, por el momento. Sonrió, y acabó de arreglarse. Apenas se pintó los labios, se puso una falda tejana, una camisera y sus mocasines de combate, y miró de nuevo la hora en el despertador. Saldría con mucha antelación hacia el aeropuerto. Era ya una experta circulando por la ciudad. Cogió su bolso y bajó la escalera. Por el ruido que procedía de la cocina supuso que Petra estaba ya trajinando y allí dirigió sus pasos. Su desayuno estaba preparado sobre la mesa, únicamente faltaban las tostadas y el café.

La muchacha se dio la vuelta en cuanto la vio.

—Buenos días, señora. ¿Ha descansado bien?

—Como un niño.

—Cuánto me alegro... La verdad es que su cara lo refleja.

Cuando terminó de desayunar, Mariana dijo a Petra que comerían sobre las dos y se despidió de ella, pero antes de abandonar la casa se asomó al dormitorio de Dieguito y le dio un beso. Acto seguido se dirigió al pequeño garaje adyacente a la casa en busca de su coche. Desde que Sergio se había ido, no tenía problema con la maldita columna para dar la vuelta y salir marcha atrás ya que la ausencia del automóvil de Sergio había dejado mucho espacio libre.

En tanto se introducía en su vehículo, su mente, sin quererlo, repasó de nuevo la carta recibida. El estilo era el de siempre. En primer lugar, Sergio trataba de justificar un acto injustificable; después, confiando en su facilidad de palabra y su capacidad de convicción, intentaba reunirse con ella argumentando que el mundo estaba siempre en contra de él, que las circunstancias le eran desfavorables, que los bancos se equivocaban y que, si le daba tiempo, le demostraría que cuanto de execrable había cometido sólo había sido por el bien de su familia, de sus hijos sobre todo, sabiendo que ése era el punto débil de ella.

Mariana puso en marcha el pequeño utilitario y reculó hasta la reja de salida, que, como de costumbre a esa hora, estaba abierta. El hemisferio izquierdo de su cerebro había entrado en bucle y seguía aferrado al asunto de la carta. Se dijo que su decisión no tenía camino de retorno en esa ocasión. Su confianza en Sergio se había perdido en el bosque de sus decepciones, y al acto de cogerle un dinero tan duramente trabajado se unía el hecho de que la engañaba con otra mujer y gastaba con ella una suma que no tenía, cuando la propia Mariana privaba a sus hijos de muchas cosas a las que unos niños de su edad tenían derecho. Se extrañó de que no le importara lo más mínimo con quién y cuándo la engañaba. Sergio siempre había sido facilón. Hurgando más en el pasado, Mariana recordó que se comportaba así ya en la Costa Brava, pero entonces ella era una pava que se tragaba cualquier explicación que su marido le diera. Ahora, en cambio, que se anduviera con cuidado. México no era España, y allí los hombres arreglaban las cuestiones de honor. Se acordó con espanto de la última vez que fue con Malena a ver a Zoza a El Palacio de Hierro y éste, tras sentarse los tres en el comedor de invitados, se sacó del bolsillo trasero de los pantalones un pequeño revólver, que sin duda le molestaba, y lo dejó al desgaire en la mesita de servicio como si dejara un encendedor. Mariana, alarmada, le preguntó: «¿Por qué llevas eso?», y Zoza, sin darle importancia y como diciendo «Qué pregunta tan tonta», respondió: «Por si acaso alguien se confunde».

El bocinazo de un camión de reparto de leche que salía de

un aparcamiento la devolvió a la realidad. Iba a recoger a su más querida amiga de Barcelona, y eso, tras la visita de sus padres, era la mayor alegría que podía tener. Gloria Orellana era la persona que más sabía de su vida y con quien tenía un millón de cosas de las que hablar. Después de pasar la tarde con ella, deshaciendo maletas y charlando de mil temas comunes, Malena las recogería en casa; sin duda habría organizado el plan más apetecible y autóctono del mundo para que, al finalizar la noche, Gloria se hubiera hecho una idea de las peculiaridades de aquel hermoso país.

En cuanto llegó al Benito Juárez, Mariana entró en el aparcamiento de la salida principal, donde enseguida encontró plaza dado el tamaño de su vehículo. Tras guardarse el tíquet en el bolso, partió hacia la terminal con el ánimo renovado y dispuesta a que ningún mal recuerdo le torciera aquel día tantas veces soñado.

El jaleo era considerable. La gente iba y venía arrastrando maletas con ruedecillas y con papeles en la mano en busca de la taquilla de su vuelo para obtener su tarjeta de embarque. Mariana se dirigió a los paneles electrónicos que informaban de salidas, llegadas y demoras de los vuelos de las diversas compañías, y observó que el de Iberia en el que iba su amiga aterrizaría con media hora de retraso. Dio media vuelta y encaminó sus pasos hacia una de las cafeterías del inmenso aeropuerto que estaba justo al lado de uno de los quioscos de prensa nacional y extranjera. Allí compró el *Vanity Fair* americano y el *¡Hola!* español, que, como otras muchas veces, llevaba en la portada una foto inmensa de Isabel Preysler. Después, se sentó con sus revistas a una de las mesas vacías que estaba ubicada junto a la valla de madera que delimitaba el local, desde la cual se divisaba perfectamente el panel electrónico, y pidió un café con leche al mozo.

Mientras hojeaba el *¡Hola!*, a su mente volvió una vez más la cuestión de su matrimonio con Sergio y la insistencia de

Rafael Cañamero en volver a verla. Ella seguía debatiéndose entre unas creencias que le habían inculcado la fidelidad para con el marido, aunque éste no la mereciera, y la sensación de haber estado perdiendo el tiempo y la vida al lado de un hombre que no dejaba de traicionarla. Rafael estaba a punto de volver de Caracas, y, siempre que pensaba en él, se decía que lo más prudente sería no verlo o quedar con él y poner todo en claro de una vez. Pero en ocasiones la seducía ese amor que él le profesaba, a pesar de los años transcurridos, y se imaginaba a su lado..., algo que resultaba imposible, por otra parte, mientras siguiese casada.

Eso sí, estaba totalmente decidida a pedir la nulidad de su matrimonio en cuanto regresara a España. Pero hasta ese momento, y como ya nada le importaba, decidió que obraría en consecuencia y, por el bien de los niños, consentiría que Sergio saliera y entrara de la casa como si nada hubiera ocurrido. Ella, por su parte, evitaría en lo posible discutir con él, para que el asunto pasara desapercibido, tal como había hecho durante la visita de sus padres. Los niños vivirían así más tranquilos, si bien estaba segura de que Valentina y Álvaro, los mayores, ya sospechaban algo.

Alzó la mirada y se fijó en que el avión de Iberia había aterrizado ya. En ese momento, cualquier otra cosa que no fuera el encuentro con Gloria pasó a segundo término. Guardó las revistas en el bolso y se dirigió hacia la barandilla por la que de manera obligada saldría su amiga tras recoger su equipaje. El personal hablaba atropelladamente y un poco más alto de lo habitual, pues la espera de los seres queridos alejados de sus familias durante tiempo indeterminado hacía que la emoción y los sentimientos se desbordaran. Al cabo de unos quince minutos las dos puertas se abrieron, y los pasajeros del vuelo de Iberia comenzaron a salir a la par que buscaban con la mirada y sonriendo a sus allegados. Mariana estiraba el cuello e intentaba ver el final de la hilera que se había formado, cuando de pronto descubrió, al final de la cola, a alguien que agitaba el brazo izquierdo sobre las cabezas de los demás, y supo al instante que se trataba de su amiga.

Gloria por fin cruzó las puertas arrastrando sus maletas y, feliz, fue hasta la barandilla de metal, donde se abrazó a Mariana como un náufrago a un madero. Permanecieron así y sin hablar un buen rato, pero el abrazo fue un diálogo mudo sostenido a través del mar durante mucho tiempo.

—¡Mariana, estás preciosa! —exclamó Gloria en cuanto se separaron.

—¡Tú estás igual que siempre! Y eso, tras doce horas de viaje, es difícil.

—Este país te sienta muy bien.

—No creas, acuso cada día más la ausencia de mi gente y tengo muchas ganas de volver.

En la mirada de Gloria se reflejó la alarma.

—¿Tus hijos están bien?

—De maravilla. Valentina está encantada aquí, Álvaro está hecho ya un hombrecito, Rebeca, tras su comunión, está muy concienciada de que ha de ser buena y Dieguito es un amor. Pero vayámonos de aquí... He de contarte muchas cosas.

Las dos, una por cada lado de la barandilla, salieron y, ya sin obstáculos de por medio, volvieron a abrazarse y a besarse.

—¡Qué ilusión, Gloria! Nada he esperado con tanta ansiedad como tu visita. Aunque te quedaras tres semanas, no acabaría de contarte todo lo que he ido acumulando en este tiempo... ¡Quiero amortizarte!

—A mí me pasa lo mismo, y he llegado a una conclusión: la ausencia afirma los amores, las amistades y los recuerdos... Estos días he de almacenar todo lo que me digas, me enseñes y nos ocurra para tener material que alimente mi memoria cuando me vaya.

—Vamos al coche. Comeremos en casa porque si no te llevo enseguida, Petra me pondrá mala cara.

—Qué suerte has tenido con Petra.

—¡Muchísima! Me consta que se vino a México por Dieguito, pero el caso es que no sé lo que habría hecho sin ella. Ahora está encantada. Ya la verás.

En tanto Mariana abría el maletero y colocaba el equipaje de su amiga, un niñito mexicano que, en un momento, había pasado una esponja húmeda por el parabrisas y luego lo había secado con un trapo sucio estiró la mano para pedir propina. Gloria iba ya a dársela cuando la voz alarmada de su amiga la detuvo.

—¡No hagas eso! Si le das dinero, aparecerá una cohorte de chiquillos y no podremos ni mover el coche. —Se dirigió al crío—: Ven aquí.

El niño acudió presto. Mariana sacó del bolso un paquete de papas y se lo entregó. El pequeño lo tomó y se fue ligero como un gorrión tras pillar una miga de pan.

59

Cuéntame

Apenas instaladas en el coche, comenzó entre las dos amigas un diálogo atropellado y urgente en el que la una interrumpía a la otra con más ganas de saber que de explicar.

—Gloria, si no hablamos por turnos, no vamos a entendernos.

—Tienes razón, pero son tantas las cosas que deseo preguntarte... Y además quiero que me expliques durante el trayecto lo que voy viendo, porque, por más que me lo contabas en tus cartas, nunca imaginé que esta ciudad fuera así... Rezuma vida por todos lados.

—¡Pues verás esta noche! Te he preparado un plan bomba. Saldremos con mi mejor amiga de México, Malena Uribe, a quien he hablado tanto de ti que podría decirse que ya te conoce. Es fantástica, y esta ciudad es para ella como su casa. Está loca por verte.

—Ya me hablaste de ella en tus cartas, es verdad. Y si es amiga tuya, seguro que lo será mía también.

La charla siguió por varios derroteros hasta llegar a Montes Urales y detener el coche frente a la reja de la casa.

—Chica, ¡menudo caserón! —se admiró Gloria—. La anciana que te lo alquiló debe de ser muy rica.

—Lo era y mucho. Pero ésa no es su cualidad más destacable. Es una mujer admirable, bondadosa y tierna, y ha sido para mis hijos como una abuelita postiza. Lo malo es que…

—¿Qué es lo malo?

—Que su salud es muy delicada. Tenemos pendiente una cita con el médico, por lo que la camisa no me llega al cuerpo.

Con un acelerón corto y seco, Mariana introdujo el coche en el jardín. Las piedrecillas del camino saltaban y crujían al ser aplastadas por los neumáticos. Mariana se detuvo delante del porche de su casa y, en cuanto tocó el claxon, apareció Petra con Diego en los brazos. El niño, al ver a su madre, comenzó a luchar para que lo dejaran en el suelo y correr hacia ella.

Gloria bajó del vehículo enseguida y, cortando la carrera del niño, lo tomó en sus brazos.

—¡Cómo has crecido…! Te fuiste de Barcelona metido en una canastilla. —Luego se volvió hacia Petra—. Ya me ha dicho tu señora que estás de maravilla aquí y que no quieres volver.

—Me alegro mucho de verla, doña Gloria. Realmente, las gentes de aquí son muy afectuosas, y nunca imaginé que esta tierra me jalara tanto.

—¡Uy! ¿Qué es eso de «jalara»? —preguntó divertida Gloria.

—Es como si en España dijésemos «atrapara» o «enganchara». Aquí se habla de un modo peculiar. Por ejemplo, a las señoritas las llaman «seño», y a las mujeres casadas, «doña».

—Me parece, Petra, que los días que esté aquí voy a aprender muchas cosas.

Dieguito se había bajado de los brazos de Gloria y había corrido a refugiarse en los de su madre.

—Petra, coge las maletas de la señora Gloria y déjalas en el cuarto que ocupaba el señor.

La muchacha se dirigió a la parte posterior del coche para cumplir el mandado y entró en la casa. En cuanto las dos amigas se quedaron solas, Gloria interrogó a Mariana.

—¿Es que Sergio está de viaje?

—Ya te apunté algo por carta, pero hoy te pondré al corriente de mi vida… Sergio en los últimos tiempos dormía en el cuarto de invitados, y ahora ya no vive en casa. —Mariana miró su reloj—. Después de comer nos instalaremos en la salita y te explicaré el canto y argumento de la obra.

Gloria dudó unos instantes.

—Supe por tus cartas que la cosa entre vosotros no andaba bien, pero no imaginé que hasta ese punto.

—Es que, como ya venías, pensé que sería mejor explicártelo que escribirlo. Cuando te cuente lo último entenderás el motivo de que lo haya echado. Y te adelanto ya que si voy a hacer el paripé hasta que vuelva a España es por los niños. Piensa que hace poco, para la comunión de Rebeca, estuvieron aquí mis padres, y pedí a Sergio, por favor, que viniera a comer cada día para que mis padres no se enteraran. Pues bien, faltó casi todos los días y, como es lógico, ellos se dieron perfecta cuenta de que algo pasaba.

—Me dejas de piedra.

—Yo sí que me quedé de piedra cuando me enteré de que tiene una amiguita oficial y de que, sin mi conocimiento y sin pedírmelo siquiera, sacó una cantidad importante de dinero de mi cuenta corriente en Comermex.

Gloria estaba seria y cariacontecida.

—Ya lo dijo Joaquín la noche que Julio Iglesias actuaba en el Cap Sa Sal, ¿te acuerdas?, cuando tu marido hizo el numerito pidiéndole que cantara «Mi carro».

—¿Qué es lo que dijo?

—«Pobre Mariana… Lo tiene crudo. Nadie cambia», eso dijo.

Mariana asintió.

—Pero háblame de España, anda. Aquí sólo nos llegan las noticias más importantes.

—Ay, no sé qué contarte, Mariana. ¡No veas el susto que

tuvimos en febrero, hace apenas unos meses! Joaquín estuvo a punto de preparar las maletas... Y luego la crisis económica y esos de ETA que no paran de matar. Hay días que pienso en ti y te envidio, en serio.

—No debes envidiarme, Gloria.

—Ya, cada palo aguanta su vela. Y las cosas con Joaquín van muy bien, eso sí que no te lo puedo negar. Pero a veces hasta yo me escandalizo un poco... Mandé a la niña al quiosco el otro día a comprar el periódico y volvió diciendo que había visto a una mujer con las tetas muy grandes en la portada de una revista. ¿Y qué le vas a decir? ¡Ahora todo eso es sinónimo de libertad!

Mariana sonrió. Eso ya lo había visto ella antes de irse de España, pero estaba claro que el furor por el destape no remitía.

—Todo cambia muy rápido, es verdad —admitió—. Y luego está Sergio, que, como tú decías, no cambia ni a palos.

Después de deshacer el equipaje, refrescarse un poco ambas y mostrar a Gloria las dependencias de la casa, las dos amigas se sentaron a comer en el porche ya que el día era magnífico. Petra había preparado una comida típicamente mexicana en honor a la invitada: frijoles de Monterrey, guacamole, burritos y enchilada de Guadalajara, y de postre, obleas de hojaldre rellenas de crema. Gloria estaba entusiasmada.

—¡Pero qué bien guisas, Petra! Cuando volváis, hablo con mi marido y te pongo un restaurante mexicano en Barcelona o, si lo prefieres, en la Costa Brava.

—Usted, que me quiere mucho, doña Gloria. Una hace lo que puede y copia platillos de aquí y de allá. De lo que me he dado cuenta es que a todo se acostumbra una... Piense que a los niños de este país les encanta la comida picante, cosa impensable en España, y ahora Dieguito me pide papas con chile.

Aquí intervino Mariana.

—La verdad es que Petra tiene una mano especial para guisar. Y ha aprendido mucho de la cocinera de Clarita.

—¡Harán que me sonroje! —Petra optó por cambiar de tema—. ¿Dónde les sirvo el café, señora?

—En la mesa del jardín, la que está junto a las tumbonas... Cuando Dieguito se despierte que se quede contigo, y cuando Valentina y Álvaro lleguen del colegio no les digas que estamos aquí fuera, les das la merienda y te vas a buscar a Rebeca a casa de doña Clara, pues me imagino que, como siempre, habrá ido a jugar con Marito. Los veremos cuando acabemos. Doña Gloria y yo hemos de hablar de muchas cosas.

—Descuide, señora. Y ahora mismo les sirvo el café.

Partió Petra y las dos se dirigieron al rincón del pequeño porche instalado en el ángulo de la casa que daba a la mansión de Clarita.

Al poco llegó Petra con el café y, después de servirles sendas tazas, se retiró.

Mariana y Gloria se miraron incrédulas.

—Me parece imposible tenerte aquí. Ha sido tan larga la espera y me has hecho tanta falta...

—¡Pues ya me tienes! Seguro que cuando dentro de diez días me vaya, dirás: «¡Por fin se ha ido la pesada esta!» —bromeó Gloria, y ambas se echaron a reír—. Tengo que preguntarte tantas cosas y explicarte otras tantas, que no acabaría aunque me quedara contigo todo el mes.

—¿Quién empieza, Gloria?

—Yo misma. A ver, para que me sitúe, explícame bien lo que pasa con tu matrimonio.

—Has llegado en el momento justo, al final de la comedia. Hace tan sólo unos meses, tal vez la historia habría sido otra... Pero se acabó.

—Te entiendo porque la historia viene de muy lejos. No sé lo que habrá ocurrido últimamente entre vosotros, pero cuando te fuiste Joaquín me comentó: «No es mujer para ese tío... No se la merece. Verse obligada por su culpa a cerrar la casa, embarcar a los niños, dejar a sus padres, sus hermanas y su ciudad e irse a la aventura atravesando el mar, contando con que Sergio cambiará». Y nadie cambia, Mariana. Era la crónica de una muerte anunciada... Por cierto, ¿has leído la novela que lleva ese título?

—No he tenido tiempo.

—Pues cuando lo tengas, léela. García Márquez es un genio. Todo pasa en un pueblo pequeño, pero a lo largo del relato te das cuenta de que todo sucede porque es imposible que no suceda... Tu historia con Sergio estaba destinada al fracaso. No hace falta que te diga cómo eres ni cómo es él. No tenéis nada en común. Creo que las circunstancias te empujaron, y si te digo la verdad, me parece que vuestra boda sólo le quitó presión a tus padres, que no sabían cómo apartarte del rejoneador. Y hablando de Cañamero, ¿has vuelto a saber de él?

—Calla, que está en México ahora mismo. Tiene corridas en distintos puntos del país. Y vino a verme... Es una persona estupenda y le tengo un gran cariño.

—¡No me digas! Veo que ponerme al día va a costarme. Pero vayamos por partes, sigue con el tema de tu marido.

—Lo último ha sido la gota que ha colmado el vaso. Además de otras aventuras que le supongo, me consta que tiene una amiga oficial. Hace tiempo me llegó un paquete de un hotel de Querétaro a nombre de la esposa de Sergio Lozano. ¿Sabes lo que era?

—Tú me dirás.

—Un conjunto casi sicalíptico de ropa interior, sujetador, braguitas y liguero. El director del hotel pensaba que era mío y que me lo había olvidado. ¿Y sabes qué es lo más grave? Pues que me da igual, Gloria... Pero eso no es todo.

—Acábame la historia.

—Ya no soy la misma tonta. Se me ha terminado la paciencia. En la salud y en la enfermedad, vale, pero no en la traición y el descaro. Y ahora tengo un negocio montado con Malena, ya te lo expliqué por carta, y nos va bien. Muy bien, diría. Incluso he conseguido ahorrar dinero para cubrir alguna emergencia, como el pago del colegio, que en alguna ocasión he tenido que adelantar... Pues bien, hace dos días voy a Comermex a sacar dinero para hacer un pago del negocio, y me encuentro con que alguien, imagina quién, me ha robado un talón, ha falsificado mi firma y ha retirado la mitad de lo que había en mi cuenta. Luego me llegó una carta de Sergio en la que, como siempre, me pedía perdón y justificaba lo que acababa de hacer y lo que hizo en Barcelona. Que ya me explicará, decía, que no tome decisiones precipitadas y que desde luego me devolverá el dinero... Y eso sido la gota que ha colmado el vaso, Gloria. ¡Se acabó!

—No es por nada, pero tengo la conciencia tranquila... Ya te avisé en Barcelona de que no siguieras a Sergio, y tú me saliste con tu obligación de «en la salud y en la enfermedad, en la riqueza y en la pobreza». No te digo que te lo tengas merecido, porque te quiero mucho y no sería justo, pero esto se veía venir desde Vitigudino de Abajo, y tampoco es que yo sea más lista que nadie, que todo el mundo que conocía el tema opinaba lo mismo. Incluso se lo comenté a Enrique cuando estuvo en casa por Navidad.

Las dos amigas hicieron una pausa. El café se les había enfriado, pero estaba bueno.

—Ya sé que a Enrique le va fenomenal —dijo Mariana.

—Mira, chica, le pasa lo que a ti: lo público le va de miedo, pero su vida privada no es precisamente lo que esperaba. Por fin se había ennoviado con una chica y ha sido un auténtico desastre. Luego te lo cuento. Ahora, y aunque seas mi amiga más querida, debo recordarte que también estoy ansiosa por ver a tus hijos. ¡Me muero de ganas de abrazarlos!

60

El encuentro

La charla de las dos amigas prosiguió unos minutos más y luego Gloria pasó un rato con los hijos de Mariana. Incluso el perrito Toy se puso a hacerle fiestas como si la recordara y él también se alegrara de volver a verla. De repente, las campanas de la iglesia de San Nicolás sonaron dando las siete. Mariana se alarmó.

—¡Dentro de una hora Malena vendrá a buscarnos! Llegará hecha un pincel, ya lo verás. Hemos de subir a arreglarnos, Gloria, porque va a examinarte de arriba abajo. Está deseando conocerte, insistió.

—Lo mismo que yo a ella —dijo Gloria mientras se ponía ya en pie—. ¡Me la has nombrado en cada una de tus cartas!

Las luces del jardín de Clarita se habían encendido. Gloria se volvió hacia su amiga.

—¿Tú te das cuenta de cómo vives?

—El escenario es de película, pero el guion que viven los actores es de pena. La verdad es que te tengo envidia, Gloria: tienes un marido enamorado, dos hijos preciosos, resides en Barcelona y veraneas en la Costa Brava, ¿qué más se puede pedir?

—Nada. Ya sabes que soy una apasionada del mar... Joaquín va a comprar un barco y estaremos medio verano en las islas.

Tras estas palabras las dos amigas se dirigieron a la puerta de la entrada.

Gloria, cogiéndola del brazo, la obligó a detenerse justo antes de llegar.

—Mariana, sabes que soy tu amiga y que te quiero. Y también sabes que soy una tumba... Voy a preguntarte algo: ¿tienes a alguien aquí? ¿Seguro que no has hecho nada con el rejoneador?

Mariana suspiró. Estaba temiendo ese tema, porque con Gloria tenía la suficiente confianza para ser absolutamente sincera.

—Lo estoy pensando, de verdad que sí. Pero... algo me frena. ¡No puedo evitar recordarme que sigo siendo una mujer casada! Y madre de familia. ¿Qué ejemplo estaría dando a mis hijas?

—No te entiendo. Estás en la flor de la vida, y no me negarás que el sexo es uno de los regalos de Dios. ¡Y no me salgas con esas patrañas que nos soltaban en el colegio, porque han quedado desfasadísimas!

Mariana no se atrevió a decirle que no pensaba lo mismo. Jamás había disfrutado del sexo con Sergio y eso la inhibía a la hora de iniciar otra relación.

—Mira, Gloria, sin duda el sexo debe de ser maravilloso... si estás enamorada. Pero yo no lo estoy.

—En algún momento lo estarías, ¿no? Mariana, perdóname la franqueza, ¿tú tienes orgasmos?

Ante la demanda de su amiga, Mariana sintió que el rubor cubría su rostro y no se atrevió a confesar que nunca había sentido lo que Malena afirmaba al respecto de lo sublimes que eran esos momentos. También pensó que mucho habrían cambiado las cosas en España si Gloria se atrevía a formularle una pregunta tan íntima.

—Claro. Los tuve...

—¿Y te ves capaz de prescindir del sexo?

—Creo que hay cosas mucho más importantes.

—Pues yo no.

—Malena opina lo mismo... Para gustos, los colores. No todos somos iguales —dijo Mariana para zanjar de una vez aquel tema.

Las dos amigas subían a sus habitaciones cuando oyeron que los niños se sentaban a cenar en el *office*.

—¿Podemos esperar a que venga papá? —preguntaba Valentina a Petra.

Mariana dio un golpecito con el codo a Gloria y se dirigió a la cocina.

—Papá está de viaje, cariño. Ya sabéis que tiene mucho trabajo. Dad un beso a Gloria y mañana, que no hay cole, comeremos juntos.

—Vamos a arreglarnos, que tu querida Malena debe de estar a punto de llegar.

—Tienes razón. —Mariana miró su reloj mientras ascendían la escalera de nuevo—. Tenemos tres cuartos de hora. En cuanto estés lista, baja a la salita de la galería que yo estaré esperándote ya.

Mariana se arregló rápidamente y apenas si se maquilló. No le gustaban las mujeres hechas un cromo. Se puso un mono granate de shantung de seda que le resultaba muy cómodo, unos zapatos de medio tacón, por si callejeaban, y se pasó por la cabeza su poncho negro. Se miró en el espejo y, como le ocurría siempre, se dio cuenta de que después de tomar una decisión se encontraba mucho mejor y eso repercutía en su aspecto. Cogió su pequeño bolso de noche y bajó a toda prisa la escalera pues Malena debía de estar a punto de llegar.

El bullicio y el parloteo con Petra delataron su presencia. Al verla, Mariana comprendió, conociéndola como la conocía ya, que para ella la tan cacareada llegada de Gloria constituía un acontecimiento importante. Malena se había vestido y peinado de anfitriona mexicana: el pelo recogido en una gruesa trenza que le rodeaba la cabeza y le caía por detrás al estilo Frida Kahlo, una blusa escotada, una falda negra acampanada y estampada ornando su orilla, al cuello un collar de oro con cabecitas de ídolos que Mariana no le había visto nunca, y los pies calzados con mocasines de hebilla de medio tacón.

—Estás impresionante... María Félix a tu lado es una colegiala.

—¿Acaso pensabas que después de hablarme durante un mes y medio de la llegada de tu amiga iba yo a venir hecha un pingo? No, no... ¡Está en juego el honor de la mujer mexicana! —Malena miró su reloj—. ¿He llegado demasiado pronto?

—Has llegado inusualmente puntual. Voy a avisarla.

Apenas dichas estas palabras, Gloria asomaba por la escalera. Mariana presumió de amiga, que lucía la melena suelta y llevaba un traje entallado de seda azul marino. En la cintura, una especie de grueso cordón imitando una serpiente con la cabecita como hebilla, ambos de pasamanería de plata, y en los pies, sandalias de medio tacón también plateadas.

Mariana se dispuso a hacer las presentaciones.

—No hace falta. ¡Hace un siglo que te conozco! —exclamó Malena—. Casi he llegado a tenerte celos.

—Pues yo no tengo ninguna carta de ésta —señaló a Mariana— en la que no me hable de ti por lo menos tres veces.

—Mejor, así me evito presentaros.

Ambas mujeres se adelantaron para besarse.

—Mariana, te quedaste corta al describirme a tu amiga. Cuando vayamos al Patio de Reyes, mis amigos van a enloquecer.

—Porque a ti y a mí nos tienen ya muy vistas.

—Dejaos de tonterías, chicas, que a vuestro lado me siento una forastera paleta.

—¡Vamos a quemarlo todo! —dijo Malena—. ¡La noche es joven y nosotras somos estupendas! Habrá un antes y un después del día que Gloria llegó a México.

Realmente el aspecto de las tres mujeres era deslumbrante. Cuando Petra salió a despedirlas, no pudo menos que comentar:

—Perdone la libertad que me tomo, señora, pero tengan cuidado según donde vayan. Y mejor sería que fueran acompañadas porque, visto como son los mexicanos, son ustedes un peligro.

—Tranquila, Petra, que nos defendemos solitas —apuntó Malena.

Mariana intervino:

—Acuesta a los niños y mañana déjanos dormir, por favor —rogó a Petra con una sonrisa. Luego, dirigiéndose a Gloria, añadió—: En diez días tendrás tiempo de acostumbrarte a este país. Aquí las cosas son diferentes. De todos modos, esta noche intuyo que vas a recibir una clase acelerada de la vida nocturna de acá.

Llegaron al coche que, como de costumbre, Malena había dejado con dos ruedas subidas a la acera.

—Gloria, tú ve delante, que Malena te explicará lo que vayamos viendo durante el trayecto. Yo ya me lo sé. —Mariana se volvió hacia Malena—. ¿Adónde vamos?

—A hacer lo típico —respondió Malena mientras se subía al coche—. Primero a la plaza Garibaldi y después al boulevard de la Zona Rosa.

De un acelerón, Malena se puso en ruta.

—Si te parece bien —dijo a Mariana sin volverse hacia ella—, intentaré aparcar en Lázaro Cárdenas y desde allí iremos caminando.

—Me parece bien. Si no, estaremos dando vueltas durante una hora en busca de un hueco para dejar el coche.

A medida que se acercaban, el tráfico se volvía más denso

y lento ya que los peatones, los grupos de turistas y la gente autóctona que iban al mismo lugar bajaban de las aceras e invadían la calzada. Súbitamente se obró el milagro: vieron que estaba a punto de salir una camioneta pick-up en un estado lamentable que cargaba un piano eléctrico, una batería y un bajo de algún conjunto musical. Malena no dudó. Dio un frenazo que detuvo la fila y aguardó a que la camioneta partiera. Los bocinazos no tardaron en llegar.

—¡Se van a tener que esperar... o tendrán que pasarme por encima! —gritó Malena bajando la ventanilla, como si los crispados conductores pudieran oírla.

Finalmente salió la camioneta y en una maniobra rápida Malena aparcó el coche.

La fila se puso de nuevo en marcha en tanto las tres mujeres bajaban del vehículo y se dirigían caminando a la plaza Garibaldi.

—Creo que lo mejor será que busquemos un sitio en una de las Uniones de Tequila —apuntó Mariana—, así veremos a los mariachis sin apreturas ni empujones. —Luego se dirigió a Gloria—: ¡Vas a conocer la esencia de México! No puedes volver a Barcelona sin ver esto.

—¿Qué es eso de las Uniones de Tequila? —preguntó Gloria alzando la voz porque el barullo reinante impedía que se entendieran aun estando la una al lado de la otra.

—Una especie de bares que están en la periferia de la plaza. El ayuntamiento los autoriza, previo pago, a instalar un cerco de quita y pon detrás del cual colocan sus mesas. La ventaja es que delante no puede ponerse nadie, y de esa forma el espectáculo se ve mucho mejor.

Malena, que parecía tener muy claro a dónde quería llegar, abría el paso. Gloria y Mariana la seguían cogidas de la mano ya que de otra manera era imposible avanzar sin perderse.

Cuando por fin llegaron al extremo de la plaza, Malena se detuvo delante de un establecimiento que lucía sobre la puerta un rótulo con grandes letras luminosas. Como todos los que habían visto hasta el momento, tenía éste también todas las mesas ocupadas.

—Aguardadme aquí, ahora vuelvo. —Y tras estas palabras Malena desapareció en el interior.

Gloria estaba obnubilada. En medio de la plaza, formaciones de músicos con los trajes típicos de charro mexicano se instalaban en forma de media luna frente a quienes habían contratado su actuación, ya fueran turistas, parejas de novios todavía vestidos con los trajes de la ceremonia o grupos grandes tras su guía, que levantaba el cartel sobre la punta de un palo para no perder a algún cliente. El espectáculo era de un colorido impresionante, y la acústica del lugar hacía posible que ningún mariachi molestara a los demás pese a estar juntos.

En ese instante Malena compareció seguida por el propietario del establecimiento. El hombre llevaba sobre la cabeza una mesa pequeña que instaló haciendo hueco entre otras dos. Detrás de él, llegó un mesero con tres sillas y las puso junto a la baranda. El propietario, dirigiéndose a Malena, comentó:

—¿Ve, seño? ¡Todo arreglado! —dijo el hombre a Malena—. Desde aquí lo van a ver muy bien. Ahorita les traigo unos tequilas para empezar la noche.

—Gracias, Pepe. Tu mujer tiene mucha suerte.

—¡Qué lástima que ella no piense lo mismo! —bromeó él.

Malena y Mariana cedieron la silla central a Gloria y las tres se sentaron. Querían que la recién llegada disfrutara de aquel originalísimo espectáculo que ellas ya conocían.

—¿Alguna marca de tequila en especial, señoras? —las interrumpió el mesero.

—¿Tienen Don Julio? —preguntó Malena.

—¡Cómo no, seño! Aquí tenemos de todo.

Gloria se fijó en que todos los mariachis llevaban a la cintura una pistolera vacía y preguntó al hombre el motivo.

—Prohibieron llevar el arma este año porque hubo un problema.

—¿Qué problema?

—Pues que un mariachi quitó el trabajo a otro que había hecho tratos con una pareja de novios y sus invitados, y se agarraron a balaceras. Hubo varios heridos. Así que el alcalde publicó un bando prohibiendo llevar pistola, pero como el traje de charro queda incompleto sin el cinturón, todos llevan la funda —explicó el hombre y, acto seguido, se retiró.

—¿Has probado alguna vez el tequila? —preguntó Malena a Gloria.

—Hoy será la primera.

—Pues voy a contarte cómo va la cosa.

El requinto del Mariachi que estaba justo delante de ellas comenzó a atacar las primeras notas de «Caballo prieto azabache», y Mariana, que adoraba ese corrido, interrumpió el diálogo de las dos.

—Luego le cuentas... Dejadme oír, que éste es uno de mis favoritos.

Al finalizar, el aplauso fue cerrado.

—Estos charros son magníficos.

—El tenor cantaba con Los Tres Diamantes —apuntó Malena, que era una experta—, pero pasó algo... y se separaron. Es muy bueno, no es para cantar en Garibaldi.

Llegó el mesero con la comanda y dejó sobre la mesa una botella de tequila Don Julio, tres vasos de chupito, un salero y un limón cortado en gajos.

—Si no desean nada más las señoras...

—Sí, traiga la cuenta, que tenemos la noche muy larga —dijo Malena, y miró a sus amigas.

—Me indica don Pepe que son sus invitadas.

—¡De ninguna manera! —exclamó Mariana—. Ya han tenido la gentileza de hacernos un hueco, así que hágame el favor de cobrar.

—No, seño, no querrá que me despidan, ¿verdad? Tengo mujer y cinco criaturas.

—Dé las gracias a don Pepe en nuestro nombre —intervino Malena—. Y tenga usted. —Sacó del bolso un billete de cinco pesos y se lo entregó.

—¡Muy agradecido, señoras! Y que la noche les sea propicia.

Cuando se quedaron solas, Mariana habló de nuevo.

—Malena, explica ahora a Gloria cómo se toma el tequila.

—Mejor lo tomo yo y que ella me mire.

Mariana se volvió hacia Gloria.

—Fíjate bien, porque si te equivocas, es fuego.

Malena tomó la botella y escanció en cada chupito algo más de un dedo de tequila. Después, cogió el salero y se puso en el envés de la mano izquierda, en el hueco entre el índice y el pulgar, un puñadito de sal que, a continuación, se metió en la boca. Acto seguido se bebió el tequila de un trago y a continuación chupó con fruición el gajo de limón.

Gloria quiso saber el porqué de todo aquel ceremonial.

—La sal es para rebajar el impacto del licor y, tras beberlo de un trago, el limón sirve para apagar el fuego que se siente en la boca.

—No sé si me atrevo.

Mariana la animó.

—Es como un chupito de vodka. Es muy fuerte, sí, pero no puedes irte de México sin probarlo.

—Que sea lo que Dios quiera… Vamos allá.

Gloria, acompañada por Mariana, imitó cuanto Malena había hecho. Ésta, ni corta ni perezosa, se dispuso a tomar su segundo tequila.

Malena brindó.

—¡Por mis dos mejores amigas españolas!

Las tres a la vez se metieron el chupito entre pecho y espalda. Malena y Mariana respiraron hondo al acabar, y miraron a

Gloria, quien, con los ojos llorosos y abanicándose con la mano abierta, abría la boca boqueando como un pez fuera del agua.

—De verdad que es fuego... —dijo cuando por fin consiguió hablar—. No sé cómo podéis.

—Tienes razón, ¡el tequila enciende la sangre! La noche que quiero marcha, doy uno a mi Humberto, y el señor Uribe todavía me funciona de maravilla.

Mariana justificó a su amiga.

—No te asustes, Gloria, es muy bruta, ya irás conociéndola.

Estuvieron escuchando canciones y riéndose hasta las diez de la noche. Después se encaminaron hacia la Zona Rosa, concretamente a la calle Amberes. Malena les anunció con mucho misterio que quería enseñarles algo muy interesante.

—¿Más que esto? —indagó Gloria.

—Esto es un clásico. Lo que vamos a ver ahora es lo más *cool*.

61

El Nueve

Dejaron el coche frente a la puerta principal del hotel María Isabel, y el portero, apenas divisó a Malena, se precipitó hacia el automóvil.

—En estas circunstancias siempre recuerdo el consejo de mi padre: «Si un día sólo llevas encima cinco pesos, dalos de propina». La propina es la mejor inversión del mundo. Tened por seguro que en muchos sitios, en cuanto ven mi coche, aunque tenga delante un Mercedes o un Rolls, acuden antes a abrirme la puerta a mí... ¡como moscas a un tarro de miel!

Mientras Malena soltaba su discurso, el portero se afanaba ya en abrir las dos portezuelas del lado del conductor.

—Buenas noches, seño Malena y compañía.

—Buenas noches.

—¿Las señoras vienen a escuchar a Cuco Sánchez?

Malena, a la vez que ponía cinco pesos en la mano del hombre, aclaró:

—Tal vez después, en el segundo pase. Lo que quiero es que meta mi coche en el aparcamiento para clientes porque ahora vamos a otro sitio.

El portero, todavía con la gorra en la mano, se guardó la propina en el bolsillo.

—Enseguida me ocupo de su carro —afirmó—. Y si quieren, les hago reservar sitio para el segundo pase.

Malena se volvió hacia sus amigas.

—Es a la una y media. ¡Espero que tengáis cuerda aún para entonces!

—Si tú la tienes, nosotras también.

—Por ahora, la noche está siendo perfecta —añadió Gloria—. Voy a llevarme a Barcelona unos recuerdos preciosos.

Malena se volvió hacia el hombre.

—Está bien, guárdenos una mesa de pista.

—Enseguida me ocupo. Vayan tranquilas.

Tras estas palabras las tres amigas se pusieron en marcha.

—Déjate de misterios, Malena, ¿adónde vamos? —indagó Mariana.

—A un sitio que entusiasmará a Gloria. A lo mejor tú ya lo conoces… ¿Sergio te llevó alguna vez a El Nueve?

—Sergio no me lleva nunca a ninguna parte.

—No entiendo a tu marido… ¿Es que no ve lo que tiene al lado?

—¿Qué sitio es ése? —preguntó Gloria.

—Antes era Le Neuf, un restaurante de Manolo Fernández, que tiene otro en Acapulco, pero se asoció con un francés, un tal Henri Donnadieu, e hicieron una especie de nido de arte que tiene un éxito fabuloso. Humberto y yo hemos estado ya varias veces. ¡No hay gringo que venga y no lo visite!

Mientras avanzaban por la calle Amberes, Gloria estaba entusiasmada con la variedad y el tipo de locales que proliferaban en ella. Los lugares de entretenimiento se mezclaban con otros de índole más común, para dar a la zona un aire relajado y tolerante. Al paso, podían encontrarse discotecas para todo tipo de público, tiendas y hoteles, escuelas, iglesias, locales de comida rápida y restaurantes y casas de subastas de cuadros. El paseo de por sí ya era un espectáculo.

Al cabo de unos quince minutos, se plantaron frente a una

gran puerta de madera torneada en cuyo frontis lucía entre dos interrogantes un gran número 9 en luminosos, que parpadeaba en azul, blanco y rojo.

Un portero alto y ancho como un armario cautelaba la puerta vestido con una levita de galones dorados que habrían sido la envidia de un mariscal de campo. Su trabajo consistía en seleccionar al público que intentaba acceder al local.

Mariana se fijó en la criba que llevaba a cabo.

—Igual no nos deja entrar —comentó.

—¡Pues claro que sí! Somos el tipo de clientes que les interesa... Tres mujeres solas y, no es por decirlo, de buen ver. Ése es uno de los ganchos del local —apuntó Malena.

Efectivamente, cuando llegaban a la puerta vieron que el hombre apartaba, no sin un punto de violencia, a dos jóvenes que intentaban entrar, pero a ellas las saludó quitándose la gorra de plato y, como si las estuvieran esperando, comentó:

—Los caballeros las aguardan dentro.

Malena se volvió hacia sus amigas con una mirada pícara que venía a significar algo así como: «¿No os lo decía yo?».

Las tres dieron un paso al frente y accedieron al local subiendo los dos escalones de la entrada.

En el interior de El Nueve el jaleo era notable. Al principio, entre lo matizado de la iluminación y la neblina del humo del tabaco, tardaron unos instantes en adecuar su visión a aquel ambiente. Luego la originalidad del local y el juego de luces cautivaron a Mariana y a Gloria.

—Pero ¿dónde nos has metido, Malena? Parece el cabaret literario de François Villon, que visité en París con Joaquín en nuestro viaje de novios. En Barcelona no hay nada parecido.

—Ya os he dicho que iba a sorprenderos... Y esto no ha hecho más que empezar.

El local era grande y de planta cuadrada. En la parte central seis columnas de hierro fundido, marcadas con el monograma de la fábrica de la que procedían, delimitaban la elevada pista de baile; a su alrededor, estaban dispuestas las mesitas, bajas y con el sobre negro, con un cenicero de latón abarquillado en el centro que simulaba el número 9, iluminado por un foco cenital que caía sobre él y que, por el efecto del humo, formaba una estructura de barrotes plateados. En el centro del techo de la pista destacaba una inmensa bola de espejitos iluminada por cuatro focos que hacían que una miríada de estrellas fueran barriendo las paredes forradas de terciopelo azul. Al fondo se encontraba la barra, en forma de L, que ocupaba toda una esquina y que, servida por seis camareros, atendía a la triple hilera de clientes que pugnaban por conseguir una copa. En todo el perímetro del local había más mesas, de diferentes tamaños pero de igual estilo, rodeadas por todo tipo de sofás, ya curvos, rectos, en ángulo o en semicircunferencia, y en las cuatro esquinas, en un plano más elevado, estaban ubicadas las mesas reservadas a los clientes distinguidos, guardadas por rejas de acero verticales y cristal, que dejaban ver al grupo de importantes que esa noche habían decidido honrar al establecimiento con su visita y, asimismo, servir de atracción para los forasteros.

Las tres amigas se abrieron paso, mezclando codazos con continuos «usted perdone», hasta el ángulo de la barra donde, por milagro, había un pequeño espacio que acaban de dejar libre dos parejas que abandonaban el lugar. Tras pedir su consumición, que para Gloria fue una Coca-Cola pues temía que se le arruinaría la noche si tomaba algo fuerte otra vez, comenzaron a otear el horizonte intentando ver los grupos de gente que ocupaban los rincones de preferencia, que sin duda eran el reclamo del local. Gloria no salía de su asombro. Le había parecido divisar, en el rincón ubicado a la derecha de la puerta de la entrada, en una de aquellas jaulas de acero y cristal, a un grupo de cinco o seis personas presidido por una mujer entrada en años pero bellísima.

—Chicas, ¿esa de la jaula de la derecha no es María Félix?

Malena y Mariana dirigieron la mirada en la dirección que Gloria les indicaba.

—Y la del fondo es la actriz Silvia Pinal —añadió Malena—, que está con el político Tulio Hernández.

Gloria estaba entusiasmada.

—Cuando cuente esto en Barcelona no me van a creer.

Súbitamente fueron apagándose las luces a la vez que inundaba la sala una voz que, a través de los altavoces, rogaba al público que abandonara la pista de baile pues la casa les preparaba una sorpresa.

El círculo blanco de un potente foco buscó en el palco opuesto al de los ilustres visitantes a alguien que en ese momento avanzaba hacia la pista elevada por el pasillo que el personal del establecimiento había abierto.

La voz anunció de nuevo:

—«Señoras y señores, El Nueve tiene el honor de presentar a una de las poetisas e intérpretes más grandes, ¡Pita Amor!».

Un aplauso cerrado saludó la entrada de la mujer cuando llegó a la pista central.

—Es una loca ilustre —explicó Malena a sus acompañantes—, pero es muy buena poetisa y rapsoda. Hemos tenido mucha suerte.

Mariana, sin embargo, no escuchaba a su amiga. Acababa de ver en la puerta de la entrada el inconfundible perfil de su marido, acompañado de una chica mucho más joven que él.

En un principio, la sorpresa le impidió reaccionar. Gloria, que la conocía bien, la percibió tensa e intuyó que algo ocurría. Después dirigió la mirada en la misma dirección que ella y, pese al tiempo transcurrido y aunque estaba más envejecido, reconoció a Sergio.

Al instante tomó conciencia real de la preocupación que acuciaba a su amiga.

Sin preguntarle nada, le apretó la mano y acercó los labios a su oreja.

—Si quieres, nos vamos.

Ahora fue Malena la que tomó conciencia de que algo ocurría.

—¿Qué pasa?

Gloria, con un discreto gesto, señaló la entrada.

—Ha llegado Sergio, el marido de Mariana.

Malena siguió con la mirada la mano de Gloria.

—Ya lo veo. Agarra por el hombro a la chica de la chaqueta roja.

—Exactamente.

Pita Amor, desde la pista y acompañada por el rasgueo de una guitarra, había comenzado a recitar, con su voz aguardentosa fruto de muchos tequilas y muchas madrugadas, uno de sus poemas más conocidos: «Yo soy mi propia casa».

—¿Qué queréis hacer? —preguntó Malena.

—Quiero irme sin que me vea —respondió Mariana.

De la mesa de al lado surgió un siseo demandando silencio. Las tres bajaron la voz.

—Yo te acompaño —dijo Gloria—. ¿Vienes, Malena, o te quedas?

—Cómo voy a quedarme. He venido por vosotras… Y, además, no tenéis coche.

—Por eso no te preocupes, tomaremos un taxi.

Mariana no escuchaba la conversación.

—Aquí, en México, y a estas horas de la noche no es aconsejable. En cuanto acabe de recitar, aprovecharemos el aplauso de la gente para salir. —Con un gesto, Malena llamó al mesero, quien se acercó solícito—. Cobre esto, por favor.

El hombre tomó el billete que Malena le daba.

—Quédese la vuelta.

Los siseos comenzaron de nuevo.

El hombre, tras dar exageradas gracias por la generosa propina, se retiró.

Malena se volvió hacia las dos.

—Chicas, en cuanto termine nos vamos.

El final del poema de Pita Amor fue coronado con nutridos aplausos, gritos de bravo y la petición de un bis, lo que permitió a las tres abandonar la sala.

En cuanto pisó el asfalto, Mariana respiró profundamente, flanqueada por Malena y Gloria, que respetaban su silencio.

Malena fue la primera en romperlo.

—Tenemos reserva para el segundo pase de Cuco Sánchez, ¿queréis que entremos?

—Perdonadme, pero se me ha puesto mal cuerpo. Dejadme en casa y volved, si acaso.

—No, Mariana, si no vamos juntas ya no me apetece.

—Yo ya lo tengo muy visto, y Mariana también. Lo hacíamos por ti, Gloria, ya que es improbable que lo veas actuar en Barcelona.

Mariana explotó.

—No sabéis cuánto lo siento… Ese imbécil me ha arruinado la noche.

Caminaron hasta el hotel María Isabel, donde el portero les abrió la puerta, solícito.

—Doña Malena, ya tiene la reserva.

—Lo siento, pero no vamos a entrar… Si es tan amable, pida que nos traigan el auto.

—Como usted mande, seño.

El hombre se llevó a los labios un pito que le colgaba del galón de la hombrera derecha y lo hizo sonar dos veces. De inmediato, uno de los aparcacoches, impecablemente uniformado y una gorra de plato azul, se acercó. El portero le entregó una llave que acababa de retirar de un tablero de madera repleto de ganchos con infinidad de ellas.

—Sube el automóvil de las señoras.

La propina funcionó de nuevo, y al cabo de veinticinco minutos Malena aparcaba junto a la reja de la casa de Montes Urales.

Mariana y Gloria bajaron del coche.

—Gracias, Malena. Mañana te llamo.

—Que descanséis... La noche, para una recién llegada, ha sido intensa.

En tanto Mariana empujaba la reja de la puerta, Malena partió con un ligero acelerón.

Las dos entraron al tiempo que los aspersores del fondo del jardín empezaban a soltar agua.

Gloria rompió el silencio.

—Nunca pensé, después de lo que me has contado, que te afectara tanto ver a Sergio.

—Todo es muy reciente, Gloria. Y después de lo mucho que he hecho, que esto acabe así me apena profundamente. Soy una tonta...

Gloria le rodeó los hombros.

—Ahora nos tomaremos un té y me enseñarás la carta... Si te apetece.

—Me apetece, y creo que me ayudará a dormir mejor.

Cuando entraron en la casa, Gloria fue a instalarse en la salita mientras Mariana subía al dormitorio a buscar las cartas de Sergio y la que le habían enviado del hotel de Querétaro.

Una vez acomodadas, Gloria acercó las cartas a la luz de la mesita lateral. Mariana aguardaba en el sillón la opinión de su amiga. Al acabar la lectura, Gloria las dejó sobre sus rodillas y habló.

—Me cuesta decirte esto, y sabes que Sergio me caía muy bien y, además, pensé que viendo el esfuerzo que hacías desmontando tu vida en Barcelona y viniendo a la aventura con él, arrastrando a cuatro hijos a un país nuevo y lleno de oportunidades, habría cambiado... Pero es el cuento de la rana y el escorpión: lo que es de natura no tiene arreglo. Joaquín me lo había dicho muchas veces... Incluso en una ocasión que tenía una cena de empresa se lo encontró en Guría acompañado de una jovencita a la que presentó como cliente del despacho de

Samper y posible compradora de unas hectáreas en la urbanización de los médicos para hacerse una casa. Joaquín no se lo tragó ya que minutos antes lo había visto cogiendo la mano de la chica a través de la mesa. A lo mejor hice mal callándomelo, Mariana, y te pido perdón por ello, pero Joaquín me dijo que seguramente sería una tontería y que podría cargarme vuestro matrimonio.

—Como comprenderás, a estas alturas del partido no tiene importancia. Además, yo habría hecho lo mismo... Pero estamos aquí y ahora, así que dame tu opinión al respecto de todo esto.

—Ya te lo dije una vez: el obstáculo mayor para que una pareja funcione es la diferencia social. Sergio quería estar a la altura de tus amigos. Más aún, su complejo de inferioridad hacía que se empeñara en destacar en todo, en los regalos, los veraneos y las fiestas. Él deseaba deslumbrarte y tal vez se metió en este festival para conseguir tu admiración... Si me apuras, hasta ahí lo entiendo. Pero por lo que no paso, después de lo que has hecho y demostrado, es que vuelva a hacer lo mismo aquí y que, encima, tenga una aventura..., por lo menos que tú sepas.

Hubo una larga pausa.

—¿Tú lo perdonarías?

Gloria meditó la respuesta. No quería cargar con la responsabilidad de ser el detonante que acabara con el matrimonio de Mariana. Sin embargo, su sentido de la honestidad la obligaba a ser sincera.

—En un asunto así es difícil aconsejar. En primer lugar, porque cada quien es cada cual, y unas perdonamos unas cosas y otras no. Tal vez de no haber ocurrido todo lo que ha ocurrido, me refiero a lo del dinero, lo perdonaría. Lo de los cuernos, en cambio, me sería mucho más difícil... Y fíjate, también en esto último voy a matizar: si Joaquín tuviera una aventura y me lo contara, quizá llegase a perdonarlo, pero con el historial de tu marido y tras lo que has hecho por él, sería como engordar para morir, la verdad. Si no lo haces ahora lo harás más tarde, pero no acabarás tu vida al lado de Sergio.

Otro silencio, esta vez más largo, se instaló entre ambas.

—¿Y qué sabes de Rafael? —preguntó al cabo Gloria.

—Ya te lo conté: me llamó, vino a verme y me dijo que, después de tantos años, sigue pensando en mí.

—¿Y qué piensas tú?

—Lo que has comentado de la diferencia entre las personas... Su vida y la mía nada tienen que ver. Me lleva dieciocho años, y sabes que me deslumbró cuando era casi una niña. Lo quiero muchísimo, pero no estoy enamorada de él.

—Mira, te lo decía esta tarde: a veces me recuerdas a Enrique. Tú has entregado tu vida a Sergio y él a la música. Y los dos veis ahora que necesitáis algo más.

Gloria contó entonces, sucintamente, lo sucedido entre Enrique e Irina, y Mariana la escuchó con atención. Oír hablar de los problemas amorosos de otros la tranquilizaba un poco. Y mientras tanto pensaba, no por primera vez, qué habría sido de Enrique y de ella si aquel romance juvenil que nació un verano en Sitges hubiera fructificado.

62

El incidente

En cuanto Pita Amor abandonó el escenario y la música de baile volvió a sonar, Sergio Lozano tomó del brazo a Lupe y se dirigió a una de las mesas que habían quedado libres, ya que después de la actuación muchas de las personas que habían acudido a la llamada de la empresa anunciando la sorpresa de la velada comenzaban a retirarse.

La pareja ocupó una mesa para dos que estaba junto a una columna y, después de que el mesero les sirviera el whisky con Coca-Cola que ambos habían pedido, se dispusieron a gozar de la noche.

—Luego me dirás que siempre te escondo y nunca te llevo a sitios de moda —comentó Sergio.

Lupe le cogió la mano.

—Una golondrina no hace verano... —Y con un mohín de celos, añadió—: Y tú, ¿con quién has venido ya a este sitio? ¿Con tu mujercita?

—A mi mujercita, como tú dices, no le gusta salir a estas horas. Además, no olvides que tiene cuatro hijos que dan mucho trabajo.

—Pues has venido otras veces porque el portero te ha dicho: «Para usted siempre hay sitio, don Sergio», lo que significa que eres buen cliente. —Lupe insistió, celosa—: Dime con quién viniste la última vez.

—¡Y yo qué sé! Ni me acuerdo... Tal vez con algún cliente. Ya sabes cómo es mi trabajo, igual cierro un asunto a la hora de comer, acuérdate de Querétaro, como en mi despacho o en la barra del bar de un hotel de lujo. Eso depende del tipo de cliente.

Mientras daban un sorbo a sus respectivas bebidas la pequeña orquesta inició el conocido bolero de Armando Manzanero «Esta tarde vi llover», uno de los favoritos de Lupe. La chica dejó su copa en la mesa y se puso rápidamente en pie al tiempo que tiraba de Sergio.

—Venga, vamos a bailar.

Sergio se resistió.

—Ya sabes que no me gusta.

—Pues entonces ¿por qué me has traído aquí?

—Pues para que vieras el ambiente y para que no me digas más que no te llevo a sitios donde hay gente conocida.

—¡Venga! Sólo este bolero, que me encanta.

En el momento en que Sergio se levantaba notó una mano en su hombro.

—¡Me viene de perlas encontrarte aquí! Mañana iba a llamarte.

A pesar de la penumbra, Sergio reconoció a Raúl Bermejo, el arquitecto que le había alquilado el apartamento del Hipódromo.

El hombre observó con deleite a Lupe, que estaba estupenda embutida en su traje rojo, y, volviéndose hacia Sergio, lo provocó:

—¿No vas a presentarme?

Sergio apretó el hombro de Lupe con la mano izquierda y respondió:

—Claro, ella es Marita Gámez, una buena clienta del despacho que no conocía este lugar ya que es de Querétaro y está aquí de paso.

El rostro de Lupe se ensombreció y, en tanto el arquitecto le besaba la mano historiadamente, lanzó una mirada asesina a Sergio. Él, sin embargo, trató de quitar hierro a la escena.

—¿De qué querías hablarme?

—Del apartamento que me tienes alquilado en el Hipódromo.

Sergio palideció.

—Te explico: el menor de mis hijos va a casarse, ¡aún quedan infelices!, por lo que en cuanto te venza el contrato actual, a fin de año, tendrás que buscarte otra casa... No podré prorrogártelo y, cumpliendo el pacto, te aviso con tiempo.

A partir de ese momento Lupe ya no oyó nada más. La ira le subió al rostro y un rojo púrpura invadió sus mejillas.

El arquitecto se despidió con unas breves palabras, y ambos quedaron frente a frente.

—¡Eres un cerdo! Me llamo Lupe Alcázar y no Marita Gámez. Te has reído de mí presentándome con otro nombre... Y, mira por dónde, acabo de enterarme de que el apartamento que ibas a regalarme es alquilado. ¡Te vas a enterar de lo que significa engañar a una hembra mexicana! ¡Esto no quedará así!

Y tomando el vaso de whisky con Coca-Cola, se lo arrojó al rostro. Luego dio media vuelta y se marchó con paso apresurado, dejando a Sergio empapado y observado por cuantos ocupaban las mesas de alrededor.

63

El diagnóstico

El humor de Mariana andaba como el tiempo. Una lluvia fina pero persistente, más propia del otoño, caía sobre la ciudad. Con una rebeca sobre los hombros y unos pantalones tejanos muy gastados, las piernas dobladas sobre el sofá de la salita cuyo ventanal daba al jardín, su pensamiento andaba brujuleando de un lugar a otro sin orden ni concierto.

El martes anterior por la mañana había acompañado a Gloria al aeropuerto tras diez maravillosos días que le habían parecido tan cortos como si su amiga hubiera estado en México un fin de semana tan sólo.

Un sinfín de pensamientos mezclados y confusos acudían a su mente, fruto de las conversaciones habidas con su amiga, sobre mil temas diversos que iban desde noticias de gentes de Barcelona, pasando por las circunstancias paralelas que vivía con Sergio, y las de Enrique, quien, por lo visto, también se había confundido en su elección, hasta consejos y opiniones que Gloria le había brindado a instancias suyas al respecto de lo que debía hacer con su matrimonio y de la propuesta de Rafael Cañamero.

Mariana se entretuvo observando las gotas de agua que descendían por el ventanal, unas decididas y rápidas, otras vacilantes y tímidas, y algunas que se equivocaban acercándose a otras que avanzaban a otro ritmo, de tal manera que, al cabo de unos centímetros, se separaban y seguían caminos diferentes, algo semejante a lo que iba a ocurrir con su vida y la de Sergio.

El consejo de Gloria fue que se decidiera en un sentido o en otro, pero que, en cualquier caso, tomara ella sola el timón del barco de su destino. Si decidía sacrificar su futuro en aras del bienestar de sus hijos, sería su elección personal, pero que lo meditara muy bien porque, tarde o temprano, los chicos se irían de su lado para vivir sus vidas y a ella le quedaría un largo camino que recorrería sola. Sin siembra no hay cosecha, le recordó, y añadió que si se demoraba tiraría por la borda unos años preciosos.

Claramente, su relación con Sergio se había terminado, y el desencadenante último fue una frase de Valentina, su hija mayor. Una mañana la vio triste tras la partida de Gloria y le hizo una pregunta que le caló muy hondo. Mariana estaba en el jardín y, sin saber por qué, se acordó de lo ocurrido la noche de El Nueve y un llanto contenido y amargo la asaltó. La niña, que la ayudaba con una regadera en el trabajo de cuidar las plantas, le espetó:

—¿Hasta cuándo tienes que soportar esto, mamá?

—No sé a qué te refieres —respondió Mariana.

—Mamá, ya tengo catorce años… Y no soy tonta —continuó Valentina—. Deja que papá haga lo que quiera, que no quiero verte así.

En aquel momento un interruptor hizo clic en la mente de Mariana y entendió que su relación con Sergio no tenía futuro. Respiró profundamente y decidió que su primera y única labor habría de ser el bienestar de sus hijos, por lo que hasta su regreso a Barcelona evitaría cualquier discusión con Sergio y tendría una actitud civilizada y madura con él. Si Sergio no pensaba en los niños, ella lo haría por los dos.

Mariana se puso en pie y, con un gesto rutinario, se alisó la melena y fue a arreglarse. Esa tarde, a las seis, debía acompañar a doña Clara a la revisión que iba a hacerle un famoso oncólogo, amigo de Simón, en el Hospital General de México. Mariana estaba muy preocupada. Clarita adelgazaba a ojos vistas y la piel de su rostro había adquirido un tono macilento que no auguraba nada bueno. Aun así, la anciana se negaba obstinadamente a consultar a médico alguno. Sólo había logrado convencerla diciéndole que, a cambio, se comprometía a acompañarla al notario, donde la señora Liechtenstein pretendía dejar constancia de sus últimas voluntades.

Escogió para la ocasión un traje de chaqueta azul marino que le resultaba muy cómodo y, como de costumbre, apenas si se maquilló. A las cinco y media estaba llamando a la puerta de la casa grande. Encarnación abrió.

—¿Está la señora?

—Pase usted. Está en la salita. Pero me ha ordenado que le diga que no piensa ir al hospital. Ni siquiera va a arreglarse para salir.

Mariana entró dispuesta a ganar aquella batalla. La anciana estaba arrellenada en su sillón con el entrecejo fruncido y al parecer pensaba librar su propio combate ya que apenas Mariana se plantó en el quicio de la puerta, Clarita le soltó:

—No voy a ir a ningún lado.

Mariana maniobró.

—Está bien. Pero el viernes yo tampoco iré al notario contigo.

La anciana vaciló.

—No me harás eso.

—Dependerá de lo que hoy me hagas a mí... Si no vamos al médico, no iremos al notario. Así que tú misma.

Mariana, al verla tan frágil e indefensa, se apiadó.

—Venga, Clarita... Encarnación y yo te ayudaremos. Eladio pondrá el coche en la puerta, recogeremos a Simón e iremos al hospital. Y el viernes por la mañana te acompañaré al notario.

La anciana, haciendo pucheros como una niña pequeña, tomó el bastón que estaba a su lado y se puso en pie con la ayuda de Mariana.

—Eres tozuda como una mula, mija.
—Tienes razón. Por tu salud y bienestar, haría cualquier cosa.

Media hora después, el coche, conducido por Eladio, partía llevando a bordo a Clarita, a Mariana y a Simón hacia el Hospital General de México Doctor Eduardo Liceaga, en el número 148 de la calle Doctor Balmis.

El trayecto fue como de costumbre, proceloso. Eladio, que estaba al tanto de la delicada situación de su señora, intentó conducir con cuidado, evitando frenadas bruscas y acelerones inconvenientes. Al cabo de tres cuartos de hora subían, por indicación de Simón, por la rampa de circunvalación del hospital con el fin de dejar a Clarita en la puerta de entrada, donde ya la aguardaba un camillero con una silla de ruedas. La visita se había gestionado a través de don José Kuthy Porter, director del establecimiento e íntimo amigo de Simón. De no ser así, la espera se habría alargado. Una vez acomodada Clara en la silla, comenzó el periplo a través de puertas y pasillos, cambios de ascensor y un sinfín de paradas protocolarias hasta llegar al despacho del doctor Buenaventura Carrasco, afamado especialista en oncología y, asimismo, viejo conocido de Simón, que estaba ya al corriente del estado de la paciente que se disponía a visitar.

Tras los saludos de rigor y luego de las presentaciones, los tres se sentaron frente a la mesa del doctor Carrasco. El oncólogo, después de ocupar su sillón y advertido por el anciano de la clase de paciente que era doña Clara, comenzó la entrevista en un tono amable y conciliador, pues sabía que la primera obligación de todo médico era ganarse la confianza del enfermo.

—Bueno, bueno, bueno, doña Clara... Ya me han informado de que no le gustan nada los médicos.

—La verdad es que soy bastante alérgica. En primer lugar, cuando no son necesarios, y en segundo, cuando ya son inútiles.

—Entiendo lo que me dice, doña Clara, pero para diagnosticar eso hay que ser médico, que no hay peor paciente que el que cree saber.

—No soy médico, desde luego, pero soy vieja, y sé cuándo un dolor es curable y cuándo es el síntoma de algo que no tiene remedio.

—No digas tonterías, Clarita —la interrumpió Mariana—. Hemos venido aquí a que te miren de arriba abajo para averiguar el origen de esos dolores tuyos. Después haremos lo que haya que hacer. Y si eres mala enferma, yo soy buena enfermera, así que, te guste o no te guste, seguiremos a pie juntillas las pautas del doctor Carrasco, así que ya lo sabes. —Luego, dirigiéndose al facultativo, añadió—: Doctor, estamos aquí para que usted disponga qué ha de hacerse, y le aseguro que se hará puntualmente.

El médico se volvió hacia Clarita.

—Temo, señora Liechtenstein, que vamos a marearla un poco... Pero para saber lo que tiene con precisión no hay más remedio que realizar una exploración a fondo.

El doctor Carrasco pulsó entonces el botón del timbre que tenía sobre su mesa y al instante compareció una enfermera.

—Usted dirá, doctor.

El hombre había cogido un bolígrafo y escribía con letra apretada y pequeña en la hoja en blanco de un gran bloc que tenía sobre la mesa.

—Carmen, avise a un camillero. Que traiga una silla de ruedas de nuevo. Hay que hacer una analítica a la señora —señaló con el gesto a doña Clara—, así como unas pruebas radiológicas y una colonoscopia. Todo ello es urgente. Y al finalizar recoja los resultados y tráigamelos.

La enfermera tomó la hoja que le tendía y partió a cumplir sus órdenes.

—No imagina, doctor, cómo odio hacer perder el tiempo a cualquier persona, imagínese hacérselo perder a usted, pues sé que lo mío no tiene remedio.

—Repito, señora, que eso debe decidirlo la medicina. No se apure… Además, ése es nuestro trabajo.

A la vez que un enfermero entraba empujando la silla de ruedas, Mariana se puso en pie a fin de ayudar a doña Clara.

—Voy a acompañarte, por si te hago falta para algo.

Partió el trío con Clarita en la silla, y quedaron solos en el despacho Simón y el doctor Carrasco, quien comenzó a juguetear con la regla de plata que descansaba sobre su carpeta de cuero.

—¿Qué opinas de su aspecto, Buenaventura?

—Conozco muy bien esa expresión de sus ojos… Veo todos los días enfermos de ese tipo, es mi especialidad. Pero por encima de la gravedad de su caso, en la mirada de los enfermos que atiendo hay algo que no engaña: unos tienen ganas de vivir y otros tienen ganas de morirse. Tu amiga es de estos últimos. De todos modos, las pruebas nos revelarán la clase de tumor que tiene, si es operable o no, o si ha hecho metástasis y ya no estamos a tiempo… Por el momento, esperemos. Sea lo que sea, nos lo dirá la revisión completa que vamos a hacerle.

64

La amenaza

La situación era muy violenta. Lupe estaba fuera de sí. Desde el día que se enteró de que el apartamento era alquilado y que jamás sería de ella, los reproches que dirigía a Sergio eran constantes, tanto en público como en privado. Esa mañana en Los Dorados de Villa, que a la hora del aperitivo estaba abarrotado, Sergio miraba a uno y otro lado temiendo que algún conocido pudiera oír el exaltado tono de voz de Lupe.

—¡Ya te dije que de mí no ibas a reírte! ¡Me he propuesto que tu vida sea un infierno! Haré lo imposible para que te echen. ¡El tiempo de la conquista de México acabó hace mucho, eso de violar indias y llevarse el oro pasó a la historia…! Voy como una boba a El Nueve para pasar un buen rato y, mira por dónde, me presentas con otro nombre a aquel arquitecto, como si te avergonzaras de mí, y por si fuera poco me entero de que me quedo sin apartamento, porque resulta que ese nidito de amor que ibas a regalarme es un vulgar picadero alquilado… Te juro por mi madre, Sergio Lozano, que nunca olvidarás el día que me conociste.

Sergio intentaba defenderse.

—Hazme el favor de bajar la voz y deja que me explique.

—¡No me vengas con pendejadas! ¡Esto se acabó! Tú te has creído que soy una imbécil... Pero hasta aquí hemos llegado, Sergio Lozano.

—¡Si quieres escucharme, escúchame, Lupe, y si no, mejor nos vamos y acabamos esta historia!

Lupe pareció calmarse por unos instantes. Sacó de su bolso un pequeño pañuelo y se lo acercó a los ojos.

—Lo que más rabia me da es que me había enamorado de ti como una colegiala. Está bien..., cuéntame unas cuantas mentiras más y, como tú dices, acabemos esta historia.

Sergio se preparó para llevar a cabo la mejor actuación de su vida.

—Lupe, me creas o no, ha habido un malentendido. El trato con Raúl Bermejo fue de palabra, ni siquiera sabía que tuviera un hijo, ajustamos un precio de alquiler pero sólo hasta que consiguiera el dinero para pagarle. Y ahora, dado que ese pisito es ya imposible, estoy dispuesto a buscar otro. Pero, por favor, no dudes de lo que te digo.

—¿Y con qué dinero vas a pagar?

—Daría una entrada con una cantidad que tengo a plazo fijo.

—¿Y cuándo te vence?

Sergio pensaba deprisa.

—Aún faltan diez meses, pero soy amigo del apoderado del banco y me dejará rescatar el dinero antes, aunque perderé una parte.

La muchacha pareció meditar unos instantes.

—En fin..., voy a darte una última oportunidad. Pero buscaremos juntos el apartamento, y te juro que si intentas engañarme me presentaré en tu despacho y te la armaré. Ésas son mis condiciones. Tú dirás si las tomas o las dejas. Pero si prefieres que acabemos ahora, tú mismo.

La cabeza de Sergio zumbaba.

—Dame tres semanas. Es el tiempo que necesito para poder rescatarlo.

Lupe meditó de nuevo durante unos segundos.

—De acuerdo. El primer viernes del mes que viene —consultó su agenda—, que es día nueve, te espero aquí a las dos de la tarde con la solución del plazo fijo. Y si no..., ya sabes lo que hay.

Tras estas palabras Lupe Alcázar se puso en pie y salió de Los Dorados de Villa sin volver la vista atrás.

Sergio Lozano tomó el sombrero, que había dejado en la silla contigua, y se abanicó con él mientras pensaba cómo y de dónde sacar aquel dinero. Se alegró de no haber contado a Lupe que se había separado de Mariana, un distanciamiento que él consideraba temporal, y de no vivir con aquella chica.

65

El notario

Los niños estaban ya acostados, y Mariana cenaba sola en el comedor cuando el teléfono sonó.

—Señora, es don Simón. —La voz de Petra la sacó de sus pensamientos—. Como sé que no le gusta que la interrumpan mientras cena, le he dicho que si podía llamarla después, pero ha insistido en que es de suma importancia.

Mariana dejó los cubiertos en el plato de pescado que estaba acabando y rápidamente se dirigió al teléfono.

—Dime, Simón, que tu prisa me suena a malas noticias.

—Peores, Mariana… Me temía algo así, pero ni tan urgente ni tan grave.

Mariana se sentó en el taburete ubicado al lado del teléfono.

—Cuéntame.

—Clara tiene un cáncer de colon muy avanzado.

Mariana no preguntó, afirmó:

—Eso es muy grave, sin duda.

—En primer lugar, hay que averiguar si ha hecho metástasis. Clarita habrá de someterse a una colostomía y posteriormente a una ostomía, un ano contra natura, lo llaman —aclaró Simón—. Y debido a su edad…

—¿Entonces…?

—Abrir y ver. Si tenemos la suerte de que el tumor no se haya propagado, habrá que seccionar el trozo del colon donde está el mal y hacer un conducto por donde salgan las heces, que irán a parar a una bolsa colocada en la cintura que deberá cuidarse y vaciarse a menudo.

—¿Y así siempre?

—En una persona joven, lo habitual es volver a empalmar el intestino, pero a la edad de Clarita es muy problemático.

—¿Deberíamos decírselo?

—Creo que no. Por ahora, habrá que engañarla, lo cual no es fácil. Pero sería peor explicárselo.

Mariana meditó unos instantes, luego habló con la voz entrecortada por el llanto.

—No tiene un pelo de tonta, descubrirá la mentira. Y dudo que se deje operar: no hace más que decir que quiere morirse. Por cierto, Simón, ¿conoces a algún notario que pueda venir a casa? Clarita me pidió que la acompañase el viernes a visitar a uno, pero no la veo en condiciones de salir.

Entre ambos se instaló un silencio que duró unos segundos.

—Lo siento, Mariana, tuve un amigo notario con quien jugaba a las cartas en el casino, pero se me murió hace un par de años... Te olvidas de que soy muy viejo y casi todos los amigos de mi generación se me han ido ya.

A Mariana se le prendió la bombilla.

—No te preocupes, Simón. Me parece que tengo la solución... En cuanto hables con el doctor Carrasco y decidáis lo que hay que hacer con Clarita, dime algo.

—No lo dudes, te tendré informada. Además, creo que eres la única persona que puede convencerla.

—Adiós, Simón.

—Adiós, Mariana.

Colgó el teléfono y, de inmediato, se dispuso a poner en marcha la idea que se le había ocurrido.

Dos años antes había conocido en el colegio de Valentina a

la madre de una amiguita suya cuyo marido era notario. Las dos mujeres habían hecho buenas migas, a tal punto que la niña fue una de las invitadas al cumpleaños de su hija. Mariana extrajo del cajón de la mesita que había junto al sofá su agenda de teléfonos, la consultó y marcó un número. Al cabo de tres timbrazos, la voz conocida de Pepa Betancourt sonó en el auricular.

—Bueno. ¿Quién es?

—Pepa, soy Mariana, la madre de Valentina, la amiga de tu hija... ¿Te acuerdas de mí?

—¡Pues cómo no! Qué bueno platicar contigo... —Luego preguntó—: ¿Pasó algo en el colegio?

—No, Pepa, nada. Te llamo por otra cosa.

—Tú me dirás.

—Si no recuerdo mal, me comentaste que tu marido es notario.

—Sí, Porfirio es notario, y, no es por presumir, pero es uno de los más importantes de esta ciudad.

—En tal caso, he de pedirte un favor.

A las cuatro de la tarde de ese viernes Mariana estaba sentada en el salón de Clarita aguardando al notario don Porfirio Betancourt, el esposo de Pepa, que había anunciado su llegada para las cinco.

La anciana, como de costumbre, tenía la esterilla eléctrica colocada en el bajo vientre, el rostro cetrino y la mirada triste. Su hablar era lento y apagado, y, con un gesto de la mano desmayada sobre el pecho, indicaba a Mariana que no la interrumpiera.

—Se me ha ocurrido algo y quiero comentarlo contigo. Te pido que me escuches hasta el final... Después me das tu opinión.

—Tú me dirás, Clarita.

—Yo sé cuál será el final de todo esto porque sé lo que siento dentro de mí, pero como no quiero oír de nuevo tus argumentos no te hablaré en presente. Atiende, pues. El día que yo muera...

—¿Ya estamos otra vez, Clarita?

La anciana alzó la mano para recordar a Mariana que no la interrumpiera.

—Yo no he dicho que vaya a ser mañana, cuando ocurra... Todos hemos de morirnos un día u otro.

—De acuerdo, te escucho.

—Soy consciente de que tarde o temprano regresaréis a España, ¿me sigues?

Mariana asintió con la cabeza.

—Desde luego, me propongo que todo esto quede arreglado en mi testamento a fin de que ni mi hija ni Marito sean una carga para vosotros. Pero no puedo dejar el futuro de ellos dos en manos del borracho de mi yerno. Sabes que había pensado en Sergio, pero...

Mariana desvió la mirada.

—Ya... Ya sé —continuó la anciana—. Por eso debo pedírtelo a ti, Mariana. No tengo a nadie más en quien confiar. Simón no vivirá lo suficiente... Necesito que alguien vele por los intereses de mi nieto hasta que éste llegue a la mayoría de edad.

Tras unos instantes, Mariana reaccionó.

—Pero, Clarita, ¿estás segura de lo que estás diciendo?

—Estoy enferma, pero mi cabeza funciona perfectamente... Te pido que seas la albacea de todos mis bienes y la responsable de que mis voluntades se cumplan.

Mariana argumentó:

—¿Y qué te parece que dirá el padre de Marito?

—Eso déjalo de mi cuenta. ¿O crees que no sé por qué se casó Arnaldo con mi hija? Si tú aceptas mi propuesta, yo hablaré con él y le daré razones suficientes para que, en este asunto, ni entre ni salga. Tendrá un sitio donde dormir sus borracheras y podrá acabar con todo el tequila de las cantinas de México. Te aseguro que por ahí no habrá ningún problema.

Don Porfirio Betancourt llegó puntal a la hora acordada. Encarnación lo anunció, y doña Clara ordenó que lo hicieran pasar de inmediato.

El notario era un hombre alto de muy buen porte, mediría alrededor de un metro noventa, con el pelo canoso y la barba recortada, enmarcando un rostro de noble perfil romano, y unos ojos de mirada inteligente rodeados de pequeñas arrugas que se pronunciaban cuando sonreía. Entró en la salita cargado con una abultada cartera en su mano derecha. Tras las presentaciones de rigor, Mariana le preguntó si deseaba tomar algo. Acto seguido, se acomodó en el sofá dejando a su lado la cartera.

Mariana se adelantó.

—En primer lugar, Porfirio, he de agradecerte que, de manera excepcional, hayas accedido a venir, pues me consta lo solicitado que estás en tu despacho.

—Pepa me habló de vuestra amistad y la de nuestras hijas. ¡Y a mi mujer siempre le hago caso! —Eso último lo dijo con una media sonrisa. Luego se dirigió a doña Clara—: Estoy a su entera disposición, señora. En cuanto guste empezamos.

Porfirio Betancourt extrajo de su cartera un gran bloc de notas y un pequeño magnetofón, que colocó sobre la mesita que Mariana le había acercado.

—Voy a grabar, con su permiso, nuestra conversación sumándola a las notas que tomaré —explicó el notario—. Todo eso me servirá para redactar posteriormente el testamento en el despacho y, de esta manera, volver únicamente a recoger su firma.

La voz de Clarita sonó lejana.

—Proceda como crea conveniente, no faltaría más. —Después, dirigiéndose a Mariana, añadió—: Tráeme, por favor, las dos carpetas que tengo sobre el canterano de mi dormitorio.

Mariana salió a cumplir el encargo y regresó con dos gruesos cartapacios que depositó en el sofá, junto al notario.

—Y ahora, Mariana, déjanos solos. Cuando terminemos, Encarnación irá a buscarte.

—Por supuesto, Clarita. Ya pensaba hacerlo. —Se volvió hacia el notario—. De nuevo gracias, Porfirio. Luego nos vemos.

Y tras estas palabras Mariana abandonó la estancia.

Clara Liechtenstein y el notario quedaron solos frente a frente, y la mujer trató de justificar ante él haber ordenado a Mariana que abandonara la estancia.

—Después de que usted haya redactado la disposición de todos mis bienes, querría añadir una cláusula por la que dispongo que, a mi muerte, le sea entregada a Mariana Casanova, albacea de mi testamento, una cantidad para sus cuatro hijos, en pago de su amistad y afecto.

—Eso, si le parece, lo haremos en un codicilo aparte que tiene el rango de últimas voluntades.

—Dispóngalo como crea oportuno, don Porfirio, pero haga que se respete mi voluntad.

66

El Camino Real

Mariana se dirigía en su coche al hotel Camino Real, ubicado frente al bosque de Chapultepec, a un kilómetro del Museo Nacional de Antropología, donde debía encontrarse con Rafael Cañamero. Por fin, después de muchos días de nervios, estaba tranquila. No sabía lo que iba a suceder en ese encuentro, pero estaba dispuesta a dejarse llevar por sus emociones. Fueran las que fuesen.

Dejó el coche en el enorme aparcamiento del hotel y atravesando un trecho de jardín llegó a la solemne entrada. Un portero de librea le abrió la puerta, gorra en mano, y Mariana se dirigió hacia la recepción, en el vestíbulo. Del otro lado del mostrador, cuatro conserjes se ocupaban de atender las solicitudes de los clientes.

—¿Don Rafael Cañamero?

Uno de los conserjes consultó un documento que tenía delante.

—Habitación mil treinta y seis, seño —respondió.

—¿Un teléfono, por favor?

—Junto a la columna. Si quiere hablar con el exterior, marque el cero y la telefonista la atenderá; si es con las habitaciones, marque directamente el número.

Mariana le agradeció las informaciones y se dirigió a la cabina. Dejó el bolso en el estante, descolgó el auricular y marcó el 1036. Al instante la voz grave de Cañamero llegó hasta sus oídos.

—¿Desde dónde me llamas, Mariana?

—¿Cómo sabes que soy yo? —le preguntó ella, en vez de responderle.

—Únicamente tú sabes que estoy aquí.

—Te espero en el bar.

—No, Mariana, sube. Estoy en la décima planta.

Mariana dudó. Ir a su habitación no le parecía apropiado. Un breve silencio se instaló en la línea.

—He hecho un gran esfuerzo para venir a verte, y creo que, después de tantos años, merezco un voto de confianza —insistió Rafael.

Mariana meditó un instante.

—Está bien... Voy a subir.

Colgó el auricular, tomó el bolso y salió de la cabina para dirigirse, acto seguido, hacia los ascensores. Aguardó hasta que apareció el primero que iba a subir. Dos mujeres y un hombre entraron con ella, las primeras bajaron en la segunda planta y el hombre en la octava. Al llegar a la décima, Mariana salió y avanzó por el pasillo, siguiendo las flechas, hasta la habitación 1036. Se detuvo delante de la puerta, respiró hondo y golpeó con los nudillos la recia madera. Al instante, apareció el hombre que había adornado su vida desde que tenía diecisiete años. Parecía que el tiempo no pasaba para él. Mariana lo encontró fibroso y atlético como siempre; tal vez, la única diferencia era que más cabellos plateados adornaban sus sienes.

Rafael Cañamero se hizo a un lado y Mariana entró en la habitación. Él cerró la puerta, se dio la vuelta y quedaron frente a frente. Se acercó y, tomándola por los hombros, le dio un beso en la mejilla.

—¡Qué guapa estás! Parece que el tiempo te ha hecho el honor de detenerse.

Mariana se apartó y dejó el bolso sobre un sillón.

—Tú sí que estás como siempre. Tienes un pacto con el diablo.

Rafael la condujo al sofá, que estaba debajo de la ventana de la salita contigua al dormitorio. Se sentaron, y le ofreció una copa.

—Tengo champán en la nevera. Lo he puesto a enfriar para celebrar nuestro reencuentro.

—Ahora mismo no me apetece, gracias. ¿Sabes que la única vez que he subido a la habitación de un hombre en un hotel fue en Barcelona, cuando mi marido quiso que me retratara el pintor que trabajaba en el Majestic? Era Elmyr de Hory, un hombre que imitaba todos los estilos. En mi caso, copió a Modigliani. En fin, da igual… No sé por qué te cuento esto. —Hizo una pausa y lo miró a los ojos—. ¿A qué has venido, Rafael?

—Ya lo sabes. Quiero saber si sigues pensando lo mismo desde la última vez que hablamos.

Mariana pensó unos instantes.

—Si te digo la verdad, han pasado cosas que me han decidido a dejar a mi marido.

—Entonces…

—Eso no cambia la situación, Rafael. Te lo dije ya una vez: eres el recuerdo más bonito de mi juventud, pero no estoy preparada para tomar decisión alguna… Y menos en este momento de mi vida.

—¿Por qué, Mariana? Es ahora o nunca.

—Precisamente ahora no. Soy incapaz de asumir cualquier responsabilidad que no sean mis hijos. Los obligué a cambiar de vida una vez, y me equivoqué. No quiero que vuelva a suceder. Cuando regrese a Barcelona y haya puesto en orden todos mis asuntos, me plantearé mi futuro, aunque poniendo siempre por delante el de ellos.

—Pero ¡Mariana...! Lo que me dices no tiene sentido. Si oigo lo que más te importa, no has de preocuparte de tus hijos ni de nada. Yo me ocuparé de todo. Lo único que deseo saber es cuáles son tus sentimientos hacia mí.

—Eso es, precisamente, lo que me gustaría saber a mí... Repito que eres el recuerdo más feliz que tengo, pero algo en mi interior me dice que eso no es amor. Y, desde luego, no quiero engañarme ni engañarte a ti confundiendo amor con gratitud.

—Piénsatelo bien, Mariana. Serás la reina de Andalucía. En Sevilla hay colegios magníficos y...

—¡Por favor, Rafael, comprende que ahora no puedo tomar una decisión así! Debo cerrar esta etapa de mi vida antes. Mi dignidad me exige salir de este mal paso yo sola, porque yo sola me metí en él. Quiero regresar a Barcelona por mis medios, obtener la nulidad de mi matrimonio y, entonces, empezar a pensar en mi futuro. Soy así, Rafael. No me sentiría bien conmigo misma haciéndolo de otra forma.

Mariana se levantó del sofá y cogió su bolso.

Cuando Rafael fue hacia ella y la tomó por los hombros, Mariana le puso las manos en el pecho. Estaban muy cerca. Ella notaba su aliento en la cara y podía percibir el deseo en él, y no sólo eso, sino también el amor. Rafael acercó los labios a los suyos, y en ese preciso instante Mariana lo supo: ya no eran sus convicciones ni la fidelidad a un marido que, en realidad, no la merecía. Simplemente, no lo quería de ese modo, no al menos como Rafael esperaba y anhelaba. Recordando su abrupta despedida de años atrás, en la puesta de largo, quiso decírselo con tacto.

—Rafael, por favor, no estropees algo tan bonito. Si no otra cosa, no permitas que nada enturbie mi recuerdo.

—He soñado con este momento tantos años... Pero supongo que tienes razón. —Tras estas palabras la soltó.

—Adiós, Rafael, que tengas mucha suerte.

—Es muy difícil tener suerte cuando veo que tú te vas de mi vida sin poder impedirlo.

Mariana se adelantó y lo besó en la mejilla, después dio media vuelta, abrió la puerta y salió, dejando a Rafael solo acariciándose la barbilla.

67

Una muerte inesperada

La intervención quirúrgica de Clarita fue todo lo bien que cabía esperar. Mariana y Simón estuvieron en la consulta oyendo las explicaciones del doctor Carrasco, que había hecho una obra de arte: para solucionar el grave problema, seccionó la parte del intestino afectada y lo empalmó con el ano contra natura, que instaló en la parte derecha de la cintura de Clara, luego suturó los bordes para que la herida cicatrizara sin cerrar la abertura. Simón, en su calidad de médico, quiso informarse de los cuidados del postoperatorio y de las consecuencias finales de la intervención.

—Buenaventura, ¿crees que la operación es irreversible?

—En muchas ocasiones, se precisa una segunda intervención para deshacer lo hecho, volviendo a empalmar el intestino para que todo funcione como antes. Sin embargo, dada la edad de doña Clara y su circunstancia vital, me inclino a creer que esta intervención es lo único que cabía hacer para prolongar su vida y que no tiene marcha atrás.

Esa vez quien habló fue Mariana.

—En cuanto a la bolsa, ¿qué cuidados requiere y cómo es?

—Es prematuro hablar de ello ahora. Llegado el momento, les enviaré una enfermera especializada que les explicará el tipo de bolsa que es y los cuidados que precisa. En cada enfermo son diferentes: en unos casos ha de cambiarse a diario; en otros, puede incluso taparse el agujero mediante un parche. El tipo de bolsa también se adecua a cada circunstancia. En fin, es un largo proceso... Y el primero que ha de colaborar es el enfermo.

Mariana se dirigió a Simón.

—Estoy temblando sólo de pensar en la reacción de Clarita cuando se haga cargo de lo que representa esta operación.

—Mariana, Clarita ha de ser consciente de que se ha hecho todo lo que debía hacerse. Además, debemos convencerla de que la intervención es reversible y que, con el tiempo, quedará como antes, aunque no sea verdad.

El oncólogo ratificó la opinión de Simón.

—La reacción normal del enfermo, más aún a la edad de doña Clara, es recluirse en su casa y negarse a ver a nadie. No obstante, debo advertirles de algo más: en estos casos, la persona más sacrificada es el cuidador..., los cuidadores, por su propia salud.

—Por eso no hay que preocuparse, doctor —aclaró Simón—. Clara está rodeada de buenas personas. Y me encargaré también de que las enfermeras que la atiendan sean las adecuadas.

—Soy la persona más cercana a doña Clara, doctor Carrasco. Además, vivo a su lado y tengo mucho tiempo libre —afirmó Mariana, aun sabiendo que no era verdad—. Ella ha sido como la abuela de mis hijos aquí, en México, y le debo esto y más, de manera que la primera cuidadora seré yo.

El médico la miró fijamente.

—Tener a alguien así en la vida es un lujo, y la felicito. Pero debo decirle que en estos momentos todavía no puede hacerse cargo de los cuidados que requiere un enfermo de estas características.

—Parezco frágil, doctor, pero no lo soy, y he pasado por

circunstancias muy difíciles, de modo que tenga por cierto que la tarea de cuidar a doña Clara no me superará.

En tanto se ponían en pie, Simón añadió:

—Aunque ya no estoy para muchos trotes, yo también me ofrezco. A pesar de eso, conozco desde hace muchos años a Clara y estoy seguro de que, antes que verse desvalida, preferiría estar muerta.

Hacía ya dos meses que doña Clara estaba en su casa. Cuando la anciana fue consciente de las consecuencias de la operación, su ánimo se resquebrajó a tal punto que Mariana creyó que aquello era el final. Después, muy despacio, fue aceptando el hecho, y entre Simón y ella la convencieron de que aquella situación era transitoria y que al cabo de unos meses, si todo iba bien, empalmarían de nuevo «sus cañerías», como ella las llamaba, y las cosas volverían a ser como antes.

Durante dos semanas una enfermera especializada acudió a la casa de Montes Urales para enseñar a Mariana los protocolos requeridos por las consecuencias de esa intervención quirúrgica y cómo proceder si se presentaban situaciones anómalas. Así, Mariana aprendió a poner las bolsas y lo hizo rápidamente para, a su vez, enseñar a Encarnación, la camarera de Clara. También Elenita, la hija de Clara, quiso aprender todo aquello, pese a sus pocas luces. Ella decía que «para ayudar». Pero en vez eso, lo complicaba todo. De hecho, la única vez que se empeñó en quedarse sola cuidando de su madre se formó un desbarajuste tal que sólo se solventó llamando a Mariana, quien tuvo que acudir de inmediato en mitad de la noche.

Tal era la situación, que la vida de Mariana se circunscribió al cuidado de los niños, a ocuparse de los asuntos de su negocio con Malena y a atender a doña Clarita. Todo ello absorbía su tiempo de tal manera que el tema de Sergio pasó a segundo lugar. Lo que no imaginaba Mariana era que lo peor aún no había llegado.

Fue una mañana. Mariana se había vestido con cuidado, como siempre cuando acudía al colegio, con unos pantalones tejanos, su blusa blanca que tanto le gustaba y, sobre ella, una rebeca de color coral, regalo de Malena, y unas zapatillas de deporte. Estaba pintándose ligeramente los labios cuando el vocerío procedente de la cocina la alarmó, más aún cuando oyó que Petra la llamaba con urgencia desde el pie de la escalera.

—¡Señora, señora, baje deprisa, por favor! Está aquí Encarnación... Algo ha ocurrido en la casa grande y ha venido a buscarla.

Mariana bajó los escalones como alma que llevara el diablo. Encarnación estaba en la cocina, acongojada, retorciendo su delantal. Nada más verla, Mariana supo que algo grave ocurría.

—¡¿Qué ha pasado, Encarnación?!

—Don Simón ha venido a ver a doña Clara, ha ido al cuarto de baño de abajo y, ante la tardanza, doña Clara nos ha llamado... Engracia y yo hemos ido a ver. Hemos llamado a la puerta, y como don Simón no contestaba hemos intentado entrar, pero algo lo impedía. Entonces Engracia ha ido en busca de Eladio... Doña Clara ha ordenado que la avisáramos a usted, y me he venido dejándolos allí. Es todo lo que puedo decirle.

Mariana no perdió un instante. Cruzó a todo correr el trecho de jardín que la separaba de la casa grande, de un salto rebasó los tres escalones y se precipitó hacia el interior. Ante la puerta del cuarto de baño se hallaban Eladio y Arnaldo, «el Panzón», como llamaban al yerno de Clarita, intentando abrir.

—¿Qué ocurre, Arnaldo?

—Por lo visto don Simón, que estaba con mi suegra, ha necesitado ir al aseo y se ha quedado encerrado dentro. La puerta sólo puede abrirse apenas medio palmo.

Mariana analizó la situación, y, a la vez que llamaba a gritos a Simón, procedió a empujar también ella. Por sí misma, constató que algo impedía la apertura completa.

—Don Simón se ha desmayado y su cuerpo nos impide abrir —dedujo al instante Mariana. Se dirigió a Arnaldo y a Eladio—: Id por el jardín, tomad la escalera del jardinero, subid y romped la ventana del cuarto de baño, entrad, atended a don Simón y abrid la puerta.

Partieron los dos hombres, y Engracia se asomó a la ventana de la salita para dar cuenta de las operaciones que iban realizando.

—¡Ya están subiendo, doña Mariana! Arnaldo sujeta la escalera, Eladio ha roto el cristal y está entrando por la ventana.

Mariana podía oír el ruido que el chófer hacía en el interior.

—¿Qué ocurre, Eladio?

La voz del hombre, debido al esfuerzo, sonó opaca.

—Ya está, doña Mariana... Creo que don Simón está medio desmayado, sí.

A la vez que sonaban estas palabras la puerta se abría poco a poco.

Cuando Mariana pudo asomar la cabeza se encontró con un cuadro demoledor. Simón, blanco como el papel, con una brecha en la frente que sangraba profusamente, apoyado en la taza del inodoro tal como lo había colocado Eladio, apenas recobrado del desmayo, con los pantalones en los pies, procuraba cubrir sus partes íntimas con la toalla que había arrastrado desde el toallero. Mariana se inclinó junto a él, y en tanto le tomaba el pulso con una mano se afanó en restañar la sangre de la herida de la cabeza con la toalla que Simón agarraba con fuerza.

—¿Qué ha ocurrido, Simón?

—He sentido un dolor muy fuerte en el pecho —explicó el anciano con una voz apenas audible—, después he perdido el mundo de vista y me he desmayado... Creo que me he dado un golpe en la cabeza.

Mariana intentó no perder la serenidad. Ladeó la cara al percibir el apuro de Simón, que no soltaba la toalla. Vio que había demasiada gente interesándose por el estado del herido y empezó a impartir órdenes.

—¡Petra, ve a casa y trae un pijama del señor! ¡Encarnación, di a doña Clara que don Simón ha tenido un percance y llama a urgencias del hospital para que envíen una ambulancia!

Fue consciente de que pintaban bastos. Entre Arnaldo, Eladio y ella habían colocado a Simón medio sentado en una colchoneta del jardín que pusieron junto al inodoro. El anciano respiraba con dificultad, con la mano sobre la parte izquierda del pecho. Mariana recordó vagamente que hacía pocos días había oído en un programa de televisión que en caso de ataque cardiaco era conveniente dar a la persona infartada un par de aspirinas y que las masticara, a ser posible.

—Engracia, ve al botiquín y tráeme aspirinas. Y también un vaso con agua, dos cucharas soperas y el azucarero.

Partió rauda la mujer y al cabo de un par de minutos estaba de vuelta. Mariana obró con presteza. Puso dos aspirinas en una de las cucharas y, apretando con la otra, las trituró cuanto pudo. Después añadió un poco de azúcar y unas gotas de agua.

—Simón, sé que te va a costar, pero debes poner de tu parte: abre la boca, te meteré un poco de agua azucarada con aspirina. Procura tragarlo de una vez... Te irá muy bien, ya lo verás.

El anciano se limitó a asentir con la cabeza. Entonces Mariana, con mucho tiento, le introdujo la cuchara entre los resecos labios y Simón, haciendo un esfuerzo, se tragó el medicamento.

Desde la salita llegaba el sonido de la aguda campanilla que manejaba Clarita. Mariana ordenó a Eladio y a Engracia que mantuvieran a Simón en aquella posición en tanto ella iba a ver a la señora. La encontró medio incorporada en su sillón de siempre con la mirada angustiada.

—Ya hemos llamado al hospital, no te preocupes.

—¿Qué está ocurriendo? ¿Qué le ha pasado a Simón?

Mariana se sintió incapaz de mentirle. Sin embargo, intentó suavizar la gravedad de la situación.

—Simón se ha mareado en el cuarto de baño y se ha quedado encerrado... Eladio y Arnaldo han tenido que entrar por la ventana del jardín, pero ya hemos abierto y tengo todo controlado.

—No es un simple mareo —afirmó doña Clara—. Cuando ha salido de aquí he visto en su cara que algo le pasaba.

La sirena de la ambulancia del Hospital General de México Doctor Eduardo Liceaga se había detenido en ese instante frente a la reja del jardín. Doña Clara señaló la ventana con el dedo.

—No me engañéis, Mariana. Tú no haces venir una ambulancia por un mareo.

Mariana meditó unos instantes.

—Tienes razón, Clarita... Creo que Simón tiene un amago de infarto. Voy a ocuparme de él. Luego vendré a contarte cómo va todo.

Cuando Mariana embocaba el pasillo, Eladio entraba acompañando a un médico y dos enfermeros con una camilla, que pasaron al cuarto de baño de inmediato para atender a Simón. La voz de Clara sonó a lo lejos.

—¡Mariana, dime algo en cuanto sepas lo que le pasa!

Los acontecimientos se desarrollaron precipitadamente. El médico auscultó a Simón, incorporado en la colchoneta del jardín; acto seguido, extrajo de su maletín una jeringuilla hipodérmica y de una caja de inyecciones sacó una ampolla, rompió la punta y, tras palpar con el dedo medio el brazo de Simón en busca de la vena se la puso. Después todo fueron órdenes rápidas. Los enfermeros colocaron a Simón en la camilla y, pasillo adelante, se encaminaron hacia la puerta del jardín, donde había quedado la ambulancia. Mariana acompañó al médico.

—¿Cómo lo ve?

—¿Es usted su hija?

Mariana pensó que en esa ocasión tenía licencia para mentir.

—Soy su única familia, el doctor Carrasco me conoce bien.

Al oír el nombre del famoso galeno ya no hubo más preguntas.

—El paciente ha sufrido un infarto de miocardio agudo... Su edad no ayuda nada.

La camilla de Simón se encontraba ya en el interior de la ambulancia y los dos enfermeros habían ocupado su sitio.

Mariana dudó unos instantes y el médico entendió su vacilación.

—No hace falta que acuda enseguida, señora. En cuanto lleguemos al hospital comenzaremos a hacerle las pruebas necesarias, y hay para rato. Resuelva lo que tenga que resolver y acuda luego.

—Eso haré, doctor... Tengo aquí otra enferma, hay mucho que organizar.

—Deme, por favor, el nombre y los apellidos del paciente.

—Simón Plasencia Obradovich.

El médico tomó nota en un momento, y en cuanto se sentó al lado del conductor en la ambulancia ésta partió con la sirena y las luces encendidas para advertir a los conductores que debían apartarse.

Todos los cuidados fueron inútiles. Simón aguantó hasta medianoche y rompiendo el alba murió.

La noticia de su fallecimiento corrió como la pólvora. El anciano judío era muy querido por sus amigos y por cuantos lo habían tratado por cuestiones profesionales. Sus restos mortales reposarían en un sepulcro que el propio Simón había mandado levantar tiempo atrás en el Cementerio Askenazí, fundado en el distrito de Miguel Hidalgo por Jacobo Granat en 1912. Mariana, que acudió a despedirlo acompañada de Malena, admiró su previsión. Simón incluso había hecho grabar la lápida que debía presidir su tumba. Era de mármol negro con los símbolos de la menorá de siete brazos, debajo la estrella de David y a ambos lados sendas columnas representando las del Templo de Jerusalén. Y en yidis, de derecha a izquierda, como es norma, y en castellano en versos acrósticos, se leía su nombre, SIMÓN PLASENCIA OBRADOVICH, y debajo una leyenda: «Que Jehová, en su misericordia, me deje un lugar en el arrabal de su reino».

Con paso lento y con los ojos todavía enrojecidos por el llanto, Mariana cruzó la plazoleta y regresó a donde había dejado aparcado su coche. Malena la acompañaba en silencio mientras le rodeaba los hombros con un brazo.

—Ahora viene lo peor... Se lo hemos ocultado a Clarita. Ella cree que Simón está en el hospital haciéndose pruebas. Cada día pregunta varias veces por él... Tendré que comunicarle su muerte porque será mucho peor si se entera por otro lado.

—¿Cómo está lo de Sergio? —indagó Malena.

—Se acabó. Insiste en venir a casa para darme explicaciones, pero me parece inútil. Y como lo conozco, cada vez que salga con los niños iré con ellos. No quiero que les llene la cabeza con sus historias. Siempre que vuelven después de haber estado con él, Álvaro viene con la cantinela del «pobre papá» y a mí se me parte el alma.

—¡Vaya temporada que estás pasando!

—Desde que Gloria se fue, y pese a que me tomo un somnífero, duermo apenas dos o tres horas.

—Así tienes la cara que tienes... —Malena hizo una pausa—. La semana que viene voy a dar una fiesta en la hacienda. Humberto necesita quedar bien con unos clientes. Mariana, pase lo que pase, vendrás. No te quiero encerrada en casa ni un día más. Las malas rachas vienen, pero si no pones de tu parte se quedan.

—Malena, no estoy para fiestas.

—No te lo he preguntado, te he informado. Iré a buscarte, y vendrás conmigo aunque sea en chándal.

68

Mira Flores

Malena la había llamado el día anterior.
—Te advierto que me da lo mismo que me digas que quieres ir o que no. Me trae sin cuidado si no te apetece. Desde el día del entierro de Simón pareces un alma en pena, Mariana. Y no pongas la excusa de que Clarita está muy mal. Clarita está igual que ayer, y no sabes hasta cuándo estará así. No puedes encerrarte en casa como una monja de clausura, así que mañana a las ocho y media Humberto y yo pasaremos a buscarte. Sabes que si he de levantarte de la cama, lo haré. Mira Flores está a cuarenta kilómetros, pero salir de la ciudad es una aventura, te consta, y, como comprenderás, todo debe estar preparado antes de que lleguen los invitados. Tú misma...

Mariana tenía claro que cuando a Malena se le metía algo entre ceja y ceja era inútil oponerse, por lo que a las ocho de la mañana estaba en la cocina, tomando un café con leche y un par de tostadas con mantequilla y mermelada de arándanos.

—Petra, ya sabes lo que has de hacer con los niños: ve a buscar a Rebeca a las cinco, a Valentina y a Álvaro los recogerá Eladio con el coche grande, y que Dieguito juegue mientras tanto en el jardín, en la parte del tendedero de doña Clarita para que Encarnación y Engracia puedan vigilarlo desde la cocina. Después, les das la cena y los acuestas. Imagino que yo no regresaré hasta muy entrada la noche.

—Descuide, señora, vaya tranquila y distráigase. ¿Y si llama el señor?

—Si llama «el señor» —recalcó—, le dices que el domingo esté aquí a las diez para recoger a los niños, y que iremos a la piscina de los Hogares Mundet. Y dile también que iré con ellos.

Petra se extrañó. Era la primera vez que iba a acompañar a sus hijos en la salida, más o menos quincenal, que hacían con su padre.

—¿Usted también va a ir?

Mariana dejó la taza en el platillo. Fuera sonaba el claxon del coche de Malena, y en tanto se ponía en pie despejó la duda de Petra.

—Sí, voy a ir. —Y añadió—: Si llaman de la casa grande, déjame una nota en la mesa de la cocina y di que iré mañana por la mañana, en cuanto me levante.

Tras estas palabras tomó su poncho mexicano, se lo pasó por la cabeza y se echó un vistazo en el espejo de la entrada. Tras todo lo que había pasado aquellos días, no estaba mal. Se había puesto unos tejanos y los había remetido en sus botos camperos.

Malena la esperaba de pie junto a la puerta abierta del inmenso todoterreno de Humberto.

—¡Venga, mija, que es tarde! —Cuando Mariana llegaba ya al vehículo, añadió—: Hacía mucho tiempo que no te veía tan guapa.

Mariana se acomodó en el asiento trasero y saludó a Humberto, que la observaba por el espejo retrovisor.

—Ratifico lo que dice mi mujer: estás impresionante... Más de un amigo mío se va a poner bizco hoy.

—Perdona que me meta, Humberto, pero créeme que lo que menos me apetece en este momento es que un hombre me piropee.

Malena, que también se había acomodado en el todoterreno, oyó la última frase de su amiga.

—Intuyo que eso va a ser inevitable. —Acto seguido expuso el programa del día a Mariana—: Habrá un rodeo con las tres mejores figuras de esta especialidad y con todo aquel que se atreva a montar a pelo lo que salga del corral, ya sea un caballo o una vaca. Después éste —señaló a Humberto— ha contratado a un grupo mariachi de quince músicos. Correrá el tequila, y ya sabes lo pesados que se ponen algunos hombres cuando beben, y luego habrá baile con orquesta.

—Pues conmigo no cuentes. Me subiré en el primer coche de alguien conocido que regrese a la ciudad.

—Ah, no, acordamos que venías a distraerte.

—Tú te has empeñado en eso. Yo prefería quedarme en casa con un buen libro.

Humberto intervino.

—En serio, Mariana, todos los invitados son amigos estupendos. Inclusive vienen de Houston un par de gringos, socios míos, que son unos entusiastas de los rodeos. Ya verás qué bien te lo vas a pasar.

Llegaron a Mira Flores a las nueve y media. Malena se dirigió al interior de la mansión de estilo español para acabar de dar las órdenes al respecto del aperitivo. Mariana, entretanto, se quedó con Humberto, quien la llevó al palenque donde iba a celebrarse el rodeo y después a las cuadras para mostrarle dos preciosos potrillos que habían nacido aquella semana. Cuando ya salían, se acercó a Humberto uno de los trabajadores de la hacienda, que se quitó el ancho sombrero de paja para hablarle.

—Don Humberto, ya hemos colocado la valla para que baje el pájaro. ¿Manda algo más? —le preguntó.

—Nada más por ahora. Gracias, Nicanor. Ve a lo tuyo. Si me haces falta luego, ya te haré buscar.

El hombre se retiró y Mariana interrogó a Humberto.

—¿Qué es eso de «la valla para que baje el pájaro»?

—Es que vendrá Eufemiano Fuentes, el gobernador de Guanajuato. Tengo previsto abrir una sucursal de mi negocio en esa ciudad, y conviene siempre estar a bien con la autoridad, sobre todo en este país donde son tan habituales el enjuague y las mordidas para conseguir los permisos de apertura.

—¿Cuánto personal tienes en la hacienda? —quiso saber Mariana.

—Eso varía, porque van naciendo criaturas, pero unas cien personas, en principio.

Mariana había observado que Humberto acababa de llamar a Nicanor por su nombre.

—¿Y te sabes el nombre de todos? —comentó jocosa.

—De todos no, pero sí de muchos de ellos; de los que trabajan en la casa desde luego, tal vez el de unos ochenta o más.

Mariana se admiró.

—¡Qué barbaridad! Yo no recuerdo ni el de los profesores de mis hijos.

—Lo entiendo, pero en el campo, si quieres que te respeten como patrón, te ayuda mucho conocer los nombres de cuantos más mejor. Ellos sienten que son algo particular para ti, y, no sé si Malena te lo ha contado, pero una de sus obligaciones principales es acudir a todas las bodas y los bautizos a los que nos inviten, e interesarse por los problemas que plantee cualquiera de las mujeres de la hacienda.

A las once comenzaron a llegar los invitados. Conforme los vehículos iban distribuyéndose por la gran explanada que había detrás de la casa, los criados salían solícitos a recoger los regalos que traían para, a continuación, acompañarlos al adornado patio que se abría frente al comedor y junto al porche, donde se serviría el aperitivo. Los asistentes se repartieron por el jardín, donde se habían colocado, bajo inmensas sombrillas, grupos de mesas, sillas y sillones, hamacas y tumbonas para que todo el mundo hallara acomodo. Se habían dispuesto, asimismo, varios altavoces pequeños para que una amable música amenizara el ambiente sin ahogar las conversaciones.

Súbitamente, cuando la gente gozaba ya del aperitivo con una copa en la mano, un zumbido especial fue ganando volumen. Un helicóptero de color azul comenzaba a descender sobre la vertical de la hacienda. Malena se fijó en que Humberto y un número considerable de invitados, que habían dejado las copas en las mesas, salían disparados hacia el lugar en el que se había instalado la valla, donde iba a aterrizar «el pájaro». A los gritos de «¡El gobernador, es el gobernador de Guanajuato!», una nube de polvo se levantó impulsada por las palas del rotor, y al poco el aparato se posó suavemente en el suelo. El copiloto abrió la portezuela y colocó la escalerilla, y al instante descendió, sonriente y saludando con la mano alzada, un individuo de algo más de sesenta años, achaparrado, con grandes bigotes y escaso pelo en la cabeza. Era Eufemiano Fuentes, el gobernador de Guanajuato, y lo acompañaban tres guardaespaldas.

Tras los aplausos y saludos de rigor, el grupo se dirigió de nuevo al porche, donde se reemprendió el aperitivo.

Malena había presentado a su amiga a infinidad de personas que estaban acogiéndola de un modo tan atento que muy pronto se sintió cómoda y relajada. En ese momento departían con ella tres hombres y dos mujeres que, tal vez a petición de Malena, se esforzaban por ser amables y que la reunión fuera agradable y distendida para Mariana. Dedujo que las dos mujeres y dos de los hombres formaban sendas parejas y que el otro, muy interesante, por cierto, se encontraba allí porque su amiga se lo había indicado, segura de que su compañía le sería grata, como así estaba siendo. Su nombre era Fernando Aguirre. Le contó que sus padres, madrileños de origen, se habían establecido en México D. F. con su hermanita, y que él había nacido allí. Era un excelente conversador.

La música se detuvo de repente y, de un salto, Humberto subió al pequeño escenario. Con ambas manos extendidas demandó silencio.

—Queridos amigos, vamos a iniciar la fiesta del día con el rodeo anual que la caracteriza —anunció—. En esta ocasión, se ha conseguido que el trofeo que el rancho Mira Flores otorga al ganador puntúe para el concurso del mejor Charro Mexicano. Os ruego que me acompañéis hasta el palenque y ocupéis las gradas. Sabed que presidirá el acto, desde el palco principal, el gobernador de Guanajuato, don Eufemiano Fuentes.

69

El rodeo

Humberto bajó del escenario y se dirigió al palenque, que distaba unos doscientos cincuenta metros, con el gobernador, a quien siguieron sus guardaespaldas.

Los invitados fueron distribuyéndose por las gradas, y Eufemiano Fuentes, acompañado por Malena y Humberto, ocupó su lugar en el palco de honor.

Al toque de un clarín, el espectáculo comenzó. La actividad en el corral era frenética. Tres hombres sujetaban por la brida a un corcel de tres años, y el primer participante se dispuso a montarlo. En cuanto se hizo con las riendas e indicó con un cabeceo que estaba preparado, el hombre del portón apartó la valla y el trío que sujetaba al animal lo soltó. Al verse libre, el caballo arrancó dando saltos y corcovas hasta el centro del palenque. En ese instante se encabritó para, a continuación, lanzarse hacia delante metiendo la cabeza entre las patas delanteras a la vez que daba coces al aire. El jinete saltó por las orejas del corcel, dándose una tremenda costalada. Pero se puso en pie y, entre los aplausos del público, se retiró mientras se sacudía con el sombrero el polvo de los zajones.

El rodeo sólo acababa de comenzar. A continuación fueron saliendo vacas bravas y caballos de toda clase y condición.

Todos los jinetes fueron desmontados, algunos con un chichón en la cabeza, excepto dos que llegaron a la final. La última prueba consistió en montar una vaca brava, y ambos finalistas terminaron en el suelo. Fue el reloj el que dio ganador a Gumersindo Callejón, quien aguantó sobre el animal un minuto y cuarenta y dos segundos. Acabado el festejo, todo el mundo regresó a la casa para continuar la fiesta.

El menú y los arreglos que Malena había dispuesto para la cena eran realmente impactantes. La puerta del gran comedor que daba al porche estaba abierta y se había instalado una gran mesa en forma de herradura, con las viandas más variadas y una amplia selección de vinos, servidos por ocho camareros cuyo cometido era atender en todo momento a los invitados. Al fondo, en la gran chimenea del comedor, giraban dos espetones en cuyas enormes varillas se asaban un cordero y un cochino.

Mariana, acompañada por Fernando Aguirre, aguardaba su turno, plato en mano, en una de las filas que se había formado delante del bufet. Conforme avanzaban, iba viendo la totalidad de las bandejas. Una llamó su atención. La señaló.

—Qué raro ese arroz negro... En España se hace con tinta de calamar —comentó a Fernando—. Pero aquí no lo había visto nunca.

Fernando le sonrió. Cogió una cuchara y sirvió un montoncito a Mariana.

—Pruébalo —la animó.

Mariana tomó su tenedor y obedeció.

—Es delicioso, crujiente y distinto.

—¿Te ha gustado?

—Mucho.

—Son hormigas... No de las comunes, desde luego. Éstas son dulces y se crían en hormigueros especiales para el consumo de algunos privilegiados. Es un plato delicado y muy caro.

Después de cenar sonó la música de baile, y Mariana constató que Fernando era un bailarín excelente. Por un momento, le tentó decirle que no deseaba bailar, pero pensó que era ridículo excusarse contándole sus penas. Al principio se sintió extraña e intentó recordar la última vez que había bailado con alguien que no fuera Sergio. Tuvo que remontarse al primer año de su estancia en México, durante la cena que ofreció en su casa Emilio Guzmán, el propietario de Cartonajes Estrella, para celebrar su llegada. Hacía mucho tiempo que Mariana no sonreía, y cuando pasó frente al grupo donde estaba Malena, su amiga le guiñó un ojo, como diciendo: «¡Sabía que ibas a divertirte!». Resultó que Fernando Aguirre era amigo de Zoza, el director de El Palacio de Hierro, compañero de juegos de Malena durante la niñez, en los veranos en las playas de Acapulco, y uno de los mejores dermatólogos del país.

La música se detuvo un instante, y Mariana se percató de que Fernando le miraba con atención el hombro derecho, exactamente una pequeña mancha que le había salido hacía un par de días.

—No me duele nada, pero me pica —le explicó.

La música sonaba otra vez, pero Fernando la tomó del brazo y la llevó al borde de la pista, donde había más luz, para observar mejor la manchita.

—¿Es algo malo? —preguntó Mariana.

—Es deformación profesional, perdona.

—A mi hija pequeña le ha salido una parecida en un brazo.

—Tráemela a la consulta cuando puedas.

Mariana se alarmó.

—¿Es algo importante?

—Ni siquiera sé si tenéis lo mismo, pero te aseguro que importante no es.

Siguieron bailando, y al cabo de veinte minutos y ya de regreso a la mesa, se arrepintió de haber bailado con Fernando porque ya no tenía excusa para no hacerlo con los demás. Sobre todo cuando oyó junto a su oído una voz gangosa.

—Señora, ¿me concede el próximo baile? —Era Eufemiano Fuentes, el gobernador de Guanajuato.

Sin darse cuenta, Mariana se encontró bailando con aquel tipo que la ceñía fuertemente por la cintura en tanto ella, con el brazo izquierdo doblado, le impedía que se acercara más. Esa vez, cuando pasó bailando frente a Malena, notó en su rostro una mirada de preocupación.

—Entonces ¿es usted española?
—De Barcelona.
—Tengo entendido que es una linda ciudad.
—Sí, es muy bonita.
—Por lo presente, no tanto como sus mujeres, que creo que son tan hermosas como apasionadas.

Mariana se sentía muy incómoda. Iban ya por el segundo baile y aquello no tenía trazas de terminar.

—Si no le importa, gobernador, volvamos a mi mesa. Antes me he torcido un tobillo y empieza a dolerme.

—¡Cómo no, linda! Si quiere, puedo llevarla en brazos y hacerle un masaje.

Mariana no contestó. Sin violencia pero con firmeza, apartó al hombre y atravesó la pista de baile sorteando a las parejas. Cuando llegó a su mesa, todos se pusieron en pie.

—Parece que la seño se ha lastimado un tobillo —dijo el gobernador, que la había seguido—. Venimos a descansar. Si me permiten... —Y tras esas palabras, tomando una silla de la mesa de al lado, que estaba desocupada, se sentó también con ellos.

Una de las mujeres sirvió champán a todos, incluida Mariana.

—Tómatelo —le dijo—. Esto te ayudará.

El gobernador alzó su copa mirando a Mariana fijamente y brindó.

—Los franceses son únicos. Han inventado muchas cosas, pero ésta supera a todas —exclamó—. Ya conocen el refrán:

«El champán quita las penas y anima a las nenas». ¡Va por usted, Mariana!

En ese instante, sorteando también a las parejas de baile que ocupaban la pista, apareció Malena. Todo el grupo, menos Mariana, que siguió simulando su cojera, se puso inmediatamente en pie.

—Sepan excusarme todos. Gobernador... —lo saludó. Acto seguido miró a su amiga, que tenía el pie apoyado en una silla—. ¿Qué te ha pasado?

—Un fastidioso accidente...

El gobernador la interrumpió.

—La seño se ha torcido el tobillo, pero el gran perdedor he sido yo.

—¡Cuánto lo lamento! —Luego se dirigió a Mariana—: Tendrás que hacer un esfuerzo y venir conmigo. Tu muchacha está al teléfono, pero no te asustes, que no es por los niños. Según parece, se trata de Clarita.

Con la ayuda de su amiga, Mariana se puso en pie. Ésta la interrogó con la mirada, y el apretón de su mano en el brazo la tranquilizó.

—Vamos adentro, yo te ayudo. Hablarás con Petra desde el salón de caza.

Partieron las dos rodeando la pista, Mariana simulando su cojera, y se metieron en la casa.

—¿Seguro que no les ocurre nada a mis hijos? —quiso asegurarse Mariana.

—Nada de nada. De hecho, nadie te ha llamado por teléfono. Ha sido la excusa que he puesto para salvarte de ese baboso.

Mariana se detuvo un instante y miró a su amiga.

—Es un tipo asqueroso. Se me ha insinuado durante toda la noche... En su casa no debe de haber espejos.

—Sí que los hay, Mariana, pero él únicamente ve al gobernador cuando se mira en ellos. Es peligroso, créeme. Me he fijado en cómo te miraba en el rodeo, y lo del baile ha sido el remate.

—Pues si hubieras oído el brindis del champán... —Mariana lo imitó, inclusive remedando su voz.

—Si fuera sólo eso, quedaría la cosa en que has pasado un mal rato por culpa de un tipo zafio y patoso, pero es que tiene fama, y presume de ello, de que cuando se encandila con una mujer la toma, y si el marido se pone bravo, peor para él.

—¿Entonces...?

—He acudido porque te he visto salir de la pista y me he dado cuenta de que él te seguía a tu mesa. Después de lo que me has contado, vas a irte ahora mismo a tu casa. Ya me inventaré cualquier excusa.

Mariana miró intensamente a su amiga.

—¡Parece que he pisado mierda! Tú sabes que no quería venir... Tras la muerte de Simón, la operación de Clarita, el vacío que la partida de Gloria me dejó y los problemas que la separación de Sergio está causándome, la verdad es que lo único que me apetece es tomarme un somnífero, leer un rato y apagar la luz. Aun así, reconozco que me he distraído, estaba pasándolo bien hasta hace poco, y me gustado la compañía de Fernando Aguirre. Es un caballero y, además, encantador. Me habría gustado oír al grupo mariachi que Humberto ha contratado y volver a casa pensando que la vida no es tan horrible... ¡Y viene ese patoso y me arruina la noche!

—Lo entiendo, Mariana, pero no hay otra. Tienes que irte ya. Y pido a Dios que no averigüe dónde vives. Es un tipo poderoso, y no desiste fácilmente.

—¿Y ahora cómo me voy? He venido con vosotros, y nadie regresará a la ciudad hasta más tarde.

A lo lejos, comenzaba a sonar la música del grupo mariachi.

—Aquí, en el rancho, siempre hay un chófer. Regresarás con él en nuestro coche. Y mañana hablamos.

—Tengo el poncho y mi bolso de paja en tu habitación.

—Sube a buscarlos y nos encontramos en el recibidor.

Las dos amigas se separaron, y a los diez minutos, mientras se oían ya los primeros compases distantes de «Caballo prieto azabache», Mariana regresaba a Montes Urales en el coche de su amiga.

70

Final de trayecto

El propio cansancio, los nervios del apresurado regreso y el incidente con el gobernador que había precipitado su marcha impedían a Mariana conciliar el sueño. Después de dar mil vueltas en la cama, encendió la luz, abrió el cajón de la mesilla de noche y cogió una tableta de Ansilor, que se tragó con un sorbo de agua.

Finalmente un sueño profundo y reparador nubló su mente, y descansó. A las seis de la mañana le pareció oír unos golpes en la puerta de su dormitorio. Eran cada vez más fuertes y frecuentes, y entre las brumas del duermevela creyó oír la voz de Petra, que la llamaba con insistencia: «¡Señora, señora!». Al cabo de un momento notó que alguien la agarraba por el hombro y la movía. Pero el potente somnífero dificultaba su lucidez, y no sabía si soñaba o estaba despierta. Hasta que la muchacha encendió la luz y la obligó a incorporarse. Fue entonces cuando Mariana tomó conciencia de que había regresado al mundo real y que algo grave ocurría. Al ver a Petra despeinada, con una bata puesta a toda prisa y mirándola angustiada, lo primero que le vino a la mente fueron sus hijos.

—¿Qué les ocurre a los niños?

—A los niños nada, señora, es en la casa grande. Ha venido

Encarnación a buscarla para que acuda sin demora. Parece ser que doña Clara está mal... Muy mal.

Mariana se puso en pie y Petra la ayudó a llegar al cuarto de baño, donde se refrescó la cara. De vuelta en el dormitorio, se puso la bata sobre el pijama, se calzó las zapatillas y se volvió hacia Petra.

—Tú quédate y cuida de los niños. Si me haces falta, te haré llamar.

Echó a correr, y cuando cruzaba el jardín se fijó en que había luz en todas las ventanas de la mansión de Clarita. Eladio la aguardaba en la puerta.

—¡Dese prisa, señora, la doña se nos va!

Mariana subió precipitadamente los tres escalones de acceso y entró en la casa. Desde la operación, doña Clara ocupaba una habitación en la planta baja y se había agrandado el cuarto de baño donde Simón se había caído. Cuando Mariana entró en el dormitorio de la anciana, Elenita y Arnaldo estaban a un lado de la cama y Engracia a los pies. Clarita, incorporada sobre dos cuadrantes y con los ojos cerrados, respiraba con dificultad. Se hizo cargo de la situación en el acto: su amiga, la persona que más la había ayudado durante su estancia en México, agonizaba. Se acercó por el lado que quedaba libre y, con el dorso de la mano, le rozó con ternura la mejilla. Clarita abrió los ojos y la miró como si fuera una aparición. Mariana le tomó la mano y tuvo la sensación de que ella se la apretaba ligeramente.

—Llama al padre Cuevas y pídele que acuda de inmediato —ordenó a Elenita en un tono quedo pero firme—. Yo telefonearé desde la otra línea al médico. Por desgracia, me sé su número de memoria.

La voz de Clarita era un silbo.

—No molestes al médico... Ya no me hace falta. —Después abrió los ojos y se dirigió a los presentes—. Dejadme a solas con Mariana.

Mientras todos abandonaban la estancia, Mariana se fijó en la mirada de Arnaldo, el Panzón, y supo que de haber podido fulminarla lo habría hecho. Una vez a solas, se sentó en un taburete al lado de la cama, tomó entre las suyas la fría mano de Clarita y acercó la oreja a su boca. La voz de la anciana era un suspiro, y pronunciaba las palabras muy despacio y de manera entrecortada.

—Voy a decirte algo muy importante para mí… Algo que debería haber hecho en vida y no fui capaz… —Su voz era ya casi inaudible—. Simón fue mi gran amor… Me pidió que me casara con él y me faltó valor… Yo era católica y él judío, y la gente nos habría repudiado… Pero ahora deseo que me entierren junto a Simón. Me aterra la eternidad y quiero estar con él…

Mariana sintió una especial ternura por su amiga. La emocionó que, en aquel trance, Clarita pensara en ese amor que la propia Mariana había ya intuido. Por un instante, su mente voló y se preguntó en quién pensaría ella si estuviera en su lugar…

—Ahora descansa, Clara.

La voz de Elenita sonó en la puerta.

—Ha llegado el padre Cuevas.

—Hazlo pasar enseguida.

El cura de la parroquia del Ángel Custodio era el confesor de doña Clara. Su figura rechoncha recordaba en cierto modo al papa Juan XXIII. En cuanto entró en la estancia, se hizo cargo de la situación. Mariana se puso en pie y lo saludó.

—Padre, doña Clara quiere hablar con usted —dijo tras besarle la mano.

El padre Cuevas pidió con un gesto a todos que permanecieran donde estaban y, después, sacando una cajita del bolsillo de su sotana, ungió a Clarita con los santos óleos. Acto seguido, se sentó junto a la cama de la moribunda, le tomó las manos entre las suyas y procedió a susurrarle palabras de consuelo. Finalmente, le dio la absolución.

A las cinco de la mañana, Clara Liechtenstein entregaba su alma al Creador.

El sepelio de doña Clara tuvo lugar en el Panteón Francés de San Joaquín. No acudió mucha gente; en primer lugar, porque muchos de sus amigos habían fallecido ya, y en segundo, porque Clara, debido a su desgraciado matrimonio, no había hecho vida social y tan solo recibía en su casa a pocas y selectas amistades. Mariana, pese a que conocía la respuesta de antemano, preguntó al padre Cuevas sobre la posibilidad de enterrar a Clarita en el cementerio judío junto a Simón. «Eso es imposible, hija mía. Ni nuestra religión ni la de él lo permiten», argumentó el sacerdote.

Mariana habló con Sergio para comunicarle el fatal desenlace, y éste, después de informarse del día y la hora del entierro, le confirmó que acudiría al acto.

—Era una gran mujer, y no puedo olvidar cómo me recibió a mi llegada —le dijo ya en el cementerio.

En ese instante, cuando ambos salían acompañando a Elenita y Arnaldo, se acercó a ella Porfirio Betancourt, el notario de Clarita.

—Cuando quieran tratar el tema de la testamentaría, avíseme, Mariana.

—¡Lo más pronto posible, don Porfirio! —El que así hablo fue Arnaldo, el Panzón. Y añadió—: Mi mujer es la única heredera directa y soy yo el que lleva sus asuntos. Cuanto antes terminemos ese enojoso trámite, antes podré tomar decisiones importantes que afectan al futuro de mi hijo.

Don Porfirio se dirigió directamente a él.

—Todo se hará según los deseos de doña Clara.

Ahora fue Sergio quien habló al notario.

—Perdone que me presente así. Soy Sergio Lozano, el esposo de Mariana, y si me lo permite, también yo asistiré a la lectura del testamento. Doña Clara fue la primera persona que conocí en México, y en varias ocasiones me habló de sus intenciones al respecto.

—Por mí no hay inconveniente, toda persona que guardaba una relación estrecha con la fallecida puede acudir al acto.

La mirada atravesada que el Panzón lanzó a Sergio era de culebrón.

Don Porfirio Betancourt se sacó la agenda del bolsillo.

—Si les parece bien, podría ser el próximo jueves a las cuatro y media de la tarde, en mi despacho —concretó—. Está en el principal segunda del número ciento ochenta y dos de la calle Ángel Urraza.

—Allí estaré, y creo que se aclararán muchas cosas que, intuyo, muchos pretendemos conocer —apuntó Arnaldo.

—Efectivamente, la lectura del testamento, codicilos y últimas voluntades, cumpliendo la voluntad del testador, aclara cualquier duda que pudiera haber al respecto.

El grupo fue disolviéndose.

—El domingo por la mañana iré a buscar a los niños.

—Os acompañaré, Sergio —respondió Mariana—. Ven a casa a las diez y media. Iremos a los Hogares Mundet. Hace muy buen tiempo y podrán bañarse.

71

Hogares Mundet

El domingo Sergio fue puntual. Una algarabía de gritos infantiles lo recibió, sobre todo por parte de los pequeños, para quienes la llegada de su padre de un viaje y el fantástico plan de ir a bañarse a la piscina de los Hogares Mundet y a comer en la cafetería constituía todo un acontecimiento.

Mariana, por su parte, lo recibió como si nada hubiera ocurrido. Había tomado una decisión, y estaba dispuesta a todo por sus hijos. Los había sacado de España, los había obligado a renunciar a sus amigos, a sus colegios y a sus deportes, y se veía incapaz de volver a sacrificar el futuro que poco a poco iban construyéndose por mor de perseguir una felicidad que consideraba que para ella había concluido.

Al cabo de casi una hora, el coche enfilaba la cuesta del Parque Mundet, un maravilloso complejo deportivo de noventa mil metros cuadrados fundado por el catalán Arturo Mundet. El hombre, natural de San Antonio de Calonge, se había hecho multimillonario con el invento del tapón corona y el Sidral Mundet, bebida gaseosa a base de manzana, de gran éxito en México, y luego dedicó su vida junto a su mujer, Anna Gironella, a obras filantrópicas en ese país, como la Maternidad Mundet en el Sanatorio Español.

Durante el trayecto y para evitar tensiones, Mariana había sintonizado una emisora que a esa hora radiaba canciones infantiles, entre ellas las de un conjunto muy de moda, Parchís, que los niños seguían sin dificultad ya que las conocían todas; de esta manera evitaba el diálogo con Sergio. Tras aparcar y pagar en la taquilla las consiguientes entradas, comida y baño incluidos, Mariana se dirigió con sus hijos al vestidor, donde todos se cambiaron. Acto seguido se instalaron debajo de una sombrilla, y los tres pequeños corrieron a meterse en el agua al tiempo que Valentina los seguía para vigilar de cerca a Dieguito. Mariana, por su parte, se tendió en una de las tumbonas que había alquilado, con un ojo puesto en una revista de moda que acababa de comprar y el otro en sus hijos.

Al cabo de media hora compareció Sergio, en traje de baño y con su eterno JB en la mano, y se tendió junto a ella en la otra tumbona.

—Te advierto que lo he dejado, Mariana. Tomo sólo un whisky al día, normalmente por la tarde antes de irme a casa.

Mariana no respondió y siguió con la lectura de su revista.

—¿Me has oído?

—No soy sorda, Sergio.

—¿Y qué tienes que decir?

Mariana cerró la revista y observó a su marido como si fuera un extraño.

—Dos cosas. En primer lugar, que no te creo, y en segundo, que ya no me importa.

Sergio le dedicó esa mirada de perro fiel que tantas veces le había dado resultado.

—Ya te lo expliqué, Mariana, hice mal los cálculos de las comisiones que me correspondían, compré demasiado cartón y me vi obligado a tomar tu dinero, por el bien de los niños —señaló hacia la piscina—, por el bien de nuestro matrimonio, para que no peligrara nuestra situación aquí.

Mariana sintió que el fuego invadía sus entrañas.

—A ver si lo he entendido, lo de las comisiones me suena a Barcelona y lo de «tomar», que equivale a robar, también me suena a Barcelona. Allí usaste como aval nuestro piso de Obispo Sivilla, aún hipotecado, y aquí has ido directamente al armario donde guardaba mis ahorros para dejarme casi sin blanca.

Sergio intentó defenderse.

—Creí que el dinero que entraba en casa era de los dos.

—Por eso lo cogiste en mi ausencia, claro...

—Sólo cogí la mitad, que era lo que me hacía falta.

Mariana lo miró con sorna.

—Una muestra más de tu generosidad.

—Una evidencia de que era una auténtica necesidad, y que lo hice por nuestra familia.

—No alcanzo a comprender cómo te funciona la cabeza, Sergio. Lo que para todo el mundo es robar, para ti es una muestra de magnanimidad.

—No es eso. Pero creo que el matrimonio es una sociedad en la que todo es de los dos y que entre ambos no tiene que haber secretos.

—¡Ahora lo entiendo...! Sólo falta que me digas que esa tal Lupe es una monja que te ayuda en tus obras de caridad. ¡Por favor, Sergio, no insultes mi inteligencia y no añadas a tus «virtudes» el cinismo! Al menos antes tenías más imaginación y hasta resultabas divertido.

—Cuando te pones así, es mejor dejarlo correr.

Mariana se sulfuró.

—¡Demostré ser una estúpida al seguirte hasta aquí, pero ya te dije que esta historia se ha terminado!

El diálogo se interrumpió cuando Álvaro llegó para pedirle permiso para tirarse del segundo trampolín.

—¡Por favor, mamá! ¿Puedo?

—No, Álvaro, no puedes. El segundo es para mayores de quince años y no los tienes aún. El socorrista nos reñiría.

El muchacho se fue refunfuñando, y cuando ya estaba en el agua, Mariana se dirigió de nuevo a Sergio.

—Por cierto, al salir del entierro de Clarita te oí decir que querías asistir a la lectura del testamento, por no sé qué razones. Si piensas que te nombró albacea y que así podrás manejar el dinero de su nieto a tu antojo, no hace falta que acudas... Yo le saqué esa idea de la cabeza.

Sergio dejó el whisky a un lado y miró a Mariana quitándose las gafas de sol.

—¡Eres increíble! Te crees la reina del mundo... ¡Conociste a Clarita a través de mí! Yo me gané su confianza antes de que tú vinieras, y más de una vez me insinuó que quería que yo fuera su albacea. Y llegas tú, con esa costumbre tan tuya de meterte en todo, e impides que esa mujer haga su voluntad...

—Lo que he impedido es que su pobre nieto se haya quedado sin nada cuando tenga la mayoría de edad.

—¿Me consideras capaz de una cosa así?

—No me hagas decir, Sergio, de qué te creo capaz cuando hay una peseta, un peso o un dólar de por medio.

—¡Igual ahora me sueltas que te nombró albacea a ti!

—Pues, a mi pesar, ésa era su intención... Sergio, te lo anuncio ya: pretendo regresar a Barcelona en cuanto pueda.

Un rictus de sorpresa apareció en el rostro de Sergio.

—¿Y no deberías contar conmigo? Te guste o no, soy el padre de tus hijos.

—Por eso mismo. No es precisamente un timbre de gloria tener un padre estafador.

Sergio se puso en pie.

—Ya veo que no tienes un buen día. Piénsalo bien, Mariana... Si crees que voy a renunciar a mis hijos porque a ti te ha dado la vena, estás muy equivocada.

En los ojos de Mariana centelleó un brillo desconocido.

—Sergio, he pasado por todo, te he ayudado siempre y sabes que hasta ahora nunca te había plantado cara. Los niños para ti, aquí, en México, serían un estorbo. No pretendo llevármelos de vuelta a Barcelona por egoísmo, sino por su bien. Entérate: si hay algo por lo que estoy dispuesta a llegar hasta el final son ellos. Tú verás cómo quieres que termine nuestra historia, si rompemos como personas civilizadas o acabamos en el juzgado. Pero ten presente que si escoges esto último, mis argumentos serán demoledores. Cuando acabe el pleito, te resultará muy difícil encontrar a alguien que te contrate aquí. Así que tú mismo. Tú sabrás lo que haces.

72

El testamento

Mariana detuvo el coche frente al número 182 de la calle Ángel Urraza. Después de coger su bolso del asiento del copiloto, se bajó y posó la mirada en el edificio. Era un inmueble regio de seis plantas, coronadas por una azotea embellecida por cuatro agudos montículos redondeados en su punta y ornados con losetas de colores, que destacaba notablemente del resto de las construcciones de la calle. Cuando entró en el vestíbulo, un conserje salió de su garita y se apresuró a abrirle la puerta del ascensor.

—Voy al principal segunda, a la notaría de don Porfirio Betancourt —le comunicó ella.

—A buen seguro tendrá usted hora prefijada, pues don Porfirio no acostumbra a recibir visitas antes de las cinco.

—¿Ha llegado alguien antes? —preguntó Mariana.

—Un hombre y una mujer, creo que eran matrimonio.

Mariana le agradeció con una sonrisa la información, y el conserje cerró el ascensor y pulsó el botón correspondiente.

Cuando Mariana llegó al principal, vio que la puerta de la derecha tenía una placa de latón en la que, en grandes letras negras, se leía: NOTARÍA. Pulsó el timbre y oyó un ligero taconeo que se acercaba y, al poco, el sonido del pasador de la cerradura. La puerta se abrió y apareció una sonriente muchacha que no tendría ni veinticinco años, de rostro agraciado y dentadura perfecta, con una bata azul marino de la que sobresalía el cuello de una blusa de un blanco impecable.

—Sin duda, doña Mariana Casanova.

—Efectivamente.

La muchacha se hizo a un lado, invitándola a pasar.

Mariana se introdujo en el recibidor. La pieza evidenciaba el rango de la notaría. De las paredes colgaban cuadros importantes: en la de la izquierda, una cabeza de mujer de Frida Kahlo; en la de la derecha, una vista panorámica de la playa de La Concha de San Sebastián de Darío de Regoyos, y en la de enfrente, tras la recepción, un vitral de precioso colorido con la representación de una procesión al monasterio de Nuestra Señora de Guadalupe.

La voz de la recepcionista la devolvió al momento.

—¿Quiere usted pasar a la sala de espera?

—Hay dos personas aguardando ya, ¿verdad?

—Sí, un matrimonio. Según creo, han venido para el mismo asunto que usted.

—Entonces, si es posible, me gustaría esperar en otro lado.

La muchacha la observó con un asomo de indecisión en los ojos.

—Aguarde un instante, que voy a avisar al primer oficial —dijo, y desapareció por la puerta de la izquierda.

Al cabo de unos instantes, Mariana oyó unas voces que iban acercándose. Era la chica, que regresaba acompañada de un hombre que frisaría la cincuentena. Iba elegantemente vestido, con un terno azul marino con fina raya diplomática, y observó a Mariana tras unos lentes de gruesos cristales que denunciaban su hipermetropía.

—Otto Altarriba —se presentó—, primer oficial de esta casa, para servirla.

Mariana le tendió la mano.

—Soy la señora Casanova. Tengo cita a las cuatro y media, y me gustaría aguardar en un lugar donde pueda estar sola.

El primer oficial, que conocía las vicisitudes por las que pasaba la lectura de un testamento, captó enseguida el mensaje.

—Comprendo perfectamente. Sígame, por favor. En algunas ocasiones hay opiniones encontradas al respecto de la última disposición de un ser querido que es mejor soslayar.

En esa tesitura estaban cuando sonó de nuevo el timbre de la puerta. Otto Altarriba se excusó.

—Perdone, creo que la última persona que completa esta reunión ha llegado.

El primer oficial salió de la estancia cerrando la puerta tras de sí. Al cabo de unos segundos, Mariana reconoció las pisadas de Sergio cuando pasó frente a la salita donde se encontraba ella para dirigirse, según supuso, a la sala de espera en la que el Panzón y Elenita aguardaban. Cinco minutos más tarde, su puerta se abrió. Era Otto.

—Si es tan amable... Don Porfirio dice que la recibirá en primer lugar.

Mariana se puso en pie y lo siguió. Recorrieron un largo pasillo hasta llegar a una puerta a la que su acompañante llamó con los nudillos. Del interior salió la inconfundible voz del notario.

—¡Adelante!

Otto se hizo a un lado para que Mariana entrara. El notario se levantó y fue a recibirla. Tras besarle la mano, don Porfirio la invitó a sentarse en uno de los dos silloncitos ubicados frente a la mesa de su despacho. Era éste un magnífico mueble de estilo napoleónico con los cantos y la curvatura de las patas ornados con hojas de acanto doradas. A la vez que ocupaba de nuevo su lugar, la voz del primer oficial sonó desde la puerta.

—¿Hago pasar ya al resto de los convocados?

El notario, tirando de la leontina, extrajo su reloj de oro del bolsillo de su chaleco y lo consultó.

—Deme exactamente quince minutos. He de hablar unos instantes con la señora.

—Como mande, don Porfirio.

El primer oficial se retiró, y Mariana y el notario quedaron frente a frente.

—Tengo entendido, Mariana, que vives en una casa ubicada en el jardín de doña Clara.

—Así es.

—Perdona mi pregunta, pero ¿tienes contrato de alquiler?

Mariana dudó unos instantes.

—El contrato, en todo caso, estaría a nombre de mi marido.

Don Porfirio se retrepó en su sillón y observó a Mariana con ojos paternales, a pesar de que la diferencia de edad no era mucha.

—Tuve más tiempo del que imaginas para hablar con doña Clara y deduje que ella te profesaba un gran afecto. Mi experiencia me dice que este testamento traerá complicaciones, y quiero que sepas que, intuyendo la intención de la testadora y sin faltar a la ley, haré cuanto esté en mi mano para que nadie intente perjudicarte. Tu situación de mujer separada, detalle que también conozco, te hace presa fácil si alguien pretende cometer contigo un desafuero.

Tras estas palabras, pulsó el botón del intercomunicador que había sobre la mesa. La voz metálica de una secretaria se oyó a través del aparato.

—Rosa, diga a Otto que haga pasar a los señores.

Pasados unos minutos, unos discretos golpes sonaron en la puerta a la vez que el primer oficial pedía permiso para entrar.

Don Porfirio lo autorizó y se puso en pie.

Primero entró el matrimonio Rodríguez y detrás Sergio. En tanto el notario ordenaba a su primer oficial que colocara dos sillas entre el sillón que ocupaba Mariana y el que estaba desocupado frente a la mesa del despacho, ella tuvo tiempo de observar a los recién llegados.

Sergio tenía un aspecto impecable, como de costumbre, con unos pantalones de color gris oscuro, una camisa blanca de cuello abierto y un blazer azul marino. Elenita, la hija de doña Clara, a la que casi siempre había visto con unos tejanos desgastados y una blusa, se había vestido como para asistir a una fiesta, con un camisero verde, con los puños y los cuellos blancos, y una chaqueta de color paja sobre los hombros. Con todo, lo que más llamó la atención a Mariana fue el aspecto del Panzón, pues llegó vestido como el protagonista de un culebrón televisivo, con una americana corta gris, adornada a ambos lados con motivos negros, una camisa tejana y unos pantalones ceñidos, embutidas las perneras en unas botas de media caña. Por si eso no bastara, su figura achaparrada, su pelo engominado y su bigote lacio que se unía a una incipiente perilla recordaban a un viejo grabado de Pancho Villa, pensó Mariana; hasta podría suponerse que había dejado el caballo atado a la puerta de la notaría.

Tras los saludos de rigor, don Porfirio los invitó a sentarse.

—Tráigame el testamento de doña Clara Liechtenstein —dijo a continuación.

El primer oficial abandonó el despacho por una puerta lateral y, al cabo de pocos minutos, compareció con dos carpetas de tamaño respetable cerradas por dos gomas elásticas y las dejó sobre la mesa del notario.

Don Porfirio se cambió las gafas que llevaba por otras bifocales que le permitían ver, a conveniencia, tanto el rostro de los presentes por la parte superior de los lentes como leer cualquier documento por la parte inferior de los cristales.

Con cierta prosopopeya, el notario retiró las gomas de la primera carpeta y sacó un documento de dos páginas.

—Voy a leer la previa del testamento —aclaró. Y puntualizó—: Podemos decir que son las condiciones de éste. Cuanto ustedes opinen o deseen habrá de ajustarse a ellas; de no ser así, quedarán automáticamente invalidadas. Voy a proceder.

Don Porfirio, tras acercar el haz de luz que proyectaba la lámpara que tenía en la mesa, comenzó a leer:

—«Yo, Porfirio Betancourt Olmedo, registrado en el Colegio de Notarios de México D. F. con el N.º 376/A, procedo a dar lectura al testamento de doña Clara Liechtenstein otorgado ante mí, en plenitud de sus facultades mentales...».

Después de leer despacio las condiciones requeridas para tomar posesión de lo testado, abordó la última cláusula:

—«Y finalmente, en caso de que cualquiera de los beneficiados por las disposiciones de mi testamento lo impugnara por disconformidad con cualquiera de sus cláusulas, es mi decisión que, sin otra condición, quede desheredado de manera automática, pasando la cantidad o los bienes que debiera percibir a las obras de caridad de mi parroquia, la del Ángel Custodio».

Cuando don Porfirio concluyó la lectura del documento, un silencio glacial se instaló entre los presentes. Clara Liechtenstein no había dejado ningún cabo suelto ni se había olvidado de nadie que la hubiera servido con lealtad. Dejaba mandas piadosas en metálico para Encarnación, Engracia y Eladio, y lo hizo en cantidades que para ellos representaban la libertad de poder vivir, aunque de un modo sencillo, sin tener que colocarse en otra casa, si bien su deseo era que continuaran sirviendo a su hija, Elenita. Dejaba, asimismo, otra cantidad importante al padre Cuevas, su confesor, y otra semejante la dedicaba al Hospital General de México, para la investigación del cáncer de colon.

Llegado ese instante, todos entendieron que el momento crucial de testamento se aproximaba. El predio de Montes Urales era para su hija Elenita, quien podía disponer de él aunque no enajenarlo, ni venderlo ni hipotecarlo, debiendo conservarlo en perfecto estado hasta la mayoría de edad de su hijo Marito y siempre que éste o su representante legal lo autorizaran. A su yerno, Arnaldo, le había asignado una cantidad de acciones de Telefónica, si bien no estaba autorizado para venderlas. Finalmente, nombraba albacea de todos sus bienes a Mariana Casanova Artola, que sería la persona que debía velar por los intereses de su nieto; por otro lado, y en agradecimiento por su amistad, le dejaba un legado de veinticinco mil dólares.

Tras esta lectura, don Porfirio alzó el rostro y miró a los presentes.

—Leído el testamento, pueden preguntarme cualquier punto que no hayan entendido, consultarme sus dudas o pedirme aclaraciones al respecto.

El ambiente podía cortarse con un cuchillo: expresiones de sorpresa, miradas de desconfianza, entrecejos fruncidos y una tensa espera, aguardando que el otro rompiera el fuego. Fue Arnaldo quien se decidió.

—Don Porfirio, entiendo que si mi suegra me ha hecho la caridad de dejarme algo para mí solo, significa que me excluye del grueso de su testamento, que indiscutiblemente es la posesión de la finca de Montes Urales.

—Doña Clara ha cautelado la herencia del hijo de usted y, en su generosidad, ha previsto las posibles circunstancias por las que transcurre un matrimonio en nuestros días, y en muestra de su afecto le proporciona una renta de por vida para que usted pueda vivir de una manera digna.

Arnaldo se revolvió inquieto en su asiento.

—Una duda, don Porfirio: imagino que mi mujer, durante la minoría de edad de nuestro hijo y mientras la finca se conserve en perfecto estado, puede alquilar la casa grande.

—Por supuesto.

—Entiéndalo, sin mi suegra las cosas han cambiado. Aquel caserón es inmenso para una familia de tres miembros y, desde luego, tendremos que suprimir el servicio doméstico.

—Doña Clara tuvo en cuenta esa posibilidad, por lo que

dotó al personal de la casa, como he leído ya, de una cantidad suficiente para poner un pequeño negocio y vivir de él. Así pues, está todo previsto. —Don Porfirio hizo una pausa—. ¿Alguna pregunta más?

Sergio respiró hondo y alzó levemente la mano derecha.

—Don Porfirio, quisiera una aclaración.

El notario lo miró.

—Le escucho, señor Lozano, para eso estamos.

—Mi pregunta es meramente ética... Me consta que doña Clara deseaba que yo fuera su albacea, la conocí antes de que mi esposa llegara a México, ella la acogió como mi mujer, fue a mí a quien alquiló la casita del jardín y fue muy atenta conmigo, cosa que siempre habré de agradecerle. Sin embargo, me asalta una duda.

—Si yo puedo aclarársela...

—Me gustaría saber si alguien, abusando de la confianza de doña Clara, pudo haberla convencido, cuando estaba ya muy enferma y tal vez su mente no se hallaba ya en condiciones, de que cambiara su testamento al respecto del título de albacea.

El notario clavó ahora la mirada en Sergio.

—Señor Lozano, está ofendiéndome.

—¡Por favor! No querría de ninguna manera que usted creyera que yo...

—Me ofende que usted pueda pensar que, en el ejercicio de mi profesión, yo fuese a permitir que alguien que no estuviera en su cabal juicio testara de tal manera que con ello favoreciera a uno u otro interés. Doña Clara estaba completamente lúcida y en sus cabales cuando nombró albacea a su esposa, yo me limité a dar forma jurídica a sus deseos. ¿Ha quedado claro?

—Diáfano, don Porfirio... Pero estoy convencido de que alguien se aprovechó de la enfermedad de doña Clara e influyó en ella para que cambiara su testamento.

El notario obvió dar réplica a Sergio y se dirigió a los demás.

—¿Alguna otra aclaración?

En esa ocasión quien levantó la mano fue el Panzón.

—En primer lugar, he de decir que abundo en la opinión de don Sergio.

—Está en su derecho. Prosiga.

Arnaldo carraspeó, nervioso.

—Mi pregunta es la siguiente: en tanto se cumplan las condiciones prescritas, ¿tengo derecho, como esposo de Elena, a terciar, al igual que ella, en todo lo referente a mi hijo que no afecte al testamento?

—Creo que he sido claro al respecto: en todo cuanto no afecte al testamento tiene usted sobre su hijo los derechos y las obligaciones que tiene todo padre.

Tras estas aclaraciones la reunión se dio por finalizada y el notario llamó a su primer oficial para que acompañara a los presentes hasta la salida. Altarriba así lo hizo, y, tras despedirse, salieron todos a la calle.

Mariana se dirigió a su coche y, cuando ya lo estaba abriendo, Sergio se le acercó.

—Tú y yo sabemos que has jugado muy bien tus cartas. La intención de Clarita era nombrarme albacea a mí, y tú la influenciaste para que no lo hiciera.

—Sergio, ya hablamos de esto en los Hogares Mundet... Además, el notario lo ha dejado muy claro. Y ahora, si no te importa, apártate porque tengo prisa.

Sergio impedía con la rodilla apoyada en la portezuela que Mariana pudiera subir al coche.

—Aunque no lo creas —añadió—, estoy arreglando mis cosas para que podamos ser ciudadanos mexicanos de pleno derecho.

Mariana lo apartó y se introdujo en el coche. Bajó la ventanilla.

—Procura que si puede ser mañana no sea pasado. No sabes las ganas que tengo de perderte de vista.

Y dando un acelerón se adentró en el enloquecido tráfico

de la ciudad, dirigiéndose a su casa para recoger a Rebeca y llevarla a la consulta de Fernando Aguirre.

Cuando llegó a Montes Urales, la niña estaba jugando con Toy en el jardín. Aquel perrito había sido el acierto más grande de su vida, pensó Mariana. Los niños seguían haciendo con él barbaridades, desde jugar al escondite por la casa hasta vestirlo con las ropas de un muñeco, cualquier cosa cabía, y para ellos Toy era el mejor juguete. Fue en busca de su hija, a la que Petra ya había preparado, y se subieron en el coche. Tras ponerle el cinturón de seguridad, se dirigió al número 136 de la calle Francisco I. Madero, donde se encontraba la consulta de Fernando Aguirre.

Mariana aparcó delante del edificio y, tomando a Rebeca de la mano, cruzó la calle y entró en el portal. La consulta de Fernando Aguirre se encontraba en el segundo primera, así que subieron en el ascensor. Una enfermera vestida de blanco inmaculado les abrió la puerta.

—Soy la señora Casanova —se presentó Mariana—. El doctor Aguirre me dijo que acudiera esta tarde, y añadió que, como yo no podía precisar la hora porque vengo del notario, me recibiría cuando llegase.

La mujer, a la vez que cerraba la puerta con cuidado, respondió:

—Estoy avisada. El doctor Aguirre me ha indicado que la haga pasar entre dos visitas. Si son tan amables, síganme.

La enfermera las condujo a una salita en la que no había nadie.

—Aguarden un instante, regresaré a buscarlas enseguida.

Efectivamente, al cabo de cinco minutos entraban en la consulta de Fernando Aguirre. El médico se levantó de su mesa en cuanto las vio entrar y, tras saludar a Mariana, se agachó para dar un beso a Rebeca.

—¡Qué suerte la tuya! Venir aquí te ha salvado de ir al cole, ¿eh? Di a tus amiguitas que ir al médico es una cosa estupenda. —Después se dirigió a Mariana de nuevo—: Ando un poco apretado de tiempo. Veamos eso.

Conducidas por Fernando, madre e hija entraron en una sala de curas anexa al despacho. En las paredes había dos vitrinas, con aparatos e instrumentos de la profesión en una de ellas y con un surtido de frascos y cajitas con diversos medicamentos y pomadas en la otra. Ocupaba el centro de la estancia una camilla con la consiguiente colchoneta.

—Vamos a ver lo que tiene esta señorita.

Alzó a Rebeca por las axilas y la sentó en la camilla. Acto seguido, acercó una lámpara que ofreció una luz muy potente al encenderla.

—¿Cuál es el brazo?

Mariana, sin contestar, arremangó la camisa a Rebeca y señaló con el dedo la manchita. Fernando dirigió hacia ahí la luz y la examinó. Después tomó una lupa y a través de ella la observó con más atención.

—Puedes contar a tus amiguitas que has conocido a un médico muy simpático que, además de regalarte caramelos —se sacó uno del bolsillo de la bata y se lo ofreció—, tiene una pecera enorme llena de peces de colores. ¿Te gustaría darles de comer?

Rebeca asintió sonriendo. Fernando Aguirre se dirigió entonces al interfono de la pared y apretó un botón.

La voz de la enfermera salió por el altavoz.

—Dígame, doctor Aguirre.

—Marisol, ¿puede venir, por favor?

Transcurrido un minuto, la enfermera estaba en el despacho.

—Lleve a esta niña tan valiente a ver nuestra gran pecera y dele bolitas para que se las eche a los peces.

Rebeca partió con la enfermera y, apenas cerrada la puerta, Fernando se dirigió a Mariana.

—Déjame ver tu mancha.

Mariana se despojó de la chaqueta, se puso bajo el foco de luz y, después de desabrocharse un botón, se bajó un hombro de la blusa. Fernando tomó la lupa y la examinó con detenimiento.

—Lo que tenéis tú y tu hija es sarna —explicó a Mariana—, una infección totalmente desterrada que sólo se da en barrios marginales.

Mariana se cubrió el hombro, horrorizada.

—Eso no es posible.

Fernando afirmó con la cabeza.

—¿Tenéis perro en casa? —le preguntó.

—Un yorkshire enano que es el juguete de mis hijos.

—Llévalo al veterinario, pero mucho me temo que tendrás que sacrificarlo.

Mariana se quedó helada. Sabía lo que Toy representaba para sus hijos, sobre todo para los pequeños, y no quiso ni pensar el disgusto que iban a llevarse.

La voz de Fernando interrumpió sus cavilaciones.

—Te voy a extender una receta.

Pasaron a la consulta, donde Fernando garabateó unas palabras en la primera hoja de una libreta en la que constaban impresos su nombre y su número de colegiado.

—Os he recetado unas pastillas. Debéis tomar dos cada día. También una pomada que, cada noche antes de acostaros, os aplicaréis en las pequeñas manchas que tenéis ahora, y lo mismo si os salen más. Dentro de un mes volved a verme.

73

Eufemiano Fuentes

Al cabo de una hora, Mariana estaba delante de la reja de la que todavía era su casa, donde un inmenso coche negro bloqueaba la entrada. Tocó insistentemente el claxon, y un individuo de aspecto siniestro, vestido de negro de la cabeza a los pies, se bajó del vehículo. Se acercó a su ventanilla y golpeó con los nudillos el cristal. Mariana lo bajó dos dedos.

—¿Qué desea?

—Es usted Mariana Casanova —afirmó él, en lugar de preguntar.

—¿Qué se le ofrece?

—Don Eufemiano Fuentes la invita a cenar mañana en el Bristol. Vendremos a buscarla a las ocho y media.

La cabeza de Mariana iba a cien por hora.

—¿Cómo han averiguado que vivo aquí?

—Don Eufemiano se entera de todo lo que le conviene.

Mariana intentó ganar tiempo.

—Tal vez en otra ocasión. He de recoger a mis hijos en el colegio y darles la cena.

—No se haga problema por eso. Nosotros podemos ir al Cumbres y al Jesús-María a recogerlos.

Al oír aquello, a Mariana se le heló la sangre en las venas.

La reja de la casa se había abierto, Eladio estaba junto a ella. Mariana hizo una brusca maniobra que obligó al hombre a hacerse a un lado apresuradamente, a riesgo de ser atropellado.

—¡Cierre la puerta, Eladio, rápido! —gritó Mariana a través de la ventanilla cuando pasó por su lado.

Le temblaban las piernas cuando descendió del coche y se encaminó al pequeño porche de su casa. Entró como un vendaval en la cocina y, sin saludarla siquiera, interpeló a Petra.

—¿Dónde están los niños?

La muchacha, que estaba fregando unos cacharros, la miró extrañada. Al momento entendió que la pregunta reflejaba urgencia.

—Arriba, disfrazándose en el cuarto de los juegos.

Mariana apartó una de las sillas de la cocina y se sentó, blanca como el papel.

Petra se asustó y se acercó a ella.

—¿Se encuentra bien, señora?

Mariana se pasó la mano por la melena como solía hacer cuando estaba nerviosa. Petra, que la conocía bien, le sirvió un vaso de agua, y Mariana lo bebió con avidez.

—¿Qué ha pasado, señora?

—Por lo pronto, mañana los niños no irán al colegio... Más te diré, cuando se levanten les das el desayuno, y si quieren salir a jugar, que lo hagan en el jardincillo del tendedero, queda terminantemente prohibido que pisen el de delante.

Petra se alarmó aún más.

—Pero ¿qué ocurre?

—Luego te daré detalles. Ahora voy a llamar a la señora Malena.

Mariana se puso en pie y se dirigió a la salita, se sentó en el sofá y, tomando la góndola del teléfono, marcó el número de su amiga.

El timbre sonó cuatro veces.

—¿Quién es?

La voz de Malena era inconfundible.

—Soy yo, Mariana.

—¿Qué te ocurre?

—¿Puedes venir?

Malena atribuyó el estado de nervios de su amiga a su visita al notario.

—¿Fue bien el asunto del testamento?

—Desagradable, pero todo ha ido como esperaba. De todos modos, no te llamo por eso, sino por otra cosa muy grave.

—¿Qué pasa, Mariana? —exclamó Malena, inquieta.

—No es para hablarlo por teléfono.

—¿Tus hijos se encuentran bien?

—Por el momento sí, pero están en peligro.

—¿Qué...? Voy hacía ahí de inmediato.

—Gracias, Malena. Cuando llegues, fíjate bien si en la entrada a la finca hay un coche negro con matrícula de Guanajuato —le pidió Mariana—. Eladio estará junto a la verja para abrirte. —Y añadió—: No tardes, por favor.

Colgaron.

Mariana llamó a continuación a la casa grande, y el propio Eladio cogió el teléfono.

—Vaya a la reja y ábrala cuando llegue el coche de doña Malena Uribe. Luego ciérrela enseguida. Le pido que ni persona ni vehículo alguno entre en el jardín.

Al cabo de media hora el ruido del motor del coche de Malena anunciaba su llegada. Mariana se asomó a la cancela que daba al porche y vio que su amiga bajaba rápidamente del vehículo, cerraba la puerta y se dirigía hacia ella con pasos apresurados. Ambas se fundieron en un abrazo, y Mariana se echó a llorar.

Malena la apartó con suavidad y la miró a los ojos.

—Cuéntame qué está pasando, mija. Nada hay que no tenga remedio salvo la muerte.

—¿Estaba el coche negro en la calle? —le preguntó, en vez de responderle.

—Sí, uno con matrícula de Guanajuato. Había dos tipos, pero sólo he podido ver a uno que, en cuanto se ha dado cuenta de que yo entraba, ha salido inmediatamente del vehículo. Desde luego, por la expresión de su cara, yo no iría con él ni a cobrar lotería.

Mariana tomó del brazo a su amiga.

—Vamos adentro. —Y al pasar por la cocina añadió—: ¿Quieres que Petra te sirva algo?

—Lo que quiero es que me cuentes de una vez el canto y argumento de la obra. ¿Qué coche es ése? ¿Quiénes son esos tipos?

Las dos amigas se sentaron en el tresillo de la salita.

—Voy a explicarte lo que ha sido mi día, desde lo del notario hasta que te he llamado, y cuando termine entenderás por qué estoy tan asustada.

El diálogo, con las interrupciones y preguntas de Malena para aclarar algunos aspectos, duró una hora. Al finalizar, Malena apagó en el cenicero el pitillo que tenía entre los labios y encendió otro. Luego se levantó del sofá y comenzó a deambular por la estancia. Súbitamente, se detuvo frente a Mariana.

—Daré una lección a esos tipos que no olvidarán en toda su vida.

—¿Qué te propones hacer?

—Eso ya lo verás. Ahora voy a decirte lo que harás tú.

Mariana la observó con expresión interrogante.

—Por supuesto, tus hijos no irán al colegio mañana, y tú, en cuanto te levantes, miras por la ventana y me llamas para decirme si esos tipos están fuera. Entonces me pondré en marcha. No lo hago ya —consultó su reloj— porque no son horas de importunar a mis amigos. Y ahora acuéstate, que yo me voy a mi casa a perfilar mi plan.

Malena cogió su bolso, y Mariana se puso en pie para acompañar a su amiga.

—Confía en mí... ¿O es que todavía no me conoces?

Malena se introdujo en su vehículo, bajó la ventanilla para despedirse de Mariana y, tras poner el coche en marcha, se alejó.

Mariana pidió a Petra que le subiera un vaso de leche al dormitorio y acto seguido fue a ver a sus hijos, que se habían disfrazado con ropas de ella y de su padre. Cuando se precipitaron hacia ella, apretó a los cuatro fuertemente entre sus brazos, tanto que Valentina se dio cuenta de que algo ocurría.

—¿Qué pasa, mamá? ¿Es que te vas de viaje?

—No, hija, me voy a dormir ya.

—¿Volveremos a ir este fin de semana con papá a los Hogares Mundet? —El que preguntaba era Álvaro, que de los cuatro era, por otra parte, quien más añoraba a su padre.

—No lo sé todavía, pero creo que no... Venga, quitaos los disfraces y a la cama.

Los niños obedecieron y se pusieron los pijamas. Mariana fue a sus respectivas habitaciones. Después de rezar sus oraciones con ellos y hacerles la señal de la cruz en la frente, dejó encendida la luz pequeña en el cuarto de Dieguito, como siempre, y se fue a su dormitorio.

Vio que Petra le había dejado en la mesilla el vaso de leche. Acto seguido, se puso el camisón. Pero antes de acostarse la tentación le pudo: se acercó a la ventana que daba al jardín grande y, tomando la cinta de la persiana con las dos manos, tiró de ella hasta que quedó una rendija a la altura de sus ojos. Entonces se arrimó al cristal y miró hacia verja de la entrada. La luz era escasa y no estuvo segura, pero le pareció que al otro lado de la calle había un coche grande aparcado. Con mucho cuidado, bajó la persiana hasta que las láminas quedaron ajustadas y se acostó, sabiendo que el sueño tardaría en visitarla. Sin quererlo, sus sentidos se aguzaron. Petra estaba trasteando todavía en la cocina, después la oyó cerrar la puerta de la casa con llave y subir con paso ligero la escalera hasta su dormitorio, ubicado en el segundo piso. Luego se hizo el silencio, y Mariana se dispuso a poner de su parte lo que hiciera falta para conciliar el sueño. Dio media vuelta en la cama, se subió el embozo de las sábanas y, cerrando los ojos, intentó dormir. Sin embargo, al cabo de un tiempo que se le hizo eterno miró la esfera luminosa del despertador. Eran las dos de la madrugada. Encendió entonces la luz de la mesilla de noche. Al cabo de treinta minutos una pesadilla atormentada la visitó, y vio a la salida del colegio de sus hijos a un hombre alto que los invitaba a caramelos y que ellos iban tras él calle arriba, hasta la puerta de lo que parecía ser un almacén. Mariana se encontró sentada en la cama y sudando. Volvió a consultar el reloj: eran las ocho y media de la mañana. Se puso en pie enseguida, se dirigió a la ventana y tiró de la cinta, hasta arriba en esa ocasión, y miró hacia el otro extremo del jardín. Detrás de la reja, frente a la puerta de hierro, seguía aparcado el coche negro.

Mariana se sentó en la cama y, sin tener en cuenta la hora, llamó a Malena. No había sonado el segundo timbre cuando la voz de su amiga llegaba hasta ella.

—¿Qué me cuentas, Mariana?

—¿Cómo sabes que soy yo?

—A esta hora nadie me llama. ¿Están ahí esos tipos?

—El coche negro está donde ayer.

La línea quedó en silencio unos segundos. Luego sonó de nuevo la voz de Malena.

—Voy a esperar que sean las nueve y media, entonces haré una llamada. Después iré a tu casa. Esos tipos van a enterarse.

—Pero ¿qué te propones hacer?

—Cuando llegue a tu casa te lo cuento... Mientras tanto, asegúrate de que los niños no salen al jardín.

—Descuida, bajarán a desayunar conmigo y, hasta que llegues, no se moverán de mi lado.

A las once menos cuarto el coche de Malena aparcaba junto al porche, y Eladio, que estaba sobre aviso, le abrió la verja y la cerró enseguida. Mariana salió a recibir a su amiga y las dos se dirigieron a la salita después de que Malena saludara a los niños.

Apenas se sentaron en el sofá, Mariana quiso saber.

—¿Qué has hecho?

—Lo que hace todo el mundo aquí, si puede.

Mariana aguardó.

Malena, sonriendo, se recreó en la explicación.

—He llamado a mi amiga Ana Isabel López Portillo, ya sabes, la sobrina del presidente, y que, por cierto, te tiene mucha simpatía, lo cual es muy fácil, y se acuerda perfectamente del día que comimos en el Dos Puertas, y le he contado que alguien está molestándote.

Mariana, pese a que conocía bien los recursos de su amiga, no pudo dejar de asombrarse.

—¿Y qué te ha dicho?

—Me ha preguntado tu dirección y ha añadido que no nos movamos de aquí, que vendrá alguien. O sea, que a esperar.

—¿Y ahora qué hacemos?

—Tú, aguardar aquí sentada, que yo lo haré en la puerta.

Pasó más o menos media hora. Mariana, que se había levantado del sofá hacía un rato ya y miraba por la ventana, vio que un coche con el distintivo de GOBERNACIÓN aparcaba junto a la reja de la entrada. Bajaron de él tres hombres y el último se acercó a la puerta de la reja y habló con Malena. A continuación, Eladio abrió la cancela y se hizo a un lado para que el hombre pasara. Mariana vio que éste y Malena se aproximaban hacia la casa y salió al porche a esperarlos.

—Teniente, esta es doña Mariana Casanova. —Malena hizo las presentaciones—. Mariana, él es el teniente Menjíbar, jefe del servicio de Incidentes Diplomáticos de Gobernación.

Tras los saludos pasaron al interior, se sentaron en el tresillo y el oficial invitó a Mariana a explicar desde el principio y punto por punto lo ocurrido. Mariana comenzó por la fiesta del rodeo de Mira Flores a la vez que Malena iba asintiendo con la cabeza, como avalando cuanto su amiga decía.

—Hasta que, finalmente, me invitó a cenar en el Bristol y, al negarme, uno de los individuos del coche me amenazó de manera velada nombrándome los colegios donde mis hijos estudian, como diciéndome: «Sabemos quiénes son y dónde están». Como puede imaginar, me asusté mucho y llamé a mi amiga. Ya conoce usted el resto de la historia.

El teniente asintió como lo habría hecho cualquiera que estuviera al cabo de la calle del problema.

—No se preocupe, doña Mariana. Permítame que haga una llamada y después procederé.

Mariana acompañó al teniente hasta el teléfono del pasillo, retirándose a continuación. Al cabo de unos instantes, el hombre regresó a la salita.

—Tratándose de un gobernador, he querido cerciorarme... Dentro de muy poco se habrá acabado su problema.

El teniente Menjíbar se puso en pie.

—Ha sido un placer conocerla, señora Casanova, aunque haya sido en circunstancia tan delicada. —Después, se volvió hacia Malena—. Ya puede llamar a doña Isabel y decirle que el asunto está arreglado.

Tras estas palabras salieron de la casa, y el teniente, con paso largo, se dirigió a la entrada. La curiosidad pudo más que la prudencia para Mariana y Malena, y se encaminaron hacia la esquina del jardín desde donde se divisaba la puerta.

El oficial, seguido por los otros, fue hacia el coche negro, y las dos amigas lo vieron abrir la puerta del vehículo a la vez que mostraba una placa al conductor. La conversación duró apenas medio minuto. Los agentes flanquearon el coche y, poco después, acompañaron al conductor y al otro ocupante hasta el vehículo de Gobernación. Segundos más tarde, éste arrancaba seguido por el coche negro, que ahora conducía uno de los agentes.

Malena se volvió hacia Mariana.

—Y esto se acabó.

Mariana no fue capaz de dominar el llanto convulso que acudió a sus ojos. Se abrazó a su amiga, pensando que las mujeres nunca podían estar tranquilas del todo.

74

El Panzón

Mariana se puso en marcha sin perder tiempo. Su nombramiento como albacea la obligaba a velar por las disposiciones del testamento de Clarita y su deseo era ocuparse de ello lo antes posible. Estaba segura de que Arnaldo, el Panzón, seguiría puntualmente sus acciones y que tendría problemas si, por el motivo que fuera, él tardaba en recibir su legado. En eso estaba cuando Petra le anunció que Arnaldo deseaba verla.

—Hazlo pasar al porche. Y pregúntale si quiere tomar algo.

Mariana se echó sobre los hombros una rebeca ligera y salió al encuentro del Panzón.

El hombre la esperaba de pie junto al magnolio. Al verla llegar, se acercó a ella haciendo rodar entre las manos el sombrero de paja que acostumbraba a llevar cuando salía al jardín.

Mariana se sentó en una de las sillas que había junto a la mesa de mármol donde, a veces, cuando Sergio aún estaba en casa, solían cenar todos juntos, e invitó a Arnaldo a tomar asiento.

—¿Petra te ha ofrecido algo de beber?

—Sí, doña, pero no he querido, lo estoy dejando.

—-Me parece muy bien, Arnaldo. Tu cuerpo te lo agradecerá. No se me ocurre qué puedes desear de mí… Ya he dado orden de que te traspasaran las acciones de Telefónica. Si lo que ocurre es que todavía no has recibido el aviso, no te apures que te llegará.

—No, por ese lado está todo en orden.

—¿Entonces…?

—Bueno, usted escuchó lo que pregunté en la notaría y lo que don Porfirio me respondió.

—No te entiendo.

El hombre estaba nervioso. Sentía, a la vez que una patente inquina, un respeto innato por Mariana que lo apoquinaba.

—Me va a comprender enseguida. El caso es que las cosas han cambiado mucho. Ahora somos tres de familia y, como comprenderá, ni nos hace falta un caserón tan grande ni puedo pagar el sueldo de tantos empleados, por lo que Elenita y yo hemos decidido quedarnos únicamente con Eladio, que en esta casa sirve para todo, y con Engracia, la cocinera, que adora a Marito y desea quedarse.

—¿Y eso en qué me incumbe?

—Ahorita llego. Elenita y yo hemos decidido cambiar de casa… ¿Y dónde puede estar mejor nuestro hijo que jugando en el jardín en el que siempre ha jugado y encaramándose a los árboles a los que siempre se ha encaramado?

Mariana fue comprendiendo.

—Así pues, debo entender que lo que queréis es que me vaya de aquí para trasladaros a esta casa.

Arnaldo, antes de responder, argumentó:

—Don Porfirio dijo que no podíamos vender pero sí alquilar la casa grande, y usted, doña, lo ha adivinado enseguida. ¿Dónde vamos a estar mejor que aquí? Alquilaremos la casa grande a personas de calidad y viviremos en la casita… Usted y sus hijos podrán, desde luego, venir a visitarnos cuando quieran, ¡no faltaba más!

Mariana pensaba rápidamente. El plan de Arnaldo era comprensible, no así el rencor que asomaba a sus ojos. El Panzón quería cobrarse su presa.

—Es lógico lo que planteas, Arnaldo. Pero necesitaré que me des un plazo... En primer lugar, he de encontrar una casa que pueda pagar, y tú sabes cuál es mi situación con Sergio, y cuando la encuentre, el traslado requerirá un tiempo que habré de coordinar con mi trabajo.

Arnaldo se puso en pie.

—Lo entiendo, doña, pero usted entiéndame también a mí. Quizá mis nuevos inquilinos quieran entrar... Me veo obligado a concederle como máximo un par de meses para que deje la casa. —Y añadió con sorna—: Una señora tan lista a la que mi suegra nombró albacea no habrá de tener problemas para encontrar una casa donde vivir.

Dando media vuelta, Arnaldo se cubrió la cabeza con el sombrero de paja y partió pensando que se había cobrado un porcentaje de su venganza.

Mariana decidió que tenía que posponer la búsqueda de soluciones para ese problema porque en primer lugar estaba la salud de sus hijos. Su cita con el veterinario que Malena le había recomendado estaba fijada para ese día a las once de la mañana, y tenía urgencia por despachar aquel asunto aprovechando que sus hijos estaban en el colegio.

Luego de dar las órdenes oportunas a Petra para que cuidara de Diego, cambió el collar al perrito y se dirigió a pie con él a la clínica veterinaria, que estaba escasamente a cinco cuadras de su casa.

Era un centro veterinario importante; se componía de un edificio singular y, anexo a él, un almacén de menor altura con el aspecto de ser una cuadra para acoger a los caballos que había que cuidar en régimen de clínica. La entrada estaba a pie de calle y la recepción era grande, comprobó Mariana. La presidía un mostrador que atendían dos mujeres jóvenes, y en los sillones aguardaban varias personas con tres perros y un gato.

Vio también a un niño, sentado junto a su madre, con un gatito en sus brazos.

Mariana tomó asiento al otro lado del pequeño y esperó su turno con Toy en el regazo. No tuvo que aguardar mucho. Diez minutos después, estaba en la consulta del doctor Valcárcel, en un sillón de mimbre pintado de blanco acariciando a Toy que, con las orejas gachas, parecía intuir que algo concerniente a él iba a pasar.

Al poco entró el veterinario. Frisaría los sesenta años, le calculó Mariana. Era un hombre orondo y bajito que usaba gafas de gruesos cristales. Tras los saludos de rigor, Mariana le explicó el motivo de su visita y, a petición suya, le mostró la mancha que tenía en el hombro derecho, que el doctor Valcárcel examinó con atención. Después colocó al perrito sobre la camilla y, tras ponerse los guantes de goma, lo inspeccionó con una lupa de manera exhaustiva, levantándole el pelo y buscando cualquier mancha o señal relevante, en particular en la barriguita. Concluida la revisión, dejó a Toy en el suelo y se dirigió a Mariana.

—Señora, lamento decírselo, pero el dermatólogo de usted tiene razón... Su perrito tiene sarna, enfermedad muy contagiosa que se transmite a los humanos.

Mariana se asustó. Había acudido al veterinario con la esperanza de que Fernando se hubiera equivocado, y, por lo visto, no era así.

—Entonces, doctor, ¿qué debo hacer?

El médico, antes de responder, se rascó la barbilla.

—Tiene dos opciones... Una de ellas es dejarlo aquí, para contribuir a que la ciencia investigue el origen y la curación de esta enfermedad.

—¿Y la otra?

—Ponerle una inyección.

Por la mente de Mariana pasaron, en un instante, mil circunstancias. La primera era el inmenso disgusto que se llevarían sus hijos al saber que Toy había muerto; la segunda, que no quería que el perrito sufriera mientras experimentaban con él si lo dejaba en la clínica, y la tercera, lo que iba a decir a los niños para aliviar su disgusto. Y lo que se le ocurrió en aquel momento fue decirles o que se había escapado o que había salido a la calle y alguien lo había robado… Tras estas reflexiones, respondió al médico.

—Entiendo, doctor, que la ciencia avanza mediante las pruebas con cobayas, que principalmente son ratones, pero siento demasiado amor hacia este animalito, que ha sido el compañero de juegos de mis hijos, para permitir que sufra si experimentan con él. Por lo tanto, no contemplo esa opción.

El doctor Valcárcel tardó en responder.

—Es su decisión, señora… Sé que es doloroso, pero lo que usted no quiere que hagan con su perrito es lo que permite el avance de la ciencia para que otros muchos se salven.

También Mariana reflexionó unos instantes su respuesta.

—Lo lamento, doctor, pero la historia de este animal es tan única y me ha hecho tanta compañía, que no deseo que sufra en absoluto.

—Está bien. Déjelo aquí, y nos ocuparemos de…

—Quiero que sea ahora, doctor —lo interrumpió Mariana—. Quiero que muera en mis brazos.

—Es usted muy valiente, señora Casanova, seguro que su perrito se lo agradece.

El doctor Valcárcel se dirigió a la vitrina, extrajo de ella una jeringuilla y le colocó en el extremo una aguja hipodérmica. Después tomó un frasco de color marrón con una etiqueta en la que se leía ESTRICNINA y tenía el dibujo de una calavera y, extrayendo el tapón, cargó la jeringuilla con aquel líquido. Luego alzó el rostro y miró a Mariana, quien, sin decir palabra, tomó al perrito en brazos, panza arriba, y se acercó a la mesa quirúrgica.

—Primero le administraremos un sedante. Así se dormirá y no notará nada cuando le pongamos la otra inyección.

—Cuando desee, doctor.

El veterinario se acercó y, con sumo cuidado, clavó la aguja en la parte superior de una pata del perrito con un movimiento rápido. Acto seguido, ya despacio, apretó el émbolo y el líquido fue entrando en el animal.

Toy miraba a Mariana fijamente con un amor infinito, y Mariana tuvo la sensación de que estaba preguntándole: «¿Por qué me haces esto?».

Dos gruesos lagrimones acudieron a sus ojos. Aquél era un digno colofón para su drama.

75

El chantaje de Lupe

Mariana se movió con rapidez para poner fin a aquel asunto lo antes posible ya que necesitaba de toda su energía para buscar una nueva vivienda que reuniera las mínimas condiciones para albergar a sus hijos, a ella y a Petra, que no estuviera lejos de los colegios y cuyo alquiler le resultara accesible, sin contar con el dinero que Clarita le había legado, pues su idea era utilizarlo cuando regresara a Barcelona. Se dijo que no debía contar tampoco con que Sergio la ayudara, ya que sin duda estaría metido en deudas cuya cancelación tenía para él más importancia, y desde luego más peligro, que el colegio de sus hijos.

Cuando por esta circunstancia se reunió con él en casa y le comunicó que tenía que encontrar otra vivienda, relatándole la conversación que había mantenido con el Panzón, la respuesta de Sergio no la sorprendió; bien al contrario, la reforzó en su idea de que su marido pasaba por grandes problemas económicos.

—Cuando sepas el lugar, me lo comunicas, por favor. Y también dime si cambias el número de teléfono —se limitó a decir Sergio.

No le preguntó nada sobre cómo haría el traslado ni mucho menos cuánto le iba a costar, cosa que molestó a Mariana.

—No es por nada, pero tus hijos también se trasladan conmigo... Lo digo por si quieres compartir los gastos.

—Imagino que esto ha sido la venganza de un hombre desesperado. A Arnaldo le ha sentado tan mal que te hayas constituido en albacea de Clarita como a mí, y yo no tengo por qué pagar su rencor.

Mariana se sulfuró.

—¡No sé cuál es más miserable de los dos, si Arnaldo o tú! Únicamente te pido que, delante de los niños, no nos faltemos al respeto.

—Descuida, tengo demasiados problemas para ocuparme ahora de esas nimiedades. —Sergio se puso en pie—. Cuando sepas dónde van a ir a parar mis hijos, comunícamelo, porque quiero seguir viéndolos los fines de semana.

—Tranquilo, que si hasta ahora no me he opuesto, por el bien de los niños, no voy a hacerlo ahora... ¿Te acuerdas de lo que te dije al despedirte en Perpiñán? ¿No? Pues te lo repito, por el bien de todos: «Que te vaya bonito».

Cuando Sergio salió de Monte Urales se dirigió al banco con el que trabajaba Cartonajes Estrella para informarse del estado de su cuenta personal y comprobar, una vez más, si se le habían ingresado las comisiones convenidas con el apoderado. Con su labia habitual, había acordado con el empleado que se le retribuyera el uno por ciento de las operaciones que él aportara a la cuenta de Cartonajes Estrella, reservando la cifra que correspondía a la empresa, eso sí. Sergio consideraba que, habiendo mejorado la cuenta de resultados, tenía derecho a esa compensación, y así se lo explicó al apoderado, añadiendo, además, que en caso de no acceder a sus pretensiones tenía facultades para influir en un cambio de banco por parte de la empresa. De paso, quería averiguar también cómo andaban las liquidaciones que recibía el jefe de contabilidad de Cartonajes Estrella.

El apoderado era un hombre elegante con su terno bien cortado, que rondaría la cincuentena y que era el exacto ejemplar del tipo que reflejaba la mezcla de dos razas, con la tez morena, los ojos expresivos y amables, y un gran bigote que delataba sus ancestros mexicanos. Se dirigió a Sergio en un tono inusual.

—Sígame, señor Lozano, debo hablar con usted.

Ese introito puso en alerta a Sergio. Breve recorrido de pasillos y, al cabo de un instante, estaban en el despacho del apoderado. Éste cerró la puerta cuidadosamente y, tras indicar a Sergio que se sentara frente a su mesa, ocupó su sillón y se dispuso a iniciar la conversación.

—Señor Lozano, tenemos un problema que intuyo puede ser muy serio para usted.

Sergio olfateó el peligro. Su fino instinto, acostumbrado a improvisar ante situaciones complicadas, se puso en marcha.

—Tenga la bondad de explicarse.

El apoderado hizo una pausa y lo miró fijamente, como queriendo sondear los pensamientos que albergaba su mente.

—Verá usted, señor Lozano, ayer se presentaron en el banco don Fidel Alarcón, el director comercial y jefe de contabilidad de Cartonajes Estrella, y don Cosme Santillán, el jefe de almacén. Estuvieron indagando acerca de ciertos ingresos que no guardaban el correlativo orden. Según dijeron, se había enviado un embalaje de mil tetrabriks de Cartonajes Estrella a una dirección que, por turno, no era la que correspondía... Me explicaré mejor mediante ejemplos: algo que esperaban en Sinaloa se había enviado a Rosarito y algo que debía entregarse en Guadalajara estaba en Sonora, y así sucesivamente.

Pero Sergio no necesitaba explicaciones. Sabía lo que estaba ocurriendo; prácticamente lo mismo que había pasado en Barcelona. Como fuera, tenía que conseguir el dinero que había prometido a Lupe, por lo que había desviado el envío de tetrabriks a varios clientes, se había apropiado ya del importe de dos de ellos y, con lo nuevo que iba cobrando, iba atendiendo al más antiguo, ingresándolo en la cuenta de la empresa. En resumen, se trataba de la misma maniobra que había hecho con los terrenos de la urbanización de la Costa Brava. Sin embargo, México no era Barcelona, y las consecuencias podían ser muy diferentes.

Justo en la fecha acordada con Lupe, Sergio entraba en Los Dorados de Villa. A esa hora, como de costumbre, el local estaba abarrotado y el humo de los cigarros impedía distinguir con claridad a los clientes. Paseó la mirada por encima de las cabezas de los que estaban sentados, y al fondo, junto al gran espejo que anunciaba la marca de tequila El Cuervo, reconoció a Lupe, quien, con la mano alzada, le avisaba de su presencia.

El pensamiento de Sergio funcionaba a toda presión, y se maldijo una vez más por haberse metido en aquel lío que a nada conducía y por el que todavía ignoraba el precio que iba a pagar. Lo de Barcelona todavía tenía una justificación: sus ansias de mejorar y de alcanzar una situación económica que le permitiera codearse con lo más granado de aquella ciudad donde las clases sociales estaban muy marcadas, y si no pertenecías al Círculo del Liceo y al Club de Polo no eras nadie. Sin embargo, allí, en México, haberse enredado con aquella mujer era un sinsentido. Por el momento, estaba perdiendo a su familia; aunque conociendo a Mariana, su formación religiosa y el amor a sus hijos, estaba seguro de que, con el tiempo y su habilidad, podría recuperarla. Pero si aquella mantis religiosa se metía en su trabajo y le creaba un problema gordo, podía darse por acabado en esa ciudad que tanto le gustaba.

Sergio avanzó entre las mesas hasta llegar a la que Lupe ocupaba.

—Hola, Lupe.

—¿Has traído el dinero?

Sergio se sintió incómodo frente a ella.

—¿No crees que lo primero es saludar como hace la gente civilizada?

—He estado mucho tiempo trabajando de cara al público, y sé perfectamente cómo he de saludar a cada cual. Tú, por el momento, no estás en la lista de los señores... Te saludo de nuevo: ¿has traído el dinero?

A Sergio le convino recoger velas. Se sentó en la silla que había frente a Lupe y se dispuso a improvisar algo que tuviera visos de autenticidad, por ver si lograba parar aquel desastre.

—Verás, Lupe, ha salido una nueva ley y el plazo fijo es intocable.

—¿Entonces...? ¿Significa eso que, de lo dicho, nada de nada?

—No exactamente, significa que he tenido que moverme en otra línea.

—A ver lo que inventas ahora.

—En ocasiones el viento sopla a favor, aunque raras veces en mi caso, y entonces hay que aprovechar y colocar la vela de manera que te entre por popa.

—No entiendo nada... Explícate mejor.

—Lupe, las circunstancias obligan, y la nuestra es menor que la que me acucia en Cartonajes Estrella.

—Sigue.

—Para atender lo tuyo y no defraudarte, cambié el orden de cobro de unos pedidos que había que enviar a varias localidades, y lo que hice fue tomar el dinero de un pago anterior y posponerlo, de manera que podía ganar tiempo y cubrirlo con otro posterior. Pero parece ser que alguien se ha dado cuenta y… En fin, que lo que tenía para ti me he visto obligado a reintegrarlo rápidamente.

Lupe se puso en pie.

—Ni sé de qué me hablas ni a dónde quieres ir a parar, pero intuyo que no cuentas con el dinero. —Hizo una pausa—. Si mañana por la mañana no lo tengo en mi poder, ya no hará falta que lo busques.

Transcurrió un día, y a las once de la mañana del martes el teléfono de Cartonajes Estrella sonó insistentemente. Lupe Alcázar oyó una voz femenina:

—Cartonajes Estrella. Dígame.

—Deseo hablar con el propietario.

—¿Quién lo llama?

Un breve silencio.

—Mi nombre da lo mismo. Él no me conoce, pero le conviene ponerse al teléfono.

—Aguarde un instante.

Y Lupe aguardó, paciente. Era aquélla una dulce espera, pues la venganza es un plato que se sirve frío.

Tras un ligero crepitar de la línea, oyó a través del auricular una voz varonil:

—Aló. ¿Con quién hablo?

—¿Es usted el propietario de Cartonajes Estrella?

—Soy Fidel Alarcón, director comercial y jefe de contabilidad de la empresa. ¿Quién es usted?

—Digamos que una amiga que tiene pruebas de que alguien está robándoles.

—Le advierto que no admitimos llamadas de desconocidos que puedan inducir a equivocación.

—Ése es su problema, pero voy a darle un dato para que vea que sé de lo que hablo.

—La escucho.

—¿Tienen trabajando con ustedes a alguien llamado Sergio Lozano?

76

La nueva casa

Mariana se dirigió a la salita, donde el teléfono sonaba desde hacía unos segundos. Petra se asomaba ya a la puerta de la cocina.

—Yo lo cojo, sigue con lo tuyo —le dijo Mariana. Y descolgó—. ¿Quién es?

—Soy yo.

Reconoció enseguida la voz de Malena Uribe.

Mariana le había comunicado, desde el primer momento, todo lo que habló con el Panzón.

—¿Hay novedades? —indagó Malena.

—Ha venido Sergio.

—¿Y...?

—He llegado a la conclusión de que ni siquiera sus hijos le importan demasiado... O eso, o que está metido, como siempre, en jaleos económicos.

—¿Por qué lo dices?

—Le he explicado que tenemos que irnos de Montes Urales, y lo único que ha parecido preocuparle es que yo pueda cambiar el número de teléfono. Ha añadido que le dé la nueva dirección, cuando sepa dónde viviremos, para ir a buscar a los niños algún que otro domingo. De cuánto costará el traslado no ha preguntado nada, y por supuesto no se ha ofrecido a colaborar en el pago. Ah, también me ha dicho que todo lo ocurrido es culpa mía por haber aceptado ser albacea de Clarita. Eso, en conjunto, ha sido lo hablado.

Mariana oyó un suspiro a través del auricular y luego la voz de Malena.

—Ya lo hemos platicado mil veces: nadie convence a una mosca para que no vaya a la miel —dijo a su amiga—. ¿Has hecho ya alguna gestión al respecto del traslado? —indagó a continuación.

—Todavía no. Tengo que ponerme a ello. Pero créeme si te digo que todo el ajetreo que me ha generado el cumplimiento de mis obligaciones como albacea de Clarita está dándome mucho más trabajo del que yo creía.

—Pues yo sí que te he hecho gestiones.

Mariana se sentó en el sofá.

—Eres una amiga increíble... ¡No sé qué haría sin ti!

—No digas nada. No quiero hacer méritos, Mariana. Todo ha sido una casualidad.

—Cuéntame.

—¿Recuerdas a Fernando Aguirre?

—Sí, claro. Es un tipo encantador.

—Y muy buen amigo... La otra noche, antes de cenar, fuimos con Humberto a tomar una copa al Patio de Reyes, y nos lo encontramos allí con su mujer. Nos hicieron sitio en su mesa porque la barra estaba muy llena, y Fernando me preguntó por ti con mucho interés. Le expliqué el asunto del gobernador y se quedó de una pieza, aunque no le extrañó la calidad del tipo, dijo, después de ver cómo se comportó contigo ya en el rancho. Luego hablamos de mil cosas, y salió en la conversación que estabas buscando nuevo domicilio, algo que estuviera cerca de los colegios de tus hijos, que van al Cumbres y al Jesús-María, le comenté. Tras pensar unos instantes, me dijo:

«Conozco a un tipo al que compré un almacén que tiene un edificio de apartamentos en Cerro de Mayka».

—¿Y qué tiene eso que ver con mi problema?

—Fernando me contó que el tipo en cuestión, que es judío, por cierto, tenía en venta varios apartamentos, entre ellos una planta baja de unos ciento setenta metros cuadrados con un pequeño jardín, y que si le interesaba se lo dejaría a buen precio. Fernando le contestó que no, pero que si sabía de alguien ya se lo diría. El judío incluso le ofreció una comisión por la venta.

—Pero, como comprenderás, yo no pretendo comprar. Tan sólo quiero alquilar.

—Ya lo sé, pero por probar nada se pierde. Si ese tipo tiene en el mercado ese apartamento desde hace tiempo y no lo vende, tal vez le interese alquilarlo, máxime teniendo como tiene otros que puede vender.

Mariana meditó unos instantes.

—Si fuera así, tal vez me interese, porque el sitio me viene al pelo.

—¿Sabes qué haré? Telefonearé a Fernando y le diré que pregunte al judío si querría alquilar. Si es que sí, vamos a verlo, y entonces decides.

—Buena idea, Malena. Habla con él y dime algo.

—Está bien. Mientras despachas tus temas, me pongo en marcha. Si averiguo algo, te llamaré después de comer.

Malena y Fernando Aguirre se presentaban a las cuatro en Montes Urales. Tras los saludos y los besos se sentaron a tomar café, que sirvió Petra, dejándolos solos a continuación. Comentaron en primer lugar el asunto del gobernador, y salió a colación cómo Malena había hecho desaparecer a los guardaespaldas de Eufemiano Fuentes gracias a la llamada que hizo a su amiga Ana Isabel López Portillo.

—Lo que no consiga ésta... —dijo Fernando mirando a Malena.

—Y lo que se le ha ocurrido a éste al respecto del apartamento... —apuntó Malena mirándolo a su vez—. Cuéntale, Fernando.

—He pensado algo que podría dar resultado, siempre y cuando te interese el apartamento y la zona en la que está, Mariana.

—La zona me parece estupenda. Los niños podrían regresar juntos a casa a la salida de los colegios. En cuanto a las dimensiones del apartamento, si la distribución no es disparatada, me parecen adecuadas, en principio. El inconveniente es que ni quiero ni puedo comprarlo.

—A ver si te cuadra lo que se me ha ocurrido... Supuesto que te interese, ofreces al propietario un alquiler con opción a compra de dos años, y no discutas demasiado el precio, dejándole muy claro que, si al final lo adquieres, el importe de los alquileres que hayas pagado habrán sido a cuenta del total. Eso le gustará pues le encanta debatir y argumentar. De esa forma, tienes el problema resuelto durante dos años, y de ahora a entonces, sabe Dios lo que pueda pasar.

Mariana meditó unos instantes.

—Creo que es una buena idea. Además, hasta cierto punto es verdad porque, aunque tengo claro que no lo compraré, no sé lo que va a ser de mi vida —dijo Mariana—. ¿Y cuándo podríamos ir a verlo?

—¿El apartamento? El propietario, que se llama Benjamín Suares, por cierto, tiene allí un encargado que enseña los pisos. Y a Suares podemos verlo mañana. Lo llamaré por teléfono y concertaré una cita.

Dicho y hecho, en cinco minutos los tres salían de Montes Urales en el coche de Fernando Aguirre y se dirigían a Cerro de Mayka. Perfilaron su plan durante el trayecto: cuando les enseñaran el apartamento, Malena haría de poli malo, poniendo pegas a todo, y Mariana se mostraría muy interesada. Fernando estaba seguro de que todo lo que se hablara delante del encargado llegaría a oídos de Benjamín Suares.

Fernando detuvo el coche al otro lado de la calle donde se hallaba el edificio, pues desde allí la perspectiva era mejor, adujo.

A Mariana le encantó el lugar, sobre todo el pequeño jardín que bordeaba la esquina del edificio pues justo allí, en la planta baja, se ubicaba el apartamento que estaba en venta.

—Ahora tendré un disgusto si no quiere alquilármelo. El sitio es increíblemente apropiado y lo que puedo ver desde fuera me parece perfecto.

En tanto bajaban del coche, Fernando apuntó:

—Lo conseguiremos, ya lo verás.

Se dirigieron los tres a la entrada, donde, sentado en el interior de una garita provisional, un hombre vestido con un mono de dril leía un periódico de deportes.

—¿Está el encargado de enseñar los apartamentos? —le preguntó Fernando.

El hombre se puso en pie.

—Vengo de parte de don Benjamín —añadió Fernando.

—Ahora mismo le aviso. Ha subido a enseñar uno de los áticos.

Partió el hombre, y al cabo de no más de diez minutos comparecía acompañado del encargado, bien trajeado y con una cartera debajo del brazo.

—Buenas tardes. Don Benjamín no me ha informado de su visita.

—Es que el otro día, en una reunión informal, me habló de estos apartamentos y me dijo que viniera a verlos cuando quisiera, que todavía había bastantes en venta.

—Sí, los hay, aunque últimamente hemos atendido a un buen número de visitas y se han reservado ya algunos de los apartamentos.

Fernando señaló a Mariana.

—La señora está interesada en la planta baja de la esquina, la que tiene el jardincito.

El hombre abrió la cartera y consultó unos documentos.

—Ese apartamento está libre, aunque tiene algunos interesados.

—¿Podría enseñárnoslo?

—De inmediato. Si son tan amables de seguirme...

El pasillo hacía un ángulo y la puerta de entrada del apartamento era la última. El encargado se sacó un manojo de llaves del bolsillo de la americana e introdujo una en la cerradura. En cuanto abrió la puerta se hizo a un lado y los invitó a pasar, luego lo hizo él. A medida que avanzaban en silencio prestando atención a la distribución, Mariana iba dando codazos a Malena y ésta iba poniendo pegas a cuanto veía, que si todo lo que los vecinos lanzaran iría a parar al jardín, que si cualquiera podría entrar desde la calle, que si la cocina no ofrecía paso directo al comedor... Hasta que, finalmente, llegaron a la estancia principal, que era un salón-comedor de buen tamaño, y desde allí, abriendo la puerta exterior, salieron al jardincito.

El encargado miró su reloj y se excusó.

—Debo dejarlos solos, lo siento. Tengo otra visita. ¿Quieren que diga algo a don Benjamín?

Mariana se adelantó.

—Acabaremos de ver el apartamento. En todo caso, don Fernando lo llamará.

—De acuerdo. Cuando se vayan, avisen al hombre de la garita para que cierre todo. Que tengan un buen día.

Partió el encargado y se quedaron los tres en conciliábulo.

—Te voy a maldecir, Fernando —bromeó Mariana—. El sitio es perfecto, y, ahora que lo he visto, si el propietario no me lo alquila me hace polvo. Y la distribución es ideal: tres dormitorios, uno para las niñas y otro para los chicos; la cocina tiene muchísima luz; el cuarto de atrás para Petra; mi dormitorio, exterior como los otros dos…, y lo que más me gusta es que los tres tienen salida directa al jardín. Me encanta, te lo aseguro. Sin embargo, Fernando, dudo mucho que tu idea dé resultado. Sería un golpe de suerte, y últimamente no la tengo.

—¡No seas ceniza! —intervino Malena—. No hay peor gestión que la que no se hace. —Luego se dirigió a Fernando—: Llama a Benjamín y queda con él para mañana. A nosotras nos viene bien cualquier hora, ¿no es verdad, Mariana?

A las cuatro de la tarde del día siguiente estaban los tres llamando a la puerta de la casa que Benjamín tenía en Chapultepec.

—Sean bienvenidos a la casa de ustedes —les dijo éste. Luego se dirigió a Fernando—: De haberme avisado con más tiempo de que iban a visitar el apartamento de Cerro de Mayka ayer, habría preparado algo especial para recibirlos. Pero pasen, por favor.

El hombre los condujo a una estancia que denotaba la antigüedad del resto de la casa. Era un gran salón de planta cuadrada en cuyo fondo destacaba una mesa de despacho llena de carpetas y papeles; detrás de ella había un sillón frailero, y delante, dos sillas antiguas; en el centro del techo lucía una lámpara de brazos de bronce que, de puro óxido, parecía de hierro, y en la parte anterior del salón había un tresillo que, como el resto del mobiliario, había vivido mejores épocas. Fue allí donde los invitó a sentarse, toda vez que él se acomodaba delante de ellos.

La entrevista duró parte de la tarde. Malena representó a las mil maravillas su papel de poli malo, anunciando a Mariana que por aquel precio encontraría un apartamento mucho mejor y que, a su juicio, cometería un disparate si lo compraba. De haber podido, Benjamín la habría fundido con la mirada. Finalmente llegaron a un acuerdo: Mariana alquilaba la vivienda con opción a compra durante dos años, al cabo de los cuales, si la adquiría, le sería condonado el cincuenta por ciento del importe que hubiera pagado en ese tiempo, y si no la compraba, desde luego debía entregarla como la había encontrado. Como garantía, Mariana tenía que dejar un depósito de cinco meses de alquiler, que le sería devuelto si no se quedaba en propiedad la planta baja.

Mariana salió eufórica.

—Malena, ¡has estado fantástica! Podrías ganarte la vida haciendo de comedianta.

—Ya te dije ayer que no hay peor gestión que la que no se hace.

—¿Y qué hay para mí? —apuntó Fernando.

—Para ti y para Malena una cena, con parejas incluidas, y una copa en el María Isabel escuchando a Miguel Aceves Mejía.

—¡Si necesitas otro apartamento, te lo busco mañana!

77

Gobernación

Al cabo de los dos meses que Arnaldo le había dicho el milagro se había consumado. Lo más complicado fue el traslado de su número de teléfono, cosa que consiguió gracias a la influencia de Humberto Uribe, amigo de un gerifalte de la compañía telefónica. Mariana, con la colaboración de sus hijos y la ayuda inestimable de Malena, Encarnación y Eladio, se había mudado a Cerro de Mayka. El apartamento todavía olía a pintura y al adhesivo empleado para enmoquetar el salón-comedor. Los niños estaban entusiasmados con sus respectivos dormitorios y, sobre todo, con la salida directa al jardincito.

De aquello ya hacía un año. Eran las doce del mediodía cuando el timbre de la puerta sonó. Petra salió de la cocina y se dirigió al vestíbulo mientras se limpiaba las manos en el delantal, pensando que le traían el pedido del colmado. Sin embargo, cuál no fue su sorpresa al abrir y ver a una pareja de policías que portaban un aviso de Gobernación a nombre de Sergio Lozano y de Mariana Casanova. Dado que su señora no estaba en casa, Petra hizo un garabato en el papel del recibí que le presentaban y, tras despedirlos, cerró la puerta.

Mariana llegó a la hora de comer. Los niños estaban en el

colegio, y Petra salió a su encuentro aun antes de que se quitara la chaqueta.

—Señora, esta mañana han venido dos policías de Gobernación y han dejado un aviso.

—Tráemelo.

Petra le entregó el documento.

Cuando Mariana comprobó que el aviso era para Sergio también, le recorrió la espalda un escalofrío y, pese al calor, se le puso la carne de gallina. Rasgó el papel engomado y, acercándose a la vidriera de la salita, se dispuso a leer.

El aviso estaba muy claro: Sergio y ella, junto con los niños, debían presentarse en Gobernación el siguiente jueves, día 19, a las diez de la mañana.

En cuanto terminó de leer el comunicado, telefoneó a Sergio.

—Soy Mariana —le anunció con sequedad.

Sergio se alarmó. Se le pasó por la cabeza que a Lupe se le hubiera ocurrido contactar con su mujer.

—¿Ha llamado alguien preguntando por mí?

—No. Han traído un aviso de Gobernación. Nos convocan, a toda la familia, en la Sección de Extranjería el próximo jueves, día diecinueve, a las diez de la mañana. ¿Tienes idea de qué se trata?

—No estoy seguro, pero me lo imagino.

—¿Y qué te imaginas?

—Que van a entregarnos el FM2, el documento que nos autoriza a residir en México de forma permanente.

Mariana, por el momento, se tranquilizó.

—Tendré que avisar en los colegios de los niños de que no asistirán esa mañana. Ven a recogernos en tu coche, que es más grande, a las nueve.

—De acuerdo, allí estaré —confirmó Sergio, y decidió que irían en el Pontiac de Cartonajes Estrella que él utilizaba cuando debía hacer visitas en el extrarradio.

Mariana se ocupó al día siguiente de ir al Cumbres y al Jesús-María para informar de que sus hijos no irían a clase el jueves siguiente, alegando su cita en Gobernación, y ambas instituciones, conocedoras de la importancia de aquel documento, no pusieron obstáculo alguno.

A las nueve de la mañana del día señalado, Sergio estaba con el Pontiac en la puerta del edificio de Cerro de Mayka. Apenas tocó el claxon un par de veces y sus hijos salieron alborozados. Lo de saltarse un día de cole era para ellos todo un acontecimiento; más aún si iban en aquel cochazo que tanto les gustaba.

—¡Corre, mamá, corre, ha llegado papá!

Mariana apareció dando las últimas órdenes a Petra, quien saludó desde la puerta a Sergio.

Los niños besaron a su padre y se sentaron detrás en tanto Mariana lo hacía en el asiento del copiloto. Sergio se inclinó hacia ella para darle un beso en la mejilla, y Mariana no volvió el rostro por no alarmar a sus hijos.

—Hola, Sergio. ¿Estás seguro de que nos convocan por el asunto del FM2?

Mientras apretaba el acelerador y se ponía en marcha, Sergio contestó.

—No hay otra. Además, México no pone pegas a la incorporación de trabajadores extranjeros, menos aún si son españoles.

Tardaron treinta y cinco minutos en llegar hasta el edificio de Gobernación. Sergio aparcó el coche en una de las plazas para visitantes, y los seis salieron y se dirigieron a la entrada principal. Mariana cogió de la mano a Diego. Allí el barullo era el de todos los días. La gente iba y venía de un mostrador a otro preguntando a los conserjes la ubicación de los diversos departamentos que albergaba el inmenso edificio. Tras la correspondiente cola y llegado su turno, Sergio se informó acerca de dónde se encontraba la Sección de Extranjería.

—Tercera planta, puerta número dieciséis.

—Vengo a recoger el FM2.

El hombre lo observó con curiosidad y consultó de nuevo el aviso que Sergio le había mostrado.

—Perdone, señor, pero aquí lo pone bien claro: los citan en la Sección de Extranjería... En todo caso, allí le dirán. Puede tomar el ascensor del fondo.

Sergio recogió a su familia, pero decidió no decir nada a Mariana, por el momento.

Llegados a la tercera planta se dirigieron a la puerta número 16, que se abría a una gran sala en cuyo perímetro había una fila de sillas, cinco de ellas ocupadas por personas que aguardaban. En la pared del fondo destacaba un retrato de grandes dimensiones del presidente de la República; a su derecha y más abajo, un reloj blanco de agujas negras, y en las laterales dos puertas cerradas custodiadas por sendos guardias.

Mariana se alarmó.

—¿No te parece muy raro todo esto, Sergio?

—Ya nos informarán, pero quizá tengamos que cumplir algún trámite previo.

Mariana, seguida por sus hijos, fue a ocupar las sillas más alejadas de las puertas mientras Sergio, con el aviso en la mano, se dirigió a uno de los guardias.

—Perdone, creo que me han citado para recoger el FM2. ¿Podría informarme?

El hombre observó displicente el papel que Sergio le mostraba.

—Aguarde aquí. Regreso enseguida.

Desapareció el hombre por la puerta que había a su espalda, y Sergio se dirigió a donde estaba Mariana.

—Todo está en orden. Me informarán en breve.

El guardia apareció de nuevo en la sala e hizo un gesto a Sergio para que se acercara.

Sergio fue hasta donde estaba el hombre, cruzó con él algunas palabras y luego, volviéndose hacia Mariana, le hizo una señal con la mano como diciéndole: «Esto ya marcha».

Los dos desaparecieron tras la puerta, y Mariana se revolvió inquieta en su silla. Tenía un mal pálpito. Habían llegado los últimos y acababan de hacer pasar a Sergio sin guardar turno.

Valentina, a quien nada pasaba ya desapercibido, interrogó a su madre.

—¿Qué ocurre, mamá?

—Nada, Valentina. Papá ha ido a informarse. Volverá pronto. ¿Has traído la libreta y los lápices de colores como te pedí?

—Sí, mamá, aquí los tengo.

—Pues haz algún dibujo con tus hermanos.

Valentina se puso a la tarea, y al poco rato los niños estaban entretenidos. Mariana, sin embargo, seguía rumiando sus inquietudes.

Las agujas del reloj de la pared marcaban ya las doce menos cuarto cuando la voz de Diego interrumpió sus pensamientos.

—Mamá, tengo pis.

Mariana tomó a su hijo de la mano y se dirigió al guardia de la puerta de la izquierda, que en ese momento estaba comiéndose un mango.

—Señor, mi hijo tiene que ir al aseo, y hace ya más de una hora y cuarto que mi marido ha ido no sé a dónde.

—Su esposo, señora, ha ido a ver al licenciado, y por lo visto tiene para un rato —respondió el hombre—. Yo acompañaré al niño al aseo.

Mariana se sulfuró.

—No, señor, yo acompañaré a mi hijo... Y los otros tres irán conmigo también.

Y sin dar tiempo a que el guardia objetara, hizo un gesto con la mano a Valentina para que los tres dejaran todo y se reunieran con ella.

Salieron al pasillo, donde el guardia les indicó una puerta que había al fondo. Pero se quedó vigilándolos, como si alguno de ellos pretendiera salir corriendo, y la sospecha que Mariana albergaba en su pecho desde el principio llegó entonces a su punto culminante. Su instinto le decía que algo raro estaba ocurriendo.

A su regreso a la sala interpeló al guardia.

—¡Quiero ver ahora mismo al licenciado! Hace una hora y media que mi marido se ha ido y exijo saber lo que sucede.

El hombre la miró con suficiencia.

—Eso no puede ser. Cuando el licenciado está trabajando, si él no llama, nosotros no podemos interrumpirlo.

—¡Pues aunque él no llame, yo voy a interrumpirlo!

El guardia no estaba acostumbrado a lidiar con semejantes situaciones ni a que le hablaran en aquel tono. Por suerte para Mariana, el timbre sonó justo en aquel instante.

—Es el licenciado. Voy a ver qué precisa. Aguarde un momento, que regreso enseguida.

Partió el hombre, y Mariana se volvió hacia Valentina.

—Venid conmigo, no quiero perderos de vista ni un segundo.

En cuanto el guardia regresó, Mariana y los niños lo siguieron hasta una puerta con una placa rotulada en la que se leía: LICENCIADO CABRALES. El hombre llamó con los nudillos, y una voz engolada surgió del interior.

—¡Pase!

El guardia abrió la puerta y, haciéndose a un lado, anunció:

—Licenciado, aquí está la esposa.

—Puede retirarse. Y cierre la puerta.

Mariana interrumpió.

—No, déjala abierta. —Y dirigiéndose a los niños, añadió—: No os alejéis. Quedaos donde yo pueda veros.

El guardia miró al licenciado esperando órdenes.

—Como la señora prefiera... Son sus hijos.

Entró Mariana, y lo primero que le llamó la atención fue que Sergio no estaba allí. Era un despacho como tantos otros, de dimensiones medianas y con el clásico escritorio, tras el cual había un sillón giratorio, dos sillas comunes delante, estanterías y anaqueles en los laterales, y, presidiendo la habitación, el inevitable cuadro del presidente de la República, José López Portillo.

El licenciado, por su parte, era un funcionario de rango medio de alrededor de cincuenta años, le calculó Mariana, con el pelo ralo y unos ojos saltones que la observaban tras unas gafas de concha que cabalgaban sobre su bulbosa nariz. Sin levantarse de su sillón, ordenó más que pidió a Mariana:

—Siéntese, señora.

Mariana se instaló frente a él al borde de la silla, temblando por dentro pero dominando su angustia por fuera.

—¿Dónde está mi marido? —le espetó con voz firme, a pesar de todo.

—En estos momentos, de camino al aeropuerto, donde cogerá un avión. Ha sido expulsado de México por considerárselo *persona non grata*.

Mariana se sintió desfallecer. Sin embargo, respiró profundamente y aguantó el tipo.

—¿De qué se le acusa con exactitud?

El licenciado consultó unos papeles que tenía sobre la mesa.

—El Juzgado de lo Penal número siete nos comunica que está acusado de estafa, de apropiación indebida continuada y de falsificación de firma.

Mariana hizo de tripas corazón y, tras unos segundos, habló con voz entrecortada.

—Señor, tengo cuatro hijos menores de edad ahí fuera, ya los ve. ¿No cree que deberían haberme avisado antes para que pudieran despedirse de su padre?

—No es lo que establece el reglamento. Contra usted no

hay cargo alguno. Hasta que le caduque el permiso de residencia provisional —volvió a consultar uno de los papeles—, que será dentro de cinco meses, puede quedarse en el país. Si se va ahora, México le paga los boletos de avión de retorno a España; si prefiere agotar el tiempo de su estancia entre nosotros, entonces el regreso será a su cargo.

Mariana se había rehecho.

—Mis hijos no pueden perder el curso. Quédense ustedes con sus boletos, yo ya me arreglaré.

—Es su decisión, señora. Y ahora, si me disculpa, tengo otras diligencias que hacer.

Mariana se puso en pie y, dando media vuelta, salió del despacho. Su cabeza bullía como una olla a presión cuando recogió a sus hijos, que desde donde estaban no habían podido oír su conversación con el licenciado, y empezó a pensar rápidamente lo que iba a decirles.

78

El Pontiac

Tomaron el ascensor, bajaron a la planta principal y, sorteando la aglomeración de personas que aguardaban delante de los mostradores en busca de información, pudieron salir a la calle. Valentina, que se olía algo, se adelantó a sus hermanos.

—Mamá, ¿dónde está papá?

Mariana improvisó.

—Ha tenido que salir del país por un asunto relativo a la importación de cartón.

—Ya no soy una niña, mamá, y me doy cuenta de las cosas.

Mariana se volvió hacia su hija.

—Ya hablaremos en casa, Valentina —le susurró.

Se dirigieron hacia la plaza de aparcamiento donde habían dejado el coche, y al llegar vieron junto a él a un tipo de aspecto siniestro. Mariana se alarmó. Se diría que aquel hombre los aguardaba.

El individuo fue a su encuentro.

—Señora, uno de mis compañeros de la tercera planta me ha entregado las llaves del coche, y me ha dado su marca y su matrícula. Se las he guardado hasta que llegara.

Mariana entendió. Cuando Sergio comprendió que no podría despedirse de su familia, entregó las llaves del coche a uno de los guardias de arriba, al tiempo que le facilitaba los datos del vehículo, para que se las hiciera llegar.

Mariana avanzó la mano para que el hombre se las entregara, pero éste, con un rápido movimiento, retiró la suya ocultando las llaves tras su espalda.

—¿Qué hay para mí, seño? —Luego, como justificándose, añadió—: Es la costumbre.

A Mariana se le revolvió el estómago al comprobar que la podredumbre estaba instalada en todos los estamentos del país. Pero súbitamente se acordó de cómo Malena había resuelto una situación semejante.

—¿Cuál es su nombre? —demandó.

—Eustaquio Gómez, para servirla.

—Está bien, mañana preguntará por usted el secretario de doña Ana Isabel López Portillo, entonces le pide usted a él la mordida.

El tipo dio un respingo y después, con una media sonrisa instalada bajo su bigote, le alargó la mano con las llaves.

—*Pos* no hace falta —improvisó enseguida—. Estamos aquí para servir a los ciudadanos, faltaría más. —Y en cuanto Mariana le cogió las llaves, salió del aparcamiento corriendo como si lo persiguiera el mismísimo diablo.

Mariana abrió la puerta del vehículo y los cinco se instalaron en su interior.

En aquel instante su mente, tras tanto amargo inconveniente acumulado, se quedó en blanco. La voz de Valentina, sentada a su lado, resolvió el problema.

—¿Volvemos a casa?

—No, Valentina. Ahora os dejaré en el colegio.

Rebeca y Dieguito, de rodillas, iban mirando por la ventanilla trasera, y Álvaro observaba a su madre y a su hermana mayor alternativamente, intuyendo que pasaba algo. Cuando llegaron al Cumbres, si a Mariana alguien le hubiera preguntado por dónde había ido, no habría sabido qué responder, pues su pensamiento estaba muy lejos de allí.

—Mañana iremos al Samburg a tomar tortitas, os lo debo.

Mariana retiró las llaves del contacto y las metió en el bolso. Después salió del Pontiac con Álvaro y fueron hasta la entrada del colegio, donde dejó al niño con el hermano portero tras explicarle que ya habían resuelto la diligencia en Gobernación.

Regresó al coche y se dirigió al Jesús-María, donde hizo la misma operación con sus hijas. Luego se fue con Dieguito a Cerro de Mayka.

El rostro de Mariana reflejaba una angustia insoportable, y Petra, que la conocía bien, se ocupó enseguida de dejar al niño jugando en el jardincito y regresar a su lado.

—¿Ha ido todo bien, señora?

—Ha ido regular... El señor ha tenido que regresar a España urgentemente.

—¿Y eso?

Mariana, por el momento, no quería explicarle lo que ocurría.

—Un problema de permisos caducados, ya sabes lo descuidado que es para esas cosas.

Petra se extrañó pero nada dijo.

—¿Y Valentina, Álvaro y Rebeca?

—En el colegio. Los exámenes están al caer, y no pueden perder ni un día de clases.

—¿Va a comer algo?

A Mariana se le había cerrado el estómago.

—Nada, Petra, no tengo hambre. Ocúpate de la comida de Dieguito.

La chica insistió.

—¡Pero si esta mañana sólo ha tomado un café con leche...!

Mariana se justificó.

—Sí, pero después he tomado un bocadillo. Voy a echarme un rato... Pero antes haré un par de llamadas desde mi habitación.

Petra se fue a la cocina a preparar la comida del niño y Mariana se dirigió a su dormitorio. Dejó el bolso en el tocador, no sin antes sacar su agenda de teléfonos. Buscó el número de Cartonajes Estrella, y dos timbrazos después la voz de Mariel sonó a través del auricular.

—Aquí Cartonajes Estrella. ¿Qué desea?

—Soy Mariana Casanova, la esposa de Sergio Lozano. Tengo aquí el Pontiac de la empresa, Mariel. Envíeme a alguien a mi casa para que se lo lleve.

—Aguarde un instante, ahorita le digo algo.

Pasaron un par de minutos que a Mariana le parecieron media hora.

—Don Emilio Guzmán no está, pero va a ir en persona don Fidel Alarcón, que quiere hablar con usted. Estará allí dentro de una hora.

—Gracias.

Mariana dejó para más tarde la llamada a Malena y también su rato de descanso en la cama. Tras arreglarse un poco, bajó al salón.

No habían transcurrido cuarenta minutos cuando apareció en el marco de la puerta la figura de Fidel Alarcón, impecablemente vestido con un traje azul marino, una camisa del mismo color pero en un tono más claro, y el nudo de la corbata de punto grueso y bien hecho. Se acercó hasta ella con una sonrisa y, sin más preámbulos, se sentó a su lado y le habló afectuosamente.

—No se puede imaginar, doña Mariana, el disgusto que tiene don Emilio. Lo que ha hecho su marido no tiene justificación. Desde que llegó, en la empresa se le ha dado todo ya que demostró, además, ser un gran vendedor. Pero algo ocurrió, y empezó a cometer absurdos disparates económicos. Don Emilio ha hablado esta mañana con Esteban Lozano, el cuñado de usted, y debo decirle que él también está muy disgustado. Aun así, a pesar del fraude cometido por su marido, le aseguro que usted y sus hijos pueden contar con Cartonajes Estrella para lo que precisen mientras estén en México.

Mariana escuchó aquella exposición y pensó cuán estúpido había sido Sergio.

—Mi marido ha sido expulsado del país.

—Lo sabemos, hemos recibido la notificación de Gobernación.

Transcurrieron unos densos segundos.

—Imagino que también usted se irá a España.

—Todavía me quedan cinco meses. Esperaré a que mis hijos acaben el colegio, no quiero que pierdan el curso... No tienen por qué pagar las equivocaciones de su padre.

Fidel se puso en pie.

—Si en ese tiempo, y hablo en nombre de don Emilio también, necesita algo, cuente con nosotros, como le he dicho.

Mariana se levantó de su asiento a su vez.

—Olvidaba darle lo que ha venido a buscar.

Le entregó las llaves del Pontiac.

—Gracias por todo, en especial por su ofrecimiento. No sé aún qué voy a hacer, pero no deseo meterlos a ustedes en más problemas.

—Permítame decirle algo más, doña Mariana: he conocido a muy pocas personas con su dignidad.

Mariana acompañó a Fidel hasta la puerta.

—Ya lo sabe, estamos para lo que necesite.

El director comercial se volvió hacia ella.

—En muchas ocasiones, los hombres ignoran lo que tienen al lado.

Fidel partió, y Mariana supo que en ese instante se cerraba la última puerta que la vinculaba a México.

Se arregló el pelo y se enjugó los ojos con un pañuelito. La actitud de Fidel la había emocionado. Súbitamente, la acometió uno de aquellos dolores de cabeza insoportables que la visitaban de un tiempo a esa parte. Se tomó un par de grageas y se recostó en el sofá.

A las nueve de la noche sonó el teléfono, y Petra, tras hablar un instante, fue a avisarla.

—Señora, es el señor.

Ella se incorporó del sofá como un resorte y descolgó el auricular del aparato que estaba sobre la mesita.

—Dime.

—Mariana, soy yo, estoy en Miami. No sé a dónde ir. ¿Qué hago?

Mariana no pudo más.

—Sergio, me has dejado aquí tirada con cuatro niños. Si crees que correré a ocuparme de ti como hice en España estás muy equivocado. Ve a donde quieras. Y no me llames nunca más... Para ti, como si me hubiera muerto.

Colgó el teléfono y, tapándose el rostro con uno de los cojines del sofá para ahogar sus sollozos, se puso a llorar desconsoladamente por el desastre que era su vida, por el futuro que aguardaba a sus hijos y por la vergüenza de volver a España habiendo fracasado de nuevo.

79

La última etapa

Habían transcurrido veinticuatro horas desde la partida de Sergio. El viernes había amanecido radiante, todo lo contrario al humor de Mariana. No había colegio, era el día del Estudiante, por lo que decidió cumplir su promesa y llevar a los niños al Samburg. En ésas andaba cuando sonó el teléfono. Era Malena, que estaba al corriente de su cita en Gobernación.

—¿Cómo fue lo de ayer?

—No pudo ir peor.

—¿Qué me dices?

—Han expulsado a Sergio de México. Ha vuelto a hacer lo mismo que hizo en Barcelona, disponer de un dinero que no era suyo, en este caso de las ventas de Cartonajes Estrella que trató de reponer después con nuevos pedidos. El caso es que se ha hecho una bola inmensa, y la empresa lo llevó a Gobernación. El resultado ha sido su expulsión inmediata de México por considerarle *persona non grata*.

—¿Y cuándo se va?

—Ya se ha ido. Anoche me llamó desde Miami preguntándome qué debía hacer... Ya supondrás lo que le contesté.

—Me dejas helada.

—Imagínate cómo estoy yo.

—¿Y respecto a ti?

—Contra mí no hay nada. En Gobernación me dijeron que si me iba de inmediato me pagaban los billetes de regreso a España, pero que si decidía quedarme por el momento, tendría que pagármelos yo.

Se hizo el silencio al otro lado de la línea, y por los sonidos que oía, Mariana dedujo que su amiga estaba encendiendo un cigarrillo. La voz de Malena sonó de nuevo.

—¿Y qué has decidido?

—No tengo opción, he de quedarme. Los niños han de acabar los exámenes y luego he de registrar las notas en el consulado para que no pierdan el curso. Sólo después podré regresar a España.

—¿Y cuál crees que ha sido el reclamo para que ese hombre volviera a meter la mano en la caja?

—No lo creo, estoy segura... Tener una querida fija es un lujo que únicamente pueden permitirse los millonarios. El hotel de Querétaro es muy caro... Ése, y no otro, ha sido el motivo. Pero ¿sabes qué te digo? Pues que sin contar el perjuicio que ha ocasionado a mis hijos, por lo demás me da igual.

Otra pausa, esta vez más larga.

—¿Y cómo te queda la cuestión económica? Porque estos meses que vienen son los más flojos del año para nuestras ventas.

—Tengo el dinero de Clarita... No pensaba usarlo hasta llegar a Barcelona, pero si no me queda otro remedio recurriré a él.

—¿Quieres que nos veamos esta mañana?

—Mejor por la tarde. Ayer, al salir de Gobernación, prometí a los niños que hoy los llevaría a comer tortitas al Samburg.

—Entonces ¿a qué hora?

—¿Te parece bien a las cinco aquí, en mi casa?

—Allí estaré.

Acabada la conversación, Mariana llamó a Petra.

—Avisa a los niños. Me los llevo al Samburg y tomaremos algo allí, así que no prepares comida.

—Pero Dieguito se queda conmigo, ¿no?

—Sí, claro, me llevo a los mayores.

Partió la muchacha a cumplir el mandado y al poco comparecieron sus tres hijos listos para salir. Álvaro y Rebeca estaban felices al saber, por Petra, que comerían con su madre. Valentina, en cambio, traía una cara que Mariana conocía muy bien.

—Vamos, hijos, os debo unas tortitas en el Samburg y, como se ha hecho un poco tarde, comeremos allí. Así Petra podrá descansar un poco.

Los gritos de alegría de Álvaro y Rebeca se hicieron oír en el acto, pero Valentina seguía concentrada, metida en sí misma.

Subieron al coche, tomaron el Anillo Periférico y, al cabo de media hora, estaban los cuatro en el restaurante frente a tres platos combinados. El de Mariana estaba vacío. Conocía bien a sus hijas, y sabía lo que cada una de ellas iba a dejarse: Rebeca la carne, y Valentina las croquetas o la ensaladilla rusa. El único que comía de todo y bien era Álvaro. Las tortitas llegaron a los postres: dos raciones con nata para los tres niños. Mariana sólo tomó un café.

Álvaro pidió permiso para jugar en el jardín, y Mariana, que conocía el paño y sabía que Valentina quería hablar en privado con ella, le dio permiso con la condición de que se llevara con él a Rebeca. Adquirido el compromiso se quedó a solas con su hija mayor.

Mariana fue directa al grano.

—Quieres decirme algo, ¿verdad, hija?

—Sí, mamá. —Valentina no evitó el reto—. Ya tengo una edad y quiero saber... No sé dónde está papá, pero sí sé que, por el momento, no va a volver. Cuando acabe el colegio, ¿qué haremos nosotros?

Mariana pensó unos momentos. Su hija ya no hablaba como una niña, sino como una mujercita.

—Nos iremos a España, Valentina. En México ya no tenemos nada que hacer.

Valentina se entristeció. Había hecho muchos amigos en México, y Mariana intuía que había algún chico que empezaba a gustarle. Intentó consolarla, aunque la llegada de Álvaro y Rebeca, que habían regresado, zanjó la conversación. Mariana pagó la cuenta y, tras susurrar a Valentina un rápido «luego seguiremos», se dirigieron al coche.

Después de sufrir el habitual atasco de las cuatro de la tarde, llegaron a Cerro de Mayka.

Petra se hizo cargo de Álvaro y Rebeca, y Valentina se fue a su habitación.

A la vez que el cuco asomaba por el agujero de su casita anunciando las cinco, Mariana oía el sonido del motor del coche de Malena, que aparcaba frente al edificio. En cuanto sonó el timbre, Petra fue a abrir la puerta y, segundos después, Malena aparecía en el salón con un gesto de preocupación en el rostro. Mariana la aguardaba de pie, y nada más verse ambas amigas, en vez del beso ritual de todos los días, se fundieron en un abrazo largo y sentido. Luego se separaron y se acomodaron, Malena en una esquina del sofá y Mariana en el silloncito contiguo.

—Cuéntamelo todo.

Mariana así lo hizo, explicándole su odisea del día anterior con detalle.

—Entonces la última vez que oíste su voz fue ayer desde Miami —dijo Malena al final.

—Y espero no volver a oírla.

Malena pensó unos instantes.

—¿Por qué no llamas a Rafael?

—Malena, ¡por Dios! Ya hablamos de esto hace un tiempo. Bastante injusta fui dándole esperanzas durante años. No lo quiero de la misma manera que él a mí, ésa es la verdad. Además, tengo otras cosas de las que preocuparme... Valentina, por ejemplo, está desconsolada. No quiere regresar a España.

—Podría quedarse conmigo.

Mariana sonrió. Su amiga siempre tenía soluciones fáciles para todo.

—Te lo agradezco, Malena. Pero me vine a México con mis cuatro hijos y pienso volver a casa con todos ellos.

80

Carabanchel

El avión de Sergio Lozano tomó tierra en Barajas el 15 de junio de 1982. El tráfico de aviones en el cielo de Madrid era tumultuoso e incesante, y el suyo tuvo que aguardar a que le dieran pista sobrevolando el aeropuerto en círculos durante más de treinta minutos. No obstante, el tiempo era bueno y al final aterrizó sin novedad.

A Sergio no le llegaba la camisa al cuerpo. Tras haber tomado en Miami la decisión de volver a España, mil situaciones se agolpaban en su pensamiento. Se preguntaba si habría prescrito la orden de busca y captura emitida contra él, si encontraría trabajo en Barcelona o en Madrid, si sus antiguos acreedores irían a por él al enterarse de su regreso y, finalmente, si recuperaría a su familia cuando Mariana y sus hijos estuvieran de vuelta en España. En esas disquisiciones andaba su cabeza cuando el sonido del clipclap de los cierres de los cofres ubicados sobre los asientos lo sacó de sus pensamientos y se percató de que los pasajeros empezaban a salir ya del avión.

Se levantó de su asiento, rescató su maletín de mano y su cartera, y se puso en la fila del pasillo. Poco después pisó el suelo de la pasarela telescópica.

Sergio estaba nervioso. Todavía no había pasado el control de pasaportes y lo acongojaba el trámite al pensar que ése era el primer punto donde podía tener problemas. Con un rápido movimiento, depositó su maletín de mano, su cartera y su gabardina en el carrito de ruedas que había tomado poco antes.

Atravesó la sala y se puso en la cola que se había formado frente a las dos cabinas en las que varios funcionarios controlaban la entrada de los pasajeros e inspeccionaban sus pasaportes. Delante de él conversaban un hombre y una mujer, un matrimonio, dedujo Sergio, acostumbrado a viajar. Ella le decía a él: «Esto va más despacio que de costumbre, deben de estar buscando a alguien». Sergio sintió que un sudor frío le bajaba por la nuca, pero la respuesta del hombre lo tranquilizó: «No, lo que creo es que vigilan más de lo habitual por lo del Mundial de Fútbol. Ya se sabe que cuando hay algún acontecimiento multitudinario, sea fútbol, olimpiadas, ferias o convenciones, hay mucha más vigilancia».

La cola fue avanzando y le llegó el turno a Sergio. La cabina estaba ocupada por dos funcionarios de uniforme, uno sentado frente a la ventanilla y el otro de pie a un lado. Sergio aparcó el carrito y, llegado a la ventanilla, introdujo su pasaporte por la rendija del cristal. El policía lo abrió por la página correspondiente y examinó el sello de la visa para asegurarse de que era correcto. Acto seguido procedió de igual modo con la primera página, observando alternativamente la fotografía y el rostro de Sergio. A él le pareció que transcurría una eternidad hasta que, finalmente, el funcionario humedeció el sello de goma en la almohadilla de tinta y, con un seco movimiento, lo estampó en el pasaporte y se lo devolvió.

Ahora venía la segunda prueba: la aduana, que estaba a la derecha. En tres largos mostradores, varios guardias civiles iban registrando las maletas que sus propietarios iban abriendo frente a ellos mientras, al fondo, dos agentes con sendos perros sujetos por la traílla se acercaban de vez a cuando a requerimiento de los aduaneros para que los animales husmearan a conciencia los equipajes, imaginó Sergio que buscando droga.

Pasado también ese trámite, se encontró en la calle por fin. Le pareció que el cielo de Madrid lucía más limpio y luminoso que ningún otro, sobre todo comparado con la boina de polución que en muchas ocasiones velaba el sol en México D. F. De nuevo le tocó hacer cola para coger un taxi. Cuando llegó su turno, el taxista, un hombre entrado en años, se apeó para guardar su equipaje y después ambos tomaron asiento.

—Usted me dirá —comentó el taxista a la vez que bajaba la bandera de OCUPADO.

—Vamos al hotel Velázquez.

—¿Tiene alguna preferencia por la ruta?

—Vaya por donde quiera.

El hombre tenía ganas de hablar.

—Se lo preguntaba porque con el Mundial de Fútbol ha llegado mucho extranjero que desconfía —comentó mientras arrancaba el vehículo—, y no digo que algún que otro compañero no haga una ruta como para enseñar el Madrid monumental... Aquí pagamos justos por pecadores.

En unos veinticinco minutos llegaron al hotel, y Sergio pagó lo que marcaba el taxímetro. En cuanto descendió del taxi, un portero servicial y un botones fueron a su encuentro.

—Bienvenido, señor. Feliz estancia en Madrid. Y que gane su equipo.

La amabilidad de la gente de la capital era conocida en todo el mundo. El gran Madrid era una ciudad de aluvión, y todo aquel que llegaba era ya madrileño a las cuarenta y ocho horas.

El botones se había hecho cargo del maletín de Sergio y lo precedía hasta el mostrador del vestíbulo, donde cuatro hombres de uniforme azul con llaves doradas en las solapas atendían a los huéspedes.

Sergio rellenó la hoja que le presentaban y entregó su pasaporte, que después recogería. Le asignaron una habitación individual, la número 262, y el mismo botones le acompañó. Tras darle la consiguiente propina, Sergio cerró la puerta y respiró profundamente.

Los viejos demonios se alejaron de su mente. Por el momento, había regresado a España sin novedad. Se dio una ducha reconfortante y se sintió un hombre nuevo. Su carácter siempre optimista y evanescente lo invitaba a imaginarse oportunidades que tal vez desarrollaría en aquella ciudad, mucho más abierta al mundo. Se dispuso a salir a comer a cualquier cafetería. Necesitaba ver gente, mucha gente, y contagiarse de aquel ambiente multicultural y festivo que el Mundial de Fútbol había propiciado.

De repente, unos golpes en la puerta aceleraron su corazón. Sergio fue a abrir, y descubrió en el quicio a una pareja de agentes de la Policía Judicial que enseguida le mostraron sus placas acreditativas.

—¿Don Sergio Lozano Llobet?

—Soy yo.

Uno de los agentes se dirigió a él.

—«Tiene derecho a permanecer en silencio. Cualquier cosa que diga podrá ser utilizada en su contra en un tribunal. Tiene derecho a la asistencia de un abogado durante su interrogatorio. Si no puede pagarlo, se le asignará uno de oficio. ¿Le han quedado claros los derechos previamente mencionados?».

Sergio se quedó helado. Su mente no asimilaba lo que estaba ocurriendo.

El teléfono sonó en el dormitorio de Mariana, y miró el despertador. Las agujas luminosas marcaban las seis de la mañana. Descolgó el auricular y, en la lejanía, oyó la voz de Sergio.

—Mariana, soy yo. He llegado a Mafrid y me llevan a Carabanchel. Te lo digo para que sepas dónde estoy. Adiós, Mariana.

El clic indicó que Sergio había colgado.

A la una de la tarde, trasladaban a Sergio a los juzgados de Plaza de Castilla. Los policías que lo acompañaban, después de consultar a un funcionario, lo condujeron al Juzgado de Instrucción número 39, situado en la tercera planta del edificio. Tras una espera de veinte minutos, lo llevaron ante la jueza titular del mismo, una mujer de entre treinta y cinco y cuarenta años, quien escuchó la información que le facilitaron los agentes de la Policía Judicial, así como la lista de cargos que se presentaban contra él. Sergio llegó a la conclusión de que sus estafas no habían prescrito, por lo que además de los cargos que presentaban sus acreedores figuraba el agravante de su huida de España con el propósito de eludir el brazo de la justicia. Tras responder a unas preguntas que le formuló directamente la jueza, ésta ordenó su ingreso en Carabanchel sin fianza.

Sergio entraba en prisión a las seis de la tarde. Le abrieron una ficha con todos sus datos, y tuvo que entregar cuantos objetos llevaba encima a cambio de un acuse de recibo. Luego le tomaron las huellas dactilares mojando su dedo índice en una almohadilla tintada para, a continuación, hacerlo rotar sobre una hoja cuadriculada donde quedaron impresas. Posteriormente le hicieron fotografías, de frente y de perfil, sobre el fondo de una pizarra blanca. Lo siguiente que hicieron fue conducirlo a una celda de barrotes donde aguardó a que le entregaran un saquito en el que iban los artículos imprescindibles para su higiene personal.

De allí pasó a otro despacho en el que le informaron que su celda sería la número 66 y que la compartiría con otro recluso. Se hallaba situada en la segunda planta del primer módulo de segundo grado, donde estaban recluidos los presos comunes catalogados como no peligrosos, a diferencia de los de primer grado, que sí lo eran, y los de tercer grado, que gozaban de ciertas prebendas, como salir a la calle y, según cómo, dormir en su casa todos los días excepto dos. Finalmente lo condujeron a un despacho donde fue entrevistado por varias personas. La primera de ellas, un visitador social, quien le dijo que iría a verlo cada semana y le explicó que los reclusos también tenían sus derechos, por lo que le aconsejó que le comunicara si recibía algún maltrato por parte de los funcionarios. La segunda visita fue la de un médico especialista en enfermedades infecciosas, quien le hizo diversas preguntas relacionadas con ellas. Después apareció un oficial de prisiones. Éste le informó de las ventajas que tendría si dedicaba su tiempo libre a actividades tales como enseñar a leer y escribir a internos analfabetos, dar clases de la especialidad que él dominara, hacer horas extras en el trabajo de la prisión que se le asignara, ya fuera la lavandería, el taller mecánico, la cocina o la contabilidad. El oficial añadió que cualquier actividad que Sergio escogiera redundaría en su beneficio. También le informó de los horarios del gimnasio, de la biblioteca, de las comidas y las cenas, y de las salidas al patio, así como de las labores comunes que correspondían a todos los internos, que incluían limpiar su celda. Luego le entregó una tarjeta y le comunicó que el dinero que llevaba consigo a su llegada ya estaba ingresado en ella, que se procedería de igual modo con el que le enviaran desde su casa y que debería usarla para hacer sus compras en el economato, ya que en prisión ése era el único medio de pago. También le informó sobre las llamadas telefónicas que podía hacer y recibir, siempre y cuando no estuviera incomunicado, y lo puso al corriente de los encuentros vis a vis que podía realizar y con quién; en este sentido bastaba con que la persona que eligiera fuera su pareja oficial.

Cumplidos todos estos trámites y diligencias, lo acompañaron a la celda número 66, y el funcionario le informó de que los reclusos que estaban en sus trabajos regresarían pronto y que al cabo de media hora bajarían a cenar. Después procederían a pasar lista, añadió, y todos regresarían a sus respectivas celdas. Agregó que desde las nueve y media de la noche hasta las siete y media de la mañana las luces permanecerían apagadas.

Cuando la puerta de su celda se cerró tras él, un sudor frío le recorrió la espalda. Contempló el desolador paisaje que se abría a su alrededor: dos catres; un váter situado de través detrás de un murete de obra, pero sin puerta; un lavabo sin espejo, y, para su sorpresa, un pequeño televisor sobre un estante. El ruido de conversaciones y de llaves que abrían celdas lo devolvió al momento presente, pues la suya se abrió también y en el marco apareció un hombre de buen aspecto, de unos cuarenta años, metro setenta y cinco, ojos curiosos y mirada inteligente que, al verlo, casi se sorprendió tanto como él. Sin embargo, a la vez que la puerta se cerraba, se presentó.

—Soy Marcos Álvarez, periodista. ¿Eres aficionado a los toros?

Sergio estrechó la mano que le tendía.

—Y yo soy Sergio Lozano. —Enseguida añadió—: He ido a los toros, más en México que aquí, pero no soy un gran aficionado. ¿Por qué me lo preguntas?

—Porque soy crítico taurino y escribo, bueno…, escribía mis crónicas en el *Ya* y en el *Informaciones*. Firmaba con el seudónimo de Don Tancredo. Los buenos aficionados de Madrid me conocen muy bien.

El hombre se sentó en uno de los catres.

—Hablemos un poco antes de la cena y así vamos conociéndonos… Me alegro mucho de que te hayan destinado aquí, estar solo es muy jodido, pero todavía lo es más que te asignen un tipo con el que no tengas nada en común.

Sergio se sentó en el catre de enfrente.

El otro prosiguió.

—Tuve la mala suerte de atropellar a un chaval a la salida del colegio. Había tomado unas copas en una peña taurina... Me cayeron cinco años por homicidio involuntario. Pero dentro de unos meses me dan la condicional ya y podré ir a dormir a casa cinco días por semana. —Marcos hizo una pausa y respiró hondo—. ¿Tú por qué estás dentro? Y no me sueltes que se han equivocado contigo, que es lo que dice todo el mundo.

Sergio, por una vez en la vida, no sintió la necesidad de mentir.

—Cuestión de dinero. Me fui a México y me trajeron extraditado. No me ha salido el juicio todavía... Y también me alegro de estar contigo.

—En eso tienen vista. En las celdas compartidas procuran poner a tipos afines porque así se evitan broncas. Por cierto, cuando las haya, procura no meterte, ése es mi primer consejo. El segundo, si me lo admites, es que te apuntes a todas las actividades para lo que sea que sepas y puedas hacer; de esta manera, te convalidan el tiempo y el día se te pasa más deprisa. Y mi tercer consejo es que te aprendas y apliques estos dos refranes carcelarios: «Voluntario ni para comer» y «Quien pregunta se queda de cuadra». Que se te queden grabados en la cabeza. Con el tiempo, me lo agradecerás.

—No te entiendo.

—Es fácil, piden un voluntario para ir al economato, tú te presentas porque piensas que siempre es agradable dar un paseo y, cuando has levantado la mano, te dan una escoba y te ordenan barrer el patio. ¿Me sigues ahora? Por eso no hay que presentarse nunca como voluntario.

Sergio señaló el televisor.

—¿Y esto?

—Es mío. La excusa han sido los toros y que el director, un gran aficionado, leía todas mis crónicas.

En esto estaban cuando sonó el timbre de la cena.

De nuevo el ruido de llaves, y los presos saliendo al pasillo para formar en dos filas y bajar al comedor. Cuando ya se incorporaban, Marcos se dirigió a Sergio.

—No te despegues de mí. El primer día cada cual se sienta donde quiere, así que podrías hacerlo en cualquier mesa en la que haya un sitio libre. Sin embargo, te darás cuenta enseguida de que hay una especie de selección natural: cada uno se coloca con los suyos. En mi mesa hay gente muy pareja y de cierta cultura, cosa que no ocurre en todas, así que estarás bien, ya lo verás. Además, la comida y la cena son dos de los mejores ratos del día.

—Yo voy a donde me digas.

Las filas se pusieron en marcha y, acompañadas por tres guardias, descendieron a la planta baja y avanzaron hacia el distribuidor central donde coincidían las cinco galerías que allí desembocaban en forma de estrella. A continuación cambiaron de rumbo y, tomando la segunda a la derecha, fueron a su comedor. Era una sala amplia y de planta cuadrada que alojaba treinta mesas con capacidad, cada una de ellas, para ocho internos, con platos, vasos y cubiertos de plástico, y al fondo se veía un largo mostrador con grandes ollas y cazuelas encima.

Todo el mundo ocupó su lugar, y cuando Sergio se sentó a la mesa de Marcos Álvarez, que era la última de la segunda fila, el periodista hizo las presentaciones. Don Tancredo no lo había engañado: entre la fauna selecta que ocupaba esa mesa había un médico abortista, un empleado de banca que había metido la mano en la caja, dos hermanos propietarios de un centro de jardinería que habían cultivado plantas de marihuana entre sus rosas y claveles, y un vigilante de un aparcamiento nocturno que, con una llave maestra que se había agenciado, había dedicado sus horas a desvalijar las guanteras de los coches que tenía a su cargo y se había hecho con un maletín de joyas de gran valor de un turista alemán.

La llegada de un nuevo recluso era siempre motivo de comentarios; todos querían saber su historia. Los presos que atendían las mesas dejaban en la cabecera las soperas o las bandejas con las raciones según el número de comensales. Lo hacían como servicio para descontar días de estancia en la cárcel. Todos los días cambiaba el orden y había un correturnos, y cuando había algo que repartir, lo hacía siempre el último, procurando que las partes fueran iguales ya que, invariablemente, la ración más pequeña le correspondería a él. De igual forma sucedía con el turno del agua: cuando se acababan las dos botellas, asimismo era el último quien iba a rellenarlas.

La cena transcurrió sin novedad, y al finalizar las filas se formaron de nuevo a golpe de silbato. Al salir del comedor, se cruzaron con los reclusos de primer grado que, siendo mucho menores en número, iban rodeados por ocho celadores. Mientas pasaban junto a ellos, Marcos tocó ligeramente el brazo a Sergio.

—Aquel bajito de allí —dijo señalando a uno cuyo aspecto nada tenía que ver con los demás— es Rafi Escobedo. Dicen que mató a sus suegros, los marqueses de Urquijo, aunque hay mucho lío en ese asesinato… Para mí que le quieren cargar el muerto.

Llegados a su galería, se pasó lista y los reclusos quedaron encerrados en sus respectivas celdas. Disponían de media hora antes de que las luces se apagaran y luego reinara el silencio. Un rayo de luna desvaído y triste se filtró por el ventanuco enrejado de la celda de Sergio, iluminando su primera noche en la cárcel.

Tres semanas habían transcurrido desde la llegada de Sergio a Carabanchel. Había escogido participar en algunas actividades con el fin de acortar su tiempo en prisión, y así repartía sus horas entre enseñar a leer y escribir a reclusos analfabetos y dar charlas sobre México, su cultura y sus costumbres. Procuraba asimismo ir al gimnasio y, aunque pareciera mentira, lo que más lo entretenía era sentarse en las gradas del fondo del patio y observar, junto con su compañero de celda, Marcos Álvarez, las idas y venidas de los presos y las diferentes costumbres de cada grupo, que, invariablemente, todos los días se repetían. Unos jugaban al fútbol con una pelota de cuero mientras otros lo hacían al frontón en la pared del fondo, pero la mayoría paseaba arriba y abajo sin otra cosa que hacer que hablar de lo mismo. Dos hechos singulares marcaban el fin de semana: el cine del sábado y la misa del domingo, esta última de libre elección. Las películas de Manolo Escobar o de Lola Flores eran las preferidas del personal, y los presos tan sólo faltaban a esa cita por dos motivos: las visitas o los castigos por mala conducta.

Súbitamente sonó la voz que daba avisos por el altavoz. Puesto que era habitual que durante la hora del patio lo hiciera varias veces, Sergio, que miraba el partido de frontón, ni se enteró hasta que Marcos, a su lado, le dio un codazo.

—¡Sergio, coño, que te llaman a ti!

La voz repetía el aviso:

—«Sergio Lozano, acuda al módulo de visitas».

—¿No me contaste que tu mujer te había dejado?

—La última vez que hablé con ella fue desde el hotel Velázquez cuando fueron a detenerme, y la penúltima desde Miami cuando me expulsaron de México. Me dijo que la había dejado tirada con cuatro hijos, que hiciera lo que quisiera con mi vida y que no la llamara más.

—Quizá se lo ha pensado mejor... —sugirió Marcos—. En este país, una mujer sola tiene poco recorrido.

Sergio, a la vez que se ponía rápidamente en pie para encaminarse hacia la puerta del patio, volvió la cabeza hacia Marcos.

—Luego te cuento.

Nadie podía salir del recinto sin permiso, por lo que tuvo que exponer su motivo al celador.

—Me llaman en el módulo de visitas.
—Aguarda aquí.
El hombre descolgó el teléfono e hizo una consulta.
—Pasa, ya sabes el camino.
Sergio se dirigió al distribuidor central, donde siguió por otro brazo de la estrella hasta la sala de visitas. Era una estancia alargada, recorrida a un lado por un pasillo que vigilaba un guardia mientras que en el otro había una sucesión de compartimentos separados por cristales, cada uno con un banquito para que el interno se sentara y, a través de otro grueso cristal separador, viera a su visitante y pudiera hablar con él mediante un teléfono que descansaba sobre un soporte.

Tres de los compartimentos estaban ocupados. Frente al cuarto, Sergio vio a un hombre cuyo perfil le resultaba conocido. Se dirigió hacia allí, y el otro levantó la cabeza. ¡Era su hermano Esteban! Estaba mucho más delgado de como Sergio lo recordaba, canoso y con una barbita que le daba un aire de respetabilidad. Esteban lo reconoció nada más verlo y, despacio, cogió el telefonillo cuando Sergio se sentó delante de él y descolgó.

—¿Cómo estás, hermano?
—Mariana me llamó y no tuve cuajo para pasar de ti.
—¿Te llamó Mariana?
—Debe de pasarle lo mismo que a mí... De hecho, me lo dijo: «He decidido cortar toda relación con tu hermano, pero es el padre de mis hijos y no puedo dejar de pensar en su situación... Yo no iré a verlo cuando vuelva a España, pero si quieres hacerlo tú, es tu decisión». Ésa fue la última noticia que tuve de ti. La anterior fue por la llamada de mi amigo Emilio Guzmán, el propietario de Cartonajes Estrella, como bien sabes, para comunicarme tu expulsión del país... Has vuelto a liarla, hermano, y ahora va en serio.

Hubo un breve silencio entre los dos.
—Gracias por venir. No puedes imaginarte lo que esto representa para mí.

—Me guste o no me guste, soy tu hermano mayor y me siento un poco culpable.

—Culpable... ¿por qué?

—Por no haberte dado dos leches a tiempo cuando mamá contaba a sus amigas lo gracioso y lo listo que eras por colarte sin pagar en el tren de Sarriá... Lo que a ti te era regalado, a mí me costaba un gran esfuerzo. Pero nunca tuve celos de ti, eso no. Aunque la vida es muy dura, yo nací entrenado para enfrentarme a ella y así me ha ido, y tú creciste creyendo que era un juego... y mira a donde te ha llevado tu mala cabeza.

Sergio meditó unos instantes.

—Sea cual sea el motivo que te ha traído aquí, te lo agradezco... ¿Cómo están los tuyos?

—Las niñas creciendo y estudiando. Como no he tenido hijos varones, han de prepararse para gestionar, el día de mañana, mis negocios.

Al ver que su hermano guardaba silencio de nuevo, Sergio le preguntó:

—¿Y Margarita?

—Si se entera de que he venido a verte...

—¿Y qué le has dicho?

—No le he mentido. Estoy abriendo un supermercado en Madrid y he de venir de vez en cuando.

Esteban hizo otra pausa.

—¿Y qué más?

—Lo de que «yo ya lo veía venir», «te lo dije desde el primer día», «no sé cómo esa infeliz se fue a México tras él» es el tema de cada día en casa a la hora de comer.

El celador anunció:

—Cabina tres, quedan cinco minutos.

Esteban miró fijamente a Sergio.

—¿Puedo hacer algo por ti?

—Ya lo has hecho. Imagino que antes de tres meses saldrá mi sentencia, puedes llamarme entonces.

—Llámame tú, pero hazlo al teléfono del súper.
—No te preocupes, no te pondré en ningún compromiso.
—¿Te hace falta dinero?
—Por el momento no. Si esto se alargara, ya te lo diría… Y un millón de gracias por tu visita.

Ambos hermanos se pusieron en pie. Esteban apoyó una mano en el cristal y Sergio, por el otro lado, hizo lo mismo.

81

La agencia Perales

A mediados de junio Benjamín Suares, propietario de apartamento en el que Mariana y sus hijos residían, paseaba arriba y abajo por el salón ante la mirada de Mariana, quien, sentada, esperaba su respuesta. El judío había acudido a requerimiento de ella sin tener la menor idea de qué iba el asunto.

—Como comprenderá, hasta el último día no puedo devolverle el depósito. Usted sabe que es garantía de que el apartamento queda en buen estado cuando lo abandone. Y le recuerdo, además, que también lo es para cautelar el pago de los alquileres.

Mariana estaba muy tranquila; en esas circunstancias, no tenía otra elección. Quería usar ese dinero para comprar los billetes de regreso a España, y se veía forzada a hacer algo que no iba con su manera de ser pero no le quedaba más remedio.

—Usted ya ve, don Benjamín, cómo tengo la casa. Cuando la deje, no sólo no habrá desperfecto alguno sino que, a la vista está, se la he mejorado mucho... Por eso creo que el alquiler de dos meses queda compensado de sobra con las mejoras.

—Ése no era el trato. Yo no hago otra cosa que referirme a lo pactado.

—Pero para mí, don Benjamín, las circunstancias han cambiado. Debo irme urgentemente a España y he de cerrar todo lo referente a México.

—¡Pero no a mi costa, doña! Lo siento infinito, pero no le devolveré ni una parte de los cinco meses de depósito. ¡Olvídelo!

Mariana respondió muy templada.

—Usted sabe que son tres los meses que la ley estipula como depósito; o sea, que usted me cobró dos de más.

—Los pactos son los pactos, y si no le convenía, no haber firmado.

A Mariana la actitud del judío le pareció deleznable en ese momento.

—Ya sé lo que vamos a hacer: usted descuenta ese importe del depósito y le quedan tres más para cubrir cualquier desperfecto.

Benjamín iba a decir algo, pero Mariana se puso en pie y continuó hablando.

—Claro que también podemos hacer otra cosa...

—La escucho, Mariana.

—A mis hijos les encanta pintar y recortar, así que puedo darles lápices de colores para que pinten las paredes y tijeras con las que a buen seguro recortarán la moqueta. Luego iremos al jardín y los animaré a arrancar de las jardineras todo lo que he plantado. A usted le tocará, entonces, contratar los operarios suficientes para poner todo en orden y, cuando acaben, les paga con el dinero del depósito.

El hombre se plantó frente a ella y, en tono meloso y complaciente, respondió:

—Usted no me va a hacer eso... Usted no es así.

—Es verdad que no soy así..., pero usted me obliga a comportarme de este modo. Conque ya lo sabe, o me devuelve los dos meses de depósito que me cobró de más, o no reconocerá su precioso apartamento.

Mariana dejó el coche junto a la cancela de hierro de la entrada de la embajada de España en México y, tras atravesar el jardín, subió la escalera que conducía a la planta baja de aquel edificio blanco con ventanas negras y tejado a dos aguas. Tras ser interrogada por el conserje que cautelaba la puerta, se dirigió a una sala donde varios funcionarios trabajaban en sus respectivas mesas y, cuando entraba un visitante, se acercaban al mostrador para atenderlo en sus peticiones.

Mariana fue directa hacia Patricia Fité, a quien conocía ya de una ocasión anterior. Era la encargada de tramitar los certificados de todos aquellos estudiantes que debían continuar su formación académica a su regreso a España. Ella la distinguió enseguida; se levantó de su mesa y se acercó al mostrador. Debía de tener alrededor de veinticinco años, según calculaba Mariana. Era rubia y muy delgada, vestía un traje chaqueta azul marino y una camisa blanca, y llevaba en el lóbulo de las orejas unas pequeñas perlas.

—Buenos días, señora Casanova. Quedamos en que me llamaría antes de venir.

Mariana sabía cómo ganarse a la gente.

—Me asombra que se acuerde usted de mi nombre, con la de personas que deben de pasar por aquí cada día.

—Es parte de nuestro trabajo. Y de cualquier manera, usted no es una persona corriente, y al decir esto me refiero a que es muy fácil recordar su imagen.

Después de ese intercambio de amabilidades, Patricia le explicó el motivo por el cual debería haber concertado una cita antes de acudir.

—Tendrá que volver otro día, y esta vez espere a que yo la llame porque el embajador, don Emilio Cassinello, estará ausente durante una semana y es imprescindible que su firma figure debajo del sello de la embajada.

Mariana se resignó.

—La paciencia, aquí en México, es una virtud fundamental.

—No sabe cuánto lo siento, pero no está en mi mano... Sí puedo servirla en algo más...

Mariana cayó en la cuenta de que sí había algo que haría que la visita no hubiera sido estéril.

—¡Pues mire, sí! He estado consultando agencias para comprar los billetes de regreso a España, y los precios de las líneas oficiales, Aeroméxico, Iberia o Air France, escapan a mi presupuesto. Los gastos del viaje de mis cuatro hijos, yo misma, y las maletas y los bultos tras desmontar una casa suman un montón de pesos. ¿No sabría usted, por casualidad, de algún descuento especial para familias numerosas, o para españoles que regresan a casa... o algo así?

—Su caso es bastante común. Las personas que trabajan en México van y vienen de España, y no todo el mundo puede permitirse un billete en esas compañías, como le sucede a usted.

—En un par de ocasiones he ido a España para ver a mi familia, pero esta vez nos desplazamos todos ya que nuestra estancia en México ha finalizado, y por eso busco billetes más económicos.

—Aguarde un momento.

Patricia se llegó hasta su mesa, sacó un librito de uno de los cajones y regresó al instante junto a Mariana.

—Dado que muchas personas me preguntaban lo mismo, hace ya tiempo encontré en esta guía de viajes una agencia que es secundaria pero segura y que tiene precios muy accesibles. No puedo darle el librito porque sólo tengo éste —dijo mostrándoselo.

—No importa, tomaré nota —respondió Mariana, y sacó de su bolso una pequeña agenda y un bolígrafo.

La funcionaria buscó la página correspondiente y leyó:

—«Agencia Perales, en el número dieciséis de la avenida Montevideo, en el distrito de Polanco». Espero que la información le resulte útil. Cuando regrese a recoger los certificados de estudios de sus hijos, ya me dirá cómo le ha ido. ¡Ah! Y no se le olvide llamarme antes, no vaya a ser que el embajador Cassinello demore su regreso.

—Gracias, Patricia, así lo haré.

Al cabo de una semana, Mariana llamó a la embajada preguntando por Patricia Fité, y ésta le comunicó que el embajador don Emilio Cassinello había regresado y firmado los certificados de estudios de sus hijos. Fue a la embajada sin demora y, tras agradecer a la joven sus desvelos y recoger los documentos, se dirigió al distrito de Polanco, donde estaba ubicada la agencia Perales, pues hasta entonces no había tenido tiempo de ir.

El aspecto no era demasiado glamuroso. Estaba en los bajos de un pequeño inmueble de dos plantas encajado entre dos edificios más importantes y la puerta era similar a la de una modesta tienda de bisutería o una zapatería de barrio. Mariana se fijó en el rótulo que había sobre ella, en el que, en letras doradas sobre fondo negro, se leía: AGENCIA PERALES. En el cristal de la puerta había un cartel pegado que anunciaba viajes en autobús a diversos destinos.

Mariana empujó la puerta, y sonó una campanilla que hizo que los dos empleados que había en el interior de la agencia, instalados en sendos escritorios detrás de un pequeño mostrador, alzaran la mirada hacia ella.

—Buenos días —saludó Mariana.

—Buenos días, señora —respondieron casi al unísono.

El más próximo se levantó de su mesa. Mariana lo observó. El individuo tendría alrededor de cuarenta años, llevaba gafas de montura metálica y era delgado, aunque con una barriga incipiente que lo obligaba a usar tirantes para sujetarse los pantalones. Se quitó la visera verde de la cabeza y la dejó sobre la mesa cuando se acercó a ella.

—Usted me dirá, señora.

—¿Tienen billetes de avión para España?

—¡Claro!

Mariana se excusó.

—Como en el cartel de fuera anuncian tan sólo viajes en autobús...

—Ése es mayormente nuestro negocio.

Mariana extrajo del bolso su agenda.

—Me convendrían seis billetes para España, en concreto, cuatro niños y dos adultos. Viajaremos con mucho equipaje. Los necesito para el jueves de la segunda semana de julio.

El hombre, sin consultar nota alguna, respondió:

—Ese día no puede ser, señora.

La respuesta escamó a Mariana.

—¿Cómo puede saber usted si hay plazas sin consultar siquiera una lista?

—No he de consultar si hay plazas porque únicamente volamos los martes.

Mariana pensó que el volumen de ventas de la agencia debía de ser pequeño, pero se dijo enseguida que, si el precio le convenía, ya haría por volar el martes.

—En el caso de que me convenga, ¿podría usted decirme el importe?

—De los boletos sí, el equipaje se lo pesarán en el aeropuerto. Por cierto que, si tanto equipaje tiene, deberá estar allí un par de horas antes.

—Eso lo entiendo, pero dígame el importe de los billetes, por favor.

Ahora sí, el hombre regresó a su mesa y cogió una vieja máquina de sumar de manivela.

—Me dice usted seis billetes para España, cuatro de niño y dos de adulto —quiso confirmar.

—Exactamente.

—¿Ninguno de los niños tiene más de quince años?

—La mayor tiene quince y el pequeño cinco.

El empleado de la agencia comenzó a introducir cifras pulsando las teclas y a darle a la máquina, y al poco, tras cortar el papel, se dirigió de nuevo a Mariana y se lo entregó.

Mariana lo examinó con atención. Después alzó la mirada hacia el hombre y de nuevo la bajó al papel. No acababa de creerse lo que veía: ¡el importe de los billetes ascendía a menos de la mitad de lo que le habrían costado los de Aeroméxico o Iberia!

Salió exultante de la agencia Perales. Con lo que tenía ahorrado, más el depósito que Benjamín le devolvería, podría regresar a España sin tener que tocar el legado de Clarita. Mariana se introdujo en el vehículo y se dio cuenta de que hacía mucho tiempo que en sus labios no se dibujaba una sonrisa.

82

La feria

Cuando tuvo todo bien atado, contando con la parte recuperada del depósito del apartamento, liquidadas las cuentas de su negocio con Malena y sumado a ello el montante de sus ahorros, Mariana se encontró con suficiente dinero para dar por finalizada su estancia en México y partir hacia España. Telefoneó a sus padres, que se habían inquietado mucho al enterarse de la última aventura de Sergio. Don Pedro Casanova ofreció a su hija ayudarla en lo que le hiciera falta para volver, pero Mariana le dijo que no se preocupara, que tenía ya todo resuelto, y añadió que volvería a llamarles cuando supiera el día y la hora de su vuelo, aunque aterrizaría en Madrid y de allí iría a Barcelona.

Tras el disgusto de los niños por la pérdida de Toy, a pesar de que procuró explicarles lo ocurrido con todo el cariño del mundo, Mariana buscaba cualquier circunstancia que los distrajera proporcionándoles nuevos horizontes y metas.

Esa noche reunió en el salón a los tres mayores.

—Vamos a hacer algo que aquí, en México, hace mucha gente cuando se va de viaje. Vais a recoger y a meter en cestos todos aquellos juguetes y cosas que ya no usáis y los que, por ser muy grandes, no podremos llevarnos a España. Petra preparará muchas cosas de la cocina y yo también haré limpieza de mis armarios. Cuando lo tengamos todo, el sábado montaremos en la calle un tenderete y lo venderemos todo por muy poco dinero... ¡Será muy divertido, ya lo veréis!

Los gritos y las exclamaciones de sus hijos reflejaron el entusiasmo que la idea les había causado.

—¡Y eso no es todo, hijos! Escuchad: con el dinerito que obtengáis de la venta de vuestros juguetes, más una ayudita que mamá os dará, antes de subir al avión podréis comprar en la tienda del aeropuerto de Miami lo que os guste para distraeros durante el vuelo.

—¡Yo me pido un osito de peluche que tenga los ojos de cristal! —gritó Rebeca.

—¡Yo unos tebeos! —Ése fue Álvaro.

—Pues yo... yo... lápices de colores —dijo Dieguito.

—A mí, si me llega, me gustaría comprarme un radiocasete.

La petición de Valentina fue coreada por sus hermanos con comentarios de protesta: que no había derecho, exclamaban, y que aquello era muy caro, añadían.

—He dicho si me llega el dinero —se justificó Valentina. Luego preguntó a Mariana—: Mamá, ¿podrán venir mis amigos a ayudarnos a vender?

—¡Claro, hija! También vendrá Malena para echarnos una mano. Ella me dio la idea cuando le hablé de la cantidad de trastos que habíamos acumulado en casa en tan poco tiempo.

Mariana se asustó cuando vio amontonadas en el recibidor la infinidad de cosas que habían recogido entre todos. Petra había dejado en la cocina lo justo para guisar y para poner la mesa. El resto, como una batidora eléctrica, una cafetera y un larguísimo etcétera, había ido a parar a varios cestos también. Los niños se habían desprendido de todos los juguetes que no querían y de aquellos cuyas cajas eran demasiado grandes, y también de dos bicicletas de diferente tamaño, un coche de pedales y un patinete. En cuanto a Mariana, en primer lugar vació medio armario suyo y después revisó los de los niños.

El sábado, como si el sol quisiera colaborar, amaneció espléndido. A las ocho de la mañana estaban montando el tenderete con unos caballetes y unos tablones que el portero del edificio les proporcionó, además de la estantería del dormitorio de las niñas, que también iba en el lote. Sobre aquel mobiliario, con un orden muy estudiado, fueron colocando todos los objetos de menor tamaño, y en el suelo, al pie de los caballetes, las bicicletas, el patinete y el cochecito de pedales.

A las nueve en punto el equipo de colaboradores había llegado, y Mariana observó que era más numeroso de lo que esperaba. Había muchas amigas de Valentina, otras que no conocía y tres muchachos.

Malena llegó la última y se asombró del mercadillo que habían organizado en la calle. Tras dar dos besos a Mariana y saludar a Petra, no pudo evitar el comentario.

—De haber sabido que hacíais este montaje habría llamado a Zoza, que seguro que os ficha a todos para El Palacio de Hierro.

A las diez hicieron la primera venta, y a las tres y media estaba casi todo liquidado. Los aprendices de vendedor con que contaban habían convocado a todos sus amigos y conocidos. Los niños estaban contentos, y también lo estaba Mariana, quien, por unas horas, se había olvidado de lo que los esperaba a todos al llegar a España, con Sergio en la cárcel. ¿Cómo explicaría eso a sus hijos si ella misma se moría de vergüenza?

83

El aeropuerto

Malena se había empeñado en acompañar al aeropuerto a Mariana, pero ésta se negó. Iba a costarle mucho separarse de la que había sido su amiga y socia, y prefería hacerlo en la intimidad. Así pues, la noche previa a la partida cenaron juntas, temprano, y terminaron llorando como dos colegialas e intercambiando la promesa de visitarse cuanto antes. Luego, aún emocionada, Mariana se dispuso a descansar ya que intuía que el día siguiente sería complicado y farragoso.

Llegó al Benito Juárez con mucha antelación dado que estaba advertida de que la facturación de su equipaje iba a ser larga y dificultosa, además de cara, se temía. Dejó a los niños en la tienda, con Petra, para que fueran escogiendo sus compras. Lo primero que hizo fue buscar la ventanilla con el cartel de la agencia Perales. Recorrió con la mirada los rótulos de todas las compañías dos veces, y comprobó que no figuraba. En la propia agencia le habían dicho que en una de las de Aeroméxico vería debajo su cartel, y como no fue así se dirigió a la garita de Información, sin perder de vista los cinco carritos en los que habían acomodado el equipaje. Dos empleadas atendían a los pasajeros, y Mariana aguardó en la cola.

—Señorita, ¿puede indicarme cuál es el mostrador de la agencia Perales? —preguntó a una de ellas llegado su turno.

La muchacha se volvió hacia su compañera.

—Debe de estar anunciada en los carteles, ¿no?

—No, Ángela —le contestó la otra—. Perales no es una compañía aérea, es una de las agencias flotantes.

Mariana, que había oído la respuesta, le preguntó:

—¿Y eso qué quiere decir?

—Verá, hay tres pequeñas agencias, Perales y otras dos, que tienen un vuelo semanal, dos a lo sumo, y no les resulta rentable mantener una taquilla fija.

Mariana se inquietó.

—Entonces ¿qué hago? Tengo que embarcar todo este equipaje —dijo señalando sus carritos.

—Espere junto a ellos. Verá a varios hombres que llevan en alto un cartelito en un palo en el que anuncian el nombre de su respectiva agencia. Cuando divise el de la suya, diríjase a él y le informará.

Tras dar las gracias, Mariana consultó su reloj. No era justo que, después de acudir con tanta antelación, tuviera problemas con el embarque. En ésas estaba cuando divisó al hombre con el cartel. Alzó el brazo y lo movió de un lado al otro para llamar su atención. El hombre se acercó.

—La he buscado, pero como creía que su grupo era de seis personas, no había reparado en usted.

Mariana señaló su equipaje.

—He de embarcar todo esto y no sé dónde ni cómo.

—Sígame, señora. Aeroméxico nos presta un pasillo de carga donde pesan el equipaje y nos comunican el importe. En cuanto usted lo abone, ellos se ocuparán de todo.

—Aguarde un instante y vigile todo esto. Voy a por mis hijos, que están en el duty-free.

El hombre asintió con la cabeza, y Mariana partió en busca de los niños. Rebeca tenía un perrito de peluche en brazos,

Álvaro había encontrado sus tebeos, Valentina finalmente había comprado su reproductor de casetes, aunque sin radio, y Dieguito sostenía sus lápices de colores y un libro para pintar.

Tras pagar el importe partieron todos juntos hasta donde el empleado de la agencia los esperaba con los carritos. Entre todos los transportaron hasta donde él les indicó, y allí Mariana se dispuso a escuchar su sentencia.

Sacaron los diferentes bultos y maletas, y dos empleados de Aeroméxico fueron colocándolos en la báscula. Mariana vigilaba horrorizada la pantalla de números rojos que iban subiendo velozmente hasta que el contador se detuvo al llegar al ochenta y dos.

—¿Pagará en dólares o en pesos mexicanos?

—En pesos —respondió Mariana, ya que tenía bastante moneda nacional todavía, que esperaba cambiar en el aeropuerto.

La muchacha calculó enseguida.

Mariana respiró aliviada. Más o menos, coincidía con la estimación que ella había hecho. Sacó del bolso el dinero, lo puso sobre el mostrador y fue contándolo delante de la joven.

Liquidado el trámite, Mariana interrogó con la mirada al empleado de la agencia Perales para que le dijera por qué puerta de embarque tenían que entrar.

—No, señora, nosotros vamos por allí. —Y al decir esto señaló con el dedo una puerta por la que se accedía a un largo pasillo.

La caravana se puso en marcha. Mientras Mariana, Petra, Valentina y Álvaro cargaban en el hombro con sus mochilas, los dos pequeños iban con sus juguetes.

Al salir a la pista Mariana vio un pequeño autobús con las letras de Aeroméxico en un lateral en el que aguardaban ya catorce personas.

—Bueno, señora, mi trabajo acaba aquí... Que tengan ustedes un buen vuelo —les deseó el empleado de la agencia, y se marchó.

Mariana le dio las gracias. Al momento, se volvió hacia sus hijos.

—Vamos, ¡todos arriba!

Fueron subiendo; primero los pequeños con Petra, después Álvaro y Valentina, y ella al final. Tomaron asiento en la parte trasera del autobús y se cerró la puerta. Acto seguido, un auxiliar de tierra comprobó que el número de pasajeros era el correcto, y el conductor puso el motor en marcha y arrancó.

Recorrieron un buen trecho pasando por detrás de una larga hilera de aparatos de diversas compañías que, ordenados en fila, iban avanzando a medida que el primero se dirigía a la pista de despegue.

El pequeño autobús finalizó su recorrido deteniéndose junto a un avión de tamaño medio que estaba al final de la pista lateral. Mientras hacía la maniobra de aproximación, Mariana lo observó detenidamente. Era un Illyushin Il-62, y en la parte superior, por encima de las ventanillas, constaba el nombre de la compañía.

El grupo fue descendiendo, y todos se encaminaron hacia la escalerilla del avión. A medida que entraban en él, iba dándoles la bienvenida una pareja de azafatas con uniforme azul claro, una blusa blanca y un gracioso gorrito ladeado. Mariana y su familia tenían billetes de clase turista, y hacia allí se dirigieron. Había tres asientos a cada lado del pasillo central, y Mariana se instaló con Valentina y Álvaro en una fila de tres mientras Petra, Rebeca y Dieguito ocupaban los tres del otro lado. Tras colocar el equipaje de mano en los cofres superiores, Mariana comenzó a creerse que de verdad regresaba a España.

Por el desgaste de las tapicerías, supuso que aquel avión tenía un largo historial de vuelos y confirmó al instante que, además, su mantenimiento dejaba mucho que desear. El reposabrazos derecho del asiento de Valentina no se doblaba del todo y su reposacabezas tenía un desgarro. En cuanto a la higiene, cuando menos en la clase turista, no se habían esforzado demasiado con la limpieza después del vuelo anterior; de hecho, el cenicero de su izquierda todavía alojaba un chicle masticado.

Tras el ritual de las medidas de seguridad, las azafatas recorrieron el pasillo con el carrito de prensa ofreciendo revistas y periódicos. Al tiempo que Mariana tomaba dos de ellos, el aparato comenzó a rodar para ocupar su puesto en la fila de aviones que se dirigía al extremo de la pista de despegue. Dobló los periódicos y los colocó en la bolsa que había en el respaldo del asiento de delante, luego se santiguó y, entonces sí, supo con certeza que su vida en México había concluido.

Una vez que el avión estuvo en el aire, el pasaje, que durante la larga espera había estado callado, comenzó a charlar animadamente; unos regresaban a casa y otros iban de vacaciones a España.

Mariana observó a sus hijos. ¡Qué pequeños eran todavía! Tenían toda la vida por delante, y su misión era protegerlos y guiarlos hasta que fueran capaces de tomar sus propias decisiones. En aquel instante, tras tanto ajetreo, le apeteció cerrar los ojos y centrarse en ella. ¿Qué iba a hacer ahora? Tenía treinta y siete años, y su relación con Sergio estaba definitivamente rota. Pero no por su culpa: nadie podía decir de ella que no había puesto todo de su parte para salvar su matrimonio. La gran compensación era estar de nuevo con los suyos, sobre todo con su padre, a quien había visto muy envejecido en la visita a México que él y su madre hicieron para asistir a la comunión de Rebeca. Cuando llegara a Barcelona, lo primero sería buscar trabajo. Ese asunto no le preocupaba demasiado; nada la asustaba, y siempre tuvo muchos y buenos amigos con negocios y comercios importantes a quienes acudir.

Ya fuere debido a la tensión acumulada los días previos a la partida, ya a lo poco que había dormido la noche anterior, el caso fue que la asaltó un sueño invencible, de modo que encomendó a Petra el cuidado de los niños. A los cinco minutos, dormía profundamente.

La despertó el trajín de las azafatas mientras repartían las comidas. Sus hijos estaban encantados descubriendo lo que había en los platitos envueltos en celofán transparente que les habían servido en una bandeja, y a todos les parecieron deliciosos tanto los macarrones como el pollo frío acompañado de ensaladilla rusa, y sobre todo el pastelito relleno de crema. Para beber, Petra y los niños tomaron agua mineral. Por último sirvieron los cafés, y la modorra pareció extenderse por todo el pasaje. Mariana, que había descansado y estaba muy despejada, se dedicó a mirar por la ventanilla. El cielo se había encapotado y el mar presentaba un aspecto encrespado, coronado su oleaje por crestas de blanca espuma.

La voz del capitán se escuchó por los altavoces:

—«Entramos en una zona de turbulencias. Permanezcan sentados y con los cinturones abrochados. Si hay alguien en los aseos, le ruego que regrese rápidamente a su asiento».

El pasaje se agitó inquieto, y el clic de los cinturones sonó a lo largo de la nave. A la vez que Mariana se abrochaba el suyo, observó que Valentina y Álvaro hacían lo mismo y Petra se lo ajustaba a los pequeños.

De pronto, el avión se desplomó con brusquedad unos cien o ciento cincuenta metros y empezó a crujir como si fuera de madera. Un grito unánime salió de las gargantas de todos los pasajeros al tiempo que se abrían las portezuelas de los portaequipajes y comenzaban a caer bolsos y maletines de mano, y, casi de inmediato, se liberaban las mascarillas por efecto de la descompresión y bailaban frente a sus ojos.

Un dolor agudo atenazó los oídos de Mariana, y se fijó en que Valentina y Álvaro se tapaban las orejas y la miraban angustiados. Las sacudidas duraron quince o veinte minutos, y a Mariana se le pasó por la cabeza que tal vez allí acabara su historia. Lo sintió por sus hijos, que tenían toda la vida por delante, y por sus padres, que la esperaban. Si no fuera por su familia, a ella tanto le daba. Se llevó la mano al cuello, a la cadena con su medalla del Sagrado Corazón, y la apretó con fuerza en tanto comenzaba a rezar un avemaría detrás de otro.

Al cabo, el avión se estabilizó y la voz del comandante tranquilizó al pasaje:

—«Señores pasajeros, hemos salido de la zona de turbulencias. Permanezcan sentados, por favor. La tripulación de cabina se ocupará de poner todo en su lugar, y a continuación les servirán unas bebidas por gentileza de la compañía. Confío en proseguir el vuelo sin novedad hasta que, dentro de aproximadamente tres horas y media, aterricemos en el aeropuerto de Barajas».

Las azafatas y el sobrecargo que atendían a los pasajeros de primera clase se pusieron manos a la obra. Después de recoger y de cerrar las portezuelas de los cofres, retiraron varias bolsas con vómitos y comenzaron a rociar colonia con vaporizadores para tratar de aliviar el mal olor que el incidente había provocado. Para finalizar, sirvieron a cada cual la bebida que se le antojó, y lo que más pidió el pasaje fue vino tinto o coñac. El susto había sido mayúsculo.

A las tres horas y diez minutos empezaron a sobrevolar en círculos el aeropuerto de Barajas. El tiempo fue alargándose, y el contorno de Madrid desapareció bajo el avión. Todos se miraban entre sí con inquietud.

La voz del comandante se escuchó de nuevo:

—«Señores pasajeros, la torre de control nos ordena una espera larga debido al intenso tráfico. En breve nos comunicarán si podemos aterrizar en Madrid o nos desvían a Valencia».

Mariana oyó el comentario de la pareja que ocupaba los asientos de atrás:

—Esto tiene todo el aspecto de ser un vuelo pirata, por eso no nos dan pista.

La espera se dilató, y cuando el avión se posó en Barajas por fin, un suspiro casi uniforme salió de las gargantas de la gente. Mariana y toda su tropa descendieron y se dirigieron a toda prisa hacia la sala de tránsitos pues su vuelo a Barcelona debía salir al cabo de una hora. La propia compañía aérea se ocuparía de trasladar sus maletas y sus bultos de un avión a otro. Diego dormía en los brazos de Petra y los tres mayores andaban emocionados pensando que ya habían llegado a casa.

Mariana se acercó un momento al quiosco para curiosear las portadas de las revistas, y súbitamente unas grandes letras del periódico *Informaciones* captaron su atención y su corazón se aceleró:

GRAVE COGIDA A RAFAEL CAÑAMERO

Ayer tarde en la plaza La Esperanza de Lima un toro de la ganadería San Pedro & Salamanca corneó e hirió de gravedad al rejoneador Rafael Cañamero, que fue operado en la enfermería de la propia plaza por el doctor Emilio Enríquez. En estos momentos se teme por su vida.

84

La llegada

Cuando el avión aterrizó a las nueve de la noche en el aeropuerto de El Prat, en Barcelona, Mariana tenía el corazón en un puño. Después de desembarcar, un autobús los condujo hasta la embocadura de la pasarela, y de allí fueron a recoger el equipaje. Petra sentó en uno de los carritos a Diego, mientras sus tres hermanos, pese al cansancio, caminaban hacia la salida excitados y felices por la llegada a casa tras más de tres años de ausencia.

Habían ido a recibirlos los padres de Mariana; su hermana Marta con su marido, Manolo; su hermana pequeña, Alicia; su abuela Candelaria, que estaba pasando unos días en Barcelona, y Gloria Orellana y su marido, Joaquín Fontana. Sujetaban una pancarta en la que se leía: ¡BIENVENIDOS A CASA! Todos los aguardaban expectantes.

Cuando se abrieron las puertas de cristal y apareció Mariana con sus hijos, un grito gozoso partió del grupo, y, por vez primera en mucho tiempo, ella comprendió que sus angustias habían terminado.

Mariana y los niños se sintieron estrujados al instante por una sucesión de abrazos de toda su gente, besos mezclados con lágrimas, preguntas sin respuesta, silencios sonoros y voces discordantes que hablaban a la vez.

Cuando ya todo se tranquilizó, se encaminaron hacia el aparcamiento en pequeños grupos. Alicia iba delante con sus tres sobrinos mayores; Mariana, con sus padres, su hermana Marta, su abuela y su amiga Gloria, y Manolo y Joaquín, solos, charlando. Habían acudido al aeropuerto en cuatro coches: el de la abuela Candelaria conducido por Matías, el chófer; el de Manolo y Marta conducido por esta última; el de Gloria Orellana y Joaquín, y el de don Pedro, que conducía su yerno Manolo. Se distribuyeron y salieron del aeropuerto hacia la casa de Muntaner, donde Mariana, Rebeca y Diego pasarían la primera noche; Valentina y Álvaro se fueron con Gloria y su marido, felices y contentos de ir a dormir con Luisón y Adelita, los hijos del matrimonio, y Matías acompañó a Petra al piso de Mariana, en Obispo Sivilla, para que la muchacha descansara tranquila esa noche y al día siguiente fuera preparando la casa.

Llegados al piso y tras dar un vaso de leche a sus hijos, Marta y Alicia ayudaron a Mariana a acostar a los niños, después fue la abuela Candelaria quien se retiró, y el resto de la familia se reunió en el salón. Todos querían saber, y Mariana, a quien el propio nerviosismo había espabilado, tenía mucho que contarles. Las preguntas sobre el triste final de Sergio en México abundaron, después les contó el cierre de la casa de Cerro de Mayka, luego la aventura de la agencia Perales y el susto que se habían llevado en el avión que los condujo a Madrid. Finalmente, Mariana comentó la tremenda cogida que Rafael Cañamero había sufrido en la plaza La Esperanza de Lima mientras trataba de apartar, a cuerpo limpio, al toro de su caballo, que se encontraba herido en el albero. La noticia había llegado a oídos tanto de la familia de Mariana como de medio país, pues el rejoneador era una de las figuras más queridas por el público español.

—Era un gran tipo —comentó Manolo. Y luego, dirigiéndose a su cuñada, añadió—: Lástima que las circunstancias fueran tan adversas.

Don Pedro se lamentó también. Sin embargo, acto seguido se volvió hacia su yerno.

—¿Qué habrías hecho tú si un hombre en esas circunstancias te hubiera pedido la mano de Susana cuando ella sólo tenía diecisiete años? —le dijo.

Manolo se excusó.

—¡Por Dios, Pedro, si no te juzgo! A lo que me refería es que, a toro pasado y después del resultado que ha dado Sergio, creo que fue una lástima.

Marta tomó la mano de su hermana Mariana.

—Lo que te ocurrió fue algo tan extraordinario que parece una novela.

Mariana se dirigió a su cuñado.

—No digas «era», Manolo. Di que es un gran tipo. Está luchando entre la vida y la muerte y, como tantas otras veces, saldrá de ésta.

Marta indagó.

—¿Has vuelto a saber de él?

—En México fue a verme en dos ocasiones y me dijo que seguía queriéndome.

El silencio se instaló entre los presentes. Doña Pilar lo rompió.

—Vamos a descansar, mañana será otro día —dijo a Mariana, y le dio un beso en la frente—. Ya verás como con la luz del sol todo será diferente. El pasado no tiene remedio, hija; lo único que debe preocuparnos es el futuro.

85

Cadaqués

Mariana y Gloria estaban sentadas en la salita del piso de Obispo Sivilla. Tenían mucho de que hablar. Valentina y Álvaro se habían quedado jugando con Luisón y Adelita, y Rebeca y Diego se habían ido con los abuelos al Real Club de Polo, cuya cuota Mariana había mantenido durante los años de su estancia en México.

Las preguntas y las respuestas de las dos amigas se solapaban sin interrupción.

—Entonces, todo lo que sabes es lo que dice la prensa —afirmó Gloria.

Aunque no había sido una pregunta, Mariana asintió con la cabeza.

—Y lo más triste es que no tengo medios para comunicarme con alguien de su entorno para que me dé noticias.

—¿Y de Sergio qué sabes?

—Lo que te conté, que me telefoneó desde el hotel Velázquez para decirme que lo conducían a Carabanchel. Lo único que he hecho ha sido avisar a su hermano, y por pura humanidad.

—¿Y después, cuando salga...?

—No sé qué pena le va a caer, pero cuando eso ocurra tendré una sola conversación con él, si hace falta con el abogado delante, para decirle que los niños vivirán conmigo y que si quiere verlos yo estaré presente, como hice en México. Y hay dos lugares que no podrá pisar: los colegios y el Club de Polo, que, dada mi situación, será durante varios años el lugar de veraneo de mis hijos.

—¡Ah, no! ¡De ninguna manera! Ya te conté que nos fuimos de Llafranc porque Joaquín, que como director de Orellana y Santaella ha superado incluso las mejores expectativas de mi padre, compró una masía en Cadaqués, cerca de la playa Es Llaner. Pues bien, mis suegros suelen pasar allí unos días con nosotros, pero se van siempre antes del diez de agosto, así que tú y los niños os instalaréis en la casa desde entonces hasta que empiecen los colegios. Después de lo que has pasado, te conviene tumbarte al sol como una lagartija y sestear en la barca tras la comida.

—¡Qué más quisiera yo! Pero tengo que hablar con los colegios para ver si me hacen algún descuento como familia numerosa y, lo que es más urgente, he de buscar trabajo. Además, creo que es mi obligación ir a la casa de mis padres en Sitges. Sé que les hace mucha ilusión tener a los niños, y eso haré hasta el quince de agosto, fecha en la que todos los años acuden Marta y Manolo con sus hijas... Y he de contar con que luego estará mi hermana Alicia con una amiga, ya sabes que se ha ido a vivir con ella ahora que nosotros hemos vuelto al piso, y no sé si también irá mi abuela... La casa está bien, pero no para tanta gente.

—No me vendas la burra, Mariana. Puedes solventar lo de los colegios ahora. Y en cuanto a lo del trabajo, tendrás muchas más oportunidades de encontrarlo en Cadaqués, donde la mitad de Barcelona pasa las mañanas en las barcas repartidas por todas las calas. Aquí no quedará nadie... Así que, si tienes el mes de julio resuelto yéndote a Sitges, te espero el quince de agosto en Cadaqués.

—Somos mucha gente, Gloria. No tengo derecho a invadir tu casa.

—No te pongas pesada que no voy a admitirte un no por respuesta. La masía es muy grande, por ahí no hay problema. Anda, mujer... ¡Que además podrás bailar sardanas! E iremos al Port de la Selva a comer anchoas y a Llafranc a ver las habaneras, si quieres. Pero ¡tú te vienes a Cadaqués como que me llamo Gloria!

Mariana se rindió.

—Soy pobre en dinero, pero riquísima en amigas. Te agradezco infinitamente tu invitación.

El 15 de agosto, Mariana, sus cuatro hijos y Petra, en el coche de la abuela Candelaria, llegaban a la casa de los Fontana en Cadaqués, una masía situada en la parte de montaña de Es Llaner, con vistas a la playa y en medio de un terreno que era mitad jardín y mitad huerto. Gloria, una decoradora frustrada, había hecho respetar la estructura exterior de la antigua masía fortificada, conservando inclusive una casamata defensiva situada en una esquina, pero por dentro la había adecuado a las necesidades de una gran familia, sobre todo los cuartos de baño, cuatro en total, y los lavabos ocultos en armarios instalados en cada dormitorio, pues los Fontana Orellana acostumbraban a tener cada quincena un número indeterminado de invitados. En el huerto, en la parte más alejada de la casa, había aprovechado un gran almacén que existía ya para hacer tres compartimentos; el primero, para alojar al payés que iba con regularidad a cuidar el huerto y que en invierno hacía de guardés; el segundo, para poner a buen recaudo los aperos de labranza, y el tercero, como cuadra para la mula que tiraba de la tartana pintada de rojo, con el techo curvo y dos banquitos enfrentados, y a la que se accedía por la portezuela de atrás, que usaban para bajar a la playa por las mañanas y al pueblo por las tardes, y también para Muley, un burrito gris de largas orejas y tripa algodonosa que hacía las delicias de Luisón y Adelita, los hijos de Joaquín y de Gloria.

Mariana, pasado el tiempo, recordaría aquellos días como los más tranquilos y plácidos de los últimos años. Por la mañana, después de desayunar, el payés las bajaba a ella y a Gloria al pueblo en la tartana, y compraban la prensa, nacional y extranjera, en la librería y se iban al Melitón a tomar otro café mientras la leían. Era exactamente lo que Mariana necesitaba, ya que pocos días después de su llegada a Barcelona tuvo que leer en los periódicos la noticia de la muerte de Rafael Cañamero. Al parecer, había fallecido acompañado por su cuadrilla y por su hijo Manuel, quien explicó a la prensa que la última voluntad de su padre había sido que lo incineraran y que sus cenizas se depositaran en el pequeño cementerio de su pueblo natal, Ayamonte.

Mariana no pudo impedir que un montón de recuerdos acudieran a su mente y que las lágrimas desbordaran sus ojos al enterarse. Pero los días pasaron y ahora, en compañía de su mejor amiga, se dejaba mecer por el descanso de unas merecidas vacaciones.

A las doce, como todas las mañanas, estaban en la cala Culip. Gloria, con sandalias de goma como precaución por si se topaba con erizos, había encajado el pequeño rezón de la barca entre dos rocas en tanto su marido echaba el ancla por la popa. Bien amarrados ya, la pequeña tripulación se lanzó al agua mientras Joaquín se afanaba con el motor y las dos amigas se recostaban en las colchonetas de proa. Gloria, que siempre tenía a mano los prismáticos, echó una ojeada a las barcas que habían fondeado en otros rincones de la cala por si reconocía a alguien.

—Allí al fondo están los Benedetti —informó a Mariana—. Ella es espectacular... Y me parece que han cambiado de barca. Y un poco más allá veo La Gamba de los Robinat. Me enteré de que han comprado a su hijo un laúd y que el chico quiere ir en él hasta Menorca con un amigo… A mí me parece una barbaridad, pero ya se sabe, a los dieciocho años no hay quien los pare.

Súbitamente, Gloria cambió de cara. Entraba en la cala un laúd con una raya verde en los costados. Apartó los prismáticos y se volvió hacia Mariana.

—¿Te ves capaz de hacer de jefa de sala en un restaurante de categoría? —le preguntó.

—Si me pagan, excepto de cabaretera, soy capaz de todo.

Gloria señaló con los prismáticos el laúd.

—¿Conoces a Rita Candela?

—Me suena, no sé de qué, pero me suena.

—Es una cocinera fantástica y tiene un pequeño restaurante en la calle Santaló, El Rincón de Pepe, que está bastante cerca de tu casa. Sé que está buscando una jefa de sala que conozca a la gente bien de Barcelona y que aporte un capital de cinco millones de pesetas.

Mariana se sentó y miró risueña a su amiga.

—Me siento capaz de vender un bacalao a un escocés, eso no es problema… Pero debería asegurarme de que el negocio es viable antes de invertir tanto dinero…

86

El obispo

Mariana regresó de Cadaqués el 10 de septiembre. Pronto empezarían las clases, y los niños habían sido aceptados de nuevo en el colegio de las religiosas de Jesús-María, donde las monjas, dada la situación de Mariana y teniendo en cuenta que eran cuatro alumnos, ya que Diego entraba en párvulos, habían tenido la atención de hacerle un precio especial, además de cobrarle tan sólo la mitad del importe de las matrículas.

Después de pensarlo, había decidido invertir el dinero requerido para entrar de jefa de sala en el restaurante de Rita Candela de la calle Santaló. Su aportación sirvió para cubrir el patio exterior y, con ello, tener la posibilidad de dar servicio a más clientes, sobre todo en invierno ya que en verano únicamente estaba abierto durante el mes de julio. Cuando entró en el negocio, se dijo que Clara Liechtenstein estaría satisfecha de ella desde el cielo. Mariana también pensaba cumplir su parte: la herencia de la anciana quedaría intacta y a salvo de las garras del Panzón hasta que Mario, el niño, cumpliera la mayoría de edad, momento en que Mariana dejaría de tener responsabilidad alguna sobre esa fortuna.

Mariana se hizo rápidamente con el oficio, y aprendió al vuelo a colocar los platos que conviniera, según las órdenes de la cocina. Los «Mariana, hoy ha de salir todo el *foie*» o «Recomienda gambas, Mariana, porque mañana ya no podrán servirse», eran continuos, y más de una vez tuvo que informarse de los ingredientes porque los clientes le hacían preguntas que no sabía responder, como la vez que recomendó en los postres «fruta de la pasión» y cuando el cliente quiso saber qué era, ella, antes de contestar lo que ignoraba, salió del paso haciendo ver que la llamaban de la cocina y aprovechó la ocasión para enterarse.

Desde su llegada de México la obsesionaba una noticia que conoció a través de Sonia Castrillo. Se enteró de que había sido nombrado obispo de Asturias el que fuera su guía espiritual en el colegio y luego ofició su boda, el padre Rodrigo Azcoitia, y Mariana tenía auténtica necesidad de hablar con él para tranquilizar su conciencia al respecto de lo que debía hacer cuando Sergio saliera de la cárcel. Supo, asimismo, que su secretaria era María Luisa Pons, mayor que ella y compañera de clase de su hermana Marta. Mariana obtuvo su teléfono a través de la superiora del Sagrado Corazón, a la que hizo una visita, y, ni corta ni perezosa, aquel mediodía habló con María Luisa. Para refrescarle la memoria acerca de quién era, nombró a su hermana Marta. Pero no habría sido necesario poque María Luisa Pons la recordaba perfectamente de cuando hizo de Inmaculada en la fiesta del colegio; es más, luego había seguido sus pasos ya que la estafa de Sergio en Barcelona y su huida a México habían sido, durante muchos meses, tema de conversación recurrente entre la alta sociedad barcelonesa.

Tras una pausa, María Luisa consultó su agenda y le comunicó que Su Ilustrísima asistiría, del 25 al 29 de ese mes, a la reunión de la Conferencia Episcopal Española en Madrid, y añadió que a buen seguro tendría mucho gusto en recibirla en la residencia de los jesuitas, en el número 106 de la calle Serrano, el día 28 a las seis de la tarde. Mariana habló con Rita y le expuso la urgencia de su entrevista con el obispo, y también se reunió con su hermana Marta, a la que explicó la conversación habida con su antigua compañera de clase y le pidió que ayudara a Petra con los niños en su ausencia. Previendo que debería hacer noche en Madrid, metió un camisón, las zapatillas y un neceser con sus artículos para el aseo, y a las diez de la mañana del día 28 estaba en el aeropuerto de El Prat comprando el billete para el vuelo de Iberia con destino a Madrid de las once y cuarto.

Llegó sin novedad y se dirigió al hostal Marlasca, ubicado en el número 14 de la calle de la Cruz, un establecimiento que gozaba de tres condiciones imprescindibles para Mariana: estaba bien situado, la limpieza era impecable y, sobre todo, tenía un precio asequible. Pidió una habitación que diera al exterior, dejó allí sus cosas, tomó un tentempié en el bar del hostal y, ya que su cita era a las seis y tenía tiempo, se dispuso a cumplir uno de sus viejos sueños, que no era otro que visitar sin prisas el Museo del Prado.

Se permitió el lujo de ir en taxi y, una vez que hubo pagado la carrera, se encaminó hacia la cola de acceso. Sin embargo, cuando ya estaba en ella se fijó en que había otra, mucho más corta, pensada para las personas que estaban de paso en Madrid. Vio que todos guardaban turno ordenadamente con su documento acreditativo en la mano y decidió probar suerte. Antes de dirigirse hacia allí, rebuscó en su bolso hasta dar con un viejo carnet caducado donde constaba como residente provisional en México. Poco antes de llegar a la taquilla, observó que un funcionario comprobaba los documentos, y enseguida supo el porqué: ese jueves la entrada al museo era gratuita para las personas acreditadas. Mariana pensó que, por una vez, la suerte le sonreía. En la taquilla le dieron un folleto que informaba tanto de las salas como de la ubicación de algunas de las obras más relevantes y, con él en la mano, entró en el museo.

La gente caminaba lentamente y en silencio, deteniéndose cada cual ante los cuadros que le interesaban o sentándose en los bancos que había delante de algunas pinturas si quería apreciarlas en todos sus detalles. Mariana consultó el folleto y, consciente de que era imposible visitar en una sola jornada la prodigiosa colección del Prado al completo, localizó las salas donde estaban los cuadros que más deseaba ver: *Las meninas*, *La fragua de Vulcano* y *La rendición de Breda* de Velázquez; *El caballero de la mano en el pecho* de El Greco; *El jardín de las delicias* de El Bosco; *Saturno devorando a su hijo*, *La maja desnuda* y *La familia de Felipe IV* de Francisco de Goya, y *Las tres Gracias* de Rubens. Se detuvo ante todos ellos para disfrutar de su contemplación, y sintió el orgullo de ser española.

El tiempo pasó muy deprisa y, casi sin darse cuenta, le dieron las cinco. De nuevo, y esa vez por asegurarse de llegar puntual a su cita, tomó un taxi que la dejó frente al número 106 de la calle Serrano. Pagó el viaje y, tras ver la sobria entrada del edificio, se introdujo en el vestíbulo. En las paredes estaban alineados los cuadros de los santos de la Compañía de Jesús y, presidiendo el espacio, el de san Ignacio de Loyola. En el centro había una escalera amplia y a la derecha estaba la garita del hermano portero. Mariana se dirigió hacia allí.

—Por favor, ¿el padre Rodrigo Azcoitia? Soy Mariana Casanova.

El religioso consultó una lista.

—Su Ilustrísima la aguarda a las seis. Ahora vendrán a buscarla.

El hermano portero descolgó un telefonillo y habló con alguien, luego se volvió hacia Mariana y señaló unos sillones que había al fondo.

—Si quiere puede sentarse mientras espera.

—Gracias, estoy bien así.

No habían pasado cinco minutos cuando un joven religioso con una sotana negra y un fajín ancho acudió al encuentro de Mariana.

—Doña Mariana, Su Ilustrísima Reverendísima la aguarda en el salón de arriba. Sígame, por favor, si es tan amable.

Mariana se dispuso a seguir al joven jesuita, quien, con el paso elástico que sólo tiene la juventud, la precedió a través de salones y pasillos hasta un recinto lujosamente amueblado en cuyo centro la esperaba en pie su confesor de juventud y actual obispo de Asturias, el padre Azcoitia.

Mariana se asombró al comprobar que tenía el mismo aspecto que recordaba de sus años escolares, la única diferencia era el color violeta de su sotana y las hebras de plata que salpicaban su cabello, y sin embargo habían transcurrido casi dos décadas. En el instante en que iba a saludarlo cayó en la cuenta de que ya no era el cura de su colegio al que veía todos los días, ahora era obispo. Él le sonrió y alzó la mano derecha, invitándola a avanzar para que se la besara. Estaba tan emocionada que, de no contenerse, se habría echado a llorar, pero de alegría. Tuvo la sensación del náufrago que, en medio de una tempestad, encuentra un madero al que asirse y cree que, de alguna manera, llegará a buen puerto. Mariana besó la mano que el obispo le tendía y, siguiendo su indicación, tomó asiento en uno de los silloncitos que había frente a su escritorio. Don Rodrigo, en vez de hacerlo del otro lado, lo hizo delante de ella.

—¡Cuánto me alegra que hayas venido a verme!

—¡Y a mí, padre, que haya podido recibirme, cuando imagino que su tiempo es escasísimo!

—Siempre lo tengo para mis antiguas alumnas.

Mariana recordó que el cura vivía en una casita que había en el jardín del colegio con su madre y preguntó por ella.

—Se me fue hace cinco años, pero cumplió uno de sus mayores deseos: asistir a mi ordenación como obispo y venirse a vivir conmigo a Asturias. —Tras una pausa, el prelado entró en materia—. Pero vayamos a lo tuyo, que el tiempo se nos irá muy deprisa y tú has venido a verme por algo importante.

Mariana se esponjó y en media hora explicó con detalle y desde el principio toda su aventura hasta su triste final.

—Algo había oído, y aunque estoy siempre entre cuatro paredes me llegan cosas. Ahora con menos frecuencia porque estoy lejos, pero cuando todavía estaba en el colegio me enteraba sin querer, a través de antiguas alumnas, de retazos de vuestras vidas. Además, has de reconocer que tú eras muy popular... Sin embargo, jamás habría imaginado que aquel hombre, que parecía una buena persona, acabara así.

—Pues así acabó, padre, haciendo en México lo mismo que hizo en Barcelona... Por eso está en Carabanchel.

El obispo palmeó afectuosamente la mano de Mariana.

—Y dime, hija, ¿qué puedo hacer por ti?

—No sé dónde estoy, padre, ni sé cuál es mi obligación... Usted dijo «Hasta que la muerte os separe», pero a mí me ha separado la vida y cuando salga de la cárcel no me veo capaz de seguir con él, ni creo que sea bueno para el futuro de mis hijos.

Su Ilustrísima miró a los ojos a Mariana.

—¿Hay otra persona?

—Ni la hay ni creo que vaya a haberla, aunque sólo tengo treinta y siete años.

El obispo guardó silencio unos instantes.

—Mariana, Dios nos pide sacrificios... Has tenido cuatro hijos con Sergio. No puedo decirte que haya sido un buen marido, pero los hombres siempre pueden cambiar. Fuiste educada en los sacramentos y sabes que el matrimonio es uno de los más sagrados. Todo el mundo merece el perdón.

—Padre, se lo diré muy claro: mi vida junto a Sergio ha terminado. Y no pienso seguir casada con él, así que tendrá que ser la nulidad o el divorcio, por mucho que les pese a la Iglesia, a usted y a mis padres. Es mi última palabra.

87

El último intento

Me alegro mucho por ti, pero a mí los días que duermas fuera de aquí van a hacérseme muy largos.

El que hablaba así era Sergio. Su amigo Marcos Álvarez había obtenido la condicional, de modo que tenía permiso para dormir fuera de la cárcel cinco noches a la semana.

—Si no fuera por el desmadre que hay en los juzgados, tú ya estarías fuera. Lo tuyo es de traca, pero piensa, y eso lo he visto yo, que los expedientes se amontonan en el suelo y cuando le llegue el turno al tuyo, con el tiempo que llevas aquí dentro, si no recuerdo mal va para un año, ¿no?, y lo bien que te has portado, al día siguiente te soltarán.

—Imagino que sí, pero de momento voy a quedarme solo, y vete a saber a quién me meten en la celda.

—Mientras yo entre y salga, a nadie. Lo he visto en otras ocasiones. No te consideran libre del todo hasta que has cumplido la condicional. Te quedas con el televisor y mis libros, Sergio, y además cuando regrese los lunes tendré muchas cosas que contarte. Y si quieres que haga algo por ti cuando esté fuera sólo tienes que decírmelo.

La respuesta de Sergio no fue espontánea. Cuando supo la fecha de la salida de Marcos, su mente había trabajado como una fragua. Las señales externas le eran favorables, pensó. Repasaba una y otra vez la conversación habida con su hermano y de ella entresacaba las frases en las que apoyaba su proyecto de acercamiento a Mariana. En primer lugar, le resultaba significativo que ella hubiera llamado a Esteban tras decirle a él, en dos ocasiones, que la olvidara y, además, analizando las palabras que tenía grabadas en la memoria, intuía un rayo de esperanza: «Es el padre de mis hijos y no puedo dejar de pensar en su situación... Yo no iré a verlo..., pero si quieres hacerlo tú, es tu decisión». Sergio, conociendo como conocía a su mujer, desglosaba para sí una segunda lectura: en primer lugar, seguía siendo el padre de sus hijos, y eso para ella era un vínculo que no podía romperse; en segundo lugar, lo de «No puedo dejar de pensar en su situación» para él quería decir que aquella circunstancia era única y, por lo tanto, a considerar ya que modificaba cualquier escenario anterior; en tercer lugar, «Yo no iré a verlo..., pero si quieres hacerlo tú, es tu decisión» podía interpretarse como «Ve tú en mi nombre».

—Pues sí, creo que tu empatía, tu aspecto y tu profesión, Marcos, me harían un gran servicio.

—Si no te explicas mejor...

Los dos se sentaron frente a frente en los respectivos catres.

—Lo de tu aspecto y tu empatía no es necesario que te lo explique, eres consciente de ello, y, por lo que me has contado, lo de tu éxito con las mujeres no debe ponerse en tela de juicio.

—¿Y lo de mi profesión?

—Deja que llegue a ello, hombre. Antes he de explicarte lo que necesito que hagas.

—Tú dirás.

—El favor que te pido es que lleves una carta a mi mujer, sé que le caerás bien.

—Vale, pero insisto: ¿qué tiene que ver mi profesión para hablar con tu mujer?

—Ésa va a ser la llave de entrada.

—Sigo igual que antes.

—Cuando Mariana era una cría, Rafael Cañamero, el rejoneador al que ha matado un toro en Perú, se enamoró de ella. Sus padres la enviaron a Italia porque él le llevaba cerca de veinte años y además tenía un hijo casi de la misma edad que mi mujer.

—Pero ¿qué me estás diciendo? ¡Eso es un notición de primera página!

—Tú hazme este favor y te juro que, si recupero mi estatus, te pasaré la historia.

—Aún no me has contado el favor que pretendes que te haga, sólo sé que quieres que lleve una carta a tu mujer.

—En las circunstancias actuales, mi mujer se negaría a recibir una carta mía. Lo que te pido es que vayas a su casa, yo te daré la dirección y el teléfono. Le pasas tu tarjeta, y seguro que al leer «Don Tancredo, cronista taurino» se tragará el señuelo; creerá sin duda que tienes detalles de la muerte de Cañamero y querrá saber. Entonces viene lo de tu empatía... Has de conseguir que lea la carta. En caso de que se niegue, te daré la dirección de mi cuñada Marta, que está casada con un jinete olímpico a quien el rejoneador apreciaba. Pues bien, le explicas la historia a ella porque, como tiene un gran ascendiente sobre mi mujer, conseguirá que la lea. Entonces tu misión habrá terminado.

Tras estas palabras, Sergio tendió la carta a Marcos.

Queridísima Mariana:

Deseo de todo corazón que cuando recibas esta carta tú y nuestros hijos estéis instalados ya en Barcelona intentando pasar página del disgusto y los problemas que mi insensatez y ese afán mío de pretender siempre estar a tu altura te han ocasionado. Te doy mil gracias por haber empujado a Esteban a que me visitara; por vez primera en mi vida he sentido que tenía un hermano, ¡gracias también por ello! Sé y me consta que te he defraudado infinidad de veces y de muy distintas maneras. Conocer a aquella mujer que tan sólo fue una aventura me ha servido para valorar las virtudes que tienes tú y que no aprecié casi nunca en su justa medida. Aquí dentro, donde sobra tiempo para pensar, he dado muchas vueltas a nuestra vida en común y creo que soy un hombre nuevo. Entre el Sergio que fui, embustero, vendedor de humo y mal padre, y el que soy ahora media un abismo. En mi caso, el refrán «No hay mal que por bien no venga» resulta una verdad incontrovertible.

Te juro, Mariana, que soy otra persona y que, si tu conciencia cristiana y tus principios me dan una oportunidad, dedicaré mis días a hacerte feliz y a cuidar de mis hijos, por este orden. Me he equivocado muchísimas veces, pero te juro que la cárcel es el mejor tratamiento para hacer que un hombre cambie. Y con tu nombre en mi pensamiento y la esperanza de que me concedas una última ocasión para reconquistarte termino esta carta, que tendrá la inmensa suerte de estar en tus manos.

Te quiero y te querré hasta el fin de mis días, soy el eterno enamorado de la mujer más maravillosa del mundo.

Sergio

Marcos terminó de leer la carta.

—Te aseguro que si publicara esto en mi periódico, en vez de firmar como Don Tancredo tendría que hacerlo como Elena Francis.

88

El mensajero

Era lunes, y El Rincón de Pepe cerraba sus puertas ese día para el descanso del personal. Mariana estaba en su casa de Obispo Sivilla. Ganaba en el trabajo un buen dinero que no era precisamente gratuito. Entró en el negocio pensando que su cometido consistía en atender a los clientes, tomar las comandas y, si era preciso, servirlas como refuerzo de los tres camareros. Pero eso era sólo parte de las ocupaciones de su jornada, que comenzaba a las ocho de la mañana yendo a buscar en su utilitario ciertos productos para el restaurante, siempre en lugares peculiares y de proveedores concretos, y que eran el sello distintivo del local, como la mantequilla que adquirían en la Granja Nuria de la plaza de Tetuán; las setas en Rosendo, en el mercado del Ninot, o el bacalao en una pequeña tienda de la plaza del Regomir, y como esos productos otros muchos que a Mariana le resultaba un incordio ir a buscar, no por lo temprano de la hora, sino por encontrar aparcamiento, ya que tenía que disputárselo fieramente con camionetas de reparto, y además regresar con ellos al restaurante con margen para que la cocina pudiera trabajar con la antelación suficiente.

Los lunes, pues, Mariana repartía su tiempo durmiendo hasta más tarde, haciendo sus recados y, en ocasiones, yendo al dentista o a los colegios de los niños. También aprovechaba para merendar con Gloria Orellana y visitar a sus padres o a su hermana Marta. El caso era que el lunes era su día, y que esperaba ya con ansiedad la llegada del domingo por la noche.

Estaba en el sofá al lado de la mesita del teléfono y en su postura favorita, sentada sobre la pierna derecha doblada, hojeando una revista de modas, cuando sonó el timbre de la puerta. Oyó los pasos característicos de Petra al ir hacia el recibidor y, poco después, al desandarlos para dirigirse hacia donde ella estaba.

—Señora, fuera hay un caballero que pregunta por usted. Me ha dado esta tarjeta.

Petra acompañó esas palabras con el gesto y entregó la cartulina a Mariana, quien la acercó a la lamparita de mesa y se dispuso a leerla:

Marcos Álvarez Iglesias
Don Tancredo
Periodista cronista de toros
Valdeiglesias, 5, Madrid

Se le aceleró el pulso. Había seguido en la prensa las noticias referidas a la muerte de Rafael, la incineración de sus restos y el depósito de sus cenizas en el cementerio de Ayamonte, pero no conocía otros detalles, y pensó de inmediato que aquel hombre, dada su condición, podría ser el portador de información. Una mezcla de recuerdos y situaciones asaltó su mente: el día que lo conoció y ella le lanzó la rosa en la corrida de toros de beneficencia para las viudas y los huérfanos del ejército, la capea en la finca de los Folch, su aparición tras la columna la noche de su puesta de largo, la visita que le hizo en Roma… Y, por último, la ruptura final en México.

—Dile que pase.

En tanto Petra partía, Mariana se alisó la melena y se puso en pie para recibir al visitante. Lo vio avanzar desde el fondo del pasillo. Le calculó unos cuarenta y cinco años. Era alto y de buena planta, con el cabello tirando a rubio. Cuando lo tuvo ya más cerca, le agradaron sus ojos risueños y su mirada franca.

—Marcos Álvarez —se presentó él tendiéndole la mano en cuanto estuvo frente a ella.

Mariana se la estrechó.

—Me imagino que ya sabe quién soy. De no ser así, no preguntaría por mí.

—Evidentemente. Usted es Mariana Casanova.

—Si te parece, podemos tutearnos. Y sentémonos, que así conversaremos mejor.

—Me parece perfecto.

Se acomodaron ambos, Mariana en su rincón del sofá y el visitante en uno de los silloncitos.

—¿Quieres tomar algo?

—No, gracias, he tomado mi whisky matinal en el avión.

—Pues tú dirás.

El hombre la miró circunspecto.

—Sospecho que estoy delante del gran amor de Rafael Cañamero.

La cabeza de Mariana deducía con rapidez: un periodista a la caza de exclusivas que sin duda había rebuscado en la vida del rejoneador y creía haber dado con una noticia que sorprendería al público.

Recuperó de la mesa la tarjeta que Petra le había entregado.

—Aquí dice que eres cronista taurino, y respeto tu trabajo. Si conoces algo más de lo que cuentan los periódicos al respecto de la muerte de Rafael, me encantará saberlo. Pero en mis circunstancias actuales lo que menos me interesa es salir en la prensa.

—Tranquila, no he venido a eso.

—¿Entonces...?

—Tan sólo soy el portador de una carta para ti.

El pensamiento de Mariana brujuleaba desorientado.

—¿Una carta... de Rafael?

El visitante se llevó la mano al bolsillo.

—Una carta de Carabanchel, de un hombre que está perdidamente enamorado de ti.

En la mente de Mariana se encendieron todas las alarmas.

—¿Cómo y cuándo has conocido a mi exmarido para afirmar que está perdidamente enamorado de mí?

—He compartido celda con él durante cinco meses. —Luego aclaró—: Al regreso de una comida en una peña taurina, donde había tomado las cuatro copas que se toman en esas situaciones, atropellé a un niño que salía del colegio... Me cayeron cinco años por homicidio involuntario, con el agravante de haber ingerido alcohol. Hace un mes me concedieron el tercer grado de la condicional, así que debo dormir en la cárcel sólo dos días por semana.

—O sea, que conoces a Sergio desde hace cinco meses.

—Pero en jornadas intensivas de veinticuatro horas. En esas circunstancias, se conoce bien a una persona.

—No tan bien como la mujer que se casó con él hace más de tres lustros, lo ayudó a huir de España y lo siguió hasta México..., donde él volvió a montar la misma estafa que montó aquí. Di a tu compañero de celda que cuando salga podrá ver a sus hijos, pero que a mí me olvide para siempre.

Marcos Álvarez se tomó un respiro, hizo acopio de fuerzas e insistió.

—Creo que eres injusta con Sergio... Pero estoy seguro de que cambiarás de opinión después de leer la carta que te traigo.

Diciendo estas palabras tendió el sobre cerrado a Mariana. Ésta se puso en pie y dio un paso atrás como si el mensajero, en vez de una carta, tuviera un áspid en la mano y, sin saber por qué, volvió a tratar de usted a aquel hombre.

—Le ruego que no insista. Así que, si no tiene otra cosa que decirme, le pido que se vaya. Tengo muchas cosas que hacer, entre otras ocuparme de cuatro hijos que su amigo dejó tirados en México.

Marcos Álvarez se puso en pie a su vez.

—Siempre que tomamos decisiones en caliente acostumbramos a equivocarnos. —Después, tras guardarse la carta en el bolsillo de la americana, añadió—: Deseo, por su bien, que no tenga que lamentar su precipitación.

Mariana pulsó el timbre de la mesita y al poco Petra apareció en el quicio de la puerta.

—Gracias por su consejo. Y sepa que me gustaría haberle conocido en mejor ocasión. Que tenga usted un buen día. —Se volvió hacia Petra—. Acompaña al señor hasta la puerta.

Mariana estaba nerviosa. La visita de aquel hombre la había alterado, y a su mente acudían ahora recuerdos que procuraba olvidar diciéndose una y otra vez que lo único importante era el presente, que el pasado no tenía remedio y que el futuro, aparte de ser imprevisible, no había llegado aún.

El teléfono sonó, monótono e impertinente, y oyó que Petra salía al pasillo dispuesta a contestar.

—¡Deja, yo lo cojo!

Descolgó el auricular. Todavía no se había acostumbrado al impersonal «Diga» que se usaba en España.

—Bueno. ¿Quién es?

Escuchó la voz de su hermana mayor al otro lado de la línea.

—Mariana, soy yo. ¿Puedo ir a verte ahora?

Aquella urgencia de Marta extrañó a Mariana. No era propio de ella, tan metódica y organizada, querer verla de improviso y con tanta premura.

—¿Te ocurre algo?

—A mí no.

Mariana se alarmó.

—¿Nuestros padres están bien?

—A nuestros padres no les ocurre nada, no te alteres.

—Entonces ¿qué pasa?

—Tú eres la que me preocupa.

—¿Yo?

—Sí, tú.

—Chica, no te entiendo.

—Creo que acabas de cometer una tontería.

Mariana se cambió el auricular de oreja.

—Si no te explicas mejor...

—No es algo para hablarlo por teléfono, así que, si no vas a salir, voy hacia ahí.

—No pensaba salir, pero aunque así fuera, cambiaría el plan... Aquí te espero.

Ambas colgaron.

Mariana no alcanzaba a entender a dónde quería ir a parar su hermana. Se limitó a llamar a Petra para decirle que preparara té para dos, en tanto ella ponía un leño en la chimenea sobre las brasas que, al estar un poco húmedo, comenzó a chisporrotear.

No habían transcurrido veinte minutos cuando el timbre de la puerta volvió a sonar. Mariana oyó al instante el taconeo familiar de su hermana, almacenado en algún rincón inescrutable de su memoria, exactamente igual que cuando de solteras ambas corrían a coger el teléfono del pasillo.

Marta compareció en la puerta de la salita y, nada más verla, Mariana supo que algo inquietaba a su hermana. Se besaron y tomaron asiento. Mariana se dirigió a Petra.

—Ya puedes traernos el té.

Acto seguido, interrogó a Marta:

—A ver, ¿cuál es esa tontería que acabo de cometer?

Marta miró fijamente a su hermana. Después, sin apartar la mirada de ella, abrió su bolso y extrajo un sobre con la solapa rasgada.

Mariana tuvo un pálpito. En ese momento Petra entraba con la bandeja del té, y le habló en un tono desacostumbrado.

—Déjala aquí, gracias.

La muchacha la observó extrañada, pero dispuso sobre la mesa el servicio y se retiró.

Mariana señaló el sobre que Marta tenía entre las manos.

—¿De quién me traes noticias?

—De tu marido.

Mariana observó a su hermana con incredulidad.

—No me digas que ese tipo ha ido a verte...

—Pues sí. Sergio le dio mi dirección, al prever que quizá tú no querrías leer la carta.

—¡No me lo puedo creer! Y tú la has leído, claro.

—Por eso estoy aquí. Sé que tu marido es un cabeza loca y soy consciente del daño que te ha hecho. Aun así, considero que si hay alguna circunstancia que haga cambiar a un hombre es la cárcel... Debes leer esta carta, Mariana. Date cuenta de tu condición, estás cerca de la cuarentena, de aquí a cuatro días tus hijos volarán y te quedarás sola, envejeciendo entre estas cuatro paredes. ¿Crees que ése es un gran futuro? Lee la carta, ¡por Dios!, y luego decide.

Mariana miró fijamente a Marta.

—Es muy fácil aconsejar, hermana... ¿Tú sabes lo que es que se te encoja el corazón cada vez que suena el teléfono? ¿Sabes lo que es ir a buscar un dinero de tus ahorros y darte cuenta de que te lo han robado? ¿Que te envíen de un hotel unas bragas y un sujetador creyendo que son tuyos y que te los has olvidado, y que resulte que son de la amiguita de tu marido? No, querida, no… Mejor estoy y estaré sola que mal acompañada. Además, tengo familia y buenas amigas. Y prefiero gozar de una vejez tranquila que vivir los años que Dios me dé con un ay en el cuerpo.

—¡Mariana, te lo ruego…! A mí no tienes que explicarme nada, pero hazme el favor de leerla.

Mariana dudó unos instantes.

—¡Trae!

Marta le tendió el sobre.

—No te arrepentirás —le dijo.

Mariana se puso en pie y cogió la carta.

—Estoy segura de ello.

Dio media vuelta, fue hasta la chimenea y lanzó al fuego el sobre. La carta de Sergio ardió soltando mil chispas que volaron al igual que lo habían hecho los sueños de juventud de Mariana.

89

Manuel Cañamero

Mariana estaba pasando tal vez los días más tranquilos de su vida. Iban a cumplirse ya tres meses de aquella tarde en que quemó la carta de Sergio.

Ese lunes Mariana había comido en casa de sus padres con Marta y con Alicia, que ahora tenía un novio italiano, para preocupación de su madre, quien no paraba de repetir que «nunca podía estar tranquila». Tras la comida se fue a su casa ya que había quedado con Gloria a las cuatro.

Cuando abría la puerta de su piso, el carillón del comedor daba las tres campanadas.

El timbre del teléfono sonó dos veces, y Mariana descolgó el auricular.

—¿Quién es?

—Deseo hablar con Mariana Casanova, por favor.

—Soy yo. ¿Quién es usted? —No acertaba a poner cara a esa voz masculina que, no obstante, le resultaba familiar.

El hombre pareció dudar, pero súbitamente comenzó a tutearla.

—No me conoces, o tal vez sí, por referencias... Soy Manuel Cañamero, el hijo de Rafael. Según creo, tú y yo somos prácticamente de la misma edad. Durante los últimos cinco años fui el apoderado de mi padre… y estuve junto a él en sus últimos momentos. —Se detuvo unos instantes. Luego prosiguió—: Me encomendó que te dijera algo y debo cumplir su deseo.

Mariana se quedó muda y notó que unas pequeñas gotas de sudor perlaban su frente y su garganta se secaba.

—¿Estás ahí?

—Sí, claro… El impacto de tu voz, es muy parecida a la de tu padre.

—Dime día, hora y lugar, y acudiré.

—Si te parece, esta misma tarde, a las cuatro y media, en mi casa.

—Seré puntual. Dame la dirección.

—Vivo en La Bonanova, en el número dieciséis de la calle Obispo Sivilla. —Y sin saber por qué, Mariana añadió—: Estaré encantada de conocerte.

—Yo tengo la sensación de que ya te conozco.

Tras despedirse, Mariana colgó. Sus pensamientos volaron hasta el terrible suceso y la posterior muerte de Rafael, noticias que ella había seguido por la prensa. Tal vez aquella llamada resultaría providencial para ayudarla a cerrar otro capítulo de su vida.

Debía llamar a Gloria. Había quedado con ella a las cuatro y no quería que la visita de Manuel Cañamero la pillara por sorpresa. Cogió el teléfono y marcó el número de su amiga.

—Sí. ¿Quién es?

—Soy yo.

—Estaba a punto de salir para tu casa.

—Ya lo suponía, por eso te llamo.

—¿Qué ocurre?

—No te imaginas quién acaba de telefonearme.

—Pues si no me dices más…

—El hijo de Rafael Cañamero.

Al otro lado del teléfono se hizo el silencio durante unos segundos.

—Pero ¿qué dices?

—Lo que oyes, Gloria. Y vendrá a mi casa a las cuatro y media.

—Pues menos mal que me has avisado, porque si me lo encuentro de repente me da un pasmo. —Hubo otra pequeña pausa—. Cojo un taxi y en quince minutos estoy ahí.

Antes de lo previsto estaban ya sentadas en el sofá de la salita de Mariana comentando el suceso.

—Claro que fui enterándome de cosas, noticias sueltas que venían en los periódicos, pero tú sabes mejor que nadie el torbellino que ha sido mi vida... Lo que jamás imaginé es que su hijo me llamara por teléfono.

—¿Y qué piensas decirle?

—De momento, voy a escuchar.

En ese instante sonó el timbre de la puerta y al poco entraba Petra en la salita.

—Señora, don Manuel Cañamero pregunta por usted.

Mariana y Gloria se miraron.

—Hazlo pasar.

En tanto la muchacha se retiraba, Gloria apretó la mano de su amiga y la notó fría como el mármol.

—Tranquila, Mariana, es otra etapa de tu vida que tenías que cerrar.

La imagen de Manuel Cañamero se recortó en el marco de la puerta. Era el vivo retrato de su padre. Delgado, ágil y elástico en los movimientos, tal como Mariana recordaba a Rafael, con la misma sonrisa afable y aquella nariz grande, que no desproporcionada, que daba a su rostro un toque de distinción.

Mariana percibió en su mirada un matiz de sorpresa por la presencia de Gloria.

Las dos amigas se pusieron en pie.

—Manuel, te presento a Gloria Orellana, mi íntima amiga —aclaró—. Puedes hablar delante de ella con toda libertad... Pero mejor nos sentamos. ¿Quieres un café?

Se acomodaron en el tresillo de la salita.

—Bien, te escucho... y no te imaginas con cuánto interés.

Manuel Cañamero dejó su tacita en la mesa y se dispuso a hablar.

—Primeramente, voy a poneros en antecedentes. Durante los últimos cinco años de la vida de mi padre, no sólo fui su hijo sino también su hombre de confianza y su apoderado. Ignoro si presintió algo, pero un tiempo antes de su fallecimiento empezó a reservar en los hoteles una habitación doble para que durmiera con él. —Su mirada se ensombreció al añadir—: Mi padre era demasiado bueno para permitir que un toro lo cogiera. Lo que sucedió aquel infausto día en la plaza La Esperanza de Lima fue un accidente. Malvaloca resbaló en un charco de sangre y el toro la empitonó en el vientre mientras caía. Mi padre tuvo reflejos, como siempre, y saltó de pie, pero... Lo que ocurrió después es que viendo venir al toro intentó hacer un quite a cuerpo limpio y los zajones se lo impidieron, y entonces fue cuando el toro lo corneó. En ese momento su cuadrilla saltó al ruedo y lo llevaron en volandas a la enfermería. Sin embargo, los medios con que contaban no fueron suficientes... El doctor Emilio Enríquez y su equipo intentaron obrar el milagro, pero no lo lograron. Mi padre tuvo una septicemia hemorrágica y estuvo entre la vida y la muerte dos noches. Y yo a su lado, dándole la mano... A las tres de la madrugada del último día me la apretó fuertemente, e intuyendo que quería decirme algo me acerqué a él. Entonces, con una voz que era un suspiro, me dictó sus últimas voluntades. «Manuel», me dijo, «quiero que incineren mi cuerpo, luego lleva las cenizas en una urna a Ayamonte. Te pido también que coloques en el panteón mi estampa de la Inmaculada, que es la imagen de la mujer con quien habría deseado compartir mi vida… Pero no pudo ser. Búscala en Barcelona y dile que me voy con su recuerdo en mi corazón». Tras estas palabras, mi padre no dijo ya nada más. Al cabo de una hora se fue a donde van las almas nobles. Ahora ya podré vivir tranquilo… En el pueblo de Ayamonte está la tumba con su imagen grabada en un bajorrelieve, y el sábado próximo descansarán en ella sus cenizas con tu estampa, Mariana.

Un silencio hondo y oscuro como la noche presidió las últimas palabras de Manuel Cañamero, interrumpido únicamente por el llanto emocionado de Mariana. Gloria le pasó el brazo por los hombros.

—Espero heredar el afecto que profesaste a mi padre y que me permitas verte de vez en cuando.

Mariana se había rehecho.

—Te prometo que un día iré a Ayamonte y le llevaré a tu padre la rosa roja que le lancé y me devolvió en la Monumental cuando tenía diecisiete años.

90

Una voz del pasado

El teléfono sonaba con insistencia mientras Mariana bañaba a Diego deprisa y corriendo pues tenía que irse enseguida al restaurante para ayudar a montar las mesas de las cenas de esa noche. Oyó los pasos de Valentina y supo que iba a contestar. Poco después, mientras enjabonada a su hijo pequeño, oyó la conversación que su hija mantenía con alguien. Entendió que el interlocutor preguntaba por ella y que Valentina le decía que aguardara un momento.

—Mamá, te llaman al teléfono.

—¿Quién es?

—Ha dicho que un amigo tuyo.

—Seguro que pretende que le reserve una mesa en el restaurante... Contéstale que no estoy.

Valentina se apuró.

—Mamá, ya le he informado de que estás, y no me gusta decir mentiras.

Mariana se puso en pie.

—Pues ocúpate de tu hermano, anda...

Mariana se dirigió hacia el teléfono en tanto se secaba las manos con una toalla.

—Dígame. ¿Quién es?

—No sé si vas a reconocer mi voz... Ha pasado mucho tiempo.

Mariana se quedó helada. ¿Podía ser...?

—¡Enrique!

—El mismo.

—¿Dónde estás? No me digas que estás aquí...

—He llegado hoy a las cuatro de la tarde. He llamado a Gloria y le he preguntado por ti, hemos estado hablando una hora y me ha puesto al corriente de los últimos acontecimientos de tu vida... Estaba dudando entre presentarme en El Rincón de Pepe o llamarte antes por teléfono. Espero no molestarte.

Mariana estaba tan atolondrada que no sabía muy bien qué decir.

—¿Y de dónde vienes?

—De Rusia. He dado tres conciertos en el Bolshói de Moscú. Me fue muy bien, tanto que los críticos se han excedido conmigo, me temo... ¡Me comparan con Ígor Stravinski y con Serguéi Prokófiev!

—Eso quiere decir que volverás a marcharte pronto.

—No tengo otro remedio. Mi representante me ha conseguido un contrato muy importante... Pero me gustaría verte antes de irme.

—Tengo que ir a trabajar —adujo Mariana.

—Eso me consta, pero mi hermana me ha contado que sales a las doce y media de la noche. ¿Puedo pasar a buscarte a esa hora y charlamos un rato?

Mariana estaba temblando, y casi sin querer se oyó decir:

—¿Sabes dónde está El Rincón de Pepe?

—Gloria me ha dado la dirección. Está en Santaló por encima de Vía Augusta, subiendo a la izquierda.

—Espérame un poco más arriba de la puerta.

—Allí estaré a las doce y media. Mi coche es un Audi verde con matrícula extranjera.

Hubo una pausa entre los dos. Después, la voz de Enrique llegó de nuevo a su oído.

—Tengo muchas ganas de verte, de verdad. Han pasado... ¿cuántos años?

—Muchos, Enrique.

Mariana lo recordó de repente en su puesta de largo y se sintió mayor.

Otra pausa.

—Hasta luego, Mariana.

—Hasta luego, Enrique.

Cuando colgó el teléfono, la cabeza le iba a cien por hora. En tanto se arreglaba, su pensamiento voló hacia muchos momentos y lugares de su infancia y juventud, y repasó, uno a uno, cuantos había compartido con Enrique.

La voz de Valentina interrumpió sus recuerdos.

—Mamá, ¿quién era?

—Alguien que quería una mesa para esta noche.

—¿Y te llama a casa para un asunto de trabajo...? Además, me ha dicho que era amigo tuyo. Y has hablado mucho rato con él.

—¿Ahora te dedicas a escuchar detrás de las puertas? Era un conocido de otras veces.

Sin saber muy bien por qué, Mariana se sintió mujer como hacía mucho tiempo que no se sentía. Continuó arreglándose con esmero, de un modo muy distinto del habitual, y mientras tanto preparó una excusa. Decidió decir que después del trabajo iría a una reunión en casa de una amiga. Se puso un traje negro con el escote y el extremo de las mangas cubiertos de encaje, se entretuvo en peinarse la melena y se aplicó unas gotas de First de Van Clef & Arpels, su perfume predilecto desde siempre. Luego se miró en el espejo y pensó que, a pesar de los años, todavía podía competir con la muchacha que fue. Seguro que Enrique habría conocido a mujeres bellísimas por toda Europa, y lo último que Mariana quería era darle pena.

Salió precipitadamente al pasillo y, al verla tan elegante, Petra se sorprendió.

—¿Va a trabajar, señora?

—Claro. ¿Adónde quieres que vaya?

—No sé, señora...

Pensó que la excusa que había previsto le vendría bien también para Petra. De hecho, le serviría si, por cualquier circunstancia, volvía a casa tarde y se la encontraba despierta.

—Gloria organiza en su casa una pequeña reunión e irá a recogerme al restaurante. No te preocupes si llego tarde. Ah, y mañana déjame dormir.

Mariana salió de El Rincón de Pepe a las doce y cuarto. Miró a la izquierda y vio enseguida el Audi verde. Estaba aparcado un poco más arriba, con las luces de posición encendidas. Apremió el paso, y Enrique salió del coche para recibirla. Fue como si lo hubiera visto el día anterior. Estaba presente en su recuerdo como si el tiempo se hubiera detenido. Se acercó a él temblando y, bajo la luz de la farola, observó que sus ojos parecían sonreírle antes de que lo hicieran sus labios. Estaba atractivo con aquellos pantalones de franela grises y aquella camisa blanca. No supo qué decirle cuando estuvo frente a él.

Enrique se anticipó.

—Mariana, iba a decirte que estás como siempre, pero es falso porque estás como nunca.

—Tú, que me ves con buenos ojos.

—Te veo con los únicos que tengo. El tiempo se ha detenido para ti.

—Pues no será porque la vida haya sido amable conmigo.

—No me digas eso... Gloria me ha puesto al corriente de tu historia. Siento mucho todo lo que te ha ocurrido, Mariana.

—Mira, Enrique, cada uno es responsable de su destino, y

mi única excusa es que me casé con el hombre equivocado. Pero eso se ha terminado.

Enrique la miró a los ojos.

—Tenemos una charla pendiente desde hace mucho, y no vamos a mantenerla aquí y de pie.

Le abrió la puerta del Audi, y Mariana se sentó en el asiento del copiloto mientras él hacía lo propio en el del conductor.

Empezaron a hablar, y cuando quisieron darse cuenta estaba amaneciendo. Se habían contado la vida entera en una sola noche.

Epílogo

Un año después

La noche había empezado como tantas otras durante los últimos meses. Enrique había ido a buscarla a la puerta del restaurante, pero en esa ocasión Mariana se extrañó al verlo vestido con unos pantalones blancos, un niqui azul y unos zapatos náuticos. Se besaron con pasión y luego se subieron al coche.

—¿Adónde me llevas?

—¿No ves cómo voy vestido?

—Sí, pero no caigo.

—He pedido a Joaquín las llaves de su barco, que está en el Club Náutico de Arenys de Mar, en el amarre treinta y seis del pantalán norte.

Enrique había enfilado la carretera de la costa y el coche corría raudo. A Mariana no le importaba ya ni a donde la llevara ni lo que pudiera ocurrir. No recordaba haber sido nunca tan feliz como en ese último año.

Llegaron al Club Náutico y, como la reja del pantalán estaba abierta, fueron hasta el amarre 36. El barco era un Revilo de 1978 de 22 metros de eslora, en cuya popa lucía, en letras de palo, el nombre de GLORIA.

—Qué detalle tan bonito —comentó Mariana al verlo—. Sabía que Joaquín se había comprado un barco, pero no que lo había bautizado con el nombre de tu hermana… Gloria ha tenido mucha suerte con él.

En tanto Enrique bajaba la pasarela, Mariana se había descalzado ya para no dañar con los tacones la cubierta de teca. Acto seguido, él abrió la puerta corredera que daba al salón, encendió la luz y entraron los dos. Mariana admiró el buen gusto con el que estaba decorado. El techo era blanco y el suelo estaba enmoquetado de azul; a la derecha había un mueble corrido de puertas deslizables y sobre él un pequeño televisor; en la parte anterior, que daba a proa, se hallaba el puesto de mando con todos los instrumentos de navegación, la pantalla del radar, el teléfono, la radio y el goniómetro, y delante de la rueda del timón destacaba un cómodo sillón de piel acolchado y plegable para el piloto. Frente a él, Mariana vio una brújula negra, a su derecha las palancas del mando de los motores y a su izquierda la nevera con las puertas de madera, a juego con el resto de los muebles, así como una escalera de cuatro peldaños que daba a la cocina y a los camarotes y los aseos. La parte superior era acristalada para aprovechar la luz del día, aunque en ese momento tenía las cortinillas echadas, y en ese espacio había un gran sofá en forma de L, también azul, y una mesa con dos alas desplegables con espacio para seis personas al menos, cuya base era muy pesada para inmovilizarla incluso si había mar gruesa. Encima de la mesa, se fijó Mariana, había un termo, una bandeja con canapés y una gran cubitera con refrescos, cervezas y zumos de fruta.

—Este detalle es de tu amiga Gloria —le explicó Enrique—. Cuando le he contado mi plan, ha llamado al patrón para informarle de que vendríamos.

Mientras Mariana se despojaba de su gabardina, Enrique fue hasta el cuadro de luces y modificó la iluminación cenital del techo, poniendo una indirecta mucho más agradable. Mariana se instaló en la parte corta del sofá y, mirando a Enrique, le señaló el otro extremo.

—Siéntate ahí, ¿quieres? Así podré verte mejor.

Enrique obedeció.

Los dos guardaron silencio unos instantes. Ninguno deseaba romper la magia del momento.

—¿No te parece maravilloso que nos reencontrásemos? —preguntó Mariana de repente—. Hay días en que pienso que fue algo parecido a un milagro.

—Yo siento lo mismo… El destino es caprichoso y separó nuestros caminos. No pudimos evitarlo. Pero ha vuelto a unirnos, Mariana, y ése es un regalo al que no pienso renunciar.

—Así es. Y quién sabe, Enrique, tal vez así hemos aprendido cosas. Éramos unos críos que ignoraban casi todo de la vida. No sé si habría llegado a amarte igual si hubiéramos seguido juntos… Lo que sí sé es que ahora soy capaz de amarte mejor.

Enrique se acercó a ella.

—Siempre seremos jóvenes, Mariana. Por eso te he traído aquí esta noche. Quería que este momento fuera inolvidable para ti…, para los dos.

—Enrique…

—Calla… Sólo escúchame —le pidió él mientras se sacaba del bolsillo un pequeño estuche y se ponía de rodillas ante ella—. Ya sé que las parejas de hoy en día son más modernas, pero llevo meses soñando con decirte esto.

Mariana abrió el estuche. Dentro había un precioso anillo de diamantes.

—¿Quieres ser mi esposa, en la salud y en la enfermedad, en la riqueza y en la pobreza, hasta que la muerte…?

No terminó la frase. Mariana posó sus labios en los de él para acallarlo con un largo beso.

—Te quiero, Enrique. Y sí, ¡claro que acepto! Seré la mujer más dichosa del mundo cuando me convierta en tu esposa, ya sea ante Dios o en el juzgado, si al final no obtengo la nulidad de mi matrimonio. Pero no hablemos de pobreza ni de enfermedad… Dejemos que sea la propia vida la que nos guíe en lo que nos queda de camino.

—Una vida que ya sólo tiene sentido si la paso contigo —dijo él, y se sentó a su lado.

La hermosa luna brillaba sobre el mar en calma y marcaba un camino de plata hasta el horizonte mientras ellos, ajenos a todo, se entregaban como dos adolescentes furtivos a ese amor que los había unido tantos años después.

BIBLIOTECA DE
CHUFO LLORÉNS

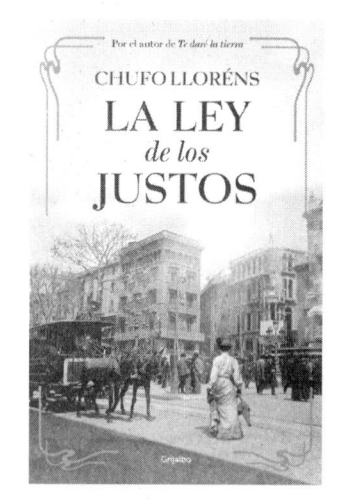

- CHUFO LLORÉNS — LA VIDA QUE NOS SEPARA
- EL DESTINO DE LOS HÉROES — CHUFO LLORÉNS
- CHUFO LLORÉNS — LA LEY de los JUSTOS
- CHUFO LLORÉNS — MAR de FUEGO
- Te DARÉ la TIERRA — CHUFO LLORÉNS
- CHUFO LLORÉNS — LA SAGA de los MALDITOS
- CHUFO LLORÉNS — LA OTRA LEPRA
- CHUFO LLORÉNS — CATALINA, la fugitiva de San Benito